U0662671

世界潮流浩浩
蕩蕩順之則昌
逆之則亡

孫文題

孙中山题词：世界潮流浩浩荡荡　顺之则昌逆之则亡

黄继树，原籍广西百寿县（今属永福县），1964年在《广西文艺》发表第一篇短篇小说《巧遇》，此后笔耕不辍，主要作品有《桂系演义》《败兵成匪》《北伐往事》《黄继树作品自选集》等。1988年加入中国作协，曾任广西作协副主席、桂林市文联主席、桂林市作协主席、桂林文学院院长。

桂系演义

GUIXI YANYI

增补版　第二册

黄继树　著

GUANGXI NORMAL UNIVERSITY PRESS
广西师范大学出版社

·桂林·

出版统筹：张　明
责任编辑：唐　燕
装帧设计：姚明聚[广大迅风艺术]
责任技编：王增元　伍先林
书名篆刻：胡擎元

图书在版编目（CIP）数据

　桂系演义：增补版：全4册／黄继树著．—桂林：
广西师范大学出版社，2015.8（2025.4重印）
　ISBN 978-7-5495-7029-4

　Ⅰ．①桂…　Ⅱ．①黄…　Ⅲ．①历史小说－中国－
当代　Ⅳ．①I247.5

　中国版本图书馆CIP数据核字（2015）第162842号

广西师范大学出版社出版发行

（广西桂林市五里店路9号　邮政编码：541004）

　网址：http://www.bbtpress.com

出版人：黄轩庄

全国新华书店经销

广西广大印务有限责任公司印刷

（桂林市临桂区秧塘工业园西城大道北侧广西师范大学出版社

集团有限公司创意产业园内　邮政编码：541199）

开本：700 mm×990 mm　1/16

印张：100.75　　字数：1 520千字

2015年8月第1版　　2025年4月第3次印刷

定价：368.00元（全四册）

如发现印装质量问题，影响阅读，请与出版社发行部门联系调换。

目　录

主要人物表

孙中山（1866—1925），名文，又名中山，号逸仙，广东香山（今中山）人。中国同盟会总理、中国国民党总理、中华民国临时政府大总统、广州中华民国政府非常大总统、广州大元帅府陆海军大元帅。1921年夏，命令粤军进攻广西，推翻陆荣廷的统治，为在桂军中任下级军官的李宗仁、黄绍竑、白崇禧创造了崛起的历史机遇，并支持他们统一广西，其革命思想对李、黄、白产生深远影响。

李宗仁（1891—1969），字德邻，广西临桂人。从桂军的一名下级军官崛起，成为北伐名将，抗日英雄，民国副总统、代总统。陆军一级上将。1965年从美国回归祖国大陆。有《李宗仁回忆录》传世。

黄绍竑（1895—1966），字季宽，广西容县人。与李宗仁合作统一广西，任广西省政府主席。1930年年底脱离桂系团体投奔蒋介石，先后任浙江、湖北省政府主席，监察院副院长。在蒋桂之间奔走，左右逢源。1949年出任国民政府和平谈判代表团成员。

白崇禧（1893—1966），字健生，广西临桂人，回族，有"小诸葛"之称。在统一广西、北伐和抗日战争中，以其卓越的军事指挥才能著称。任国民政府国防部部长、华中军政长官公署长官。陆军一级上将。与李宗仁并称为"李白"。

黄旭初（1892—1975），广西容县人。中国陆军大学第四期毕业。黄绍竑离桂投蒋后继任广西省政府主席，是李、白在广西的"大管家"，时人合称"李白黄"。

陆荣廷（1859—1928），字干卿，广西武鸣人，壮族。从一个广西边关上的流浪汉成为清军高级将领。辛亥革命后任广西都督、两广巡阅使，长期把持两广军政大权。1921年夏被粤军赶下台。1923年在北京政府的支持下复出，任广西全省善后督办。1924年被其旧部李宗仁、沈鸿英驱逐出广西。

沈鸿英（1871—1938），字冠南，广西雒容（今鹿寨）人。原为陆荣廷手下大将，粤军进攻广西，临阵通电宣布脱离陆荣廷。1923年投效孙中山，率军东下讨伐陈炯明。1924年在广东起兵反对孙中山，被击败后退回广西。1925年1月，所部被李宗仁、黄绍竑的"定桂讨贼联军"消灭，只身潜往香港。

李济深（1886—1959），原名济琛，字任潮，广西苍梧人。粤军第一师师长、国民革命军第四军军长、黄埔军校副校长，是李宗仁、黄绍竑崛起的有力支持者。1948年在香港成立中国国民党革命委员会，任主席。

俞作柏（1887—1959），字健侯，广西北流人。是李宗仁、黄绍竑崛起统一广西的得力战将，又是将其赶下台逐出广西的枭雄军人。

廖磊（1890—1939），字燕农，广西陆川人。原为唐生智旧部，后投桂系。1929年3月20日助白崇禧从唐山开平出逃。抗战时任第二十一集团军总司令、安徽省政府主席。率部参加淞沪会战、徐州会战、武汉会战。1939年10月23日，因积劳成疾，在安徽病逝。同年11月，国民政府追赠为陆军上将。

汪精卫（1883—1944），名兆铭，广东三水人。国民政府常委会主席兼军事委员会主席、国民政府行政院院长、国民参政会议长。在民国政治舞台上扮演过重要的角色又几经沉浮。1938年12月29日，发表"艳电"，公开叛国投降日本，被国民党开除党籍，并撤除其一切职务。

蒋介石（1887—1975），名中正，浙江奉化人。黄埔军校校长、国民革命军总司令、国民党总裁、军事委员会委员长、中华民国总统。特级上将。与李宗仁既是换过兰谱的结拜兄弟，又是政治斗争的对手，两人之间既有密切合作，又有明争暗斗。

何应钦（1890—1987），字敬之，贵州兴义人。黄埔军校总教官、国民革命军第一军军长兼北伐军东路军总指挥、国民政府军政部部长、军事委员会参谋本部参谋总长、中国陆军总司令、国民政府国防部部长、行政院院长。陆军一级上将。既是蒋介石的黄埔嫡系，又是李宗仁、白崇禧军政上的盟友。

阎锡山（1883—1960），字伯川，山西五台人。1928年任国民革命军第三集团军总司令，山西省政府主席兼平津卫戍总司令。1930年4月，与冯玉祥、李宗仁联合反蒋，兵败出走。1937年8月任第二战区司令长官。1949年6月积极奔走于蒋介石与李宗仁之间，在广州组织"战斗内阁"，得任行政院院长兼国防部部长。陆军一级上将。

孙科（1891—1973），字哲生，广东香山（今中山）人，孙中山的哲嗣。1947年4月任国民政府副主席兼立法院院长，与李宗仁竞选副总统失败后，辞去立法院院长职，任行政院院长。1949年1月，李宗仁当上代总统后，孙将行政院迁往广州，导致府院分裂，旋即辞去行政院院长职。

唐生智（1890—1970），字孟潇，湖南东安人。国民革命军第八军军长兼北伐军前敌总指挥。1927年11月，率军由武汉东下进军南京，被程潜、白崇禧的西征军击败下野，余部被白崇禧收编，随白北伐进入平津。1929年3月复起，到平津收回旧部，迫使白崇禧只身仓猝逃出北平潜回广西。同年12月，在郑州受汪精卫任命为护党救国军总司令，率部反蒋，所部被蒋介石消灭。1935年4月，国民政府授其为陆军一级上将。1949年8月，与程潜、陈明仁等通电起义。

陈济棠（1890—1954），字伯南，广东防城（今属广西）人。李济深旧部，广东军政界的实力派人物。1931年2月因胡汉民被蒋介石扣留软禁，在广东反蒋，给困守广西的李、白带来复起的转机。1935年4月，国民政府授其为陆军一级上将。1936年6月1日联合李宗仁发起抗日反蒋运动，失败后下野。1949年4月复起，任海南特区行政长官兼警备司令。

司徒雷登（1876—1962），一位出生在中国杭州的美国传教士，长期在华从事教育事业。抗日战争胜利后，出任美国驻华大使，曾对李宗仁寄予政治上的期望。

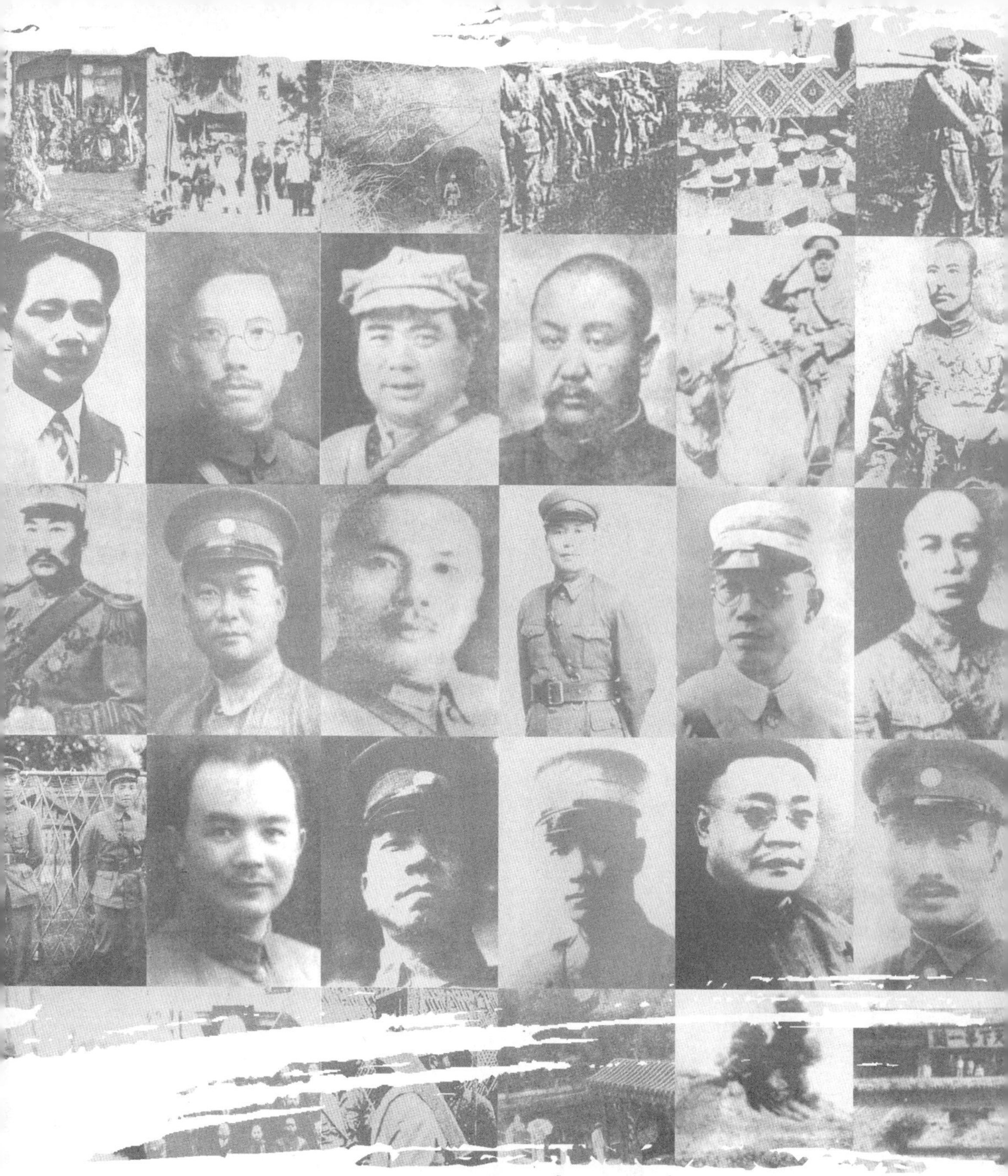

第二十五回

临危发难　唐继尧野心称继帅
趁火打劫　"智多星"献计用疑兵

却说孙中山应冯玉祥之邀，北上共商国是，不想积劳成疾，到北京后便一病不起，经入协和医院治疗，确诊为肝癌，竟于一九二五年的三月十二日在北京东城铁狮子胡同五号住处，溘然长逝。巨星陨落，震撼寰宇，举国上下，哀声四起。上至政府官员，下至黎民百姓，无不陷入悲恸之中。这个时候，在那西南边陲，却独有一人心中暗喜，野心膨胀，竟至冲昏了头脑。此人便是盘踞滇、黔两省的云南军阀唐继尧。

那唐继尧本是留日士官生，"护国讨袁"之时，继蔡锷而为云南都督，此后扩张势力，控制贵州又出兵四川，想将那天府之国攫为己有。民国六年，当孙中山由沪率海军舰队南下护法、开赴广州时，曾电邀唐继尧来粤就任副元帅。唐握有实力和地盘，不愿居于孙下，拒受副元帅之职。不得已，孙中山只好派章太炎为专使，将副大元帅印亲手送到昆明，唐继尧推辞不过，这才勉强接下帅印，但却并不到广州就职。非但如此，他还暗中与陆荣廷勾结，阴谋策划拆孙中山的台，把军政府改组为七总裁合议制，唐继尧、陆荣廷与孙中山等皆列为军政府七总裁，孙中山被迫愤而辞职，离粤赴沪。

民国十二年春，孙中山驱逐陈炯明出广州后，重组大元帅府，他不咎既往，为了争取唐继尧，再次电邀唐来广州就任副元帅之职，可是唐继尧阳奉阴违，仍不到广州就职。现在，孙中山突然去世，西南群龙无首，论实力和名位，唐继尧自认唯有他可以取孙中山而代之。他喜之不胜，又命人刻下一方"东亚大陆主人"的印章，即电广州大元帅府，谓将率军入粤就任"继帅"。继帅者，乃继任孙中山之大元帅职也。唐继尧的电报发出不久，即接到盘踞广东的桂军总司令刘震寰、滇军总司令杨希闵的"欢迎蓂帅（唐继尧字蓂赓，又称蓂帅）入粤就职"的电报，刘震寰还学当年章太炎的样子，亲自由广州跑到昆明来促驾。

唐继尧心中大喜，这一日传下帅令，命部下师长以上将官，齐集五华山总司令部商议启程东下广州就职之事。大厅之上，唐继尧着大元帅礼服，手扶长柄九狮指挥刀，坐在高高耸立的铺着黄缎的特制帅椅上，威风凛凛地准备接受部将们的朝贺。大厅阶下，他的数百名着古罗马装的卫士，手执剑戟，分两行排开，直到大门外面。大厅左右两侧，排列着也着古罗马装的军乐队，洋鼓洋号，灿灿发光，一派古罗马帝王临朝的气派。师长以上将官，佩着肩章绶带，军靴锃亮，肃然而入，来到大厅当中唐继尧那高高的帅椅下一齐站定，那数百名"古罗马卫士"同时高呼一声："敬礼！"这一声高喊不打紧，直惊得五华山上的鸟雀四散飞逃。喊声一停，大厅两侧军乐齐鸣，师长以上将官刷地立正举手敬礼，直到鼓乐奏完方才放下手臂。唐继尧用手捋了捋他那两撇微微上翘的威廉须，声调傲慢地说道：

"孙文北上，已经死在北京了。目下两广战乱，正该由我去收拾残局啦！为此，我将以三路大军出广西，经西江水道东下广州。第一路以唐继虞为总指挥，自贵州的东南边境入广西三江、融县，占领柳州；第二路由龙云任总指挥，自滇东广南进入广西百色、南宁；第三路由胡若愚任总指挥，由滇南富州进入广西镇边、靖西，经养利、同正，然后与第二路会师于南宁。占据柳州、南宁后，沿西江会同东下。"

唐继虞、龙云、胡若愚出列领受了帅令，唐继尧对众将问道：

"诸位还有什么话要说吗？"

"报告蒌帅，我有一言不知说得说不得？"一位佩少将衔的年轻军官站起来报告道。

　　"说吧！"唐继尧见此人乃是保定军校出身的少将师长文逸俊，便抬了抬下巴，示意他说下去。

1925年3月12日，孙中山在北京铁狮子胡同五号住处逝世

　　"我军东下的第一个目标，是广西。目下广西有两个对立的武装集团，一为沈鸿英，一为李宗仁、黄绍竑集团。据我看来，沈鸿英对我们东下不会有所阻碍，李宗仁、黄绍竑是属于孙中山系统的，受命于广东大本营。广东大本营对蒌帅东下就职持不欢迎态度，李、黄集团对我军东下恐有所阻碍。再则广西民风强悍，一向仇视客军，如我军东下在广西受阻，将对蒌帅赴粤就职产生诸多不利之影响。"

　　唐继尧听文逸俊如此说，便将手中那柄九狮军刀一顿，恶狠狠地说道：

　　"我军东下，十万精兵，人马浩荡，以泰山压顶之势，区区李宗仁、黄绍竑，焉敢以卵击石！"

　　文逸俊见唐继尧发怒，仍硬着头皮说道："孙子云：'上兵伐谋，其次伐交，其次伐兵，其下攻城。'我军东下，三路大军开拔尚需一段时间准备。我想利用这段时间，前往广西走一趟，为蒌帅入粤鸣锣开道。"

　　唐继尧眨了眨眼睛，不耐烦地说道："文师长，有话照直说来！"

　　"沈鸿英手下的战将邓佑文师长，系我保定军校同学，我到那里通过他的关系，先给沈鸿英打好招呼，要他拥戴蒌帅东下就职，然后再往南宁。李宗仁的副手黄绍竑，参谋长白崇禧，战将俞作柏、夏威等人均是我保定军校同学，通过他们出

孙中山在北京逝世后，自称"继帅"、命令滇军东下夺取广东革命政权的唐继尧

面斡旋，要李宗仁等接受冀帅委任。我想他们惧于我军威势，必将就范。那时，冀帅三路大军便可顺当入桂而粤。同时，亦借此机会维持广西两个对立的军事集团共存，以便于我们控制广西，联结云、贵大后方。"文逸俊一口气把他的打算说了出来。

唐继尧听文逸俊说得有理，便命令道："好吧，你即日出发往广西跑一趟，带上我签发的委任状，只要沈鸿英、李宗仁、黄绍竑对我东下不捣乱，我可以封他们总司令、军长等职，你顺便赏他们些云南烟土。"

"是！"文逸俊领受了帅令，辞了唐继尧，回来稍做准备，便带着随从和金银、烟土，前往广西去了。

文逸俊首先来到桂林，因为自从陆荣廷退出桂林后不久，沈鸿英便从八步回据桂林，他的那位"智多星"军师——参谋长邓瑞征，率军占据着柳州，桂林则由师长邓佑文据守。

文逸俊见过邓佑文之后，备述同窗之谊，又赠送金银土产，邓佑文拍着胸膛给文逸俊打保票，说："沈老总这一关好过，他会拥戴唐冀帅东下入粤的。"说罢，便领着文逸俊到旧抚台衙门去拜会沈鸿英。

沈鸿英端坐在他那张虎皮交椅上，接见了文逸俊。文逸俊向他行过礼之后，便打开那只黑色小皮箱，向沈鸿英献上金银珠宝，沈鸿英只眯着眼睛，连手也不抬一抬。文逸俊见了心中一沉，暗想这绿林头子竟对财帛无动于衷？忙又打开一只大包袱，从中取出象牙一对，虎皮一张，双手捧着献上来。沈鸿英眉毛一扬，顿时站了起来，接住那张黄黑斑纹的猛虎皮，用手使劲一抖，接着便铺在他的虎皮交椅上，一屁股坐到虎皮上，跷起二郎腿，一仰头哈哈大笑道：

"老唐这人真不错，我这虎皮椅上的虎皮近来毛色脱落，我正愁找不到上等虎皮哩，他就差人给我送虎皮来了，哈哈！"

文逸俊暗骂一句"这土匪头"，便赔着笑脸说道："唐蓂帅一向是很看重沈总司令的，今番命我前来给沈总司令送礼，又捎来话，唐蓂帅起三路大军，十万精兵，不日由滇、黔入桂，东下广州就任继帅之职，乞望沈总司令去电表示拥戴。"

沈鸿英翻了翻眼珠，问道："老唐去广州当什么帅？"

"继帅。"文逸俊答道，"即继承孙中山大元帅之职。"

"孙中山不是在北京死了么？老唐还继承他什么，又不是做皇帝！"沈鸿英不解地问道。

"孙中山虽然死了，但他的军政府和大本营还在，这一摊子还得要唐蓂帅去接管。"文逸俊虽然瞧不起沈鸿英，但仍耐心地解释着。

"啊——"沈鸿英这才醒悟过来，"是这么回事呀！"他又把那双眼珠转得只现一片眼白来，忙说道："老唐想做广东王，不过，我也曾经是北洋政府委任的广东督军呀！"

文逸俊这人极有心计，他在来见沈鸿英之前，和邓佑文谈了一天，把沈鸿英的心思爱好和近年来的职务情况摸了个一清二楚。因此，在来见沈鸿英的头天晚上，便暗自用唐继尧的名义填写了三张委任状，分别委任沈鸿英为军长、建国桂军总司令、广西军务督理。他现在见沈鸿英仍念念不忘广东军务督理这个北洋政府委的官衔，便马上打开皮箱，从中取出那张盖有唐继尧帅印的委任状，双手送给沈鸿英，说道：

"唐蓂帅已委任沈总司令为广西军务督理了。"

沈鸿英接过一看，心中不觉大喜。因为他虽然想占据广东这块膏腴之地，但眼下实力不济，一时难以染指广东，如果借此消灭李宗仁、黄绍竑，统一广西，当个广西王也十分满意了。因此，沈鸿英接过委任状，又仰头哈哈大笑道：

"老唐真够朋友，我愿为他东下广州两肋插刀！"

文逸俊见沈鸿英虽是绿林出身，但说话倒也爽快，又闲谈了一阵之后，便假说明日要回云南向唐蓂帅复命，借口告辞了。第二日清晨，文逸俊率领随从人等，悄悄上路，径往南宁找李宗仁去了。文逸俊走后，沈鸿英即电令邓瑞征刻日由柳州到桂林来，商议应付唐继尧东下的问题。

这位"智多星"到桂林后，直入旧抚台衙门来见沈鸿英，邓佑文也在那里等候着了。沈鸿英便将文逸俊的来意说过，询问邓瑞征有何对策。邓瑞征沉思良久，反问沈鸿英道：

"总司令有何打算？"

"趁唐继尧东下之机，集中兵力收拾李、黄、白那几个小连长，统一广西，老唐已经委我为广西军务督理了。"沈鸿英毫不客气地说道。

"总司令这个打算很好。"邓瑞征捻着下巴上几根稀疏的胡须，慢慢地说道，"不过，据我看来，唐继尧东下广州，对广西的地位必将十分重视。他如把广西控制在手，进可据广东问鼎中原，退可回云、贵经营他的老巢。因此广西便成了他进退不可缺少的通道。要控制广西，最好的办法便是维持目前我们与李宗仁、黄绍竑的对峙局面，以便分而治之。因此，据我看来，唐继尧的使者文逸俊必不会马上回云南，而是下南宁与李、黄拉关系去了。"

邓佑文恍然大悟地说道："对！"

"而且，文逸俊也会以同样的口气，把同样的委任状交给李宗仁和黄绍竑。"邓瑞征接着说道。

"妈的，老子被唐继尧耍了！"沈鸿英气得狠狠地擂了虎皮椅的扶手一拳骂道。

"他耍我们，难道我们就不会耍他吗？"邓瑞征冷笑道。

"这步棋该怎么走？"沈鸿英忙问道。

"我估计唐继尧三路大军开拔，大约得一个月的准备时间。在此期间，凭借唐军入桂的声势，以先声夺人之势，集中兵力，消灭李宗仁、黄绍竑，先入关中者为王，只要把广西全部控制在我们手里，一切便好办了。唐继尧要通过广西进入广东，得要他先拿买路钱来，没有六百万两云南烟土，他休想平安入粤。得了这六百万两烟土，我们可以扩充一个军。唐继尧虽然入据广东，但我们在广西捏着他的咽喉，总司令就向他要烟土，要饷项，要弹械，怠慢我时，便从中打几路横拳整他一番，看他老实不老实！"邓瑞征一席话，说得沈鸿英转怒为喜，邓佑文也频频点头，不得不佩服这位"智多星"的见地。

"打李宗仁、黄绍竑也要使用这种拦腰一刀的办法。"邓瑞征对此似乎已成竹在胸，他侃侃而谈，"李、黄虽然结合在一起了，但各据有地盘。黄绍竑握着梧州这个两广的咽喉之地，以此取得广东的声援并吸收两广的财货，这是李、黄政治、经济上的命脉。李宗仁则据着玉林五属一带，命他的参谋长黄旭初看守着桂平。然而南宁又是他们的大本营。从南宁到梧州，形成了一字长蛇，如果我们集中主力，南下猛击桂平，截断大河，这条长蛇便首尾难顾，然后一举便可攻下南宁。占据南宁后，我顺流东下，再从贺县派一支精锐部队，夹击梧州，便可将李宗仁、黄绍竑连根拔去！"

"好！"沈鸿英重重地拍了一下虎皮椅的扶手。

"为了迷惑李宗仁、黄绍竑，我们可用疑兵之计，佯攻梧州，使李、黄把注意力集中在梧州，我则与邓佑文师长率全军主力一万余人由武宣南下，猛击桂平，截断大河，然后攻夺南宁。"邓瑞征说道。

"就这么办！"沈鸿英又重重拍了一下虎皮椅的扶手说道，"梧州那边，我叫沈健飞师长去佯攻，邓参谋长和邓师长率主力出桂平。我在桂林听你们的好消息！"

却说文逸俊来到南宁之后，便住进了南宁酒店最豪华的头等房间，安顿之后，即派随从持名帖去邀请黄绍竑、白崇禧、夏威、俞作柏等保定军校同学前来饮宴叙旧。黄绍竑远在梧州，白崇禧因病不能见客，只有俞作柏、夏威前来酒店看望。因黄、白不在场，文逸俊和俞、夏扯了一阵之后，觉得不着边际，便决定第二天去拜会李宗仁。

李宗仁在督署会议室接见了文逸俊。文逸俊见李宗仁穿一套普通灰布军装，小腿上打着人字裹腿，着双青布千层底布鞋，要不是腰上扎着条宽皮带，那模样简直和士兵差不多。文逸俊暗想，大概广西贫瘠，财政拮据，李部饷项短缺，因此作为全军主将的李宗仁，也不得不如此打扮。想到这里，他和李宗仁应酬了一番之后，忙打开他那只黑皮箱，从里边取出一只长方盒子，将盒子盖揭开，里边闪着一片黄灿灿的金光，文逸俊将盒子捧到李宗仁面前，笑道：

"这是四十根金条，唐冀帅送给李督办的，请笑纳！"

李宗仁脸色严肃，一手将那金条盒子挡了回去，说道："文先生，我们革命军人不讲这一套，有话尽管说吧！"

文逸俊碰了钉子，脸上一阵红一阵白的，但仍装着笑脸说道："李督办为人廉正爽直，可钦可敬！"他放下那盒金条后，说道："唐冀帅不久将去广东就任大元帅之职，抵穗后，当和西南各省军政首要拟订北伐大计。"

李宗仁道："中山先生虽已去世，但北上之前已委任胡展堂（胡汉民字展堂）先生为广州大元帅府代帅，唐冀帅到广州就大元帅职，不知是何意图？若要会商北伐大计，为何不在昆明开会？"

文逸俊听李宗仁说话很硬，料想李是在对唐东下就职通过广西讨价还价，便连忙又一次打开那只黑皮箱，取出两张委任状来，递给李宗仁道：

"这是唐冀帅给李督办和黄季宽的委任状。"

李宗仁见那委任状上赫然写着"委任李宗仁为广西军务督办"，另一纸委任状上写着"委任黄绍竑为广西军务会办"，看过之后，他把那张委任状仍交还给文逸俊，冷冷说道：

"请你回去转告唐冀帅，我和黄季宽现今的名义是孙中山先生委任的，孙先生虽然与世长辞，但我们还是照样拥护他的！"

文逸俊见李宗仁说话严厉，似无商量的余地，但仍不放过最后一点拉拢的机会，说道：

"李督办何必如此认真，目下广州军政府虽由胡汉民代帅职，但胡先生究系文人，无拳无勇，难以服众。唐冀帅东下就职，乃是天意，天意不可违也。冀帅愿送四百万两烟土给李督办作为酬佣，一俟烟土运到南宁，便请李督办和黄季宽通电就唐冀帅所委之职，拥戴冀帅东下广州就职。"

四百万两烟土，价值七百余万元，这对军饷窘迫的李宗仁部队来说，是何等的具有吸引力！但是，这嗟来之食，吃下去是要肚子痛的，况且孙中山先生尸骨未寒，便作谋叛之举，作为革命军人，这是莫大的耻辱。李宗仁虽然没有见过孙中山的面，但听白崇禧多次详谈和孙中山见面的情况，对孙中山先生的为人深表敬仰，只可惜广西战乱，戎马倥偬，无缘到广州去拜谒孙中山先生，亲聆垂示。现在，唐继尧借孙中山病逝北京之机，妄图趁火打劫，出兵东下，夺取两广地盘，对唐继尧的司马昭之心，他早已怒火烧胸，但出于礼貌，不便发作，只是态度严峻地说道：

"值此中山先生在北京病逝之际，唐蓂帅忽欲率大军前往广州就职，难免不遭国人非议。因此，蓂帅入粤，必将引起两粤内讧，此行于国于民均是灾难，我李某人对此实不敢苟同，更不敢拥戴。希望文先生复电蓂帅，代达鄙意，中止东下之行。"

文逸俊不敢抬头看李宗仁的脸色，只得收起金条、委任状，口中说道：

"我定将李督办之意复电唐蓂帅，一有回电，即来拜谒李督办！"说罢唯唯而退。

文逸俊走后，李宗仁独自在办公室里踱步，香烟抽了一支又一支，那宽宽的国字脸上，仍似愁云紧锁，忧霜凝结。

孙中山逝世，对广州大元帅府及两广革命势力已是一个沉重的打击，况且广东又还盘踞着两支横行霸道不听命令的滇、桂军，东有陈炯明，西有邓本殷、申保藩，两支叛军呼应夹击着广州，广东形势极为复杂而险恶。广西境内，陆荣廷残部虽刚被消灭，但占据桂北、柳州一带的沈鸿英时有南下之势，与沈军之战迫在眉睫。因此无论是广东还是广西，唐继尧东下桂、粤无不有机可乘。况且滇军兵精粮足，十万大军蜂拥入境，李宗仁这一万多人的军队，要想与之抗衡，简直是螳臂挡车，以卵击石！如果他接受唐继尧的任命，迎唐军入桂下粤，这个举动，不啻吴三桂迎清兵入关，孙中山先生生前呕心沥血所创建的广东革命政权，不消几天时间，便会被唐继尧吞食而尽。广西是唐军来往于滇、粤必经之地，唐军入粤，岂可放过广西不问？斯时，他李宗仁不过是唐继尧在广西的一名傀儡而已！李宗仁苦苦思索，心中被忧愤填得满满的，竟无法解脱。他烦乱地掐灭刚吸了几口的香烟，命参谋进来：

"立即急电梧州黄会办，请他来邕会商军机大事！"

"是！"参谋马上给黄绍竑发电报去了。

李宗仁愣愣地站着，忽然想起白崇禧来。白崇禧自听到孙中山逝世的消息后，心中十分悲痛，忧心忡忡，长吁短叹，竟至一病不起，有好多天不到督署办公室来了。他曾去看过白，但白的随从均以"参谋长正在昏沉入睡"挡驾。这一忙，又过了好多天了，应该再去看看白崇禧才是，或许白会有办法使他渡过这一难关。想到这里，他便走出督署办公室，也不带随从，径自到白崇禧的寓所南园去了。

到了白的寓所门口，只见两名卫士守候在那里，见李宗仁来了，忙立正敬礼。李宗仁问道：

"白参谋长的病好转些了么？"

两名卫士好像早有准备似的一齐摇着头，答道："每日只是昏昏欲睡。"

"吃些东西吗？"李宗仁问道。

"每日白粥两碗，豆腐一盘，其它食物皆不吃！"卫士答道。

"我进去看看！"

李宗仁挥退那两名把门卫士，径自进了白崇禧的房中，只见白崇禧安静地躺在床上，呼吸均匀，睡得十分深沉。李宗仁看了看，也不好把白崇禧叫醒，只是静静地在房中站了半个多钟头，才轻轻走出来，到门口，吩咐那两个卫士道：

"白参谋长的病情有好转时，即来报我！"

两名卫士，唯唯而立。李宗仁步子沉重地走回督署办公室。大事临头，却又苦于无人商量，黄旭初此时远在桂平驻守，况且黄旭初一向为人谨慎小心，虽然胸有谋略，但他只管李宗仁所兼的第一军中的事务，凡第一军以外之事，他概不过问。如此重大问题，他即使在场，也不会轻露心迹，因为有白崇禧这位参谋长在督署中，黄旭初是绝不直接参与机密的。

第二天，参谋拿来一份电报，李宗仁一看，是黄绍竑从梧州发来的，黄绍竑在电文中说"唐的一切条件皆可商量，即日启程赴邕"。李宗仁看后，心中暗暗吃惊，料想文逸俊在和他会见之前已用同学名义给黄绍竑发了电报，看黄电中的意思，黄绍竑是想斡旋此事。他又联想到俞作柏、夏威曾来向他谈到过，军饷紧缺，可否设法取得唐继尧那四百万两烟土，暂时维持一下？李宗仁深感眼下应付唐继尧入桂下粤之事极为困难，自己部下将领在拒唐与迎唐问题上，又有明显分歧，黄绍竑身边的人似乎有迎唐的倾向，而李宗仁、李石愚等则欲拒唐；而论军事实力，李、黄两军又远在唐军之下。是拒唐还是迎唐，李宗仁苦苦思索，一时竟无法决断。

恰在这时，总值日官来报：文逸俊来见李督办。

李宗仁心里一惊，文逸俊来见，必是唐继尧的复电到了，他想了想，便对总值日官道：

"请他到客厅相见。"

李宗仁到客厅时，总值日官也引着文逸俊来了。文逸俊一见李宗仁，并不像昨日那么恭顺了，他也不落座，从西服口袋里掏出一纸电文，对李宗仁傲慢地晃了晃，说道：

"李督办，唐冀帅电示！"接着便高声念那电文，"本帅大计已定，师行在途，未便中止，仰该代表转饬李宗仁、黄绍竑知照！"

李宗仁却端坐着不动，唐继尧的电报，文逸俊的态度，早已气得他胸中的怒火撞冲着、凝聚着，仿佛已经填满的炸药包，只要再落下一点火星子，便要发生巨大的爆炸。他脸色阴沉，紧咬着嘴唇，拳头攥得紧紧的。文逸俊也不理会，仍旧趾高气扬地说着：

"李督办，我们都是三校同学 [1]，看在同窗之谊上，我劝你要识时务，识时务者，方为俊杰嘛！冀帅东来，是势在必行的喽，你踌躇不决，或妄图反抗，都只是作无谓的牺牲。如今之计，只能通电拥戴，一可保全你现在之地位和地盘，二可立即得到四百万两烟土，以充军饷……"

一点火星，终于落到了那只炸药包上，只听"砰"的一声炸响，李宗仁拍案而起，用手指着文逸俊骂道：

"住口，我李宗仁一生不畏强暴，更不愿同流合污！唐继尧算什么东西，他乘中山先生北上逝世之机，妄图出兵东下，趁火打劫，扰乱两广，不仁不义到了极

---

[1] 民国时期，陆军小学、陆军中学、保定军校有一个三校同学联谊会，这三个学校毕业出来的人，都被称为"三校同学"。

点，他要入桂东下，我就和他拼了！"

文逸俊挨了这一顿当头棒喝，脸上顿时刷白，忙说道：

"李督办不要发怒，有话好讲，有话好讲！"

李宗仁也不理会他这一套，高喊一声："来人呐！"两名挎枪的卫士顿时应声而来，李宗仁随即指着文逸俊道：

"把他押起来！"

文逸俊一见，以为李宗仁要杀他的头，忙扑通一声跪下去，哆哆嗦嗦地哀求道：

"李督办，自古两国交兵，尚且不斩来使，何况我们还有同学之谊，请饶恕我吧！"

李宗仁厉声说道："放心，我不杀你！但你是唐继尧的代表，你在这里四处活动，扰乱我的军心，为此，我要将你押送出境，否则生命难保！"

文逸俊马上站起来，连说："是是是。"随手提上他那黑皮箱，在两名卫士的押送下，狼狈而去。

李宗仁派人将文逸俊押走后，回到办公室里，刚抽完一支烟，白崇禧便急忙来见李宗仁。李宗仁见他气色甚好，精神振奋，不觉大喜，忙问道：

"健生，你不是正在病中么？怎的好得这样快？"

白崇禧笑道："德公声威慑人，鬼邪无不远避。邪气冲走，我的病也就不医自愈了！"

原来，白崇禧根本就不曾病过，他因听到孙中山在北京病逝的消息，心中甚为忧虑，便称病不出，闭门静观时局。

白崇禧估计，孙中山一死，广东将有两场混乱发生，一是外部的，一是内部的。外部极有可能的是云南军阀唐继尧乘孙中山去世便出兵东下，攫夺两广地盘，将整个中国南部控制在手上；内部的则有伏在孙中山大纛之下的桂军总司令刘震寰、滇军总司令杨希闵。刘、杨二人，打着中山驱逐叛徒陈炯明的大旗，进入广东，搜刮民脂，横行霸道，无恶不作，孙中山虽然没有实力，但其声威尚能震慑住刘、杨，现在中山一死，刘、杨必叛。鉴于以上分析，白崇禧抓紧与驻粤办事处主任陈雄的联系，令其将广东发生的情况逐日电报，并每星期做一详细的书面报告，着可靠之人送来。云南方面，则派其亲信潜入昆明，收集唐继尧的动向情报。至于北京方面，段祺瑞虽然重新上台执政，但北洋军阀此时正内顾不暇，尚无力出兵南下统一中国。因此，广东、云南方面的动向与广西休戚相关。广西内部，与沈鸿英的决战终将不可避免，但必与广东、

李宗仁、黄绍竑、白崇禧于孙中山逝世后在桂林独秀峰下建立"中山不死"纪念碑，表示继承孙中山的遗志。纪念碑前站立者为白崇禧

云南方面的问题相牵连。不久，陈雄着人送来密函，报告广东大本营以黄埔学生军为骨干，由黄埔军校校长蒋介石出任东征军总司令，出发潮汕，发起东征战役，消灭了陈炯明叛军。

白崇禧看着报告，眼睛直盯着"蒋介石"三个字，沉思了半响。消灭了盘踞东江的陈炯明叛军，广东方面除掉了一个心腹大患，白崇禧微微松了一口气。不久，派往云南的人送来报告，说在唐继尧的一次宴会上有人看到驻粤桂军总司令刘震寰，报告还说云南军队有出发广西东下广州的迹象。白崇禧闻报，知道广东营垒中的滇、桂军将与唐继尧勾结，暗中拥唐东下，因此唐继尧必然有积极行动。白崇禧判断，一个月左右，唐继尧将率军东下。广西怎么办？白崇禧冥思苦想，皆不得良策。

唐军东下，必经广西，拒唐还是迎唐？拒唐吗？李、黄只有一万多部队，唐继

尧必率精兵而来，其东下兵力可在十万左右，而广西内部沈鸿英必将乘唐军东下趁火打劫，李、黄之军既要拒唐又要防沈，区区兵力，根本无法应付两面作战。迎唐么？虽可暂时保住实力和地盘，但广西是粤、滇陆上交通之通道，唐继尧在广东坐稳之后，绝不会让李、黄、沈的军队直接控制广西，不是被整编，便是被调防，终究要被唐继尧吃掉的。迎唐也好，拒唐也好，其结果皆是殊途同归。从个人感情上说来，白崇禧与黄绍竑都是孙中山一手扶植起来的，对孙中山感情甚笃，且和粤军中许多将领友好，李、黄统一广西之后，广西不会被人夺走，既可有个生根之地，又可能与广东联合向北方发展。因此，无论从个人感情还是团体利害关系出发，都只能拒唐东下，然此举虽善，但却力不从心！

一连多天，白崇禧心情郁闷，及待听得文逸俊来南宁活动，知唐继尧东下决心已定，且行期不远。他当然不愿出面敷衍文逸俊，但却听说俞作柏、夏威对那四百万两烟土垂涎三尺，以此更觉心情沉重，知道在迎唐还是拒唐的问题上，各位将领必有分歧，黄绍竑虽远在梧州，估计李宗仁必电他前来商议大计，但黄的个性白是深知的，此公善于乘时而动，既有冒险精神，又有不顾团体和个人利害的手腕，在拒唐或迎唐的问题上，很难知他倒向哪一边。至于李宗仁虽然处事稳重，不轻举妄动，但在唐继尧的十万大军压境之下，也难以顶得住。白崇禧思来想去，深感兹事体大，不愿轻拿主意，还是由李宗仁和黄绍竑作主吧。因此，李宗仁在他床前默默地站了半个小时，他也不起来和李说话。可是，当李宗仁拍案而起，将唐继尧的代表押下之后，白崇禧立即投袂而起，跑到李宗仁面前来了。

"健生，我们几年来辛苦积攒的这点本钱，恐怕这回要和唐继尧拼光了！"李宗仁望了白崇禧一眼，慢慢地说道。

白崇禧低着头，没作声。李宗仁在沉重地踱着步子，接着说道：

"这也好，既对得起中山先生在天之灵，又对得起广东的朋友们。这一仗，如果我侥幸不死的话，还准备回桂林去当我的小学体操教员，月薪比一名尉官还多四十元哩！"李宗仁说着，那国字脸上流露出凄然之色。

"德公，"白崇禧心中也充满无限的悲凉，"你可以去当体操教员，可我这腿，连回家种田也不济啊，到时，恐怕只有到桂林街上开马肉米粉店去了！"

李宗仁摇了摇头，果断地说道："这不是你白健生的归宿，你应该成为中国的军事战略家。"李宗仁拍了拍白崇禧的肩膀，接着说道："我们每次作战，你都出任前敌总指挥，亲冒矢石，出生入死，浴血杀敌。这一次和唐军作战，由我到前线指挥，你留在后方照应。"

"德公！"

李宗仁挥了挥手，让白崇禧先听他说完。但他却没有直接说下去，而是从办公桌的抽屉里拿出一把钥匙，打开墙角的一只绿色的小保险柜，从里边拿出个小盒子，郑重其事地递到白崇禧手上，说道：

"我带兵十数年，两袖清风，并无余财，这是多年攒下的二十两黄金，你拿着吧，一旦我军战败，全军覆灭，你带着这笔钱到上海去找马君武先生，请他介绍你到德国留学，学习军事！"

"德公！"白崇禧热泪盈眶，两手紧紧地抓着李宗仁那双厚实的大手，激动地说道，"要生，我们生在一起，要死，我们死在一堆！"

第二十六回

寡不敌众　"小诸葛"巧施空城计
老本蚀光　沈鸿英藏躲姑婆山

　　黄绍竑乘坐他的大鹏战舰由梧州赶到南宁时，得知李宗仁已将唐继尧的代表文逸俊武装押送出境，急得他直奔督署办公室，一见李宗仁便大声埋怨道：

　　"德公，你闯下大祸了！"

　　李宗仁笑了笑，也不说话，只是回身给黄绍竑倒了一杯茶，说道：

　　"祸是我个人闯下的，一切后果由我来承担。季宽，事已至此，你看怎么办吧！如果你认为非要向唐继尧屈膝求和的话，我可以辞职的啊！"

　　黄绍竑摆着手，说道："罢罢罢，莫讲那么多了，横下心来，准备打吧！"

　　白崇禧见黄绍竑决心打仗，一颗悬着的心这才踏实下来，忙说道：

　　"时机紧迫，唐继尧三路大军行将开拔，如等唐军入桂我们再采取行动，势必要两面受敌，丧失主动，招致覆灭。因此，在唐军入桂前，必须首先采取果断而迅速的行动，将沈鸿英消灭，使唐继尧失去内应，然后，我们掉过头来再打唐继尧。"

　　李宗仁沉重地点头道："好是好，但这样非常冒险，因为不但唐继尧，就是沈鸿英的力量也比我们大啊！"

黄绍竑本是个喜欢冒险之人，一听李宗仁如此说，便大声说道："怕什么！沈老总的底我有数，他手下只有邓佑文能打两下子，其余的带兵官不是他的儿子便是叔伯兄弟侄子内亲，不堪一击。德公想保险也好，我和健生马上回梧州准备，再向李任潮借点兵。"

李宗仁道："好，我把南宁的事情安排一下，就去桂平，在那里等你们。"

黄绍竑站起来拉上白崇禧便走，李宗仁忙道："季宽，你们吃了饭再走不好吗？"

黄绍竑道："军情如火，刻不容缓！"

李宗仁便也不再阻拦，送到督署门口，便与黄、白二人告别。李宗仁回到办公室，即打电话把伍廷飏找来，吩咐道：

"我与季宽、健生将去桂平指挥对沈鸿英的决战，南宁防务，决定交给你的纵队。如果我们和沈鸿英的大战尚未结束，而唐军已入桂的话，绝不可死守南宁，在唐军逼近省城时你可将部队撤往四塘一带待机。"

伍廷飏答了声："是！"

李宗仁又道："唐继尧见我驱逐了他的使者，必会提前入桂，目下我们尚无力量阻止他，因此，你可请南宁地方及省里商会领袖出面，发电劝阻唐继尧，声言广西地方贫瘠，近年战乱频繁，民不聊生，乞望唐公暂缓入桂东下云云，用民众之舆论与唐继尧周旋敷衍。"

李宗仁吩咐完毕，伍廷飏辞去，回去布置守城去了。这时李宗仁便命令参谋人员收拾行装，备下船只，第二天，便由南宁码头登船，直开桂平而去。到得桂平，第一军参谋长黄旭初迎接，与李宗仁一同到军司令部住下。李宗仁到司令部刚坐下，喝过一杯西山香茶后，黄旭初便站起来，对李宗仁道：

"德公想去视察一下部队吗？"

李宗仁到桂平来，正是要准备和沈鸿英打仗的，对部队的情况至为关切，黄旭初一说，他便马上答道：

"好，我们去看看吧。"

黄旭初陪着李宗仁，视察了各连、各营的情况，只见刺刀磨得雪亮，枪支擦拭得干净，弹药已按战时配备，大炮架在炮座上，拉炮的骡马已套好缰绳，重机枪支在三脚架上，长长的弹链挂满子弹，弹链的一头卡好在枪膛中。军官们在给士兵讲授作战要领，营房内外，一片战时紧张气氛，只要一声令下，部队便可投入战斗。李宗仁见了，心中暗喜，忙问黄旭初道：

　　"黄季宽、白健生来过桂平？"

　　黄旭初摇摇头，李宗仁又问："你已经知道我们要打沈鸿英了？"

　　黄旭初又摇了摇头，说："不知道呀！"

　　李宗仁感到很诧异，又问道："既不知道，部队为何已作好临战姿态？"

　　黄旭初答道："带兵就是随时要准备打仗的呀，孙子云：'以虞待不虞者胜。'德公命我驻守桂平，加紧练兵，不就是准备一朝用兵吗？"

　　李宗仁听了大喜，连连说道："好好好！"

　　其实，黄旭初头天从李宗仁的电报中已知他要来桂平的目的，部队的备战，他也是昨天才开始下达命令的，因他平日练兵有方，一声令下，部队便能进入临战姿态。他是一向不愿在主官面前显露自己有先见之明的本事的，而是处处使人感到他的一切行动皆是按主官之令行事，主官的意志，便是他的意志。由于他作风严谨，内心聪敏，又善工心计，因此甚得李宗仁的赏识。

　　李宗仁见部队已做好准备，便在桂平等候黄绍竑和白崇禧到来。三天后，黄、白乘大鹏战舰赶到，李宗仁和黄旭初把他们接到司令部。由于时机紧迫，又是一路奔波，黄绍竑累得两眼布满血丝，那腮上的大胡须，似乎又长了几分。刚坐下，黄绍竑便道：

　　"梧州方面部队正在做准备，我和健生到了肇庆和李任潮会晤，他答应将陈济棠旅调来支援我们打沈鸿英，又请准广州大本营再派在粤滇军范石生率他的第二军，前来广西帮助我们打唐继尧。"

　　李宗仁听了，这才略略放了心，因为陈济棠旅在粤军中是善战部队，陈本人与黄绍竑又曾在广州东亚酒店共过患难，定会全力支持对沈作战。范石生在驻粤滇军中也是一支主力，在东江跟随孙中山大元帅东征陈炯明时，曾在大花桥和梅花村两处大败陈军，深得孙大元帅嘉许，孙大元帅曾亲书"功在国家"四字和军刀一柄相赠。且范石生又与唐继尧有杀父之仇，范与唐势不两立，今派范石生率军相助拒唐，范必死战。

"关于此次对沈作战方略，我与任潮及健生已拟定，因军情紧迫，只等德公首肯，我与健生便即东返指挥作战。"

黄绍竑说着，便令白崇禧将作战地图取出，他指着地图说道："此次作战以摧毁沈鸿英老巢为第一要务。沈的老巢在贺县、八步一带，那里有大规模的修械厂和炼锡厂，沈军精锐，皆由沈鸿英之子沈荣光统率驻守该地。据侦察报告，贺县、八步沈军有南下夺取梧州的动向。因此，我们此次用兵，当以梧州为轴心，调夏威纵队归陈济棠指挥，以全力攻贺县、八步，直捣沈军老巢；白健生则指挥俞作柏、蔡振云、陆超、吕焕炎、钟祖培等纵队和郭凤岗的独立团，集中江口，自蒙江、平南向蒙山北上，攻击平乐、荔浦，进窥桂林。至于桂平一带，只留少许兵力驻守即可。"

黄绍竑一口气把作战计划说完，便卷起作战地图，似乎要立即出发的样子。李宗仁沉思了一下，望着白崇禧问道：

"健生，你有何高见？"

白崇禧摇了摇头，淡淡一笑，并不说话。李宗仁又回过头来问黄旭初有何意见，黄旭初也是摇了摇头，不发一言。

两位参谋长都不说话，按理，他们都似乎同意黄绍竑的这个作战计划了，但李宗仁心中却感到很不踏实，他点上一支烟，吸了几口，便在室内踱起步来，黄绍竑却频频地看着腕上的手表，急于要走。踱了几圈之后，李宗仁站定，突然说道：

"我不赞成这个作战计划！"

黄绍竑心里一愣，正在捋着胡须的右手一下将胡须紧紧抓住不放，那两只因辛劳过度而充血的眼睛，这下变得更加红了，红得像两块燃烧着的木炭。白崇禧也几天没休息好，太阳穴正在突突地跳着，听李宗仁这么一说，心里顿时紧张起来，因为这个作战计划是黄绍竑提出来的，又得到了李济深的同意，白崇禧虽然提出过不同看法，但遭黄绍竑否定了。因此来到桂平，白崇禧心里矛盾重重，他一怕李宗仁草草同意这个计划，又怕李宗仁提出反对意见和黄绍竑发生冲突，影响整个对沈作战。只有黄旭初似乎觉察不出其中的利害关系，只顾埋头在削着一支标图的红蓝铅笔。

"沈鸿英的那位'智多星'军师邓瑞征不是傻瓜！"李宗仁说道，"因此沈氏此次用兵绝不在夺取梧州，因为梧州虽好东下广州，但沈氏目下实力不足以再次入粤，况且唐继尧又要东下就职，他是无力与唐军争锋的，即使沈鸿英夺得梧州，因东有李任潮，西有我们对他的威胁，梧州也是守不住的。我认为沈鸿英这次必以主力出武宣县下桂平，腰斩我军，然后各个击破，所谓南下梧州，只是一种佯动，牵制和迷惑我军。因此，我军作战当以大河中游为轴心，重点不能放在贺县、八步！"

黄绍竑一听，急得当即跳了起来，说道："德公，当日我袭取梧州，为的是有个落脚点，今天我守梧州绝不是为了谋我个人的地盘和出路。而此作战计划，又是李任潮、白健生与我一起拟定的，且师行在途，陈济棠旅已调动，若重行部署，殊非易事！"

李宗仁听出黄绍竑是误以为他以桂平为轴心乃是保自己的地盘，心里感到很不是滋味，但看黄绍竑那急躁的情绪，知如果再作辩论反会加深他的误解，于事无益，想了想便说道：

"好吧，就照你们的计划打吧！"

说罢他望了望白崇禧，问道："健生还有话要说吗？"

白崇禧脸上现出一副无可奈何的苦笑，只把头摇了摇。

李宗仁以深切期望的眼神看着黄旭初，问道：

"旭初，你呢？"

黄旭初当即明白了李宗仁的意图，他马上站了起来，说道："我想暂时和健生换一换位置，跟季公到梧州去协助指挥。"

黄绍竑因白崇禧对作战计划曾持有不同的意见，便很欢迎黄旭初跟他到梧州去，说道：

"德公，就让健生在你这里照应全局吧！"

李宗仁听了，心里顿时一亮，忙点头道：

"好吧！"

黄绍竑见一切俱已谈妥，便拉着黄旭初，急急上了大鹏战舰，顺流东下梧州去了。白崇禧见了，叫苦不迭，对着李宗仁叹道：

"德公，怕等不到打唐继尧，你就要回桂林当小学体操教员去啰！"

"此话怎讲？"李宗仁平静地问道。

"黄季宽那个作战计划搞错了！沈鸿英必以全力出武宣，截断大河，使我首尾难顾，然后将我各个击破。你既然说对了，为何不坚持呢？眼睁睁地放二黄而去，不出三天便败亡立见！"白崇禧愤然说道。

李宗仁笑道："人称你是'小诸葛'果然不错，但你既先我发现黄季宽这个作战计划错了，为何不早说服他，改弦更张呢？"

白崇禧叹道："黄季宽这个人，他的优点和他的缺点恐怕是半斤对八两，他认定的事，谁也难说服他的！这个作战计划，他是在船上就提出来了的，我不同意。我们一直在船上辩论，后来到了李任潮那里，李任潮却同意了，这下他就更听不进我的意见了。我作为他的参谋长，怎好否定他的意见呢？只好缄口不说，想到桂平之后，由德公来纠正他的这个错误，可德公明明看出其错，却又让他执行去了，岂不错上加错吗？"

李宗仁仍笑道："健生，人非圣贤，孰能无错？季宽自信力很强，加上连日奔波操劳，心里很是烦躁，不可能平心静气地和我对战局做冷静分析，我多说了必定引起辩论，季宽的脾气你又不是不知，愈辩论则其主观性愈强，如此反伤了和气，况且在这个计划上反复论辩，迟迟不决，岂不浪费宝贵的时间，使我错失良机？"

白崇禧仍不以为然地说道："德公乃军中主帅，季宽副之，你为何不用否决权强行制止他那个错误计划的实施呢？"

李宗仁摇头道："不可！我虽身为全军主帅，但万不能简单地用命令压服我的副手。况且这个计划又是季宽和任潮还有你三人一致决定的，究系多数的意见，我未便以一己之见便轻易否决。"

白崇禧叹道："你纵使说出一千条理来也晚了！"

李宗仁笑道："旭初既然和季宽去了，必定能晓以利害说服季宽的，况季宽也是悟性过人，一旦认识过错，改正起来比谁都要快的。我看明天早晨季宽便会有电报到来。事不宜迟，你马上以大河上游为轴心拟定新的对沈作战计划吧！"

白崇禧将信将疑，只得按李宗仁的吩咐拟定了新的作战计划：以贺县、平乐、柳州三处为第一期作战目标，分三路御敌。第一路由粤军旅长陈济棠指挥所部及夏威纵队，进攻贺县；第二路由俞作柏指挥自己的纵队及蔡振云所部向平乐进攻；第三路由白崇禧任前敌指挥官指挥钟祖培、陆超、吕焕炎和郭凤岗独立团进据武宣县城，然后与驻迁江的李石愚纵队会攻柳州。

白崇禧所拟作战计划，深得李宗仁的嘉许。李宗仁即命令参谋将作战计划誊写，俟黄绍竑的电报一到，即以电报发出，没有电台的地方，即派人骑马或乘船紧急送达。

入夜之后，李宗仁和白崇禧都守在电台旁边，夜里十一点多钟，便收到黄绍竑自大鹏战舰上发来的一份长长的电报。黄电称上午所言作战计划有误，据分析沈鸿英必以主力出武宣截断大河交通，使我首尾难顾，然后将我各个击破，为此亟须调整作战计划云云，黄绍竑要求调整的作战计划，竟与白崇禧所拟新的作战计划如出一辙。李宗仁仰头哈哈大笑道：

"真是英雄所见略同啊！"

黄绍竑在电文末还说道："此次错误实系我一人主观臆断造成，战后当向德公负荆请罪。"

白崇禧激动地说道："德公，你和季宽都是帅才啊！"

李宗仁当即签署命令，交电台发出，并令通信参谋着人骑马乘船将命令限时送达各部队指挥官。

由于临时改变了作战部署，各路部队到预定地点集结还需要时间，为了摸清敌情，以便迅速而准确地指挥部队作战，白崇禧决定率领参谋人员及数十名卫士并一连步兵，连夜乘轮沿柳江而上到武宣县城建立前敌指挥所。李宗仁不放心地说道：

"兵力太少，恐怕碰上大队沈军南下，遭遇起来要吃亏的，何不再等一天率主力而上？"

白崇禧道："沈军不一定来得这么快，即使碰上了也不要紧，德公不是随后就到么，我们先到一天对战局有好处。"

白崇禧即带着参谋人员和二百余名士兵，黉夜乘坐两艘小火轮，沿柳河而上前往武宣城去了。第二日中午时分，船到武宣县城。这武宣城紧靠柳河，周围是山，颇荒僻，四周城墙尚完整。这里驻有李宗仁所部游击统领朱为珍的百余人小部队，朱部系收编地方武装和绿林好汉编成的，装备和战斗力都甚差。白崇禧到达，立即部署警戒，并带着参谋人员出城外高坡上用望远镜观察地形，搜索敌情。

白崇禧刚一举起望远镜，便暗自大吃一惊，只见前边约五百公尺处的山坡上出现一片黑压压的步兵，正向武宣城急速奔来。再看左边和右边，也都发现大批人马。白崇禧见了不由得倒吸了一口冷气，暗道沈军来得竟如此之快，据判断，三处敌军总数约在万人。白崇禧连忙下令卫队放列三挺重机枪，准备战斗。重机枪刚刚架好，只见数百名沈军骑兵飞驰而来。白崇禧急令开火，但刚扫射一轮，那些骑兵马队竟不顾死活地直冲过来，后边的步兵也蜂拥而至。白崇禧一看情况险恶，忙下令向城内撤退，三挺重机枪，竟有一挺连脚架都来不及撤走。白崇禧到底左腿胯骨曾受过伤，跑不快，后边的沈军马队已冲到身后，他的那十几名贴身卫士，由两名搀扶着他，其余用手提机枪猛烈开火掩护。沈军马队向来剽悍，虽被白的卫队射杀十几匹马，但仍拼死冲来，中有一名骑黑马，高举指挥刀的少将军官，一边策马追来，一边高声大叫着：

"白健生，看你往哪里跑！"

白崇禧听得声音有几分熟，忙回头一看，追来的竟是他的保定军校同学——沈军师长邓佑文！白崇禧情知不妙，只得拼命往城内跑。他的那十名卫士抵抗不及，全被沈军马刀砍死，那马队已将白崇禧围住。恰好这时武宣城内又冲出几十人，混战一场，才把白崇禧抢入城内。沈军师长邓佑文率领百骑，直抵武宣城下，他坐在那匹黑漆漆的战马上，对着城楼上大叫：

"守城军士听着，我请你们的白参谋长说话！"

不久，白崇禧果然出现在城楼口上，他已换了白色西装，结着紫色条花领带，慢摇着一把没骨花卉的白色折扇，显得从容不迫，风度翩翩。他身后站着十几名持手提机枪的卫士，卫士们见沈军骑兵离城下如此之近，便要举枪射击。白崇禧立即喝道：

"没有命令不准开枪！"

邓佑文坐在马上，耀武扬威，用马鞭指着城上，大声说道：

"白健生，你自称'小诸葛'，现在被我困在武宣小城之内，你演一出《空城计》来看看如何？"

白崇禧摇着折扇，半边身子俯在城楼口的栏杆上，笑着对邓佑文说道：

"可惜司马仲达不能再生！"

邓佑文把马鞭在空中扬了扬，哈哈笑道："你演诸葛亮，我扮司马懿，如何？"

白崇禧连连摇首："不可！不可！司马仲达在九泉之下也要耻笑我的。今天，鄙人不演'七擒孟获'，而要再演'关门打狗'！"

邓佑文听了不觉大怒！原来这"七擒孟获"在《三国演义》中已写得详尽，唯有这"关门打狗"的典故却尚未见诸文字。说来倒也有趣，白崇禧与邓佑文乃是保定军校三期同学，这一期有十几个广西籍的同学，出名的人物便有白崇禧、黄绍竑、夏威、叶琪等人。这邓佑文虽后来在军界不曾崭露头角，但那时在保定同学中，倒也小有名气。他长得体壮如牛，自幼得人传授，学得一手硬功，不但能嚼碎玻璃瓷器，而且能打着赤膊，在冰雪之中连站几个钟头毫无损伤。

这一年冬天，保定降了一场大雪，平地雪深盈尺，只见茫茫大地，银装素裹，寒冷刺骨。恰值星期日，十几位广西同学凑在炉前烤火，不知是谁冒出一句："如此寒天，吃上顿狗肉多美！"只这一句话，便引起了大家的食兴和思乡之情。客居此地，大雪奇寒之天谁不羡慕家乡那美味狗肉？黄绍竑啧了啧嘴，说了句："哪里有狗啲？"白崇禧却诡秘地一笑，说道："诸位要吃狗肉，我献条关门打狗之计如何？"邓佑文急道："只管说来！"白崇禧便如此这般地一说，直把这十几个广西同学说得动了心，大家便分头行动去了。

原来，军校的门警有条偌大的黑犬，常爱到饭堂周围转悠，这日大雪，那黑狗觅食，又窜进了饭堂。黄绍竑、白崇禧、邓佑文等早已埋伏在饭堂之中，他们拿着木棍铁锹把那黑狗猛追，那畜生一看不好，忙向大门冲去，欲夺门而逃。夏威、叶琪早已把守在门口，一人按着一扇门，只留半尺宽的空隙。那黑狗逃命要紧，死命一钻，夏威、叶琪一齐将门使劲一推，竟将黑狗的头部死死夹住，任凭怎么挣扎也无法脱逃。黄绍竑指挥大家一拥而上，七手八脚便将那黑狗打得断了气。他们提着"战利品"，回到宿舍里，分头动手，大家原都是有劏狗经验的，不出两个小时，一大锅狗肉已煮得喷香，又打了五斤高粱大曲酒，十几个广西同学，一个个吃得身暖体热，喝得酩酊大醉。

星期一，祸事终于爆发，门警将此事告到军校总办那里，总办一听大怒，便要惩办这十几名广西学生。大家这才感到问题严重，一个个愁眉苦脸，唉声叹气，只有白崇禧嘻嘻笑着，对大家说道："这事，只有邓佑文同学可救我们。"邓佑文拍着胸膛道："白健生，你有何妙计只管说出来，就是赴汤蹈火我也在所不辞！"白崇禧说道："需用苦肉计。"说着便在邓佑文耳边如此这般地说了一阵。邓佑文又拍了一下胸膛道："为了诸位学友，我豁出去了！"不多时，总办差人来传广西籍学生到办公室审讯。到了办公室，总办厉声喝道："你等目无校纪，堂堂军校学生，竟在光天化日之下干出偷鸡摸狗的勾当来，快说，谁是为首者？"邓佑文站了出来，报告道："报告总办，我们并没打狗吃，你要不信，看我赌咒！"说罢，他拿过一张凳子坐下，随手从烤火的炉子中抓出两颗通红的煤球，一边一颗放在自己的大腿上。那两颗火红的煤球把他的棉裤烧了一个大洞，接着便烧得他大腿上的皮肉吱吱作响。邓佑文却端坐不动，面不改色，从容地对总办道："我们广西同学要是偷了狗吃，今日我便死在总办面前！"总办见了，感到十分惊异，因拿不出确凿证据，又怕真的为此事闹出人命案来担当不起，便只好不了了之，喝令这些广西学生回堂上课去了，一场虚惊，便此了结。大家既佩服白崇禧的妙计，又佩服邓佑文的硬功。不想当年同吃一锅狗肉的同学，却在此处刀兵相见！

"白健生，任你诡计多端，今日被我围住，你插翅也难逃，待我指挥大军打破城池，把你活活捉了，这岂不是'关门打狗'么？"邓佑文怒冲冲地说道。

白崇禧在城楼上摇着折扇，哈哈笑道："看在我们老同学的面上，好吧，权让你当一次司马懿吧。不过，我的士兵还没吃饭，你们也跑了一整天，大概还没来得及吃饭吧，我们这出戏，总不能饿着肚子来演啊！"

邓佑文寻思，吃饭就吃饭，武宣乃蕞尔小城，白崇禧仅有数百人，现在被他的万人大军困着，别说你这"小诸葛"，便是真孔明也休想逃得出去。而他的士兵也正如白崇禧说的，已行军竟日，人困马乏，也正需开饭，待饱饭后，只要他一声令下，便可强攻登城，活捉白崇禧，到时再把这"小诸葛"好好地羞辱一顿，想到这里，便对城上说道：

"好吧，白健生，就让你吃饱饭再当我的俘虏！"

白崇禧摇扇大笑，他身后的卫士立即高声传令："准备开饭！"

邓佑文策马返回时，也令身旁的参谋道："传令埋锅造饭，吃饱攻城！"

参谋道："师长，何不立即攻城，延挨时间，如果敌人援兵赶到，怎好攻城，岂不让白崇禧跑了？"

邓佑文叱呵道："我已接到沈荣光从八步打来的电报，李宗仁、黄绍竑正率主力从梧州出发进攻贺县、八步、平乐，他们的援军三天也休想赶到，白崇禧不过虚张声势罢了，休得长他人志气！"

参谋见邓佑文如此说，便不敢作声，只得去传令埋锅造饭。不多时，只见城外火烟四起，鸡叫猪嚎，沈军正在宰杀掠来的牲畜，准备饱餐一顿，然后攻城。白崇禧在城楼上看得真切，便亲自挑选了一百二十人的精壮士兵，每人持手提机枪，子弹备足，又挎大刀一把，然后每人发给五十块袁大头光洋，令分作两队，每队六十人，分别在东、西两座城门口待命。又找来两名精明的司号兵，如此这般地吩咐了一番。

白崇禧在城楼上一看，只见沈军三五成群，席地而坐，吆五喝六，划拳喝酒。白崇禧一声令下，大开东、西城门，两支敢死队如旋风般杀出，百十支手提机关枪猛烈扫射，猛虎扑羊般地向正在开饭的沈军杀去，城楼四周，白崇禧又令士兵和城中百姓数百人同时高喊"杀——"，正是声震屋宇，有如神兵天降。那些沈军被这一喊一冲，吓得扔下手中的碗筷，向后没命地逃跑！白崇禧这一百二十人的敢死队，直冲得沈军人仰马翻，落荒而逃，邓佑文手忙脚乱喝止不住，这万人大军一退便是二十里。白崇禧的敢死队将围城沈军冲垮之后，也不敢再孤军深入追击，便仍撤回城内。

邓佑文这才收住混乱的队伍，检点士兵，连死伤带逃散的竟损失千余人。他又气又恨，立即挥兵前进，重新将武宣城包围起来。此时已近薄暮，红日西沉，再看那武宣城内，只见城门紧闭，偃旗息鼓，城上竟不见一人。沈军经这一冲，那股锐气本已衰竭，见了这冷冷清清毫无声息的孤城，反倒狐疑不前。邓佑文愤怒之下，正待下令攻城。蓦地，柳河对岸那边，却响起军号声声，孤寂的武宣城上，也跟着传来军号声，河两边的号声互相呼应，此起彼伏，吓得围城沈军心惊胆战。邓佑文遍问左右，却又无人识得那号谱，恰在这时，有人来报，混战中捕获白崇禧的一名士兵。邓佑文即令押来，亲自问那兵道：

"河对岸吹的是什么号？"

那被押着的士兵仄耳听了听，答道："里应外合。"

邓佑文又问道："城上的号吹的是什么？"

"黑夜行动。"那士兵又答道。

邓佑文正在迟疑不决，这时天色已经黑了下来，武宣城上的号声也停止了，只见柳河那边，忽然燃起了几十堆熊熊大火来。邓佑文怕被偷袭，忙传令停止攻城，向河边一带派出警戒，全军野外露宿，在惊惶之中度过一夜。那白崇禧在城上见了，心中大喜，只留下几个哨兵站岗，传令士兵们，好好睡觉，养精蓄锐，只待明日厮杀。

天色放亮之后，邓佑文见对河并无一兵一卒，李宗仁的援兵连影子也见不着，方知中了白崇禧的空城计，心里又气又恨，立即传令，马上攻城，欲将这武宣小城夷为平地方解心头之恨。沈军得令，先以山炮猛烈轰击，又以几十挺轻重机枪向城上扫射，一时间，炮如雷霆，弹似骤雨，直打得武宣城上城下，土石横飞，城垣震颤。这武宣虽是小城，城墙乃是用数百斤的大块青石砌就，颇为牢固，沈军炮击，只炸毁了几处城垛和城楼，城墙仍完好无缺。邓佑文见无法将城墙轰毁，乃令炮兵延伸射击，将一发发炮弹射到城内房屋上，又命轻重机枪不停地向城上扫射，以掩护步兵冲锋攻城。

却说白崇禧见沈军攻城火力非常猛烈，便命士兵持手提机枪和大刀伏在城垛之下，只待沈军爬城之时，再作抵抗。邓佑文亲率督战队，指挥步兵攻城。只见沈军步兵喊着冲杀声如潮水般向城下涌来，将一张张临时扎成的云梯靠在城墙上，一个接着一个向城上爬去，密密麻麻，直如蝼蚁一般。沈军爬得半城，其掩护攻城的机枪火力怕伤着自己人，便都暂时停止向城上射击，白崇禧便一声令下，伏在城垛下的士兵一跃而起，用手提机枪猛扫爬城的沈军，爬得一半的纷纷被射死，刚到城垛的即被大刀砍倒。沈军仗着人多势众，前仆后继，死命登城。邓佑文又命轻重机枪向城上射击，不惜误伤自己的士兵。城下横尸累累，血如水淌，硝烟弥漫，状极惨烈。激战之中，白崇禧的两百余名士兵，已伤亡大半，眼看不支，沈军却爬城不止，白崇禧急得在城上奔跑指挥。邓佑文也驰马在四周督战，他已看出白崇禧力量有限，已不堪一击，便仰头哈哈大笑道：

"老子邓佑文可不是司马懿，被你的空城计吓退！"说罢又传下将令，"先入武宣城者，赏黄金百两，官升三级！"

那沈军本是绿林货色，匪气未改，亡命之徒甚多，见邓佑文悬下重赏，便鼓噪而上，拼命攻城，争着要得到发财升官的机会。城上四周，已爬上不少沈军，虽刚登城便被自己的轻重火器射死不少，但仍登城不止。白崇禧握着手枪，在十几名卫士护卫下，在城墙上往来冲突，亲手杀敌。白部士兵们全拿着大刀，沈军登城一个，便砍杀一个，但也被沈军的轻重机枪不断射杀，形势已危如累卵。恰在这时，只见沈军左右两翼枪声骤起，号声齐鸣，杀声阵阵，白崇禧听得那号声乃是自家号手所吹，心中不禁大喜，知必是李宗仁率主力大队赶到，便号令残存的士兵，准备大开城门，发起反击。果然不久，便见攻城沈军阵线动摇，白崇禧立即命大开东西两座城门，亲率士兵从东门杀出。白部人数虽少，但见援军到来，士气倍增，奋勇追杀，如入无人之境。

再说李宗仁在桂平见白崇禧只率少数军士乘轮赴武宣建立前敌指挥所，深恐白崇禧有失，遂严令各部指挥官兼程而进，到桂平乘船沿柳河而上，直趋武宣城。船正行着，忽见岸上有百姓仓皇奔逃。忙着人打听，皆说武宣城来了许多兵，正在猛烈对战。李宗仁听了不觉一惊，知白崇禧必与南下沈军主力遭遇无疑，便急令船只全速前进。当船行距武宣十余里时，已听得枪炮连天，李宗仁忙令部队舍舟登陆，急速行军，直扑武宣城，正好和邓佑文攻城部队相遇。李宗仁指挥部队左右开弓，朝邓佑文两翼猛冲猛打，交锋几个回合，便打得沈军立足不住，全线顿时崩溃。邓佑文在指挥作战中，身受重伤，由卫士用担架抬着，与他的残兵败将急急向柳州逃去，投奔参谋长邓瑞征去了。所部旅长罗浩忠、邓耀坤率部向李宗仁投降。白崇禧与李宗仁在战场上相会，两人见面的第一句话便是：

"好险！"

李宗仁整顿了一下部队，便和白崇禧商量下一步的军事行动。白崇禧毫不思索地说道：

"德公率一个纵队尾追邓佑文残部，与迁江李石愚纵队会攻柳州，我率大军携带数日干粮，由此经象县、修仁瑶山边缘，过三排、四排出桂林南乡，捉沈鸿英去！"

李宗仁道："沈军主力南下，桂林必然空虚，正好乘机用奇兵奔袭桂林，把沈鸿英打个措手不及，如能捉到沈鸿英，沈军必不战自败。邓佑文已惨败，追其何用一个纵队，我只带一个独立营前往即可，你孤军深入，需多带些部队去。"

白崇禧即率三个纵队和郭凤岗的独立团，翻山越岭，神不知鬼不觉地向桂林奔袭而去。

却说沈鸿英在桂林旧抚台衙门他的司令部里，坐在那虎皮交椅上养神，等待前线的捷报。一个参谋进来报告道：

"总司令，贺县战报。"

沈鸿英心想大概李宗仁、黄绍竑和白崇禧正倾全力进攻贺县、八步，便漫不经心地问那参谋道：

"仗打得蛮狠的吧？"

"报告总司令，粤军陈济棠旅会同黄绍竑的夏威纵队，已攻占贺县。俞作柏纵队已攻占平乐，沈师长荣光所部已全军覆没。"参谋报告道。

沈鸿英心里一惊，暗骂儿子沈荣光不中用，但却镇静地命令参谋道："贺县那个卵地方，先让他们占了吧，你给我派人将荣光接应回来。"

"是！"参谋答应了一声，便退出去了。不久他又惊慌地进来报告道："总司令，柳州急电！"

这下子，沈鸿英再也镇静不住了，忙将那电报抢过一看，只见上边写着：

"邓佑文在武宣战败，身负重伤，退至柳州，敌军极有可能乘机从间道出桂林，请总司令速察之！"

这是参谋长邓瑞征从柳州发来的急电。贺县、平乐、武宣三处皆败，主力部队和战将又受重创，急得沈鸿英抓耳挠腮，气急败坏。正在此时，一个团长来报：距桂林二十余里的良丰圩发现大队敌军向桂林进发。沈鸿英急得直骂：

"操他妈，老子走南闯北，纵横四省，没想到今天倒败在这几个卵小连长的手下！"

他一脚踢翻了那张虎皮交椅。那团长忙问道：

"总司令，准备打吧！"

"还打我个卵！他没有几千人敢来桂林吗？你这点卵兵还能打？准备穿草鞋上山吧！"沈鸿英把那团长骂了一顿，接着又命令道，"你去通知商会，说我要走了，叫他们送点脚夫钱来。还有，让他们送我一把……伞。"

"伞？什么伞？总司令还缺伞吗？"那团长诧异地问道。

"你懂个卵！"沈鸿英翻着眼珠，但他也实在不懂，他要商会送的那种伞叫什么，想了想，忙说道，"就是以前当大官的走了后，地方百姓送的那种大布伞！"

"啊——"那团长这下终于懂了，忙说道，"那叫万民伞，我去叫他们给总司令送来就是！"

一小时后，白崇禧的部队已越过二塘。沈鸿英也率领他的卫队和那一团人，从桂林北门匆匆出走。桂林商会照例燃放炮仗欢送，给沈鸿英送上一笔可观的脚夫钱——两担毫银，又敬了他三大碗酒，接着送上他要的那把硕大的黄缎大布伞——万民伞。送万民伞，这是从前的惯例，每当深得民望的太守或巡抚等高级地方长官卸任之时，市民们便推举商会为代表赠送万民伞。照例，在那巨大的伞布顶面，写上诸如"为民作主，廉洁清正，刚直不阿，包公再世"等颂词。卸任的地方官便着人撑着这颂扬他政绩的万民伞，与地方父老长揖而别，徐徐离任。这沈鸿英在陆荣廷后脚刚走，他前脚便进了桂林，到桂林刚半年多点，他的"政绩"便是开烟聚赌，搜刮民财，桂林市民怨声载道，现在总算送瘟神一般将他送走了。送万民伞，本是封建时代的现象，自民国以来，尚无先例。这次沈鸿英旧戏重演，结合他在广西以至桂林的"政绩"，再看伞面上那几行醒目的"颂词"，沈鸿英演出的乃是一出滑稽戏的最后一幕而已，这也是他在政治和军事舞台上的最后一次"精彩"表演！

沈鸿英舒舒服服地躺在一抬肩舆上，头顶被那把巨大的万民伞遮挡着，款款而行。他估计，白崇禧的部队进占桂林之后，便不会再向北追来，因此并不着急。谁知白崇禧率队从桂林穿城而过，紧追沈鸿英不放。刚一接火，他那一团人马便被白崇禧打得七零八落。沈鸿英一看不妙，赶忙从肩舆上滚将下来，也顾不上再要那把万民伞了，只带着三十名亲信卫士，押着那两担毫银和他在桂林掠来的两箱子金条，慌忙插入桂北的大山之中，渺然遁去。他昼伏夜行，辗转来到他为匪时常居住的贺县姑婆山中藏匿，着人到柳州一带打听"两邓"的情况，准备待唐继尧大军入桂时，再待机而起。去打探情况的人不久回报，李宗仁已攻破柳州城池，邓佑文在混战之中死去，那位"智多星"军师邓瑞征仅带一名哑巴随从，已逃入人迹罕至的大瑶山中。沈鸿英见大势已去，老本蚀光，知断无再起之日，便收拾金银细软，遣散卫队，在几名亲信的护送下，化装潜到西江畔，搭上去香港的客轮，到花花世界做寓公去了。

第二十七回

昆仑关下　李宗仁血战斗卢汉
南宁城外　黄绍竑疑阵困龙云

却说李宗仁在武宣与白崇禧别后，即率一支部队衔尾追击战败的邓佑文，直迫柳州城下。那位"智多星"军师邓瑞征忙派兵出城，与李宗仁混战一场，方才将邓佑文接应入柳州城内，即紧闭城门，不再出战。此时李石愚纵队亦由迁江赶到，李宗仁即令攻城。一时间，柳州城下，枪炮连天，杀声如雷，李宗仁驰马城下，指挥攻城。城上沈军，猛烈还击，李部官兵，死伤累累，但在李宗仁的指挥之下，仍然拼命向城门下奋勇冲锋。正当城上沈军全力阻击李军的当儿，忽听城下一声呐喊，柳州城东门大开，李宗仁挥鞭将那枣红马一击，高喊一声："弟兄们，跟我冲进城去，活捉邓瑞征！"那枣红马长嘶一声，踏着遍地硝烟，直朝大开的城门冲去。李宗仁的几十名卫士也策马疾驰，随后跟进。后边的大队步兵见城门开了，也鼓噪呐喊，蜂拥而入。城上的沈军，见城东门被突破，顿时大乱。那打开东门的竟是李宗仁的部队。

原来，李宗仁挥兵从武宣一路追杀邓佑文，他忖度邓佑文必然窜入柳州城内投靠邓瑞征，柳州城池险固，易守难攻，邓瑞征又足智多谋，如仅以李石愚纵队强攻，必难奏效，旷日持久，滇军入桂，后果不堪设想。在追击途中，他思得一计，即令所部一连士兵将俘获的沈军衣服换来穿，然后夹在溃败的沈军中，混入柳州城内，只待攻城时，便大开东城门，里应外合。邓瑞征虽然足智多谋，但却没料到这一着，正待组织反击时，李宗仁军已大部攻入城中，柳州城内大乱，沈军已失去控制，混战中邓佑文被打死。邓瑞征一看，知大势已去，长叹数声，立即脱下军服，换上风水先生的黑色道袍，拿上罗盘，仅带那个跟他多年的哑巴随从，在乱军中从容混出柳州城外向西而去，遁入茫茫的大瑶山中，这颗"智多星"从此黯然失色。沈军残余，失去统帅，顿成散兵游勇，向

滇军将领龙云

北溃窜，进入长安、三江。李宗仁又令李石愚，率军穷追猛打，直达黔桂边境，将那些零散沈军悉数歼灭。至此，横行南方数省的沈鸿英和他的绿林军队，竟被连根拔去，讨沈军事，仅用月余，便干净利索地结束了。但是南宁方向，又警报频传，滇军龙云部侵入百色后，沿右江东下，已进占省会南宁，守将伍廷飏仅有一团人，无力御敌，放弃南宁后，正向宾阳方向撤退。滇军前敌总指挥卢汉，由南宁北上，追击伍廷飏部，已攻占了天险昆仑关。另一路滇军唐继虞部的先锋吴学显部八千余人，也由贵州进入广西三江，正向柳州进逼，李石愚部的前队在追剿沈军残部中，已与滇军先头部队发生接触。滇、桂双方一场大战已迫在眉睫。

李宗仁在柳州城内他的司令部里，彻夜未眠，他站在军用地图前，一动也不动，那宽宽的国字脸上，眉心打结，两条深深的抬头纹，将两撇浓眉紧紧地挤压着。

"健生那里有消息吗？"他扭头问正在伏案写东西的参谋长黄旭初。

"没有。"黄旭初忙放下手中的毛笔，问道，"要给他发电报吗？"

李宗仁摇了摇头，他知道白崇禧此时正在湘桂边境一带扫荡沈鸿英的残部。因沈

鸿英退出桂林后,沿着陆荣廷走的老路,窜入桂北湘南交界处的大山中。被陈济棠、夏威和俞作柏打败的原据贺县、平乐、荔浦的数千沈军,也已逃入桂北山中,与从桂林逃窜的沈军合股,尚有数千之众,不剿灭他们,终是心腹之患,更何况土匪出身的沈鸿英现时又下落不明。"绝不能让他有卷土重来的本钱!"这是前些天李宗仁发给白崇禧的电令中的一句话。因此,眼下白崇禧无法抽军南下对付入桂滇军。但形势已如火燎眉毛,龙云命卢汉攻占天险昆仑关,其目的在于与以柳州为攻掠目标的唐继虞会师,以便汇合东下,如这两股滇军合流,两广局势便不可收拾了。

"梧州急电!"一参谋匆匆而入,送给李宗仁一份电报。

李宗仁接电一看,这是黄绍竑发来的,黄绍竑说,因唐继尧的滇军已入桂,驻广州的滇军杨希闵部和桂军刘震寰部,正阴谋异动迎唐入粤,广州形势紧迫,大本营电令陈济棠旅调回西江下游,以应付广州局面。另一支驻粤滇军范石生部则已奉大本营命令开入广西,协助李、黄抵抗入桂的唐继尧滇军,范部将抵贵县,黄绍竑本人也将出发前来南宁指挥作战。李宗仁将电报交黄旭初看了,然后问道:

"我们该先从哪里下手?"

李宗仁在军用地图前站了半天,黄旭初早已发现他的两只眼睛紧紧盯着南宁和宾阳之间的那座昆仑关,便知李宗仁的用意所在。黄旭初慢慢地站起来,走到地图前,对李宗仁说道:

"德公,我看先将卢汉占据的昆仑关夺下。"

"对!"李宗仁将地图上的昆仑关猛击一拳,"拿下昆仑关,切断龙云与唐继虞会师柳州的企图,然后将他们各个击破!"

黄旭初省悟地点点头,仿佛他刚刚提出的拿下昆仑关的建议仅是与李宗仁的意图巧合,而李宗仁的主意,则是经过深思熟虑早已胸有成竹了。

"急电煦苍和健侯,令他们星夜开拔,到昆仑关下集结待命!"

"是。"

黄旭初当即拟就了给夏威和俞作柏的电报,他们两人尚在平乐和荔浦一带。李宗仁又对黄旭初道:

"急电梧州季宽,请他转告范石生部,由贵县登陆,经覃塘、黎塘直达八塘,威胁卢汉侧背，配合我攻昆仑关部队之行动。"

黄旭初录下电文后，李宗仁又道："令李石愚在黔桂边境节节抗击唐继虞的先头部队，迟滞其深入桂境行动，边打边向柳州撤退，做死守柳州的准备。"

李宗仁踱了几步，又接着口授电文："将以上作战部署，分电健生和季宽，令健生在桂北完成剿沈任务后，即率主力下柳州抗击唐继虞部。请季宽由梧州到五塘来，会商作战大计。"

因战事紧迫，把黄绍竑和白崇禧请来会商，时间已不允许，作为主帅的李宗仁，虽然不喜欢独断专行，但眼下也只好这样了。当他有条不紊地布置好这一切之后，又站到地图面前，一动不动地出神，一支接一支地猛抽烟，不多久，他脚下的地面上便布满了香烟头，那些横七竖八的烟头，好像一个个手枪子弹壳似的。

第二天早晨，他便和黄旭初带着参谋及卫队，离柳州南下，秘密向宾阳县境内的昆仑关进发。

到达昆仑关北面不远的一个小村子，正好与从南宁退出来的伍廷飏团相遇。伍廷飏报告，龙云的前敌指挥官卢汉，率领他的精锐混成旅，占领昆仑关后，日夜构筑工事，戒备森严，只待唐继虞攻占柳州后，便下关北上与唐部会师。由南宁至昆仑关之间九十里的途中，滇军在五塘和八塘都驻有部队，因此卢汉处于进可以攻、退可以守的有利形势。李宗仁听罢，只是点了点头，也不言语。第二天，便亲自带着黄旭初、伍廷飏及少许卫队，从隐蔽地带潜入昆仑关下的一个小山包，用望远镜不断地观察着昆仑关四周的地形。

却说这昆仑关天险，果是名不虚传，它是广西境内的三大名关之一，另外两大名关乃是桂北恭城县内的龙虎关和中越边境上的镇南关。龙虎关在广西北，是从北面进入广西的门户，扼住龙虎关，便守住了广西的北大门。那镇南关却是广西南边的门户，和它一道雄立边陲的还有两座小关——平而关和水口关。镇南关雄踞金鸡山上，清朝年间名将冯子材曾在此大败法国侵略军，取得镇南关大捷。辛亥革命前，革命党领袖孙中山、黄兴等人曾夺关斩将，发动震惊中外的镇南关起义。因此，在广西这三大名关中，镇南关在近代最为著名。与龙虎关和镇南关不同的是，昆仑关地处广西腹地，在南宁东北约九十里的崇山峻岭之间。广西的中部有东北朝

天险昆仑关古关楼

西南走向的驾桥岭和大瑶山，还有西北朝东南走向的都阳山和大明山。它们以黎塘南面的镇龙山为顶点，形成一大弧形，这就是有名的广西弧形山脉。弧形山脉的西翼向东南延伸，直到宾阳的思陇。这道山脉，在柳州和南宁之间形成一道天然屏障，昆仑关便雄踞在这道屏障之巅，这一带巉岩峭拔，道路险扼，雄关宛如一把巨大的铁锁，紧紧闭锁着柳州至南宁之间的通道。由于它的险峻和特殊的地理位置，自古以来，一直是兵家必争之地。

最著名的一仗，便是"狄青三鼓下昆仑"。北宋年间，广西侬智高造反，占据桂南大片地方，并在邕州（南宁）建立"大南国"，称仁惠皇帝。宋仁宗派枢密副使狄青率军南征。狄青到达宾州（宾阳）时，侬智高早已派重兵把守昆仑关，阻挡宋兵南下。狄青驱兵直到昆仑关下，这一天正是上元节。狄青扎营安寨，传令士卒官佐，张灯结彩，共庆元宵佳节。狄青在帐中设宴，款待军中各级官佐，声言大宴三日，然后进兵攻关。到了第二天晚上，狄青仍在和大家饮宴，到了二更时分，他托病离席，过了不久，派人来席间传话，他因正在服药，宴会由孙沔主持，待服过药之后他再入席。帐中宴会一直延续到天色微明，却只不见主帅狄青到来，因狄青有过吩咐，所有宾客不敢退席，过不久，却有人来报："三鼓已夺昆仑关矣！"原来，狄青见昆仑关险峻异常，不可强攻，决定智取。他在关下大宴三军，麻痹守关侬军，拂晓前以奇兵出击，夺关斩将，历代传为佳话，叫作"狄青三鼓下昆仑"。

明朝万历年间，著名的地理学家徐霞客曾到昆仑关做过考察，订正过一些史书舆志上对昆仑关位置记载的错讹，他的考察成果记载在那部著名的《徐霞客游记》

中，昆仑关从此更为遐迩闻名。关上筑有一座石城，那古堡似的石城像一只猛兽张开巨口屹立关中。城堡中有一座关阁，阁的中厅立着一尊木雕的关公神像。城堡外的左侧，立有一块巨大的石碑，上书"昆仑关"三个大字，这是清朝康熙八年二月立的。

却说李宗仁带着黄旭初和伍廷飏亲临昆仑关下，隐蔽在一个野草茂密的高坡上，用望远镜不断地观察着关上。只见在崇山峻岭之中，屹立着一座石头城堡，一条细得像麻线的褐色古驿道，从城堡下延伸出来，曲折蜿蜒，断断续续，这便是通过昆仑关的唯一道路。关的四周，重峦万壑，绵亘相偎，中多悬崖深谷，真是"一夫当关，万夫莫敌"。从望远镜中，隐约可见关上新筑的堡垒和堑壕。"红头军"沿山巡哨，戒备森严。李宗仁用望远镜观察了半天，除了那条通向关上的唯一古道之外，再也找不出一条可供山羊爬行的野径来。

"怪不得'狄青三鼓定昆仑'名垂青史！"李宗仁收起望远镜，赞叹了一声，那国字脸上抹上一层愁云，回到驻地，竟也喝起闷酒来。

第三天，俞作柏、夏威奉命率部队到达关下，李宗仁便令俞、夏两部攻夺昆仑关，留伍廷飏部作预备队。俞、夏两部，呐喊声震动山谷，在枪炮声中仰攻天险。俞作柏勇猛异常，握着面小旗，指挥部队沿那条麻线似的古道向关上冲击。滇军前敌指挥官卢汉也是一名勇将，他居高临下，指挥滇军的轻重火器猛烈还击，直打得关下草木披靡，俞、夏两部官兵横尸关前。强攻一下午，毫无进展，李宗仁只得传令收兵，检点部属，俞、夏两部四千余人，竟伤亡了一千多。

李宗仁烦闷不已，正在指挥所里踱步，参谋长黄旭初却带了一个人进来，向他报告道：

"德公，我寻访得一个采药人，他说关西面有条小路可上。"

"啊！"李宗仁忙扔掉手中的烟头，回头看那采药人，此人乃是个四十岁左右的精壮汉子，穿套破烂的土造粗蓝布衫裤，腰上扎着一箍什么东西，他站在李宗仁面前也不像乡下百姓见到军人那样畏惧。

"有小路可通关上？"李宗仁惊喜地问道。

"有是有，除了我，别人去不得！"那汉子眼中流露出几分自豪的神色。

"此话怎讲？"李宗仁逼视着那汉子问道。

"老总若不信，可来试试。"那汉子也不解释，径自走出门去了。

李宗仁和黄旭初也走出门外，只见那汉子解下扎在腰上的那箍东西，竟是一条手指粗细的绳索，只见他向上一抛，绳索的一端便紧紧地缠在门前那大樟树的一条粗枝上。那汉子手握绳索，猴似的一下子悬空爬上了两丈多高的树上，官兵们见了，无不喝彩。他"嗖"的一声沿着绳索溜了下来，望着李宗仁挑衅似的说道：

"没有这种功夫，便休想走那条路！"

李宗仁也不说话，只是往左右两只手掌上吐了口唾沫，抓紧那绳索，一口气悬空也爬了上去，他沿着绳索溜下来，将身子倒立，两脚交叉缠住那绳索，两手握着绳索，倒着往上爬，竟也能爬到两丈高的顶端。他这一手，直把前来观看的官兵和那汉子看得呆了。他倒翻身子，跳下地来，又命他的几名贴身卫士也爬了上去。那汉子见了，忙不迭地说道：

"老总身手不凡，去得，去得！"

"今夜便去，你做向导，十分危险，我给你五十块光洋，作安家费罢！"李宗仁对那汉子说道。

"我无家无小，要什么安家费，老总要看得起我，就赏两瓶上等的好酒吧！"那汉子道。

"好说！"李宗仁即命人取出两瓶桂林三花酒，送给那汉子。

入夜，李宗仁亲率几十名精悍卫士，准备跟那采药汉子出发，黄旭初忙劝阻道：

"德公是军中主帅，何须亲自冒险，只派他们去便可以了。"

"我一定得亲自去！"李宗仁斩钉截铁地说道。

"为什么？"黄旭初问道。

"因为——我不想再回桂林去——当小学体操教员！"李宗仁狠狠地说道。

黄旭初见李宗仁已下破釜沉舟的决心，也再无话可以劝阻。李宗仁接着叮嘱道：

"只要听到关上枪响，便立即利用暗夜发起总攻击，预备队全部使用上去！"

说罢他把拳头一挥，"三鼓定昆仑！"

李宗仁和他的卫队，跟着那采药人，消失在漆漆的夜色之中。这是初夏的夜晚，蛙声虫鸣，流萤飞蹿，犹如正月十五提灯夜游的孩童。天穹苍莽，河汉横垂，一弯比镰刀还细的上弦月，幽幽地悬在高耸的昆仑关峰巅上。黄旭初调来伍廷飏的预备队，和俞作柏、夏威两部一起部署在关下，只听关上枪响，便发起总攻。

镰月隐去了，虫蛙们似已感到乏困，那叫声变得零落，流萤大部已熄去它们的灯笼，拂晓前，大地山川竟是那么静谧。蓦地，昆仑关上响起一阵激烈的枪声和喊杀声，震动黎明前的大地。埋伏在关下的几千官兵，也喊起杀声。霎时间，枪声砰砰，杀声震得山鸣谷应。李部官兵呐喊着，沿着那条麻线似的古道，蜂拥着向昆仑关上冲去。

滇军前敌指挥官卢汉在睡梦中被惊醒，混战中无法组织反击，只得狼狈地丢下烟枪向关下南边的八塘逃去。李宗仁指挥俞作柏、夏威、伍廷飏一路追杀，打到八塘，滇军立足不住，又接着向五塘溃退。李宗仁传令收兵，占据八塘，就此等候由贵县开拔来的范石生部，筹划攻夺南宁驱逐龙云的战斗。

等到下午，忽闻一阵幽幽香气，部下来报，左面大路有一队滇军开来。李宗仁估计卢汉已败，一时不可能再战，此队滇军必是开来助攻龙云的范石生部无疑。他出门看时，果见一支稀稀拉拉的部队过来，全无戒备，三三两两的士兵，枪上挑着抢来的衣物包袱，有的走着走着便就地躺下，取出烟枪，点上烟灯，吸起鸦片烟来。队伍中却有三乘威风凛凛的四抬绿呢大轿，轿子中飘出袅袅香烟——乘轿者正在轿中过着鸦片烟瘾。李宗仁皱着眉头，带着卫队在路口等候，并派副官骑马前去联络。

来的果然是广州大本营派出的援军范石生部，那三乘绿呢大轿，抬到路口时，第一乘轿中走出一位身材魁伟的军官，后面的两乘轿子上也各下来一位军官，这三位军官军服笔挺，前面那位身材魁伟佩中将衔的便是从广州来的滇军第三军军长范石生，后面两位佩少将衔的一位是范石生的参谋长杨蓁，另一位是师长田钟谷。范石生走到李宗仁面前，把手拱了拱，用略带歉意的口吻说道：

"德邻兄，辛苦你了，我的部队没能及时赶到，请贵部即收队休息，让我们上！”

李宗仁过去握住范石生的手，笑道：“范军长，你们也辛苦了，请进屋休息。”

范石生随即把那两位少将介绍给李宗仁：“贵军中有德邻兄和黄季宽、白健生三杰；我军中亦有范石生和杨映波（杨蓁字映波）、田钟谷三杰，哈哈！”

坐下后，李宗仁便向范石生通报了刚刚结束的昆仑关之战。范石生听了，又哈哈笑道：

“德邻兄，怪不得你旗开得胜，这三天来，我一直遇着好兆头。”

“啊？”李宗仁不知范石生说什么。

“前天走覃塘——‘擒唐’，昨日走黎塘——‘犁唐’，今天到八塘——‘拔唐’，这不全都冲着唐继尧那王八蛋来的么？哈哈！”

李宗仁也笑了，随后却正色道：“范军长，贵部的军纪，我看须得整顿，沿途抢老百姓的东西可不好。”

范石生坦率地说道：“我这烂部队，嗨，是得好好整顿，打垮龙云后，我准备整军戒烟，再杀回云南去，报唐继尧杀我父之仇！”

正说着，副官来报：“黄军长到了。”

李宗仁和范石生正要启身去迎接，黄绍竑已风风火火地闯了进来，说道：

“小泉兄（范石生字小泉），我以为你已经到南宁了呢，怎么还在这里？”

“季宽兄真是神行太保，我在梧州比你早走三天，却在这里被你赶上了，哈哈！”范石生讪笑着。

李宗仁道：“既然大家在此相会也好，讨伐唐继尧，也要发个通电方显得我们堂堂正正，师出有名。”

范石生一下跳将起来，说道：“德邻兄和季宽兄稍待片刻，通电由我来拟草。”

原来，这范石生乃是前清秀才出身，后来入了云南讲武堂，能文能武，平时爱以宋朝的范仲淹自居，号称“军中一范”。他从副官手中要过文房四宝，即挥毫行文，不移时便将讨伐唐继尧的通电一气呵成。李宗仁和黄绍竑接过看时，只见那通电这样写道：

……去岁曹吴未灭，我大元帅孙公，以北伐讨贼为职志，东撤惠博之围，予陈炯明以自新；西颁副元帅之命，予唐继尧以振拔。陈既负固东江，不自悔悟；唐复按兵滇境，严拒宠命。乃至曹吴覆灭，我大元帅简从北上，号召和平，为国忧劳，以致薨逝。正举国地裂山崩，痛悼哀毁之际，唐继尧乃敢安冀非分，擅自称尊，出兵邕龙，图占桂粤，希冀颠覆我革命政府，捣毁我西南和平。凡有人心，莫不发指皆裂！本月佳日奉读胡（汉民）、谭（延闿）、杨（沧白）、许（崇智）、程（潜）诸公江日通电，殷殷于继续大元帅遗志，努力革命工作，并力辟唐继尧假借名义，祸国叛党。足征整顿纪纲，义正词严。宗仁等不敏，誓督率滇桂子弟，力从诸公之后，为拥护我党主义，先驱杀贼。海枯石烂，此志不渝！谨布区区，诸维亮察！……

李宗仁看过通电后，对范石生道："范军长文武兼备，宗仁等甚为敬慕，此电即就军中电台发出！"

此时，侦察人员来报，被从昆仑关上击溃的卢汉部退到五塘后，正与龙云派出的援军相遇，敌军正在五塘集结，企图反攻，复夺昆仑关。

范石生听了，忙将手中那长柄指挥刀一顿，对李宗仁和黄绍竑说道：

"这柄军刀，乃是我在东江与陈炯明打仗时，大花桥一战，将陈贼杀得落花流水，孙大元帅亲自赠我的，今孙公已逝，唐继尧欲吞并两广，就叫他吃我一刀！"说罢，抽出刀来，竟将桌子劈去一角。

黄绍竑也道："敌人新败，立足未稳，正好乘胜夺下五塘，明日到南宁城里开庆功会去，小泉兄，到时我们欢送你回云南！"

李宗仁见大家求战心切，部队士气正盛，乃下攻击令，与范石生部四个旅浩浩荡荡杀向五塘。卢汉虽拼死抵抗，但经过一场激战，不得不败回南宁城里去了。李宗仁正待向南宁追击，忽见五骑如飞而至，细看之时，乃是第一纵队司令李石愚的参谋带着四名骑兵从后赶来，那参谋到得李宗仁面前，急滚鞍下马，报告道：

"报告德公，滇军吴学显部向柳州进攻，李司令昨日在作战中已不幸殉职！"

李宗仁闻报心里一震，范石生忙道："这吴学显乃滇中惯匪，所部剽悍异常，攻城略地所向披靡！"

李宗仁沉思了一会儿，说道："唐继尧的三路大军，已全部进入桂境，龙云占据了南宁，第三路胡若愚部正从靖西经养利、同正而来，恐不久亦将抵达南宁与龙云合股，如果柳州又让唐继虞攻占，他们据有南宁、柳州，扎下根来，便不好对付了。"

黄绍竑道："眼下柳州告急，请德公回援柳州，我与小泉兄合军围攻南宁，必不使龙云与唐继虞合股东窜入粤。"

李宗仁同意黄绍竑的意见，除将伍廷飏部和罗浩忠、邓竹林两营交黄绍竑指挥外，即率俞作柏、夏威两纵队北上回救柳州去了。

却说卢汉一路败回南宁，龙云即调生力军据守城北的镇宁炮台，准备与李宗仁军决战。黄绍竑、范石生兵临南宁城下，旋即将南宁城包围起来。南宁城南北尖长，好似一个巨大的橄榄，南端紧临邕江，北端接连长堽岭的镇宁炮台，城外四周皆掘有壕塘护城，强攻不易。黄、范两部，仅有几门山炮，炮弹亦不足，不能用炮兵轰城。那范石生一向是轻敌惯了的，一声令下，命部下以云梯爬城冲锋，激战竟日皆不奏效。范部死伤累累，城下的壕塘中，淌满鲜血，填了无数士兵尸体，范石生攻城受挫，士气锐减。此时南宁城中却一声炮响，北门、东门、南门突然大开，三路滇军似三支利箭一般猛地从城中射出，喊杀声骤起，将范石生和黄绍竑的围城部队冲得七零八落。时已黄昏，黄、范两部只得沿邕江狼狈撤退，天黑之后，仍不能立足，邕江沿岸溪沟交错、路径纵横、难以辨认，范石生部本是客军，道路不熟，士兵们为了探路，便点起身上携带的鸦片烟灯，十几里路上，零零落落，烟灯明灭、人声杂沓，有如元宵灯会一般。

黄、范两军直退到南宁下游的蒲庙方才收住阵脚，范石生气得一路骂娘。黄绍竑喘着粗气说道：

"小泉兄，龙云见我军战败，明日必以主力追到蒲庙来与我决战。"

范石生摇着头道："季宽兄，我们这烂部队明日怎的与他决战！"

黄绍竑笑道："我不是怕与他决战，倒是怕他龟缩在南宁不出来呢。"

范石生听了，忙从鸦片烟榻上跳起来，问道："季宽兄有何妙计？"

黄绍竑道："我们对南宁攻击的失败，乃是犯了兵法上说的'屯兵坚城之下'的错误，何以不败？明日龙云追来，只须如此这般，我们虽夺不得南宁城，也可以大大消耗龙云一番。"

范石生听了黄绍竑的妙计，连呼"大妙"，他忙装烟，给黄绍竑递来烟枪："季宽兄，来，过过瘾！"

黄绍竑忙推开烟枪："早戒了。小泉兄，你们这部队，从上到下，皆大抽其烟，只会越抽越弱，最后全部抽垮！"

范石生又躺到烟榻上，对着烟灯深深地吸了一口，叹道："季宽兄所言极是，上有所好，下必效焉。我们在广西境内打垮龙云、唐继虞之后，我便要实行整军戒烟，否则，即使回到云南，也站不住脚的！"

"这就好。"黄绍竑道，"戒烟也真不容易，要不是邓择生督促得紧，晓以大义，我现在不也还是瘾君子么！"

部队退到蒲庙后，刚埋锅造饭，天就亮了，黄、范两军吃过早饭，黄绍竑便用他从梧州带来的十几艘汽船，将范石生部渡到邕江对岸，然后对范石生道：

"小泉兄，你只需留少数步哨警戒，全军偃旗息鼓，在此睡上一天觉。我估计敌军追到此必人困马乏，我留下十几只大民船给你，待敌军天黑开饭之时，你可率部渡江，杀他个措手不及，我则溯江而上，乘南宁空虚，捉龙云去了。"

"这叫反客为主，妙！"范石生拍着黄绍竑的肩膀，"我们再到南宁会师。"

黄绍竑率伍廷飏部和罗浩忠、邓竹林两团乘上他的大鹏战舰和十几艘快速汽船，沿邕江上行，下午时分，便到达南宁的凌铁村旁。黄绍竑一声令下，部队舍舟登陆，以疾风之势，直冲到南宁城下。龙云闻报大惊，急令关闭城门进行抗击，并令人火速传令正向蒲庙圩进发的卢汉，立即回师增援南宁。

黄绍竑指挥部队，将南宁猛攻了一阵，终因南宁城防坚固，自己兵力单薄，无法攻克，激战半日，便传令撤退。龙云因不知对方有多少兵力，又值时近黄昏，也不敢命人出城追击，只是紧闭城门，等待卢汉回来再做商议。

黄绍竑将所部撤往邕江边，命部队重新登船，连夜往下游退去，走了两个多小时，又命部队离船登岸，在蒲庙至南宁的大路两旁，占据有利地形，埋伏起来。天亮以后，便见卢汉所部大队滇军，急急由蒲庙方向往南宁撤退。果如黄绍竑所料，卢汉由南宁出发寻找黄、范两军主力决战，到蒲庙后扑了个空，正在圩上埋锅造饭时，范石生以逸待劳，率部乘船渡过邕江，向卢汉发起攻击。

卢部官兵行军竟日，人困马乏，尚未举筷扒得几口饭，便枪声大作，乱成一团。卢汉因不知对方虚实，急令所部占据蒲庙圩，进行抵抗。两军对峙中，忽接龙云派快马送来急令，要卢汉率部回援南宁。卢汉得知南宁告急，不敢恋战，只得率军撤出蒲庙圩，向南宁退却。范石生在后紧紧追击，卢汉则且战且退，打了大半夜，双方都已困乏，又都是云南兵，此时官兵都烟瘾大发，便就地卧倒，放下钢枪，抽出烟枪，点上烟灯，就在相距几百公尺的阵前过起瘾来，两军阵上，顿时烟火通明，鸦片烟的香气，弥漫数里。过足了烟瘾，双方各自挂起烟枪，灭了烟灯，操起了钢枪，又砰砰叭叭地对射起来。卢汉和范石生打了一夜，却甚少伤亡。没想到天色放亮之后，行到一带狭坡之前，突然枪声如暴风骤雨般袭来，卢汉官兵遭此猛烈伏击，顿时倒下大片。尾追的范军，听到前面阻击的枪声，料知是黄绍竑部正在打埋伏，范石生顿时来了精神，率部随后猛攻。卢汉遭到前后夹击，情知不妙，乃亲率卫队，杀开条血路直奔南宁而来。城上滇军，见卢汉大败而归，即开城门，放其而入。卢汉检点部下，连死伤带失踪的竟有两千余人，愤恨不已。龙云见连遭挫败，不敢出城再战，乃紧闭城门，只候唐继虞攻打柳州的消息。

黄绍竑与范石生将卢汉击败之后，又兵临城下，将南宁紧紧包围起来。范石生的参谋长杨蓁，鉴于上次屯兵坚城之下所遭到的失败，便向黄、范献计道：

"敌人志在下广东，从我军现有的兵力来看，正面很难阻挡得住，不如正面仅留少数监视部队，把主力撤至南宁北面五十里的高峰坳和甘圩一带险要山地，控制南宁城西北方面的侧后，那里地形险要，易守难攻，谅敌人不敢轻易进攻我们。即使胡若愚部进入南宁与龙云合股，龙云力量大增之后，向我发起进击，我们则可向武鸣和右江右岸撤退，难道他们还要把我们送回云南去不成？如果敌人不顾我们而东下，我们即占领南宁然后水陆并进，衔尾穷追。敌人必不敢行此下策，他们必固守南宁，等待唐继虞攻下柳州后，会师东下，如此，我们不但可阻止龙云东下，也有时间和力量击破唐继虞部。"

范石生听了忙问黄绍竑道："季宽兄，映波此计如何？"

黄绍竑捋着胡须，沉思道："此计虽不失为上策，只怕瞒不了龙云和卢汉。"

范石生道："此话怎讲？"

黄绍竑道："如果龙云和卢汉窥破我等的企图，不肯就范，以其主力突向宾阳、迁江前进，策应唐继虞进攻柳州，以一部坚守南宁，与我等对峙，于之奈何？这岂不要了我们的老命了吗？"

杨蓁却笑道："这一着虽可要我们的命，但我可保证龙云、卢汉绝不会走这一步高明的棋。"

黄绍竑仍捋着胡须，用那双冷冷的眼睛盯着杨蓁道："难道龙云、卢汉是十足的大傻瓜？"

杨蓁仍笑道："正因为龙云、卢汉不是大傻瓜，所以他们才不会走这步棋。季宽兄有所不知，滇军中矛盾重重，将领中素来不满唐继虞仰仗乃兄唐继尧的势力，横行跋扈。因此龙云、卢汉绝不会积极策应唐继虞在柳州的作战。"

黄绍竑见杨蓁说得有理，便对范石生道："小泉兄，就照映波的主意办好了，立即将部队秘密撤往高峰坳、甘圩一带，南宁城外仅留少数部队监视龙云的动向。"

正当部队向高峰坳、甘圩进发之时，黄绍竑因连日劳累，突然病倒，高烧不止，竟昏昏沉沉，卧床不起，当地缺医少药，只得让卫士把他抬上大鹏战舰，转赴梧州医病去了。李宗仁正在柳州抗击滇军吴学显部的进攻，闻报黄绍竑病倒前往梧州医病，不得不兼顾柳州和南宁两地的作战指挥，乃将指挥所移到八塘，不时奔走柳州、南宁之间，其苦更甚，不得不催调白崇禧迅速由桂北南下，以解柳州之围。

第二十八回

沙浦血战　吴先锋丧胆白马山
网开一面　"小诸葛"施计逐龙云

　　黄绍竑回到梧州，住在水娇的小艇上养病，方才三日，柳州、南宁告急的电报便似雪片般飞来。南宁方面，胡若愚统率的第三路滇军，已进入南宁，与龙云的部队汇合，声势颇壮，正欲北上与围攻柳州的吴学显部会师，而唐继虞的主力也已进入广西三江。柳州、南宁形势岌岌可危。

　　李宗仁虽往来于邕、柳之间，但颇难同时兼顾两个战场的指挥。黄绍竑日览告急电报，急得直从床上跳将起来，他忙命人给李宗仁打电报，要求即赴柳州，带病指挥作战。同时请李宗仁与范石生会商，由范军暂时监视龙云，把围困南宁的桂军俞作柏、夏威、伍廷飏、韦绍隆等主力纵队悉数抽调驰援柳州，仅留邓竹林、罗浩忠两团随李宗仁在南宁城外游弋，与范石生同布疑阵。援柳部队务于五日内到达柳州马厂附近秘密待命。电报发出不久，便接到李宗仁的复电："兄之病未愈，请安心调养，已电健生援柳。"黄绍竑接电急得大叫道："李德邻把我当成泥巴捏的人了！"他当即提笔亲写电文道："公电悉，柳州危在旦夕，若迟援一日，城破将不可收拾矣。吾意已决，即赴柳督师。大丈夫病可死，老亦可死，死于沙场方得其所！"发过电报后，他即命副官备好舰船，当夜便往柳州。水娇知他病尚未愈，但也不便阻拦，只是把医生开的那些中、西成药做一处包好，交给卫士带上，然后站在艇上，与绍竑洒泪而别。

黄绍竑昼夜兼程，带着他的卫队，乘坐大鹏战舰，由梧州溯江而上，驶往柳河，仅有一营部队沿江岸跟进警戒。战舰颠簸，暑热难耐，黄绍竑病又发作，高烧不止，不时昏迷。

一名医官和两名卫士日夜守在病榻之前，那医官不时给他按按脉，不时用手背轻轻放在额前，命卫士取来打湿的凉毛巾，敷在黄绍竑的前额上。黄绍竑微微睁开眼睛，用舌尖舔舔干裂的嘴唇，卫士忙给他喂下两汤匙糖水，他轻轻地喷了喷嘴唇，忙问道：

"白参谋长现在何处？"

卫士忙把参谋唤到病榻前，参谋答道："白参谋长已从桂林出发南下。"

"给他发电，日夜兼程向柳州进发，不得迟误！"黄绍竑躺在病榻上，口授电文。

"是！"参谋答道。

黄绍竑随即又闭上了眼睛。江两岸异常寂静，烈日高照，连江风也被烤热了，战舰的马达在单调地吼叫着，船尾的江面激起一串银白的浪花，似乎什么地方有蝉在噪鸣。

"离柳州还有多远？"黄绍竑又微微睁开眼睛问道。

卫士又唤来那位参谋，参谋答道："尚有两天路程。"

"命令舰长，全速前进！"黄绍竑低沉地说道。

"是！"参谋走出了船舱。大鹏战舰吼声加大，船头推起一堆银闪闪的浪花，再也听不到岸边的蝉鸣了。一个小时后，那参谋进来报告道：

"两岸警戒部队已远离座舰之后，是否减速行驶？"

"为什么？"黄绍竑闭着眼睛问道。

"船速太快，警戒部队急行军无法跟进。"参谋答道。

"命令他们跑步前进！"黄绍竑仍闭着眼睛说道。

参谋即派人乘救生艇靠岸，向沿江两岸护卫座舰的警戒部队传达黄绍竑的命令去了。两个小时后，参谋又进来报告道：

"江两岸警戒部队又掉在座舰后边了。"

"怎么回事？"黄绍竑似乎也很疲乏，眼皮只抬了抬，又闭上了。

"船速太快，部队强行军后疲乏了。是否命令舰长减速前进？"参谋问道。

黄绍竑听了大怒，将身子在病榻上半支起来，瞪着一双血红的眼睛大骂道：

"他妈的！快去传我的令，全营掉队，枪毙营长，全连掉队，枪毙连长，全排掉队，枪毙排长，全班掉队，枪毙班长，零星掉队官兵，统统枪毙！"

黄绍竑暴怒得身子颤抖起来，搭在前额上的冷敷毛巾掉到了地上，参谋不敢再说什么，正要退出去传达命令，黄绍竑却唤住了他，厉声喝道：

"你亲自带我的卫队去执行此项命令！"

参谋走后，黄绍竑只觉得天旋地转，眼前金星飞舞，他赶忙闭上眼睛，重新躺到那病榻上。

又走了一天一夜，黄昏时分终于到了离柳州十多里的一处河湾里，大鹏战舰奉命在此停泊。黄绍竑的病，似乎又加重了几分，他额上仍敷着湿毛巾，由两名卫士用担架抬着，从座舰登上小艇，上了江岸。俞作柏、夏威、伍廷飏、韦绍隆等由南宁方向秘密抽调的主力纵队，星夜赴援，衔枚疾走，按时赶到预定集结地点时，人马尚喘息未定。黄绍竑当即在江边的一座庙里召集了军事会议。他不能坐立，仍躺在担架上，向各纵队指挥官下达作战命令：

"俞、夏两纵队由正面出击，韦纵队由柳州上游渡过柳江向马厂攻击前进，截断敌之后路，伍纵队作预备队。"黄绍竑从上衣口袋里摸出怀表，看了看，说道："各纵队立即开饭，夜十时准时发起攻击。"

俞作柏忙道："部队日夜兼程，连日疾走，已困乏极点，可否休息一日，等白参谋长率部赶到再发起总攻？"

黄绍竑闭着眼睛，固执地摇了摇头，用低沉但却坚定的声音说道："万万不可！敌众我寡，唐继虞主力还在后头，必须趁围城之敌尚不知我援军到达，戒备松懈的情况下突然出击，将吴学显击败，然后才有时间和力量对付唐继虞的主力……"黄绍竑喘息了一下，接着说道："如果迁延时日，吴学显知我援军到达而加强戒备，唐军主力又进到柳州，即使白健生率部赶到，也没有取胜的把握了。我料定敌军攻城日久，兵心已懈，而且又不知我军到达，必无戒备，出击必定成功。"

各纵队指挥官听黄绍竑如此说，又见他病重尚且果断指挥，便不再说什么了。黄绍竑又道：

"我的前敌指挥所，便是这具担架，紧随俞、夏两纵队之后前进。"停了会儿，他把眼睛睁大，用那双发红的眼睛把各位指挥官看了一遍，然后冷冷地说道："这一仗关系我军生死存亡，只准胜，不准败，谁要退下来，便叫他的卫士把头提来向我交差！"

各纵队指挥官接受命令后，便各自返回部队准备去了。

黄绍竑又命舰上电台通知柳州城内守军，令吕焕炎和林竹舫做准备，夜里十点钟，攻击的枪声一打响，便开城出击，里应外合，夹击敌军。

夜十点，攻击准时开始，俞作柏、夏威纵队分两路由正面出击，枪声骤起，喊杀之声如炸雷震响，桂军从城内、城外同时出击。屯兵于坚城之下的滇军吴学显部果然疏于提防，官兵们正蹲在散兵洞里抽鸦片，枪声一响，吓得蒙头转向，许多官兵仍抓着手上的烟枪在阵地上乱跑。俞、夏两纵队虽然连日行军疲乏，但在黄绍竑严令督率下，攻势十分凌厉。吕焕炎和林竹舫被困在城内多日，见援军已至，一齐开城冲围而出，其势锐不可当。吴学显部有八千之众，又系滇中惯匪收编，剽悍异常，虽然猝遭猛击，部队溃退，但前敌指挥官吴学显在盛怒之下，枪杀了一名退却的团长后，暂时稳住了阵脚。滇军纷纷燃起鸦片烟灯，收缩阵线，顽强抵抗。两军拼杀中，只见灯光闪闪，横飞的弹雨拉出无数条密集的火线……

黄绍竑躺在担架上，由四名卫士抬着，紧跟在右路夏威纵队之后，那员医官紧紧相随。那四名担架兵因不敢快跑，怕颠震着正在重病中的黄绍竑，慢慢与夏威纵队拉开了距离。黄绍竑虽然闭着眼睛，但已听出自己与主力纵队拉开了距离，便低沉地命令卫士："跟上，紧紧跟上！"四名担架兵不敢怠慢，抽动两腿飞跑，不久便追上了夏威纵队。正行进间，只见左边一名担架兵扑地而倒，"嘭"的一声，将黄绍竑从担架上摔了下来，黄绍竑被摔得全身疼痛，大骂着摸枪要毙掉那个担架兵。医官上前摸了摸，发现那担架兵头部中了流弹，已死去了。另一名卫士忙接过担架，抬上黄绍竑又朝前跑去。流弹在周围乱飞，只听"哎哟"一声，那医官竟也中弹倒地。卫士忙道："军长……危险……"

"走！少废话！"黄绍竑躺在担架上喝道。

正走着，忽然前边退下许多人来，挡住了黄绍竑的担架，黄绍竑勉强从担架上支起身子，令卫士上去喝问是谁的部队。卫士回报道："夏威纵队正溃退。"黄绍竑怒不可遏，严令卫士喊话："黄军长在此，后退者格杀勿论！"卫士们的手提机枪砰砰向天上开枪，发出警告，溃退的士兵不敢再向后挪动双腿。此时，纵队指挥官夏威气喘吁吁地跑来报告道：

"军……军长，敌人抵……抵抗，非常顽强，让……让我……再冲一次！"

黄绍竑也不说话，从腰边摸出左轮手枪，吓得夏威两腿直打抖。

"煦苍，我们既是同乡，又是同学，你再冲不上去，别怪我手下不留情！"黄绍竑虽身发高烧，但说出的话却比冰还冷，冷得夏威浑身发抖。

夏威重整部队，亲自率队冲锋，他发现，军长黄绍竑躺在担架上，正紧紧地跟在他的身后，他不敢回头再看，只得咬紧牙关冲锋。此时，左路俞作柏已将敌之阵地突破，吴学显全线崩溃，俞、夏两纵队一路追杀，抄后路的韦绍隆纵队又赶上堵击，吴学显大败而逃，从柳州城下一直退到沙浦方才收住阵脚。黄绍竑躺在担架上随军追击，到了沙塘，便令收兵，不再前进。俞作柏赶来问道：

"何不追到沙浦，将吴学显擒了？"

黄绍竑摇了摇头道："我军仅有四五千人，此战已伤亡不少，虽是得胜之师，但如再向前追击，就可能与唐继虞的主力遭遇，于我不利。"

这时夏威、韦绍隆、伍廷飏和吕焕炎、林竹舫诸将都来了，黄绍竑仍躺在担架上说道：

"沙塘圩是各方面道路的交叉点，北面二十里可达吴学显残部退据的沙浦圩，西面四十里通柳城县，南面四十里通柳州，东面二十里通东泉圩，可直达中渡县城，此处是白健生主力回来的必经之路。吕、林两部可留少许部队监视沙浦之敌，其余仍回守柳州城。俞、夏、伍、韦纵队主力随我向东泉圩秘密移动集结待机。如唐军主力到得较早，进攻柳州，我主力即可在其侧后攻击；如唐军主力舍柳州不顾，向我主力攻击，我即避免作战，逐步向中渡县撤退，与白健生主力靠拢后再行决战；如唐军主力到得较迟，我便可待白健生主力到来后向沙浦攻击，先歼灭吴学显部，然后可从容对付唐军主力。"

黄绍竑部署完毕，即率俞、夏、伍、韦纵队主力秘密向东泉圩移动。到东泉之后，即命电话兵在东泉与中渡县城之间秘密架设电话通讯线，以便和白崇禧及时取得联系。又派出探马向长安、三江方面火速侦察唐军主力的动向。一切就绪之后，黄绍竑已疲乏至极，躺在担架上，连说话的力气也没有了。由于那医官已被流弹射死，军中再无良医，卫士只得将水娇交给的那包药打开，用水调和，用汤匙一口一口地给黄绍竑喂药。

两天后，白崇禧果然率钟祖培、陆超、刘权中、何中权纵队及郭凤岗独立团到达中渡县城，因在桂林西乡的金竹坳一带山区和沈军残部又打了一仗，故白部主力到达中渡的时间晚了一日。白崇禧到了中渡县城后，正遇黄绍竑派出的电话兵十数人，东泉圩至中渡县城的长途专线已经架设就绪，白崇禧便和黄绍竑通了话。

"为何不能按时到？"黄绍竑劈头便是厉声责问。

"因为在临桂两江至百寿间的金竹坳山区与数千沈军作战，已将其歼灭，故尔不能按时到达中渡。"白崇禧本来打了胜仗，今反遭责难，心中已有些不满，但仍心平气和地答道。

"我已将围攻柳州的滇军前敌指挥官吴学显部击溃，现吴部退守柳州北面之沙浦圩。唐继虞主力前部已进到沙浦江北岸，我部主力在东泉，我决定明日与滇军决战。"黄绍竑躺在担架改成的临时行军床上，和白崇禧说话。

"好的。"白崇禧一边和黄绍竑通话，一边命人打开军用地图，"我率主力由中渡绕过沙浦江北岸，配合正面作大包围迂回攻击。"

"不行！"黄绍竑断然拒绝了白崇禧的建议，那声音又冷又硬，仿佛一块重重的冰块，从电话送话器中击向白崇禧的耳部，"你必须把你的主力调到我的正面来，增强正面攻势，仅以一小部兵力绕至沙浦江北岸袭扰敌之后方！"

白崇禧皱着眉头，一边察看军用地图，一边争辩道："兵法云：'出其所不趋，趋其所不意。'以大迂回包抄之势，避实就虚可一举突破唐军阵地，如仅正面死战，敌众我寡，何以取胜？"

"你就背得孙子那几句话吗？"黄绍竑已极不耐烦地说道，"正因敌众我寡，我才要你把主力投入正面攻击，否则，我正面兵力薄弱，很难挡得住敌人的进攻，如我正面被敌冲破，你的大包围不但没有作用，反有被敌各个击破的危险！你懂吗？"

白崇禧无论如何不能接受黄绍竑集中兵力一面硬攻的主张，他强忍着情绪的冲动，继续向黄绍竑争辩道："如正面兵力不足，我可将钟、陆两纵队调至正面，我亲率刘、何纵队及郭凤岗独立团迂回敌后配合正面攻击。"

"我是军长，你要绝对服从我的命令，立刻将主力调至正面，仅由郭凤岗带一营袭扰敌后。"黄绍竑不愿再做辩论，他也没有力气讲更多的话了。

"一个营太少了，不顶用……"白崇禧有点沉不住气了，说话嗓门也高了起来。

"他妈的！你敢不服从命令，我毙了你！"黄绍竑暴怒之下，把他最后一点力气都送到电话筒里去了。

黄绍竑这句话，简直是一颗无形的重炮弹，通过电线输入送话器中，把白崇禧的脑袋炸得嗡嗡作响，他自从军以来，大小仗打了几十仗，还从未受到过上官如此训斥和辱骂。

他气得脸上五官都挪了位置，那抓着电话筒的右手，直颤抖着。"叭"的一声，他将电话筒狠狠地摔在地上，那两头粗、中间细的金属送话器，一下子折断成两半，旁边的几个电话兵，吓得愣愣地站着，连大气也不敢出。

白崇禧虽然气愤到了极点，但也还得勉强服从命令，他派独立团团长郭凤岗带一个营，从中渡绕到沙浦袭扰敌后，自己率钟、陆、刘、何四纵队主力及郭凤岗团的两营，向东泉圩进发。

却说黄绍竑已侦知唐继虞主力一部已进至沙浦江北岸，与吴学显部已成隔江相望之势，战机眼看转瞬即逝，他决定趁唐军主力全部到达之前，发起攻击，将敌各个击破。第二天拂晓，尚未见白崇禧主力到达，黄绍竑便向沙浦圩发起攻击。他命俞作柏担任正面攻击，夏威担任左翼攻击，伍廷飏担任右翼攻击，吕焕炎部由柳州调出充作总预备队。吴学显部据守沙浦待援，顽强抵抗，黄绍竑部攻击自晨至午后均无进展。此时唐继虞催动主力大军，向沙浦急进，来援吴学显。吴学显见援军已达沙浦江北岸，忙命工兵营冒着枪弹架设浮桥，使唐军主力得以渡江增援。黄绍竑闻讯，严令伍廷飏夺下江对岸的制高点——白马山，以火力威胁渡江之唐军主力。

白马山雄踞沙浦江右侧，像一匹灰白的骏马，吴学显部有一营据守山顶。伍廷飏率队反复冲杀，白马山制高点五得五失，战斗打得至为激烈，最后，伍廷飏部仅剩一百余人，再也无力发起反攻夺下白马山。吴学显的工兵营在沙浦江上架设浮桥告竣，先行到达的唐军主力，正像蚂蚁一般源源从浮桥上通过，进入沙浦圩增援。战局急转直下，黄绍竑的正面攻势已呈动摇。

"告诉伍廷飏，打到最后一个人也要给我夺下白马山，否则将他的头拿来见我！"黄绍竑艰难地从担架上支起半个身子，命令他的卫队长给自己留下四名卫士抬担架，其余全部由伍廷飏指挥攻取白马山。

伍廷飏率自己的残部和黄绍竑的几十名卫士，又向白马山发起了攻击，据守山头的敌军纷纷跃出掩体，与伍部展开肉搏厮杀，两军士兵抱在一起，扭打着，撕咬着，不断滚下山崖，不及半小时，伍廷飏部一百余人已打得所剩无几，白马山仍被敌军控制着。伍廷飏见反攻无望，凄然长叹一声，正待拔枪自杀，却听得身后人喊马嘶，回头看时，只见一支人马正向白马山冲来。原来白崇禧的主力已赶到，钟祖培正指挥自己的纵队，反攻白马山。

伍廷飏绝处逢生，喜之不胜，即与钟祖培汇合再夺白马山。白崇禧此时随钟祖培纵队之后，登上白马山，见唐军主力源源通过浮桥，形势险恶，即令钟祖培命炮兵将仅有的三门山炮拉上白马山来。可是炮兵连长却报告，山势陡峭，炮拉不上来。白崇禧令钟祖培再派步兵一连，协助炮兵将炮抬上来，尚有迟误，军法惩处！不久，炮兵和步兵们连扛带抬加拉，总算将一门炮运到山顶。白崇禧亲自指挥，发炮首先将沙浦江上敌之浮桥轰断，敌军落水者无数，增援之路顿即被切断。接着两门山炮又运上来了，白崇禧用一门炮继续轰击沙浦江北岸唐军主力先头部队，使其不能靠拢江岸，又令那两门山炮向吴学显据守的沙浦圩内猛轰，阻止吴部工兵营恢复浮桥的行动，并配合主力向沙浦圩发起攻击。

吴学显见浮桥已被轰断，桂军又以炮火封锁江岸，浮桥无法恢复，在桂军的猛烈攻击之下，他害怕在失去主力增援的情况下被包围歼灭，乃急令所部撤退，向唐军主力靠拢。仓促之中，吴学显部退出沙浦圩，数千人一齐涌向沙浦江边，但浮桥已断，无法渡江，桂军又集中全部枪炮火力，向江边猛烈扫射轰击，吴部滇军毫无工事依托，又缺有力部队的掩护，士兵成片倒在江边。吴学显无奈，只得强令抢渡沙浦江。滇军本不善泳，又值夏季沙浦江江水暴涨，溺死的，被枪弹击死的，随波逐流而去，一江血水，半江尸体，令人触目心惊……

前敌指挥官吴学显的命运，总算比那蚂蚁一般的士兵好些，他有一匹高大壮实的白马。那白马的水性极好，它背上托着身躯肥大的吴学显，尾巴上又拖着一名卫士，昂着头，直向对岸游去，在纷飞的枪弹之中，竟安然抵达对岸。吴学显过了沙浦江，回头看时，他的部下渡过江的零零落落，八千子弟，仅余百人。正在惊惶之际，忽见对岸那白马山酷似一匹白马，正对着他的坐骑遥遥相望。他猛然省悟，此役能死里逃生，全靠那匹白马暗中佑助，想来倒也福大命大。他立即滚鞍下马，对着白马山连拜了三拜，然后翻身上了他那匹白马，对着那些命大福浅的百余士兵高声叫道：

"弟兄们，我等大难不死，必有后福，世界还有我们捞的，跟我走吧！"

那白马长嘶一声，抖掉浑身水珠，疾驰而去。那百余名从龙王爷手中脱难的士兵，仍跟着吴学显，追赶唐继虞溃败的主力归队去了。

却说白崇禧率主力赶到沙浦，及时抢攻白马山，遂将唐军主力和吴学显部一击而败，打了胜仗，却又耿耿于怀。他从白马山上下来，决定不去会见他的军长黄绍竑，准备率钟、陆、刘、何四纵队主力和郭凤岗独立团离柳南下，找李宗仁去。他实在受不了黄绍竑那盛气凌人的训斥和辱骂。

"参谋长，黄军长请你去。"

白崇禧见黄绍竑的卫士来请，心情快快，极不痛快，本不想去面见这位粗暴蛮横的主官。想想还是去了，一则他是军人，军人以服从为天职；二则他与黄绍竑乃是同学，又共事多年，不去不好。还是去见一面吧，但对这次战役，他仍坚持自己的大迂回包围战术的正确性，他准备为此再与黄绍竑争辩，甚至对骂，不惜关系破裂，反正在他的心目中，这支部队的统帅是李宗仁，李宗仁就是刘备，自己是诸葛亮，黄绍竑，黄绍竑又算得了什么呢？将来排起座次，关、张、赵、马、黄，黄绍竑不过是关云长的角色而已！

白崇禧跟着黄绍竑的卫士，一路走，一路愤愤不平地想着，转眼便到了沙浦跟前的一棵大榕树下。战争甫停，好多房屋尚冒着浓烟，这亭亭如盖的古榕，被炮弹削去了一枝大桠，像一巨人被断去手臂似的。白崇禧被引到一抬担架前，却并未见到黄绍竑，只见卫士跪下去一条腿，俯身对着担架唤道：

"军长，军长，白参谋长来了。"

白崇禧这才低头看去，只见那担架上平躺着一个瘦骨嶙峋的人，额上搭条浸湿的白毛巾，两只眼窝深陷，颧骨突出，嘴唇干裂，腮上一丛又长又密的胡须简直像堆乱草，与其说这是一个人，还不如说是一具僵尸更为确切一些。黄绍竑？难道这就是那个精力充沛、跋扈自信的黄绍竑？白崇禧与黄绍竑分别也才三四个月的时间啊！他感到鼻子有点发酸，不知怎的倒生起一股对这具"僵尸"的怜悯之情来。白崇禧的自信力也许比黄绍竑更强，但现在却也怀疑起自己的眼睛和耳朵来了。

那两只深陷的眼窝中的两张眼皮，慢慢地抬了起来，那两只眼睛开始发亮了，亮得依然是那么冷冽，像是由淡红的玛瑙镶进眼眶中的两只眼珠子——这就是黄绍竑！十几年的同学和同事的生涯，白崇禧永远不会忘记那两只冷峻的眼睛。

那两片干裂的嘴唇在慢慢地嚅动着，吐出一声低沉的无力的声音：

"你坐！"

白崇禧来时满腔的怨气和愤怒，此时不知跑到什么地方去了，他慢慢地坐在黄绍竑的担架旁边，什么也没说。

"健生，"黄绍竑伸出一只颤巍巍的瘦得皮包骨的手，摸索着，像要寻找什么东西，终于，他摸到了白崇禧的手，便紧紧地抓住了，"恐怕……我要……死了！"他胸口起伏着，喘了一口气："真的，有人曾给我……算过……命，说我……过不了……三十三岁！"他用舌尖舔了舔干裂的嘴唇，"部队……我……都交给……你啦！"那两张疲惫的眼皮又无力地闭上了。

白崇禧紧紧地握着黄绍竑的手，两行辛酸的眼泪夺眶而出，直洒在那张颧骨突突的脸膛上：

"季宽！季宽……"

那两只深陷的眼窝中的两张眼皮又微微地抬了起来，眼中亮着两片冷光：

"派人……把我……马上送回……梧州，我要……看看……水娇！"

却说唐继虞主力和前锋吴学显部，经过柳州和沙浦两战之后，受到挫败，损失惨重，五万余人的大军失去三分之一的兵力，军心动摇，士气不振。唐军退到三江古宜一带整顿之后，并未北向贵州退却，而是由融县、罗城向庆远西进。白崇禧忖度，唐军企图不外有二：一是想由庆远经都安、隆山、武鸣转至南宁与龙云、胡若愚等汇合，仍做东下打算；二是想由庆远向河池、东兰、凤山西进，循着当年唐继尧由柳州回云南的道路归滇。因此，白崇禧并不尾追唐军，而将主力撤至柳城，渡过柳江，在唐军之南侧与其平行西进，直趋庆远，以阻断其窜往南宁的道路。白崇禧率部赶到庆远，果与唐军遭遇，两军激战一场，唐继虞部受到了歼灭性的打击，唐军上下，无不胆寒，遂彻底放弃了进军南宁与龙云、胡若愚军汇合的企图，全军惶惶然西逃，奔回云南老家去了。

白崇禧打垮唐继虞部后，即移军东下，进至南宁附近，与李宗仁、范石生合军围攻南宁。白崇禧将在柳庆作战中俘虏的三千余唐军官兵，悉数交给范石生，范部就此又扩充了一个旅，范石生高兴地对李宗仁和白崇禧道："我回滇的本钱够了，打下南宁，我即实行整军戒烟，回云南捉唐继尧去！"

李宗仁却说："南宁城防坚固，龙云、胡若愚、卢汉等又坚守不出，何日才能破城？"

白崇禧笑道："不需费一枪一弹，便可夺下南宁。"

范石生道："健生兄，人称你'小诸葛'，难道真有破城之妙计？"

白崇禧道："只是需向小泉兄借点本钱。"

范石生慷慨地拍着胸膛说道："嗨，那三千人还是你送与我的哩，要多少只管说吧！"

"要一百名在柳庆之战中俘获的徒手士兵。"白崇禧笑道，"我是有借有还，夺下南宁之后，再还你十倍，如何？"

"想不到还能赚大钱哩！"范石生笑道，随即命人点了从柳、庆俘来的一百名徒手士兵，交与白崇禧。

白崇禧即对那一百名滇军士兵好言抚慰，又让其饱餐一顿，然后派人送到南宁城下。城上守军见走来许多自家弟兄，便问道：

"你等是何部？从何处来？"

那一百名滇军齐声答道："我们是唐总司令部下，由庆远而来，请开城门，有要事向龙总司令报告。"

城上守军从服装和口音上已知确是唐继虞的部队，且他们又不带武装，便开城放人进入。龙云、胡若愚、卢汉正愁探听不到唐继虞的消息，忽报有一百唐军入城，便亲自招来询问。那些唐军便把从柳州城下战败，到沙浦吴学显部被歼，西进庆远之后，又被桂军打败，唐继虞已率残部退回云南等据实说了。龙云听后，浓眉一耸，勃然大怒，喝道：

"你等蛊惑军心，实为滇军之败类，与我推到城上斩了！"

那百名唐军吓得一齐跪下，苦苦求饶："我等据实以报，望龙总司令明察，可怜可怜我们，把我们带回云南去吧，家中尚有父老妻儿啊！"

卢汉觉得这些士兵转战滇、桂，杀了他们委实不忍，便对龙云道："唐继虞部现今情况不明。我们杀戮他的部属，恐怕于冀帅前不好交代。"

龙云把眼珠一瞪，斥责道："这是敌人施的反间之计，如何瞒得过我？"他对卫队长大喝一声："快去执行！"

龙云的卫队像驱赶群羊一般，将这一百人押到城墙上，一刀一个，全部砍了，把尸首一一丢下城去。

正在城外巡哨的李、范军士，看见南宁城上杀了这一百人，忙飞报李宗仁、范石生和白崇禧，范石生连连顿足道：

"蚀了老本！蚀了老本！"

白崇禧慢摇着手中的大蒲扇，问道："小泉兄居粤经年，在广州可曾玩过番摊？"

"你说赌钱呀？"范石生道，"也耍过好几回，上赌场每局必赢，也捞了十几万银钱。"

李宗仁道："小泉兄手气甚好。"

范石生笑道："手气好不好，我不晓得，我是军长，又有枪杆子，谁敢赢我的钱呀？你们也许不知，我还当着孙总理的面，打过蒋介石两记耳光哩！"

白崇禧道："赌钱要肯下注，小泉兄，再借点本钱来吧。"

范石生道："要多少？"

"三百！"白崇禧伸出三个手指说道。

"哎哟！"范石生皱着眉头，有点不大舍得，把牙一咬，"好，老子搏了！"

"小泉兄不要介意，我连本带利还你就是了，绝不赖账！"白崇禧道。

范石生命人从军中又点了三百名唐军俘虏交白崇禧。白崇禧道：

"三千俘虏中有旅长两员，团长三员，请小泉兄一并交给我。"

范石生道："这两个旅长、三个团长我单独关着，正要杀了他们，也好，就借龙云的刀来杀罢！"说罢便命人将那几个旅、团长押来，交与白崇禧。白崇禧对他们道：

"唐继尧派你们来送死，我放你们一条生路，到南宁城中，照实对龙云说，唐继虞军已被我歼灭，只剩得几个残兵败将逃回云南。你们东下入粤已成泡影，如果龙云、胡若愚、卢汉等人不愿做光杆司令的话，叫他们马上收拾行装，我们让南宁的围城部队网开一面，放他们退回云南去！"

那几个旅、团长唯唯诺诺，便和三百名徒手士兵，来到南宁城下。城上守军，问清缘由，仍开城接纳。

却说白崇禧将那几个旅、团长和三百士兵遣送到城下后，便命围城部队将西面放开，滇军撤走时不可阻击，只命俞作柏、钟祖培、陆超、夏威等人率主力纵队一路尾追，将龙云等逐出广西。部署就绪之后，白崇禧对范石生道：

"小泉兄，这下没你的事了，你可将贵部开到甘圩集结，进行整军戒烟，然后回云南主政，我们是朋友了，今后有事好商量。"

范石生却笑道："健生兄，你借我的本钱还没归还哩！"

白崇禧摇着蒲扇道："放心，我说过绝不赖你的账。今夜龙云必向西突围而去。滇桂境上，崇山峻岭，蛮烟瘴雨，我军一路追杀，沿途民团凭险阻击，龙军必有大批士兵掉队而被俘，这些本钱，全部归你，我和德公一个子儿也不会要你的。"

范石生将信将疑。果然到了半夜，南宁城头一声炮响，龙云、胡若愚、卢汉等率大军由西门冲出。因桂军正面已撤围，数万滇军，如漏网之鱼，遂向西而去。桂军俞作柏、钟祖培等部早做准备，在滇军之后衔尾追杀，直到把滇军逐出桂境。

范石生方信白崇禧料事如神，也率领自己的队伍，随后大摇大摆地进入云南。不想范石生轻敌自信，又忌杨蓁、田钟谷回滇与他争"云南王"的地位，便趁在甘圩整军戒烟之际，纵容官兵殴死了才华出众的参谋长杨蓁。田钟谷在行军途中又染上瘟病死去，范军中的"三杰"，只剩下了这个自命不凡的"军中一范"。范石生正在得意忘形之时，却遭滇军猛将孟有闻的顽强抗击，惨遭大败，几乎全军覆灭，回滇主政乃成泡影，只收得些残兵败卒退驻广西百色。

民国十四年七月二十二日，唐继尧的三路大军被击败退回云南后，连年战乱、千疮百孔、民不聊生的广西，遂被李宗仁、黄绍竑、白崇禧重新统一，从此开启了李、黄、白新桂系的时代。

第二十九回

巧立名目　黄绍竑自封民政长
红颜薄命　水妹子飘零无所终

黄绍竑端坐在办公室的靠背椅上，对着桌子上那方银亮的大印出神。这是一块用纯银铸就的大印，它的规格、图饰和印文，在历代的广西统治者使用过的印鉴中，恐怕算得上是最特别的一枚了。一是它的规格特别大——与一块市面上小商贩出售的水豆腐大小差不多；二是图饰不同寻常，大印顶端立着一头威风凛凛的雄狮，雄狮的四只脚紧紧地按压着大印，似乎在向人们发出警告——这是百兽之王的领地和权力，谁也别想把手伸进来；三是这枚硕大的印鉴上面镌刻的印文，不是"督军之印"也不是"省长之印"，而是"广西民政长之印"七个隶书大字。

黄绍竑是怎样当上广西民政长的呢？说起来李、黄、白三人还颇费了一番心思。原来，自从消灭陆荣廷和沈鸿英，又将侵桂滇军驱逐出境之后，扰攘数年的广西局面复归统一。李宗仁、黄绍竑、白崇禧这几位数年前的营、连长，名不见经传的小人物，一跃而成为广西的最高统治者，而且短时间内被他们消灭或打败的敌手，又是民国以来名震军政界的陆荣廷、沈鸿英和唐继尧。因此李、黄、白一上台，便像在这穷乡僻壤的广西上空，突然间升起了三颗引人瞩目的新星——人们都刮目相看，不知这三颗星对于当今的社会到底是福星还是灾星！然而广西的百姓，毕竟是舒了一口气，因为他们不用担心每日再往深山岩洞中去躲兵了，战争结束，虽然市面萧条，田园荒芜，生计艰难，但却可以设法去谋生了，尤使他们感到庆幸的是兵灾与历年的匪患几乎同时消失，陆荣廷、沈鸿英本是绿林出身，他们与土匪有着千丝万缕的联系，随着陆、沈的灭亡，危害人民的大股匪患也随之消失。虽然在深山恶崖之中，仍有好汉与强贼啸聚，其势已远不如前，广西民众大难之后，得享一时之粗安。

但是，广西之外的邻省乃至北方的当权者，却对广西这三颗耀眼的新星感到惴惴不安。他们或发函电，或派使者，表示祝贺、钦佩，目的则是一个，联络感情，拉拢结盟，使彼为我所用。来得最早的便是湖南省长赵恒惕的使者叶琪。叶琪现任湘军旅长，是广西容县人，与黄绍竑、白崇禧、夏威、俞作柏、黄旭初等有同乡或同学关系，公交私谊都不错。

叶琪口袋里兜着赵恒惕的湘桂两省关系的三种方案。其一是拉广西进行"联省自治"，结成攻守同盟；其二是广西若想恢复陆荣廷时代的霸业，湖南当出兵相助，同下广东，湖南当局之目的，仅在消灭粤境内的谭延闿和程潜所部湘军，绝不与桂军分割广东地盘；其三便是一、二两种方案均不能实现时，望李、黄、白不要为广东所利用，至少在湘、粤发生战争时，采取中立之态度。叶琪还未走，跟着贵州省长周西成又派人来商谈，黔、桂两省如何防止唐继尧的侵略和经营黔省烟土入桂远销粤省的生意。

北洋政府的执政段祺瑞更以当年曾任保定军校校长，与黄绍竑、白崇禧等保定军校学生有师生关系，亦派有使者持段祺瑞执政之亲笔信函前来慰勉。李、黄、白和湘、黔使者周旋，对段祺瑞的使者更不敢怠慢，特派副官长吕竞存到广州去找陈雄，购买了一对上等端砚，专程送到北京去，以示对校长的赞敬。这些事还未应付完，又接到李济深由广州发来的电报，说将于近期偕粤军将领冯祝万、李民欣、邓世增同访南宁。段祺瑞乃黄、白等人之校长，叶琪则系黄、白等人之同窗，李济深等则又是李、黄、白之恩人。从地理位置及利害关系上看，段祺瑞执北洋政权之牛耳，举足轻重，且有师生之谊，这个关系很重要。而湖南则又是进出中原的孔道，与广西毗邻，地理位置之重要不容忽视。贵州是烟土的来路，也是广西的重要财源之一，且又面临一个唐继尧的威胁问题，当然不可怠慢。广东方面，李济深等为李、黄、白统一广西出了大力，而孙中山在世时又明令支持黄、白起来革命，讨伐陆荣廷、沈鸿英等害民贼，名义上，李、黄、白是属于广东大元帅府领导的。但是，对于广东问题，他们一时悬而不决，因为孙中山逝世之后，广东革命政府内部并不稳固，虽然刘震寰、杨希闵的桂、滇军已被消灭，但东江尚在陈炯明之手，南路及琼崖尚在叛将邓本殷、申葆藩控制中。

更使李、黄、白疑惑而放心不下的是共产党和苏俄问题。自从孙中山倡导"联俄、联共、扶助农工"三大政策以来，共产党人进入了国民党的中枢，苏俄顾问在广东影响极大，海陆丰的农民运动搞得如火如荼，这些既新鲜又陌生然而更多的是疑虑，淤积于李、黄、白的心间。前些日子，忙于打仗，无暇思索，现在慢慢想来，不免感到惶惑不安，他们三个人，不但没有读过共产党、马克思、列宁的书，便是对孙中山的三民主义和建国大纲亦是知之不多，他们虽是在孙中山倡导"联俄、联共、扶助农工"三大政策，在具有深远历史意义的国民党第一次全国代表大会之后加入国民党的，但是对于使国民党获得新生的"三大政策"却感到漠然。李宗仁笃信孔、孟倡导的"仁德"，白崇禧崇拜管仲、孔明，黄绍竑则是一个善于随机应变之人，除了利害关系之外，似乎没有什么政治准则可循。现在，在这多变复杂的时局中，他们都想看看再说，横直广西是抓在他们手里了，眼下地位稳固，不妨看风使舵。

为了便于和各方应付，对于省政组织，他们既不沿用北洋政府的省长名称，也不用广东革命政府使用的新名词——省主席。他们挖空心思，想出了一个"民政长"的新牌子，经过商量，他们决定由黄绍竑来充当广西民政长这个角色。经过一番匆忙的准备，黄绍竑便登台了，他发出就职通电并布告全省，于民国十四年八月十五日宣布就任广西民政长。民政长公署下设内务、财政、教育、建设四厅。黄绍竑任命粟威为内务厅厅长，苏绍章为财政厅厅长，甘浩泽为建设厅厅长，盘珠祁为教育厅厅长。又设政务会议，以朱朝森为政务会议秘书长。这个与众不同的招牌一打出去，马上引起了广东方面的注意，黄绍竑等人看来是要脱轨而去了，陆荣廷势力入侵广东的灾难，国民政府要人们余悸尚存，他们担心广西又将出现一个比陆荣廷更为厉害的危害广东的新军阀集团。黄绍竑通电就职的第二天，李济深即来电通知，他偕冯祝万、李民欣、邓世增等粤军将领将乘江固舰溯西江来南宁。

"德公，看来他们对我们不大放心啊！"黄绍竑把李济深的电报递给李宗仁。

"我们对他们不也同样放心不下么，他们怕我变成陆荣廷，我则怕他们真的要实行'共产'！"李宗仁说道。

"不管怎么说，他们对我们的发展壮大，乃至统一广西，是帮了很大忙的，交个朋友总可以吧！"黄绍竑道。

"交朋友当然可以，我们和叶琪不也是朋友嘛。"李宗仁说道。他见白崇禧坐着不说话，就忙问道："健生，你说呢？"

白崇禧望了望李宗仁和黄绍竑，反问道："我们往后就准备挤在广西这山沟里吗？"

"当然要向外发展！"李宗仁肯定地说道，为了表示他的决心，他特地用拳头在椅子扶手上敲了敲。

"陆荣廷、沈鸿英的路子走得通吗？"白崇禧继续反问道。

"陆、沈算什么！"黄绍竑把头一扭，抛出一句又冷又硬的话来。

"健生，你是怎么想的？"李宗仁知道这"小诸葛"说话和打仗一样，总喜欢用"迂回战"，你不逼得紧，他是不轻易露底的。

"我们应做广西历史上的第二个洪、杨！"白崇禧那双机警的眼睛闪亮着，像暗夜中两颗晶亮的星子。他敏捷地站起来，走到地图前，"挥师北上，攻占武汉三镇，顺流而下，直取金陵，囊括东南半壁，然后北上京津，叩开山海关之门，底定东北！"

"啊！"

白崇禧这一席话，不仅使稳健厚重的李宗仁吃惊，便是自命不凡的黄绍竑心里也感到一阵震撼。李、黄两人只是相互对视了一会儿，一时竟说不出话来，似乎彼此都听到对方的心在咚咚地剧烈跳着，却分辨不出到底是兴奋还是惶恐，抑或两者兼而有之！

"未知二公意下如何？"白崇禧回到座位上落座，望了望李、黄一眼。

"本钱不够啊！"李宗仁感到心有余而力不足，惋惜地摇了摇头。

白崇禧嘿嘿一笑，说道："借嘛！"

"找哪个借？"李宗仁笑道，"真是梦里娶媳妇，尽想好事！"

白崇禧却一本正经地说道："怎么不能借呢？孔明草船借箭，南屏山借东风，向东吴借荆州……"

"哈哈！"李宗仁笑着打断了白崇禧的话，说道，"你这位诸葛亮，现在就给我去借十万精兵，还有粮饷弹械一应俱全！"

白崇禧还是一本正经地说道："李任潮不是要来，等他来了再说吧。"

黄绍竑摇着头，鼻子里哼了哼，说道："任潮帮我们夺得了梧州，又帮我们打沈鸿英，出力已经不小了，怎么还能打他的主意？再说他的力量也很有限，我看他这次到南宁来，倒很可能要向我们借兵去打广东南路。"

"对呀！"李宗仁猛省道，"南路地势狭长，又面靠大海，北面千余里与广西交界，如能两面用兵夹击，则胜利更速。"

"二公之见甚有道理。"白崇禧说道，"不过，广东方面必定先向东江用兵，南路一时尚不足虑，尤其是广西已告统一，邓本殷、申葆藩害怕我们袭其侧后，是不敢出扰广州的。待肃清东江之敌，广东才能对南路用兵。任潮此来，必与我商量共同出兵南路，二公答应他就是了。"

"那我们的兵又到何处去借呢？"李宗仁对白崇禧笑道。

"德公不要急，此事总得要找广东想办法。"白崇禧从容说道，"我观察，广东国民政府已成立，只要一肃清东江和南路之敌，便要兴师北伐，到时我们加入进去，广东与广西本钱各一半，合起股来，岂不像我们的讨贼军与定桂军一样么？北定中原，至少可以和他们平分秋色。"

"他妈的，你这'小诸葛'！"黄绍竑激动得一步奔过来，在白崇禧的肩头狠狠擂了一拳，那双冷峻的眼睛里射出两团灼人的光芒。

"好是好，如果他们闹起'共产'来怎么办？听说广东海陆丰一带农民闹'共产'闹得很红火，县长也不敢管……"李宗仁有些忧心忡忡地说道，但又不清楚

"共产"是怎么闹的，因为这几年他一直忙于打仗，对外面的事情知道得不多，再说也没时间去过问，不过听人都这么说，他生怕这股风吹到广西来，使刚刚平静下来的局势再起动荡。李宗仁这种担心，黄绍竑和白崇禧两人也或多或少地都有，但白崇禧考虑问题偏重于策略眼光，善于抓住契机，夤缘时会，挤上时代的列车达到他预期的行程。

两天后，李济深偕粤军将领冯祝万、李民欣、邓世增等到达南宁，江固舰泊在凌铁村码头。李宗仁、黄绍竑、白崇禧率南宁民政官员和驻军将领到码头迎接，为了表示热烈欢迎之意，还特地带了一个童子军乐队前去。当李济深登上码头时，那童子军乐队的洋鼓洋号一齐吹打起来，码头上鼓乐喧天，倒也十分热闹。

李济深等下榻于南宁酒店，这算是南宁最大也最豪华的宾馆了。李、黄、白陪同李济深等进了酒店的客厅，主宾坐下，品茗畅谈。李济深是广西人，又曾在统一广西中大力帮过李、黄、白的忙，因此，宾主之间更是显得十分融洽亲切。不过，李济深是奉有国民党中央党部和国民政府的重要使命来广西的，待大家扯过一些闲话之后，李济深便严肃地切入了正题：

"季宽兄，你这民政长是何意思？"

黄绍竑愣了一下，他没料到李济深会问得这么突然和直率，便含笑答道：

"民政长乃民政之长官也。"

"德邻兄和季宽兄就任的广西绥靖督办和会办之职，乃是由广州大本营所委任，现国民政府已有省政组织法，为何不按照此法组织省政，而要自称民政长呢？"

李济深脸色仍很严肃，口气中带有责备的意思。李宗仁和黄绍竑面面相觑，不知如何回答，但李济深的身份和地位，又使他们不能随便敷衍。白崇禧忙接过话柄说道：

"广东国民政府成立于七月一日，七月三日开始任命广东省政府，但南宁与广州交通梗塞，消息不灵，广西甫定，亟需整治安民，而时间又仓促，不得已乃由季宽临时兼摄民政长。李、黄二公所任绥靖督办、会办之职为广东大本营所委，民政长乃在督办辖下，因此，我们仍在国民政府领导之下。"

白崇禧的话总算为李、黄解了围，释了嫌。李济深点头道：

"既如此，请按国民政府颁布的省政府组织法组织省政府委员会，取消民政长而改称省主席。"

白崇禧以目示李宗仁和黄绍竑，李、黄会意，随即点头道：

"照办！"

李、黄、白的态度使李济深大感满意，他那宽宽的庄重严肃的脸膛上，竟也绽开了由衷的笑容。从民国十二年以来，他便大力扶植黄绍竑，把梧州及广西时局的收拾交给了他，并希望他把李宗仁也拉过来。如今李、黄合作果然收拾了广西残局，李济深是既喜又忧，喜的是李、黄统一了广西，他是广西人，却在广东国民政府粤军中任职，如能把李、黄羁縻在国民政府的旗帜下，这不但对国民革命大有裨益，而且对他现有地位的巩固和将来的升迁，也是大大有利的。但是，如果李、黄势力壮大统一广西后又走到另一条路上去，这不但为害广东的革命事业，且对李济深个人的地位亦有严重的影响，因此，他对李、黄、白如此尊重他的意见，而且态度又坚决，自然是感到十分满意的了。

"关于军事方面，国民政府决定出兵广东南路，剿灭邓本殷、申葆藩之叛军，两广将采取共同的军事行动，不知诸位对此有何看法？"李济深接着谈到军事方面的问题。

广东南路不但有邓、申之威胁，而且前广西军务督办林俊廷被击溃后，其残部杨腾辉等投到邓、申那里，对于李、黄、白来说终是一患，因此，对于出兵南路李宗仁痛快地答道：

"照办！"

李济深来南宁肩负有三项使命，前两项很顺利地完成了，第三项便是敦促李宗仁、黄绍竑尽快设立国民党广西省党部，以便在广西开展党务工作。黄绍竑一听要办党务，便摇着头说道：

"那些广州来的娃娃们能办什么党务，在梧州我见过，真是糟糕！"

原来，去年国共合作实现后，国民党中央党部就派出代表到广西梧州来筹办党务，黄绍竑当时坐镇梧州，对这些满口革命新名词，而又接近工农大众的青年很是看不顺眼，但又怕他们渗透进来再组织起来，对他不利。因此，后来梧州的劣绅捣毁了梧州市的党务筹备处，他虽身为国民党员却睁一眼闭一眼让他们干去。现在，李济深要他和李宗仁筹办广西党务，便知这是广州国民党中央党部的意图，因此他一听便有些不满。李宗仁和白崇禧也都低头不语了，客厅里出现了颇使人感到难堪的沉默。李济深见他们都不说话，便收敛了脸上难得出现的笑容，说道：

"诸位既已加入本党，是党内之重要成员，为何反而不愿办理党务呢？"

其实，李、黄、白并非不愿办理党务，而是不知这党务到底应如何办起，因为在广西的军政界，眼下只有他们三人是国民党员，三个人怎么筹办党务呢？要办，还得靠广州国民党中央党部派人来，将来成立的广西省党部，岂不要和他们分庭抗礼么？这便是他们不愿办理党务的原因所在。李济深虽然精明，却一时不知他们的底蕴，只好又谆谆劝导了一阵。李、黄、白却仍是低头不语，李济深急了，便质问道：

"在广西不办党务，如何说得过去，你们还是不是孙总理的信徒？"

李宗仁有些勉强地笑道："任公，此事容我们再商量商量吧。"

李济深对李宗仁这句话当然不满意，正要再开导一番，李宗仁的副官正好进来报告：

"欢迎任公的宴会已准备就绪，请各位长官入席。"

李宗仁、黄绍竑、白崇禧不约而同地站了起来，不约而同地做了个"请"的手势，又不约而同地说道：

"任公，请！"

李济深只得站了起来，带着冯祝万、李民欣、邓世增等随李、黄、白之后，步入宴会大厅。这宴会大厅也是南宁最豪华的，它不仅有名厨名菜，而且侍者也是第一流的。

当李、黄、白陪同李济深等进入厅内时，只见十几桌宴席上已坐满了军政官员，那些前来陪席的官员们见客人进入厅内，立刻起立致意。这时，只见两位身穿高领旗袍，容貌秀丽的年轻女子款款而来，向李济深鞠躬，然后笑盈盈地说道：

"任公，请！"

李宗仁夫人郭德洁（中）、白崇禧夫人马佩璋（右）、黄旭初夫人宋禄蕉（左）

李宗仁忙指着左边那位女子向李济深介绍道："这位是内子郭德洁。"接着又指着右边那位女子道："这位是健生的夫人——马佩璋女士。"

郭德洁和马佩璋又向李济深鞠了一躬，李济深笑道：

"两位夫人真是一表人才，谁说天下女子只有苏杭的好，我们广西不也大有人才吗？"

一向不苟言笑的李济深，这句话倒把大家引得大笑起来。笑过之后，他这才发现，似乎还缺了一个人，他忙向黄绍竑问道：

"季宽兄，你的夫人呢？"

李济深这句话，直问得黄绍竑脸上热辣辣的，竟一时不知如何回答才好。他的妻子一直住在乡下，不但人才比不上郭德洁和马佩璋，且不谙官话，更不能在上流社会中交际应酬，因此只是厮守着乡下的庄园，不跟黄绍竑出来。黄绍竑从戎多年，一直在外，平时喜逛花艇、吃花酒，对家中的妻子甚少过问。就是投奔李宗仁后，他虽然驻军容县老家，但也是在县城住的时间多，很少回到山嘴村老宅与妻子团聚。

民国九年他在梧州驻防时，结识了艇妹水娇。水娇容貌艳丽，楚楚动人，不但能说白话，还能讲一口流利的官话，棋琴诗书，无所不能，又会唱粤曲京剧，看她的长相，直直的秀气的鼻子，一张樱桃小口，婀娜的腰肢，都不大像两广一带的人。但看她驾艇在波涛上出没，如履平地，特别是那划起双桨时矫健的身姿，你又不能不肯定她是地道的西江一带水上人家的女儿。到底她是哪里人，她的出身家庭如何，黄绍竑是一无所知，因为她不肯对他谈起自己的身世。也许，那是一支用苦水浸泡过的黄连，她不愿再去咀嚼它；也许，那曾是一节饱含糖汁的甘蔗，后来竟不幸掉落苦海中去了，使人无法再去寻觅，因而回味起来使人更感到充满苦涩。她的社会地位低微下贱到了极点——是一个没有花捐公司挂号的"黄脚鸡"——城里人常说的"暗娼"。可是她的气质，她的容貌，她的才情，却又是女子中出类拔萃的。你走过大江南北，闯过五湖四海，也许难得见到这样的女子！

黄绍竑与她一见钟情，虽然那时他还是个地位卑微的小连长。她也爱黄绍竑，但并不是爱他那身老虎皮，领口上的两颗"梅花"和腰上晃动的那把盒子枪，她爱他那豪爽的气质和比天大的野心。

离开梧州后，黄绍竑调防百色，虽然他也照样花天酒地，在右江码头上逛花艇、吃花酒，但那不过是一种发泄胡闹而已，每次由勤务兵扶着醉醺醺地离开花艇时，他随便丢下一把银钱，那殷勤的妓女送他下艇时，说的什么话他都听不清了。他的勤务兵照例没有把他马上扶回营房去，而是把他搀到右江边上的那块大石头上坐下，然后在旁边侍立着。他对着那悠悠东去的江水发呆，他知道这江水是流到梧州去的，不过世道不太平，烽火遍地，盗贼如毛，百色到梧州已久不通航，更有一首歌谣唱得人们心中发怵："盎有一升米，莫溯藤峡水，囊有一佰钱，莫坐抚江船。"有几次想水娇想得发慌，他差点都要跳进右江里去了。

后来他率军返回梧州，几年不见，水娇还在等着他，更使他惊喜不已。经过两年多的征战，黄绍竑与李宗仁势如破竹，击灭陆、沈，打退滇军，一统广西江山，几年前的小连长黄绍竑一跃登上了广西统治者的高位。水娇是又喜又忧，更多的却是惶恐和不知所措。黄绍竑当连长的时候，常到水娇的艇上幽会，水娇曾劝他，攒点钱吧，脱下这身老虎皮，做点买卖开个铺子什么的，也图个安然。黄绍竑却心比天高，拍着腰上的盒子枪说："等我当了省长，你便是省长夫人，待我做了督军，你便是督军太太！"水娇只道他是说着玩的，谁知过了才两三年的时间，黄绍竑果真当了省长，虽然名称上叫民政长，那实质上便是一省之长。

黄绍竑由梧州迁到南宁省会办公后，专派他的大鹏座舰到梧州去接水娇来南宁。水娇舍不得她那只小艇，舰长便只好用缆绳把它拴在舰尾，一路拖到南宁来。到了南宁后，水娇因与绍竑尚是一种非正式的关系，没有履行明媒正娶的手续，因此不能在公开的场合露面。水娇仍居住在她的小艇上，绍竑在省署办完公事之后，便到小艇上投宿，二人情投意合，倒也无事。不想后来在广州的一些无聊小报上，竟连续登载起黄绍竑的桃色故事来，那些标题都十分富有刺激性和攻击性，诸如什么《黄绍竑和他的真假夫人》啦，《一人得道，鸡犬升天——梧州的一只"黄脚鸡"即将荣升省长夫人》等等，五花八门，不一而足。据说这些充满人身攻击的"桃色新闻"是黄绍竑的前上司马晓军为报复而指使人干的，也有说是在广州的一些广西籍的老民党为攻击广西的新政权而授意别人干的。但不管怎么样，这些耸人听闻的消息已不胫而走，不但在两广上层人士中流传，连市井百姓们也津津乐道了。这消息竟也成为刚刚上台的李、黄、白新政权的一种潜在威胁，因为他们上台伊始，生怕自己的形象被人塑造得不三不四的，对往后的统治不利。一天，李宗仁和白崇禧找黄绍竑谈话了，李宗仁劝道：

"季宽，还是派人到容县老家将嫂夫人接到南宁来吧。"

黄绍竑低头不语，只是用手把颏下的胡须捋了又捋，李宗仁忖度他是舍不得那只"黄脚鸡"，便又说道：

"广州小报上的那些文章，你都知道了……"

"咚"的一声，黄绍竑在桌上狠狠地擂了一拳，吼道：

"请你们不要再提这些事！我黄绍竑过去搞过不少女人，可谁也不曾对我放过一声屁。今天为了一个女人，竟到处对我议论纷纷，造谣攻击，难道她是乱国灭朝的妲己、褒姒吗？如果我因为这个女人使你们有失面子的话，我可以辞职啊！"

说罢，头也不回怒气冲冲地走了。李宗仁怔怔地望着黄绍竑的背影，听着那沉重的脚步声，一片愁云飘上他的国字脸，不住地摇着头：

"麻烦！麻烦！……"

现在，在宴会上，李济深当着这么多人的面，不知是有意还是无意地询问起黄绍竑的夫人来，叫黄绍竑如何回答得了呢？还是白崇禧脑子快，忙过来给黄绍竑解围：

"黄夫人在容县家中有些事务要处理，过几天才能来了。"

郭德洁和马佩璋马上笑脸相迎，邀请李济深到宴会厅中间那张最大的宴席上入座，侍者开始上菜。广西菜肴，虽在全国比不上广东、福建、上海菜有名，但广西名菜，大都以本地著名山珍作主料，以地方土特产作配料，在烹调上既有粤菜特点，又不完全是粤菜，而是继承了广西民间烹调野味的传统方法，又吸收外来烹调技术之所长，天长日久，形成了一套独特的广西烹调技艺。因而制成的菜肴美味超群，与外地名菜相比，更有"土""特"之风味，难怪连以吃闻名的广州人，也不得不称赞广西名菜："好睇、好香、好味、好补！"南宁酒店的名厨在广西是第一流的，制作的原味纸包鸡、田七炖鹰龟、南荠炒蛇背、蛤蚧炖全鸡、蒜头扣鲶鱼等广西名菜，更属上品。李济深虽是广西人，但在外任职多年，今天一品这些家乡名菜，更是称赞不已。郭德洁、马佩璋又善于逢场应酬，不断向李济深等客人敬酒敬菜，宾主之间，觥筹交错，气氛十分热烈。这些人中，只有黄绍竑情绪低沉，吃起菜来，味如嚼蜡，如鲠在喉，后来干脆猛喝起酒来，宴会酒至半阑，他便把筷子一放，站起来向李济深点点头，说道：

"任公慢请，我身体有些不适，恕不奉陪了。"

说罢扭身离席，也不和别人打招呼，竟独自去了，李宗仁看黄绍竑脚步轻飘踉跄，忙命副官把他送回去。

却说黄绍竑跟跟跄跄出得南宁酒店来，见身旁有副官跟着，便瞪着眼睛，喝道：

"快给我去找一副上等烟具来！"

那副官以为黄绍竑喝醉了，忙提醒道："民政长不是早已戒烟了吗？还要烟具何用？"

"少废话！快给我把烟具找来，别忘了带上等云土。"

副官见黄绍竑说得如此分明，全然不像醉了的样子，只得唯唯诺诺，跑去寻觅烟具和烟土去了。

黄绍竑高一脚低一脚地走着，出城来到邕江的一处河湾边，此时已暮色渐临，江面上仍隐隐翻滚着夏日的落霞，江风微微，略有凉意，但他心烦火躁，反觉胸中塞着一团火炭似的。他在江边踟躇，岸边上有两名便衣卫士站在那里，江岸边泊着水娇那篷顶有一条木龙的小艇。他并没上艇去，在江岸上站了好一会，直到那位副官抱着烟具和烟土来到面前，他才踏上水娇搭起的跳板，摇摇晃晃地走上小艇。一进入舱内，他便一头躺下，要水娇为他打烟。

"你不是早戒了呀？为何又要抽？"水娇惊诧地问道。

"你不要管！"黄绍竑胸中仿佛填满了炸药，那拿在手上的烟枪便是根导火索，似乎要点上火来一场猛烈的爆炸才舒服。

水娇看着黄绍竑那愤懑又颓唐的神色，益发感到不安，她与他交往几年，还从未见过他是这个样子。她不敢再问，用颤抖的双手为黄绍竑装上烟泡，慢慢点着……第二天，李宗仁派人来请黄绍竑回去继续与李济深会谈，他躺在烟榻上一动不动地说了声：

"我病了，不能去！"

第三天，李宗仁又派人来请，黄绍竑冷冷地说道："我病还没好，去不了！"

来人迟疑地说道："德公说，李任公今天要回广州去，请民政长……"

黄绍竑这才抬起头来，有些疑惑地问道："李任潮为何匆匆离去？是与德公和健生谈不下去了吗？"

来人摇摇头，说道："是广州方面出了事情，昨天上午八时，廖仲恺部长到中央党部开会，遭奸人枪击身亡。广州国民政府和中央党部急电李任公速回广州开紧急会议。"

"啊！"

黄绍竑倏地从烟榻上坐了起来，想不到廖仲恺死得如此突然，他和廖仲恺虽然交往不多，但却颇怀敬意，对于这位国民党领袖的突然死去，他除了感到惋惜外，更多的却是对广州政局深感不安，广州一有风吹草动，对于刚刚统一的广西不能没有影响。那人见黄绍竑对廖仲恺的死反应如此敏捷而强烈，不像是有病的样子，忙说道：

"德公今天下午要在南宁酒店开欢送李任公的宴会，要我请民政长回去赴宴。"

黄绍竑一听李宗仁又要他出席宴会，便冷冷地说道：

"你回去告诉德公，说我病还没有好！"

说罢，便又重新在烟榻上躺了下去。那人大概怕回去不好向李宗仁交差，便硬着头皮问道：

"不知民政长患了什么病？"

黄绍竑一听便冒火了，指着来人骂道："你少啰唆，老子一听宴会头就痛！"

那人不敢再问，只得说了句："请民政长多保重！"便唯唯而退。

黄绍竑又猛抽起鸦片烟来，在袅袅的烟雾中，他仿佛看到李宗仁、白崇禧和他们的夫人正与李济深碰杯，他烦恼极了，但又无法解脱。论人才相貌，气质风度，交际应酬，水娇哪一方面都要比郭德洁和马佩璋强，可是她却命薄如纸，偏偏是个烟花女子，是个遭人鄙视的"黄脚鸡"！黄绍竑如果还是个小连长的话，水娇的命运倒很可能会有个转机，他可以娶她为妻，也可讨她为妾，这是谁也不能干涉的，因为不管怎样，他身上穿着那张"老虎皮"，腰上挎着那杆盒子枪，便是家族父老也不会死命反对他的。如今，他爬上了省长的高位，反而连娶个烟花女子的自由都没有了。他能打败比自己强大的陆荣廷、沈鸿英、唐继尧，他可以在短短的时间内将陆、沈的势力连根拔去，但他却无法打碎千百年来套在像水娇这样女子身上的锁链，他不能将她们拉出火坑，他也不能触动千百年来形成的习惯势力。在枪林弹雨中，他是勇敢的斗士，在运筹帷幄中，他是果断的指挥官，而在这发霉腐朽的光怪陆离的社会面前，他却感到惶恐，连一声呐喊都发不出来，而只能靠鸦片烟的刺激来填补他那空虚的精神世界。

"你……你让我还是回梧州去吧！"水娇哽咽着，恳求黄绍竑放她走。她是个聪明绝顶的女子，自来南宁后，特别是近来，她发现黄绍竑情绪异常，现在又重新抽上了鸦片烟，她知道他有难言的苦衷，这苦衷便是由于她的存在才引起的，只要她走了，也许一切便都好了，她深知自己是个红颜命薄之人，省长夫人、督军太太的地位，她此生是无法得到的，因此还不如含恨一走了之。

黄绍竑铁青着脸，腮上的胡须在微微抖动着，不知那是愤怒还是战栗。

太阳落下去了，江湾升起薄薄的雾霭，这是农历初几的日子，天边的月亮细得像片柳叶，江岸边有虫鸣声，河中不时有鱼儿跃出水面，打破江湾的寂静。水娇拿支紫竹长箫，坐在艇首，满怀哀愁、绝望之情。一支《春江花月夜》的古曲，在江水上跳跃滚动，令人销魂、心碎……

却说李宗仁送走李济深之后，心情颇感烦闷沉重。廖仲恺被刺，广州的时局变幻莫测，陈雄曾派专人送来情报，说国民党中央对廖仲恺之死已立专案审查，看来廖案牵涉的人事复杂，连胡汉民也有嫌疑，还涉及一些粤军将领。如粤局动荡，必波及桂局，亦将影响到广西今后的发展。广西本来就穷，又经过这几年的战争变乱，更是残破不堪。现时省库空虚，不但建设无从布展，便是省署公务人员及军队官兵的薪饷也难以支开。前清以来，广西一直由广东协饷，民国后趁"讨袁护国"之机，陆荣廷出兵占领广东，也不外是从财政上找出路和为个人的发财。但陆荣廷的老路李宗仁是不能走的，因此他赞同白崇禧的意见，与广东站在同一旗帜下，向外发展。

现在廖仲恺遇刺身死，胡汉民又受到牵连，这两位跟随中山先生革命多年在国民党内素孚众望的领袖出了问题，广东政局更迭，不知将出现一个什么样的局面，虽然与李济深的会谈还算顺利，看在李济深的面子和将来广西发展的机会上，他基本接受了将广西省政、军事隶属于广东国民政府，也同意在广西办理党务。但现在广东出了问题，李济深等又匆匆离去，时局多变，他决定还是看看再说。

李宗仁心情烦闷的另外一个原因，便是黄绍竑最近举止失态，情绪颓唐，又开始抽起鸦片来了。自从那次规劝黄绍竑之后，不但没有发生作用，李济深走后，黄反而更加放浪形骸，差不多整日待在那条小艇上，吞云吐雾，恋着那只"黄脚鸡"，连政务也无心处理。黄绍竑身为民政长，又兼军长，在军、政方面的地位，仅次于李宗仁，长此以往，不但不利于现政权的巩固，还将大大影响向外发展的计划。但是黄绍竑的倔脾气李宗仁是深有所知的，说轻了他不听，说重了他一气之下不知又要干出什么事情来。李宗仁想来想去，毫无办法，嘴上叼着根香烟，在办公室里踱来踱去。他听到隔壁有人在闲聊，那是副官处的办公室，只听人说道：

"南宁这地方，女子长得都不好看，又黑个又矮，颧骨高，鼻子塌，怎么看都不顺眼，还是我们桂林女子好看。"

李宗仁皱着眉头，正想去告诫副官们在公务时间休得胡扯这些不三不四的东西。这时，却听另一人说道："不，南宁也有佳丽，记得前几年，我在这里读书的时候，凡有庆祝游行或欢迎外省军事首脑等场合，南宁男女学校都整队前往参加。是时马草街省立第二高等女子学校的队伍中，担任掌校旗的便是该校的校花蔡凤珍。她年方二八，美艳无比。那时我和几位同学还想'癞蛤蟆吃天鹅肉'去追求一下呢！"

李宗仁听出说话的正是副官长吕竞存，他眉头一挑，忙走进副官办公室去。副官们见李宗仁突然进来，料想有事，便都一齐站了起来。李宗仁向吕竞存问道：

黄绍竑与夫人蔡凤珍

"吕副官长，你方才说的那位蔡凤珍小姐，现在芳踪何处？"

吕竞存见李宗仁不但听到了他们刚才的谈话，还向他问起这位蔡小姐的芳踪，不觉脸一红，嗫嚅道：

"她家住东门大街，其父曾开一照相馆，自我军进驻南宁以来，未曾见其芳踪。"

李宗仁命令道："吕副官长，你即刻查明蔡小姐的下落，速来报告。"

吕竞存望着李宗仁，不知他要自己去查找这位漂亮的蔡小姐是何目的，因为李宗仁在临桂老家已娶有妻室，驻军桂平的时候，又娶了现在的夫人郭德洁，难道他还想……吕竞存有些迟疑地说道：

"不知是否已名花有主……"

李宗仁严厉地瞪了吕竞存一眼："少废话，快去查明向我报告！"

"是！"吕竞存立刻便去了。

李宗仁与夫人郭德洁

李宗仁又回到他的办公室，又叼上一支香烟，仍在稳重地踱着步子。两个多小时后，吕竞存气喘吁吁地来到了李宗仁的办公室，他面露喜色，向李宗仁报告道：

"德公，我已查访清楚，蔡小姐尚未成婚，平日在家深居简出，我又找到了南宁红十字会田会长，他满口应承愿意撮合……"

"给谁撮合？"李宗仁惊奇地问道。

"德公不是……"吕副官长望着李宗仁，自认不会理会错李宗仁的意图。

"胡说！"李宗仁马上明白了吕竞存的意思，"我是想给季宽找一个有文化教养、出身正派的正式夫人，你把此事托田会长去向蔡小姐的父母和她本人谈谈，然后将详情报我。此事未有定准之前，休得向外张扬。"

"是！"吕副官长这才终于明白李宗仁的意图，领命去了。

经过吕副官长的来往奔波，又经过南宁红十字会田会长从中撮合，蔡小姐父母及本人已基本答应这门亲事，但声明做平妻，不做妾，即黄绍竑原娶在乡下的妻子按"平妻制"办理，两房夫人不同居，彼此在名位上不分轩轾。李宗仁听了吕副官长的报告，满意地点了点头，其实他和郭德洁的结合，也是采取这种办法的。这是广西在民国后形成的一种习俗，也许是辛亥革命后的产物吧，是否带有进步之性质尚不得而知，不过人们认为还是合理的。李宗仁对吕竞存说道："好了，季宽这边，由我去说。"

第二天，李宗仁找白崇禧来商量，李宗仁说道："季宽的私生活，实在浪漫得不像话，如不悬崖勒马，不但毁了他本人，而且有损于我们团体。他之所以如此，我看主要是因为他没有正常的家庭生活，乡间的妻子适应不了今日的场面，热恋中的妓女又不能公开露面，使他处于苦闷之中，如此下去，终非了局。所以欲求其生活正常，必先助其恢复正常的家庭生活，我想为他物色一个适当的配偶，以改正他的生活，于他于公都大有裨益。"

李宗仁便把他偶然从副官们的闲聊中得到的启示和命吕竞存查访蔡小姐之下落及田会长的撮合情况从头到尾向白崇禧说了。白崇禧沉思片刻，摇了摇头，说道：

"恐怕季宽不一定干。"

李宗仁一听便急火了，说道："蔡小姐乃是南宁一枝名花，人才出众，有文化教养，出身清白，为人正派，黄季宽不娶她，难道要恋一辈子'黄脚鸡'不成！"

白崇禧又摇了摇头，说道："德公有所不知，那水妹子虽是个烟花女子，但容貌倾绝，能诗能文，棋琴诗书无所不晓，待人接物更是彬彬有礼，且为人重情执义，实是不可多得的人才。我从百色到南宁时，在去广州治腿伤前，曾去拜访过当时的省长马君武先生，见过他的那位如夫人彭文蟾，以我之见这水妹子与彭文蟾相比绝不逊色半分。你想，季宽岂肯轻易撒手？"

"不行！"李宗仁固执地摇着头，以老大哥干预小兄弟婚事的口气说道，"不能再让他胡闹下去了，这样下去连我脸上都不好看，你马上想个办法！"

白崇禧想了想，说道："季宽最近不是要到县里去巡视吗？恐怕得要去十天半个月的，我们找个时间，到水妹子的艇上去坐一坐。"

李宗仁一听白崇禧要和他到那位"黄脚鸡"的小艇上去，便皱着眉头，仿佛白崇禧要他去的地方乃是世界上最肮脏的所在似的，因他平日作风正派，生活严谨，与鸦片、妓女这类东西不沾边。当下级军官的时候，有时被上司和同僚拉去吃花酒，他也是奉陪末座，凑凑热闹便走。如今成了一省军政首脑，如何肯到那下贱的地方去。但听白崇禧这么说，知他必有安排。为了黄绍竑和他们团体的利益，他也不好拒绝。

黄绍竑身为民政长，管着全省的县政，他此行是到几个县里走走，视察县长人选及财税问题。他出巡后的第二天，白崇禧便和李宗仁来到邕江边的那个河湾里，找到了水娇的小艇。黄绍竑的那两名便衣卫士，见李宗仁和白崇禧来了，赶忙过来侍立在旁边。李、白两人，不带随从，只有白崇禧手上提着一只毛蓝官布的锁口袋，袋子里沉甸甸的，不知装的什么东西。上得艇来，白崇禧说道：

"水妹子，我陪德公来看望你啦！"

水娇在此之前尚未见过李宗仁，今天不知是什么风把李宗仁吹到她的艇上来了，更使她疑惑的是为何黄绍竑在的时候他们不来，黄绍竑一走他们却突然来了。但她到底是个伶俐聪明之人，马上向李宗仁鞠躬，笑道：

"德公，请！"

李宗仁见水娇果然是一容貌倾城的女子，且极懂礼，方信白崇禧说的是事实。他随白崇禧之后进入小艇舱内，见这一方小天地极为雅致，两壁挂着几幅书画，笔墨淡雅飘逸，看那上边的图章，却是主人的手笔，中有一幅题跋"西江情"的水墨画，一女子划桨，一大胡子男子撒网，那男子的形象极像黄绍竑其人。李宗仁迅速看了一眼舱内的陈设后，便正襟危坐，目不斜视，那国字脸上一脸森严的霜色，仿佛他此刻要变成个钟馗，才能镇住这小艇上散发出的邪淫之气。因为他觉得这女子实在是太美了，似乎人世间根本就不可能有这样美丽的女子，他有些怀疑这女子是否会是《聊斋》中的鬼狐所变化，才迷住了黄绍竑的心窍？

水娇献上两盅香茶，然后在李、白的侧对面侍立着，那表情神态不亢不卑，落落大方。白崇禧笑道：

"水妹子，你请坐呀！"

水娇觉得白崇禧说话的口气和脸上的笑，已不是几年前那位潇洒俊逸，说话机智诙谐的白连长了。当年在梧州，黄绍竑来她艇上请客吃酒，在众多的下级军官中，她最喜欢的是黄绍竑和白崇禧这两个人。如今黄、白都已当了高官，而自己依然如故，她不觉一阵心酸，忙把视线迅速移到地板上，向李、白躬了躬身子，然后款款落座在旁边一张小巧的竹椅上。白崇禧看了李宗仁一眼，然后慢慢说道：

"水妹子，今天我和德公上艇来，特意要和你说一件事。"

水娇心头一阵震颤，那咚咚猛跳的心似乎已冲到喉咙口了。她知道李、白此来，也许决定着她的命运，因为她曾听黄绍竑说过，李宗仁不同意他们的结合。但黄绍竑依然热恋着她，态度还很坚决，她想，大概是李宗仁让步了，今天特意登艇，表示同意他们的婚事。她不过是个平常的弱女子，当省长夫人、督军太太，她不敢有此奢望，只想能侍奉在黄绍竑面前便感到满足了，便是当个最低贱的姨太太，她也毫无怨言，因为她明白自己现在的身份和地位。哪个当大官的不有三妻四妾，她给黄绍竑当姨太太又碍着李宗仁他们什么呢？如果命中注定，她连当个姨太太的资格也没有的话，她也只能哀叹自己命苦，但却希望她的小艇能有个停泊的地方。黄绍竑在南宁时，她的小艇便泊在这里，他到柳州、桂林、梧州时，她就把自己的小艇划去，横直哪个城市也有条河，便有她泊岸栖身之所，他想她时，照样可以到艇上住住，这样又碍着他们什么呢？难道天下之大，江河之多，连她泊一只小艇的地方也没有吗？

"季宽准备结婚了，新妇是南宁城内的蔡小姐，黄、蔡两家已经报聘纳彩，只待他出巡回来便完婚。他让我们来转告你，请你马上离开南宁，这是给你的一千块银毫，也足够你生活一辈子的了！"

白崇禧的话说得平淡无奇，仿佛一个房主在打发一个离店的房客。水娇只感到头上一声炸雷轰响，顷刻间她和她的小艇被炸得四分五裂，她愣了好久，说不出话来。李、白已经起身离艇，只留下那只胀鼓鼓的毛蓝官布锁口袋——那里装着他们带来送她的一千块钱。她一下过去抱起那袋银钱，猛地冲出舱口，向已经登岸的李、白大喊道：

"我不要你们的钱！"

她拉开那袋子口，使劲一甩，白花花的一片银毫纷纷落在水面上，像下了一阵银色的冰雹似的。李宗仁和白崇禧伫立在江岸上，看得目瞪口呆。白崇禧随即恶狠狠地对那两名目击者——侍立的便衣卫士命令道：

"今天，这里发生的一切，不准向黄民政长透露半个字，违者杀头！"

"是！"那两名便衣卫士垂手恭立，不敢看李、白的脸。

黄绍竑来去匆匆，到几个县里跑了一趟，撤了一个他认为不称职的县长，刚好十天，他便赶回南宁。一回来，他便迫不及待地赶到江湾的岸边，去会水娇。可是江湾里空荡荡的，并没水娇的小艇，只有几只羽毛晶蓝的翠鸟歇在芦苇上，发出一串不祥的叫声——"冷啾啾"。岸上那两名忠于职守的便衣卫士仍侍卫在那里。黄绍竑感到好生奇怪，忙问那便衣卫士：

"艇呢？"

便衣卫士惶恐地答道："夫人说要独自驾艇出去走走，已去了一个星期了，还未见归来。"

黄绍竑觉得不妙，又道："她走时对你们有何吩咐？"

"赏了我们各人十块光洋，留下个小包要我们面交民政长。"便衣卫士忙将一只用红绸包着的小包呈到黄绍竑面前。

黄绍竑急忙打开小包一看，只见全是他送给水娇的名贵首饰，他明白了一切，急忙跑到码头上，匆匆登上他的大鹏座舰，命令舰长：

"升火起锚，到梧州去！"

舰长不知发生了什么事，又不敢问，只得传令升火起锚，将舰往下游开去。黄绍竑伫立在甲板上，一双冷峻的眼睛像搜索敌情目标一样，扫视着江面。可是，只见江水翻滚，偶尔有一两艘来去的航船，江面寂寥，并不见他要寻找的那篷顶有一条木龙的小艇。大鹏舰走了一夜，天亮时下了个急滩，滩水湍急，银浪哗哗，驶过急滩，水势平缓，大河在这里拐了个镰刀弯。黄绍竑猛地发现，湾里的一堆突兀的乱石旁，有一个什么东西在浮动。他忙从舰长脖子上取下望远镜，一看，心不由猛地往下一沉，那竟是一段丈余长的木雕龙，木龙身上饰以彩色的漆——这是水娇小艇顶部的装饰物！他即令舰长放筏子去取来。一会儿，两名水兵划着筏子将那段木雕的龙取了回来。黄绍竑双手紧紧地抱住那木龙，从头抚摸到尾，又从尾抚摸到头，两行泪水，从他那一双冷冽的眼眶中涌出来，顺着木龙的身子，缓缓地流着、流着……

第三十回

挥师南路　俞作柏兵围高州府
佟谈革命　汪精卫屈驾梧州城

却说廖仲恺遇刺身死后，李济深接电报由南宁匆匆赶回广州，蒋介石和汪精卫已经控制了局势。胡汉民由于受到廖案的牵连，被迫出国考察。粤军总司令许崇智则被蒋介石派黄埔学生包围于东山公馆，旋被勒令下野，交出兵权，被送往上海"休养"去了。逐走胡、许，蒋介石在广州军政界的地位便扶摇直上，成为炙手可热的人物。而此时正盘踞东江的陈炯明，眼看广州发生"内乱"，心中不觉大喜，遂尽起东江之兵，令林虎为右路经龙川沿东江而下，向河源—博罗—增城推进；李易标为中路从河婆出发，经惠州、石龙与林虎会攻广州；洪兆麟为左路，从海丰出发，经淡水直插虎门。三路大军，兵临城下，妄图一举攻入广州，推翻国民政府。

南路方面，与陈炯明同属一营垒的八属联军总指挥邓本殷，则电令师长苏廷有率部进攻江门，与陈炯明的三路大军遥相呼应，欲会师广州。一时间，广东上空战云密布，烽烟四起，广州国民政府处于两面夹攻之中。可是，那蒋介石也非等闲之辈，在苏联顾问和中国共产党的帮助下，他出任东征军总指挥，率领以黄埔军校学生军为主力的东征军，迎击陈炯明的猖狂进攻，揭开了第二次东征的序幕。南路方面，由李济深任总指挥，率陈铭枢、蔡廷锴、张发奎等迎战苏廷有。广西方面，因李宗仁等早与李济深达成了共同进攻南路之敌的协议，遂令俞作柏为指挥官，率广西部队由玉林经陆川、北流，切入广东化县，然后直取高州，将南路叛军腰击为两段，然后分头歼灭之。

俞作柏虽与李宗仁、白崇禧不睦，但却英勇善战，且有谋略，部下又有几位得力的战将，特别是他的表弟、现任团长的李明瑞，更是一员能征惯战的虎将，此外尚有他的胞弟俞作豫营长及钟毅、冯璜等几位营长，都很能打仗。因此，俞作柏在统一广西的各次征战中，皆所向披靡，攻无不克，战无不胜，在李、黄、白的众多战将中，若论战功，当首推俞作柏。此次与广东方面合击南路之敌，因为国民政府任命李济深为南路总指挥，李、黄、白三人皆不亲自出马，只命俞作柏率广西部队入粤作战，以胡宗铎率一部由上思方向进入钦州、防城，拊敌之背。

俞作柏奉命后，自然乐意出征，因为这是在广西重新统一后，桂军第一次出省作战，他准备以摧枯拉朽之势，直取高州，击灭敌军，让两广方面对他刮目相看，以便提高自己的地位。他虽身为军人，但对政治也颇为敏感。他知道李、黄、白等已决定站到广东国民政府的旗帜下，两广行将统一，而广东此次东征、南讨之战，胜负如何将决定着广东国民政府的命运和广西尔后的发展，战局之关系极为重大。俞作柏部原在左江一带驻扎，奉命后即以急行军赶往玉林。此时正是"秋老虎"肆虐的时候，天气酷热难耐，俞部官兵，气喘吁吁，汗流满面，其苦不堪言。那些老兵油子们边走边骂：

"打了几年仗，还打不够，又他妈的去打广东南路，当官的真黑良心，也不体恤我们当兵的！"

"广东南路又不犯我们广西，为何要去打他呢？真他妈的怪事——天太热，我的两腿都快出火了！"

"走不动了，哎哟，弟兄们，都躺下歇歇吧，管他妈的打南路还是打北路！"

在秋热的蒸腾之下，士兵们骂骂咧咧的，三三两两找着大树下的阴凉处，不管三七二十一便倒下纳凉。指挥官俞作柏骑在一匹高大的白马上，被猛烈的秋日晒得满头大汗，心头像揣着一盆火，他见部队稀稀拉拉的，全不像紧急备战的样子，皱着眉头，那两条粗黑的眉毛拧得紧紧的，一双大眼像要冒出火来。照过去的脾气，他肯定又要挥起马鞭，去揍那些躺下的士兵，大声叱喝着，强行驱赶他们跑路。但是，经过几年的征战，他那火爆的性子经受了战火的磨炼，对部下官兵倒颇能体恤了，上下之间感情也渐为融洽，部下对他也由过去的畏惧而变为敬畏了。俞作柏的这点长进，也许是由两个方面造成的：一是他和一切将领一样，视部队为自己的本钱，对自己的本钱当然要爱护；二是他与李、白之间有隙，而且似乎黄绍竑对他也心怀叵测，对于李、黄、白三人，俞作柏表面上尊他们为上官，实则内心不服也不满，他永远也不会甘心居于他们之下，但实力有限，心有余而力不足，只有潜心培植自己的势力，来日再论高下。

"报告指挥官，士兵们不肯赶路，行军速度锐减，重办他几个，杀一儆百，不怕他们不走！"

第四团团长黄超武骑马赶来报告，由于天气酷热，加上怒火，他那脸红得像关公一般。俞作柏却摇摇头，随即跳下马来，将缰绳丢给身旁的卫士，说道：

"不，黄团长，请你命令号兵吹号，全军就地休息，你与李团长明瑞，将部队带到前边那片松树林里，我要训话。"

黄团长估计俞作柏赞同他的意见，待部队集合时，便将几名行军拖沓故意掉队的士兵在队前就地枪决，从而起到杀一儆百的威慑作用，以便能加快行军速度，他忙向俞作柏敬了个礼，随即答声："是。"便策马执行命令去了。过了约莫二十分钟，第三团团长李明瑞和第四团团长黄超武及纵队直属部队四千余人，已在那片松林里集合完毕，听候指挥官俞作柏训话。松树林里，清风徐徐，逸散着淡淡的松脂的清香，这些在烈日炙烤之下的官兵们，一进入这凉爽的境地，顿感心脾舒畅。不过，消息灵通的官兵们，早已从黄团长那里闻知，俞指挥官准备在训话后重办几名行军不力的士兵，杀一儆百，以振军心士气。因此他们一进入这松树林中，神色顿时紧张起来，生怕被点名出列，丢掉脑袋。因此虽然松树林里比外边凉爽，他们身上的汗水却没少流。

"张得标。"俞作柏果然点名了，而且喊的正是黄超武团那个发牢骚鼓动大家躺下纳凉的老兵。

"有！"那个爱发牢骚的张得标战战兢兢地出列，连头也不敢抬，心想这回八成是没命了。队中几千名官兵，都屏息静气，只待听那"砰"的一声枪响，杀了张得标之后听俞作柏训话。

"你这'飞毛腿'，今日行军为何落伍？"俞作柏问道，那口气却并不严厉。

"报告长官，不是我敢违抗军令，实在是天热走不动，喝一口水下去，还没到肚里，便都作汗冒出来了……再说，我们在广西打了几年，够吃力的了，为什么不可以休息一下，又要去打广东南路？"张得标也许认为自己反正活不成了，临死前也要再发一顿牢骚，好死得个痛快。他说完之后，却并没听到有人喊"拉下去"或是"就地正法，以昭儆戒"之类行刑前常喊的话，只听指挥官平静地说道：

"归队去吧！"

张得标这才抬起头来，惶恐地看了俞作柏一眼，忙敬个礼，一个向后转回到队列中去了。那些提心吊胆的官兵们，这才松了一口气。

"弟兄们，我们为什么要去打广东南路呢？"俞作柏开始训话了，"陈炯明率领叛军，从东江向广州进攻，国民政府领导下的军队，全力应付正感难支的时候，南路军阀邓本殷、申葆藩又率数万叛军配合陈逆部队的攻势，正向高要、江门等地区进犯，企图截断西江下游交通，会师广州，推翻国民政府，情况异常紧急。我们广西已加入了国民政府，因此，我们出发南路，扫荡邓、申军阀，乃是义不容辞之责任。"

俞作柏寥寥数语，便将这次奉命出师南路的任务和重要性讲得相当明白，官兵们听了，颇受鼓舞。

"军情如火，天气如火，弟兄们十分辛苦，连一向出名的'飞毛腿'都跑不动了！本指挥官决定，今日就此宿营，炊事兵立即埋锅造饭，给弟兄们煮些稀粥喝。卫生队设法弄些白茅根、雷公根之类煮成凉茶，以消暑解渴。"

俞作柏的训话，像一股清风，吹得官兵们心头凉飕飕的。全军立即分散，选择凉爽地势，就地宿营安歇，避开了酷热的午后。到晚上九点来钟，官兵们已经睡足喝饱，俞作柏一声令下，全军趁夜色凉爽，急起行军，一直走到次日上午十点来钟，行程一百四十余里，却并无一人掉队。待到中午天热难耐时，全军又开入傍水依林的凉爽地带宿营。如此行军，甚是神速，不数日便进入广东化县境内。敌军见桂军来势甚猛，忙占领合江圩进行抵抗。第三团团长李明瑞亲率所部第二、三营向敌冲击，将敌一击而溃，桂军攻入合江圩。合江乃是化县之屏障，合江既失，县城不守，李明瑞团即占领了化县县城。桂军初战告捷，士气旺盛，俞作柏即出告示安民，严令所部不得妄取百姓财物，给养皆使用银毫，不得强买。由于桂军运输多用驮马装备，因此行李辎重不用临时雇拉挑夫。南路民众久受匪军的滋扰压迫，今见桂军纪律良好，无不表示热烈欢迎和合作。

化县既克，俞作柏挥师急进，以迅雷不及掩耳之势进击高州城。敌将陈起凤急令团长陈起龙率所部千余人到城西北高地占领阵地，以拒桂军攻城。俞作柏军前锋乃是李明瑞的第三团，李团长虎将之称名不虚传，他年方二十九岁，胖胖的圆脸，身材壮实，腰上扎根宽皮带，小腿上打着人字裹腿，英气勃勃，浑身透着一股虎劲。他走在第一营的前头，率领所部如疾风骤雨般直扑高州城。刚抵城西北的那座高地下，便响起了一阵阵枪声，敌军已在高地上占领阵地，开枪阻击李明瑞团前进。李明瑞举起望远镜观察了一阵，只见山坡上临时掘了些土壕，敌兵蹲在土壕中胡乱向下打枪，阵地前沿，并未设置鹿砦、拒马、铁丝网等障碍。李明瑞仔细听了听，敌人发射的子弹"砰——啾"从头顶上很高的地方掠过，他判断敌军装备低劣，子弹大部分是翻装的，火力不强，且射击技术亦很拙劣。他忙将俞作豫、冯璜、钟毅三位营长找来，随即下达了进攻命令：

"第一、第二营正面展开，呈散兵队形攻击前进，第三营为预备队。"他又对俞作豫和冯璜命令道，"要节省弹药，没有命令，不准开枪！"

"是！"

俞作豫和冯璜答道，随即回去指挥部队攻山去了。李明瑞带着副官、卫士、通信传令兵及号兵十数人，和攻击部队一道出发。山上敌兵见桂军来势凶猛，又喊又叫纷纷开枪射击。桂军以散兵队形作一线推进，并不开枪还击，只是沉着地往上前进。敌军见了吓得发懵，不知这是什么战术，他们为了壮胆，又胡乱地叫喊着，砰砰叭叭开枪乱射，偶有受伤的桂军士兵，即由人抬下去，全军仍不开枪还击，只是一股劲地上。抵达半山腰，已进入敌火死角。李明瑞命令全部号兵，一齐吹响冲锋号，桂军大喊一声："杀！"号声、杀声，震得地动山摇，有如千军万马而来，不可阻遏，桂军士兵全部挺起刺刀，向山头猛勇冲击。敌军不曾见过这般阵势，吓得掉头便跑。桂军未发一弹，便攻占了高州城西北的高地，敌军则向高州城鼠窜而去。桂军衔尾穷追，一位排长率领十余名士兵，竟跟着敌军之后冲入高州城内，可惜后续部队尚在百余米外，敌军已将城门关闭，那排长和十余名桂军士兵寡不敌众，全部战死城内。李明瑞闻报，愤恨不已，但亦无可奈何。因高州系南路一重镇，前清时代为高州府，城池依山傍河，险固异常，桂军无重炮，又无炸药，敌军闭城固守，桂军只得望城兴叹。

指挥官俞作柏随后来到城下，将高州城四面观察了一番，知不可强攻，便传令将高州城四周围困起来，并立即动手构筑工事，以防城内守敌反击。因桂军行动神速，已兵临高州城下，而粤军第一路陈铭枢部现在何处，尚不得而知。俞作柏即派人去与粤军联络，待查明敌我在南路战场上的态势后，再行决定攻城行动。黄昏后，忽接探报，敌师长苏廷有进攻江门中，于单水口被粤军陈铭枢部击败，已退到距高州城约三十里的石鼓村，准备与高州守军陈起凤部夹击桂军，以解高州之围。俞作柏听了，直把那双大眼眨了十几下，高州城池险固，易守难攻，如苏廷有与陈起凤内外夹攻，桂军处境便相当危险。他把眼睛睁得老大，决定先发制人，派出精锐将苏廷有击溃，然后再图高州城。他匆匆赶到李明瑞的团部，却不见李明瑞，李的卫士报告：

"团长饮酒醉了，已经睡去。"

"快去把他唤醒！"俞作柏命令道。

不一会儿，卫士跑来报告道："团长已醉得不省人事，无论怎么叫唤，也无法唤醒。"

"啊！"俞作柏一怔，忙走进里边房间去，只听鼾声如雷，满屋酒气，李明瑞躺在床上，睡得呼呼作响。俞作柏过去摇着李明瑞，唤道，"裕生（李明瑞字裕生），裕生，快起，快起……"

俞作柏摇来唤去，李明瑞仍是鼾声不绝，酣睡之中，便是落下一颗炸弹来也不会把他惊醒的。李明瑞个性豪放，但却并不酗酒，特别是在行军作战中，卫士虽总为他备着酒，但也不过是在仗打得苦的时候喝几口，或是打了胜仗的时候饮几杯，平时极少见他喝得烂醉的。因为在高州城下损兵折将，死了一排长和十余名士兵，而又差那么百十米远的距离被敌人闭城拒之门外，因而进不了高州城，现在又屯兵坚城之下，心情不免郁闷，晚饭时竟不断地喝起酒来，一时喝醉了。俞作柏见摇不醒李明瑞，忙命卫士将李明瑞扶坐起来。谁知那卫士费了好大劲，刚把李明瑞上半身扶起，稍一松手，他又歪倒床上去了，那壮实的身躯，仿佛被抽去了骨头，只剩下一堆皮肉了。俞作柏看了，急得直跺脚，那双老大的眼睛，一会儿看着嚓嚓走动的手表，一会儿又看着烂醉如泥的李明瑞。军情急迫，俞作柏忙令卫士去把李团的三位营长找来。不久，俞作豫、冯璜、钟毅三位营长奉命来到。俞作柏对他们说道：

"我军围攻高州，急切难下，刚接探报，敌苏廷有部由单水口溃退下来，驻扎在离此地三十里的石鼓村，准备与高州守敌夹击我军。苏廷有乃八属联军的悍将，所部虽从单水口溃退下来，估计仍有数千之众，如苏军今夜采取行动，与陈起凤里应外合，则我军将处于极为不利之形势。为此，我决定派你们夜袭苏廷有，来个先发制人，以争取主动，可是，李团长又大醉不起，你们看怎么办？"

三位营长听了也都着急起来，忙过来到床边一齐摇着李明瑞，焦急地喊着："团长！团长！"可是回答他们的却仍是那如雷的鼾声。俞作柏在室内来回踱步，又看了几次手表，时钟已指向夜里九点，他更为着急，因为李明瑞团是俞作柏部的精锐，团长李明瑞和三位营长又都是非常得力的指挥官，全团之战斗力，远非黄超武团可比，因此夜袭苏廷有，必得李明瑞亲率全团前去，方可操胜算。李团原是俞作柏带的基本部队，俞作柏当团长时，李明瑞、俞作豫等都是营、连长，俞作柏本可亲自指挥，但又对高州城放心不下，因此只得耐着性子等待李明瑞的清醒。他又看了一下手表，已是九点半钟，李明瑞还没有要醒的迹象，俞作柏觉得，不能再等下去了，便对三位营长道：

"军情急迫，你们马上回去集合部队，由我亲自指挥，夜袭石鼓村！"

"是！"

三位营长齐声答道，正要出发，却听得李明瑞喊勤务兵："给我拿茶来！"三位营长立即停住了脚步，俞作柏睁着一双大眼，望着躺在床上翻了个身的李明瑞。卫士把一杯凉凉的浓茶送到李明瑞嘴边，他一气将茶喝光，正要翻身再睡，俞作柏忙过去摇着他，说道：

"裕生，敌师长苏廷有率军进驻石鼓村，威胁我军侧背，我命你团立即出动，夜袭石鼓村，击溃苏廷有部！"

李明瑞到底是一员久经沙场的战将，虽酒未全醒，一听军令，急忙从床上翻身跳将起来，拍着胸膛对俞作柏道：

"表兄，你……你放心，不管他是苏……苏廷有，还是有……有廷苏，我都要……要打……打他个片甲不留！"

说完又命令卫士："给我备马！"接着便跟跟跄跄地走出门外。迷蒙的月光中，卫士已牵来了李明瑞的那匹黑马。他接过缰绳，那脚却总也伸不进马镫里去，急得他直骂卫士没给他备好马鞍。卫士知他酒还没全醒，忙将他扶上马去。李明瑞上了马，将马抽了一鞭，那黑马便撒开四蹄，消失在黑夜之中。李明瑞的副官、卫士和通信传令兵也都急忙上马，紧随而去。三位营长见团长带着七分醉意出征，更不敢怠慢，急急打马回营拉部队去了。只有俞作柏站在那里，听着远去的马蹄声，怀着三分高兴、七分担忧的心情，忙命身边的参谋骑马追上李明瑞，随时回报石鼓村的战况。

却说李明瑞带着七分醉意骑在马上，率全团直奔石鼓村，走了几个钟头，忽见前面亮着一簇簇火光。李明瑞忙命部队停止前进，就地卧倒，准备迎战，他却跳下马来，带着副官、卫士和通信传令兵摸到前边去，仔细观察了一阵，见那火光却并不移动，火光后边，是个黑糊糊的村庄的影子，依稀可见几株高大的树影和房子的轮廓。李明瑞看了一下表，正是凌晨三点钟，他忙命通信传令兵去把三位营长找来。不一会儿，俞作豫、冯璜、钟毅来到李明瑞身旁。李明瑞指着前边的火光对三位营长道：

"据我观察判断，敌人正在埋锅造饭，饭后即向高州城夹击我军，我们马上以迅猛的打击出其不意将他消灭。"李明瑞又指着火光后边的黑影说道："那是个村庄，看见了没有？敌人的指挥部肯定设在那里。我们的重点在消灭敌人的指挥部。"

三位营长点着头，李明瑞接着下达作战命令："一营在中，二营在左，三营在右，向敌指挥部三路包抄围攻，行动要敏捷神速，接敌之前尽可能不要惊动敌人，团、营指挥官弃马步行前进，运输驮马全部留在后面。"

三位营长答了声"是"，便分头指挥部队去了。

李明瑞带着副官、卫士和通讯传令兵等十余人，跟在第一营后面，利用暗夜的掩护，迅速运动接敌。爬过两道田塍之后，距离敌人只有一百余公尺了，果见敌兵正在开饭，李明瑞命令不要开枪，继续摸上去。刚运动了十几公尺，不知是谁发出一声咳嗽，敌哨兵随即喝问：

"什么人？"

俞作豫营长大喊一声："冲！"全营几百人一个个直似猛虎扑羊一般，冲到敌军开饭的地方，一阵枪弹猛打，直打得那些正在端着饭碗的敌兵哇哇乱叫，丢下饭碗便跑。俞作豫也不去管他们，只顾带着部队直扑向前边那个村庄。这个村庄比一般的村子要大得多，俞作豫料想这便是石鼓村了，苏廷有的指挥部不知设在哪里。正在这时，只见从村里跑出几个人来，正好与俞作豫相遇，对面的人大声喝问道：

"为什么打枪？"

俞作豫从容答道："我们是高州城陈起凤司令的部队，刚才与贵部发生了一点小小的误会。我们有重要军情，要面见苏师长，请你们给带路。"

对面的人便信以为真，答道："好吧，你把部队留在村外，跟我去司令部。"

俞作豫见李明瑞在旁边，忙向他打了个手势，李明瑞会意。俞作豫便带着两名卫兵，跟那几个人向村里走去了，李明瑞随后率领部队悄悄跟进。俞作豫跟着那几个人，在村里东拐西拐，来到了一座大祠堂前，门口有几个端枪警戒的哨兵，那几个人要俞作豫把卫兵留在门外，一个人跟他们进去见苏廷有，俞作豫毫不犹豫便命那两名卫兵留在外面等他，只身跟着那几个人进祠堂里去了。来到大堂上，只见堂中吊着一盏马灯，一个五短身材的人正坐在一张八仙桌前喝酒，一个勤务兵立在身旁给那人斟酒。有人上去报告道：

"报告师长，这位是高州城陈起凤司令派来的人，有重要军情要见师长。"

那五短身材的人端着酒杯，打量了俞作豫一眼，傲慢地说道：

被两广革命军击败的广东八属联军总指挥邓本殷

"你们陈司令真他妈的草包,大概是顶不住了吧?我的部队正在开饭,吃了饭便去解高州之围。"

这时,只听祠堂门外突然响起一阵枪声,那五短身材的人吓得手中的酒杯竟落到了地上,俞作豫迅捷地拔出驳壳枪,扫倒旁边几个敌人,大喝道:

"苏廷有,我们是桂军俞作柏司令的部队,你被俘了!"苏廷有见对方孤身一人,正要反抗,这时李明瑞已带着他的卫士和通信传令兵冲了进来,十几支手提机枪一齐对着他,苏廷有颓然地坐了下去。李明瑞双手抱在胸前,走到苏廷有面前,笑着问道:

"苏师长,你认得我是谁吗?"

苏廷有抬起头来,恐惧地望着李明瑞,摇了摇头。

"我乃桂军第一纵队俞作柏司令官部下团长李明瑞是也!"

"啊!"苏廷有绝望地叹道,"想不到你们进兵这样快,打得这样辣,一下就冲到我的指挥部来!"

李明瑞过去提起那只酒壶,晃了晃,笑道:"苏师长,你的酒还没有喝完啊!"

"啊,请,请,请喝酒!"苏廷有以为李明瑞要喝酒,忙站起来讨好地说道。

"对不起,我刚刚酒醒,哈哈!"李明瑞发出一阵豪爽的笑声,随即命令部下,"将苏廷有押下去!"

俞作柏得知石鼓村大捷,高州守敌已成瓮中之鳖,为避免攻坚,便将围城部队撤过江去,只以小部队监视高州城。黑夜之后,高州守敌弃城而去,天亮时分,俞作柏率军进入高州城,即告示安民。休整两日后,继续挥师西进,经廉江、合浦而达钦州。南路敌军，大部投降，其余逃往海南岛。原广西军务督办林俊廷残部杨腾辉团，亦向桂军投降。李明瑞团进抵防城，命营长俞作豫率部沿北仑河畔追剿残敌。

北仑河沿中越边界奔流，俞作豫营在中方边境活动，不想盘踞对岸的法国殖民军竟向桂军开枪袭击，当场打伤两名桂军士兵，俞作豫营长闻报大怒，当即赶到现场，指挥部队还击法军挑衅，击死击伤法军官兵数人。法国佬遭此狠狠一击，忙缩到碉堡里不敢再动。第二天他们派出代表到团部见李明瑞。李明瑞早已闻报，正在团部饮酒，背后站着一排持手提机关枪的卫士。法国代表趾高气扬地走进来，李明瑞却只管坐着喝酒，法国代表无奈，只得过去送上抗议书，李明瑞仍是不睬，只是喝酒，那法国代表说道：

"团长先生，贵方越境射击，打死打伤我方官兵多人，我奉法国总督之命，向贵方提出严重抗议，并要求贵方向我方道歉赔偿一切损失……"

"胡说！"李明瑞把酒杯向桌上狠狠一放，指着那番鬼代表怒斥道，"你们先向我国境内开枪，打伤我军士兵，你们蔑视国际公法，欺人太甚，我不追究你们的责任倒也罢了，为何反而来此胡搅蛮缠，真是岂有此理！"

法国代表被李明瑞一番义正辞严的呵斥，又见他身后一排卫士持枪怒目而视，吓得不敢再说话，只得狼狈而退。

却说广州国民政府这次倾尽全力，发起东征、南讨的战役。在东征战场上，由于中国共产党和苏联军事顾问的大力支持帮助，海陆丰农民运动对东征的有力配合，黄埔学生军的奋勇作战，东征军克惠州，下汕头，以风卷残云之势，数月间便将盘踞东江多年的陈炯明叛军悉数歼灭。南路方面，八属联军总指挥邓本殷逃往琼崖，妄图苟延残喘。李济深部将张发奎率师渡过琼州海峡，将邓本殷的残渣余孽全部剿灭。至此，广东全境终于统一在国民政府之下。历史又翻开了新的一页。

这天，李、黄、白三人坐在南宁督署办公室里，议论局势，面对广东那一派蓬蓬勃勃的革命形势，商量他们的抉择。因为陈雄刚从广州来电报告，国民政府主席汪精卫将偕国民党中央委员谭延闿、甘乃光等到梧州访问，请李、黄、白前去会晤，以便商量两广统一事宜。

"汪精卫身为国民政府主席和国民党中央执行委员会主席，为何要屈驾梧州？"李宗仁对汪精卫的来访，颇感到有些不可思议。

"嘿嘿，"黄绍竑冷笑道，"还不是看在我们手中这几万支枪的分量上。国民党第二次代表大会不是刚开过么，德公与我都没去出席，但他们也把我们选为中央监察委员了。目下，广东已经统一，国民党第二次代表大会已做出北伐的决定，北伐大概很快就要开始，而要使北伐增加声势和力量，又要免除后顾之忧，首先就要谋求两广的统一，这便是身为广州第一号人物的汪精卫不惜降尊纡贵，到梧州来拜访我们的目的。"

黄绍竑又变成另外一个人了，他气色很好，眼睛明亮，而且又一次戒掉了鸦片烟，他的脸色和眼神中再也找不出几个月前那种颓唐苦闷的表情。在李宗仁和白崇禧的精心策划下，黄绍竑已经和蔡凤珍小姐结婚，蔡小姐果然人才出众，是位难得的省长夫人。经过她柔情蜜意的深深感化，黄绍竑不但很快戒了鸦片烟，而且也很快淡忘了那位与他相处数年至今生死下落不明的艇妹水娇。他完全恢复了作为一省的统治者应有的"正常"家庭生活。每逢南宁酒店宴会厅里举行高规格的宴会，只要有李、黄、白三巨头光临，便可同时看到郭、蔡、马三位年轻漂亮的夫人在穿梭应酬，不时可听到她们那清脆的充分显示身份的笑声。

"季宽之言有理。"李宗仁点头道。

"李任潮这次没来倒好，他来了还真抹不开面子谈。"黄绍竑说道。他和李济深的关系很深，他视李为兄长、上司和恩人，在李济深面前，他没有讨价还价的勇气，而只有报答的义务。前不久，李济深的部将陈济棠到梧州来找黄绍竑，陈济棠开门见山地说道："季宽兄你是知道的，第一师从未在梧州要过钱。现在我们就要东征，但是经费十分困难，任公希望你帮忙，但他不好意思直接对你说，我同你是共过战场、共过患难的老朋友了，所以用私人名义同你商量。"

黄绍竑一听李济深要用钱，便慷慨地说道："好说，好说，请伯南兄先拿三十万元去，不够时我再派人给送去！"现在李济深作为南路总指挥已到海南岛绥靖地方去了，不能陪汪精卫前来，因此黄绍竑很是松了一口气。

"不过，汪精卫是国民党元老，又是党政首脑，威望很高，我们一定要隆重地欢迎他一番。至于说到统一问题，军队在我们手里，他们统不去，省政方面，各级官员我们早已任命就绪，他们也插不进来，我最怕的还是党务问题。"李宗仁说道。

"嗯。"黄绍竑点了点头，"汪的亲近顾孟余、陈公博、甘乃光都是抓党务的，甘乃光又是广西岑溪县人，此次跟汪、谭同来，是不是想插手进来？"

李宗仁见白崇禧没说话，便问道："健生，你说呢？"

白崇禧慢慢说道："汪精卫此来，不管谈什么问题，二公只管点头便是。汪虽身为国民政府主席和国民党中央执行委员会主席，但是实权却掌握在蒋介石手上，因此关于两广统一问题，实质性会谈还得到广州去，到时少不了得跟老蒋斗一斗哩！"

李、黄都点头，表示赞成白崇禧的看法。为了做好欢迎汪精卫的准备工作，第二天，李、黄、白三人同乘大鹏舰，直放梧州。待一切都准备就绪之后，陈雄也陪着汪精卫等抵达梧州。这天梧州五显码头上，真是人山人海，盛况空前，即便是民国十年孙中山第一次到梧州的时候，也没有这么隆重的欢迎场面。仅江岸上欢迎的民众便有一万余人，市民、学生们举着彩色的小旗，不断地挥动着，码头上一条条巨幅横额都写着"热烈欢迎汪主席"。

汪精卫的座船是一艘华丽的专轮，船一抵岸，码头上万头攒动，彩旗如海，欢迎的民众不断高呼："热烈欢迎汪主席！"许多鞭炮接着燃响，几十套锣鼓跟着齐鸣，仪仗乐队也奏起北洋政府规定的国歌——《卿云歌》。由码头到城区的路上，一个团的桂军充作临时仪仗队，雄赳赳地持枪肃立，等待检阅。李、黄、白三人身着戎装，一齐到座船上晋谒国民政府主席汪精卫。只见汪精卫西装革履，不戴帽子，一头黑亮的头发梳得整齐，腮上没有一根胡须，面目相当英俊，身材魁伟，风采超群。

早在学生时代，李、黄、白已知汪精卫刺杀清廷摄政王载沣的英雄壮举，对这位遐迩闻名的革命志士已景仰非常，今日得见，更是敬佩不已。李、黄、白向汪精卫致以标准的军礼，汪精卫满面春风，那善于表达感情的脸上，微微地笑着，频频

时任国民政府主席的汪精卫

点头，那笑容和点头都恰如其分地表现出一个革命元勋、党政首脑的十足风度。在李、黄、白的陪同下，汪精卫、谭延闿等步上码头，此时欢迎的气氛达到最高潮，汪精卫不断挥手向欢迎他的人群致意，这是自他就任国民政府主席和国民党中央执行委员会主席以来所受到的最隆重的亦是最真诚的国民的欢迎，这样的场面，过去只有作为革命领袖的孙中山才能享受到。如今，孙总理已经逝世，与汪精卫地位不相上下的他的政敌胡汉民已经倒台，革命的旗帜落到了他的手上，他成了革命的领袖、革命的象征，看到这样的场面，一丝踌躇满志的微笑，立时飞上了他那俊美的眉梢。但是汪精卫毕竟是一位老练的革命家，他并没有在这热烈如火的场面下陶醉，他听到了那支《卿云歌》的演奏，忙蹙眉对李宗仁道：

"德邻先生，你们为什么还奏这样的歌曲？这是北洋军阀政府的国歌，是反动的歌，革命者是绝不能奏这样的歌曲的！"

李宗仁有些惶惑地答道："报告汪主席，乐队只会演奏此种歌曲，这还是特地为欢迎您的到来而演奏的呢。"

汪精卫摇着头道："你们的宣传工作还做得很不够，孙总理教导我们，不能只靠军队取胜，要靠主义取胜。"说着他忙将随行的甘乃光介绍给李、黄、白："这位甘委员是你们广西老乡，他对革命宣传工作是很内行的，我要他留下来帮助你们。"

李宗仁心中虽然不欢迎这位甘委员，但嘴上只得答道："欢迎，欢迎。"

汪精卫久居政界，是一位老成机敏的政治家，李宗仁说话时那略现勉强的表情，当然瞒不过他的目光，他随即问道：

"不知德邻先生对两广统一有何高见？"

"宗仁等一切服从国民政府,一切服从本党中央!"李宗仁回答得非常干脆利索。

　　"很好!很好!"汪精卫此行要的正是李宗仁这句话,他高兴得一把抓住李宗仁的双手,紧紧不放,又不断地摇着,仿佛他抓住的不是一双手,而是一支军队,一大批枪杆,一大块地盘,一根支撑广州国民政府的有力支柱。

　　汪精卫主席和他的随行人员下榻于大东酒店,略事休憩后,便出席李宗仁代表广西当局举行的欢迎宴会。大东酒店的宴会厅里,摆着几十桌盛宴,广西当局的最高统治者李、黄、白和军队将领及梧州的士绅各界代表,济济一堂,当然,郭、蔡、马三位漂亮能干的夫人,少不了成为宴会中的活跃人物。因为这是欢迎党政首脑的宴会,格局很高,厨师们更是尽心献艺,他们制作的大东葱油鸡、菊花龙虎烩、瓦煲醉果狸、虫草炖海狗、蛤蚧炖鹰龟、汾阳醉全鸭、仙掌踏蚣蜈、虾子扒柚皮、雪映鲜虾仁等梧州名菜,更显得鲜艳喷香,而那名扬两粤的梧州纸包鸡,经过精心加工制作,则更加汁香味浓,非同一般。宴会开始,乐队又奏起那支《卿云歌》来,这回汪主席不皱眉也不说它反动了,也许是李宗仁服从国民政府,服从国民党党中央的那句话,使他吃了定心丸,也许是这把他尊为党政元首的宴会格局和精美的菜肴终于使他陶醉了的缘故。奏罢乐,李宗仁起立致简单的欢迎词,接着便是汪精卫的即席演说:

　　"同志诸君,国民党之主义维何?即孙中山先生所提倡之三民主义。本此主义以立政纲,吾人以为救国之道,舍此未由。国民革命之逐步进行,皆当循此原则……"

　　汪精卫不愧为国民党著名的演说家,他言辞流利,娓娓动听,再加上他那政治家的风度,颇使听者倾倒。他向大家阐述了孙中山的三民主义,又毫不掩饰地谈论了当前国民党内存在的并且日益激烈的左、右派之争,为了使听者明白他是一个不折不扣的左派,他在讲话中竟特意引用了一位著名共产党人的话:

　　"……中山先生逝世后,国民党中有一种最好的现象就是党员之左倾。不仅广东如此,上海、北京以及其他各处亦莫不然。同志诸君一定要问:'何谓国民党之左派?'一位共产党人说得好,左派的必要条件至少有四个:一是彻底地反抗帝国主义及其附属物军阀、买办阶级；二是恪守中山先生引导中国民族与世界无产阶级革命领袖——苏俄携手的方针；三是与一切反革命的右派分子决绝；四是遵行保护革命中坚势力的工农大众利益之政纲。必须具备这四个条件，才是真正的国民党左派——才算得上是真正的孙总理之信徒……"

听者虽然对孙中山先生的三民主义和国民党内左、右派之泾渭模糊不清，但是仍为汪精卫精彩的演说所折服，宴会大厅里，响起了热烈的经久不息的掌声。汪精卫那富于表达感情色彩的面部，又呈现出一种特殊的作为一个革命元勋、"孙中山主义"的传人、党政首脑才有的微笑。

宴会结束，时间尚早，李、黄、白便陪同汪精卫等到梧州各处视察。汪精卫由于高兴，在宴会上多喝了几杯，略有些醉意，出门的时候，李宗仁引着他向右走，他却一把拉住李宗仁，一本正经地说道：

"革命一定要向左走，怎么能向右走呢？"

李宗仁非常认真地且极有礼貌地说道："报告汪主席，向左走不通。"

"哪有向左走不通的道理？"汪精卫固执地说道，"革命者就是要在没有路的地方踩出一条路来。"他硬拉着李宗仁和黄绍竑向左走去，边走边说道："要革命的跟我向左走！"

想不到走了几十步，前边便是一个狭窄的死胡同，果然走不通，汪精卫那富于表情的脸上，呈现出一副尴尬的莫名其妙的神态，谭延闿却趁机说道：

"硬要向左走，会碰壁啊，汪主席！"

李、黄、白三人，对于什么是左，什么是右，一时竟坠入云里雾中！

第三十一回

讨价还价　统一会蒋桂初斗法
夤缘时会　"小诸葛"赴湘借东风

却说汪精卫在梧州盘桓了几日，少不得随处演说，高谈革命，但对于两广统一的具体问题，如军队整编问题、财政问题，他却做不了主，需由广西派人到广州进行磋商。李宗仁、黄绍竑便派白崇禧随汪精卫到广州去，商谈统一问题。白崇禧到广州后，国民政府专门成立了"两广统一特别委员会"，与桂方代表白崇禧进行会谈。"两广统一特别委员会"由汪精卫、谭延闿、伍朝枢、宋子文、何应钦、李济深等人组成，蒋介石没有露面，只派宋子文、何应钦作为他的代表出席会议。正如白崇禧所料到的，会谈一开始便陷入了僵局。核心问题仍然是军队问题和财政问题。广东境内的军队已统一编成为国民革命军，共计六个军：第一军军长何应钦，第二军军长谭延闿，第三军军长朱培德，第四军军长李济深，第五军军长李福林，第六军军长程潜。准备留给广西的是第七军的番号。根据广西现有两个军的实力，广西方面要求编两个军，财政方面则要求实行两广统筹，从而提高广西官兵的薪饷，减轻财政上的困难。但会谈多次，却无实质性进展，白崇禧颇感棘手，遂电告李宗仁和黄绍竑，请他们其中一人到广州参加会谈，以便对一些重大问题进行磋商，拍板定夺。李、黄接电后，便决定由黄绍竑赴粤，参加两广统一会谈，对一切重大问题进行当面议决。黄绍竑到广州后，李济深把他接到第四军军部住宿。第四军军部在广西会馆，这里建筑不同于一般的地方会馆，它的门楼房屋都充分显示出一种居高临下的气势，在众多低矮陈旧的房屋烘托之下，很有些喧宾夺主的味道。它是陆荣廷统治两广时代的广东督军莫荣新建筑的，因此打有鲜明的时代烙印。现在，作为实力雄厚的第四军的军部——一位广西籍的军长住在这里，人们又难免不刮目相看和做种种揣测了。

李济深把黄绍竑领进广西会馆，笑道：

"季宽，上次来广州，伯南陪你住东亚酒店，遭了一场风险。这次我把你锁进了保险柜。"

白崇禧却说道："住在任公这里当然保险，不过，我们这三个不同寻常的广西佬一起住在广西会馆里，恐怕会使人感到危险哩！"

李济深这下不说话了，因为在两广统一会上，他是帮广西说话的，后来不知从什么地方吹出一股风，"要提防新桂系的产生！"这风使人不寒而栗，特别是广州的上层人物，他们对旧桂系的危害余悸尚存，因此一有人创造出"新桂系"这个吓人的名词，便仿佛有三只凶恶的猛虎从广西的荒山野岭跑到广州街上来了似的。黄绍竑对广东方面不肯在编军和财政上让步，本来就窝着一肚子火，现听白崇禧这么说，便愤然道：

"我们有本钱，是来商谈合伙做买卖的，又不是穷光蛋来向他们要饭！"

李济深忙开导道："常道'小不忍则乱大谋'，两广统一是目下之大局，出兵北伐，打倒北洋军阀是孙总理之遗训，诸位历年奋斗，其目的应在救中国，非救区区之广西也！"

在李济深这位大恩人和大兄长面前，黄绍竑似乎连牢骚也不好多发一句，况且李济深的话也是对的。黄绍竑捋着胡须，徐徐说道：

"明天和他们谈吧！"

第二天，黄绍竑和白崇禧便乘坐李济深军部的一辆小车，到国民政府去与"两广统一特别委员会"的成员们会谈。会议厅里，摆着一排桌子，桌上铺着暗绿色的台布，正中的墙壁上挂着孙中山和列宁的两帧遗像，室内显得朴素大方而庄严。汪精卫是会议的主席，他坐在正中的一张高背皮椅上主持会议。谭延闿、伍朝枢、宋子文、何应钦、李济深坐在汪精卫左侧，黄绍竑、白崇禧坐在右侧。会议开始，汪精卫向黄绍竑介绍了国民政府外交部长伍朝枢、财政部长宋子文和国民革命军第一军军长何应钦、第二军军长谭延闿。汪精卫望着黄绍竑，脸上现出亲切的微笑，那微笑中透出一种政治家的魅力。

"季宽先生来了，很好，我们是等你来拍板的。"汪精卫的话也同样带有那种政治家的魅力，使人感到如坐春风。

"汪主席过誉了，绍竑是来向诸公请教的。要说拍板嘛，我实不敢当，因为一个巴掌是拍不响的啊！"黄绍竑的话说得不冷不热，不亢不卑，软中有硬，硬中有软，连白崇禧也暗暗叫好："胡须佬也善外交辞令哩！"

"啊——好，好！"汪精卫首先拍起掌来，那富于表情的脸上笑纹拉开了，他不愧是一个老练的政治家，善于抓住某种契机，把你引导到他设置的轨道上来，再带着你跟他一块儿奔跑。

"那么，我们就开始拍吧，让我们用自己的手掌，拍出和谐的革命节奏来！"汪精卫又望着黄绍竑，"我们先谈第一个问题吧，关于广西的省政问题，你准备怎么办？"

黄绍竑心里愣了一下，这汪精卫好生厉害，手腕如此灵活，把自己刚刚那句不好对付的话，竟不显山不露水地给转圜了过来，而且又是转圜得如此之巧，使黄绍竑不得不佩服。对汪精卫提的这个问题，黄绍竑也很机敏，一是这个问题并不十分重要，二是如果在这个问题上自己讨价还价进行纠缠，那么巴掌拍不响的责任便在广西方面了。因此他立即答道：

"广西省政府受国民政府的命令，行使职权，处理全省政务，民政长一职撤销。"

黄绍竑的话使汪精卫大声地拍起掌来，他脸上又增加了几圈笑纹，每一条笑纹中都透出那种老谋深算的政治家的风度，这种笑，能使他的对手产生一种不可名状的威慑。他一边拍手，一边说道：

"季宽先生，我们这第一掌就拍响了啊，痛快！痛快！"他随即扭头吩咐担任记录的秘书，"请记录在案，季宽先生的话，可作两广统一决议案的第一款。"

汪精卫的话，虽然表面上是夸赞黄绍竑，其实是在夸赞他自己，黄绍竑当然听得明白，心中冷笑道："我当省主席，一切还不是由我说了算！"

"现在，我们开始拍第二次了。"汪精卫举起他的右手，仿佛体育竞技场上一名权威的裁判似的，他又望着黄绍竑，"季宽先生，关于党务问题，本党中央要求在广西尽快设立省党部和各级机构，以推进革命。德邻先生和季宽先生已当选为本党中央监察委员，对此项工作，定会积极施行。"

汪精卫的话，说得实在高明，高明得使你对他的要求无法拒绝。关于党务问题，黄绍竑在来广州之前，已和李宗仁商量好了，形势的发展，使他们对这个问题不能再顶了，也不便再拖了，他们决定把消极的态度变为积极的行动，由他们两人一手操办党务，请国民党中央派人来协助，这样既可把党权抓在手上，又可和中央达成某种妥协，可收到表里为用之功。因此，汪精卫的话一说完，黄绍竑便答道：

"我和德邻同志都是中央监委，对广西省党部的工作自应义不容辞地主持，但我们对办理党务经验不够，恳请中央派员帮助。"

黄绍竑这句话，倒也合汪精卫之意，因为如果不给李、黄主持广西省党部，广西的党务工作便无法开展，现在李、黄不但接受了中央的要求，而且还要求派人去帮助，到时他便可派出自己的大批亲信打进广西各级机构中去，发展组织，培植势力，以控制广西。汪精卫脸上的笑容使人感到仍是那么有魅力，他那双灵活的眼睛也和他的脸一样善于表达复杂的不断变化的感情——尽管这些感情的真谛使人不易捉摸，但它们却能紧紧地抓住你，使你对他产生亲切、仰慕，对他的每一句话都笃信不疑。汪精卫这次举起了两只手，望着他左边的几位"两广统一特别委员会"的成员，轻松地笑道：

"怎么样？诸位，这次又可以拍响吧？"

"啪啪啪"，谭延闿率先拍起了手掌，跟着伍朝枢、宋子文、何应钦、李济深也拍起手来，会议厅里，气氛变得热烈了。汪精卫非常欣赏自己的手腕，他由一位竞技场上的裁判一下子变成了一名导演，他导演的虽然不是一场戏，却是一场历史性的会谈，一种历史性的创举。虽然他们双方中的每一个人，都在自己心底掩藏着不可告人的目的和意愿，但是历史的火车头已经发动了，汽笛已经鸣响，他们都来到了月台上，谁不愿意登车前进呢？虽然他们目的不同，目标各异，前方等待着他们的也许是海市蜃楼，高官厚禄，鲜血尸骨，但是他们彼此都不肯放弃这个机会。这便是辛亥革命以来的历史！孙中山和他的革命党人勇敢地推翻了清王朝的统治，但是历史却以另外一种面目出现，它向国人推出了孙中山、廖仲恺这寥若晨星的伟大革命家，却又造就了许许多多变化不定的令人难以捉摸的形形色色的革命者。他们大都才华横溢，少年得志，但可悲的是他们却是一批候鸟，以候鸟对气候变化的直觉来感应形势。因此，不但他们自己，整个民族、国家乃至那蜿蜒的历史长河，都不可避免地要出现一个又一个的悲剧，这也许便是近代中国的一个缩影。

汪精卫响亮地拍了几下手掌，然后极有风度地将两只手朝左右摊开，那两只手摊开的高度、角度，都巧妙地停留在一个水平上，仿佛他两只手上各端着一个盛满水的碗。他望着宋子文和黄绍竑，说道：

"下边谈财政问题，由子文和季宽直接交换意见，我等着给你们拍掌就是。"

财政部长宋子文是个矮胖的年轻人，毕业于美国哈佛大学，他一身西装革履，洋气十足，就连那圆圆的脸孔，看上去也像一美元喜钱。他戴着一副与众不同的镜片又小又圆又亮的眼镜，镜片后面的双眼显得心事重重，仿佛一位在经济萧条中的大资本家，正日夜为振兴他的企业而操劳。宋子文在广州是一位颇有名望的人物，这名望倒不全是因为他的姐姐宋庆龄是孙中山的妻子，而是他出任财政部长以来，在整顿广东那濒临崩溃的经济，健全税收制度方面为国民政府做出了贡献。他创办了国民政府的第一家银行——中央银行，并出任该行经理。宋子文是广州的财神爷。黄绍竑当然知道宋子文在国民政府中的地位，财政问题，是非同他较量一番不可的。在前面两个问题的会谈中，他表现得开朗、积极而果断，已初步赢得了与会者的好感，棋局对他有利。因此，汪精卫一说完，黄绍竑便抢先发言：

"为了负担革命工作，完成革命任务，实现孙总理之遗训，则广西在理论与事实上均非将军、民、财三政与广东融合一体，直受中央支配不为功。省政问题、党务问题，汪主席及诸公已经拍掌了，关于财政问题，广西当然要受中央支配，由中

广东革命政府财政部部长宋子文

央统同统筹，互相调剂。"

黄绍竑在财政统一问题上表现出更大的主动性和热情，因为广西是个穷省，财政一向入不敷出，他希望通过财政统一，从广东得到补贴，至少，在军饷方面由广东负担一部分。桂军士兵每月饷银只有六元六角毫洋，而广东部队士兵每月则有十二元，相比之下真是太悬殊了。汪精卫见黄绍竑在财政方面毫无保留地愿与广东统一，他很是高兴，便再一次把两只手举起来，微笑着对宋子文道：

"怎么样？子文，可以鼓掌了吧？"

宋子文用右手拇指慢慢地、小心翼翼地抚着鼻子下那一抹呈隶书体形的一字须，一丝刻板的笑容挂在那圆圆的脸孔上，毫无变化，仿佛是镌刻在一枚银元上似的。他是个洋化了的经济专家，但是他到底是个中国人，而且又正在中国这块土地上经营他的事业，因此他既有西方经济专家的那种精明，又有东方老板的那种吝啬。黄绍竑的心计当然瞒不过他，关于两广财政问题，他心里早已有一本账。他那心事重重的眼光，透过那两片又小又圆又亮的镜片，打量着黄绍竑，那眼色极像一个富有的财主，正打量着一位要到他府上就食的穷亲戚或者穷朋友，很有些不屑一顾的意思。

"I am not a magician."宋子文一开口便抛出一句洋话来，在座的除了汪精卫、伍朝枢外，其余都是赳赳武夫，听不懂宋子文讲的什么话。黄绍竑和白崇禧都感受到了宋子文那凌人的气势，但在财政问题上，广西穷，有求于人，他们腰杆子硬不起来，只得忍耐。

宋子文说过那句洋话之后，便低头看着他那一排细皮白肉的圆圆的手指，好像他那手掌高贵得任何人都没资格握一下或拍一下似的。汪精卫当然听得懂宋子文的那句话，他是个在政治圈子里转惯了的人，在这种场合，他知道能打破僵局而使双方不得不接受的法宝便是折中，谁也不吃亏，谁也不占便宜，从而达成某种默契的谅解，以巩固其他已取得的会谈成果。他微笑着用一种超然的却又带着亲切的微笑，望了望宋子文和黄绍竑，说道：

"两广统一是全面的统一于国民政府和本党中央之下，财政问题，自不能例外，即使目下有困难，也要达到形式上的统一。"

宋子文已悟出汪精卫这话的意思，他微微地点了点头，这才用中国话说道：

"广东连年战乱，经济凋敝，民生困苦，甫经统一，而百政待举。目下国民政府已负担六个军的军饷，不瞒诸位，广东百姓连上街喝一口凉茶、家里死了人，都要征税的。因此，广西在财政上不能像前清那样，靠广东协饷，一切需靠桂省自理。"

黄绍竑的耐心本来就是极有限的，他一听宋子文要广西财政自理，这统一还有什么好处可言？他霍地一下站起来，气冲冲地说道：

"部长先生，你大概以为我将广西财政交给中央，对于你来说是做了一笔蚀本生意吧？我们经数年血战，才把全省统一，又击败东下欲染指广东革命政权的滇军，我们为巩固两广根据地，保卫国民政府，付出了巨大的代价，现在将全省军、民、财各政整理就绪，双手毫无保留地奉献中央，而你竟不愿接收，硬性责令我们'自理'，这是何道理？是要逼我们走联省自治的道路吗？我告诉你，湖南赵恒惕的代表从南宁跟我们一直到了广州！"

黄绍竑的话，顿时使会谈的气氛冷了下来，连一向老成练达的汪精卫，那始终微笑着的脸孔上，眉毛也往下压了压，那微笑也不十分自然了。因为不仅是汪精卫，就是其他人也怕广西脱轨而去，抓不住广西，广东的事情便不好办。可是眼下广东财政也确有困难，宋子文刚才说的话，倒也是事实，因此，汪精卫最后只得祭起他的法宝——折中。他看了看黄绍竑，又看了看宋子文，依然恢复了他那政治家微笑的魅力，说道：

"都是一家人，不讲两家子话，决议案上这一款就写：'广西财政受中央监督。'季宽先生，你就体谅一下中央的困难，目下桂省财政自收自用，待中央财政状况好转时，再解决你们的军饷，如何？"

李济深以目视黄绍竑，意思是要他别争了，反正自收自用，也没吃亏。黄绍竑也感到宋子文不会轻易松口，在这个问题上闹翻了对谁也不会有好处，他冷冷地说道：

"既然汪主席说这么办，那就这么办吧。"

汪精卫见黄绍竑同意了他的意见，便又鼓起掌来，但这次只有他一个鼓掌，那掌声显得十分单调，好像深秋寒蝉的孤鸣。

"现在，剩下最后一个问题，就是编军问题。国民革命军总监蒋先生委托何军长敬之（何应钦字敬之）与季宽先生商谈。"大概汪精卫也觉得这是两广统一中最感棘手的问题了，这次他没有再乐观地举起手来准备拍掌，而是朝何应钦和黄绍竑两人点了点头，请他们各自发表意见。

这次黄绍竑没有抢先发言，在编军的问题上他不准备让步，广西有两个军，李宗仁和他都是军长，只能编两个军，否则他和李宗仁便有一个当不成军长。他想先看看何应钦到底怎么说。何应钦和宋子文虽然都是蒋介石的代表，但气质截然不同。何应钦是贵州人，毕业于日本士官学校，他待人接物，态度温和，举止文雅，很有儒士之风。他是个不急不火的慢性子，办什么事都不慌不忙，按部就班，连走路都是慢腾腾的，生怕踏滑了脚，或是闪折了腿。汪精卫说完之后，他等了一阵，见黄绍竑没有要先发言的意思，他这才不慌不忙地打开面前一个卷宗夹，又用手扶了扶那副使他的儒士之风增色不少的黑边眼镜，慢条斯理地说道：

"国民革命军广东境内的部队已编了六个军，蒋总监在核定部队编制和番号时，已呈报国民政府拟将国民革命军第七军的番号给予广西。"

何应钦是个慢性子，黄绍竑却偏偏是个急性子，何应钦一说完，他便毫不客气地说道：

"广西现有实力本来就是两个军，李德邻和我的军长职务，是孙总理在北上之前委任的，目下正是用兵之际，为何要用番号和编制来压我们？"

何应钦一点也不动气，他慢慢地摘下那黑边眼镜，一手夹着一条眼镜腿，一边缓缓地翻阅着卷宗夹内的文件，他见黄绍竑说完了话，别人又没有说话，他才一字一句地说道：

"蒋总监说过，国民革命军是革命的武装部队，不能像过去搞民军那样滥用番号，因此对部队的番号和编制一定要严加控制。"

何应钦不但性子慢，而且胆子也小，没有什么主见，平时唯蒋介石之命是从。他说完话慢慢将眼镜戴上，谨慎地看了汪精卫一眼。汪精卫微微颔首。黄绍竑不再说话，他已铁下心来不做任何实质性的让步，哪怕为此关系破裂也在所不惜。

军队是命根子，只有发展壮大，岂能削减缩小？天下汹汹，连年战乱，谁的兵多，谁的地盘便大，拿枪杆子的人，哪一个愿意痛快地交出兵权？何况他的讨贼军最初由容县脱离李宗仁的时候，只有几百人，几年来东征西战，现在已发展到近两万人，而且正是由于他从马晓军手里抓过了这支部队的兵权，他才能有今天的实力和地位，对于军队的重要性，黄绍竑看得高于一切。如果广西只能编一个第七军，那么李宗仁是非要当军长不可的，他黄绍竑就只有去坐省主席的冷板凳了，这，不但他本人不干，恐怕连原来讨贼军的将领们也不干。将广西统一于国民政府和国民党中央之下，对于黄绍竑来说，就像他三年前从容县出走，将部队拉到戎圩，接受沈鸿英委的第八旅旅长职务，目的是要一个名义向外发展。因为广西太穷，养不起这么多的兵，讨贼军和定桂军两个系统的将领矛盾颇多，相处不易，只有向外发展才能解决广西财政的困难和内部的矛盾，当然也含有作洪、杨之举的企图，而这一切，只有和广东联合，站到国民革命的大旗之下才有可能实现。但是，如果走这一步，要削减广西一半的军队的话，他是不干的，实力受到限制，将来与广东向外发展，不但处处受制于人，很可能还会遭人吞并。

黄绍竑不说话，作为他的副手的白崇禧，当然也不好开口。李济深从会谈开始便一言不发，他能说什么呢？支持黄绍竑，他怕别人攻击他与"新桂系"图谋不轨，"新桂系"这个名称，不知是什么人刚刚造出来的，因为他是广西人，又与李、黄、白三人关系非同寻常，而又统率一支实力很强的广东部队，广东人对"桂系"本来是很憎恨的，现在又闹出个"新桂系"的名称来，如果有人别有用心地指责他是"新桂系"的话，那么对他掌握第四军——官兵全是广东人——是十分不利的，没有第四军，他李济深还能有什么作为呢？用他和黄绍竑的特殊关系压一压黄绍竑，要黄让步吧？李济深不愿这么干，他希望广西强大，他是个在粤军中任职的广西人，一个强大的和他关系密切的广西，对他是大有好处的。李济深什么也没说，只是以一个标准军人的姿态，笔挺地坐着，宛如佛寺殿内的一尊罗汉。

谭延闿慢慢地端起茶杯，轻轻地吹着浮在茶水上的几片茶叶，慢慢地呷起茶来，仿佛他此刻出席的不是一个重要会议，而是坐在广州一个高雅的茶馆里品茶消遣似的。

伍朝枢点起一支雪茄，飘逸的烟雾使他面目变得模糊起来。

宋子文不耐烦地从西服口袋里掏出一枚用小巧的赤金链拴着的金怀表，"嚓嚓嚓"地上着弦，像一个西方股票公司的大经理，在瞬息万变的股票市场上却被无端地拉去出席一个无聊的什么会议，但又拘于礼貌和某种原因，不便离开，那"嚓嚓嚓"作响的上弦声，便是一种无言的抗议。

何应钦总是不慌不忙的，虽然由他直接出面代表蒋介石与广西佬打交道，一开局便僵持住了，但他没有一点着急，涵养好极了，一双眼睛静静地看着面前的卷宗夹，仿佛那是一件价值连城的古董，虽然一时无人问津，但并不愁卖不出去。

汪精卫虽然还是挂一脸的微笑——无论是着急或是愤怒的时候，只要在众人面前，他总是微笑着，尽管他在家里对仆人呵斥时可以砸碎一只花瓶，但，那一定要在他太太陈璧君女士不在家的时候——但屁股上却如坐针毡。他知道在编军问题上，蒋介石是绝不会让步的，他当然也不主张编制上给广西两个军的番号，在限制广西势力的发展上，他与蒋介石是一致的。

汪精卫是广东人，跟孙中山在广东组织政权，也受了陆荣廷许多气，因此，无论于公于私，他都得提防"新桂系"的产生。但是，这次"两广统一特别委员会"的发起及组织又是他一手经办的，作为会议的主持人，国民政府和国民党中央执委会首脑，如果他不能使会议达成两广统一的正式协议——哪怕是形式上的也好，将对巩固广东、出兵北伐产生极大的阻碍，这不但对革命事业，也对他在国民政府和国民党中央的统治地位不利。孙中山和廖仲恺都在去年逝世了，胡汉民已出国，现在，他便是国民党内和国民政府理所当然的领袖和首脑了，一个领袖和首脑连一个会议都开不成功，别人（苏俄顾问、共产党人、国民党内的各派）当然会瞧不起他的，无论如何，他要使会议成功，而不能破裂。他有几十年政治活动所练就的一件法宝——折中，在各种场合，他这法宝屡试不爽，真可谓法力无边也。他正是靠着这个法宝在险恶多变斗争复杂的政治生活中绕过一个个令人目眩的旋涡，度过一次次危机，而安然无恙却又步步高升。辛亥革命的时候，孙中山与黄兴有矛盾，他就是用这个法宝两边不得罪，在党内他与胡汉民是对头，他靠这个法宝能立于不败之地，在孙中山实行"三大政策"的时候，左右两派斗争很激烈，他又用这个法宝，收到了左右逢源之功。他生于中国，和许多革命者一样向往西方的文明，他特别醉心于巴黎的文化。但是中国古老的文化传统又深深地羁縻着他，他尊崇孔孟的中庸哲学，遇事折中，明哲保身。但他一生中却有两次没有搞折中，一次是辛亥前夕，为了推翻清王朝，他带着喻培伦和黄复生挺身入京，在鸦儿胡同的银锭桥下埋设炸弹，谋炸清廷摄政王载沣，事败被捕。面对死亡，他慷慨作绝命诗一首以言志。诗曰："慷慨歌燕市，从容作楚囚。引刀成一快，不负少年头。"他这一荆轲壮举，顿使他名扬海内外，成为辛亥革命的英雄人物，也是他一生的光辉所在。另一次便是后来他一头扎到日本人怀抱里去，当了一名可耻的汉奸傀儡，像秦桧一样遭人唾骂，遗臭万年，这是后话。现在，汪精卫又祭起他那法力无边的"宝贝"了，他微笑着，对黄绍竑道：

"季宽先生，常言道百里之行去九十，我们的会谈已在前三款中达成圆满的协议，现在就剩下最后这一款了，我不忍心前功尽弃。你看这样行不行，广西军队就编为国民革命军第七军，军以下的编制由你们自己决定吧。"

黄绍竑两眼一亮，这倒不失为一个转圜的办法，蒋介石可以用番号来限制广西军队，但是如果军以下由广西自定，实力便不受限制，这正符合他的要一个名义向外发展的想法。

但他仍未表态，因为这涉及军长人选的棘手问题，他不肯放手军权。大约汪精卫已看出他的心思，又说道：

"关于第七军的军长，可由李德邻来担任，季宽可当军的党代表，按照国民革命军实行党代表制度这一决定，党代表享有与军长同等的权力，任何命令如无党代表副署，则不生效。"

黄绍竑真是佩服汪精卫的主意，因为这对黄绍竑来说是很合算的，当党代表与军长有同等的权力，而且省政府及省党部的权力，也必定要落在他的手上，那他就等于总揽广西的党政军全权，黄绍竑何乐而不为！但他现在不能喜形于色，又沉默了一阵，才略有些矜持地说道：

"既然汪主席这么说，那就这么办吧！"

啪啪啪，汪精卫马上带头鼓起掌来，大家也都跟着鼓掌，在颇为热烈的掌声中，结束了这历史的一幕。

黄绍竑开完两广统一会议后，又参加了国民政府召开的北伐秘密会议，事毕，便带着一批由国民党中央派遣到广西搞党务的青年男女，乘船回广西去了。只有白崇禧继续留在广州，为李宗仁、黄绍竑做联络工作。当然，白崇禧逗留广州，除了李、黄之意外，也还有他个人的企图。广西统一了，现在两广也统一了，为这两个统一，他出谋策划，居间奔走，领兵征战，着实立下了汗马功劳。可是，随着两广统一局面的打开，李宗仁、黄绍竑都升了官，抓到了更大的实权，而他仍然是个参谋长——国民革命军第七军参谋长。他心中快快不乐，鉴于他和李、黄的私人感情，特别是与李宗仁的感情，他是不能离开他们的，他无实力，没有自己的基本部队，但他又不甘心永远在广西团体中当个参谋长——尽管他需要广西，需要借助李、黄的实力。他在广州盘桓了一段时间，注意力一直盯着两个人——蒋介石和鲍罗廷。对于汪精卫，他倒不怎么重视，虽然汪集党、政大权于一身，但无实力——军队，成不了大气候。蒋介石虽然在广州还没上升到独一无二的地位，但他有黄埔军校作本钱，又抓着何应钦的第一军，白崇禧估计将来国民政府和国民党的实权非蒋莫属，他如能和蒋介石拉上关系，又以广西实力作后盾，则可飞黄腾达，岂止做一个第七军的区区参谋长？但他和蒋介石无历史渊源，也无直接的工作关系，蒋介石又是个忙人，因此除了到黄埔军校参观和在几次会议上看见过蒋介石外，白崇禧还未单独与蒋介石谈过。至于鲍罗廷，则是苏俄派来的政治顾问，曾经帮助孙中山改组国民党，创建黄埔军校，鲍氏在广州有着崇高的威望。要在广州打开局面，则非借助鲍罗廷的威望不可。

白崇禧决定去拜访鲍罗廷。为了使这次拜访能成功，他精密筹划了一番。他是作为广西当局的代表和桂军的总指挥身份去向鲍罗廷请教革命经验的，因此他自拟了一个谈话提纲：（一）俄国革命之经验如何？（二）苏俄对东方被压迫民族之政策如何？（三）"孙文主义"与列宁主义有何异同？为了扩大这次访问的影响，白崇禧又特地约请了广州一家左派报刊——《人民周报》的记者一道前往广州大东路三十一号鲍公馆，就以上他拟的三个问题向鲍罗廷请教。这次访问果然十分成功，因为在此之前，鲍罗廷还未单独会见过广西的高级将领，现在两广统一，白崇禧主动前来向他请教革命经验，鲍罗廷对此十分重视，再加上白崇禧风度不俗，其言谈举止更有别于鲍罗廷接见过的许多将领，因而对白颇有好感。针对白崇禧提的三个问题，鲍罗廷畅谈了一个多钟头，那位《人民周报》的记者快速地记着。过了两天，这份在广州很有影响的《人民周报》便在显著位置刊出一篇名为《鲍罗廷与白崇禧之谈话》的文章，文章前面还特地加了那位记者撰写的一段按语："广西代表白总指挥崇禧……往访鲍罗廷顾问，鲍氏与白谈俄国革命之经验等事甚详，且甚精要，记者得鲍氏之允许，特录之以飨读者。"通过这次访问和记者的宣传，广州党政军各界，无不知广西"左派"将领白崇禧之大名。

白崇禧准备去拜访蒋介石。

在此之前，蒋介石虽知白崇禧之名，但尚未引起他的注意，他之留意于白崇禧，也许是看到了《人民周报》上的那篇文章，但却并不是"左派"的白崇禧引起他的注意，他似乎是从白崇禧在广州的活动上发现了什么使他感兴趣的东西，这种东西直接触发了他政治棋局上一个新的思路，这个新的思路又迅速反馈到他的"棋盘"上来，形成了一种权谋的直觉——白崇禧需要他，他也需要白崇禧。

正当白崇禧谋划如何去见蒋介石的时候，黄埔军校校长办公室特别官佐陈诚持蒋介石校长的名帖来请。白崇禧心中不由一愣，他虽然足智多谋，但一时尚推算不出蒋介石请他此去是何意图。他看了看这位个子矮小其貌不扬的特别官佐陈诚一眼，心中暗想：黄埔军校里人才济济，武二郎似的人物想也会有一个团，老蒋怎么竟用这等"三寸丁谷树皮"当校长办公室的特别官佐？但白崇禧很快便发现，陈诚那双眼睛很是不同寻常，看起人来非常机敏，透着果决、专横和一往无前的气势。虽然陈诚的个子和相貌，有点像阎罗殿里打杂的小鬼（后来白崇禧和何应钦便常在背地里骂陈诚为"陈小鬼"），但他的眼神给人的印象却不亚于阎王爷。白崇禧永远也不会忘记陈诚那一双眼睛给他的最初印象！这陈诚果是不同寻常，他是浙江青田县人，也曾毕业于保定军校，但资格却比不上白崇禧。白毕业于第三期，陈则毕业于第八期，前后相差好几年，这倒不是陈诚学业不长进被留了级，而是他因身材矮小，投考时未被军校录取，后来通过他父亲的一位挚友杜峙的保荐，才勉强进入保定军校。陈诚原在邓演达团里当炮兵连长，后来邓演达调黄埔军校任教练部副主任，也把陈诚带到军校来。陈诚到了黄埔军校，也许还是他个子矮小的缘故，初时默默无闻。但他非常勤奋，读起书来，有时竟通宵达旦，而无倦意。有一天，天将破晓时分，校园里一片寂静，教职员工们尚在睡梦中，校长蒋介石带着两名卫士，在校内巡视，忽见一个房间里亮着灯火，他忙凑到窗口察看，只见一个青年军官，正襟危坐读书。蒋介石敲门而入，见是陈诚，便问道：

"辞修（陈诚字辞修）在读什么书？"

"报告校长，学生在恭读孙总理的《三民主义》，请训示。"陈诚立正答道。

"很好，很好！"蒋介石拍了拍陈诚的肩膀，称赞道。

不久，陈诚便被调到了校长办公室当特别官佐，成了蒋介石的得力助手，陈诚自是感激蒋介石对他的知遇之恩。

却说白崇禧在陈诚的陪同下，来到了黄埔军校，蒋介石早已在他办公室门口迎候。他身材瘦长，着一身戎装，脸色严峻，从头到脚，无不显出一种凛不可犯的威仪。当陈诚陪着白崇禧过来时，他忙上前几步，拉住白崇禧的双手，紧紧地握着，不住地摇着，像见到了阔别多年刚由远方而来的亲弟兄一般，那严峻的脸上绽出一脸亲切诚挚的笑容，接着便用他那带浙江口音的国语说道：

"刘玄德三顾茅庐，你这'诸葛亮'，我还真怕辞修请不动哩！"

蒋介石说着，竟笑出了声音，连陈诚也感到有些纳闷，一向不苟言笑的蒋介石为何今天如此高兴。白崇禧听了蒋介石这句话，心里感到甜滋滋的，真有点相见恨晚，忙说道：

"介公之召，岂敢怠慢！"

蒋介石喜欢在办公室会客，他的办公室布置得简朴，因他处处表现出要以孙中山为榜样，孙中山去世后，他又处处表现出自己是"孙中山主义"的嫡传者，因此，他不但在口头上不离孙中山的"主义"，便是在待人接物上也处处效仿孙中山。他的办公室布置得也和孙中山生前的办公室类似，一张宽大的办公桌上，一边堆放着书籍，一边放着一叠厚厚的夹着各种待批阅的文件电报的卷宗。书籍和卷宗之间，便是一只插着几支上等湖笔的精致的玉色笔筒，旁边是一只宽大的端砚，砚旁有一只呼役的铜铃。孙中山不抽烟，不喝茶，桌上从无烟缸茶杯之类。蒋介石也不抽烟，不喝茶，桌上当然也无此种摆设。办公桌后，是一张看上去有些笨拙的带广东特色的藤椅。除了办公桌外，还有几张套着白布套的沙发，此外，引人注目的便是一排装满书籍的书橱。沙发后面墙上挂着一帧孙中山的半身放大照片，一进门，使人首先看到

国民革命军总司令蒋介石

的便是这帧照片，与照片对面的墙上，挂着孙中山手书的"奋斗"两个字。白崇禧被孙中山在办公室里接见过，他觉得孙中山的办公室简朴得像位学者的书斋，而蒋介石的办公室，却像一个被精心伪装起来的司令部。因为蒋介石一身戎装与这室内的布置很不协调。

蒋介石招待白崇禧在沙发上坐下后，陈诚便退了出去，他知道蒋要与白单独谈话。蒋介石问起了白崇禧的家庭出身与经历，白崇禧极少与人谈到自己的家世，这次与蒋介石相见，竟有一见如故之感，便将其始祖伯笃鲁丁原是来自中东的一个穆斯林，后定居于南京，曾中过元朝的进士。其后子孙往任粤西，乃落籍桂林。据说明，太祖朱元璋禁止人民用外国姓，白崇禧之祖先乃将伯笃鲁丁之姓取第一个字，但百家姓上并无伯姓，遂更伯为白。白崇禧说过家世，又将自己少年立志，投笔从戎，参加辛亥革命广西学生军北伐敢死队的经过说了一遍，蒋介石听了大加赞赏：

"啊！这样说来你早就在孙总理同盟会的领导之下了！参加革命的时间不短啦，很好，很好！"接着他又以同盟会的老资格问道："同盟会的证件还有吗？"

白崇禧摇摇头，说他并无证件。蒋介石又勉励道：

"孙总理已不幸去世了，我们活着的人要继承总理之遗志，将国民革命向前推进。"

白崇禧也趁机拍了蒋介石一句："这就要看介公的啦！"

蒋介石脸色变得严肃起来，似乎白崇禧这句话使他感受到了肩头国民革命担子之沉重，他说道：

"两广已经统一，革命已有了一块巩固的根据地，这个，很好！下一步就是要出师北伐了，不知健生兄对北伐军事有何高见？"

北伐秘密会议是黄绍竑出席的，白崇禧听黄绍竑说过会议情况，他平时留心时局，因此，蒋介石问起，便侃侃而谈：

"两广统一，内患肃清，目下直、奉军阀正与冯玉祥之国民军在北方大战。奉张军出山海关，占秦皇岛，兵锋直指京畿。湖北方向，吴佩孚坐镇查家墩司令部，以寇英杰为总司令，率直军北上，攻开封、克郑州，进抵石家庄。冯军已退守南口。奉、直各军主力均被吸引在京畿一带。我们此时出师北伐，便可乘虚而占武汉三镇。"

白崇禧又把他那套进军武汉，师洪、杨之技顺流东下直取南京的策略向蒋介石吹嘘了一遍，蒋介石沉吟半晌，才说道：

"关于北伐之战略，我与鲍顾问、加仑将军和李任潮等已研究过，只是万事俱备，尚欠东风。"

白崇禧双眼一亮，赶忙抓住这个机会，他立即接过蒋介石的话柄，现出几分孔明的面目来，笑道：

"我上一趟衡山，为介公借三天三夜的东风，如何？"

蒋介石不由暗吃一惊，心想这"小诸葛"还真有点名不虚传，一下便窥到了他心中的症结。原来，蒋介石开过北伐秘密会议之后，在出师问题上碰到了一个难题，便是如何策动湖南的唐生智加入革命，以扫清北伐军进入湖南的障碍。那唐生智本是湖南省长赵恒惕手下的师长，驻军湘南，由于控制水口山的锌矿，并兼着湘南督办，颇有实力，亦颇有野心，每想取赵恒惕而代之，但又惧怕驻军岳州的吴佩孚出兵干涉。为了向国民政府拉关系，唐生智曾将其弟生明送往黄埔军校学习。但国民政府派人去和他商谈，要他就任国民革命军第八军军长时，他又徘徊观望，态度不明，蒋介石说的尚欠东风，便是指此而言。他见白崇禧自荐要去湖南"借东风"，脸上显出一丝令人难以捉摸的微笑，问道：

"健生兄欲去湖南说服唐孟潇（唐生智字孟潇）加入革命，可有把握？"

白崇禧道："唐孟潇早存驱赵之心，我去湖南凭三寸不烂之舌说动他出兵攻占长沙。唐逐赵成功之后，吴佩孚必以犯上罪出师讨唐，由岳州南下，唐生智难敌吴军，是时必将向两广乞援，到了那时他非出任国民革命军第八军军长不可，介公正好借此机会，以唐生智为前锋，出师北伐，吴军主力尚在北方，我军攻夺武汉三镇易如反掌。"

蒋介石也不得不佩服白崇禧这一着棋，但又问道：

"何能说动唐孟潇出兵驱赵？"

白崇禧那孔明的面目显得更为真切，他神秘地笑道：

"我这里还放着一个蒋干哩！"

"谁？"蒋介石不明白白崇禧指的是谁。

"赵恒惕的代表叶琪到广西访问，欲与我们拉关系，我把他拉到广州来了。叶君是广西人，又与我和季宽是保定军校的同学，友谊甚笃，我们已说动了他加入革命。只需在广州的报纸上披露叶君已做了唐孟潇的代表，为唐商谈请两广出兵援唐驱赵。目下赵恒惕正在提防唐孟潇不轨，已有收回水口山矿务和提高省长职权之意，今见叶琪如此举动，他不得不向唐孟潇施加压力。在此情况下，我再到湖南唐孟潇那里陈说利害，并请李德公派一旅精兵进抵桂北之黄沙河，以壮唐孟潇驱赵之举，不怕他唐孟潇不动心，不下手！"

蒋介石终于舒了一口气，亲密地拍着白崇禧的肩膀，连说：

"很好，很好！我就等着你的东风了！"

北伐兴师　蒋介石筹组司令部
桂军整编　俞作柏含恨失兵权

蒋介石在办公室里踱着步子，等候着白崇禧到来。他仍是戎装打扮，只是没有戴军帽，露着一个光秃秃的头。他那头也和一般的秃头不同，一般人头秃了，总还带着些稀疏的毛发，难免不使人感到有几分滑稽可笑。虽然一些老学者、老教授秃了顶，使人感到庄重可敬，但那到底是极少数。蒋介石的头秃得没有一根毛发，他既不使人感到庄重可敬，也不使人感到滑稽可笑，他使人感到的是一种仪表的威严和固执不可动摇的坚硬，似乎这只秃头只有放在他的脖子顶上，才是真正的蒋介石，才有他的个性，他的事业，他的彪炳功勋，他的斑斑劣迹。假如蒋介石的秃头上一夜之间长出无数的青丝来，那他便不是蒋介石了！

白崇禧到湖南"借东风"后，蒋介石在广州着实干了几件使人瞠目结舌的事情。

三月二十日凌晨，他突然派人逮捕共产党员、海军局代局长李之龙，酿成历史上有名的"中山舰事件"。同时派兵前往东山包围苏联顾问住宅，收缴卫队枪支，监视苏联顾问，断绝其交通。命令撤销第一军中的党代表。

蒋介石这一闷棍，不仅打击了共产党、苏联顾问，同时也打倒了国民政府主席、国民党中央执委会主席汪精卫。事起仓促，汪精卫毫无准备，但他那"法宝"还是救了他，他采取明哲保身的办法，跑出广州，到汕头时才发来一封悲观的告别信，然后到法国巴黎呼吸那里文明自由的空气去了。

蒋介石当了军事委员会主席。

蒋介石提出"整理党务案"，严格限制共产党在国民党内的活动。

蒋介石当上了国民党中央常务委员会主席。

蒋介石当上了上马管军、下马管民的国民革命军总司令。

短短两三个月的时间，蒋介石便把国民政府和国民党中央的一切大权，统统抓到了手上。国民政府主席一职，他安排给自己的好友、上海青红帮的头子、半身残废只能坐轮椅的张静江。待这一切都安排就绪之后，他才肯出兵北伐，因为党政军大权如果抓不到手上便出兵北伐，将来岂不是打下江山给别人坐吗？可是，对这一连串异乎寻常的事件，无论是共产党人，还是那位在广州有崇高威望的苏联顾问鲍罗廷，都没有进行抗争和反击。他们希望通过忍耐和让步来维护业已实现的国共合作，将大革命的洪流引到长江流域和黄河流域去。

蒋介石现在想着白崇禧。

白崇禧自入湖南后，策动唐生智驱赵的工作果然做得非常出色。为了给唐壮胆，白崇禧请李宗仁派钟祖培旅长率尹承纲和周祖晃两个团，由广西北部进入湘桂边境的黄沙河，遥为应援。唐生智立即出兵进占长沙，将赵恒惕赶下台，自任湖南省长。吴佩孚以援赵为名，委任叶开鑫为"讨贼联军总司令"，指挥赵恒惕的湘军对唐军作战，反攻长沙。又令赣军唐福山师由萍乡出醴陵，向唐生智右翼进逼；再以湘军刘铏、贺耀祖两师进逼唐生智左翼。唐生智支持不住，被迫放弃长沙，退守衡阳，急忙向两广乞援，并要求马上加入国民党，就任国民革命军第八军军长职。桂军钟祖培旅奉令开拔衡阳，在衡山、衡阳之间与吴佩孚追军厮杀。国民革命军第四军军长李济深亦令叶挺独立团星夜兼程，入湘援唐。伟大的北伐战争，便以援湘为起点，揭开了序幕。

蒋介石此时非常需要白崇禧。为了指挥北伐战争，为了能及时消化战争所取

1926年5月20日，国民革命军第四军叶挺独立团开赴北伐前线

得的成果，蒋介石筹组了一个规模庞大、权力至高无上的北伐军总司令部。统辖陆、海、空三军，所有政治部、参谋部、军需部、海军局、航空局和兵工厂等中央机构，都隶属于总司令部。各省政务要受总司令部指挥，地方长官也归总司令部任免。蒋介石强调"军令、政令必须统一"，他的总司令部职权凌驾于国民政府和国民党中央之上，军令、政令均出自他一人之手。

总司令部编制为总司令一人，总参谋长一人，以下为政治部，参谋处、海军处、航空处、军需处、军械处、审计处、军法处、副官处、交通处、秘书处等。政治部主任为邓演达，其余各处官佐皆已决定，唯有总参谋长的人选，蒋介石颇费心机。论资望与实力，当然由第四军军长李济深兼总参谋长相宜。但是，蒋介石却看上了白崇禧。因为从促使唐生智加入革命这件事上，他看到了白崇禧有过人的才智，白崇禧干练、精明，正需要他襄赞军机、运筹帷幄。蒋介石还发现，白崇禧除此之外，还有别人所没有的两大优势：白崇禧是桂军的参谋长兼前敌总指挥，与李宗仁、黄绍竑之交谊甚厚，如把白氏揽入彀中，蒋介石不仅可以得心应手地指挥广西军队，还可拆散李、黄、白这三驾马车，削弱和分散桂军实力，以防止他所害怕

1926年7月9日，国民革命军在广州誓师北伐。图为北伐誓师大会

的"新桂系"的出现。此外，白崇禧出身保定军校，北伐军各军中的师、团长有相当一部分出自保定军校之门，白崇禧与他们有同窗之谊，由白出任总参谋长自能指挥自如。对于李济深，蒋介石此时当然还不敢怠慢他，因为他的第四军实力强大。蒋介石决定仍提名李济深为总参谋长，但要他留守广东大后方，将第四军的张发奎、陈铭枢两师调去北伐。为了监视李济深，蒋介石将自己的嫡系部队钱大钧师留守广东。

李济深身为总参谋长，既要留守广东，蒋介石把白崇禧提名为副总参谋长代行总参谋长职，随军北伐，也就顺理成章了。但是，前些日子，李宗仁因桂军已经入湘，来广州敦促蒋介石迅速出师北伐的时候，蒋介石曾透露有将白崇禧提名为总参谋长的意图，李宗仁闻讯大惊，生怕蒋挖走了他的"诸葛亮"，连连摇头说："不可，不可，健生资望太浅，今年才三十三岁，年龄太轻了，不能负此重任！"蒋介石却一口咬定："我看还是健生好，还是健生好！"

蒋介石现在等着白崇禧来办公室，要谈的正是这件大事。他踱了几圈之后，从窗户口发现白崇禧来到，便步出办公室前去迎接。蒋介石一向架子很大，孙中山

桂系演义
第三十二回

在世时，他对孙中山敬若神明，孙中山一死，他便以孙中山的唯一继承者自居，全不把胡汉民、汪精卫等元老派放在眼里。他是黄埔军校校长，而身为国民政府主席和国民党中央执委会主席的汪精卫，遇有要事，便常到军校办公室来找他商谈，汪精卫来时总是头戴毡帽，腋下夹着个黑色公文包，匆匆而来，匆匆而去，蒋介石从不迎送。现在，胡、汪二人都垮了台，一切大权在握，蒋介石那架子更是摆得比天还大。不过，在广州他还得表面上尊敬苏联顾问鲍罗廷，因为他需要从苏联那里取得援助。鲍罗廷有事到军校来，蒋介石不但亲自出来迎接，而且还要学员们列队欢迎。白崇禧虽然没有享受到列队欢迎的待遇，但蒋介石亲自出迎，那规格也算得上是够高的了。可是，出乎蒋介石意料之外的是，白崇禧刚一坐下，便向他告辞：

"总司令，我刚刚接到李德公打来的电报，桂军正在整编，大军即将出发入湘，令我即日返回第七军协助指挥作战，我决定明日返桂，不知总司令尚有何训示？"

蒋介石听了心中暗吃一惊，想是李宗仁真的阻止白崇禧就任副总参谋长，但他的决心已下，任何人都阻拦不住他，蒋介石的铁腕上同时抓着金钱和地位两样东西，他自信能笼络住他所要笼络的任何一个人。他当然不能放白崇禧回去，他自信白崇禧也不会回去当那个第七军的参谋长，一位北伐军的总参谋长，其地位是如何显赫辉煌——更何况这对于一个只有三十三岁的年轻人来说，更是飞黄腾达了。

"我已向国民政府正式提名任你为总司令部副总参谋长，代行总参谋长职，命令不日即将发表，你就不要回第七军去了，李德邻那里，由我去电处置。"

蒋介石话中的每一个字，似乎都是一枚钉子，他讲话往下扬了扬手，似乎是一只铁锤，把那些钉子一枚一枚地打进板里去了。他不容你辩白，不容你解释，不容你推诿。白崇禧听了，显得十分惊诧而突然，忙把右手摆得如同飞快地摇着鹅毛扇一般，连说："不行，不行，总司令，我干不了，你还是让我回去跟德公当参谋长罢！"

"你干得了，这个，你干得了！"蒋介石的词汇，不太丰富，他爱把一句话重复连说几遍，也许，这是为了表现他的权威，为了表达他的一种坚定不移的思想和果断的气魄，因此，虽然中国的文字词汇丰富得有如滔滔的江水，但是到了蒋介石的口里，可供他选择的实在少得可怜。

白崇禧坐在沙发上，显得十分为难。其实，总参谋长这个显要的职位，正是他梦寐以求的啊！还是四年前，也是在广州，他在仙湖旅馆里摇着那把破新会葵扇，和陈雄高谈阔论时，就自命不凡地宣称，总有一天他会出任中国最高统帅的参谋长。没想到这一天竟会来得这样快，来得这样突然，他才三十三岁啊！他绝不怀疑自己的能力，他自信能指挥百万大军，逐鹿中原，收拾祖国四分五裂的山河，建立一个统一的强大的中国。他佩服蒋介石的手腕和权谋，仅用几个月的时间，便将对手扫除，将党政军大权集于一身。他推崇管仲辅佐齐桓公称霸天下的事业，他觉得蒋介石的气派和手腕，无疑是当今的齐桓公，白崇禧当蒋介石的参谋长，真是管仲再世，齐桓复生，他还有什么不愿意的呢？但是，他本能地感到，蒋介石身上透着一股森森逼人的冷气，他那双眼睛总是严峻地审视着你，似乎对你的忠诚可靠永远表示怀疑，尽管他口中说着对你绝对相信的话！看着他那双眼睛，白崇禧心里总感到有些发颤，背脊上有些发凉，使他不禁联想到历史上开国帝王统一全国后大肆杀戮功臣的那些血淋淋的事件。他觉得蒋介石的本事恐怕和汉高祖刘邦差不多，对汉高祖杀害韩信，他至今耿耿于怀，深为韩信不平。因为除了管仲和诸葛亮外，白崇禧最崇拜的便是韩信，在一定程度上，他感兴趣的也许还是韩信，韩信是位足智多谋的大将，韩信拜将，悲歌散楚，围魏救赵，真是令人叫绝。白崇禧跟蒋介石当参谋长，打完天下之后，难道不会重演韩信的悲剧吗？对蒋介石那阴冷的目光，他感到不寒而栗，他觉得还是跟着李宗仁安全，尽管李宗仁在手腕和气魄上不及蒋介石，但自己总不至于变成第二个韩信。白崇禧就是处在这样极度矛盾之中。

蒋介石见白崇禧沉默不语，以为他是怕李宗仁拉后腿，便很严肃地说道：

"白健生同志，你在辛亥年便投身到孙总理领导的革命事业中了，今天难道就不革命了么？"

白崇禧勉强地笑了笑，反问道："总司令领兵北伐，我在第七军当参谋长，跟着总司令去打北洋军阀，这难道不是革命么？"

"我说的是要你当我的总参谋长，而不是当第七军的参谋长！"蒋介石的口气很硬，但硬中不失诚挚的感情。

白崇禧又不说话了。蒋介石从沙发上站起来，背着双手，从办公室的这一头，踱到那一头，脚上的军靴磕碰着花阶砖铺的地板，发出沉重的令人同情的响声。蒋介石踱了几个来回，突然回过头来，眼定定地看着白崇禧，神情黯然地说道：

　　"你不就职，我也不就职！"

　　白崇禧心里一震，扭过头来，眼光正好与蒋介石的目光相遇，他突然发现，蒋介石眼眶湿润，满怀期待和诚挚的感情，那种对人疑虑阴冷的目光没有了。白崇禧的心开始动了。

　　"前方炮火连天，第七军和叶挺独立团的弟兄们正在浴血奋战，而我们却在这里扯皮，迟迟不能出发指挥作战，如此何以对得起总理在天之灵和四万万国民之热望！"蒋介石动感情了，他口中的词汇不再贫乏单调，而是带有某种感情色彩。

　　白崇禧本来是个重感情的人，蒋介石的话深深地打动了他，他到底是个才三十岁出头的年轻人，身上的血还是很热的，虽然他对国民革命没有什么深切的认识，自幼读的又多是《战国策》《孙子》之类的书，但他认为，国家应该统一，他有责任辅佐蒋介石实现统一，他生在这个时代，正是建功立业的大好时机，削平群雄，统一海内，舍我其谁？这是他的责任。他的热血往头顶上冲，他"腾"的一声站了起来，对着蒋介石，身子站得笔挺，朗声答道：

　　"总司令如此错爱，崇禧绝不敢有负厚望！"

　　蒋介石见白崇禧答应了，那严峻的脸上现出几条满意的笑纹，他过来拍拍白崇禧的肩膀，连连说道：

　　"很好，这个嘛，很好！"

　　蒋介石的词汇又变得贫乏单调了。白崇禧发现，蒋介石的目光又恢复了那种疑虑和阴冷，他似乎又感受到了蒋介石身上那股森森逼人的冷气——他开始有点后悔了，脑海里蓦地出现了韩信被砍掉脑袋的可怖场面！

　　白崇禧虽然答应了当蒋介石的参谋长，但是第二天他还是搭船返回广西去了。因为他觉得这事关重大，需得与李宗仁、黄绍竑好好商量。他总觉得跟蒋介石恐怕不长久，蒋介石的为人令人难以捉摸。古语云："伴君如伴虎。"白崇禧心里正是怀着这种不可名状的而又摆脱不掉的畏"虎"的心理。白崇禧想到的和蒋介石差不多，他和蒋无同乡关系，又无历史渊源，蒋介石现在之所以需要他，对他一见倾心，委之以重任，不外乎他与李宗仁、黄绍竑这两位广西实力派有着深厚的关系。他是保定军校出身，蒋介石的黄埔学生羽毛未丰，领兵作战还得靠保定出身的将领，一旦天下平定，蒋介石难免不会卸磨杀驴。"飞鸟尽，良弓藏，狡兔死，走狗烹"，他岂能逃出蒋介石的魔掌？想来想去，他还是决定先回广西去，和李宗仁、黄绍竑商量，只要有广西实力作后盾，他在蒋介石那里当参谋长腰杆就硬。根据历史经验，历代开国皇帝，凡定天下之后，"削藩"与杀戮功臣几乎是不可避免的，从这一点上说，他与李宗仁、黄绍竑将来可能会面临同样的命运，因此白崇禧必须回广西去做一番安排，这不是杞人忧天，而是未雨绸缪。

白崇禧回到南宁，即向李宗仁、黄绍竑报告了蒋介石要任命他为副总参谋长的事。

"去与不去，请二公酌裁。"白崇禧说完望着李、黄二人。

李宗仁那国字脸上，表情颇为复杂，当年黄绍竑从玉林出走，去梧州发展，他那痛苦的记忆至今不忘，黄绍竑出走，挖走了俞作柏、伍廷飏两个主力营，几乎把他苦心经营的玉林局面拉垮。现在白崇禧又要走，部队是拉不走的，因为白无自己的基本部队，但是白崇禧这个人才岂止是几个团、几个师的兵力能抵得上的？白氏一走，李宗仁岂不痛失臂膀。同时，对于白崇禧的高升，他转而又怀疑蒋介石不知从中做了什么手脚。因为蒋介石向李宗仁征询过总司令部参谋长的人选，李宗仁认为从资望和能力上，曾任南京临时政府总参谋长的钮永健最合适，蒋介石却偏偏看上白崇禧。不过，李宗仁到底是个心地坦荡之人，当年黄绍竑偷偷摸摸带着千把人出走，后来发展到一万余人，又转而投到他的麾下来。以他与白崇禧的关系而论，白氏出去无论混好混坏，相信早晚也还得回到他的身边来。

李宗仁想了想，说道：

"我们三个人，我带兵在前方打仗，季宽留守广西老家，健生在总司令部任职，这个格局很好。现在，部队整编已经完毕，我明日即出发桂林，准备进军湖南，我们三个人，要暂时分离了。我希望大家都不要忘了自己是广西人，为国为家，患难与共！"

李宗仁说罢，即命人将他的卫队营长黄瑞华找来，那黄瑞华跟随李宗仁征战有年，为人忠心耿耿，又长得非常壮实，英气勃勃，精悍过人。李宗仁对黄瑞华道：

"集合卫队，我要训话！"

"是！"黄瑞华立即出去集合卫队去了。

黄绍竑和白崇禧见李宗仁正在谈着话，忽然间又要集合卫队训话，不知他是何意图，又不好问。不一会儿，卫队营长黄瑞华来报：

"卫队营集合完毕，请军座训话！"

李宗仁站起来，向黄绍竑和白崇禧招了招手，请他们跟他一起去。他们出了督署侧门，便是箭道，这箭道实际上是个长方形的操场，古时的军事机关旁边，往往建有箭道，供骑马射箭训练或比武之用。到了近代，弓箭已被枪炮取代，但军事机关旁边的操场，人们仍习惯称之为箭道。李、黄、白走入箭道，卫队营已成三列横队立正站好，那些士兵，全是经过精心挑选的，长得精壮灵活，训练有素，能擒拿格斗，飞檐走壁，骑术射技，无不精湛超群。卫队营的武器装备更属上乘，有一支五十人的驳壳队，士兵们除腰上挂着的驳壳枪外，每人还有一把用作白刃格斗的匕首。除了驳壳队，还有一支三十人的特兵小队，每人一支新的汉阳造马枪和一把马刀，其余士兵全是清一色的手提机关枪，无论是战斗力、火力和机动性都相当强。李宗仁为组训这支卫队，确实花去不少心血。

"弟兄们！"李宗仁开始训话了，"你们本来是要跟我出发到湖南去的，现在，我另有决定。"

卫队营长黄瑞华心里一愣，因为遵照李宗仁的命令，他已做好一切准备，明天就跟李宗仁到桂林去，然后进军湖南，不知李宗仁现在又有何新的安排。

"我决定把你们全部交给白参谋长，跟他到北伐军总司令部去，从今天起，你们就是白参谋长的卫队。"李宗仁接着抬高嗓门，声调变得严厉起来，"你们要绝对保证白参谋长的人身安全，哪怕是你们全部战死，也不能让白参谋长出事，如果白参谋长有个三长两短，你们就不要来见我，也不要回广西！"

李宗仁接着喝问："你们明白了吗？"

"明白了！"三百人齐声回答，那雄壮整齐的声音在箭道内引起强烈的共鸣。

"不，德公，你是亲自带兵在前线打仗的，卫队你带走，我不能要，因为我是在指挥机关工作，没有什么危险性。"白崇禧忙说道，他说话的声音有些颤抖，仿佛李宗仁奉送给他的不是一支三百人的精锐卫队，而是一所新盖落成的住宅，李宗仁让他住进去，而自己宁可在外风餐露宿。

李宗仁见白崇禧推辞，忙爽朗地笑道："我才没有什么危险性呢，我是军长，指挥的又是自己的家乡子弟，有一军的人保护我，还怕什么？"接着他把两条浓眉一压，颇不放心地说道："你白健生的脾气我还不晓得，仗一打苦了，你在司令部里能坐得住？恐怕又是出任前敌总指挥，亲自率领一支人马，用你那大迂回的战术，直插敌后，你想想，没有一支精锐的卫队在身边行吗？何况你要指挥的又不是指挥惯了的广西部队，万一顶不住岂不危险？"

李宗仁随手拉着黄绍竑和白崇禧，离开箭道，回到督署院内，李宗仁压低声音继续说道：

"对老蒋和他身边的那些人，我总放心不下，俗话说：'共患难易，共安乐难。'像老蒋这样的人，恐怕共患难也不易。"李宗仁看着白崇禧，说道："你远离团体，孤身一人在老蒋的司令部里工作，如与虎狼居，我怕他们暗算你呀！你晚上睡觉时，无论如何也要在房子里外放上一个排哨，如要出门，切莫忘带贴身警卫。这些事，等我还要向黄瑞华亲自交代。"

黄绍竑却笑道："德公，有这么危险吗？"

李宗仁道："我这次在广州，与老蒋晤谈几次，又和其他人交谈，对老蒋的老底，也略知一些。"

他们又回到督署办公室来，坐下后，李宗仁点上支烟，吸了一口，说道：

"远的不讲，就说这两年多来的事吧。前年初，孙总理改组国民党的时候，据说老蒋连中央委员也还当不上，总理去世才一年多，他就把党政军各种大权抓到了手上。其权力增长之过程，实得力于权诈的多，得于资望功勋的少。"

李宗仁抽了口烟，摇了摇头，表示对蒋介石的不满："老蒋的手腕，恐怕连袁世凯也自叹不如！他为了打倒胡汉民和许崇智，便极力拉拢汪精卫、苏俄顾问鲍罗廷和中国共产党。等到他赶走胡、许二人之后，又利用党内一部分反共情绪和西山会议派取得默契，以突然袭击的手段，发动三月二十日"中山舰事变"，拘押苏俄顾问，打击共产党，并逼汪精卫去国。打倒了汪氏，蒋介石又施展手腕，将其越轨行为嫁祸于一批反共最得力的所谓右派军官，拘捕了十七师师长兼广州警卫军司令吴铁城等，老蒋亲自去向刚由苏俄述职回来的鲍罗廷顾问负荆请罪，又向国民党中央自请处分，并通电斥责西山会议派，以取悦于俄国顾问和中国共产党以自固。凡此种种，都足以说明老蒋的才过于德，不能服人之心。"

李宗仁一向崇尚孔孟的"仁""德"，因此他对蒋介石的揭露和批评，无不遵循"仁""德"这两个字的全部涵义。黄绍竑和白崇禧听了，也都点头表示赞同。李宗仁又道：

"北伐的前途，尚难逆料，以老蒋的手腕，他会处处保存自己的实力，而消耗别人，即使将来北伐大功告成，恐怕我等也休想与他分享革命之功劳。"李宗仁说着，看了黄绍竑一眼，说道："我和健生都到前方去了，以我军无坚不摧之战力，或许能够打开一个新的局面。季宽留守老家，担子也不轻呐，好在李任公留守广东，以任公和我们的关系，加上他又是广西人，将来两广的局面恐怕是很乐观的。"

黄绍竑和白崇禧都会心地点了点头，他们当然都明白李宗仁说的"乐观"是指的什么意思。

"听说东兰县出了个韦拔群，他从广州的农民运动讲习所里学了一套共产党搞农民运动的办法，正在闹'共产'，季宽对这个事切不可掉以轻心。"李宗仁又说道。

"我已令刘日福派龚寿仪团前去查处了。"黄绍竑说道。他讲的刘日福，便是在百色时曾包围马晓军部、将黄绍竑俘虏过的那位广西自治军第一路总司令。在李、黄、白打败陆、沈之后，刘日福自知不敌，但又怕黄绍竑、白崇禧报当年被缴械之仇，只得率部向李宗仁投降。李宗仁即委刘日福为旅长，仍令其驻军百色。

"广西是不能乱的！"李宗仁加重了口气，"我和健生在前方，广西稳固，我们便能进退自如。"停了一会儿，他对黄绍竑道："俞作柏这个人，脑后有反骨，是我们桂军中的魏延，过去为了打倒陆、沈，不得不用他，现在削去他的兵权，恐怕他不会甘心！"

原来，俞作柏一向与李宗仁、白崇禧不合，与黄绍竑也是貌合神离。在桂军中俞作柏是一员骁勇的战将，能征善战，在李、黄、白统一广西的征战中，所部将领，俞作柏战功最大，这次率军进击广东南路，又所向披靡，大获全胜。

李、黄、白对此最是放心不下，生怕俞作柏尾大不掉，有朝一日谋反。因为俞作柏能战，如果让其领兵出征，出了广西之后，恐怕更难以驾驭。因此，他们考虑再三，在编组北伐军时，李宗仁率领出征的共有四个旅长：第一旅旅长俞作柏，第二旅旅长夏威，第七旅旅长胡宗铎，第八旅旅长钟祖培，官兵共二万余人。但李宗仁却不让俞作柏领兵出征，以其表弟李明瑞代俞作柏旅长之职，又将俞作柏部的营长、俞的胞弟俞作豫调到夏威的部队里当团长，俞作柏本人则调新成立的南宁军校当校长。这样，不但俞作柏被剥夺了兵权，便是他原来带的部队，也被编散了。俞作柏义愤填膺，以不就南宁军校校长职进行抗议。后来，李宗仁、黄绍竑做了点让步，同意俞作柏带他当营长时的那一营基本部队到军校去。俞作柏只有这几百人枪，他们不怕他造反。俞作柏无奈，只得忍气吞声，到南宁军校就职。后来，他到广州去观光，会见了苏俄顾问鲍罗廷，与鲍罗廷长谈，受到些启发。回来后，黄绍竑组织广西省政府，他要求出任农工厅厅长，李宗仁、黄绍竑最怕的是俞作柏带兵，农工厅厅长无兵无权，为了安抚一下俞作柏的情绪，他们便答应了。鉴于这些情况，李宗仁在率兵北伐之前，当然对俞作柏是不放心的。

李、黄、白在办公室又谈了一阵，副官进来报告，宴席已备好，请他们到餐厅入席。这是黄绍竑特地为李、白二人饯行而举办的宴会，出席者除李、黄、白三人外，尚有李宗仁率领北伐的第一路指挥官夏威，第二路指挥官胡宗铎。李宗仁原来的参谋长黄旭初，在部队整编时，被任命为第四旅旅长，驻军玉林，没有参加北伐。第七军的参谋长白崇禧因升调做了总司令蒋介石的参谋长，第七军的参谋长由黄绍竑推荐其同窗旧友、毕业于保定军校第一期的王应榆出任。王应榆原为矿务局长，此时尚在贺县八步的锡矿工作，没能赶来。此外，出席宴会的还有李宗仁的夫人郭德洁，她担任广西学生女子北伐工作队队长，率队随军出发服务。

正当黄绍竑设宴为李、白等出征饯行的时候，俞作柏也在南宁他的家中设宴为他的两位部下和手足饯行。俞作柏已有几分醉意，他那双大眼红红的，像燃烧着的两团火。他的表弟李明瑞和胞弟俞作豫坐在桌旁，默默地喝着酒，那火辣辣的桂林三花酒像一根划燃的火柴，在喉咙里燃烧，点着了他们心头郁积着的愤懑的火，把他们的脸映得通红。俞作柏将杯中的酒一饮而尽，把杯子往桌上重重地一放，像往炮膛里装填一枚炮弹似的，狠狠骂道：

"他妈的，李德邻太不讲交情了，过河拆桥，卸磨杀驴！想当初，老子看他为人老实，才带兵跟他上六万大山。这些年，东征西讨，流血流汗，舍命为他打下了江山，他却将我兵权削去，挂个闲差！"

俞作柏又斟满一杯酒，一仰脖喝干了，继续发泄着胸中的怒愤：

"李德邻是想要我的脑袋，他妈的，看着吧，到底是哪个的脑袋先落地！"

俞作豫大概觉得哥哥的话说得太露骨了，忙提醒他道：

"哥，我和明瑞表兄都北伐去了，你一个人在广西，可要多加小心呐。"

"怕个鸟！"俞作柏瞪着那双火红的大眼，捏着手中的杯子，"总不能打下江山让他们坐，这份家当，有我的血，有我的汗，我坐不上，也不能让他们坐得舒服！"俞作柏接着将手中的杯子狠狠地摔在地上，"叭"的一声，那杯子立刻粉碎。"老子要他们的家当像这杯子一样！"他狠狠地骂道。

俞作豫见哥哥正在火头上，又多喝了几杯，知此时劝说他也不会听，只得和李明瑞两人低头喝酒。俞作柏摔碎了手中的酒杯，仍不解恨，他从座位上站起来，在房子里踱步，脚上的皮鞋踏得地板咚咚直响，似乎要把地板踩出无数的窟窿，才消得胸中那一大团怒气。他踱着踱着，忽地冲进里边的房子，提着一支驳壳枪走出来，咔嚓一声将子弹顶上膛。

李明瑞和俞作豫看了大惊，生怕俞作柏酒后持枪肇事，忙奔过去喊道：

"表兄！"

"哥哥！"

俞作柏也不理会他们，径自奔到窗口，将窗户推开，举起驳壳枪，朝天上便射。"叭叭叭……"他一气之下将弹夹中十几发子弹全部射光，然后"啪"的一声将枪扔在桌子上，又气冲冲地背着双手，在室内来回地走着。刚走了两圈，室内小圆桌上的电话机忽然"嘟嘟嘟"地响了起来，俞作柏连看也不看，仍在走着。俞作豫忙起身去接电话。电话是由督署打来的，查问这一带为何打枪。俞作豫忙将话筒捂死，对俞作柏道：

"督署来电话，查问为何打枪？"

俞作柏也不言语，只是一个箭步跑进里间去，手中托着一个装满子弹的弹夹冲出来，从俞作豫手中夺过电话筒，喝问道：

"你是什么人？"

"我是德公的副官，黄主席正设宴席为德公和白参谋长饯行，适才听到枪响，德公要我打电话到各处查问为何打枪？"李宗仁的副官接着问道，"请问你是谁？"

"我是俞作柏！"俞作柏凶声狠气地答道。

"请问刚才打枪的是……"

俞作柏大大咧咧地答道："是老子打树上的三只鸟！"

他把李、黄、白三人暗比作三只鸟。

"德公吩咐，说明天即将出发北上，为严明军纪，任何人不准打枪。"副官传达着李宗仁的命令。

俞作柏眨着大眼，"哈"的一声冷笑起来："你去问问德公，他不让我到前方去打仗，难道也不准我在后方打鸟吗？"他说完，也不听对方说话，便将电话听筒凑近他的枪口，又装上一夹子弹，朝天上"叭叭叭"又连着射击了十几枪。然后将电话筒重重一放，把驳壳枪也扔在一边，这才重新坐到餐桌前，又一气干了一杯酒。俞作豫又劝道：

"哥，你还是忍耐些罢！"

"让别人踩在头上拉屎我可不干！"俞作柏胸中的怒气并不因打了那两夹子弹而变得舒畅些。

这时，俞作柏的副官进来悄声报告道："东兰来人了。"

"啊，"俞作柏闻报，把那双大眼眨了眨，忙命令副官道，"把他们请到这里来。"

"是!"

不一会儿,副官领着两个人进来,来人一个穿着长衫,像个精明的教书先生,另一个穿着对襟粗布蓝衫,像个忠厚的农民。那个穿长衫的从袋里掏出一封信来,交给俞作柏,说道:

"这是拔哥呈俞厅长的信函,请阅示。"

俞作柏请那两人坐下,副官即时送来茶点和香烟。俞作柏看过信后,一双大眼眯笑着,说道:

"你们的拔哥在东兰干得很好,组织了农民协会,又成立了农民自卫军,很好,我全力支持你们。国民革命,工农是主力,一定要武装工农,和土豪劣绅斗争,和反动军阀斗争!"俞作柏刚才的一股怒气,现在化作了满腔豪情,他感到舒畅,感到惬意,他看到了自己的希望所在,虽然那仅仅是他个人的希望。他对韦拔群的两位代表慷慨地说道:

"有什么困难和要求,尽管向我提出来,我是农工厅长,一定给予大力支持!"

那穿长衫的向俞作柏欠了欠身子,说道:"感谢俞厅长对我们的支持。现在,农民群众已经发动起来了,为了自卫,目下最需要的是武器,不知俞厅长可否拨给些枪械?"

"好,我拨给你们一批枪弹。"

俞作柏请他们随他走出房间,到了前边一个小小的库房门口,令副官取钥匙开了门,领着那两位由东兰来的代表,走进库房里,他指着三个大木箱说道:

"这里有二十支驳壳枪和三十支老克枪,还有子弹一批,你们带回去用吧!"

俞作柏打开木箱盖,让他们亲自看过。那位穿粗布对襟蓝衫的农民代表,看见俞作柏厅长一下便拨给他们这许多长短枪支和子弹,高兴得连说:

"太好了,太好了!有了这些枪,土豪劣绅们就不敢欺侮我们了!"

俞作柏意味深长地说道:"没有枪,没有队伍,别人就会踩在你的头上拉屎拉尿,只有拉起队伍和他们干,才有出路!"俞作柏的话,说得非常深刻,不过,那是他被李宗仁、黄绍竑削掉兵权之后的切身感受，并非他体察到千百年来被压在最底层的穷苦农民们的心愿！

那两位东兰来的农民代表也深沉地点着头，然而他们感受到的，却并非是失掉兵权的苦痛和怒愤，他们还从来没有获得过自己真正的权力——生存的权力、自由的权力，他们在共产党人韦拔群的领导下，正为争取自己的权力而斗争，他们知道赤手空拳是不能争到这些权力的，因此，他们需要枪，需要自己的队伍！

"你们带这么多的武器上路，很不安全，我给你们写个公函，就说这批枪械是百色的刘日福旅长托我到广州买回来的，现送到百色去，我再派一班卫兵随船押送，便可万无一失。"

俞作柏说完便亲自动笔写公函，又命副官去通知他的卫队，将这批枪械送到开往百色的船上去。因为俞作柏追击陆荣廷的残部时，曾进军右江一带，迫使刘日福投降。刘日福遂与俞作柏交纳，背地里送过他许多烟土，亦曾托他到广州去买过枪械，因此有俞作柏的信函，沿途是没有人敢找麻烦的。

俞作柏送走东兰来的代表，又关照卫队运走那三箱枪支和几箱弹药后，这才回到房间里来和李明瑞、俞作豫重新饮宴。李、俞二人已经酒足饭饱，只是坐在餐桌旁等候俞作柏的到来。俞作柏很是兴奋，一扫刚才那种怒气冲天的情绪，他自己斟起一杯酒，一饮而尽。李明瑞问道：

"表兄刚才情绪不佳，为何见了东兰来的人，心情突然豁朗？又送了他们一大批枪械？"

俞作柏朗声笑道："这就叫做失之东隅，收之桑榆。李德邻、黄季宽削去我的兵权，我就武装工农来和他们斗，他们手上不过三四万人马，待广西工农大众都发动起来、武装起来之时，每人撒一泡尿，也要把他们溺死！"

第三十三回

长沙阅兵　顾和尚鼓吹唐生智
金兰结义　蒋介石拜把李宗仁

　　一列专车奔驰在粤汉线上。夏夜迷蒙，蛙声如鼓，一弯细细的上弦月，若隐若现地斜挂在天际。几星灯火，几簇茅舍，走马灯似的闪过。铁路两边，刚收割过的稻田里，尚浸着一层薄薄的田水，朦胧中，像许多块粗糙的毛玻璃。

　　这是一列高级专车，列车的前部和尾部均有武装警戒的士兵，列车中部，挂着几节带有高级包厢的卧车。时近午夜，乘客们已经睡去，车厢里灯火黯然，只有一间包厢里却依然亮着昏黄的灯光，两名北伐军高级将领正靠窗对坐，侃侃而谈。车窗左边那位壮实敦厚的便是第七军军长李宗仁，右边这位潇洒干练的则是北伐军副总参谋长白崇禧。原来，自唐生智附义允就国民革命军第八军军长之职后，第四军和第七军相继入湘作战。第四军先头部队为叶挺独立团，该团在中国共产党的直接领导下，入湘以来，威震敌胆，攻攸县，战渌水，克醴陵，势如破竹。第七军亦是一支劲旅，先期入湘的钟祖培旅在洪罗庙会同唐生智部将敌军攻势阻遏，旋即强渡蒸水，将敌攻击部队一举击溃。然后四、七、八军在前敌总指挥唐生智指挥下，向渌水、涟水之敌军防线发起进攻，北伐军突破敌军防线后，直逼长沙。敌军失掉醴陵、湘潭，长沙已无法据守，遂纷纷后撤。北伐军于七月十一日占领长沙。不久，国民革命军第一、二、三、六各军也相继抵达湘赣边境。第四、七、八军则推进至汨罗河南岸，与敌军相峙。此时，北伐军总司令蒋介石率领总司令部幕僚由广州抵达衡阳，随行的有副总参谋长白崇禧、总政治部主任邓演达、总军事顾问加仑等人。前敌总指挥唐生智闻蒋总司令已抵衡阳，即偕第七军军长李宗仁由长沙到衡阳迎迓。因汨罗河一线军事紧张，唐生智拜晤蒋总司令后，即返长沙坐镇，李宗仁则陪同蒋总司令及诸幕僚一行同乘小轮继续北上，在株洲换乘火车，向长沙进发。

"健生，你给蒋总司令当了一个多月的参谋长啦，感觉如何？"李宗仁点上支香烟，吸了一口，颇为关切地向白崇禧问道。

"难，难哪！"白崇禧不住地摇着头，"我在这参谋长的位置上，简直如临深渊，如履薄冰。"

"啊？"李宗仁颇感诧异地问道，"以你之才干，难道还干不了老蒋的参谋长？"

白崇禧苦笑了一下，说道："过去我给德公当参谋长，凡事认为应当做的，我都可以当机立断，放手做去，所以工作效率高，事情也容易做得好。"

李宗仁听了心中暗喜，忙又问道："老蒋的参谋长就那样难当吗？"

"难，难哪！"白崇禧又不住地摇着头，说道，"蒋总司令统率下的各军，情况相当复杂，总司令原任第一军军长，他视第一军为嫡出，其余各军则为庶子。补给方面之差异，尤为明显。此次进军湖南，第一军的刘峙师，士兵每人可领到两双草鞋，其余各军的士兵，则一双也领不到，仅此一例，便可知军中待遇之不公，而凡属此种发放草鞋之类的区区小事，蒋总司令也要事必躬亲。德公，你说我这个参谋长岂不是成了人家的摆设物了么！"

"嗯。"李宗仁同情地点了点头，他看着白崇禧一脸愤懑之色，不好再说什么了。

"还有更怪的事情哩。"白崇禧由于心中愤懑，不吐不快，接着问李宗仁道，"德公，如果你的部下有人侵吞士兵饷项，该作何处置呢？"

李宗仁毫不犹豫地说道："这还要问吗，查明立即惩办！"

"可蒋总司令还慰勉有嘉呢！"白崇禧冷笑道。

"啊？"李宗仁瞪着眼睛问道，"竟有这等事？"

"一点不假，这都是我亲眼所见，否则说起来是实在难以置信的。"白崇禧愤慨地说道，"有一日我正在蒋总司令的办公室议事，忽有第一军中的一位黄埔军校出身的营长来报告，该营发不出军饷。我听了好生纳闷，第一军的军饷每月皆是足额发放，谁也不敢拖欠和克扣的。只听蒋总司令喝问道：'你营为何发不出军饷？'那营长立正答道：'报告校长，小人一时失于检点，把全营本月军饷赌输了，特来向校长请罪！'我一听气得立即命令将这营长扣下，交军法处查明后重办。不想蒋总司令却哼了哼，脸上显出和悦之色，对那营长训诫道：'你身为革命军官，侵吞军饷，参与赌博，罪该重办，但我念你尚能诚实认罪，将免于处罚。如下次再犯，定严惩不贷！'说罢随即取笔写了个手令，扔给那营长命令道：'拿上我的手令，到军需处领钱回去发饷吧！'那营长拿着手令，立正敬礼，说道：'校长恩典，没齿不忘！'说完连看都不看我这个参谋长一眼，扭头便走了。德公，你说我这个参谋长当起来心里是什么滋味呢？"

"嗯。"李宗仁深沉地点了点头，说道，"看来，老蒋是要以黄埔军校和第一军作为他的本钱，千方百计笼络人心，培植自己的势力。我们不是他的嫡系，将来……"

一说到将来，白崇禧一下激动起来了，这位"小诸葛"，生逢乱世，才智超群而又野心勃勃，目今之华夏，其战乱程度，有如春秋战国，汉末三分，正是他施展才智的大好时机，他自信、自负而又自恃，因此一听李宗仁说到"将来"二字，他便现出孔明面目，说出那早已酿在心头的十二字方针来：

"乘时而动，逼蒋下台，取而代之。"

"健生！"李宗仁一把紧紧抓住白崇禧的双手，机警地侧耳听了听隔壁蒋介石的包厢里有无动静。整个列车，除了车轮发出的沉重吼叫声之外，四下寂然，李宗仁觉得自己和白崇禧那颗心都在激动地跳荡着，那声音似乎要超出那不断吼叫、不断震撼大地的车轮声。李宗仁待心中略为平静一些后，才继续说道：

"我军占领醴陵、长沙之后，湖南之敌大部退守平江，利用汨罗江作屏障，构筑坚固工事，组成汨罗江防线。吴佩孚令宋大霖部及海军守汨罗为正面，董国政、陆沄部守平江为左翼，余荫森部守长乐街、王都庆部守沣州为右翼。摆在汨罗江防线上的守敌约为三万人，并以平江为支撑点，用重兵防守。湘省之战局，尚不容乐观。我北伐军第一、二、三、六军已抵达湘赣边境，闻说国民政府和总司令部有先图赣浙之意，不知此说确否？"

"确有其说。"白崇禧点头道。

"老蒋意下如何？"李宗仁问道。

"江浙乃天下富庶之地，自辛亥以来，老蒋都在那一带活动，他有很大的潜在势力，当然早想抓在手上。此外，孙总理建立民国时，曾定都南京，国民党内很多人亦想先图赣浙，控制沪杭，再次定都南京，以遂总理之遗愿。还有一点，就是唐孟潇乃是半路出家加入革命的，不仅蒋总司令，便是国民党内的大员们亦对他放心不下。如先图两湖，他们担心唐孟潇尾大不掉，难以驾驭，不如让他与吴佩孚对峙，作消耗战。北伐大军先行入赣，平定东南之后，再图两湖，将唐孟潇和吴佩孚一锅端了。"

李宗仁听了不由暗吃一惊，心想他当初让唐生智当北伐军前敌总指挥官倒是让对了，如果由自己来当，无论当好当坏都将成为众矢之的。他深感这年头做人不容易，必得处处留心才是。停了一会，他才说道：

"健生，你对此又有何看法呢？"

"德公！"白崇禧看了李宗仁一眼，随手拿过自己面前那只茶杯，摆在北面，说道，"这是我们的敌人吴佩孚，他拥兵二十万，占据湖南、湖北、河南和陕西东部、河北南部，并控制京汉铁路。他的地盘和兵力都比我们大一倍以上。"白崇禧又拿过李宗仁那只茶杯，摆在东南面，说道："这是孙传芳，他也有二十万人马，占据着江西、浙江、福建、江苏、安徽等省。他的地盘和兵力也都比我们大一倍以上。"白崇禧接着把李宗仁那包三炮台香烟摆在西南面，说道："这是唐继尧，他在云南正盯着我们两广后方，一旦时机对他有利，他将再次出兵东下，进攻广西。"

李宗仁一时猛省，用拳头在小桌上擂了一拳，说道：

"现在的形势很像我们在统一广西之前所面临的形势。"

"对！"白崇禧点头道，"吴佩孚便是当日之陆荣廷，孙传芳便是当日的沈鸿英，唐继尧还扮演他的旧角色。吴佩孚与孙传芳之关系，也正像当时陆、沈之关系，他们之间既有矛盾又可能联合对付我们。因此，从军事观点上看，先图两湖乃是上策。如此时由湘省入赣，我们在两个战场同时作战，不仅犯了分兵之忌，还促使吴、孙联合向我进攻。唐继尧亦必乘机窥粤，于此，我们将陷于三面作战的困境。"

"对！"李宗仁觉得白崇禧之所言乃正是他之所虑。

"为今之计，只有倾全力由湘攻鄂，直取武汉，对赣省暂取守势。待武汉到手之后，即可师洪、杨之壮举，顺流东下，直下南京，再回头收拾孙传芳，则可囊括东南半壁。然后兵分两路，由京汉路和津浦路同时以重兵北伐，西联冯（玉祥）、阎（锡山）攻夺幽燕，扫荡奉张，一统华夏。"白崇禧纸上谈兵，意气风发，大有气吞山河之志、虎踞华夏之心。

"此策虽善，然目下已不是我等联沈倒陆之时矣！"李宗仁深为惋惜地说道，"不知蒋总司令和苏俄军事顾问对战局有何想法？"

白崇禧道："苏俄军事总顾问加仑将军亦有先鄂后赣之想法。蒋总司令则尚在犹豫之中，准备抵达长沙之后，召开军长以上高级将领出席的军事会议，讨论北伐军占领长沙、醴陵之后的战略问题，到时德公可与唐孟潇力陈先鄂后赣之意见。"

李宗仁点了点头。此时，列车已经减速，缓缓驶入长沙车站。白崇禧看了看腕上的表，时针正指到八月十二日凌晨一点钟。火车刚刚停住，月台上立即响起雄壮的军乐。身材高大，留着一撮傲慢的八字胡子的北伐军前敌总指挥、第八军军长唐生智亲率仪仗前来欢迎。总司令部设于长沙前藩台衙门。下车稍事休息后，蒋总司令即在司令部召开军事会议，讨论北伐第二期作战的战略计划。

经过一天的反复讨论，会议终于做出仍以两湖为主战场的决定，以夺取武汉，消灭吴佩孚为北伐第二期作战的目标。在攻下武汉之前，对江西暂取守势，令第三军军长朱培德率第二、三两军在攸县、醴陵集结，监视江西之敌。第四、七、八军仍由唐生智任总指挥，进攻武汉城。令新附义被编为国民革命军第九、十军的黔军由湘西北上，封锁长江上游，以保护第四、七、八军的侧翼。令第六军和第一军刘峙师为总预备队，策应攻夺武汉。会议圆满结束，各军将领登程出发，各回防区部署军事去了。

总司令蒋介石在散会后，留住李宗仁和唐生智问道：

"李军长、唐军长，你们两个军现驻长沙有多少部队？"

李宗仁和唐生智对视了一下，不知蒋介石这话是什么意思，李宗仁答道：

"敝军现驻长沙的部队共有两旅四团，约七千人。"

"敝军驻长沙部队为两师四旅共八个团，约一万五千人。"唐生智答道。

"很好，很好。"蒋介石那瘦削严肃的脸上，现出亲切的微笑，"这个，我决定明天检阅你们的部队，你们回去好好准备吧！"

李宗仁和唐生智见蒋总司令要检阅他们的部队，忙立正敬礼，答了声"是"，便回去做准备去了。

第二天是个晴朗的日子，早晨阳光灿烂，万里无云。长沙东门外大校场上，旌旗鲜明，队伍严整，国民革命军第七、八两军驻长沙部队两万二千余人列队准备接受总司令蒋介石的检阅。李宗仁与唐生智坐在马上，从两军队前缓缓走过。两军官兵皆属战胜之师，但是七军部队士兵个头矮小，服装破烂，不堪入目，又无专门的仪仗，与身高个大，服装整齐，队前列着手持璀璨的洋号、洋鼓等仪仗的八军相比，更显几分寒酸萧瑟。唐生智在马上看了，很有些过意不去，对李宗仁道：

"德邻兄，你的部队应该改善一下才是。"

李宗仁苦笑着摇了摇头，说道："我们广西连年战乱，本来地瘠民贫，目下更为艰难。我们加入国民革命，率先出师北伐，可是国民政府却不发我七军粮饷，我们是自备糇粮，为北伐效力的呀，目下，只管得了肚子，还顾不上门面啊！"

唐生智因李宗仁出兵帮助他取得了湖南地盘，又不顾程潜和谭延闿等人的反对，推让他当了国民革命军前敌总指挥，对李宗仁怀有感激之意，现在听李宗仁如此说，认为正是酬谢对方的时候了，便说道：

"目下湘境克复的地区有几个收入颇丰的税局，请德邻兄从七军中推荐数人去担任局长如何？"

国民革命军第八军军长兼
北伐军前敌总指挥官唐生智

李宗仁当然明白唐生智的意图，推荐几个自己的人去当税局局长，不仅可以乘机分肥，以饱私囊，便是部下也可大捞一把。但是，李宗仁有他自己的想法，他的目标，绝不是荐几个人去当税局局长，以饱一时之私囊。尽管他个人身为军长，却仍能与士兵共甘苦，且能严明纪律，部队刚打出广西，便四处抓钱，大捞一把，这成何体统，如此下去，部队还能打仗吗？他自己宁可穷一点，部队宁可苦一点，也不能让自己和自己的部下去分肥，以懈军中之斗志。他对唐生智道：

"孟潇兄，你的盛情我和七军的弟兄们领了。至于说到荐人去当税局局长之事，我们革命军人，是不应该有这种念头的，况且，我七军里的人才已感奇缺，哪里还能荐人出去当局长呢！"

"啊，德邻兄真不愧是一位坚定的革命军人，兄弟敬佩，敬佩！"

唐生智嘴上虽如此说，但心中却感到困惑，俗话说："哪个螺蛳不吃泥？"这年头，谁不想升官发财呢？除非他是个疯子！可眼前这个打起仗来有如猛虎的广西佬李宗仁，绝不是个疯子，他一身粗布军装，如果摘下领上的将军衔，你准以为他是个卫弁、士兵或者一介排长，他平素轻装简从，外出连马也不轻易骑。据第八军的党代表刘文岛说，有次他在长沙街上从轿子里看到李宗仁和几个桂军士兵在街上走着，忙下轿向李宗仁敬礼问候，他这一举动，惊得街上许多市民前来围观，他们实在想不到，这个看上去与士兵差不多的人，竟是赫赫有名的第七军李军长，一时竟成为长沙市民们街谈巷议的新闻。桂军是最先入湘作战的，以李宗仁的地位和战功，他本可以出任北伐军前敌总指挥甚至成为湖南省的主人，但他却坚辞不就，宁可屈居当时身为师长的唐生智之下。现在，唐生智出于内心的感激，请李宗仁从第

七军中荐几个人去当税局局长，他又婉
言谢绝，李宗仁难道真的是一心革命，
不为升官发财么？唐生智用手捋了捋那
两撇八字须，在心里揣摸着这个勇猛而
又为人谦和的广西佬李宗仁的心机。这
时，副官骑马来报，蒋总司令一行骑马
即将到达东校场。唐生智立即把那散漫
的思绪收拢，招呼李宗仁一声，策马到
大门口迎候。

蒋介石骑马阅兵

总司令蒋介石一身戎装，戴着雪
白的手套，脚上着长统马靴，骑在一匹
高大的枣红马上，威仪庄重，颇具大将
风度，跟随其身后的是副总参谋长白崇
禧、总政治部主任邓演达、苏联军事总
顾问加仑和战地委员会主任陈公博。当
蒋总司令一行乘马进入检阅场时，场内顿时军乐大作，总司令坐的那匹枣红马，双
耳立即耸了耸，把头一偏，仿佛身上什么地方被炙了一下似的。当蒋介石一行到达
临时搭起的阅兵台下时，唐生智、李宗仁策马而来，分别报告各军参加检阅人数，
蒋介石把戴着白手套的手一挥，命令道：

"开始！"

李宗仁、唐生智紧随蒋介石身后，按从右到左的序列，先七军后八军，开始
检阅。第七军官兵虽然衣履残破不整，但精神抖擞，士气十分旺盛，蒋介石看了倒
还满意，他在马上频频举手答礼，显得从容而肃穆，充分显示了总司令的威仪。受
阅的第七军官兵虽是第一次瞻仰他们总司令的风采，但却烙下了深刻的印象。军长
李宗仁虽然与蒋介石已打过多次交道，对蒋怀有一种不可名状的戒备心理，但此时
见身为总司令的蒋介石在阅兵场上所表现出的这种统帅风度，不禁心中暗怀敬畏之
情。因为蒋介石的姿态不是故作威严，装出一副威风凛凛的总司令的模样给人看

的，而是他那特定的统帅气质的自然显露，作为一个军人，在他面前，你只能表示听命和服从。而你听命于他，绝不完全是因为他是你的总司令，而是因为他是蒋介石，是蒋介石这个特殊的人！

第七军检阅完毕，蒋介石开始检阅第八军。第八军队伍的前头排列着一队整齐壮观的军乐队，各种西洋乐器在阳光下发出耀眼的金光，乐手们整齐雄壮的吹奏，使人有振聋发聩之感。蒋介石乘坐的那匹枣红马，也许还从未享受过此种殊荣，它在军乐队面前不耐烦地扭动着头，烦躁地摇着脖上的鬃毛，四蹄踯躅，十分不安。骑在马背上的蒋介石只顾检阅部队，却并不顾及自己坐骑的反常表现。倒是跟在身后的李宗仁看到了这些微妙的动作。李宗仁善骑，对各种乘马的特性也多有了解，他见蒋介石的乘马表现出不大听调度的样子，便知这马未经严格训练，不仅上阵不行，便是这阅兵场上大轰大响的军乐也使它受不了。但此时正在检阅之中，他既不能上去提醒蒋总司令注意自己的坐骑，又不能中途给总司令换马，只好听之任之。但他又不知蒋总司令的骑术如何，他想，身为总司令，能统驭千军万马，难道连自己的一匹坐骑也驾驭不住么？不知怎的，他倒想欣赏一下蒋总司令的骑术了。李宗仁正在胡乱地想着，此时蒋介石已检阅过军乐队，那匹枣红马正好走到号兵队跟前，号兵队长一声令下，几十支金闪闪的洋号倏地一举，只听"嘀……嗒……"刺耳的军号声大作，李宗仁忽见蒋介石的乘马发出"咴——"的一声惊嘶，两只前蹄猛地腾空往上一提，接着便风驰电掣般向前狂奔而去。骑在马上的蒋介石毫无准备，加上不善骑，身子往前一倾，接着又往后一仰，遂失去重心，被掀下马来，他的那只右腿又被紧紧地挂在马镫里，头朝地脚朝天地被那狂奔不止的枣红马拖摔着。他身后跟随检阅的十几名高级将领和场上受阅的两万余名官兵，见了无不大惊失色，但也无可奈何。所幸蒋介石着的是光滑锃亮的长统马靴，被马拖跑了几十步后，马靴仍卡在马镫里，但他的脚已从马靴中脱出，那马兀自狂奔而去，蒋介石已躺倒在地上动弹不得。李宗仁等人立即跳下自己的坐骑，急奔过去抢救他们的总司令。到得面前，李宗仁忙把蒋介石扶起，急忙说道：

"总司令受惊了！"

"受伤了吗？"唐生智关切地慰问。

蒋介石的那只大檐帽已被抛出十几步之外，他光着个秃头，脸色苍白，右脸颊上被擦破一块皮，那一身哗叽戎装被揉擦得皱乱不堪，沾满尘土，一双雪白的手套早已变成泥色。蒋介石喘着粗气，狼狈不堪，在李宗仁和唐生智的搀扶下，才慢慢地站了起来，但因右腿上的长统马靴已被马镫挂去，他光着一只脚，无法行走。此时，他的副官赶上前来，不知从哪儿临时给他找来一双长统马靴和一双白手套，忙给蒋介石重新穿戴好，又为他轻轻拍去身上的尘土，揩去脸上的汗迹，蒋介石这才缓过气来，唐生智忙请示道：

"总司令贵体受惊，宜早歇息，今天的阅兵是不是就此结束？"

"不！"蒋介石把手一挥，断然说道，"继续进行！"

"是！"唐生智敬礼，随即向他的部队发出一声严正的口令，刚刚因蒋总司令忽然坠马而有些骚动的官兵们，立即肃静无声，一个个挺胸收腹，站得笔直，重新接受检阅。蒋介石仍在李宗仁和唐生智等人的陪同下，继续阅兵。不过自总司令蒋介石以下，都不再乘马，只是步行从队前走过。也许是蒋总司令的脚刚刚被摔伤了，或者是他的副官临时为他穿上的那双高统马靴不甚合脚的缘故，他走起路来，一拐一跛的，与方才骑在高头大马上的威严神态相比，真是迥然两人。李宗仁看了，对这位坠马的总司令心里真有股说不出的滋味。不过，他对蒋介石不顾一切仍坚持完成阅兵仪式的硬劲，也不得不有所佩服。因为，尽管这位走起路来一拐一跛的总司令与眼前的场面不甚协调，但却并不使人感到滑稽可笑，而是从他身上感觉到一种倔强的个性和刚硬不屈的统帅气质。

蒋介石检阅完第八军，接着回到检阅台上，向受阅的第七、八两军官兵发表训词。他身体站得笔直，挺胸昂首，那戴着白手套的右手在空中有力地挥动着，他说的一口浙江国语，像一挺疯狂扫射的马克沁机枪，快得使人只能听懂三分之一。从骑在马上的总司令，到坠下马去的总司令，再到检阅台上发表慷慨激昂演词的总司令，李宗仁觉得，与其说这是蒋介石在阅兵，毋宁说是蒋介石在部下面前淋漓尽致地展示了他的独特个性。

却说阅兵结束之后，唐生智从东门大校场回他的总指挥部，一路上心情快快，垂头丧气地好像失了魂一般。他的情绪不好，并非前线有什么不利的变端，乃是方才蒋总司令阅兵坠马，使他感到晦气。因唐生智平日笃好阴阳谶纬之说，他幕中常养着一批星相、巫师，每逢他在军政上有所行动，必请人扶乩卜卦，以定吉凶行止。昨日刚开过军事会议，定下直取武汉的战略大计，他不日将赴前线督师指挥第四、七、八各军由湘入鄂，进攻武汉。不料大军未发，今日阅兵却发生主帅坠马的不吉利事，使他顿感未来的作战凶多吉少，因此心中闷闷不乐，怅然若失。不想，刚进得家门，便迎面碰到一个胖大和尚，他拱手一揖，口中念念有词道：

"贫僧特向总指挥贺喜！"

唐生智一愣，见此僧乃是他幕中养着的一名"高僧"，姓顾名伯叙，自称密宗居士，唐生智尊其为师，潜心向他学佛，并用佛教对部队进行精神教育，令官兵一律摩顶受戒为佛教徒，佩戴大慈大悲救人救世胸章。不过，这个"高僧"平时生活多不检点，吃、喝、嫖、赌无所不为，唐府中背地里多呼其为顾和尚。却说这顾和尚也有过人之处，据说他能知人之过去未来，生死祸福，所言之事，无不灵验。因此唐生智也不计较他生活上的问题，把他养在幕中，令部下拜其为大师。顾和尚虽无职无衔，但却是唐军中不具名之参谋长。

唐生智正为蒋总司令阅兵坠马之事懊丧不已，不料这顾和尚却偏偏前来道喜，唐生智急切中忙抓住他的手，问道：

"顾老师来道何喜？"

"唐总指挥今日大喜特喜，将有齐天之洪福！"顾和尚又是躬腰一揖。

"啊？！"唐生智被顾和尚说得真有点丈二金刚摸不着头脑。

"请入密室细叙！"顾和尚神秘地对唐生智说道。

"好。"

唐生智忙将顾和尚引入那间商议机密的小房间里，随手将门带上，请顾和尚落座后说道：

"敬请吾师指教。"

顾和尚眨了眨那双泡眼，慢慢说道："贫僧今日上午正在佛堂打坐，忽闻西南方向腾起一道紫光，接着只听轰然一响，睁眼看时，只见尊府之上，绕着一匝紫光。贫僧掐指一算，知是紫微星君下界来助唐总指挥，那轰然一响，乃是蒋总司令为上星所克，阅兵坠马。"

"啊！"唐生智心中暗地一惊，心想这顾老师真是神人，自己尚未返府，而他已预知今日蒋总司令阅兵坠马之事。

顾和尚不动声色地瞟了唐生智一眼，轻轻说道："蒋总司令过不了第八军这一关！"

唐生智心中又是一紧，因为蒋介石正是检阅完第七军，刚到第八军仪仗队的边缘便坠马了。顾和尚这下不再看唐生智，而是微微闭起他那双泡眼，手拈佛珠，慢慢说道：

"贫僧近日夜观星相，唐总指挥星光灿烂，今日又有紫气东来，不久必黄袍加身，洪福齐天，据此特来贺喜！"

唐生智见顾和尚说得有板有眼，更是深信不疑，顿时喜之不胜，也顾不得身上正穿戴着国民革命军将军服，忙向顾和尚打了个深深的稽首，激动不已地说道：

"深谢我师指引之恩！"

"阿弥陀佛！"

顾和尚正襟危坐，双手合十俨然已化成一尊如来佛祖。

其实唐生智哪里知道，久居他幕中的顾和尚，平时暗中收买唐左右之卫弁佣人，为其充当耳目，因此对唐本人的思想行动及周围发生之事了若指掌。所以常能言中别人所问之事，故而能得唐之信赖。今日蒋总司令阅兵坠马，便是唐生智一名卫弁在唐未返府时已向顾和尚暗中通报了，因此唐生智进门伊始，顾和尚便煞有介事地跑来贺喜。

不说唐生智为将来能"黄袍加身"而大喜过望，却说蒋总司令阅兵后回到旧藩台衙门官邸，心情甚是阴郁，他独自一人，背着双手，在室内踱步，回想着今天阅兵场上那可怖的一幕，心由不住地震颤。长沙阅兵，并非蒋介石一时兴之所至，乃是他在广州接获北伐军在湖南战场大捷的消息后，率总司令部机关及幕僚北上督师途中，早已谋划好了的。他的目的是通过大阅兵，大造革命舆论，向北洋军阀施加精神之打击，以正国内外之视听。另外，此次在湖南战场上获得大捷的第四、七、八三个军，除第四军上年在东征讨伐陈炯明时受过他直接指挥外，第七、八两军官兵中，只有第七军军长李宗仁与他见过面，连那位广州方面认为"半路出家"的前敌总指挥唐生智他都还没见过。因此他到长沙，便想通过检阅第七、八两军驻长沙部队，以加强他这位总司令的影响，进而牢牢掌握住这两支能征善战的部队。蒋介石的谋划，无疑是具有统帅的战略眼光的，不幸的是，他在阅兵时偏偏从马上坠了下来，他这位总司令竟当着数万部下官兵丢人现眼，使他的形象深受损害，计划大受挫折。他越想越气，太阳穴突突直跳。此时，副官进来问安，他正在气头上，便把桌子一拍，大骂道：

"娘希匹！我要把你们这些窝囊废统统毙掉！"

那副官吓得浑身发抖，蒋介石紧逼一步，用手指指着副官的眼睛，喝问道：

"你们是怎么搞的，为什么不把我的马调教好？"

"报……报告总司……令，那马……马……马……"

副官被蒋介石的盛怒吓得连话也讲不清楚了，蒋介石用手指戳着那副官的眼眶骨，步步进逼，大声呵斥：

"说！说！那马怎么回事？说！"

那副官生怕眼睛被戳伤，连连后退，直退到被墙壁挡住，不能再退了，他本能地伸出双掌，将两眼捂住。蒋介石的手指如雨点般直戳着那副官的手背，疯狂地叫喊着：

"你说你说你说……"

此时，总司令部的副官长张治中尚留在衡阳照料一应事务，没有随蒋到长沙来，因此这位副官的处境也就更加狼狈了。蒋介石大骂一顿之后，正要喝叫来人，将这副官和马弁、马夫以及那匹肇事损主的枣红马统统拉出去"军法从事"，忽报第七军军长李宗仁来见，那愣在墙边的副官仿佛得了大赦令一般，趁机赶快退了出去。

蒋介石听说李宗仁来见，忽地把那双凌厉的眉毛一挑，立即转怒为喜，心中马上转出一个念头来，他放下双手，顺了顺气，便走到办公桌前坐下，从抽屉中拿出一张大红纸，迅速写下一份兰谱。

这种兰谱乃是旧时江湖之上或同僚同仁之中，志同道合者结为异姓兄弟时所填写交换的一种谱帖，称"金兰谱"，取古书上"二人同心，其利断金，同心之言，其臭如兰"之意。填谱换帖，乃是蒋介石的拿手好戏，他不仅按照千百年来这种古老的格式逐一填写了生辰八字和如兄如弟之类的文字，还推陈出新拟了四句时髦的誓词："谊属同志，情切同胞，同心一德，生死系之。"写好之后，蒋介石端详了一遍，认为还算满意，便把它装入抽屉之内，然后命人把李宗仁从客厅请到他的办公室来。

　　你道蒋介石为何听说李宗仁此时来见便转怒为喜，又为何匆匆填写一份兰谱？原来这都是蒋介石的迷信和权术思想所至，他之为人处世常常是包含着三分迷信和七分权术。他虽早年追随孙中山革命，现在又当上了国民革命军总司令，但他的迷信思想却并不逊于半路出家参加革命的唐生智。当蒋母病故之时，他还奔走于广东、上海之间，与孙中山的革命事业若即若离，孙中山周围有胡汉民、汪精卫、许崇智、廖仲恺等一大批文武干员，蒋介石不过是许崇智手下的一个中校参谋长，他深感怀才不遇，郁郁不得志。有一次他在上海，听说有位湖北籍的同盟会会员肖萱流落于十里洋场，此人精于堪舆之学。蒋介石便慕名前去拜访，恳求为其母卜葬地。肖萱欣然答应，带上罗盘与蒋介石到了奉化。蒋对肖尽情款待，每日随肖外出踏察，肖萱也不辞辛劳，踏遍奉化的山山水水，终于在鱼鳞坳找到一块墓地。蒋葬其母于鱼鳞坳之后，从此仕途竟一帆风顺，不过几年，北伐军兴，蒋介石取得了军政大权，成为煊赫一时的国民革命军总司令。对此，他认为是母亲葬地风水的灵应，每思酬谢那位肖萱，但不知其人之踪迹，后经多方打听，方知肖萱正在武汉。蒋介石在决定先鄂后赣直取武汉的北伐大计后，准备在攻下武汉时，内定肖萱为湖北省政府秘书长，以酬其为蒋母卜葬地之劳。不曾想大军未发，他却阅兵坠马，正应了古时大将出师，被大风吹折纛旗的不祥之兆，蒋介石顿感背皮发麻，心中发惴，只得拿副官和马夫来出气。但他细想之后，又觉此事有些蹊跷，为何检阅第七军之时能平安通过，而刚到第八军之序列便发生坠马？想来想去，他认定必是唐生智其人和第八军对他有相克之因，李宗仁和第七军则能与他和衷共济。想到这里，他便决定与李宗仁结为兄弟，一是可进一步抓住拥有实力的李、黄、白集团，使其为己所用，二是因自己的嫡系第一军主力尚由何应钦率领正在入闽，与他北上的仅有刘峙一师，将来打下武汉，唐生智之势力必然膨胀起来，为驾驭局势，只有联李制唐。蒋介石正在盘算着，副官已将李宗仁引进办公室来，蒋介石堆起满脸笑容，招呼李宗仁坐下。

"总司令，我准备明日赴汨罗河前线，发起突破敌军防线的攻势，临行前特来请总司令指示。"李宗仁落座在蒋介石办公桌旁边一张木椅上后，便说明了来意。

"嗯，很好，很好。"蒋介石仔细地端详着李宗仁的脸膛，并不直接给什么指示，却问道，"李军长，你今年多大了？"

李宗仁不知总司令问自己年龄是何意，愣了一下才回答道：

"三十五岁。"

"嗯，很好，很好。"蒋介石微笑道，"我今年三十九岁，比你大四岁，我要和你换帖。"

李宗仁实在想不到身为国民革命军总司令的蒋介石要和自己结金兰之交，他是个纯正的军人，军人以服从为天职，在军中只有上下级关系，并不需要别的什么关系。他与黄绍竑、白崇禧情同手足，但却并没有桃园结义，因为黄、白是他的部下，他是他们的上官，黄、白服从他，他也格外尊重他们。因此他一听蒋总司令要和他换帖，便极不自然地说道：

"总司令，我是你的部下，换帖之事，实不敢当啊！"

"没关系，没关系。"蒋介石依旧微笑着，他也不管李宗仁答应与否，便拉开抽屉，取出刚才填写好的那份兰谱，递给李宗仁，说道，"这是我的兰谱，请你收下。"

李宗仁慌忙站起来，摇着头，推辞道："总司令，我惭愧得很，实在不敢当呀！"说着直往后退。

蒋介石见李宗仁不敢接他的兰谱，追上去笑道："没关系，没关系，你人好，很能干，应该成为我的兄弟！"

李宗仁仍不接蒋介石递来的兰谱，他步步后退，蒋则步步紧逼，李宗仁一下子便退到了刚才那位副官所退到的位置上，背已靠墙，不能再退了。蒋上前一步，笑容可掬地将他那份兰谱塞进李宗仁的军服口袋里，并且亲切地嘱咐道：

"你也要写一份兰谱给我啊！"

李宗仁满脸尴尬，无心再坐下听蒋总司令的指示了，他向蒋敬礼告辞。出得门来，他感到军服右边那只口袋里好像装着一只老鼠似的，既不敢用手去摸，更不敢把它扔掉。路过庭院里时，只见白崇禧陪着苏联顾问加仑将军在漫步，加仑向他招了招手，用不大熟练的中国话喊了他一声："李将军。"李宗仁见加仑将军喊他，忙走了过去。

"李将军，在昨天的军事会议上，你是革命军中主张攻鄂直取武汉最强硬的一位将领，依你之见，我革命军需多少时日才能打到武汉？"加仑将军是一位标准的俄国军人，他腰上束着一条宽皮带，身材魁伟，一双炯炯有神的蓝眼睛里闪烁着深邃机敏的军事战略家的眼光，他通过身旁的翻译，直率地向李宗仁问道。

李宗仁一听加仑将军问他多少天可打下武汉，顿时来了精神，刚才被蒋总司令逼着换帖的尴尬情绪一扫而空，他略一沉思，便果断地答道：

"十四天便可打到武汉。"

"噢？"加仑将军睁大了那双蓝眼睛，二话不说便拉着李宗仁直往他的办公室走去。

进了办公室，加仑把李宗仁拉到地图面前，用手指着地图说道：

"从汨罗河到武汉三镇，有三百余公里。李将军，现在粤汉铁路不能通车，排除使用运输工具之可能，根据我对中国军队的了解，从汨罗河至武汉无战事情况下，用强行军也得八天以上。更何况吴佩孚的司令部便设在武汉查家墩，他是要死守武汉的。湘境之内，汨罗河、岳州、羊楼司皆有敌重兵把守，鄂境之内，有天险汀泗桥、贺胜桥，我革命军北上直取武汉城，需步步攻坚，不知李将军所言十四天可到武汉有何根据？"

李宗仁固执地说道："我不管他吴佩孚用多少兵沿途设防，十四天我就要打到武汉！"

"哈哈！"加仑将军爽朗地大笑起来，风趣地说道，"我想用你们中国的一个习惯——打赌，好吗？"

李宗仁一本正经地问道："赌什么？"

加仑将军伸出两个手指，说道："两打白兰地！"他接着拍拍白崇禧的肩膀，"白将军，就请你当个证人好了。"

白崇禧笑道："加仑将军，你这两打白兰地是输定了！"

"噢？"加仑将军睁大那双蓝眼睛，望着白崇禧。

"李将军是闻名的猛子将军，依我看来，他用不了十四天便可打到武汉。"白崇禧说道。

"啊……猛子将军，猛子将军！"加仑将军很感兴趣地用中国话反复说着，接着点了点头，又拍拍白崇禧的肩膀爽朗地笑道，"还有你这位革命军中的'小诸葛'，哈哈……"

李宗仁和白崇禧也都笑了。

第三十四回

孤注一掷　吴大帅督师贺胜桥
铁军喋血　独立团威震武昌城

　　贺胜桥屹立在粤汉铁路上，这是由湖南进入湖北的第二个要隘，桥的西南有黄塘湖，东北有梁子湖，形成两道天然屏障。桥以南十华里的范围之内，丘陵起伏，茶树丛生，野草障目，四周河流纵横，此时正是盛夏季节，河水暴涨，湖水四溢，贺胜桥一带尽成泽国。也许，上天在缔造武汉三镇的地理环境时，便已预知这是个历来兵家必争之地，因此特意在它们的北面矗立一座鸡公山，山下险峻的地势恰好建造一座武胜关，以拒冀豫南下之敌；同时又在它们的南面拱起两道险要的隘口，让后人在此依势筑桥，以阻湘粤北上之兵。那两个要隘上的桥，便是粤汉铁路上的汀泗桥和贺胜桥。那汀泗桥素称天险，地势地形与贺胜桥颇相似。它是湖北南部第一个军事要隘，为历代兵家必争之地。粤汉铁路由西南往东北，经汀泗桥，再过贺胜桥方抵武汉。六年前，湖南督军赵恒惕率湘军精锐数万，由岳州攻入鄂境，欲取武汉。吴佩孚率鄂军镇守汀泗桥，赵恒惕连攻多日不下，最后损兵折将被迫败回湖南。民国以来，军阀混战，尔攻我夺，战争频仍，然湘粤之兵，始终无法越过这两道要隘而入据武汉，因此这汀泗桥与贺胜桥更是遐迩闻名，莫不使南军生畏。

十四省讨贼联军总司令吴佩孚

却说北伐军根据长沙会议制定的战略，在湖南广大民众和中国共产党的有力支持之下，一举突破敌之汨罗江防线，第四、七、八军相继攻入湖北。第四军于八月二十二日占领通城。吴佩孚闻报，立即调兵遣将，坚守汀泗桥，以阻北伐军进入武汉。八月二十七日凌晨，第四军向敌军以重兵把守的汀泗桥发起进攻，叶挺独立团与第十、十二师各团同时出击，勇猛冲杀，上午九时，便攻占天险汀泗桥。叶挺独立团对夺路向咸宁溃退之敌猛追不放，乘敌立足未稳，又一举攻占咸宁城。北伐军之兵锋直逼武汉南部的第二个天险贺胜桥。

八月三十日早晨，天刚放亮，贺胜桥一带已为硝烟所笼罩，各种口径大炮的连续轰鸣，轻重机关枪的疯狂扫射，巨浪咆哮似的喊杀声使大地震颤。浓烟染着隐隐的殷色，晨风带着阵阵的血腥味，贺胜桥一带十里之内，正经历着一场特殊的大地震，大海啸，大飓风……一列气势逼人的装甲列车从武昌方向呼啸而来，在距离贺胜桥北边一百米左右的地方戛然而止。

身着大元帅礼服的吴佩孚，从车厢里走出来。秀才出身的吴佩孚，虽然早在一八九八年便到天津投武卫前军当兵，二十多年来，他在北洋军阀部队由参谋而管带、标统、旅长、师长、巡阅使、总司令。但他当到巡阅使之职后，却很少再穿戎装，经常是长袍马褂，再加唇上两撇咄咄逼人的八字须，使他更添威严和倨傲之态。前年九月，在第二次直奉战争中，吴佩孚任直军总司令，率军与奉系张作霖在山海关大战。战幕揭开后，直军主力将领冯玉祥突然在北京发动政变，致使直军全线崩溃。吴佩孚立足不住，窜到湖北，后在闽浙巡阅使孙传芳和湖北督军萧耀南等人的支持下，在武汉组成十四省讨贼联军，自任总司令。他先是讨奉，后又与张作霖联合，改"讨贼军"为"讨赤军"，与奉军在南口夹击冯玉祥的国民军，将国民军击败。吴佩孚正在北京与张作霖分赃的时候，闻报两广北伐军已攻入湖南，他立命李济臣为湘鄂边防督办，随带董国政等部入鄂，进行防御。不久，又得湘鄂紧急之报，知北伐军已席卷湘境，将次入鄂，他即率直军主力刘玉春等部由长辛店连夜南下，抵武汉后设司令部于汉口之查家墩，即令由湘退入鄂境的宋大霖、董国政收集溃退到汀泗桥的残部万余人，以宋大霖任指挥，据险死守，并令武汉的二十五师师长陈嘉谟率所部万余人前去增援。

吴佩孚欲恃险坚守，以便一面调北方精锐来援，对北伐军进行全面反攻，一面等待孙传芳完成军事布置，由江西分袭平江、长沙，以断北伐军的后路，然后将其聚歼于湘鄂边境。不料，天险汀泗桥竟被北伐军一举突破，吴军死伤和被俘的共三千余人，这一仗，使吴佩孚大为震惊，为了守住最后一个要隘——贺胜桥，他决定亲自出马，将他的精锐部队刘玉春师、张占鳌师和他的卫队旅全部投入贺胜桥布防，他自己则亲率宪兵队、执法队乘装甲列车来到贺胜桥北督战。企图在此击败北伐军，以重振他"孚威将军"之威名。

却说吴佩孚下了装甲车，来到车头前边，端坐在一张靠背椅上，双手握着那把长柄指挥刀，他身后立着两名卫弁，为他撑着两把巨大的凉伞。左边站着他的参谋长蒋雁行，右边立着军法执行官和宪兵队长。在吴佩孚前边五十米处，放列着二十挺轻重机关枪，长长的子弹带直卡在枪膛里，射手们据枪瞄准贺胜桥上，机枪之后，排列着一百名手持大刀的军法执行队的士兵。吴佩孚坐下后，又命令宪兵队长和军法处长道：

"本帅昔以汀泗桥一战而定鄂，今以贺胜桥一战而定天下。凡畏葸退却者，杀无赦！"

"是！"宪兵队长和军法处长立正答道。

"你们马上派人在督战队前面的电线杆上拉上一条二十丈长的铁线！"吴佩孚命令道。

"不知大帅要拉铁线何用？"宪兵队长问道。

"将退却者的首级挂到上面，以号令三军！"吴佩孚恶狠狠地说道。

"是！"宪兵队长答道。随即派出数名宪兵，到大刀督战队前面的电线杆上拉上一条二十丈长的铁线。

参谋长蒋雁行用望远镜观察着贺胜桥南的激战，好一会儿，他放下望远镜，颇为忧虑地对吴佩孚道：

"大帅，我军第一道防线桃林铺一带有不稳之迹象。"

吴佩孚忙接过望远镜，朝桃林铺那边一看，只见密集的炮弹不分点地在防御阵地前边爆炸，将无数的茶树掀翻，机枪子弹将丛丛茅草斩断，在弹雨火光之中，北伐军士兵端着闪光的刺刀，前赴后继冲锋，已攻入吴军第一道防线，双方展开肉搏战。吴佩孚问蒋雁行道：

"敌军打先锋的是什么部队？"

"据报是叶挺独立团。该团官兵多是共产党员，北伐以来，一路打先锋的便是这个团。"蒋雁行答道。

"共产党！"吴佩孚嗖地抽出他的长柄指挥刀，"我要他们知道我的厉害！"吴佩孚极端仇视共产党，仇恨人民群众。民国十二年二月初，京汉铁路线的长辛店、保定、郑州、信阳、江岸等地区工会代表在郑州举行京汉铁路总工会成立大会。吴佩孚对于工人的大团结和工人运动十分惊恐，下令禁止工人集会。二月四日，京汉铁路工人为反对军阀的暴政，举行全线总罢工。大罢工的第二天，武汉各工团举行大规模游行示威大会，高呼"打倒军阀""工人阶级胜利万岁"等口号。二月七日，吴佩孚下令派兵镇压，当场打死工人三十二人，伤二百余人，造成"二七"惨案。中国共产党中央当即发表《为吴佩孚惨杀京汉铁路工人告工人阶级与国民书》，号召全国人民起来"打倒一切压迫工人的军阀"。因此，吴佩孚对共产党和工人群众最为仇恨，现在听说北伐打先锋的是共产党领导的独立团，他咬牙切齿地命令道：

"命令刘玉春师长，以十对一，扑灭共产党的独立团！"

一名传令兵即跨马驰过贺胜桥，直冲桃林铺去向师长刘玉春传达吴大帅的命令去了。吴佩孚把望远镜的视线移向战场左边，看了一阵后问道：

"与独立团并肩作战的是什么部队？"

蒋雁行答道："可能是李宗仁的广西部队。"

"命令张占鳌师长，以有力之一部，猛攻独立团与广西部队之接合部，务必将其斩为两段，然后各个击破！"吴佩孚命令道。

又一名传令兵驰马冲过贺胜桥，向张占鳌师长传达命令去了。此时，吴军第一道防线已被叶挺独立团突破，刘玉春奉命反击，以优势兵力将叶挺独立团的突击营包围。突击营营长许继慎胸部负重伤，形势险恶，叶挺即调第一营和特别大队增援，独立团以一当十，将刘玉春师击溃，接着攻入吴军第二道防线印斗山。与此同时，张占鳌师向第四军

死守武昌城的吴佩孚悍将刘玉春

和第七军的接合部猛攻。李宗仁急令第七军第二旅之吕演新团向左延伸，稳住阵线。张占鳌再向第七军右翼攻击，并将桂军俞作豫团包围，俞作豫团长率全团奋勇抗击。李宗仁又令杨腾辉团向右翼延伸，张占鳌又以优势兵力将桂军杨腾辉团包围，为击破敌军之包围，稳住阵线，李宗仁急调吕演新团将包围俞作豫、杨腾辉团之敌穿插分割，始将敌军包围击破，迫使敌向贺胜桥溃逃。

数千吴军从硝烟中钻出来，惶惶然如丧家之犬，眼前这座贺胜桥是他们的生命线，他们仿佛是一群从阎罗殿里逃出的鬼魂，只要奔过这座桥，便可转投人世。当他们退到贺胜桥前时，猛抬头见几十挺黑洞洞的机关枪口正对着他们，还有那一百名手持雪亮大刀的督战队员，一个个的眼光和脸神都比阎王殿前的牛头马面还凶狠。而端坐在装甲列车之前手握指挥刀身着大元帅戎装的吴大帅，那阴沉的目光和满脸的杀气，更胜过那令人毛骨悚然的阎王！溃兵们一时愣住了，真是躲鬼躲进了阎罗殿，他们不知道到哪里去寻求生的希望。

"大帅有令，凡退过贺胜桥者，杀——无——赦！"

桥北的督战队一声吆喝，声震九霄，其威慑之力不亚于北伐军那冲杀声和神出鬼没的刺刀！溃兵们的双腿一下子被定住了，他们不敢再向桥前移动半步，只是向左右黄汤滚滚的黄塘湖和梁子湖中张望。湖水茫茫，一群野鸭，从天上扑落到湖面，大约是那枪炮声惊得它们不敢像往常那样在湖上嬉戏，又扑棱着翅膀，飞向蓝天，化成无数的小黑点，然后消逝得无影无踪。溃兵们呆呆地看着，觉得自己的命运，还不如那一群自由自在的野鸭子。

"他娘的，打也是死，退也是死，不如向北伐军交枪！"一个老兵油子愤愤地说道。

"当官的不把我们当人看，我们不再给他们卖命了。"

士兵们嚷嚷着，既不敢越"雷池"半步，也不敢再冲入那硝烟火海之中。一位缀着少将军衔的旅长，拉着两个上校团长，颤巍巍地踏上了铁桥，他们一边走，一边用哭一般声音哀求铁桥对面的督战队：

"请高抬贵手，我们有重要军情向吴大帅禀报！"

督战队见三位是军中的中高级将领，声言要见吴大帅禀报军情，便没有开枪射杀。那三位旅、团长跌跌撞撞地来到杀气腾腾的吴佩孚面前，吓得双腿一软都跪下去了。吴佩孚只是用手捋了捋他那两撇威严无比的八字须。那三位旅、团长深知吴大帅的个性，他捋八字须便是要杀人的表现。旅、团长们见吴大帅的手在嘴唇上慢慢地轻轻地移动着，他们知道，一俟吴大帅的手离开那三寸长的八字须时，他们的脑袋便跟着要落地了，那位少将旅长到底跟随吴大帅的时间长，在这生死关头，他霍地一下站起来，立正报告道：

"大帅，我跟随您老人家南征北战二十年，还从……从没见过这样厉害的……的军队啊！我……我们不……不能再……再打了，放……放弟兄们一条生……生路吧！"

吴佩孚的手倏地由嘴唇上落下，他挥起一刀，将那少将旅长的头砍了下来，接着又"嚓嚓"两刀，那两个团长的头颅也落了地。吴大帅随即命令宪兵，将这三个旅、团长的头悬挂在前面的铁线上。贺胜桥南那数千溃兵，见吴大帅手刃了他们的旅、团长，便一齐跪下，哀呼一声：

"大帅！……"

"机枪队，将他们打回去！"吴佩孚狠狠地一挥手。

二十挺轻重机关枪一齐吼叫起来，跪在贺胜桥南的溃兵立即被打死几十个，但溃兵们却并不向前再投入战斗，而是像一群被赶急了的鸭子似的，不顾一切地扑向波涛滚滚的梁子湖中，只见一片人头攒动，士兵们哀叫着，全部淹没溺死在湖水之中。吴佩孚见了大怒，又命机枪督战队向湖中漂浮的尸体扫射。

"大帅，这几个人企图毁坏路轨，断我后路，被我们抓到了。"宪兵们押着五个工人模样的人和两个农民模样的人来向吴佩孚报告。

"你们是何人？为何与贼军勾结，毁我路轨？"吴佩孚大喝道。

五个工人模样的人齐声答道："我们是汉口江岸的铁路工人，为配合北伐军进攻武汉，也是为'二七'死难的工友报仇来的。吴佩孚，工人阶级你是杀不绝的！你的末日到了！还不交枪投降！"

那两位农民模样的人答道："我们是湘鄂边一带的农民，我们组织暗探队、向导队、破坏队、运输队、慰问队、疑兵队、冲锋队，协助北伐军作战，今天奉命前来与武汉的工友联络，在你们北洋军阀的后院放火的，吴佩孚，你残害我湘鄂人民数年，今天是向你算账的时候了！"

"杀——"吴佩孚声嘶力竭地大吼一声，宪兵们立即将那五位工人和两位农民的头砍了下来。

"大帅，你看！"参谋长蒋雁行将望远镜递与吴佩孚。

吴佩孚接过望远镜一看，只见贺胜桥南的最后一道防线杨柳档一带阵地已被北伐军突破，刘玉春、张占鳌、陈嘉谟三名师长拼命反扑，但仍不能将已失之阵地夺回，在北伐军的猛攻之下，吴军兵败如山倒，潮水般向贺胜桥溃退，吴佩孚又惊又怒，大吼一声：

"你们还有何面目见我！"

宪兵队长和军法处长奔上桥头，大喊道："大帅有令，退过桥北者，格杀勿论！……"

北伐军的大炮

溃兵们不理会这些，他们逃命要紧，纷纷涌上贺胜桥。

吴佩孚的机枪督战队一齐向铁桥上猛烈开火，败兵们的尸体塞满桥面，但仍不能阻遏溃退过桥的官兵。被阻在桥南的溃兵，竟架起机枪向桥北的督战队还击，溃兵们吆喝着，向桥北的督战队发起反冲击，督战队被击死不少。参谋长蒋雁行见事态急迫，忙向吴佩孚道："大帅，且回武昌去商议吧！"

吴佩孚见大势已去，在两名卫弁的扶持下，急急忙忙爬上装甲列车，逆行向武昌方向逃去。冲过贺胜桥的溃兵，纷纷攀上装甲列车，希望与吴大帅一同逃命，但督战队的大刀从车厢里伸出，将死死抓住车门、车窗的溃兵们的双手斩断，铁轨上数千溃兵被装甲列车辗死，铁路两旁，血流成渠，许多士兵肚子被压破、肠子流出、头碎足断，遗尸数里，惨不忍睹。贺胜桥一役，吴军主力刘玉春师之十五旅及补充团，炮兵连、工兵连、辎重连、卫生连凡五千员兵，伤亡三千余名。团长三员，一死、一伤、一被俘。营长中九员阵亡，不知生死者七员。连长阵亡四十员，不知生死者二十五员。排长以下不能遍举。陈嘉谟师仅剩残兵三千余人，宋大霖一师余二千人，孙建业旅余四百人，张占鳌一旅剩三百人，吴佩孚精锐的卫队旅亦仅余一千余名。贺胜桥这一仗，直杀得吴军闻风丧胆，丢盔弃甲。叶挺独立团威名远播，获"铁军"之称誉。

北伐军击败了吴佩孚的主力，打开了武汉的最后一道大门，衔尾穷追，八月三十一日黄昏，第四、七两军兵临武昌城下。武汉三镇，是濒临长江与汉水的交汇点，又是横贯中原和华南的京汉铁路、粤汉铁路的衔接处，为华中水陆交通之要冲，左有鄱阳湖、洞庭湖，右有汉水、襄河，是长江中游的一个盆地，适合长期坚守，历来是兵家必争之地。吴佩孚由贺胜桥败回武昌之后，即派刘玉春为守备军总司令，陈嘉谟为武汉防御总司令，二人同驻武昌城。吴本人则回驻汉口查家墩总司令部，调度由北方南下的增援部队，准备在武汉与北伐军决一死战，同时不断派人到南京催促孙传芳出兵由江西袭击北伐军之后路。

李宗仁骑着他那匹久经战阵的枣红马，裹着硝烟风尘，直冲到武昌城下。他用马鞭指着昏暗中高大的武昌城垣，对第七军第二路指挥官胡宗铎说道：

"我们由八月十九日拂晓发起总攻，强渡汨罗江，只用十三天便攻到武昌城下，加仑将军该输给我两打白兰地了。哈哈。"

"猛子将军，还有这个东西你没拿下来啊，白兰地是我请你喝，还是你请我喝，现在还难说呐！"

李宗仁回头一看，见苏联军事顾问加仑将军骑马紧随他之后也抵达武昌城下。他对加仑的指挥艺术和勇敢精神很是敬佩。北伐军攻下汀泗桥、贺胜桥后，加仑赶到火线上来与李宗仁在蒲圻会晤。加仑说道：

"李将军，从此我军可以乘胜长驱无阻挡地进抵武汉了！惟宜从此处先派一军从长江上游渡过北岸，以免我军攻击汉口时冒敌前渡江之危险。"

李宗仁深然其说，即电告前敌总指挥唐生智，请他派兵渡江。唐生智即派所部夏斗寅一师由嘉鱼渡江，直抔敌背。

"加仑将军，这个东西我马上拿下来，白兰地你给我准备好两打！"李宗仁用马鞭指着轮廓模糊的武昌城，豪迈地说道。

"李将军，打仗不能意气用事，我们应吸取东征时攻打惠州城的经验教训。"加仑将军以顾问的身份建议道。

"加仑将军，敌军经汀泗桥、贺胜桥两败之后，莫不闻风丧胆，我正拟乘敌军喘息未定之时，一鼓而下武昌城！"李宗仁凭战胜余威，坚持立即发起攻城的主张。

第二路指挥官胡宗铎是湖北人，对武汉情形甚为熟悉，他向李宗仁道："德公，在武汉三镇中，武昌不仅是湖北的政治中心，而且在军事上也至为重要。武昌城墙坚固，周围长六十华里，城墙高两丈余，有大小城门九座。城内蛇山横贯其中，与汉阳的龟山，隔江对峙。城外有护城壕，水深六尺以上。护城壕以外，地形平坦，易守难攻。武昌背靠长江作屏障，并有汉口、汉阳拱卫，因此，是著名的军事要塞，强攻不易。是否等夏斗寅师攻下汉口之后，我们再攻武昌，或是作长期围困，待敌弹尽粮绝之时，便可不攻自破。"

李宗仁道："吴佩孚以汀泗桥、贺胜桥之天险尚不能阻挡我军，一座武昌城岂能挡我兵锋。兵贵神速，我们必须在吴佩孚被我杀得惊魂不定之时一举攻破武昌！"

长沙会议时，已决定第四军隶属李宗仁指挥，现在攻到武昌城下的恰是第四、七两军，李宗仁当下自任武昌攻城总指挥，指挥两军，准备向武昌城发起猛烈攻击。湖北民众久受北洋军阀蹂躏，见北伐军来到，皆自动前来效力攻城，短短两个多小时，他们便送来大批竹梯、门板，以备攻城之用。他们自告奋勇为攻城部队充当向导，组织担架队为攻城部队救护伤员。李宗仁见攻城准备就绪，一声令下，第四、七两军勇士，扛抬着竹梯、门板，在向导的指引之下，越过护城壕，争先恐后冲向城下。但武昌城高且坚，守城敌军早有准备，北伐军越过护城壕后，城上灯火齐明，照得城下百十米内如同白昼，北伐军刚接近城垣，便在敌火下暴露无遗，城上机关枪、手榴弹如倾盆大雨，直泻在攻城勇士们的身上，前临坚城，后有深壕，进退不能，越过护城壕的攻城勇士，尚未架梯爬城，已大部壮烈牺牲。李宗仁见状，急令收兵，北伐军第一次攻城只得无功而返。

第三天，前敌总指挥唐生智召集第七军军长李宗仁、第四军副军长陈可钰及各军师长以上高级将领在武昌城南殷家湾车站开军事会议。决定以李宗仁为攻城总指挥，陈可钰为副总指挥，定于九月三日凌晨三时，再次向武昌城发起总攻。这次攻城，虽经五个小时的激战，但因敌人炮火猛烈，北伐军伤亡重大，只得停止进攻，退回原地与敌对峙。

九月四日，北伐军总司令蒋介石偕参谋长白崇禧抵达武昌城下。蒋总司令闻知两次攻城受挫，便召开军事会议，听取唐生智、李宗仁和陈可钰的报告。唐、李、陈皆认为，武昌城高且坚，不宜硬攻，通过两次攻城失利的教训，应改为长期围困，使敌不战而降。白崇禧和加仑将军亦同意这一看法。蒋介石听了，立即站了起来，挥了一下他那戴着白手套的右手，用眼睛紧盯着唐生智、李宗仁和陈可钰，严厉地命令道：

"武昌城限四十八小时内攻下！"

唐、李、陈三位军长心中不由震了一下，但仍端坐不动，只以眼睛望着蒋介石的白手套，他们实在不敢正视蒋总司令那双锋芒逼人的眼睛。

"据我得到的准确情报，孙传芳即将大举西犯，如我们屯兵于坚城之下，便是中了吴、孙之计。目下，吴佩孚在汉口正续调北方精锐高汝梧、靳云鄂部南下驰援武汉，孙传芳已设总司令部于九江，组织了四个方面军，以夺取湖南为目标，截断我军后路，然后夹击我军于湘鄂境内，形势相当严重！我们必须在孙军出动之前，迅速解决吴佩孚，攻占武汉三镇，否则后果不堪设想！"

蒋总司令的"马克沁机枪"扫得唐生智、李宗仁、陈可钰等连头都抬不起来。他也不看自己的部属一眼，又接着"开枪"扫射起来：

"限四十八小时内必须拿下武昌城！我命令：李德邻军长任攻城军官长，以陈可钰为副官长，以第七军为左翼军，第四军及第一军之第二师为右翼军。此次攻城，应以东征时，攻惠州城之经验为鉴，各军组织敢死队，以营长为队长，每队三百至四百人，组成连、排、班。每班十人至十二人，携竹梯一架。每名队员配备驳壳枪、手榴弹、斧头和白布符号。敢死队员登城之后，齐呼'革命胜利万岁'！号兵吹冲锋号，各部以有力之轻重火器掩护登城部队扩大战果。攻入城后，第一军之第二师、第四军之第十师肃清蛇山以北之敌，第四军之第十二师、独立团、第七军肃清蛇山及蛇山以南之敌。在李德邻发起攻城命令之时，唐孟潇应随第八军渡过长江，夺取汉阳，攻占汉口，进出武胜关，截断敌军对武昌之增援。"

李宗仁虽然被蒋介石的"马克沁机枪"扫射得有些昏头昏脑，但见蒋介石决心果断，对形势和战局的分析颇使人信服，对攻城之部署亦有独到之处，便依令而行。会议结束后，唐生智即受命指挥攻夺汉口的战斗，匆匆驰往长江上游指挥渡江。

当日下午六时，由第四军和第七军编组的九支敢死队约三千人，在中路军指挥部门口的一块草坪上，听蒋总司令训话。蒋介石一身戎装，马靴锃亮，使他那瘦长的身材显得十分精干，气宇轩昂，他站立在临时搭成的司令台上，颇有拿破仑的风度。

"……看到武昌城，就使本总司令想到了惠州城！"总司令的"马克沁机枪"开始扫射了，他那一口浙江国语，在此时此地听起来，使人顿增几分肃穆之感。

"号称天险的惠州要塞，据说在历史上从未被攻破过，我军东征曾受挫于惠州城下。但在第二次东征中，在本军的强攻之下，惠州天险一举而破。那次攻坚战役，本军组织了敢死队，每队前两名士兵，各执党旗和军旗，抬梯子的士兵跟在他们后面，然后，是负有保护任务的三人小组。先导部队以纵队前进。敌人的猛烈炮火使攻城部队失去了很多优秀士兵，他们倒下了，但他们后面的战友立即拿起梯子继续前进。在这里，我要告诉诸位，攻惠州城是我黄埔军校学生军第四团团长刘尧宸率队打先锋，刘团长牺牲在惠州城下，他率领攻城的四十名敢死队员，活着的只有十八人，他的第四团在攻城后竟没有剩下一名军官。面对武昌城，我数万忠于孙总理主义之北伐将士，难道会没有刘尧宸团长这样为革命献身的英雄吗？"

蒋总司令那戴着雪白手套的右手，在空中有力地挥舞着，劈斩着，像一把闪着白光的利剑。敢死队员们的热血沸腾了。叶挺独立团的敢死队队长，第一营营长曹渊振臂高呼：

"打倒军阀！"

"誓死攻下武昌城！"

口号声响彻云霄，攻城军官长李宗仁看着演说完毕的总司令，敬佩之情油然而生。但李宗仁觉得，蒋总司令的言行神态，像中国的拿破仑，而不像俄国共产主义的传人，虽然他曾遵奉孙总理之命到俄国共产党那里去取过经。李宗仁感到，跟这位神气十足的总司令共事，既安全又危险，安全的是这位满口革命词藻的总司令，不会在中国推行共产党的政策——尽管他现在依靠共产党人，或许那是一种策略，一种韬晦之术；危险的是，这位总司令使人难以捉摸，他看上去有点像一匹马戏团里驯善的狮子，尽管他可以和你友善地合作共处，但总使你对他放心不下，不知何时他会回头狠狠地咬你一口，使你防不胜防……

九月五日，这是农历朔日的前两天，临近早晨三点，天空暗无星月，大地上一片漆黑，总司令蒋介石身披一件黑色披风，带着一班卫士，突然出现在李宗仁的攻城司令部，李宗仁感到十分诧异，忙说道：

"总司令，我军即将发起攻城战斗，我的司令部在敌炮火的射界之内，非常危险，请总司令还是回到总司令部去坐镇指挥。"

蒋介石从容地说道："我留健生在总司令部照应后方。这次攻城，关系我军之前途，本总司令决心与攻城部队共存亡！"

李宗仁听了甚为感动，但他考虑到蒋总司令未做过下级军官，无战地经验，他的司令部离攻城部队的距离又是那么近，他担心攻击发起之后总司令受惊或是受伤，都将对全军产生不利影响，因此还是劝道：

"攻城牺牲自有我等将士担承，总司令不必亲冒矢石。"

蒋介石拉着李宗仁的手，深情地说道："德邻同志，我们是换过帖的兄弟呀，情同手足，虽不是同年同月同日生，但求同年同月同日死，生死之交，在于今日！"

李宗仁看着蒋介石的眼睛——只有在这时，或许是因为有暗夜的掩护，蒋介石又离他那么近，他才敢认认真真地看着蒋介石那双眼睛，平素那双锐利逼人而又阴森冷酷多疑，使人望而生畏的眼睛里，现在竟变得如此诚挚而热切，充满信誓旦旦的手足之情。李宗仁感动了！但他又觉得，蒋介石的话说得似乎有点多余，因为在战争中，军人之间只有官长与部属关系，军人以服从为天职，下级听命于上级，绝非兄弟关系之可比。对于违抗命令，临阵退却或触犯军纪者，则无论是父子兄弟，皆绳之以军法。他虽然和蒋介石换帖成了把兄弟，但他并不因为蒋是他的把兄才听命于蒋，而是因为蒋是全军的总司令，他才接受他的指挥，听命于他，对他负责，为他流血牺牲攻城夺地。

这时，蒋介石拿起电话筒，命令道："我是蒋总司令，我要与各敢死队分别通话！"

电话兵一听是蒋总司令要亲自通话，首先便接通了独立团的电话。电话筒中，立即传来一个激昂的声音：

"我是独立团敢死队长曹渊，请总司令训示！"

"嗯，曹营长，你们准备得怎么样？"蒋介石关切地问道。

"报告总司令，职营敢死队三百五十人，多是共产党员和革命先进分子。全队官兵皆誓为攻下武昌城而流尽最后一滴血。我刚接到一位共产党员班长交来的一封信、一包衣服和五元钱。他对我说：'营长，怕死是攻不下武昌城的。我们马上就要攻城了，大家一定要不怕死，才能把武昌城攻下。我为了完成党交给的任务，是不怕死的。如果我死了，请把这封信、衣服和钱寄给我母亲。'"

敢死队长曹渊因心情异常激动，一发而不可止，他接着说道："容我将这封信的一段念给总司令听。'……我国长期被帝国主义和军阀压迫剥削，民不聊生。帝国主义和军阀不打倒，中国人民是不能生存下去的。为着打倒帝国主义，打倒军阀而战死，虽死犹生。为着中国人民的解放事业，为着人类实现共产主义事业而战死是光荣的。儿的躯体虽死了，但精神是不死的，儿是永生在母亲面前的。'……"

曹渊铿锵有力的声音，连站在旁边的李宗仁都听得清清楚楚，除了那些共产主义之类的词句外，他非常赞赏这位敢死队班长的勇敢精神和视死如归的气魄。蒋介石面色严峻，在话筒中不断重复着"很好，很好"这句话，最后以"本总司令在距武昌城五百米处与你们并肩作战"结束了和曹渊的通话。随后，他又分别和其他几位敢死队长通了话。李宗仁抬起手腕，在昏黄的烛光下看了看表，离发起总攻的时间还有三十多分钟。他和蒋介石步出临时搭起的掩蔽部外，望着黑糊糊的武昌城垣，城上稀稀拉拉地挂着一串灯笼，隐约可闻刁斗之声。武汉素有锅炉之称，九月初旬还酷热难耐。此时约莫四更天，凉爽的夜风吹得人精神一振。李宗仁和蒋介石在外站了一会儿，都默不作声，他们知道，过不了多久，攻城的枪炮声将震撼大地，他们企望勇士的躯体和鲜血能够为他们迎来一个光辉灿烂的黎明。他们在外站了一会儿，又双双返回掩蔽部内，半小时是那么漫长，蒋介石忽然问道：

"德邻老弟，你这里可有象棋？"

李宗仁颇感意外地问道："想不到总司令在战阵之中尚有弈棋之雅趣？"

蒋介石笑道："民国十一年夏，孙总理被陈炯明围困在永丰舰上凡五十六日，总理在指挥作战之闲暇，除读书外，还要我陪他下棋哩！"

李宗仁对蒋介石的沉着镇静很是钦佩，他命卫士找来一副象棋，蒋介石铺开棋盘，迅速摆上棋子，对李宗仁笑道：

"这是我与孙总理在白鹅潭永丰舰上没下完的一盘棋局，我们就此对弈，你就执孙总理的棋子吧。"

李宗仁颇感兴趣地问道："总司令与孙总理这局棋为何没下完呢？"

蒋介石道："我们正在对弈之时，忽听'轰'的一声巨响，永丰舰猛地一震，原来是叛军施放的水雷在永丰舰不远处爆炸了，孙总理虽镇静如常，但我为了护卫总理之安全，即率卫士和水兵跳上小艇前去搜捕，后来在一个港汊里抓住了放水雷的叛军。当日又接我军在南雄回救广州的败讯，孙总理决计乘英舰'轩摩号'出走香港，因此这局棋没下完。"

李宗仁、黄绍竑、白崇禧三人，只有李宗仁没见过孙中山，现在听蒋介石讲起往事，对孙中山更是肃然起敬。但对蒋介石说的这盘残局，却又有些将信将疑，因为在戎马倥偬之中，事过多年又如何还能一棋不错地摆得出当时的棋局呢？纵使孙总理仍然健在，怕也难再记得起来了。李宗仁每与蒋介石谈话，蒋都是以孙总理的嫡传者自居，似乎除了他之外，别人都是旁门左道，再也没有资格继承孙总理的主义了。一局未了，李宗仁见发起总攻的时间还剩下最后五分钟，便站起来对蒋介石道：

"总司令，我准备下攻击令了，打下武昌之后，我们再继续下吧！"

蒋介石非常认真地说道："很好，很好，不过，你一定要记住这盘棋局。"

李宗仁这下才真正明白蒋介石的意图，他笑着意味深长地说道：

"总司令，我无缘与孙总理对弈，却能从您这里得到孙总理之真传，今后，我便可对人说起在武昌城下与总司令下的这盘难忘的棋啊！"

蒋介石满意地笑道："啊，德邻同志，你真不愧是孙总理忠实的信徒，是我的好兄弟！"

李宗仁却皱起眉头显得有些为难地说道："总司令，遗憾的是我的记性太差，这盘棋局，恐怕记不住呀！"

蒋介石用手指着棋盘反复说道："要记住，一定要记住！"

离总攻的时间还有三分钟，李宗仁走到电话机旁，拿起了电话筒，与各师、团通上了电话。当手表的指针指到九月五日凌晨三点正时，他对着电话筒庄严地下达了攻城命令。霎时间，北伐军所有的大炮、机枪一齐怒吼，无数条火蛇呼啸着直扑到武昌城头上。城上城下和那坚实的城墙身上，立即迸射出密密麻麻的火花，偌大的武昌城，此时仿佛变成了一大团火红的锻件，一个巨人正挥舞着万钧大锤，朝那巨型锻件上猛烈地锤打着，要把它锤扁、打平。炮击过后，只听一阵阵海啸般的呼喊，九支攻城敢死队，扛抬着数丈长的竹梯，像九支利箭，冲向护城壕。敌军也枪炮齐发，向城下筑起一道密不透风的火墙。李宗仁和蒋介石走出指挥部，敌炮在身后身前不分点地爆炸，李宗仁忙道：

"总司令请回掩蔽部去，这里危险！"

蒋介石似乎没听到李宗仁的劝说，看了一下，突然说道：

"德邻，我们到城下看看去！"

李宗仁听了大吃一惊，前两次攻城，别说他这位攻城总指挥没到城下去过，便是师、团长也还没亲自到城墙下指挥的，现在听蒋总司令要到城下去，他如何敢做决定，仍然劝道：

"城下太危险，总司令去不得！"

"黑夜攻城，视界不清，你我身为将帅，怎能躲在掩蔽部里指挥，你不去，我也要去了！"

蒋介石坚决得使李宗仁不能再说什么，他们带着十几名卫士，在敌火下跃进、匍匐、翻滚，越过护城壕，来到保安门下。一颗炮弹在蒋介石左侧爆炸，腾起的尘土落下来，直泻到他那披风上。李宗仁看了蒋介石一眼，在敌炮火的光亮中，蒋介石竟无半点惊慌之色。保安门城垣较别处高，扑攻保安门的乃是第七军的一支敢死队，战士们将数丈高的竹梯架到城墙上，还来不及爬城，便被敌军扔下的手榴弹和密集的枪弹射杀，数具竹梯，皆被炸毁。勇士们随即缘附城郭民房而上，希图登城，敌军乃以火药包、手榴弹、爆炸罐纷纷投到民房上，又倾倒大批煤油，顿时烈焰冲天，登上民房的敢死队员全部葬身火海。第二批敢死队前仆后继，又冲了上去。蒋介石扭头对李宗仁道：

"我们马上回指挥部去！"

李宗仁和蒋介石冒着弹雨，急速赶回攻城指挥部，随他们前去的那十几名卫士，竟有一半没有回来。蒋介石那黑色披风上，也被子弹击穿好几个洞。一回到指挥部，蒋介石便迫不及待地抓起电话筒，要通了第十二师的电话，师长张发奎报告道：

"报告总司令，我师敢死队三百余人，除队长欧震和一名排长外，余皆伤亡，其中负伤未死者仅五六十人！"

独立团叶挺团长报告道："独立团敢死队在曹渊营长的率领下，不顾敌人猛烈炮火的射击，冲过城壕，到达城墙下，竖起竹梯登城。一部分官兵登上了城墙，与守敌英勇搏斗，终因敌众我寡，登上城的五十九名官兵，全部牺牲。到达城下的官兵，也遭到重大伤亡。现天已拂晓，进城无望，职团敢死队三百五十人，现仅存十余人，但革命军人有进无退，如何处置，请总司令指示！"

蒋介石紧紧抓着电话筒，一句话也没有说出来。李宗仁知一时无法攻下武昌城，便对蒋介石道：

"总司令，部队伤亡太大了，天已拂晓，可否暂停攻城？"

蒋介石将电话筒递给李宗仁，说道："请你下命令吧！"

李宗仁随即向各军下达了撤退的命令。他和蒋介石步出指挥部，这时天已放亮，只见武昌城下，北伐军尸体枕藉，但是那些尸体都是向前倾倒的，勇士们在冲锋时壮烈牺牲的场面，犹历历在目。蒋介石和李宗仁看了，默言良久。这时，只见一骑马如飞而来，直到蒋、李面前，骑者是总司令部的通信参谋，下马后向蒋介石敬礼报告道：

"总司令，朱培德军长急电！"

蒋介石接过电报一看，原来是朱培德在醴陵发来的告急电报，报告孙传芳由江西正向湖南进军，其前锋已与第三军在湘赣边境激战，请总司令急调援军。否则北伐军后路有被截断之危险。

那参谋接着报告道："白参谋长请总司令速回总司令部去。"

蒋介石盯着朱培德的电报，一言不发……

第三十五回

背水攻坚　蒋介石南昌受挫
一鼓作气　李宗仁德安克敌

　　位于南昌西南百余里的高安，是座蕞尔小城。正值深秋时节，天高气爽，枫叶残红，在萧索的秋色之中，小城却不同寻常地透出一片勃勃生机。街上到处是颈项上佩着红、蓝、白三色布联成领带的军人，商绅、市民、学生熙熙攘攘，前来慰问远道而来满身征尘的北伐军。

　　在城外一条铺满枫叶的石板小径上，传来一阵"笃笃笃"的军靴磕地声。总司令蒋介石和参谋长白崇禧，正沿着石板小径漫步，在他们身后不远，两名佩着驳壳枪的卫士在慢慢地跟着。在武昌城下攻城失败时，蒋介石突接朱培德由醴陵发来的告急电报，报告孙传芳兴兵入赣大举西犯。蒋介石见形势紧迫，即令第四、七、八军继续留鄂攻打武汉三镇，他则偕白崇禧率刘峙师急赴湘赣边境亲自指挥北伐军入赣作战。

　　入赣初期，作战尚顺利，在江西人民的大力支持下，北伐军第二军和第三军进占萍乡、安源，第六军攻占修水，第一军之第一师占领铜鼓。九月十八日，第六军和第一军第一师攻占高安，溃敌向南昌方向逃窜。次日，第六军第十九师得到南昌城工人、学生及警备队的响应，全歼守敌，占领南昌。蒋介石于九月十九日抵萍乡，二十二日设总司令行营于宣风。二十六日，蒋介石前往新淦督战。

孙传芳见江西大败，急谋反攻，亲自指挥三路大军向北伐军反扑。北路由武穴渡江进攻阳新，应援吴佩孚；中路由赣西北的武宁前进，夺取湖北的通山，切断北伐军第四、七、八军之后路；南路反攻南昌，得手后向高安前进。为配合攻夺南昌之战，孙传芳严令卢香亭部和郑俊彦部南下增援，又令邓如琢部回师北上，夹击南昌之北伐军。孙传芳此一着棋也确是厉害，不仅可解武昌之围，而且能重新夺回南昌和其他江西被占之地，最后将北伐军逐出湘、鄂、赣各省，他便可称霸东南和华南，长江流域及华南诸省尽入其彀中。孙传芳正在调兵遣将之时，占领南昌城的北伐军第十九师和第一军第一师，疏于防范。第一军第一师师长王柏龄进占南昌后得意忘形，在孙传芳南北两路大军的进逼之下，竟置军情于不顾，整日在妓院里寻欢作乐，敌军骤至，军中无主，全师被打得溃散，师长王柏龄害怕蒋总司令追究罪责，逃往后方藏匿不出，党代表缪斌亦"下落不明"。在敌军优势兵力的夹击之下，第六军军长程潜被迫率第十九师自南昌突围，全师几至覆灭，急迫之中，程军长"割须弃袍"，在混战中只身逃至奉新。孙传芳遂于九月二十四日重夺南昌城。敌占南昌之后，即分兵追击撤往赣西的各路北伐军。孙传芳洋洋得意，电令北伐军四十八小时内撤回广东。蒋总司令闻报江西战场大败，急令在武昌围城的李宗仁率第七军自鄂城、大冶一线入赣作战。第七军入赣之后，孤军作战，势如破竹，勇挫孙军北路。西路方面，朱培德率第三军在高安至新建间的万寿宫重创孙军精锐郑俊彦部，直逼南昌。此时，第四军和第八军经四十余天围城之战，已将武昌攻破。蒋总司令见湖北和江西两战场大有转机，遂偕参谋长白崇禧到高安，亲自指挥攻夺南昌之战。部署既定，这一日，蒋总司令和白崇禧饭后步出城外散步。

"健生，依你之见，上次我军在南昌战败原因何在？"

白崇禧与蒋介石并肩走着，随口答道："既有第六军孤军深入之因，又有王柏龄师长疏于防范之故。"

蒋介石一听随即骂道："茂如（王柏龄字茂如）这东西，非将才也，坏了我的大事，现今虽失踪，一旦查实下落，我要重办他！"

白崇禧听了不禁心中暗笑道："你的嫡系部队中，又有几人堪称将才的呢？"但他却不露声色地说道："胜败乃兵家之常事。"

蒋介石见白崇禧如此说，心中还算满意，便又问道："这次我军攻打南昌，军事会议上你为何一言不发？"

白崇禧淡淡笑道："总司令之决心已下，我不便在会上贸然说话。"

"现在只有你我二人在此，有话尽可说吧。"蒋介石望了白崇禧一眼。

"胜败乃兵家之常事也！"白崇禧又重复了自己方才那句话。

其实，对于蒋介石这次到高安来亲自指挥再夺南昌，白崇禧心中早已闷着一肚子的意见。还在武昌城下的时候，他就不同意蒋介石采取硬攻的战法，这次老蒋又搬用在武昌城下的那一套来打南昌，而南昌城垣与武昌一样都甚为坚实，且隔着一道苍茫的赣江，经敌前渡江方能发起攻城，我军渡江后即面临屯兵坚城之下，背水攻坚的不利处境。蒋介石此举，实犯兵家之大忌。白崇禧鉴于武昌城攻坚的挫败，实不赞成强攻南昌，再受一次惨败。但他见蒋介石对此次攻夺南昌的心情较之攻武昌更为迫切，态度也异常坚决，且亲自调兵遣将部署进攻，他当参谋长的还有什么话可说呢？因此，他是闷着一肚子气，在军事会议上干脆一言不发，让老蒋在南昌城下碰个头破血流再说。毋庸置疑，白崇禧在军事上堪称"小诸葛"，指挥作战每有卓越的见地，打起仗来，神出鬼没，出奇制胜。不过，若说在政治上，他就称不上"小诸葛"了，他缺乏政治上的远大目光，没有政治家的远见卓识和豁达的胸怀，他的政见，乃脱胎于春秋齐桓、管仲的韬略和对他们王霸之业的向往。在这大革命风潮铺天盖地，工农大众"打倒军阀""打倒列强"，要求翻身作主，共产党人和国民党左派站在时代之前列，引导着大革命的潮流滚滚向前之际，他的思想，他的政见，却是格格不入。在他身上，远见卓识的军事才能和大大落后于时代的政治见解，既矛盾又和谐地体现出来。也许，蒋介石正是发现了白崇禧这一不同寻常的特点，才破格提升他为副总参谋长，蒋介石虽在军事上平平，在这方面却有其过人之处。因此，这次进攻南昌，白崇禧只窥见蒋介石军事上必遭失败的结局，而对蒋介石急于攻取南昌的政治意图，却一时察觉不到。

原来，蒋介石在武昌城下不顾代价地下令硬攻，一是出于孙传芳在江西即将有所行动，他希望火速攻下武昌再集中兵力打孙传芳，更重要的则是他要把这华中重镇武汉控制在手上，免得让唐生智染指。因此在武昌攻城之前，他已内定刘峙为武昌卫戍司令。不想，攻城失败，孙传芳又大举西犯，他不得不从武昌赶到江西来指挥作战。他忖度，唐生智有第四军、第七军和第八军的力量，武汉三镇迟早必破，到时唐生智坐镇武汉，拥有两湖，如果国民政府再迁到武汉去，那么他将失去很大一部分权力。因此他急于打下南昌，好有个立足点，到时请国民政府迁都南昌，进军江、浙，再捣南京，他尚可执国民政府之牛耳，以总司令身份号令四方。

在程潜、王柏龄攻下南昌后，蒋介石曾喜形于色，准备迁总司令部于南昌。不料，程潜、王柏龄旋为敌所败，使他顿失重心。白崇禧不知道，蒋介石之所以大骂王柏龄"非将才也，坏了我的大事"，除了王柏龄坏了战局"大事"外，还有政治上的"大事"哩。现在，武昌方面，由总政治部主任邓演达亲自担任攻城总指挥，已将围困四十余日的武昌城攻破，俘敌刘玉春、陈嘉谟以下一万二千余人，至此，北伐军基本上实现了消灭吴佩孚主力，占领两湖的战略目标。对于这一重大胜利，蒋介石却是忧多于喜。因为随着武昌的攻破，总政治部主任邓演达的威望不断提高，唐生智的实力迅速扩大，而使他最不放心的乃是正在巴黎蛰居的政敌汪精卫即将启程回国之说，这一点，甚至连蒋的亲信、副官长张治中也预见到了。张治中曾向他说："我们现在拿下武汉，是不成问题的，但拿下武汉以后，对于这一个复杂严肃的局面，现在应该加以注意与准备。我的意思，最好还是邀请汪精卫回国，帮助总司令来料理这一个拿下了武汉以后的局面，并可促使国共两党的团结合作。"蒋介石皱着眉头，不置可否地哼了两声，张治中又道："假使我们不欢迎他回来，他自己一定也会回来的。"蒋介石一想起这些，便心烦火躁，恨不得马上拿下南昌，到那里去发号施令，不然，他这位总司令将会变成什么角色呢？

蒋介石见白崇禧仍不愿发表意见，知他内心对此次攻打南昌必持有不同看法，但大计已定，也不由白崇禧再来"参谋"了。不过，对于能否攻下南昌城，蒋介石虽然态度比谁都坚决，但把握却并不见得比谁要大，特别是身边这位长于军事的"小诸葛"参谋长的一言不发，更使他悬着一颗心。他们沉默着，在石板小径上走着，只有各自的军靴发出的响声，才透出一种微妙的气氛。蒋介石的军靴显得急躁而沉重，仿佛他要踩碎的是一个非常坚硬的东西，但却无法将其踏碎；白崇禧的军靴声则显得轻重不一，若即若离，似乎他正与一个同路人在山径赶路，也许他们的分手处便是前面不远的那个岔道口……蒋介石与白崇禧这样走了一小段路，忽见路径一转，前面出现一座古庙，蒋介石忽然说道：

"进去看看！"

白崇禧不知蒋总司令为何对这古庙感兴趣，便跟在后面走了进去。庙中的住持是位老和尚，看上去有六七十岁模样，人很精明。他见来的是两位戎装煊赫的北伐军高级将领，忙下阶恭迎。蒋介石笑容可掬，向老和尚点了点头。他见这庙宇虽不大，却也香火旺盛，特别是神龛上那只紫铜色的签筒更是引起他的注意。善于察言观色的老和尚，马上明白了来人的意图，立刻把蒋、白二人请到神龛之前，双手合十，念了一声"阿弥陀佛"。蒋介石虔诚地伸出右手，在签筒中抽出一支竹签，仔细看时，只见上边写着"先主伐东吴，孔明布疑阵"。蒋介石看了，不解其意，老和尚忙问道：

"敢问长官所问何事？"

"问战事之胜败。"蒋介石肃立着答道，仿佛他这位总司令之上还有一位主宰生杀大权的总司令似的。

"旗开得胜，谨防后路。"老和尚双目微闭，口中念念有词，"长官乃大福大贵之人，身边自有能人襄助，可逢凶化吉，遇难呈祥。"

老和尚这几句话，不但说得迷信很深的蒋介石心地释然，便是连一向主张砸菩萨庙的白崇禧也感到心中舒坦。蒋介石随即令卫士送给老和尚五十元钱，然后和白崇禧走出山门，仍沿石板小径返回。

却说主攻南昌城的部队为北伐军第二军全军和第一军之刘峙师，朱培德则指挥他的第三军由赣江上游进攻南昌以北的牛行车站，以阻孙军沿南浔路南下增援。蒋总司令偕白崇禧参谋长亲自指挥第二军和刘峙师，强渡赣江，直扑南昌城下。十月十二日晨四点三十分，北伐军向南昌城发起进攻。

蒋总司令此次攻城，其决心和果敢之气魄，远在攻武昌城之上。他身着黑色披风，冒着敌火，亲临城下指挥。参谋长白崇禧跟随左右，却一言不发。南昌城垣高大坚实之程度，与武昌城无异，守军又是孙传芳的精锐卢香亭所部，北伐军攻城部队甫抵城下，即遭敌火射杀，伤亡惨重。蒋总司令严令不惜代价强攻，师长刘峙见总司令亲冒矢石直临城下督战，想到王柏龄在南昌的惨败，急得他那圆圆的胖脸上布满汗水，活像个大红柿子刚从水里捞上来一般。蒋总司令骂王柏龄"非将才"，刘峙比王柏龄也好不了多少，他最突出的特点是服从性好，绝对服从蒋总司令，总司令也最欣赏他这一点，但是，南昌守敌和高耸的城墙却不像刘峙那样绝对服从蒋总司令。守敌抵抗得非常顽强，坚实高大的城墙在北伐军的炮火射击之下，并不崩塌半块墙石。刘峙

国民革命军第一军第二师师长刘峙

看见自己的官兵抬着竹梯，在弹雨中纷纷倒下，有的虽已靠近城墙，架上竹梯，但是竹梯过短，拼死爬城的官兵，仅爬到城墙的三分之二，便因竹梯已到尽头，不能登上城垛，上不得，也下不得，像一串串糖葫芦似的眼睁睁地被敌人当活靶射杀。

"总司令，竹梯过短，不能登城，是否让政治部命人重新扎梯子？"刘峙喘着粗气来向蒋总司令报告。

"攻城行动，不能停顿一秒钟，竹梯短也要爬上去！"

蒋总司令以为刘峙怕死，忙严加训斥。刘峙听了，也不再细说，一个立正即跑回去下令要部队继续使用这种不及墙垣三分之二的短竹梯冲锋爬城。白崇禧在旁，听了直皱眉头，但仍是一言不发。攻城战由拂晓一直打到天色大亮，北伐军牺牲了几百人，攻城仍无半点进展，刘峙又气喘吁吁地跑来报告：

"总司令，天已大亮，职部损失颇大，如再行强攻，恐怕诸多不利！"

蒋总司令以为刘峙怕打硬仗，将眼一瞪，严厉地命令道：

"攻城行动，不得停顿一秒钟，绝不可让敌人有半秒钟的喘息机会！"

"是！"刘峙立正，一个向后转又跑回去指挥部队攻城去了。

白崇禧站在一旁，还是一言不发。待刘峙走了之后，他即向自己的一名贴身卫士轻轻地说了几句什么，那卫士跨上马，倏地消失在硝烟之中。北伐军的攻城行动，一直持续到午后，官兵在大白天冲锋爬城，目标明显，敌军射界开阔，他们据守城上，有恃无恐地以准确而密集的火力射击着北伐军。城下，到处都是北伐军的尸体。攻城部队，虽然斗志旺盛，但经过十几个小时的连续攻坚作战，已经疲乏不堪。黄昏前，蒋总司令才不得不下令暂停进攻，全军以干粮充饥，待到拂晓再行攻城。谁知，天黑不久，只听一阵惊天动地般的呐喊声，敌军一支生力军从南昌城下的水闸中潜出，高喊着"杀"声，直突入北伐军中。夜暗天黑，不知敌军多少，只听到处是"杀"声，枪声遍地，火光冲天。北伐军攻了一天坚城，正欲休息，忽闻敌军冲来，只得仓猝应战。敌军以逸待劳，狠勇异常，左冲右突，机枪横扫，大刀猛砍，北伐军在混战之中，抵敌不住，前临坚城，背靠赣水，欲战不能，欲退不得，形势危殆，眼看有全军覆灭的危险。刘峙在慌乱之中，前来报告：

"总司令，部队已经乱了，怎么办？"

蒋总司令平日的威风，已被惊惶所取代，他深知当前处境危险，部队既不能作战，则无法掩护他渡过赣江，他的结果不是在乱军之中被打死，便是被优势敌军包围当俘虏。他虽然大骂王柏龄"非将才"，但他却没料到自己的结局会连王柏龄都不如。他方寸已乱，耳听四周全是敌军的呐喊声，仿佛那呐喊中有"抓住蒋介石，重赏十万元！""不能放跑了蒋介石！"等等使他胆战心惊的话，他心中暗自哀叹着：

"完了，完了！"

"总司令，快下命令呀！"一向服从性极好的刘峙，只知道服从命令，在乱军之中却拿不出任何主意。

"经……经扶（刘峙字经扶），你的部队在哪里？"蒋总司令答非所问地说道。

"乱……乱了，乱了，乱了！"刘峙见蒋总司令嘴里发出的不是他所盼望的命令，一时不知说什么才好，因为在蒋介石面前，他除了说"是"之外，似乎还没有学会使用别的词汇。

蒋总司令见刘峙如此说，心中更加惊慌，他背着双手，在屋子里乱转，忽然，他发现参谋长白崇禧静静地站立在门边，毫无惊慌之举，眼镜片后面那双深邃沉着的眼睛中，透着睿智灼人的光芒，蒋介石觉得，如果此时给白崇禧一把鹅毛扇，他会一下子变成独坐危城之上、挥退司马懿十万大军的孔明。蒋介石心中顿时一亮，忙过去拉住白崇禧的手，连连问道：

"健生，你说怎么办？你说怎么办？"

白崇禧感到蒋介石的手颤抖得厉害，自从他跟蒋总司令离开高安城，挥师强渡赣江以来，关于战局方面的事，他是一言不发，他所等待的正是蒋介石的这句话。现在蒋总司令说话了，他便也一反几天来的沉默，说道：

"总司令不必惊慌，我已令工兵营在赣江下游架了两座浮桥。"他随即命令刘峙："刘师长，你率部沿赣江南下撤退，由浮桥渡江。我亲自带兵一团断后。"

"是！"刘峙听说已搭有浮桥，连忙答应一声，立即出去忙着指挥部队去了。

"黄营长。"白崇禧将自己的卫队营营长黄瑞华唤来，命令道，"你率全营，保护总司令的安全，跟在刘师长的部队后面撤退。"

"是！"黄瑞华即率卫队营，簇拥着蒋介石向赣江下游冲去。

参谋长白崇禧率骑兵卫士十余人，在乱军中冲突，高声叫喊着：

"北伐军弟兄们，不要惊慌，白总参谋长在此！"

原来，白崇禧所说"亲带一团断后"的话，乃是给惊慌失措的蒋总司令和刘峙壮胆的，部队已被敌军冲散，他哪里还能掌握得住一个团呢？因此待刘峙和蒋总司令朝赣江下游去了之后，他身边已无兵可调，只带领十余名骑兵卫士，在乱军之中呼叫，希望能临时收容遗散的部队，就地组织抵抗，以迟滞敌军的行动，使总司令和部队能安全渡江。他当然知道，这样呼喊是非常危险的，果然，敌人的枪弹纷纷向他射来，随行的卫士有几人已从马上栽倒下来。但是，在混乱之中，由于白崇禧所表现出的沉着果敢，使军心一振。被冲散了建制的官兵，纷纷向他靠拢。白崇禧骑在马上，将收容得的部队一个排、一个连地指挥投入战斗，黑夜之中，且战且走，直往赣江下游而去。走了十几里路，只见前边人马杂沓，混乱异常，白崇禧驰马赶去，见是北伐军正沿着那座预先搭好的浮桥渡江而撤。人多桥窄，官兵争渡，

国民革命军第三军军长朱培德

不少人马竟被挤入滔滔的赣江之中。白崇禧找到自己卫队营,见蒋总司令被阻在江边不能通过,忙问:

"刘峙师长何在?"

参谋回答:"不知何往。"有部下报告云:"刘师长已率部先过江了。"

蒋总司令听了当然不好当众骂刘峙"非将才",却在心里骂道:"娘希匹,你刘峙只管自己过江,把我撇在一边不管,你和王柏龄一样尽给我丢脸!"蒋介石虽然又急又气,但见白崇禧随后赶来,心中这才稍稍安定,忙问道:

"健生,桥窄人多,部队混乱,我们怎么过得去呢?"

"总司令放心,再往下走三里,还有浮桥一座可渡。"

白崇禧从容说道。他立即命令卫士,前去传达命令。正在江边争渡的北伐军官兵一听说下游还有座浮桥,便纷纷向下游跑去了。蒋介石见了,不得不暗暗佩服白崇禧这一手,不把这些拼命争渡的官兵引开,自己便别想过赣江。这时,浮桥的压力已经缓解,蒋介石忙对白崇禧道:

"健生,我们可以过江了。"

"不,总司令,敌军很快要沿江追来,我们不能在此渡江。"白崇禧命令黄瑞华,"保护总司令向下游撤退过江。"

黄瑞华指挥卫士们正要保护蒋介石向下游撤退,蒋介石却拒绝再走,因为他疑心白崇禧为了自己能在此过江而不惜甩掉他这位总司令,他根本就不相信下游还会奇迹般地再出现一座浮桥,等待着让他渡江。

"健生,要走我们一起走!"蒋介石固执地说道,他决心不使白崇禧甩掉自己,站在一边死活不肯跟白崇禧的卫队撤往下游。

白崇禧见军情危急,敌军追击将至,而蒋总司令又不肯离去,忙在渡口命令部队就地抵抗、掩护大军过江。布置就绪，白崇禧这才和蒋介石向下游退去。刚走了三里，便听到后面枪声大作，敌军追兵已达第一座浮桥，正与掩护部队发生激战，蒋介石和白崇禧却已到达第二座浮桥头。蒋介石见此处仍有桥可渡，那悬着的心这才变得踏实起来。白崇禧命令卫队营营长黄瑞华保护蒋总司令过桥渡江，蒋介石忙道：

"健生，我们一起走吧！"

白崇禧道："请总司令先过江，我留下指挥最后撤退。"

蒋介石这下才相信白崇禧不会甩掉他，在卫队的护卫下，从浮桥上渡过赣江。白崇禧带着几名卫士，在渡口上指挥部队从容渡江。北伐军反攻南昌虽然失败了，牺牲了团长三人和其他数百官兵的性命，但由于白崇禧有先见之明，命令工兵营预先在赣江下游搭了两座浮桥，在夜遭敌袭的危急情况下，他挺身而出沉着指挥，才使第二军和刘峙师免遭覆灭。

北伐军反攻南昌失败，江西战场形势逆转。蒋总司令退回高安，心情焦躁不安，他本想再去古庙中烧炷香，向那个道行颇深的老和尚卜问一下自己的前程，但副官报告，古庙中那个老和尚已不知去向了。蒋介石心中怏怏不乐，但也无可奈何。白崇禧见战局不利，李宗仁率第七军入赣后，情况不明，他生怕李宗仁孤军深入吃亏，便向蒋总司令请准，亲率卫队营，携带粮饷辎重，向赣西北寻找李宗仁去了。

却说李宗仁奉命率第七军入赣后，不明友军方向，恐孤军深入陷于死地，遂改道南下，翻过天险羊肠山，到达箬溪，即与守敌谢鸿勋部两万多人遭遇。李宗仁果断指挥，与敌激战一天，一举将谢部歼灭，俘敌万人，敌军主将谢鸿勋身受重伤，由卫士潜抬只身脱逃。第七军获箬溪大捷后，乘胜东进，直迫南浔路上的重镇德安城。那德安城位于九江和南昌之间，是南浔路之咽喉，地理位置十分重要。孙传芳设司令部于九江，令他的精锐卢香亭部三万余人镇守德安。第七军进至德安城郊十里的抗箬村附近，见屏障德安城的宝岭和九仙岭一带高地，敌军已筑有坚固工事据守。李宗仁毫不犹豫，一声令下，全军两万余人即向敌之左、右两翼展开进攻。守敌居高临下，以山炮、野炮和轻重机枪组成一道道密不透风的火墙，阻击第七军的进攻。第七军本是一支劲旅，出师北伐以来，势如破竹，屡建战功。全军官兵如潮涌般向宝岭和九仙岭奋勇冲击，呐喊之声，惊天动地。然而在敌军密集的炮火扫射之下，官兵的血肉之躯似雷电交加中的丛林，成片成片地倒在火海狂飙之中。

"德公，德公，右翼攻势受挫，第九团团长陆受祺阵亡，全团健存者仅团副、连长和排长各一员，余皆伤亡！"第二路指挥官胡宗铎在电话中焦急地向李宗仁报告。

李宗仁满头是汗，即驰往右翼督战，来到阵前，只见救护人员抬下几十名负伤的官兵，一个头部负伤，裹着绷带的排长，从担架上翻滚下来，对着负伤的官兵大呼一声：

"弟兄们，我们是革命军人，死也要死在战场上，跟我冲！"

那些伤兵们听了，也都纷纷从担架上翻滚下来，能走的，都拿上枪跟那位排长重新投入了战场，走不动的，也都咬紧牙关，向阵地前爬去。救护人员也都持枪冲入炮火之中厮杀。李宗仁见了，热血直往上冲，两眼似要冒出火来。要不是担负着指挥全军的重

国民革命军第七军军长李宗仁

任，他会立即持枪冲上去搏斗。他走进胡宗铎的指挥所，里边只有一个通信兵在守着一台老式电话机。李宗仁问：

"胡指挥官呢？"

"不知道！"那电话兵摇着头说。

李宗仁走出指挥所，见前边几百公尺处，一个军官挥动着小旗正在炮火下指挥作战。他认出那便是指挥官胡宗铎，在第七军中，夏威和胡宗铎两人的地位仅次于军长李宗仁。而在此时，身为指挥官的胡宗铎已置身不顾，在敌人炮火枪弹的瞰射

之下，指挥官兵冲击，他的位置距第一线官兵仅二百来公尺。使李宗仁感到奇怪的是，自己的炮兵阵地上竟毫无动静，他返回胡宗铎的指挥所，打电话询问炮兵营长罗传英：

"为何不发炮轰击敌阵，掩护步兵冲锋？"

"报告德公，我还未接到开炮命令。"炮兵营长在电话中答道。

李宗仁这才知道，胡宗铎在激战之中竟忘记使用炮兵了。他随即命令炮兵营长，向敌军阵地和铁路上敌人的装甲车轰击。没想到炮兵刚一开炮，即受到敌炮兵优势炮火的还击，第七军炮兵营被敌炮压制得不能再发挥作用。李宗仁立在一道石坎之下，用望远镜观察敌情，敌军射来的子弹，打得他周围的石头吱吱作响，炸起一片青烟，碎片乱飞，卫士见了也不敢去把李宗仁拉下来。李宗仁在望远镜中，见一支敌军正从右翼作大迂回，如不将其阻扼，则第七军腹背受敌，必将全线动摇。他急令卫士，把胡宗铎召来，命令道：

"敌正向我侧后迂回，你马上调预备队阻击！"

"德公，预备队已经没有了！"胡宗铎两眼血红，呼吸急促地说道。

"你把我的卫队和你的卫队组织起来，无论如何要阻住敌军的迂回！"李宗仁命令道。

"是！"胡宗铎应了一声，随即带着两支卫队，向敌军扑去。

正当右翼打得难分难解的时候，第七军的左翼部队也和敌人在激战之中。左翼战场系德安城西北角一带，小山起伏，地形较为荫蔽，于战于守均各有利弊。第七军之主力则置于较为开阔的右翼战场，李宗仁、胡宗铎均在右翼指挥督战，战斗剧烈，打了一天，伤亡惨重，团、营长已伤亡十数员，也未将敌军击破。夏威指挥的李明瑞旅正在左翼作战。黄昏时分，传令兵送来了李宗仁"限定今晚必克德安"的严令。李明瑞正要组织全线出击，忽接第三团团长俞作豫派人送来的报告："敌似有退却模样，我团拟相机前进。"李明瑞举起望远镜，只见在暮色中敌军阵地上有部队调动，他估计右翼敌军遭到猛烈攻击，正欲从左翼抽调兵力加强右翼，这正是发起进攻的机会。从望远镜中已看到俞作豫团率先向敌阵冲去，李明瑞见了暗暗称赞自己这位智勇双全的表弟。他命令号兵吹冲锋号，亲率陶钧团冲锋，一举突入敌阵，和敌人展开肉搏战。敌军被李明瑞旅狠狠一击，右翼阵线被突破。李明瑞猛打猛追，冲上南浔铁路，占领铁桥，击毁敌装甲车数辆，复自铁桥南下冲击，像一把尖刀直插德安城下，将敌军阵线击破。与此同时，第七军各部亦从正面猛攻，敌军全线崩溃，万余官兵纷纷弃城逃命，李宗仁于下午七时进入德安城。

德安之战，是第七军自北伐以来，战斗最为激烈，牺牲最大的一役，全军伤亡团、营长十员，其余官兵两千余人。德安大捷，使南浔铁路被截断，南昌与九江之交通断绝，敌军陷入恐慌与混乱之中。为了打通南浔线，孙传芳被迫急调九江与南昌守军反攻德安，又令进入鄂东南的军队回援南浔路，孙军在北路和中路的图谋，被彻底打乱。

李宗仁在德安休整部队两日，闻报敌军由九江和南昌出动，夹击德安。南浔车站、吴城、南康、马回岭各处均发现敌情，而赣西北之瑞昌、白洋方面亦有孙军行动。李宗仁忖度，四面都是敌人，与友军联络不上，如果孤军待在德安城中是很危险的。考虑再三，他决定主动放弃德安城，向箬溪背进，以待战机。到了箬溪，忽报白参谋长崇禧率卫队一营携带大批饷械前来，李宗仁大喜，忙跑出司令部迎接，李、白二人在江西战场首次见面，无不欢欣鼓舞。

"健生，你怎的晓得我在这里？"李宗仁急不可待地问道。

"我在途中，闻知德安被我军攻占，料知德公在德安。但德安一失，孙军必从南北两面以强大兵力反攻，德公不会在那里久住，必向箬溪背进。"白崇禧笑道。

"都让你算准了！"李宗仁也笑道，"你此番是来劳军还是来督战？"

"我们第七军还要什么人来督战啰！"白崇禧说着，命随从副官拿出几瓶桂林三花酒来，"这是黄季宽特地命人从广西捎来的，我先给德公敬一杯！"

李宗仁命副官去炒了几个菜来，便和白崇禧在司令部里对饮。李宗仁十分关切江西战局，一杯酒下肚便向白崇禧询问先期入赣的各军作战情况。白崇禧把他随蒋总司令入赣后经历的几次战役概略地说了说，对北伐军两次进攻南昌的情况讲得较为详细，特别是对第六军军长程潜在南昌城南郊莲塘市一带为敌军重重包围时，"割须弃袍"而逃的情节讲得绘声绘色，连李宗仁听了也大笑不止。白崇禧又讲了蒋总司令不听其劝阻，硬攻南昌受挫，黑夜之中惊慌失措的狼狈情况。李宗仁听了，这才对江西战局明了，他也把第七军入赣以来的战况和目下的处境向白崇禧谈了。末了，李宗仁问道："总司令部对下一步赣省战事如何部署？"

白崇禧道："蒋总司令在南昌受挫后，召我与俄顾问商讨下一步的作战计划，已拟订了《肃清江西计划》，蒋总司令已电令张发奎率第四军由武昌入赣参战。按计划，江西战场我军分为左中右三路。左翼军由德公指挥第四、七两军和贺耀祖的独立第二师；右翼军由朱培德指挥第二、三军和第十四军及第五军之第四十六团；中央军由程潜指挥第六军。总预备队为第一军之第一、二两师，由刘峙任指挥官。"

"嗯。"李宗仁点了点头，问道，"各军作战地域及攻击目标如何区分？"

"左翼军以一部牵制建昌、涂家埠之敌，以主力攻击德安，截断南浔铁路之交通。占领德安后，主力即转向对建昌、涂家埠之敌的进攻。同时，以一部警戒九江方面，阻止敌方援兵，并相机攻占马回岭，使主力容易进攻。"白崇禧一边说，一边从图囊中取出地图，铺在餐桌上。李宗仁拿着酒杯，把头凑在地图前，一边喝酒，一边听白崇禧说。

"右翼军以左纵队之一部，牵制牛行车站之敌，以主力进攻蛟桥，然后占领牛行车站。同时以右纵队主力军第二军之一部牵制南昌之敌，以主力协同第十四军攻占抚州。然后以全力包围南昌。"白崇禧指着地图说道，"中央军以占领乐化车站为攻击目标，得手后与左翼军夹攻涂家埠之敌。总预备队则置于奉新、安义地区，随作战进程投入决战。"

"好。"李宗仁又喝了一口酒，说道，"入赣一个月了，心里这才算有个底！"

白崇禧将地图卷起，装入图囊中，对李宗仁道："文字计划，由参谋送达。"

李宗仁为白崇禧斟了一杯酒，说道："从湖南到湖北，又到江西，走了几千里，还是老家的酒好喝啊！季宽倒也想得周到，别的不捎，给我们捎几瓶桂林三花来。"

"由广西输送的两千名徒手新兵，已到达武汉，不日将由兵站转送到江西来。"白崇禧喝了一口酒，说道。

"我第七军经箬溪和德安两战之后，伤亡数千人，也亟待整补，季宽真是雪中送炭啊！"李宗仁道。

"季宽还捎来几句私房话哩。"白崇禧皱着眉头说道。

"两广有什么动向？"李宗仁不安地问道，他在前方浴血奋战，无所顾忌，但最挂心的却是两广后方有什么风吹草动。

"大事倒没有。"白崇禧说到这里，放低声音道，"季宽说俞健侯在广西越来越不像话了，办什么农民讲习所，训练农民干部。广西各地农民，纷纷叫喊打倒土豪劣绅，如东兰、凤山各县以韦拔群为首的农民在共产党的领导下，闹得一塌糊涂。俞健侯又拨给韦拔群数百支步枪，配以弹药，组织农军，他们的胆子是越来越大了。看来是庆父不死，鲁难未已！季宽提醒我们，在前方要特别留意李明瑞和俞作豫这表兄弟两个，因为他们有兵权。"

"啊！"李宗仁点了点头，说道，"不能让他们在广西这么搞，闹出乱子来，我们在前方有个风吹草动，连后方都没有了。李明瑞和俞作豫，北伐以来屡有战功，现时正是用人之际，他们的事，以后再说吧，不能动摇了军心。"

"也得要给他们点颜色看看，使他们在军中不敢生有贰心。明天我要召集俞作豫的第三团全体官兵训话！"白崇禧无论是于公于私都最恨俞作柏，对俞的这两位胞弟和表弟也就绝无好感。照他的意见，对李明瑞和俞作豫不但不可委以兵权，还应该褫夺他们的军职，似乎不把俞、李三兄弟逐出广西和桂军，他就一天不舒服。

天上没有星月，初冬的寒夜北风飕飕，竹丛树影乱摇，落叶飘在地上，发出一片萧萧之声。路上有军靴响。远处，走来四个人，四匹马。那四个人中，有两个身穿北伐军官兵的服装，另外两个则穿便装。军官和那位穿长衫的人走在前头，士兵和那位一身短打随从模样的人，各自牵着两匹马，走在后面。他们默默地走着，谁也不说话。看样子，他们已经走了很长一段路了，该说的话，都已经说了，无言中等待着的是"保重"这句从古至今惜别时的话。但是，似乎谁也不愿开口说这句话。他们的心情太沉重，太压抑，太愤懑了，使他们感到无法解脱。

那位军官乃是国民革命军第七军的旅长李明瑞，那穿长衫的便是第三团团长俞作豫，牵马的两位则是他们各自的卫弁。原来，今天上午，白崇禧以总司令部副总参谋长的身份，召集俞作豫第三团全体官兵训话，当讲到德安战役时，他不是褒奖机智果敢率队首先冲到铁路上和敌军拼刺刀的团长俞作豫和全团官兵，而是命令俞作豫团长出列，气势汹汹地责问道：

"你给李明瑞旅长的报告是怎么样写的？"

俞作豫冷静地问道："不知参谋长问的是哪一个报告？"

"我说的是德安之战，你没听到吗？"白崇禧狠狠地反问道。

"我的报告是：'敌似有退却模样，我团拟相机前进。'"

俞作豫仍很冷静地回答道。

"这是什么话！"白崇禧把桌子一拍，无边眼镜后面的两只眼睛，射出两道冷酷的光来，直逼着俞作豫。"军人作战，要前进就前进，没有什么相机不相机的！你身为团长，连个战地报告都写不通，你根本就没有军人资格，更没有团长资格，第七军没有这样无能的团长，这是第七军的耻辱！……"白崇禧又重重地拍了一下桌子。

站在俞作豫旁边的旅长李明瑞，热血直冲顶门，他明白，白崇禧斥骂的虽然是他的表弟俞作豫，但矛头却是冲着他和远在广西的俞作柏表兄来的，李明瑞知道，白崇禧恨他们兄弟三个，必欲置之死地而后快。他闭着眼睛，忍受着屈辱，强压着仇恨和怒火……

训话完毕，俞作豫默默地走进表兄李明瑞的房间里，解下武装带，脱下军装，愤愤地说道：

"表哥，我不干了，你让我走吧！"

李明瑞长叹一声："你我兄弟，从戎有年，实指望报效国家，献身孙总理之三民主义。没想到天地之大，却难容我五尺之躯！"

"我们为的是国民革命，绝不为李、黄、白他们卖命！"俞作豫眼中闪着怒火。

"你准备到何处去呢？"李明瑞见表弟去意已决，也不愿阻他，因为继续留在军中，恐怕早晚会被白崇禧陷害。但表弟一去，自己顿失臂膀，心中十分忧愤。

"我要去找那些真正革命的人！"俞作豫抬起头来，看着迷蒙的远山说道。在北伐前，俞作柏从广州观光回来，在苏联顾问鲍罗廷那里带回了不少革命书籍，俞作豫在其兄处读过这些书。北伐以来，大革命风起云涌，从湖南到湖北而江西，俞作豫随军所至，耳濡目染，对共产党人渐有认识，他崇敬他们的人格，渐而向往他们的主义。作战中他身先士卒，冲锋陷阵，舍生忘死，为的不是自己升官发财，而是要打倒军阀，救国救民，面对白崇禧的专横跋扈，他感到不仅是个人的屈辱，还是一种军阀的横暴蹂躏。他气愤，他失望，他扪心自问：难道北伐军成千上万的英勇将士，他们的头颅和热血所换来的还是一暴戾的军阀统治么？白崇禧骂他没有军人资格，没有团长资格，他心里倒反而十分坦然，因为他本来就不准备当军阀部队的团长，更不想当一个小的或大的军阀！

"送君千里，终有一别。表兄，请回吧，我们已经走了很远了。"俞作豫停下步子，终于说出了他们都不愿开口说的道别话。

"再走走吧！"李明瑞不忍就此分别。

俞作豫站住了，再也不肯让表兄陪自己默默地走下去。后面的两名卫弁牵着马走了过来，俞作豫从自己随从的手上接过皮箱，打开箱子，从里面取出一件皮背心来，递给李明瑞，说道：

"这件皮背心请表兄收下，冬天打仗，穿上很方便。"

李明瑞接过皮背心，随即从自己腰上解下佩带的一支小手枪，送给俞作豫道：

"表弟，你孤身一人去武汉，路上兵荒马乱的，带上它护身用吧！"

俞作豫把表兄送的手枪揣在长衫里，然后和表兄握手互道"保重"，依依惜别而去。李明瑞和卫弁站在路旁，目送着表弟，直到他那高大的身影消失在浓重的夜色之中……

第三十六回

风卷残云　东路军扫荡浙江
坐收渔利　白崇禧单骑入沪

　　总司令蒋介石在办公室里转着，军靴磕碰着花阶砖地板咚咚直响，他的火气在胸腔中凝聚着，像一个被扣得紧紧的盛满水的罐子，被猛火烤着，那气找不到地方出，眼看就要爆炸了。

　　"娘希匹！"

　　他狠狠地咒骂了一句，仍然找不到可以出气的对象。他的办公室门窗都关得紧紧的，那罗马式的壁炉中，火烧得正旺，整个房间里，像个密不透风的大锅炉。蒋介石感到里里外外都是火。他走到窗前，一把推开玻璃窗，凛冽的北风扑入室内，他这才感到一阵清爽。外面，下着入冬以来的第一场大雪，院子里的几株松柏树，被白雪重压，枝垂得很低，但树干却依然挺拔，显得更加傲岸。蒋总司令不是文人，自然不会吟诗赋词，但这大雪中挺俊不屈的松柏，却也触动了他的一种政治上的灵感。

　　"娘希匹，难道你们都不知道大雪是压不弯松柏树的吗？"

　　他颇得意地骂了一声，心中的火气，已经消散得差不多了。他忽然感到有些遗憾，过去为什么不学作诗，如果能作一首赋雪的诗登在明天的《南昌日报》上，那一定是很有意思的，便是连那"娘希匹"也会带有某种特殊的诗意了。可惜他不会作诗！他平生最得意的一部杰作，乃是他的登龙术——《孙大总统广州蒙难记》，这部书，他还请人作了很大的润色呢。他一边赏雪，一边回想着进入南昌以来所发生的使他恼火的一连串事情。

参谋长白崇禧所拟订的《肃清江西计划》，执行得十分顺利，十一月八日，北伐军即再度攻占南昌，九江亦被攻克，至此，江西之敌均被肃清，孙传芳的主力丧失殆尽。蒋总司令即迁总司令部于南昌城内。入城不久，就接到唐生智由武汉发来的电报，呈请将所部扩编为四个军，由该部原有师长李品仙、叶琪、何键、刘兴升任军长。蒋总司令拿着那电报，真像握着一团炭火似的。唐生智占领武汉之后，拥兵自重，俨然与总司令部分庭抗礼，其势已难驾驭。蒋总司令捏着电报，正在发愣，军长李宗仁恰来司令部叙谈，见了唐生智那电报，便不以为然地说道：

"国民革命军的扩编，应由总司令部统筹办理，绝不可由各军长恣意自为。唐孟潇的电报总司令应予批驳，以儆效尤！"

李宗仁的话当然是对的，但是蒋介石却沉默不语，武汉方面的党政军首脑，邓演达、唐生智、张发奎等，皆不是他的心腹。他如果拒绝唐生智扩军，很可能激成事变，这对他这位地位还不稳的总司令将是很不利的。他不听从李宗仁的劝告，批准了唐生智扩军的请求。此时，苏联援助的一批武器装备已运抵广州，蒋介石把它全部拨给了他的第一军，令第一军在湘、粤两省同时扩编，反正"水涨船高"，你唐生智扩军，我蒋某人也扩军。李宗仁、程潜、朱培德等几位军长见了只能干瞪眼，气得在背地里直骂娘。

使蒋总司令恼火的最大一件事，便是关于国民政府的北迁问题。原来，自北伐军肃清鄂、赣之敌后，广州国民政府便决定北迁，以配合迅速向北发展的军事形势。就地理位置来说，国民政府迁武汉最为适宜。但是，蒋介石却坚持要国民政府和党的中枢迁往总司令部所在地的南昌。不久，国民政府和国民党中央要人宋庆龄、徐谦、陈友仁、吴玉章及苏联顾问鲍罗廷等一行十余人，由广州抵达南昌。他们并不是到南昌来与蒋总司令合署办公的，他们的目的是要说服这位个性倔强而又挟持私心的总司令，要他接受国民政府和党的中枢只能迁往武汉的决定。蒋总司令亲自出面招待这批党国要人，为了便于会谈，第二天便邀请他们上庐山开会。蒋介石首先说道：

"诸位由粤到赣，长途跋涉，十分辛苦，唯在此军事时期，本总司令招待难周，望多见谅。"

蒋总司令说过这几句客套话之后，"嗯"了一声，接着说道："关于国民政府和本党中枢的北迁问题，依鄙人之见是政治应与军事配合，党政中央应与总司令部在一起，方能提高党政军之职权威望及工作效率，以促进北伐之最后成功……"

蒋介石刚说完，宋庆龄便质问道："依蒋总司令见，政治应与军事配合，党政中央应与总司令部在一起。请问蒋总司令，你为何不把你的总司令部迁往武汉呢？"

"嗯，这个嘛，这个，"蒋介石不敢正视宋庆龄，但又不能不回答她这个一针见血的问题，"这个，总司令部设在南昌，南昌是前方，便于指挥作战，目下当务之急，乃是军事问题。"

蒋介石说完之后，颇为得意地瞥了娴静而端庄的宋庆龄一眼，以为宋庆龄是不懂军事的，他这句话便可足以封住她的口。

"请问蒋总司令，总司令部如设在武汉，不是更接近前方吗？目下，张宗昌率直鲁联军进兵东南援助孙传芳，奉军张学良部由河北进入河南，督促吴佩孚反攻湖北。总司令部迁往武汉，北上可指挥平汉线，东下可指挥长江下游。南昌之地理位置和交通，皆不具备以上条件。蒋总司令之意见，实在令人费解！"

想不到蒋介石认为不懂军事的宋庆龄，竟说得他这位懂军事的总司令瞠目结舌，他"嗯"了几声，胸中的怒火却无法吐出来，要是换上别的什么人当面这样使他难堪，他不掴对方两记耳光才怪呢，然而对方是宋庆龄——神圣而庄严的孙夫人。蒋总司令一向自称是孙总理最为虔诚的信徒，他怎敢对她发火呢？蒋介石"嗯"了几声，便不再说话了。

"蒋总司令，这次我们从广东走到江西一共走了十六天呐！"擅长演说而又精明的总顾问鲍罗廷，见蒋总司令被问得无辞以对，便想缓和一下气氛，他说道，"我们走了旱

国民党中央执行委员会武汉会议决定免去蒋介石北伐军总司令之职

路，也走了水路，看见许多做买卖的人，把江西的纸担到广东去，把广东的盐又担到江西来，这就是中国现在的交通与贸易的方法，比之欧美各文明先进国工业至少落后一百年！所以诸位要知道国民党及革命政府的环境是如何困难，及其责任是如何重大，应如何的赞助国民党国民政府与国民革命军之合作。同志们，我们要努力向前去解决种种问题，大家要赶快下决心团结起来，才能达到我们的目的……"

鲍罗廷慷慨激昂地演说了一通后，会上却出现了令人难堪的沉默。国府委员徐谦为了打破沉默，说道：

"既然绝大多数同志都主张国民政府和党的中枢北迁武汉，蒋同志之意见是少数，理应少数服从多数……"

"本总司令坚决反对党政军领导机构迁往武汉，因为唐生智很不可靠，要去你们去好了，反正我不去！"蒋介石固执地打断了徐谦的话，会谈至此便不欢而散。

第二天，宋庆龄、鲍罗廷等人便不辞而别，下山径往武汉去了。他们到了武汉不久，便开会组织国民党中央执行委员会委员和国民政府委员"联席会议"，公推徐谦为主席，叶楚伧为秘书长。唐生智、邓演达、张发奎等实力派都表示服从"联席会议"，身在南昌的蒋总司令，不觉有顾影自怜之感。

"娘希匹！看谁斗过谁吧！"蒋总司令狠狠地咒骂了一句，"别看你们现在闹得凶，将来看我一个个收拾你们！"他看着那在大雪重压下的松柏，抒发着他那具有鲜明个性的壮志，仍在懊恼自己不会作诗。

"报告总司令，王师长回来了！"副官进来报告道。

"嗯，是哪位王师长？"蒋总司令麾下有好几位姓王的师长，他不知副官说的是哪一位。

"是王柏龄师长。"副官答道。

蒋总司令一听这位在南昌妓院中失踪了多时的王柏龄，现在居然回来了，他不禁勃然大怒：

"他还有脸来见我吗？叫他到日本去，娘希匹！"

"是！"副官正要退出，蒋总司令却又唤住了他。

"总司令还有何吩咐？"副官问道。

蒋总司令却不言语，他走到办公桌前，用毛笔写了一个手令，交给副官道："你去找俞飞鹏，给王柏龄五千块钱，叫他到日本去，不要再来见我了！"

副官拿着手令去了。蒋总司令心中的无名火又升了起来：这王柏龄也太不知趣了，你这时候来，叫我蒋某人如何下台？按军法办了你吧，彼此又都是老关系，睁一只眼闭一只眼吧，又何能服众？想来想去，蒋总司令只好以五千元打发走这位老关系，让他到日本去暂避一下。果然，后来王柏龄从日本一回来，他就委王当了江苏省主席，这是后话。

"报告！"

副官刚走，又来了一位作战参谋，递给他一份电报。蒋总司令接过电报一看，那两条又短又黑的眉毛倏地拧成两小团，似乎谁在他那高耸的眉骨上放了两小撮火药似的。他的火气已从胸膛冲到喉咙了——近来不顺心的事实在太多！这电报是刘峙从浙江衢州发来的。原来，江西全省平定之后，北伐军兵分三路，指向东南，以何应钦指挥东路军从福建进攻浙江；以程潜为江右军总指挥，沿长江南路，直取南京；以李宗仁为江左军总指挥，由长江北岸进出皖北，截断津浦铁路。蒋总司令的战略重点是占领江苏、浙江和上海，这是东南富庶之地，那十里洋场的上海，又是他早年闯荡过的地方，有很大的潜势力，只要把这大片地区掌握在手，他便可以在南京建立政权。南京是中华民国发祥之地，孙总理在那里宣布建立中华民国，并当选为民国临时大总统。他蒋总司令既是孙总理独一无二之信徒，自己到了南京一挂上中华民国的旗帜，友邦一承认，便不怕武汉的那些人再唱对台戏。论军事实力，

国民革命军第一军军长兼
北伐军东路军总指挥何应钦

唐生智、张发奎虽然能打两下子，但他只要抓住李宗仁这位猛将和白崇禧这位"小诸葛"，再以黄埔学生为基干扩大嫡系部队，便西可敌唐生智、张发奎，北可拒张宗昌、孙传芳。到那时便无敌于天下了。当然，对李、白二人，他并不相信他们，但目下得利用他们为自己打江山，而李、白与共产党格格不入，正和他气味相投。为了配合何应钦的东路军在浙江作战，蒋总司令命令他的嫡系第一军之第一师薛岳部和第二师刘峙部，沿浙赣路东进。孙传芳令他的精锐孟昭月部迎击，两军在衢州激战，薛岳和刘峙受挫，薛、刘急电蒋总司令派兵增援。蒋总司令拿着电报，心中凉了半截，如果他不能尽快地占领浙江、进入上海，军事上失败，他便斗不过武汉方面，到那时一切都不会有他的份了。眼下必须尽快地扭转战局，这件事非靠白崇禧不可。

"你马上把白参谋长请来！"蒋总司令命令作战参谋。

"白参谋长说有病，这电报他命我送总司令处理。"作战参谋说道。

"娘希匹！"蒋总司令心里暗暗骂了一句，他知道准是这"小诸葛"拿架子，但他也没办法，眼下只有白崇禧才能扭转被动的战局，他不得不依靠他。蒋总司令只好忍气吞声去"三顾茅庐"。

"健生，哪里不舒服，唵？"蒋总司令进了白崇禧的房间，很关切地问道。

"我这腿在贵州时受过伤，一到冷天就疼，哎哟！"白崇禧从床上坐起来，捶了几下大腿骨，皱着眉头说。

"嗯，这个，"蒋总司令在房子里踱着步，"这个，浙江战事不利。这个，并非兵力不足，而是指挥不当，你我两人必须有一个前往前线指挥。"

白崇禧一听，蒋总司令把他们两人的位置摆在一个水平上了，心里又喜又恼，喜的是一向唯我独尊、刚愎自用的蒋介石现在不得不移樽就教了，恼的是不擅长指挥作战的蒋介石，却还硬要在他面前说大话。白崇禧又把他那大腿骨捶了几下，这才说道：

"总司令乃全军统帅，岂宜指挥局部战争，不如由我去吧。"

蒋介石见白崇禧愿去指挥，心里一块石头才算落了地，说道："那就辛苦你了，腿脚不便，我命人用绿呢大轿抬着你去指挥好了。"

"不必。"白崇禧摇头道，"战将岂有坐轿上战场的，我还是骑我那匹白马去吧。"

"嗯，很好，很好，我马上任命你为东路军前敌总指挥！"蒋介石说道。

白崇禧一听蒋介石授予他前线指挥权，心里十分高兴。因为自北伐以来，他只能当总司令的幕僚，不能指挥军队，而蒋总司令又对司令部的工作干预过多，身为参谋长的白崇禧常常闲得无聊，他虽对战局作过一些具有战略意义的计划，但对具体的战事，他无权指挥，向总司令建议策略和战计，又不大被采纳，如武昌攻城、南昌攻坚等重大战役的挫折，都是蒋总司令不采纳他的建议所遭到的失败。对蒋总司令的为人作风，他亦多有看不惯的地方，在蒋介石身边，地位虽然高高在上，但他却感到受人冷落，郁郁不得志。不久前在肃清江西战事中，蒋总司令命白崇禧追歼逃敌，白崇禧追到马口，正值河内水涨，孙军不能渡河，遂俘敌三万余人，缴获步枪三万余支，其他器械、弹药不计其数。这是北伐以来北伐军俘敌缴获最多的一次。白崇禧将所获战利品命人运返牛行车站，堆积如山，蒋总司令及各军长均往视察。白崇禧便面请蒋总司令将这些战利品酌量分发补充北伐军在赣作战的各军。蒋总司令只"嗯"了一声，便没有再说什么。白崇禧以为蒋总司令已经默许，便通知全军前来领取。谁知蒋总司令竟大发雷霆，弄得白崇禧十分尴尬，便称病不出。总司令部副官长张治中见了，忙向蒋总司令进言：

"健生这人很硬，也很能干，我希望总司令对他要特别看待，结以感情，并且使他安心才好。此外，健生的态度，还会直接影响到第七军军长李德邻，因此，请总司令从长计议。"

蒋总司令之任命白崇禧为东路军前敌总指挥，将自己的嫡系部队薛岳、刘峙、严重等三师统统交与白崇禧指挥，便是他"从长计议"的一种表现。

"健生，你看浙江战事要多久才能结束？"蒋总司令问道。

"总司令是说我们退出浙江，还是占领浙江？"白崇禧反问道。

蒋总司令最讨厌别人不直接回答他的问话，而进行反诘，在庐山会议上，他被宋庆龄质问得瞠目结舌，现在白崇禧又明知故问，弄得他心中老大不高兴，说实在的，在这方面他太喜欢刘峙了，因为刘峙在他面前只会说"是"。

"我派你去的目的，难道是让你退出浙江吗？"蒋总司令即以其人之道，还治其人之身，他反问白崇禧，话说得又冷又硬，要换上别人也许不敢再多言了，偏偏白崇禧也硬，他摇了摇头：

"难说呀，总司令！"

"嗯？"蒋介石两眼盯着白崇禧。

"我到前线去，如果总司令在南昌又直接用电报指挥薛岳、刘峙和严重，则浙江我们非退出不可。"白崇禧竟明目张胆地警告蒋介石不要干预他指挥作战，蒋介石心里尽管气得直骂"娘希匹"，但脸上还得堆起干笑，说道：

"有你去，我就不用管了。你放心指挥吧！"

"好，我一个月内给总司令拿下浙江全省！"白崇禧霍然而起，从床上跳下来，穿上戎装，叫副官通知卫队、马弁备好坐骑，不到一个小时，便向蒋总司令辞行，奔赴前线去了。蒋总司令看着白崇禧和他骑的白马消失在风雪中，不由慨叹一声：

"胫大于股者难以步，指大于臂者难以把！"

却说白崇禧受命于败军之际，匆匆奔赴前线，他在组织东路军前敌总指挥部时，调总司令部参谋处长张定璠为参谋长，总司令部机要秘书潘宜之为政治部主任。张定璠是江西人，潘宜之是湖北人，他们与白崇禧都是保定军校同学，私谊颇深。东路军前敌总指挥部匆匆组成，白崇禧便由衢州督率各军反攻。他亲率薛岳、刘峙、严重三个师为中央军，由衢江指向兰溪，以周凤歧之第二十六军为右翼军攻金华，以戴岳指挥的第二军为左翼军攻开化、遂安，并电东路军总指挥何应钦，请其令在闽各部兼程入浙，分攻合击孙军。激战半月，北伐军克复游埠、洋埠、汤溪。孙军主力退往桐庐、诸暨，一部退入安徽。东路军又收复金华、兰溪，追敌至桐庐。白崇禧的前敌总指挥部进驻兰溪。

蒋总司令果然恪守诺言，并不插手东路军前敌总指挥白崇禧的指挥工作。到了兰溪，白崇禧召开各军、师长军事会议，讨论下一阶段的作战计划。参谋长张定璠在一张很大的浙江省地图前，介绍敌情：

"敌军在游埠被我击败后，主力退往桐庐、诸暨，孙传芳严令浙军总司令孟昭月向我反攻，孟昭月现已到富阳、桐庐指挥。为了增强孟昭月反攻的力量，孙传芳又派自己精锐的卫队旅和段承泽旅前来增援。目下敌军主力齐集桐庐，而桐庐北临子水河，东枕富春江，山水相连，形势十分险要，易守难攻……"

张定璠介绍完情况后，白崇禧说道："这一战关系全局，如我们不能克敌制胜，则浙江战事必旷日持久，势必影响到江左军和江右军向长江下游用兵，请诸位发表高见。"

第二师师长刘峙在军事会议上一向不发言，过去蒋总司令召开军事会议，一切由蒋总司令说了算，大家不过是带着耳朵来听罢了，嘴巴的作用，就是在总司令说完之后，说一个表示绝对服从的"是"字。白崇禧召开的军事会议，他能发表什么"高见"呢？南昌城下白崇禧那一手挽救全军的高招，使他感到敬畏，进军浙江以来，他和薛岳、严重一开始吃了败仗，白崇禧一到，便扭转了战局，他相信，白崇禧这"小诸葛"一定有出奇制胜的妙计，自己何必动脑筋？他虽然知道白崇禧这位广西佬不是总司令的嫡系，但总司令把他倚为股肱，委以重任，他刘峙还能说什么呢？他正襟危坐，目不斜视，一双嘴唇紧闭，只待说一个"是"字。会议上沉默了一下，薛岳开始发言：

"武昌、南昌这样高城坚垒，尚不能阻挡我军，小小桐庐何足挂齿，我愿率本师攻打桐庐。"

白崇禧问道："不知伯陵兄（薛岳字伯陵）准备如何攻城？"

"亲麾死士，奋勇攻坚！"薛岳答道。

白崇禧听了皱着眉头，他生怕远在南昌的蒋总司令用电报给嫡系将领传授机宜，干预他的指挥，因为薛岳这个意见，是蒋总司令在武昌和南昌攻坚战的翻版，

北伐军副总参谋长兼东
路军前敌总指挥白崇禧

如果照搬到桐庐来，还得再遭一次惨败。他为了察明虚实，便不动声色地说道：

"伯陵兄精神可嘉，不知此意图是否得蒋总司令首肯？"

薛岳本是一勇之夫，打仗肯卖命，所部官兵颇受革命思想影响，因此作战勇敢，全师尚称善战。他听白崇禧如此说，生怕白追究他越级上报作战计划，因在此之前蒋总司令曾分别电他和刘峙、严重三位师长，浙江战事，要绝对服从白崇禧指挥，否则军法从事。薛岳忙说道：

"此乃个人鄙见，请总指挥训示。"

白崇禧这才微微笑道："好，请诸位继续发表高见。"

军长、师长们纷纷发言，有赞成薛岳强攻意见的，有正面佯攻、侧面偷袭的，有引敌出城歼灭的。只有刘峙仍一言不发。白崇禧又问道：

"经扶兄，你对攻桐庐有何高见？"

"我以总指挥之意见为意见！"刘峙一句话，说得白崇禧和各军、师长都笑了起来。

"经扶兄，我准备把攻取桐庐的任务交给你的第二师。"

白崇禧看着刘峙说道。

"是！"刘峙从座位站了起来，转而又不放心地问道，"不知总指挥将我师置于正面还是左、右一翼？"

原来北伐以来，刘峙师多次担任预备队，没有单独打过硬仗。在武昌城下第三次攻坚时，蒋总司令以为吴佩孚的主力已被消灭，武昌城唾手可得，遂命令刘峙率部从后面赶到武昌城下参与攻城。准备在得手之后，任命刘峙为武汉卫戍司令，以发展自己的势力。谁知刘峙在攻城中并不卖力，却又异想天开要抢头功，他发现叶挺独立团进攻的地方战斗最激烈，估计独立团已攻进武昌城内，他便打电话向右翼攻城军司令陈可钰报告，谎称自己师的敢死队在鸡叫前就已攻入武昌城内。陈可钰正为攻城受挫而焦虑，一听刘峙报告第二师已攻入城，他不禁为之一喜，即令第十师和军总预备队第三十五团，随第二师进城扩大战果。谁知第三十五团行至长春观附近，即遭敌火猛烈轰击，损失惨重。陈可钰派人察明，方知刘峙师并没有攻入武昌城，只是为了争功图赏，竟大胆谎报军情。第四、七两军官兵，听了无不义愤填膺，纷纷要求严惩刘峙。一向治军严谨的副总参谋长白崇禧，闻知此事气得发指，他命人将刘峙押到总司令部来，问蒋总司令怎么办？没想到蒋总司令只是哼了几声，便没了下文，为了平息众怒，他把刘峙由武昌带到江西来。白崇禧对蒋总司令如此庇护嫡系将领，一直耿耿于怀。刘峙因有蒋总司令做靠山，自然不把这位广西佬白崇禧放在眼里。但是，现在蒋总司令远在南昌，面对足智多谋的白崇禧，刘峙生怕有杀身之祸，因此不得不多问一句。

"正面和左、右翼都是你这一个师负责。"白崇禧说道。

"总指挥，敌军可是五个精锐旅近两万人呀，我一个师怎么对付得了呢？"刘峙一下慌了神，那声音简直比哭还要难听。

"经扶兄，这可是你建功立业的大好机会啊，在武昌城下你不是想立首功吗？现在可以满足你的愿望了。"白崇禧脸上带着微笑，那笑容使人很难看出到底是善意还是恶意。

"总指挥，那……那……伯陵兄他们干什么啊？"刘峙越想越不对头，准是白崇禧要出在武昌城下那一口气了，他要借孙传芳的刀来杀人，刘峙心里害怕极了，他希望薛岳出来帮他说说情。

"经扶兄，你不要担心，我只要你在桐庐城外牵制敌军，并非要你攻城夺地。"白崇禧见刘峙那模样，不由得感到好笑，但为了战局，他又不得不安抚刘峙，"我亲率薛、严两师和第二军之谭道源师，从敌军左翼向新登进行大迂回包抄。"白崇禧指着地图说道："敌军总司令孟昭月的司令部在新登，我军直捣敌之总司令部，敌必不敢恋战而逃，桐庐无需攻坚，而孙传芳精锐的卫队旅和段承泽旅都将变成瓮中之鳖！"

军、师长们见白崇禧提出这一异常大胆的军事行动，无不感到惊骇，但又觉得这是一个冒险出奇制胜的好办法，薛岳首先表示赞成这个办法，但却颇感忧虑地说道：

"用远距离迂回包抄战术，需要有良好的向导带路方能有成功的把握。"

政治部主任潘宜之当即说道："伯陵兄放心，浙江民众非常支持我北伐军，政治部已为各师各团物色了可靠的向导。"

会议结束，各师即按区分的任务行动，刘峙师在桐庐牵制敌军主力，白崇禧率薛岳、严重和谭道源三个师从敌左翼秘密迂回。四天后，严重师顺利占领新登，白崇禧随后亦到达。不久，电台即收到刘峙由桐庐发来的电报，报告敌军于昨夜弃城逃离桐庐，他已率师进城。从桐庐退下来的大批敌军，因后路突然被断，皆逃跑不及，全部做了北伐军的俘虏。

孙传芳派来增援孟昭月的那个精锐卫队旅，亦被包围缴械，自旅长武铭以下无一漏网。白崇禧这一大迂回战术非常成功，浙军总司令孟昭月无法抵挡北伐军的攻势，率残部退往嘉兴、松江去了。白崇禧占领杭州，浙江战事全部结束。东路军总指挥何应钦率部由闽入浙，荡平浙东，与白崇禧在杭州胜利会师。

"健生兄，杭州的雪景甚为奇美，我们何不去踏雪赏景，饱览西湖风光？"

浙江省署现在成了北伐军东路军的总指挥部，何应钦与白崇禧在室内围着火炉谈兴正浓。北伐军兴，何应钦奉命率第一军由粤入闽，独当一面，倒也自由自在。白崇禧则在蒋总司令身边当参谋长，每日不离左右，现在他率军到了杭州，才觉得手脚松开些。何应钦邀白崇禧去西湖赏雪景，白崇禧却摇着头，说道：

"天下未靖，哪有心思游玩！"

"到外面好说话，走！"何应钦也不管白崇禧愿不愿，拉着他便往外走。卫士们马上从衣架上取下这两位"老总"的黄呢军大衣，跟着出了大门。

天上飘着鹅毛大雪，偌大的西湖，冷冷清清，湖岸旁的古柳，长长的枝条根根银白，大地风雪弥漫，平地雪深半尺，只有那古老的断桥，一边积满白雪，一边却能看到桥上光秃的石板。纷纷扬扬的雪花，落在湖水里，悄然无声。湖边的雪地上，不时可见冻僵了的饿殍。卫士们忙上前，将黄呢军大衣披在何、白二位总指挥身走，然后远远地跟着。

"健生兄，你在总司令身边这些日子，有何观感？"何应钦冻得红红的脸上，挂着那种好心肠老婆婆才特有的慈祥微笑，一边走，一边向低头沉思的白崇禧问道。

"敬之兄，总司令的为人脾气，你比我更清楚！"白崇禧淡淡笑道。

何应钦听出白崇禧话中有不平之意，便叹了一声："总司令这个人，唉！"

何应钦在蒋介石手下受的气其实比白崇禧还要多得多，但何平素能忍耐，他的耐性像黔桂一带圩场上的老太婆，蹲在人群最为热闹的地方，厮守着一小筐鸡蛋和菜蔬，默默地等着顾主，一直等到天黑，圩场上散尽最后一个人。何应钦内心对蒋介石亦不满，但他胆小涵养也好，轻易不敢有所表露。何应钦也像一切握有枪杆实力的军人一样暗藏野心。他掌握着蒋介石的嫡系部队，又当过黄埔军校潮州分校校长，在军队中颇有影响，他很早就注意上了白崇禧这位"小诸葛"，因此，在远离总司令部的杭州，他决心拉拢一下同是大西南出来的这位"小诸葛"。

"敬之兄，我宁愿当你的前敌总指挥，也不愿当总司令的参谋长！"

白崇禧的想法，正与何应钦的心思合拍，何是想拉白为己用，以增强他在蒋系中的实力和地位，有朝一日取蒋而代之；白则是想把何从蒋系中挖出来，使蒋介石失去臂膀，削弱力量，待时机成熟，由李宗仁取而代之。他们之间虽然最终目的各异，但在取代蒋介石这一点上，乃有异曲同工之妙。因此何、白一拍即合，他们的勾结实自东路军占领杭州始。蒋总司令那时在南昌忙于应付武汉方面的麻烦事，又还没有戴笠一类的角色通风报信，因此何、白二人在杭州打得火热，他竟还蒙在鼓里。

雪越下越大，大地一片银白，何、白二人，在湖边漫步，军靴在雪地上留下一串串深深的印迹，很快，大雪又把这些脚印掩没了，他们的秘密勾结，也像落在雪地上的印迹一般，无人能够知晓。

东路军在杭州一带稍作休整，全军编为六个纵队，兵分两路向上海攻击前进。白崇禧率第一、二、三纵队为右翼，自嘉兴向淞沪推进；何应钦率第四、五、六纵队为左翼，攻取常州、丹阳。白崇禧以风卷残云之势向上海前进，攻松江，克青浦，下昆山，接连消灭敌军两个混成旅，白崇禧一马当先，亲率薛岳师攻占龙华。何应钦带领的东路军左翼则占领苏州。中国最大的都市——上海，已经在望。

"山雨欲来风满楼"，上海正在酝酿着一场巨大的革命暴风雨。

　　中共中央派党的中央军事委员会书记兼浙江区委军事委员会书记周恩来，到上海组织武装起义。民国十六年三月二十一日上午十二时，上海八十万工人总同盟罢工开始，同时举行武装起义。白崇禧是三月二十二日上午抵达龙华的，上海市区枪炮连天，火焰腾空，英雄的上海工人纠察队正与装备精良的北洋军阀毕庶澄部浴血奋战。恰在这时，蒋总司令派人给白崇禧送来一道密令和一封密函。那密令写道："我军如攻上海，至龙华、南翔、吴淞之线为止，不得越过此线为要。"关于北伐军的口号，蒋总司令亦下令取消"打倒帝国主义"的口号，改为"和平奋斗救中国"。那封密函乃是蒋总司令致他的一位老友——上海商界联合会会长虞洽卿的，要白崇禧亲自送达，并与虞密谈有关北伐军进入上海的行动。白崇禧看了那密令，不得不佩服蒋总司令手腕的高明，北伐军在龙华、南翔一线按兵不动，让共产党领导的工人纠察队去和装备精良训练有素的北洋军阀拼搏，待他们打得两败俱伤时，北伐军便可不战而得上海。白崇禧虽然和蒋介石有矛盾，但在对待共产党和工农运动方面，却又有着共同的观点。

　　在北伐的进军途中，共产党和工农群众以最大的热情支持了北伐战争，无论是蒋介石和白崇禧都清楚地看到了这一点，但是，他们的思想却又与共产党和工农群众格格不入。他们要打倒北洋军阀，只不过是为了要取其而代之，他们不主张触动旧制度的基础，他们要在那基础上盖自己的楼房。还在南昌的时候，在一次总理纪念周上，白崇禧就指责政治部的一些革命做法："北伐军所到之处，秋毫无犯，而政治部所到之地，则鸡犬不宁。北洋军阀统治多年，地方上当然不可避免地与他们有许多关系，不应对地方士绅过多打击。"政治部主任气不过，便和白崇禧针锋相对地顶撞起来："政治部不过采取了一些打草惊蛇的办法，使一些土豪劣绅、封建势力销声匿迹，再不敢出头露面，张牙舞爪罢了。如果要使这些封建势力原封不动的话，那还叫什么国民革命军呢？我们干脆改换口号旗帜，叫'南洋军阀'好！"白崇禧又气又恨，呈请蒋总司令，把那位政治部主任一脚踢开了。现在，面对数十里之外上海市区的枪炮声，他无动于衷，坚决执行蒋总司令的命令，让那些共产党人流血牺牲吧，上海的果实，只能由蒋总司令和他白崇禧来消受！

1927年3月，为迎接北伐军的到来，上海工人举行了三次武装起义。图为上海工人便衣敢死队

　　"报告总指挥，上海工人纠察队派了十几名代表携带慰问品前来劳军，并请我军迅速进军上海，支持工人纠察队作战！"

　　薛岳师前哨连的一位连长，带着十几位上海工人纠察队的代表来见白崇禧总指挥。工人代表放下肩上担着的香烟、酒和果品，其中一人将一封信递交白崇禧，说道：

　　"白总指挥，这是上海工人纠察队致北伐军的慰问信。周恩来先生在上海，他希望东路军立即进军上海市区，与工人纠察队并肩战斗，彻底消灭北洋军阀！"

　　白崇禧一听周恩来在上海，心里不禁一怔，因为他知道周恩来曾在第一军和黄埔军校当过政治部主任，东路军中有周恩来不少学生和旧部。虽然心中不安，但他脸上装得十分热情友好，他过去与那十几位工人代表一一握手，笑容可掬地感谢他们对东路军的慰问，最后才说道：

　　"敝军甫抵龙华，情况尚不明了，待查明敌情之后，一定立即进军上海市区！"那些工人代表见白崇禧态度颇诚恳，留下慰问品便走了，白崇禧看着他们离去，脸上浮起几条狡黠的笑纹。不久，师长薛岳打来电话：

"总指挥，我师官兵纷纷要求向上海市区进击，支持工人纠察队作战，你看，是否可以先派两个团打进去？"

"嘿嘿，"白崇禧对着话筒冷笑了两声，"伯陵兄，一定要沉住气，不可轻举妄动！"

"官兵们都沉不住气了，为什么放着北洋军阀不打呢？"薛岳还真有些沉不住气了。

"伯陵兄。不管官兵们怎么沉不住气，你是师长，一定要沉住气，没有命令，任何人不准向上海市区前进！"白崇禧说话口气很硬。

"为什么？"薛岳问道。

"这不是我现在所能告诉你的，军人以服从为天职，你执行就是了。此外，从现在起，全军一律取消'打倒帝国主义'这个口号，换上'和平奋斗救中国'的口号。"白崇禧以命令的口吻对薛岳说道。

"啊？是……"

电话中传来薛岳惶惑不解的声音，白崇禧又"嘿嘿"笑了两声，这才把电话放下。这时，苏联军事顾问尼基京拿着一份限一小时到的急电来见白崇禧，尼基京说道：

"白将军，这是总军事顾问加仑将军发来的急电，我们应该立即向上海市区进军。否则上海工人将被军阀屠杀。"

白崇禧接过电报一看，这是加仑将军致东路军苏联军事顾问尼基京及其他军事顾问的电报：

我们如不及时进军上海，罢工工人有被镇压的危险，务必说服白崇禧将军趁敌人混乱之际开展对上海的攻势。总司令的进军令随后下达。

"好，只要总司令向上海进军的命令一到，我立即下令向上海前进！"白崇禧因已得到蒋总司令停止前进的密令，心里不由暗暗好笑：你们连蒋总司令和我白崇禧的脾气都摸不准，还当什么顾问啰！

到了下午六点多钟，上海市区的枪炮声已渐呈稀疏，白崇禧估计上海工人被杀得差不多了，脸上颇有几分得意之色。

谁知总指挥部派出的侦察人员回来报告：

"上海工人纠察队经过三十个小时的血战，已将上海市区全部攻占，现时，仅有上海北站尚被北洋军阀毕庶澄和他的卫队占据着，工人纠察队正在攻打这最后一个据点。"

"啊！"

白崇禧那双眼睛一下睁得老大，他那一向以"小诸葛"自居，总是显得自负而又沉着不慌的白净脸孔上，顿时被惊慌和惶然之色所取代。他实在没料到那些"乌合之众"的上海工人纠察队，竟有如此强大的战斗力，一昼夜之间竟将中国最大的都市夺到手中。他想到北伐军全力以赴用了四十多天才将武昌攻克，而打南昌则打了三次，前后也用了一个多月的时间。上海比武昌和南昌要大得多，外国租界林立，各种问题都非常复杂，以何应钦和他所指挥的东路军这两支部队，要攻占上海最快也得用一个月的时间。而临时组织起来的根本没有经过军事训练和毫无作战经验的上海工人纠察队，仅用三十个小时便取得了全局性的胜利。白崇禧对此无论如何不敢相信，但事实又使他不得不信。对于上海工人的巨大胜利，白崇禧感到的不是欢欣鼓舞，而是沮丧和一种不可名状的恐惧。他想了一会儿，局势发展如此之快，蒋总司令那密令已经没有必要再执行了，现在应当机立断，迅速向上海进军，把上海牢牢地控制在自己手中。他马上拿起电话，向薛岳下达命令：

"伯陵兄，请立即派两团部队进攻上海北站！"

"是！我亲自前去督战！"薛岳正为部下急切要求参战、白崇禧不准而在发脾气，现在一听要马上进攻上海北站，他高兴得一拍大腿，立刻下令出发。

第二天早晨，白崇禧得知薛岳率部到上海北站后，上海市民和工人纠察队欢声如雷，北伐军一个冲锋便将上海北站攻克，毕庶澄只身逃到法国租界里去了，白崇禧坐收渔利，不战而得上海。他想起蒋总司令托他转交虞洽卿的那封密函，事不宜迟，他决定化装只身进入上海，去拜访蒋总司令的这位老友，以求得他的支持。

关于这位闻名遐迩的虞洽卿，白崇禧亦略知其人。据说蒋总司令当年在上海交易所鬼混时，曾得虞洽卿之介绍，拜黄金荣为师。后来蒋介石投机失败，在上海无法立足，曾以敲诈手段索取虞的资助，去广东投奔孙总理。临行时，虞洽卿怒气冲冲地命人前去码头，警告蒋不准再来上海捣乱。蒋在广东发迹后，当了国民革命军总司令，虞洽卿听了且喜且忧，乃派其女婿去广州探明蒋的态度。后得知蒋颇重乡谊，并未忘记过去的旧情，这才使虞感到放心。白崇禧知道，这位虞洽卿在上海有很大的势力，蒋总司令无论过去、现在和将来，在上海都得依靠他。白崇禧虽然瞧不起流氓帮会一类人物，但他要想在上海立足，控制住中国这个最大的国际观瞻的大城市，没有虞洽卿之类的人合作帮助是不行的。

白崇禧脱下戎装，西装革履，头戴一顶巴拿马呢帽，显得风度翩翩，仪表不俗。他跨上坐骑，只身进入上海市区，到坐落在霞飞路上的三北公司秘密拜访虞洽卿去了。

第三十七回

密谋"清党"　上海滩蒋桂勾结
国共分裂　大屠杀血雨腥风

美国邮船"比士亚总统号"驶进黄浦江后，船上鸣笛准备进入码头泊岸。这时，一艘海关小火轮，直向这艘插着星条旗的美国邮船开来，两船相近，小火轮上一位西装革履，绅士打扮的人从舷梯爬上了"比士亚总统号"。邮船上的乘客，有不少人要在上海下船，因此都提着行李皮箱，鹄立在甲板上等候下船。那从小火轮攀上邮船的绅士模样的人，在人群中寻找着他急于要寻找的人。

"任公、季公，你们好！"他终于发现了要寻找的两位贵客，一下过去紧紧拉住那两位的手。

"啊？健生呢？"那两位客人见来接他们的竟是身穿西装的东路军前敌总指挥部的参谋长张定璠，心中感到十分诧异。

张定璠将两位客人拉到一旁，悄悄说道："二公不可在此上岸，请即和我转登海关的小火轮，到高昌庙下船，德公和健公均在那里等候。"

两位客人闻知李宗仁和白崇禧在前边等候，便命随从提上行李，跟张定璠鱼贯走下舷梯，上了海关的小火轮。这两位远道而来的客人不是别人，乃是北伐军留守广州大后方的李济深和广西省主席黄绍竑，他们是奉蒋总司令的电令，秘密从广州乘船到上海来开会的，因此不便在码头公开露面。

"上海情况怎样？"黄绍竑一上了小火轮，便迫不及待地问道。

"情况相当严重！"张定璠请李济深和黄绍竑到舱内坐下后，这才说道，"自从我军克复上海之后，租界的周围都被共产党领导的工人纠察队严密封锁，与租界内的外国军警隔着铁丝网对峙着。不但出入不方便，而且很危险。连白总指挥的汽车底下也发现过炸弹。因此租界里万不能住，白总指挥特命我迎接二公到总指挥部去住，一者安全可靠，二者可随时磋商机密。"

李济深和黄绍竑听了，心里不觉倒吸了一口冷气，他们从舱内的小圆形窗口望去，只见黄浦江内，布满外国兵舰，那些不可一世的炮舰上，大炮全都褪了炮衣，黑洞洞的炮口，全部指向上海市区。李济深和黄绍竑看了，觉得情况的确相当严重，一时忧心忡忡，沉默不语。小火轮开到高昌庙码头，李宗仁和白崇禧带着卫队早已在码头上迎候。他们四个人分别差不多快一年了，李宗仁、白崇禧在前方，李济深、黄绍竑在后方。这将近一年的时间里，中国的形势发生了很大的变化，而这四位广西老乡的情况，也发生了很大的变化，他们的地位和权力都随着向前推进的北伐战争得到了不同程度的提高和增强。但是，在政治思想上，他们却几乎是在同时倒退，与滚滚向前的大革命潮流背道而驰。李济深是李、黄、白的老大哥，是他们的恩人，由于李济深的支持和帮助，才使他们走上与广州革命阵营相结合的道路，得到了发展和壮大的机会。不过，李济深也罢，李、黄、白也罢，他们都是被卷进时代洪流中的革命同路人，随着革命阵营的分化，他们与革命也就走到了三岔路口，准备分道扬镳了。他们四个人，在中国革命的关键时刻，在上海相见，绝不是一种偶然的巧合。

"辛苦了！"李济深和黄绍竑一踏上码头石级，李宗仁和白崇禧便急忙迎上前去，四双手紧紧地握在一起，四个人嘴里几乎是同时说出同一句话来。他们一齐上了白崇禧的小汽车，李济深那一向不苟言笑的脸上，似笑非笑地对着李、白突然冒出一句话来：

"汽车底下被人放了炸弹没有呀？"

李、黄、白都被他这句没头没脑的话说得笑了起来，白崇禧捋了捋袖子，狠狠地说道：

"他们有几个脑袋！"

"这些共党分子，太可恨了！"黄绍竑也气愤地说道。

"哎呀，季宽，你的胡子呢？"李宗仁乍一见到黄绍竑，就觉得他身上似乎少了些什么，但四人彼此一寒暄，在码头上还来不及细想，现在到了汽车上，这才想起黄绍竑那一腮剽悍的大胡须没有了，使李宗仁感到十分奇怪。因为黄绍竑觉得他和白崇禧在百色被刘日福的自治军打败，是他从军以来的一大耻辱，便从此蓄须以明志。多少年来，他那一腮大胡须都给人留下了极深刻的印象，部下的团长们背地便常以"胡须佬"呼之。在李宗仁的撮合下，黄绍竑与南宁的一枝花蔡凤珍小姐结合，其间曾有两个问题颇为棘手，一个是蔡凤珍的地位问题，一个是黄绍竑的胡子问题。经过多次协商，用平妻制的办法，解决了蔡凤珍与黄绍竑结合后的地位问题。即两房夫人并不同居，彼此在名位上毫无轩轾。但是，想不到最后问题却出在黄绍竑那一大把胡须上，这几乎使他们的美满婚姻破裂。因为蔡小姐坚持要黄绍竑剃去那一大把吓人的胡须才答应结婚，而黄绍竑却坚决不干，说要剃胡须，除非要他不做军人。一个要剃，一个不肯剃，于是这一大把胡须便成了他们结合的唯一障碍。看到事情要破裂，急得李宗仁两边奔走，说得口干唇燥，还是无济于事。

李宗仁无奈，只得向白崇禧讨计，白崇禧眉头一皱，计上心来，便去找蔡小姐的父亲——那位在南宁东门街开照相馆的蔡老板。当时蔡小姐和其父母皆在家中，蔡小姐给白崇禧沏了杯茶，蔡老板问道：

"白参谋长光临寒舍，不知有何贵干？"

"特为黄民政长那一大把胡须做说客而来！"白崇禧呷了口茶，一本正经地说道。

"我不愿听！他要不剃去那令人恶心的胡子，就别想办喜事！"蔡小姐高傲得像一位公主，说话毫无商量的余地。

"啊，蔡小姐，你只知其一，而不知其二。"白崇禧"摇起鹅毛扇"来了，

"民政长那胡须，乃不同于常人之胡须也。当年，我和他在百色驻防时，他是第一营营长，我是第二营营长。因我们的司令马晓军不听我言，疏于防范，全军被自治军刘日福部包围缴械。我和民政长在乱军中逃出百色，夜宿在一个土地庙中，好生凄凉！半夜里，民政长突然醒来，催我快走，说他刚才在梦中见一长着胡须的仙人，告诉他赶快离开土地庙，说追兵将至，要他向西北方向走。我们将信将疑，走出土地庙，黑夜中踉踉跄跄向西北方向走去，没想到我们走不到半里路，追兵就到了那座土地庙前，好险！我们朝西北方向走，民政长到凌云一带去拉武装，我则到贵州去搬兵，不久我们就打回百色，经过三四年的苦战，我们就统一了广西。黄民政长那胡须，便是在土地庙遇神仙之后蓄起的，从那之后，事事如意，一帆风顺。如今蔡小姐执意要他剃去，他如何下得了手？"白崇禧能言善辩，硬是把一个杜撰的荒唐故事，说得出神入化，蔡小姐和他的父母听得津津有味。遂不再坚持要剃须方才办喜事的条件了。但蔡小姐毕竟是个受过中学教育的女子，日子一久，便不再信那胡须的神话，只觉得丈夫腮下爬着个大刺猬一般，生活上不方便，看上去也总不顺眼，时常有烦言。李宗仁在北伐前，也曾听到过，但生米已经煮成熟饭，他只是笑笑而已。现在见黄绍竑腮上的大胡须剃得溜光，李宗仁猜想，一定是黄绍竑屈从于夫人蔡凤珍施加的压力，最后不得不把胡须剃掉，他见黄绍竑不说话，便笑道：

"季宽，还是你夫人有魄力啊，这胡须问题，到底你斗不过她哩！"

"我老婆管不了我的胡须！"黄绍竑冷冷地说道。李宗仁不提这胡须问题则可，一提起来，黄绍竑怒火骤起，牙齿咬得嘎巴直响，没头没脑地说道："刘日福缴过我的械，这是我作为军人的第一次耻辱；他们逼我剃掉了胡须，这是我作为军人和省长的第二次奇耻大辱！这仇不报，我的恨永远难消！"

"啊？这是怎么回事？"李宗仁和白崇禧听了大惊，他们在前方，曾听到过第六军军长程潜在南昌郊外突围时"剃须弃袍"的笑话，没想到黄绍竑在后方也演出过这么一出滑稽戏，李、白二人见绍竑正在怒发冲冠之中，不便细问。李济深却早憋不住，狠狠地说道：

"季宽那胡须，是被省港罢工委员会的工人纠察队逼得剃掉的！"

"啊！"李、白二人听了，又是一惊，他们实在没想到，他们正被上海的工人纠察队的革命行动弄得焦头烂额的时候，远在大后方的广州，工人纠察队竟也闹得这么凶。他们觉得，蒋总司令的决心下得太及时了，不把这些闹事的共产党人和工人坚决地镇压下去，他们想在北洋军阀的基础上重建旧秩序的计划是无法实现的，在这一点上，不仅李济深与李、黄、白是一致的，便是与那位他们多有反感的蒋总司令也是一致的。

　　"任公与季宽这次由粤到沪，难道路途不顺？"李宗仁不但关心黄绍竑的胡须，而且更关心两广的动态。因为现在局势混乱，他在前方，不能不时刻想到后方的事，也许因为他是军人，而军人的眼光在盯着前敌时，同时也看着自己的后路。他听李济深这话，便感到两广问题也很严重，忙问起来。

　　"真是一言难尽，我与季宽虽是两广的党政军负责人，但行动却不能自由！"李济深也是满腔怒气，把他和黄绍竑这次由粤赴沪的经过情形，向李、白二人说了。

　　原来，蒋介石见白崇禧已占领上海，便从南昌给在广州的李济深发电，要他偕广西省主席黄绍竑到上海开秘密会议。李济深急电南宁，要黄绍竑立刻秘密到广州来。黄绍竑接电，不知李济深要他去广州商量什么机密大事。他的夫人蔡凤珍长住珠江颐养园，几乎每月他都要去广州一两次，接到李济深的急电，黄绍竑即登上他的专轮到广州去了。李济深向黄绍竑出示了蒋总司令的电报，那电报虽不说要他们到上海去商量什么重大问题，但李、黄二人都已估计到必是为了反共大事。他们交换了一下两广最近发生的问题，一致认为反共势在必行，当即决定联袂赴沪。临行前，李济深对黄绍竑道：

　　"到香港和上海的船票都准备好了，下午就要动身，但是现在码头上省港罢工委员会的工人纠察队监视得很严密，我们的行动一定要秘密。"

　　黄绍竑回到珠江颐养园，对夫人蔡凤珍说道："蒋总司令来电邀任公和我秘密到上海去商量军机大事，今天下午就要登船。任公说码头上工人纠察队监视得十分严密，要我们秘密行动，切不可暴露身份。"

　　蔡凤珍看着丈夫那满腮大胡子，说道："你那满面络腮长胡子就像挂了一个大招牌，哪一个不认得你？要秘密就首先得把胡子剃去，不然你怎么去得？"

黄绍竑捋着长须，觉得夫人的话很有道理，在两广的军政要人，只有他有这么一腮大胡子，特征的确十分明显。

原来，自从民国十四年六月以来，香港工人阶级为反对英帝国主义的压迫剥削，举行了罢工。六月二十三日广州工人在东校场集会，声援香港工人的罢工行动，当游行队伍从沙面租界旁经过时，突遭英法军队开枪屠杀。省港工人愤怒罢工，十数万工人离开香港和沙面租界，离开了英国轮船。省港罢工委员会组织工人纠察队，对香港进行封锁。省港罢工持续了一年多，沉重地打击了英帝国主义的威风，到民国十五年底，工人纠察队虽然停止了对香港的封锁，但码头交通要道仍有工人纠察队严密监视。李济深和黄绍竑对此十分不满，因此国民党中央党部和国民政府由广州北迁武汉时，曾由国民党中央政治委员会颁布了关于限制罢工及处置工会纠纷的布告。根据这个布告，禁止工人罢工和持械游行，对工人的罢工行动，一律以"危害公安"罪惩处。当时国共合作尚未最后破裂，这个布告只是在天空卷起一阵乌云，使人感到形势将变，工人们的革命行动仍在继续着。身为两广最高统治者的李济深和黄绍竑前往上海参加反共会议的行动，生怕被革命的工人纠察队察觉，因此不得不采取秘密行动。

"我这胡须留了六七年，岂能轻易剃掉？"黄绍竑不断抚摸着腮上的长须，明知夫人的话说得有理，却仍舍不得这一大把胡须。

"当年为了你的面子，我给你的胡须让了步，难道码头上的工人纠察队也会看在这胡须的份上，给你让路吗？"蔡凤珍已经把剪刀和刮脸刀拿到黄绍竑面前了。

"嘭"的一声，黄绍竑一拳打在桌子上，那双冷峻的眼睛中射出两道仇恨的冷光，他一只手紧紧地握着颏下的胡须，狠狠地说道：

"当年蓄须是为了不忘被缴械的耻辱，今天我身为党国要人，却连颏下一把胡须都保不住，这比在百色被缴械还要耻辱几倍！"

被迫剃须，黄绍竑认为这是他从军以来第二次被缴械，他的气愤可想而知。但他到底是个果断之人，说完便拿起剪刀，将长须"嚓嚓"剪下，然后把下巴和嘴唇上下剃得溜光。他把那剪下的胡须用布包好，交给夫人蔡凤珍道：

"好好替我保存起来，我看到这胡须，便会不忘这两次耻辱！"

"这还值得什么保留的东西，把它丢到江里去就永远干净了！"蔡凤珍口里虽这么说，但还是遵从丈夫的意志，把那一大把胡须放到柜子里给他保存了起来。

黄绍竑剃须易服，怀着一腔对共产党人的仇恨，偷偷地登上一艘小艇，驶出码头，然后爬上省港轮船"泰山号"，在船上与李济深会见，一齐往香港去了。到香港后，转乘美国邮船"比士亚总统号"赴上海。

李宗仁和白崇禧听了黄绍竑剃须易服的事，也是恨得牙痒痒的，李宗仁说道：

"程颂云（程潜字颂云）割须弃袍于前，黄季宽剃须易服于后，现在无论前方还是后方，都布满了敌人！"

"刀可剃须，亦可杀人！"黄绍竑冷冷地说了一句。

汽车开到龙华白崇禧的东路军前敌总指挥部内，白崇禧把李济深、李宗仁和黄绍竑请到他的办公室后面的一间房子里座谈，他们分别的时间很长了，有很多情况要交换，当然，他们都是广西人，异地相逢，又有一种乡谊的亲切感。刚坐下喝了两口茶，参谋长张定璠便来报告：

"蒋总司令与何总指挥到。"

白崇禧把眼睛眨了眨，说道："把他们请到这里来吧。"

当脸色苍白的蒋介石和何应钦出现在门口时，李济深、李宗仁、黄绍竑、白崇禧一齐起立。

蒋介石瞥了这四个握有实力和地盘的广西人一眼，心头不禁一阵战栗，这四个广西人，都好生厉害。李、白在前方统兵作战，抢地盘；李、黄在两广后方看家，守地盘，一前一后，一张一弛，这盘棋使蒋介石感到气势咄咄逼人。如今武汉政府和共产党在逼他，唐生智、张发奎、程潜、朱培德都在反他，还有上海的工人阶级也在与他作对，而面前的这四个广西人，则像四只猛虎似的，朝他虎视眈眈，在这里，他甚至觉得连这个"何婆婆（即何应钦，有何婆婆之外号）"的眼光也不像往常那么温驯了。蒋介石不久前曾从南昌去过武汉一次，武汉方面，特地为他举行了盛大的欢迎会。但蒋介石并不是去武汉投奔他的政敌们的，他在会上与鲍罗廷等人吵了几架，窝着一肚子气，跑到九江，他恨共产党，也恨国民党左派，恨苏联顾问鲍罗廷。他要向共产党和国民党左派开刀，向工农大众开刀，他要以血腥的屠杀和镇压来巩固他总司令的地位和攫取更大的权力。他从赣州杀起，一路杀下来，在南昌、九江、安庆、芜湖残杀了很多共产党员和革命人民。当他得知白崇禧率军已到达上海时，便乘军舰到安庆要李宗仁随他去上海。

蒋介石是三月二十六日到上海的，在高昌庙码头上岸后，即由法帝国主义的汽车护送到法租界祈齐路交涉署。蒋介石刚坐下，他的师父黄金荣、老友虞洽卿便接踵来访，然后是租界"政事处长"法国人吉文斯来见。吉文斯特地送给蒋介石一张特种通行证，允许他可以带着卫兵自由进出租界。蒋介石收下特种通行证，满脸笑容地对吉文斯道谢后说道："保证和租界当局及外国捕房取得密切合作，以建立上海的法律和秩序。"为了奖励蒋介石的"密切合作"和建立"新秩序"的贡献，上海的大买办、大地主、青红帮头目和帝国主义分子，慷慨地送给蒋介石一千五百万元的备用金，并且还预约在恢复上海的"秩序"之后，将赠以三千万元的巨额款项作为蒋介石在南京建立政府的资本。看着这些白花花的银钱，蒋介石心花怒放，他决定从上海开始实行"清党"。但是当他召集他的嫡系部队第一军第一师和第二师的各级军官训话，强调唯有"清党"才能继续北伐时，第一师中的军官便挺身而出向他质问道：

"总司令要'清党'，实际上便是反共，这岂不是公然违反了孙总理的三大政策吗？"

"我们北伐军从广东出发，一直高呼的'打倒帝国主义''打倒封建势力''打倒贪官污吏''打倒土豪劣绅'这些口号，总司令已下令不准再喊了，请问总司令，你是带领我们革命，还是带领我们去反革命？"

"……"

第一师中的军官，多受革命思想的影响，他们无视蒋总司令的淫威，一个个当场把这位威风凛凛的总司令和昔日的校长质问得哑口无言。蒋介石被气得火冒三丈，他拍打着桌子，大声叱喝着：

"这个是……这个是岂有此理！"

蒋总司令带着一肚子火气，刚回到交涉署，门外已有许多黄埔学生出身的军官在等候着他。

"请问总司令，为什么要实行'清党'？这是根据孙总理哪一条遗训？"

"校长昔日在黄埔曾一再强调'反共便是反革命''反农工便是替帝国主义服务'等等。校长今日对'清党'将作何解释？"

"校长对帝国主义者在南京屠杀国人，有何看法？"

"……"

蒋介石见他这些平日服从性一向很好的学生，现在一个个竟变得桀骜不驯，一齐包围着他，憎视着他，他气得肚子差点要爆炸了。他背着双手，在客厅中怒气冲冲地转着圈，歇斯底里地叫喊着，责骂道：

"这个，唵，这个，你们都是中了共产党的毒！共产党正在暗中积极活动，欲取国民党而代之，如不及时'清党'，前途不堪设想！"

蒋介石用那双红得快要冒火的眼睛瞪着他的学生们，一下由责骂转为劝慰：

"吾人当初容共的目的，是希望共产党协助吾人实行三民主义，岂料北伐打到长江，共产党坚决要搞苏俄的共产主义，这是不适合中国国情的。共产党在各地组织工农'暴动'，企图用武装夺取政权，吾人是黄帝子孙，不能亡于俄人之手！吾人为了实现孙中山总理的三民主义，所以要坚决反对共产主义。过去，本总司令容共，今天，本总司令要为全国民众'清党'。你们都是黄埔精华，一定要相信本总司令'清党'决策之正确和必要……"

蒋介石为了说服这批黄埔学生跟他进行"清党"，终日舌敝唇焦地责骂着，谆谆善诱地劝慰着，严词厉语地训诫着，信誓旦旦地剖白着，没有片刻停歇，弄得他声音暗哑，面色苍白，肝火上冒。由于他的嫡系部队已经不稳，因此"清党"的行动一直迟迟不敢动手，一时急坏了他的后台老板——帝国主义者。美国国务卿凯洛格立即指示美国驻华公使说："告诉蒋介石，除非他能够表示可以满足我们要求的行动，否则列强各国将采取认为适当的措施。"蒋介石得知这个消息，急得额头上直冒冷汗，没有列强的支持，他还能干什么呢？

但是，他现在实在没有举起屠刀的勇气，他的部队太不可靠了，何应钦看出蒋介石的心思，便慢慢地说道：

"这事体看来得请李德邻和白健生他们帮忙才行啊！"

何应钦一句话，顿时提醒了蒋介石，要"清党"反共，不但得靠前方的李、白，而且还离不开后方的李、黄。于是，他命人给李济深发急电，令其邀黄绍竑赴沪商议大事。这时，他估计李济深和黄绍竑要到上海了，便与何应钦驱车到龙华白崇禧的指挥部来一探虚实，恰好李济深和黄绍竑也同时到达。蒋介石还是第一次看见这四个不同寻常的广西人聚在一起，他那颗一向多疑的心立即裹上一层厚厚的迷雾疑云。目今，从两广出发的北伐军七个军长，除了何应钦算他的人之外，其余几乎全部反对他。现在，剩下的便是这四个令他捉摸不定的广西人了，他们与他毫无历史渊源关系，他们会支持他"清党"反共吗？蒋介石不但怀疑这四个广西人，而且也怀疑来自广西邻省贵州省的这个何应钦，他怀疑何应钦是不是与他们有什么勾结，不然，何应钦为什么提议要他来找广西人商量此事呢？难道广西人比他的嫡系部队还可靠？疑虑重重的蒋介石和李济深、黄绍竑握了握手后，便无精打采地坐下了。

"任潮，季宽，我请你们来，是要商量一件大事，在此之前，请你们先谈谈两广的情况吧！"蒋介石用狐疑的眼光，审视着李济深和黄绍竑。

"糟透了！"李济深摇着头，说道，"广州工人连续罢工游行，动辄数十万人涌上街头。国民政府北迁前曾颁布了关于限制罢工及处置工会纠纷的布告，但是全国总工会、省港罢工委员会和广州工人代表会联名发表声明，强烈反对这一措施，并组织各工人团体代表团向国民政府请愿，提出所谓纠正错误措施的意见书。政府怕闹出乱子，只得把这个布告搁置起来，暂不施行。农村里，也是一团糟，海陆丰、普宁、高要一带的农民协会，打土豪，闹得更是不像话，如果不早日镇压，则其他各县农民都要起来效尤，广东的局面就无法维持了。"

"广西的情况也差不多。"黄绍竑说道，"最为严重的是共产党人韦拔群在东兰县一带组织农民协会，拥有武装，他们抗税抗租，不还债，焚烧契约，公开抗拒政府，赶走了该县县长，这股风潮正在日益扩大，闹得各地人心惶惶。不过现在要进行镇压还是很容易的，所以不敢镇压，是碍于中央党部和省党部里那些共产党人和他的同路人用党部的名义维护着。"

蒋介石满意地点了点头，那苍白的脸上，浮起一丝微笑，用沙哑的声音对何应钦道：

"敬之，你谈谈南京的情况吧。"

何应钦用手指扶了扶眼镜框，慢慢说道："第六军于三月二十四日攻占南京，由于共产党鼓动士兵和地痞流氓抢劫外国领事馆和殴打外国侨民，列强为了保护侨民，因而命英舰'翡翠号'和美国驱逐舰'诺亚号''普莱斯顿号'用大炮轰击南京达半小时之久。我军民死伤二千余人，被毁房屋无数。南京的情况是非常严重的，如果不'清党'反共，北伐就再无法进行。"

蒋介石又满意地点了点头，何应钦不止赞成他"清党"反共，而且把帝国主义利用北洋军阀直鲁联军在撤离南京前夕所制造的骚扰，以保护侨民的借口对北伐军和南京市民所进行的血腥屠杀，巧妙地转嫁到共产党人的身上，为蒋介石的"清党"反共制造借口。

接着是白崇禧发言："上海情况，也极为复杂混乱。共产党领袖陈独秀、周恩来、汪寿华等均在上海大肆活动。上海工会气焰熏天，工人纠察队封锁租界，他们有自己的武器，有自己的指挥系统，根本不服从军事长官的指挥。他们声言要冲入租界，占领租界。对此外国领事团已发出严重警告，据称美国驻华海军司令威廉斯已发出命令，从马尼拉调四千名海军陆战队到上海。日本驻沪海军司令加藤，命令第二十四、二十五、二十六、二十七、二十八各驱逐舰队集中于上海。法国也调来安南兵两千四百名。现在集中在上海的外国军队约三万人，军舰四十五艘。如果发生冲突，不但汇聚全国精华的上海完了，北伐事业也要完了。'清党'反共势在必行，望总司令速下决心。"

蒋介石没想到这四位广西人如此拥护他，他振作了一下，喝了一口白开水，这才说道：

"民国十三年国共合作，共产党加入国民党就不怀好意，它的组织仍然保留，并在我们党内继续发展，自去年三月二十日'中山舰事变'之后，这种阴谋日益暴露。北伐军占领武汉后，本党中央某些机关和负责人受了共产党分化，受了劫持，把武汉同南昌对立起来，革命阵营出现了分裂。这些，都是共产党的阴谋造成的，如果不'清党'，不把中央移到南京，建都南京，国民党领导权就要被共产党篡夺，国民革命军就不能继续北伐，国民革命就不能完成。因此'清党'就是忠于孙总理的革命事业，是坚持三民主义的具体表现。"

蒋介石说得声嘶力竭，忙又喝了一口白开水，看了一眼这四位广西军人，有点神不守舍地问道：

"既然大家都同意'清党'，你们看怎么办好呢？"

李宗仁毫不犹豫地把他在战场上的那一套速战速决的战术亮了出来："我看只有以快刀斩乱麻的方式'清党'，把越轨的左倾幼稚分子镇压下去！"

蒋介石愁眉苦脸地摇着头说："我的军队已经靠不住了，特别是各级官佐思想动荡，连薛岳和严重这两位师长也都公然反对'清党'，你们看怎么办呢？"

"总司令不必担心，我可把我第七军由芜湖调一部到南京附近，监视沪宁路上不稳的部队，使其不敢异动。"李宗仁满有把握地说道，"总司令此时可大刀阔斧地把刘峙师中不稳的军官全部调职。等第二师整理就绪，可用第二师监视其他各师，必要时将薛岳、严重两师长撤换，以固军心。等军事部署就绪，共产党只是釜底游魂而已。"

蒋介石听了李宗仁这番话，心里更是又惊又怕，惊的是想不到李宗仁对"清党"的决心如此之果断，怕的是李宗仁利用"清党"之机解决他的部队。但是，眼下可供他选择的只有"清党"反共这一条路，他相信在上海这十里洋场，有列强为后盾，有黄金荣、杜月笙、虞洽卿的帮会势力做打手，李宗仁他们是不敢轻易动他这位总司令的，何况他的部队也并未完全不可靠。

"我看暂时只有这样做了，你先把第七军调到南京再说。"蒋介石同意李宗仁的意见，他又问白崇禧，"要在上海'清党'，需要多少部队？"

白崇禧比李宗仁回答得更加干脆："把薛岳和严重两师调离上海，留下刘峙师和周凤歧的第二十六军便够了。"

"健生兄，上海工人有数十万之多，一军一师留沪实力是否单薄了点？"何应钦提醒白崇禧道。

"周凤歧的第二十六军是在浙江时刚收编的，目下军中尚未有政工人员，全军

"四一二"大屠杀

没有受共产党影响，它能忠实地执行'清党'反共的命令。刘峙服从性一向很好，因此有这两支部队也就够了。上海的帮会很有力量，什么阶层都有他们的组织，还有他们的武装，帮会头子黄金荣、杜月笙、虞洽卿、张啸林、杨虎等都是坚决反共的，皆可以为我所用。还有列强在租界上的力量，也可协助我们。"白崇禧说道。

"好，"蒋介石见白崇禧已有周密计划，当即下令道，"我现在就任命你为上海戒严司令，周凤歧为副司令，'清党'军事上由你全权负责！"

蒋介石接着又对李济深和黄绍竑说道："两广的'清党'工作，亦照此办理，宁可错杀三千，也不可放走一个共产党！"

蒋介石对"清党"做了军事上的部署之后，知道实力雄厚的广西军人坚决支持他，胆子更加壮了起来。接着他授意在上海莫利爱路孙中山故居召开留沪国民党中央监察委员会议。蔡元培、李宗仁、古应芬、黄绍竑、张静江、吴稚晖、李石曾、陈果夫等出席。会议根据吴稚晖提出的"共产党联结容纳于国民党内之共产党员同有谋叛证据"案，进行讨论，最后一致议决，咨请中央执行委员会做非常紧急处置，即对"目前在各地公开活动之共产党危险分子，经党部检举者，即通知该地军警当局，暂予监视。一面制止其活动，以防阻叛乱于未然，并须和平对付，一面静候贵委员等召集全体会议，公决处分之方"。

吴稚晖的这个提案一出，蒋介石便办好了"清党"反共的党内手续。四月九日，国民党中央监察委员邓泽如、黄绍竑、吴稚晖、李石曾、蔡元培、古应芬、张静江、陈果夫等人联名发出一通长达三千余言的"护党救国"通电，至此，蒋介石"清党"反共的政治准备就完成了最后一道手续，下手的时机已经完全成熟了。

民国十六年四月十二日凌晨，上海戒严司令白崇禧戎装笔挺地坐在他的办公室里，聚精会神地阅读《战国策》。这是白崇禧多年来养成的习惯，愈是在戎马倥偬之中，大战即将展开之际，他愈是镇静异常，能读一些他认为要常读而平日又为军政事务所干扰不能潜心研读的书籍。他喜欢读《孙子》《春秋》《战国策》《史记》等古书，还喜欢研究拿破仑和华盛顿。今晚，从天黑之后，他便坐在司令部里读书。他生活颇俭朴，办事严谨，办公室有一部老式电话机和一台古老的挂钟，没有皮沙发之类的奢侈品，只放着几张没有什么特色的木椅。办公桌也是旧的，黑亮的油漆已经斑驳，桌面上摆着文房四宝、卷宗，除写字的位置外，几乎被许多线装书占满。四壁墙上，全是军用地图，这些地图中最显眼的要算那幅上海市区的地图了，那上边画着许多红蓝色的圆圈、三角形和一支支令人触目惊心的红色箭头。白崇禧在埋头读书，墨绿色的宝塔式台灯散发着橘黄色的光，将他俊俏的身影投在墙壁上。他像一个勤学苦读的高级军校学生，正利用午夜的宁静孜孜不倦地攻读着功课。整个司令部，也都十分安静，除了必要的警卫、通信和作战参谋执行必要的勤务外，其余人员都已睡去。司令部只有白崇禧办公室那台古老的挂钟，在发出嘀嗒嘀嗒的走动声，它那急促的声音，仿佛要向已经沉睡了的上海市民乃至全中国的所有国民宣告一件异乎寻常严重的事件……

这是江南的春天，正是莺飞草长、杂花生树的时节。春夜里，一轮明月幽幽地照着沉睡了的大地。地处上海市郊的龙华，静得出奇，连田野上的虫子叫声都听得见，湿润的春风，正拂动着长长的柳丝，把油菜花的清香送到每一个角落。

"当、当、当、当"，那古老的挂钟敲了四响，拂晓前的大地，还没有醒来，远处的村庄里，有隐隐可闻的鸡啼声，白崇禧毫无倦意，仍在灯下攻读着。

"丁零零……"

那台老式电话机响了，白崇禧伸手拿过话筒，送话器中传来蒋介石那一口蹩脚的浙江国语：

"唵，健生吗？有什么情况？"

白崇禧淡淡一笑，心里说道："他倒沉不住气了。"他平静地对蒋介石道：

"总司令还没睡吗？再有一个多小时天就要亮啰！"

"我问你，有什么情况没有？"蒋介石不耐烦地问道，他声音干涩，大概也是一夜没睡。

"动手的时间还有一个小时啊，总司令打打盹儿，就可以听到好消息了。"白崇禧说话的声音平静而亲昵，仿佛他正和一位老朋友闲聊什么事一般。

"嗯，嗯，这个，我没法睡……"蒋介石放下了电话。

白崇禧被蒋介石这一扰，看书的兴趣顿时索然，他离开坐椅，在室内缓缓踱步，饶有兴味地回味着几天来，他和蒋介石两人所导演的这一幕即将以鲜血和尸首作为开场的戏剧。

蒋介石来龙华与李济深、李宗仁、黄绍竑、白崇禧等人开过"清党"反共会议之后，过了两天，上海总工会大概觉得形势有点不对头，便派代表到祈齐路交涉使署去见蒋介石。工会代表陈述了上海总同盟罢工响应北伐军之经过。蒋介石微笑着连说道：

"这个，很好，是很好的！"

"传说蒋总司令有将驻闸北的薛岳师长调走，由第二师师长刘峙驻防，并将敝会纠察队缴械的消息，请总司令一言以释群疑。"工会代表说道。

"这个，纯属子虚。纠察队本应武装，断无缴械之理，如有人意欲缴械，本总司令可担保不缴一枪一械！"蒋介石答道。

"如有流氓乘机捣乱纠察队及敝会怎么办？"工会代表又问道。

"本总司令当严厉制止！"蒋介石毫不含糊地答道。

工会代表见蒋总司令如此维护工会及工人纠察队，便放心地走了。

第二天，薛岳师被从闸北调往镇江，刘峙师前来接防。

上海市各界人民举派代表到龙华来见白崇禧，要求挽留薛岳师，拒绝刘峙师，白崇禧无可奈何地答道：

"此乃蒋总司令之决定，本人无权过问此事，请诸位去找蒋总司令陈述。"

那些代表见白崇禧说得如此诚恳，想来他是无权过问这件事的，便到交涉使署去找蒋总司令。但他们哪里知道，此时蒋总司令已到了美国海军的旗舰"匹茨堡号"上，正和美国海军上将威廉斯商谈关于"维持"上海秩序的办法呢。共产党实在老实得可笑！白崇禧看着那些离去的工人代表，发出一声嘲弄的冷笑。

四月八日，白崇禧颁布了戒严令。布告上海全市民众团体："一切武装纠察队与工会，一律在总司令部的管辖之下。否则以违法叛变论，决不容许存在。"接着在白崇禧的授意与纵容下，黄金荣、杜月笙、虞洽卿等帮会头子组织大批流氓打手冒充工人纠察队，四出抢掠，为非作歹。白崇禧随即发出通令，警告工人纠察队如再"扰乱社会秩序"，定将"严惩不贷"。蒋介石见白崇禧干得十分卖力，遂从那一千五百万元"清党"用的备用金中，分给白崇禧一百五十万元。白崇禧将这笔巨款毫不客气地转存入外国银行之中。他的荷包装满了金钱。这个自幼曾遭失学痛苦的人，如今有了大把的钱，他感到某种满足，但又不满足。

四月十一日晚上，白崇禧决定对上海工人的大本营——商务印书馆采取行动。这里住着共产党的领导人周恩来和汪寿华，住着上海总工会武装纠察队。攻破商务印书馆，不但可打掉共产党在上海的指挥机关，而且还可同时消灭工人武装纠察队——解除共产党的武装。其余各处则由军队和租界及帮会势力负责肃清。对攻打商务印书馆，白崇禧进行了精心策划。他命人向黄金荣和杜月笙秘密借了工会符号和工人服装，由突击队打扮成工人混入商务印书馆的工厂，策应由外面进攻的部队，以便里应外合一举突破。

"当、当、当、当、当"，那古老的挂钟发出五响，向国人和世界宣告一个血腥的日子的来临。停泊在高昌庙的军舰上空立刻升起一串白色信号，在租界内早已准备就绪的青红帮打手立即分散四出，配合军队扑向南市、沪西、吴淞、虹口、闸北的工人纠察队驻地。租界内的美、英、法、日各帝国主义的侵略军也同时采取行动。

上海工人的大本营——商务印书馆被突破了，工人武装纠察队死伤三百余人。

上海街头，捕人的警车在狂叫，杀人的枪声不绝，共产党人和革命者的鲜血满地流淌，全上海被杀人魔王投入了无边的血海……

白崇禧打了一个长长的哈欠，觉得此时似乎已无事可做了，他踱进办公室旁的一个耳房里，在行军床上躺下，不久便静静地睡去了。

太阳从血海中升起，温润的晨风带着浓郁的血腥味——这是民国十六年四月十二日的黎明！

第三十八回

内外交困　总司令被迫下野
龙蟠虎踞　"白狐狸"鏖战石城

南京煦园有个荷花池，池中永远停泊着一艘石舫。这石舫为清代建筑，长五丈，全是青石砌制，分前后两舱，卷棚屋顶，造型精巧，形象逼真。石舫旁边有左右跳板，可供游人登舟。登上石舫前舱船头，迎面可见匾额上有"不系舟"三个气势俊逸的大字，舱门上面刻有猴鹿图案和万年青等装饰，红漆的门柱上雕着两只栩栩如生的狮子。池中荷花盛开，几只羽毛晶蓝的翠鸟，歇在荷叶梗上，眼睛盯着池中的小鱼。素有"火炉"之称的南京，时值八月初旬，正是酷暑之时，连风也是炙人的。而这石舫上，却是清风徐徐，凉爽宜人。

石舫前舱船头有颇为开阔的台面，卷棚延伸出来，像个别致的小凉亭。上面放着四把藤椅和一张长条栗色的茶几。李宗仁、何应钦、白崇禧三人正坐在藤椅上闲聊。

"何敬公，这石头大船到底是何人所造？"李宗仁嘴上叼着支香烟，饶有兴味地向何应钦问道。

"这石舫乃前清乾隆年间两江总督尹继善所造之不系舟，乾隆皇帝游江南时曾在此临憩，现今舱门上那匾额'不系舟'三字，就是乾隆皇帝御笔亲书。"何应钦指着那匾额，慢条斯理地说道。

"敬公，我怎么听说这石舫是太平天国天王洪秀全的座驾船呢？"白崇禧偏着头，望着何应钦，似信非信地问道。

"啊？"何应钦不慌不忙地把视线从匾额上移过来，问道，"你是听谁说的？"

"是从一本外国人著的什么书上看到的。"白崇禧眨了眨那双狡黠的眼睛，说道，"太平军由广西出发北上，势如破竹，横扫两湖，攻占武汉三镇之后，全军浩浩荡荡顺江而下。洪秀全所乘坐之龙船，船首雕一龙头，饰以金彩，舵间装一龙尾；遍插黄旗，两旁排列炮位十余尊，镇鼓各一，朱漆盘龙棍大小各二。船上点灯三十六盏。进入天京之后，此船被置入天王府内作为纪念品，许多来天京参观的外国人都曾看到过。"

"啊？"何应钦慢慢地取下他那黑边眼镜，又认真地瞧了瞧"不系舟"三字。他因平素不喜读书看报，新旧学识都缺乏修养，除了阅判公文时写几个简单的批语和签名之外，对僚友从没有写过亲笔信，更不要说写文章了。他对石舫的来历，仅是听他的秘书长说的，因此现在听白崇禧这么一说，他一时无法辨明谁是谁非。李宗仁因忙于统兵作战，这次他是奉蒋总司令的电令由芜湖匆匆赶来南京的，对这"不系舟"的来历，他无暇考据，自然也就不可能比何应钦知道得更多了。

"二公请看。"白崇禧指着石舫门柱上端那两只木雕的狮子说道："这两只狮子额部皆有'王'字，具有太平天国建筑装饰的特点。因为按照太平天国观念，'王乃天日

南京煦园荷花池中的石舫

也'。太平天国工艺品中，龙、虎、狮子头上都出现'王'字，据此说来，这石舫乃是洪秀全的座驾龙船了。"

"啊！"何应钦信服地点了点头。

李宗仁对白崇禧的考证，十分感兴趣，因为他和白崇禧纵谈天下大事时，便不止一次地提出过师洪、杨之举。而北伐军兴仅仅才一年，他们便从广西打到武汉，席卷东南，占据了半壁河山，已经取得了当年太平天国所据有的地盘。李宗仁不免有些踌躇满志，而此次蒋总司令急电召他返南京，他已预感到老蒋的地位不稳了，因此，现在听白崇禧说这石舫乃是洪秀全的座驾龙船，便借题发挥道：

"这里是当年洪秀全的天王府，辛亥年间孙总理在此宣告中华民国成立，成为中华民国总统府所在地，现在，我们又在这里重建中华民国政府，实乃天意。这艘石舫，系洪秀全、孙总理先后登临、憩息过的历史文物，如今，我们又坐上来了！"

"哈哈！"白崇禧仰头大笑起来，他为自己把洪秀全的龙船与乾隆年间两江总督尹继善在总督署内"构屋如舫"所造的这石舫巧妙地捏合在一起而感到高兴。因为现在，形势正需要他把这位缺乏学识而又暗藏野心的"何婆婆"与毫无历史渊源的李宗仁捏合起来。

"何敬公，蒋总司令召我回来有什么事？"李宗仁问道。

"有大事相商。"何应钦慢吞吞地说道。

原来，蒋介石在"四一二清党"反共之后，武汉国民党中央随即通电予以申斥，并宣布撤去蒋介石国民革命军总司令之职。蒋介石干脆一不做二不休，于"四一二"上海大屠杀之后六天，便在南京成立国民政府并举行中央政治会议，选举胡汉民为主席，公开否认武汉中央的合法地位，遂形成宁、汉分立的局面。武汉国民政府主席汪精卫，突于七月十五日举行"分共"会议，汪精卫的口号是"在夹攻中备斗"，既反共，又反蒋。他以国民党正统自居，欲取得国民党最高统治权，依靠在武汉的第四集团军唐生智和张发奎两部，顺江而下，东征讨蒋。南京方面亦不示弱，也调兵遣将准备迎击。雄视中原的冯玉祥看到宁汉双方即将刀兵相见，急电武汉和南京，建议在他所控制的河南开封举行会议，寻求和平解决党内纠纷的途径。此时，已败退到淮北一带的孙传芳，见北伐军发生内讧，立即组织强有力的反攻，从北伐军手中重新夺回了军事重镇徐州，兵锋直指南京，市面震动，人心惶惶。

蒋介石不想在丧师失地的不利条件下出席和议，乃亲率贺耀祖军赴前线指挥，声称"此次不打下徐州，便不回南京"！蒋介石率军直抵徐州城下，将所有预备队俱调入第一线作战，实指望一举再夺徐州，打个胜仗，以提高与武汉方面讨价还价的能力。谁知战事进入胶着状态时，敌军突由右翼冲出一支精锐部队，向蒋军侧后包抄袭击，徐州城内敌军也由正面乘势出击，蒋军首尾难顾，顿时大乱，形势和第二次攻南昌时极为相似。不过此时白崇禧并不在蒋介石身边，他正指挥第三十七军、第四十四军等部队，与孙传芳、徐源泉部鏖战于淮河、徐、蚌之间，因此不能及时赶来救驾。蒋介石惊惶失措，在乱军中侥幸脱险，气喘喘地逃回南京，将前敌总指挥王天培扣押枪决。这时，孙传芳已逼近南京，武汉东征讨蒋的大军也从长江东下，气势逼人，南京两面受敌，形势非常危险。蒋介石打了败仗，既羞且愤，虽然杀了王天培以推脱战败之责，但却并不能扭转岌岌可危的战局，他蓦地想起在上海实行"清党"前，曾得到李宗仁、白崇禧的有力支持，为了应付现在这危险局面，他不得不把正在前线指挥作战的李宗仁召来南京，商量对策。

"他不是说，不打下徐州就不回南京吗？"李宗仁口气很硬地说道。他知道，老蒋新败之后，已士无斗志，要挽救南京危局，目下就只有靠广西部队了。

"敬公，假如此次不是王天培而是你任蒋总司令的前敌总指挥，情况又如何呢？"白崇禧看着何应钦，给何提了一个最难回答的问题。

"我？"何应钦慢慢地笑了笑，"不至于打败仗罢！"何应钦与第十军军长王天培虽然都是贵州人，但两人的关系却并不好，因此他对王天培的遭遇不但不抱同情，反而幸灾乐祸。

"其实此次溃败，完全由于蒋总司令自己估计错误，指挥失当所致，王天培不过是替罪的羔羊而已！"白崇禧一针见血地说道。

"啊？！"一向不急的何应钦，现在也被白崇禧这句话逼得有些急了。

"目下南京两面受敌，形势危殆，我们难道还要当第二个王天培吗？"白崇禧这话说得好生厉害，李宗仁与何应钦不得不面面相觑，都一时说不出话来。李宗仁与白崇禧对于逼蒋下台，取而代之，早有谋划，现在蒋介石内外交困，正是下手的极好机会。何应钦偏偏也是个暗藏野心之人，他自杭州会师与白崇禧秘密勾结后，也萌发取蒋而代之心，以现在蒋介石的处境，逼其交权，可望成功。他只要把老蒋的嫡系部队抓在手上，虽不能独霸天下，至少也可与李、白平分秋色。如再跟着老蒋卖命，说不定会真的做第二个王天培呢，那才蚀了老本！

"健生兄，依你之见，眼下有何良策可解南京之危？"

何应钦知道这"小诸葛"胸中必有妙计，不但可解南京之危，而且还可使自己不至于做第二个王天培。

"武汉之兵，对谁而来？"白崇禧没有直接回答何应钦的话，而是反问道。

"当然是为反蒋而来。"李宗仁和何应钦一下悟出了白崇禧这话中的含义，几乎同时说道。

"如果此时我们请蒋总司令暂时离开一下，武汉方面对南京用兵便没有了目标，则宁汉合作可望实现，不但可解决目下党内的纠纷和裂痕，而且可继续北伐，实现会师幽燕的最终目的。"白崇禧望着李、何两人，问道，"不知二公以为如何？"

李宗仁立即说道："何敬公，健生此计实乃解南京之危的上策，否则，便一切都完了，武汉与南京在自相残杀中灭亡，我辈便要重蹈洪、杨之覆辙啊！"

何应钦取下他那黑边眼镜，放在手里掂了掂，似乎要求助于眼镜的魔力，看清这一步他走得稳不稳。他虽然暗藏野心，但是胆子实在太小，他在贵州时投靠王文华，数年之间便发迹位至旅长兼省警务处处长和黔军总司令部参谋长。不想王文华被刺身死，袁祖铭回黔篡夺了黔军指挥权，何应钦连夜逃往昆明。曾被何应钦逼走的刘显世派人追到昆明，欲将其暗杀。何应钦被刺客枪手击中一枪，伤及肺部，幸而未致死。何应钦饱受惊吓，远避上海与其内兄王伯群度了数年的亡命寓公生活。一想起这一段经历，他就感到害怕。但是，白崇禧的话又把南京的前途说得再明白不过了，眼看老蒋是混不下去了的，只要自己不落个"逼宫"的罪名就仍可统率黄埔军队。他想了想，说道：

"蒋总司令同意走开吗？"

"敬公，这就要看你的啦！"白崇禧笑道。

"我？"何应钦又觉得白崇禧是把他往火里推，忙说道，"还是看德公的吧，我……我不好说话啊！"

"敬公如果做到不说话，那就是解了南京之危啊！"白崇禧也着实厉害，他早已窥透何应钦的心理，此公个性懦弱，优柔寡断，缺乏勇气毅力，即使隐藏着"篡位"的野心，也只是想巧取而不敢豪夺。白崇禧知道，到和蒋介石摊牌的时候，只要何应钦缄口不语，老蒋便恋栈不成了。

"总司令到！"

白崇禧的副官在石舫外边的水池上通报。李、何、白三人马上从座位上站起来，把蒋介石迎上石舫。何应钦的怀中像揣着只小兔子一般，只管怦怦乱跳，不敢正眼看蒋介石。

"嗯，诸位久候了。"蒋介石一见李、何、白三人聚在一起，那疑虑的目光中便蒙上一层阴云，他怀疑他们正在讨论什么对他不利的事。他今天一反常态，身穿浅色夏布长衫，光着个秃头，脚下一双圆口布鞋，这一身打扮，使他那本来就又高又瘦的身材，又被渲染了几分。当他踱上石舫时，使人竟有弱柳迎风之感。蒋介石落座之后，望了望李、何、白，随便问道：

"诸位刚刚在谈些什么？"

"我们在谈这石舫的来历。"白崇禧诡谲地答道。

"嗯，很好。"蒋介石点了下他那秃头，似乎在首肯李、何、白三人谈这石舫的意义。"想当年，孙总理当临时大总统时，曾在这里召开过关于对清廷进行和战的会议，吾人是先总理最忠诚之信徒，当此多艰之时，自应步总理之后尘，前仆而后继之。"

"总司令，我曾听展堂先生说过，孙总理在此石舫上召开会议时，力主对清廷以战，然而陆军总长黄公克强以军饷无着，弹械俱缺，无以为战，乃力主和议，继而南北议和乃成。"白崇禧立即抓住蒋介石这句话巧妙地做起文章来了。

"嗯，这个，这个嘛，"蒋介石听到白崇禧这话，不啻被当头泼了一瓢冷水，因为他今天通知李、何、白到这石舫上来开会，乃是以他对付武汉方面的军事部署

桂系演义

的腹案就商于他们，他希望他们支持对武汉方面作战。谁知还没扯到正题之上，白崇禧便一瓢冷水迎面泼来，使他尴尬不已，他顿了顿，才接着说道，"当时议和，乃是以战为后遁的。目下，武汉方面欺人太甚，我们不得不暂时中止北伐，给予迎头痛击。"

"总司令，北洋军阀乃是我们一定要打倒的敌人，武汉方面则是兄弟间的意气之争，总有一天会得到解决的。放弃一定要打倒的敌人，从事兄弟阋墙之斗，恐怕国人也不会谅解吧！"白崇禧又是一大瓢冷水泼来，直泼得蒋介石从头到脚一阵发凉，虽是南京这火炉般的酷暑天气，蒋介石心中也难免打起寒噤来。

"总司令，去年我到广州去促成北伐，大家都是一致要对付北洋军阀的啊，后来虽然冒出了共产党的问题，我们毫不手软地作了'清党'之举，而武汉方面也已经分共，共产党的问题宁汉双方都已解决，正可同仇敌忾，直捣幽燕，何以要刀兵相见，断送北伐大业？"李宗仁与白崇禧一唱一和，冷水一瓢接一瓢地泼向蒋介石。

"德邻兄与健生兄的意见是，这个，这个，这个……"蒋介石心里陡地一阵紧张，他已预感到情况不妙。

"为解南京之危和继续北伐，我们希望总司令对冯焕章（冯玉祥字焕章）所提召开宁汉和会的建议做出积极的反应，以缓和唐生智部东征的行动。"李宗仁说道。

蒋介石霍地从座位上站起来，在石舫上踱了几步，他知道李、白是在向他施加压力，向他做最后的摊牌。目下，南京方面主要靠广西部队作战，李、白如果作壁上观，按兵不动，唐生智和孙传芳便要直捣南京，到那时，局势就不可收拾了。但蒋介石并不就此罢休，他还有自己的嫡系部队，何应钦定会毫无疑问地支持他的，只要何应钦坚决站出来说话，便成了二对二，李、白的意见不可能占上风，他们也就不敢轻举妄动，咄咄逼人了。蒋介石与何应钦有生死之交。那是民国十四年三月十二日东征棉湖之役，林虎叛军直扑蒋介石的指挥部，何应钦率黄埔学生军第一教导团拼死抵抗，伤亡惨重，全团已近覆没的边缘。蒋介石在指挥部里急得团团转，不断用哀求的口吻对何应钦道："敬之，敬之，你必须设法坚持住，挽回颓势，否则什么都完了，都完了，敬之，敬之！"何应钦见蒋介石声泪俱下，一时激于义气，同时也感到不拼即死，遂挺身督队冲锋，终于击溃了林虎叛军，解了指挥部之围。从此，蒋介石便把三月十二日这天作为他与何应钦同生死、共患难的纪念日。今日蒋介石外被唐生智和孙传芳包围，内受李宗仁、白崇禧掣肘，其危急之程度，真不亚于棉湖战役被林军包围，他又一次寄希望于曾挽救过他的何应钦了。

"敬之兄，你的意见呢？"蒋介石停下脚步，回过头来，眼定定地望着何应钦。

何应钦垂着头，用双手托着他那丰腴的沉重的下巴，似乎没有听到蒋介石的话。石舫上静得出奇，微风吹得池中荷叶窸窣作响，不远的古柳上有一只使人心烦意乱的蝉正在没完没了地噪鸣。蒋介石的太阳穴在突突地猛跳，他死死地瞅着一动不动像尊垂首低眉的菩萨似的何应钦。李宗仁正在一口接一口地大抽其烟，白崇禧竟把左腿架到右腿上，在悠闲地摇晃着，蒋介石再也抑制不住心头那冲撞的怒火，他大喝一声：

"何敬之！"

"啊，总司令！"何应钦不急不慢地抬起头来，那模样简直像个大梦初醒之人，根本不知眼前曾发生过什么事似的。

"你是主和还是主战？"蒋介石恶声恶气地向何应钦问道。

"我？"何应钦慢吞吞地说道，"这事还得和师长们商量商量啊！"

蒋介石一听何应钦竟说出这种话来，心中不由一阵震颤，眼前发黑，差点栽倒在荷花池中。他不得不坐下来，好一会儿，才愤然而道：

"这样，我就走开，让你们去和好了！"

白崇禧马上说道："我看此时为团结本党、顾全大局计，总司令离开一下也好，否则陡然在政治上掀起一个大风浪，那就大可不必了！"

"好，好，我就走吧！"

蒋介石拂袖而起，头也不回地走下石舫，踉踉跄跄地去了。何应钦呆呆地望着蒋介石那瘦长的身影，好久才说出一句话来：

"德公，健生兄，我……我们该怎么办呢！"

"他去了也好，让我们来试试吧！"李宗仁把半截烟头扔到水池中，将衣袖往上一撸，显得雄心勃勃。

石舫仍在静静地泊着，那只令人厌烦的蝉还在噪鸣，西花园中一切依旧。可是，两天之后，沪宁一带的报纸在头版头条上刊出一条耸人听闻的消息：

"'白狐狸'集团窃居南京党、政中枢，蒋总司令被迫下野！"

有的报纸还将"白狐狸"——白、何、李三人绘成生动的漫画刊出，"白狐狸"集团之名遂不胫而走。

八月十二日，蒋介石黯然离开南京，前往上海。抵沪后，发出下野通电，旋即往老家奉化去了。

激烈的枪炮声震撼着古老的石头城，这六朝金粉之地，不知曾抛洒过多少鲜血和尸骨！现在又一场空前的血战正在城外展开，谁胜谁负，尚难预料。

李宗仁又是一夜没有合眼，火线上似乎没有什么令人振奋的好消息。第七军军长夏威指挥反攻龙潭车站，已激战两天两夜，尚未将孙传芳的部队击败，南京前途极为险恶，李宗仁心情非常沉重，在司令部里踱来踱去，回想着蒋介石下野后的纷乱局面……

蒋介石于八月十二日下野离开南京后，武汉方面东征讨蒋果然失去口实，加上张发奎部东下进入江西后，所部第二十军军长贺龙和第十一军第二十四师师长叶挺，率部于八月一日在南昌举行起义。贺、叶此举，使张发奎的第二方面军支离破碎，张见东征不成，遂率残部返回广东去了。唐生智见张发奎既去，实力受损，又在重组东征阵营，此时蒋介石虽已下野，但唐生智的野心却正在膨胀，他哪里便肯罢兵。南京方面，自蒋介石下野后，李宗仁便成了南京政府的代表人物。军事方面，由李宗仁、何应钦和白崇禧三人以国民党政府军事委员会的名义统一指挥部队。白崇禧出任淞沪卫戍司令，他以参谋长张定璠为上海市市长，将上海的军政大权集于一身。李、何、白逼走了蒋介石，控制了南京政府，野心勃勃，不可一世。特别是李宗仁和白崇禧，更是满心欢喜，因为他们打出广西才一年多的时间，便成了南京的主人，他们置酒庆贺，以洪、杨自比，坐镇广东和广西的李济深、黄绍竑，当然也感到心花怒放。不过，老蒋虽去，而南京所受到的压力却并未减轻，唐生智东下各军仍步步向南京紧逼。孙传芳则设司令部于蚌埠，正在调兵遣将，准备渡江。

为了避免两面受敌的不利局面，李、何、白联电武汉政府汪精卫和谭延闿，谓蒋已下野，东征实无必要，请唐孟潇饬令各军停止东下。李宗仁旋即乘舰亲赴九江，与汪、谭及唐生智等人就宁汉合作问题协商办法。随后，李宗仁又邀请谭延闿、孙科来南京继续会谈，以促成宁汉团结。不料，李宗仁偕谭、孙乘舰返宁途中，在大胜关附近，即遇孙传芳之兵大举渡江，他们在江上与孙军渡江部队鏖战一番，将其击退，回到南京时，城外已是枪炮连天了。

长江中下游五省
联军总司令孙传芳

原来，被北伐军从江浙一直赶到山东的直系军阀孙传芳，见宁、汉对立，国民党内纷争不已，蒋介石下野，南京局势不稳，认为这正是他重整旗鼓，再下江南的极好时机。为了抢在武汉方面的唐生智前头入据南京，孙传芳决定发动六万大军进行敌前抢渡长江的军事冒险计划。渡江计划分三路：第一路，以郑俊彦为总指挥，以郑的第十师为主力，由浦口附近自选有利地点，抢渡长江，进攻下关，占领南京；第二路，以刘士林为总指挥，以刘的第十三师、马葆珩的第十一师、上官云相的第四师、段承泽的第九师、崔锦柱的第八师、陆殿臣的第十二师为主力军，集中于六合、大河口等处，由大河口附近自选有利地点，抢渡长江，占领龙潭车站附近高地，掩护大军渡江，会攻南京；第三路，以马玉仁为总指挥，以马师张定奎旅为主力，由扬州攻镇江，主要任务是牵制上海敌军。孙传芳率总部由蚌埠移驻六合，以便统一指挥大军抢渡。孙传芳此次抱着"破釜沉舟"的决心渡江，官兵仅带数日干粮，船只在部队渡河后悉数开往北岸，以示全军有进无退的决心。孙传芳乘坐小火轮，携带他那顶装饰华丽的大轿，亦随后渡江驻节龙潭车站附近的水泥厂，亲自督战。为了鼓舞士气，孙大帅传令三军："我军有外国舰队掩护，渡江是很安全的，南京老百姓也欢迎我们，本帅先赏官兵每人大洋一元，到南京过中秋节！"孙传芳还特地派人携带大批银钱，潜入南京城内，将全城市面上的月饼统统买了下来，预备入城时犒赏部下官兵。

却说李宗仁入城后，知军情紧迫，将谭延闿和孙科安顿之后，即打电话命令第十九军军长胡宗铎和第七军军长夏威，派兵迎击渡江之敌。此时，白崇禧已往上海筹集军饷去了，李宗仁只得给何应钦打电话，请他指挥第一军王俊、顾祝同、陈诚三师向龙潭方向出击。不久，白崇禧从镇江发来电报，说他由沪返宁，专车被阻于镇江，闻报孙军渡江已占龙潭车站，他正抽调东路军刘峙师和卫立煌师向龙潭车站反攻。孙传芳以三路大军渡江，李、何、白也以三路大军迎击，争夺的重点在栖霞山和龙潭车站，鏖战两日两夜，直杀得天昏地暗，横尸遍野，胜负未分。

李宗仁在司令部里踱着，他的预备队已经全部用光了，对于战局的结果，他不敢预测，也不愿预测。他已几天几夜没有合眼了，房子里到处都是烟头，他嘴里苦涩得吃什么也没有味道。桌上的电话铃响了，他忙抓起话筒，一听是孙科打来的电话：

"德邻先生，你千万不能让组庵（谭延闿字组庵）先生和我到南京来当孙传芳的俘虏啊！"

李宗仁知道孙科一向胆子小，便用十分轻松的口吻对着电话筒说道：

"哲生（孙科字哲生）兄，我准备请你和组庵先生喝庆功酒啰！"

"听说孙传芳此番以六万大军倾巢来犯，恐怕……"孙科大概以为李宗仁在"扯大炮"[1]，忙又补了一句，试图提醒对方局势不容乐观。

"我准备抓三万俘虏，其余的，让他们到长江喂鱼去！"李宗仁哈哈大笑，然后很有礼貌地放下了电话筒。

"长官，再过几天便是中秋节了，你原来说过，要犒赏部下官兵每人两个月饼，以欢度佳节，现在战况正炽，不知此事是否还要办理？"副官进来向李宗仁报告道。

"啊——"李宗仁这才想起，他去九江之前，曾向第七军军长夏威和第十九军军长胡宗铎交代过，要他们向两军官兵传达他的命令，为了共庆出广西以来的第

---

[1]　两广俗语，指吹牛、说大话。

二个中秋佳节，他决定犒赏官兵们每人两个月饼，并命令副官具体办理此事，他曾特地交代副官，一定要"冠生园"的广式月饼，使广西子弟更能体味乡情之浓、官长之亲、团体之爱。这"冠生园"乃是南京城内专门经营自己制作的粤菜名点的店铺，其中出类拔萃的糕点叫"广式月饼"，很对李宗仁的口味。广式月饼又分椰蓉蛋黄月饼和椰蓉素月饼数种，是用金钩、火腿、叉烧、蛋黄、白果等细料制作而成的。既要求重糖重油，又防止过甜过腻，经精心烘焙，其色、香、味、形均为上乘。眼下中秋节临近，而大战突发，第七军和由第七军扩编的第十九军正与孙军浴血苦战，李宗仁为指挥战事也忙得席不暇暖，形容憔悴，副官也知道局势险恶到了极点，恐怕不能在南京城里度中秋了，因此买广式月饼之事，便一时不敢着手，特地来向李宗仁请示。

孙传芳大军渡江，关乎南京安危的李宗仁、白崇禧

"仗要打，节也要过啊，快去办吧！"李宗仁大概看出副官对战胜孙军信心不足，吃月饼事小，而在此关键时刻，维系军心是件大事啊。他命副官快去办理。

副官走不久，第七军军长夏威打电话来报告：

"第三团加强营在攻击黄龙山顶时，为敌人火力压制，不能进展一步，营长罗元勋阵亡，其余部已退回原地。据报，逡巡于长江江面之英国兵舰曾炮击我军阵地……"

李宗仁紧紧地抓着电话筒，汗水顺着手心直流到电话筒的下端，继而滴到地上，对于英舰的暴行，他犹心存余悸，如果演成第二次"南京事件"，那可就糟了，他决心忍耐。

"德公，能给我再增援一个团吗？"夏威见李宗仁没有说话，电话筒中却似乎听到他那既粗又急的呼吸之声，夏威忙要求道，"各团伤亡均重，没有生力军，已无力再发起反攻了，德公，德公！"夏威在哀求着。

"把你的和我的卫队统统调上去，我身边一个卫士也不留，必要时，把副官、参谋也全部调上去打！"李宗仁喘了一阵气，强压着复杂的情绪，仍像平日指挥作战那样，沉着地对夏威道，"告诉弟兄们，我已命副官到冠生园订购广式月饼去了，我一定让大家在南京过一个愉快的中秋节！"

"是！德公。"夏威也许被电话筒中传过来的那镇静的有条不紊的情绪感染了，他轻轻地放下了电话筒，然后把自己军部的警卫团调上了火线。

"德公，你让我带几个弟兄去，把冠生园剿了！"副官气冲冲地跑回来向李宗仁说道。

"月饼都订好了吗？"李宗仁见副官的气色不对，忙问道。

"真气死人了！"那副官顿足说道，"冠生园的老板真混账！我向他订购广式月饼，一个钱也不短他的，他硬是不干。"

"为什么？"李宗仁诧异地问道，"你说话太撞，得罪人家了吧？"

"没有！"副官肯定地答道。

"冠生园的老板怎么对你讲呢？"李宗仁问道。

"莫讲了，气死人！"副官气愤地摇着头。

"不要紧，讲吧！"副官越不肯讲，李宗仁却偏要问个水落石出。

"他说孙传芳已派人来将他店铺中所有的月饼全部订购一空，但还缺两万多个，他正要伙计们日夜加班赶做。因此，一个也不能卖给我们了。"

副官说得既气愤又可怜，李宗仁听了却心中不觉一震，这冠生园老板的话，简直和英国兵舰上的大炮一样令他生畏。因他进军江南以来曾不断听人说过，孙传芳的部队无论在组织上、军纪上、风纪上，都比其他军阀部队好，苛捐杂税也轻，据说江苏督军李纯、齐燮元在任上曾拖欠省债四千万元，孙传芳来江苏后硬是把这笔与他本人毫不相干的债款如数还清了。因此江浙一带的士绅对孙传芳皆有好感。相反，蒋介石发动"清党"反共后，已失去广大民众的支持。他既要扩充军队，筹措装备，又要建立各级政府机构，发展组织，处处需钱，事事需钱，苛捐杂税多如牛毛。一般江浙人士没有得到蒋介石军队的好处，反而先尝到许多捐派之苦，无形中社会士绅和民众也就自然想及孙联军时代，社会安定，捐派也轻的好处。于是便酝酿反蒋迎孙运动。对此，李宗仁也时有所闻，甚至连他的部将李师长明瑞也感慨地说："自从'清党'政治部解散之后，部队的士气和军风纪涣散了许多，是很大的损失！"实行"清党"反共以来，民众对他们已另眼看待，不再像入湘、抵鄂到赣那时节，民众箪食壶浆以迎党军。那时候，担架、向导、军食、攻城器械，都被广大工农跃踊送到部队。可现在，打的是同一个孙传芳，冷漠的南京市民宁肯把月饼留给国民党的敌人，也不肯给国民党的军队。李宗仁怎不感到忧心忡忡，但又无可奈何。他为人厚道，治军也严，所部军纪尚好，但他实在不明白，近来民众为什么对他的部队会另眼看待，如此反感呢？他一时想不清，只好对副官道：

"你再到冠生园去，对老板说，希望他把月饼卖给我第七军和第十九军官兵，如果他硬不卖的话，也不必勉强。不过你要告诉他：既然这批月饼孙传芳已派人用钱买下了，我们也不干涉你做买卖，但我们打败孙传芳之后，要将这批月饼作为战利品犒赏我的部队！"

那副官虽听李宗仁说得很硬，但胸中之气却并没消，因为照他的想法，应该带上一个手枪班，以通敌罪名，把那冠生园剿了，方才消得胸中之气。但现在，他还得单枪匹马去和那老板打交道，因此嘴巴上那个"是"字答得很是不大痛快。

副官走了后，李宗仁又在室内踱步，他点上一支烟，吸了两口，便扔在地上，用脚踏灭了。香烟是苦涩的，他的嘴也是苦涩的，连他鼻中呼吸到的空气，也是苦涩的。他忽然想出去走走，因为现在手头上一个兵也调不出，战局至此，只有待战场上厮杀的结果了，作为最高指挥官，他感到清醒而平静，似乎除了那种苦涩感之外，别的什么感觉也没有。他交代了参谋长几句，便决定到何应钦的总指挥部去看看。

却说何应钦也是几天几夜没有睡上一个安稳觉了，他感到很疲乏，口干唇燥，他觉得无论是他自己还是他指挥的第一军，都无法再坚持下去了。与其陪着李、白在南京把本钱打光，不如先撤出来，喘上一口气，保存实力待机而动。因此在战局的最后关头，他决定将他的第一路总指挥部撤出城去，把南京这个烂摊子撂给李、白收拾。他们弄好了，他可以再回来，他们倒霉了，他的本钱还在，总之无论是在

与李、白共撑危局的何应钦

老蒋面前还是在李、白面前，他都不会吃亏的。主意打定，便命副官做好撤离准备，上午便走。但是，临走之前，他还得办一件事：将第二十一师师长陈诚撤职。何应钦最看不惯陈诚，因为陈诚自从在黄埔军校被蒋介石夜巡赏识之后，便以蒋为靠山，什么事都不把何应钦放在眼里。上海"清党"前，原二十一师师长严重对"清党"不满，提出辞职，蒋介石即任命陈诚为第二十一师师长。此次蒋介石被迫下野，陈诚如丧考妣，他看出这是李、白勾结何应钦干的，因此深恨何应钦，公开痛骂何是个"贰臣"！何应钦当然容不得陈诚这个眼中钉，当日蒋介石在台上，他奈何陈诚不得，现在蒋既下台，正是拔出这个眼中钉的时候。他已命人去将陈诚传到总指挥部来。

"总座，有何训示？"陈诚来了，他脸色蜡黄，一副病容，但身子仍站得笔挺。

"你来了。"何应钦点了点头，那声音很平和，仿佛是在招呼一位前来拜访的老友。他的修养在国民党高级上层人物中，也许算得上是最好的，他从不大声呵斥部下，即使对方是他认为最痛恨要重办的人，他也能做到和颜悦色地打招呼。

陈诚仍然站得笔挺，等待何的训示。

"你前天是坐轿子到火线上去指挥的吗？"何应钦的话还是那么平和，脸上毫无半点愠色。

"是的。"陈诚的话倒是含有几分火气，那意思分明是你知道了还问什么呢？

"你不知道蒋总司令不准师长以下军官乘坐轿子的规定吗？"何应钦慢字慢句地说着。

"总指挥，难道你不晓得我正患严重胃病吗？为了冲锋杀敌，便是蒋总司令在场也断然不会有所指责的！"陈诚的脾气又硬又暴，但打起仗来常能身先士卒，这次在抵抗孙军渡江的作战中，他率部一直在火线上打硬仗，他不像何应钦那样患得患失，胆小害怕，他认为只有不惜代价击退渡江的孙军，保住南京，才能使蒋总司令重返中枢复职，否则，南京一失，沪浙不保，部队溃散，地盘和军队全部丢光，蒋总司令要复职便无资本可恃了。他正是基于这种想法，才死打硬拼，虽胃溃疡病发作胃出血，仍要部下用轿子抬着他到火线上去指挥作战的。

"辞修兄既是贵体欠安，就请辞师长职，回去好好养病吧！"何应钦平平静静地宣布了要陈诚辞去军职的命令，他的态度是那么安详，不知底细的人，准会为他体恤部下而称道呢。

"辞职就辞职，我走！"陈诚火爆爆地扭头便走，也顾不得上下级之间的礼仪了。

陈诚刚走，副官进来报告，撤退工作已准备好，行李担子全部搬到了院子内，卫队已集合巷里，听命开拔。何应钦看了看手表，对副官道：

"再把房子里的东西检查一遍，看看有什么该带走的还没有带走。"

副官知道何应钦是个慢性子，又是个细心之人，因此随即带人逐屋检查那些扔下带不走的物品。

"何敬公，你准备到哪里去？"

何应钦一抬头，见是李宗仁来了，那不慌不忙总是那么四平八稳的脸上，显得有些尴尬，忙说道：

"德公你来得正好，我要出城去收容部队，就此向你辞行。"

李宗仁皱着眉头，那副国字脸上冷冰冰的，他在何应钦面前踱了几步，用严厉的目光逼着对方，说道：

"何敬公，你要弃城而走，我可要对你不客气了！"

"我？"一向胆小的何应钦，被李宗仁那锐利的目光逼得心里直发憷，他知道这位李猛子虽平素为人厚重，但在紧急关头，却是说得出做得到的，他以前怕蒋介石，现在开始怕李宗仁和白崇禧了。

"首都存亡，在此一举，你我一定要生死与共！"李宗仁的声音虽然不高，但何应钦却感到头上有万钧压力。

"德公你不让我走，我不走就是了，但我的第一军自总司令下野之后，军心涣散，士无斗志，已不能再打了，你看怎么办？"何应钦这回是发急了，他站起来。在屋子里团团转，像一只被猎人迫得乱窜的狍子。

"敬公，这个小电风扇要带走吗？"副官捧着一台刚从美国进口的高级小电扇来问何应钦。

"不走了，不走了。"何应钦虽然急得乱转，但涵养尚好，他并不对这位不识时务的副官发火。

"请敬公即派员持军委会命令到城郊，制止第一军退却的部队。"李宗仁见何应钦不走了，态度也缓和了下来。

何应钦是个没有主心骨的人，他在蒋介石麾下，因为蒋是个个性很强的人，手腕很硬，处事严厉，无形中便给何撑了腰，对此，何则认为他与蒋共事是相辅相成，刚柔相济，恰到好处。现在南京已到了危急关头，李宗仁的硬劲正给何应钦壮胆，他知道，此时如要走也是走不脱了，不如像在东征棉湖之战中拼个你死我活，尚可扭转危局，保住实力和地位。他即命参谋数人持军委会命令驰马出城，严令第一军各师，凡退下官兵已到麒麟门的，即在该地待命不得入城，其尚在陆续退却中的均各就地停止。发布完命令，何应钦道：

"德公，我要亲赴前线督师，否则部队混乱，难以协同作战。"

李宗仁见何应钦瞬间态度判若两人，感到真是不可思议，但他见何变得坚决起来了，心里一块石头才算落了地，只要何应钦不走，南京的军心就不会动摇，哪怕与孙传芳打到剩下最后一个人，李宗仁也还要夺取胜利！

又是两天两夜的血战，八月三十日黄昏，李、何、白从东西两方反攻龙潭，歼灭孙军四万余人，不可一世的孙传芳全军覆没，他仓皇蹿上小火轮逃往北岸，他的那乘装饰华丽的轿子和在冠生园订下度中秋的月饼，全部被李宗仁缴获。

第三十九回

倒蒋去汪　"白狐狸"大权独揽
计穷力竭　唐生智逃离武汉

　　四十岁的蒋介石穿着一身制作考究的英国式套服，显得潇洒俊逸，像个充满洋味的绅士。此时，他正在上海祁齐路黄郛家中的客厅里，与前来送行的亲信朋友话别。

　　这是民国十六年九月二十八日上午的时候。

　　"祝你一帆风顺！"坐在特制轮椅上的张静江，过来拉着蒋介石的手，表情阴郁地说道。

　　蒋介石紧紧地握着张静江那冰凉的手，深沉地点了点头。

　　"不要怕花钱！"张静江仍阴郁地说道。他脸色苍白清癯，大约是行走不便长期坐在轮椅上的缘故吧，脸上总是显得很阴郁，连微笑也给人一种阴冷压抑之感。他对蒋介石谆谆告诫道：

　　"无论是日本政府还是宋老太太，不管他们提出什么样的苛刻条件，都可以答应！"

　　蒋介石心头一热，又紧紧地握了握张静江那冰凉的手，又一次深沉地点了点

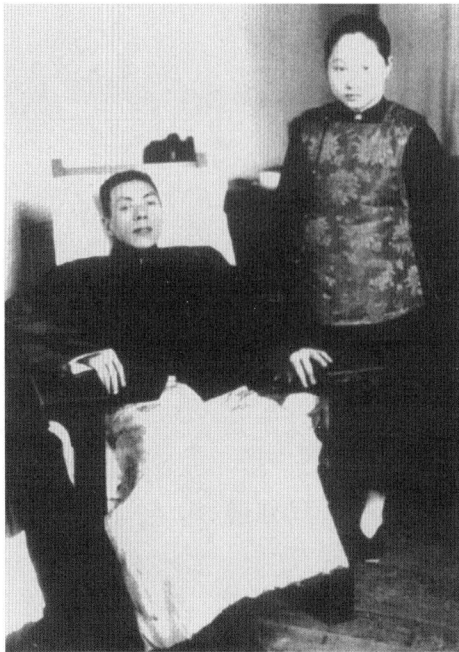
坐在轮椅上的张静江

头，脸上充满感激之情。张静江是个特殊的人物，他既是个富有的古董商和银行家，又曾是孙中山革命事业的支持者，他同时又是一个瘸腿的残废者。早年，他曾劝蒋介石到广东投奔孙中山，为革命效力。蒋介石在孙中山处不得志，常常从广州跑回上海或奉化以示消极，张静江便每每把他劝回去。特别是蒋母过世时，蒋介石正虔诚地为母守灵，恰在此时，孙中山急需蒋介石谋划军事，张静江闻知，毫不犹豫地直赴奉化溪口，到蒋母墓前劝说蒋介石立即回到孙中山那里，他毅然代蒋居丧守灵。张静江此举，使孙中山和蒋介石都深受感动。如今，蒋介石正面临着政治上最大的挫折，在急需帮助的时候，张静江又坐着他那只轮椅，表情阴郁地出现在蒋介石面前，在政治上为蒋卷土重来而出谋划策，蒋介石怎不感恩戴德呢？

一个多月前，蒋介石在白、何、李——京沪报纸上说的"白狐狸"——的逼迫之下，愤然离京下野，返回老家溪口。此时的蒋介石，正值盛年，政治上的抱负、统一中国的雄心壮志，在他的同辈人中简直无人可比，他怎能在恬静秀丽的溪口老家住得下去？他人在溪口，心在南京，眼观四路，耳听八方。当孙传芳倾其精锐渡江猛攻南京时，他在溪口也是昼夜不眠，他知道，无论孙军渡江成功与否，对他都没有任何好处，孙传芳胜利了，京沪杭仍是孙的地盘，"白狐狸"胜利了，南京一带也无他立足之地，孙传芳与"白狐狸"在血战中双方伤亡殆尽，也照样不会给他带来什么好处，因为野心勃勃的唐生智正陈兵长江上游，等待着坐收渔人之利，入据六朝故都。

蒋介石在政治上和军事上的这一盘棋，全被封死了。他每日在母亲的墓前垂首沉思，徘徊踯躅，一筹莫展。不久，龙潭大捷的消息传来，更是使他震惊，他没料到白、何、李三人竟以劣势兵力，在十分艰难的局面下，把猖狂的孙传芳数万大军一举歼灭。然而更使他惊悸不安的是，在他离开军队后，何应钦和白崇禧竟得心应手地指挥他的黄埔军队，特别是白崇禧闻知孙军渡江，即从上海驱车返宁，途中被阻于镇江，白氏当机立断在镇江组织指挥所，就地调动沪宁线上的东路军刘峙、卫立煌两师驰援龙潭，与李宗仁、何应钦两路人马围歼龙潭孙军。虽然白崇禧处世的机智果决，他是深知的，但刘峙、卫立煌奉令行动的迅速，官兵作战的勇猛，却远出他意料之外。他心头隐隐作痛，差点呕出血来。自民国十三年黄埔建军以来，他即处心积虑地培育自己的嫡系部队，对于孙中山革命屡遭失败的原因，蒋介石看得很清楚，那是孙中山没有自己的本钱——军队。他要继承孙中山的事业，就非要有一支忠于自己的嫡系部队不可。经过几年的刻苦努力，蒋介石总算亲手培育出了自己的部队。可是，他没想到自己的嫡系部队竟那么轻易地为别人所指挥，替桂系火中取栗。蒋介石深深知道，他如果在近期之内，政治上无所作为的话，他赖以生存起家的本钱——黄埔军队将被何、白攫为己有，到那时便什么都完了！他正在溪口忧心忡忡地徘徊，忽接他的盟兄、上海市长黄郛差人送来的急信，请他即到沪商量要事。恰在这时，他看到报纸上赫然登出几则消息——"南京国民政府军事委员会任命白崇禧为淞沪卫戍司令，白氏推荐其参谋长张定璠继黄郛为上海市长。""白崇禧集上海军政大权于一身，以防蒋总司令东山再起。""何应钦总指挥扩军——刘峙升任第一军军长；顾祝同升任第九军军长；钱大钧升任第三十二军军长，凡黄埔子弟，均有升迁。""何应钦稳掌黄埔系，蒋介石难以再登台！"

"娘希匹！"蒋介石再也无法抑制暴怒的情绪，将那些报纸一把摔在地上，用脚使劲地蹉着，仿佛他蹉碎的不是几张白纸黑字的报纸，而是逼他下台，取他而代的李宗仁、何应钦和白崇禧。

蒋介石怀着愤懑沉郁的心情，来到上海祁齐路黄郛的家中。黄郛字膺白，浙江上虞人，与陈其美、蒋介石结拜为兄弟。陈为老大，黄为老二，蒋为老三。辛亥革命时，陈其美任上海都督，黄郛任参谋长兼第二师师长，蒋介石在黄郛手下当第五团团长。当北伐军席卷江浙之时，为了控制上海，蒋介石即任命黄郛为上海市市长，要黄替他好好经营上海这块特殊的根据地。不想，还不到一年光景，黄郛这上海市长的位置就被白崇禧夺去了。黄郛惊恐，蒋介石恼怒，兄弟俩正在座谈中，忽见随从来报告：

"张静老到！"

黄、蒋二人忙起立，走到客厅门口，坐在轮椅上的张静江在随从的扶持下，已经进入客厅了。张静江的脸上仍是那么阴郁，不愠不怒，不躁不急，他那残废之躯，却使人想到默立在海岸边的一块冷冷的峭石。

"介石呀，我要膺白写信叫你到上海来，是要你赶快行动起来。"张静江慢慢地说道。

"唉！"蒋介石未曾说话，先叹了口气，"静老，棋子都陷死了，怎么动呀！"

"下棋的功夫，在棋盘之外！"张静江脸上浮现一丝冷峻的微笑，仿佛那饱经风霜的峭石上刻下的几条粗硬的沟纹，"总司令的官衔，他们可以拿走你的，黄埔系的军队，他们也可以拿走你的。但是有一样东西，他们谁也拿不走，那就是孙总理的旗帜！"

蒋介石心里一亮，暗暗佩服张静江的独到眼光。汪精卫、唐生智可以褫夺他总司令之职，李、何、白可以勾结逼他下野，何应钦可以篡军，白崇禧可以夺地，但是，在国民党内，谁也不能和他争夺孙中山这面旗帜，汪、唐、李、何、白虽然神通广大，却无论如何不能成为"孙中山主义"的传人，不能得到孙中山这面所向无敌的伟大旗帜，在这方面，蒋介石比任何人都占有优势！

"去吧，孔夫人霭龄在西爱咸斯路的寓所等你，还有她的小妹美龄！"张静江仍是那么阴郁，说话显得有气无力。

但是，这句有气无力的话，却给在困顿中挣扎的蒋介石以巨大的鼓舞和勇气，他迫不及待问道：

"美龄从日本回来了？"

张静江点了点头，仍是有气无力地说道："宋家需要你，美、英、日列强也需要你，去吧！"

蒋介石浑身的血液仿佛一下子沸腾起来了，他立即命人找到一家英国人开的裁缝店，以高价迅速购置了一套质地和手工都非常精良的英国式套服。第二天，蒋介石独自一人，乘车前往西爱咸斯路孔祥熙寓所拜会霭龄和她的小妹美龄去了。

　　却说蒋介石与宋美龄的关系由来已久，早在广东革命的时候，据说蒋就曾向孙中山提出希望能与宋家小妹美龄结婚，孙中山微笑着，不置可否地答道："这件事，需要商量商量。"没想到孙夫人宋庆龄却断然说道："我宁可看到美龄死去，也不愿看到她和蒋结婚！"蒋介石的求婚虽然没有成功，但他和宋美龄从此却建立了长期的通信关系。自从七月十五日，汪精卫在武汉"分共"以后，宋庆龄在武汉无法立足，八月一日，由她领衔的二十二名国民党中央执、监委员发表宣言，揭露和谴责了蒋介石、汪精卫的叛变行为。宋庆龄到达上海，随后秘密乘船前往莫斯科，行前发表声明，说"国民党冒牌领袖们所领导的反动势力危害了三大政策"，"他们必然失败，走向以前企图以同样方式来统治人民的那些人的道路"。当时，蒋介石已下野在溪口老家。由于宋庆龄的出走，在宋家，除了那位虔诚的基督徒宋老太太外，大概再也不会有人出面反对蒋、宋联姻了。

　　蒋介石来到西爱咸斯路孔家寓所，使他吃惊的是，偌大的客厅里不但有孔家夫妇和宋子文、宋美龄宋家兄妹，还有一大群陌生的中外记者。漂亮得神采飞扬的宋美龄，热情大方地过来一把挎着潇洒俊逸而略带窘态的蒋介石的胳膊，精明干练的孔夫人霭龄随即笑哈哈地用英语向在场的中外记者介绍道：

　　"我向诸位披露一个感兴趣的消息：蒋介石将军要同我的小妹结婚了！"

　　霭龄的话音刚落，敏捷的记者们立即按动手中照相机的快门，为蒋介石和宋美龄拍下了一张张伉俪般的照片。接着，一名美国记者问道：

　　"尊敬的夫人，请问蒋将军与宋小姐的婚姻，是否含有某种政治上的结合？"

　　"哈哈！"宋霭龄很有风度地笑了笑，说道，"他们之间的婚姻，完全是以双方的爱情为基础的。若说含有某种政治上的结合的话，这种政治，便是忠于和继承孙逸仙博士开创的革命事业。诸位知道，我二妹庆龄是在孙先生流亡日本时，与之结婚的。如今，我的三妹美龄，正是在孙先生革命事业的继承人蒋介石将军失去军政权力的情况下，与之结婚的。蒋、宋的婚姻与孙、宋的婚姻，又是何等的相似。"

宋霭龄的话，说得巧妙极了，她把蒋介石和宋美龄结合的全部意义，说得既透彻又崇高，连那些最善于钻牛角尖的外国记者，也无懈可击。蒋介石欣喜若狂，要不是有众多的中外人士在场，他简直要向宋霭龄高呼"万岁"了。可是，偏偏那提问的美国记者又是一位新闻界的老手，正当蒋介石踌躇满志的时候，他突然问道：

"请问将军，您将怎样处理您和您原来的夫人——听说她至今仍住在您的家乡溪口——的关系呢？您是准备和她离婚，然后再和宋小姐结婚，还是……"

蒋介石一愣，脸上顿时一阵热辣，尴尬得不知说什么才好。宋霭龄又是哈哈一笑，胸有成竹地说道：

"诸位大概知道，孙先生和庆龄结婚前，是怎样处理好他和原配卢夫人的关系的。蒋将军是孙先生事业的继承人，他的一言一行，一举一动，无不遵循孙先生之遗教，以孙先生之品德精神为楷模！"

……

蒋介石下野后，1927年12月1日在上海与宋美龄结婚

"大姐！"在送走那一大群中外记者之后，蒋介石向宋霭龄深深地鞠了一躬，他简直对宋家姐妹佩服得五体投地。伟大的孙中山尚且离不开宋家的帮助，羽毛尚未丰满的蒋介石更需要宋家的鼎力支持啊！

九月十七日，大名鼎鼎的《纽约时报》率先刊登了蒋介石与宋美龄合影的照片，并配发一则消息："蒋介石将军将同孙夫人的妹妹结婚。"接着日本、英国、法国的许多报纸和杂志，都刊登了这幅照片，发表了同样的消息。帝国主义列强像哥伦布发现新大陆一般，重新发现了蒋介石。

有了宋家的支持，有了列强作靠山，

一筹莫展的蒋介石，重新振作起来了。他在黄郛的家里频频接待各方要人——各种势力的代表、列强的使者，又与张静江、陈立夫、陈果夫、黄郛等人日夜密谋。他派人找到汪精卫，与汪密商，在政治上促成蒋汪合作，他劝说汪精卫策动已率第四军回到广东的张发奎，驱逐李济深，重建广东根据地，他准备重返广东，再办黄埔军校，从根本上做起。党、政由汪负责，蒋专管军事。在宁、汉两方均已陷入困境的汪精卫，对蒋介石的建议颇为重视，即派陈公博赴广东找张发奎、黄琪翔密商驱逐李济深的办法。蒋介石见汪精卫已有所动，又派戴季陶和二陈兄弟抓党务，在上海成立"中央俱乐部"，策动江浙两省国民党党部，反对由桂系和"西山会议派"所把持的国民党中央特别委员会，为蒋介石复出做政治上和组织上的准备。对于军队，蒋介石更是念念不忘，他命参谋长朱绍良在上海秘密设置机构，以重金收买宁沪驻军将领，并暗中联络黄埔学生，为东山再起积蓄本钱。当这一切都基本就绪之后，蒋介石接到了已先抵日本长崎的宋美龄的来信，她说她和母亲正在风景秀丽的镰仓洗温泉澡，他可以到这里来与她们相聚。蒋与宋的婚姻及蒋的事业，都已到了万事俱备，只欠东风的阶段，他决定东渡日本，寻求宋老太太和日本政府的有力支持。

　　九月二十八日，西装革履、气宇轩昂的蒋介石，在十六浦金利源码头登上一艘日本轮船东渡。他望着宽阔的大海，翱翔的鸥鸟，不由想起溪口乡下的一句民谚来："家鸡有食汤镬近，野鸡无粮天地宽。"他暗笑唐生智、李宗仁、何应钦、白崇禧等人："哼，你们不过是一群争斗逐食的家鸡，等我回来便要全部收拾你们！"

　　"老蒋出洋了！"

　　李宗仁说完，慢悠悠地吸了一口"美丽牌"香烟，头往藤椅后一靠，很有些洋洋得意的样子。何应钦取下他那黑框宽边眼镜，宽慰地笑了笑，慢条斯理地说：

　　"他是去办喜事的。"

　　"听说蒋和原配夫人毛氏办离婚手续时，奉化的那位县太爷见蒋已下台了，便要拿一拿架子，他看过蒋派人送来的离婚字据后，把惊堂木一拍，喝令传蒋亲自到县衙来办手续。蒋听了大怒，忙命人将一支子弹上了膛的驳壳枪往那县太爷的面前一放，说："总司令叫它来办手续！"那县太爷即时吓得筛糠打抖，不敢再多言，便给蒋办了离婚手续。"白崇禧绘声绘色地说着，仿佛他曾亲自代替蒋介石去县衙门办过那道不太光彩的离婚手续一般。

"哼哼。"李宗仁闭着嘴笑了笑，说道，"他是做得出这种事来的。"

只有何应钦不言语，他不知道白崇禧为什么知道的东西那样多，他和李宗仁的看法一样，蒋介石是使得出这种手段的，但何应钦却不敢像李宗仁那样哂笑，他胆子太小，他觉得自己的处境在某种程度上，与奉化的那位县太爷颇为相似，说不定哪一天，蒋介石也会派人将那支可怕的驳壳枪往他面前一放，说："总司令派它来办手续，要你把部队交出来！"自从蒋介石下野离去之后，何应钦与李、白合伙，击败了孙传芳渡江的数万大军，取得了震惊中外的龙潭大捷。李、白扬眉吐气，何应钦也感到踌躇满志，胆子也变得大了起来。为了牢靠地掌握部队，防蒋复起，何应钦将第一军扩编为三个军，以刘峙、顾祝同、钱大钧分任军长，各级军官均提升一级，借以收买军心。何应钦虽然把蒋介石的嫡系部队抓到了手里，但却匹夫怀璧，做贼心虚，他深知蒋介石绝不肯善罢甘休，因此日夜提防，连上厕所都要两名亲信卫士跟着。他每日总要默默地诅咒一番，巴不得蒋介石突然暴病而死，以除心头之患。但是，蒋介石不但不死，反而进行积极的活动，为东山再起铺平道路。何应钦惊恐之余，只得更加紧紧地和李、白勾结在一起。其实，李宗仁、白崇禧和何应钦的心情颇为相似，何篡蒋之军，李、白夺蒋之权，他们在对蒋戒备，防蒋再起这一点上，利害关系完全一致。只不过，由于蒋介石治军恩威并重，原第一军中蒋的亲信颇多，何应钦只赶走了一个陈诚，其余的人尚来不及调整，因此何对这支部队还不能完全地控制，他全部心思，都盯在如何控制这三个军上面了，其他的方针大计悉听李、白安排，横竖李、白有好处，他也能分一杯羹。

李宗仁和白崇禧不存在控制部队之忧，他们的第七军和第十九军，全是广西子弟，勇敢善战，指挥自如。因此他们能全力以赴控制蒋介石下野后全国纷乱的政局，他们利用手中操纵的南京政府的军政大权，纵横捭阖，或打或拉，分化瓦解敌手，成效卓著。当然，白崇禧以其才智，在"白狐狸集团"中，成了特殊的核心人物。四分五裂、战乱频仍的中国，似乎又回到了千百年前春秋战国、汉末三分的时代。白崇禧所学全部派上了用场。他首先策划了"倒蒋去汪"的战略大计。在利用武汉政府东征和孙传芳南下的逼人形势，逼迫蒋介石下野之后，武汉方面的汪精卫和唐生智顿时成了李、何、白的劲敌。李宗仁、白崇禧成功地利用了九江会议，将武汉方面的重要角色和一部分实力——谭延闿、孙科、程潜及程的第六军和杨杰的第十八军拉到了南京方面。在李、何、白的一手操纵下，九月十六日，国民党中央特别委员会正式成立，以谭延闿任主席，蒋介石、汪精卫、胡汉民等三十二人为特委会委员。次日，特委会继续开会，推定国民政府委员四十六人，以汪精卫、胡汉民、谭延闿、蔡元培、李烈钧为常务委员。

关于军事指挥权方面，李宗仁、白崇禧早有打算，为了不让蒋介石东山再起，同时预防野心勃勃的唐生智以第二个蒋介石的面目出现，李、白提出全军指挥权归军事委员会，国民革命军不设总司令。因此推定军事委员会委员六十七人，以蒋介石、汪精卫、胡汉民、谭延闿、程潜、李宗仁、何应钦、白崇禧等十四人为主席团，又以程潜、何应钦、白崇禧三人为主席团常委，军事指挥权实质上操在李、何、白手里。九月二十日，南京国民党中央特别委员会所产生的国民政府及军事委员会同时举行就职典礼。李、何、白巧妙地将国民党宁、汉、沪共冶一炉，以蒋、汪、胡合作，国民党大团结做幌子，成功地瓜分了国民党中央统治权，使汪精卫企图利用宁汉合作来取得国民党中央政权的政治野心完全失败。白崇禧策划的"倒蒋去汪"大计，在短短一个多月的时间里，竟奇迹般地实现了。从此，"白狐狸集团"的声势更为显赫逼人。但是，"白狐狸"的日子也不怎么好过，国民党内各派势力表面上团结合作，实际上仍在钩心斗角，争权夺利。被赶下台的蒋介石、汪精卫、胡汉民三巨头，正在暗中积蓄自己的力量，窥伺方向，积极活动，寻找卷土重来，再度上台的机会。唐生智在武汉成立武汉政治分会，割据湘鄂皖三省，通电否认南京特委会代行中央职权。唐生智迅速扩军，将原来的第八军一下扩编为三个军，近百个团，准备继续东下，直逼南京。张发奎率部回到广东后，受汪精卫的策动，反对南京政府，不断与李济深发生摩擦。长江北岸，被击败的孙传芳得到山东军阀张宗昌的支持，正在整编部队，妄图再下江南，以报龙潭战败之仇。李、何、白三面应敌，手忙脚乱。

"健生，这盘棋好生逼人呀！"

李宗仁在他的指挥部里，嘴上叼着香烟，两眼盯着地图，对白崇禧说道：

"我最担心的是张发奎这小子在广东动起手来，如果广州局势发生变化，势必影响到广西的地位。我第七军和第十九军远戍江南，一旦后方出事，既不能应援，又无退路，前途实不堪设想！"

北伐以来，李宗仁率第七军在前方攻城夺地，所向披靡，但他却时刻不忘两广的安危。本来，李济深、黄绍竑坐镇两广是可信赖的，但是，现在突然冒出了个张发奎，两广再也不会平静了，李宗仁总感到身后有一把刀对着自己，日夜坐卧不安。这天，他不得不把白崇禧请来商议。

"德公放心。"白崇禧指点着地图说道，"我看任公和季宽足可对付张发奎的，两广一时不会出事。孙传芳虽得到张作霖和张宗昌的接济补充，死灰复燃重新占领了津浦路南线，但孙军新败之余，闻我军之名已胆寒，近时不会对我造成大的威胁。我看，可先置张发奎和孙传芳于不顾，集中兵力，消灭唐生智！"

"对！"李宗仁迅速扔掉香烟头，用手在地图上指着武汉，说道，"消灭唐生智，我们控制两湖，与两广后方联成一气，在战略上既可进退自如，又可北攻孙传芳，南逼张发奎，一举三得，这盘棋就活了。"

白崇禧十分佩服李宗仁反应的快捷，能迅速将他的建议发挥成周密的战略方针。他点头道：

"对！这事，还要从速与敬之商议，我们务必要抢在张发奎动手之前占领两湖，到那时，他想动也不敢动了。我们即可整顿后方，编组军队，继续北伐，问鼎中原。"

李宗仁即命参谋："你马上去把何总指挥请到指挥部来。"

何应钦迈着八字步，不紧不慢地来到李宗仁的指挥部。

李、何、白三人在藤椅上坐定，先扯了一阵蒋介石出洋及与原配夫人办离婚手续的闲话之后，李宗仁言归正传，说起目下南京所面临的困境，提请何、白商量如何打开新局面的办法。

何应钦因心中仍被那支可怕的驳壳枪威胁着，显得有些神不守舍的样子，沉吟了好一会儿，他才看着白崇禧，有点提心吊胆地问道：

"健生兄已经有办法了吗？"

这段时间，何应钦都遵循这样一个准则，遇大事请白崇禧拿主意，由李宗仁下决心，他跟着干，只有这样，蒋介石才回不来，也拿不走他的部队。眼下，其他的事他还顾不上考虑，张发奎远在广东，与何应钦一时不相干，除了提防蒋介石外，何应钦当然也对咄咄逼人的唐生智和孙传芳感到一种威胁。白崇禧早已摸透了何应钦的秉性，他毫不迟疑地说道：

"只有消灭唐生智，南京的局面才能有转机。"

"要和唐孟潇打仗？"何应钦微微感到有些吃惊，也许他认为大家都是国民革命军，怎么好以兵戎相见呢？唐生智毕竟不是共产党呀。

"唐孟潇割据湘鄂皖，对抗中共，视党部为传舍，以主义为玩物。一月之中，竟扩充军队四十余团之多，垄断汉阳兵工厂，分割湘鄂财政，先后搜罗数千万现金，自肥其私属军队，以货币搪塞友军。一面以重兵屯扎安庆芜湖，威逼首都，一面勾结孙传芳，准备入侵南京。唐孟潇之所作所为，与北洋军阀何异！"

白崇禧出口成章，言之凿凿，如录之笔端，便是一篇讨唐檄文。只是，他只字未向何应钦提起刚刚和李宗仁商量的占领两湖，沟通两广后方，以震慑张发奎之异动，巩固桂军后方的战略意图。李宗仁对此自然心照不宣，待白崇禧说完之后，他拍案而起，说道：

"如唐生智的阴谋得逞，革命事业将付诸东流，不但我北伐军数万将士的鲜血白流，而且无以对孙总理在天之灵！"

何应钦见李、白决心要打，他也没有反对的必要，便问道：

"怎么打？"

"四面包围，声东击西。"白崇禧那脑子快极了，战略方针决定之后，一个周密的作战大计划便随之而出。他说罢，随即站了起来，走到地图前，用根小棒指着地图，阐述作战计划：

"立即组织强有力之西征军。以德公为总指挥，分两路出击：德公亲自指挥江右军之第七、第十九及陈调元之第三十七军共三个军，沿江北西进；江左军以程颂云为总指挥，下辖第六军、陈嘉祐的第十三军和叶开鑫的第四十四军，也是三个军，沿江南西进。"

白崇禧停了一下，接着说道："再令冯焕章就近派樊钟秀、方振武、吴新田向鄂北挺进，令驻宜昌的鲁涤平之第二军自长江上游向东夹击唐军。此外，再令驻湘粤边境之桂军、范石生之滇军及方鼎英、李福林各军北上出击，直捣唐军后方，东南西北，四路大军齐发，唐胡子就吃不消了。"

李宗仁和何应钦皆点头赞同这一计划，何应钦因见白崇禧未动用到他的三个军，便问道：

"津浦线南段的孙传芳蠢蠢欲动，不可不防。"

"敬公率第一军、第九军，周凤歧的第二十六军，贺耀祖的第四十军及夏斗寅的第二十七军共五个军渡江直抵明光一带，孙传芳必不敢蠢动。"

"嗯。"何应钦又慢慢地点了一下头。

"健生刚才说的是四面包围，还有声东击西一策呢？"李宗仁问道。

白崇禧继续指着地图说道："常言道：'兵行诡道。'此次西征讨唐之役，我军行动需十分诡秘，方能速战速决，打唐生智一个措手不及，在张发奎发难之前全部结束西征军事，方能收举一反三之效。"

李宗仁和何应钦又点了点头，他们都担心西征战事旷日持久，沪宁空虚，给蒋介石造成可乘之机，因此都赞成速战速决。

"此次军队调动，皆以继续北伐打倒孙传芳为公开之口号，以掩唐军之耳目。"白崇禧接着说道，"德公亲率第七军、第十九两军，也从下关渡江过浦口，沿津浦铁路北进，号称北伐。但一到浦镇后，即挥戈西指，向安徽之合县、含山进发，秘密绕道出芜湖唐军刘兴的第三十六军侧后，此时国民政府可公开下令讨伐唐生智，宣布他割据地方，反抗中央，免其本兼各职，交军事委员会治罪。然后由程颂云率江左军协同陈绍宽的海军舰队溯江西上，左、右两路大军，水陆并进。唐军的主要将领李品仙、叶琪、廖磊皆是广西人，何键与程颂云有旧，从中运动，我们便可不战而下武汉。"

白崇禧这一席话，直说得李宗仁和何应钦眉开眼笑，何应钦取下眼镜，在手上搋了搋，慢吞吞地笑道：

"大军未发，孟潇休矣！"

李宗仁却突然想起一事，忙说道："叶琪刚由武汉来南京，住在夏煦苍家中，他必是受唐孟潇之命，前来窥探我军虚实的，此事还得嘱咐煦苍，休得泄漏了消息。"

白崇禧从容笑道："叶琪来得正好，我们就请他再充当一次蒋干的角色。德公当然还会记得北伐之前，叶琪受唐孟潇之命来南宁和我们周旋，我把他带到广州去的事。"

李宗仁一想起这事，就乐得哈哈大笑起来，对白崇禧道：

"什么样的材料只要到了你的手上，就能做出漂亮的文章来！"

次日，白崇禧设宴招待叶琪，夏威作陪。白、夏、叶三人都是保定军校第三期同学，又都是广西老乡，叶琪与夏威不但是广西容县小同乡，而且还是亲戚，席间大家畅所欲言，亲密无间。酒至三巡，忽报第六军军长程潜派参谋来见白崇禧，传报机密要件。白崇禧正在兴头上，把手一挥，说道：

"让他到这里来！"

程潜的参谋腋下夹着只小公文包，来到白崇禧面前，敬礼后，瞥见白正在宴请客人，嘴里只说了一句"颂公"，便欲言又止了。白崇禧猛省过来，忙向叶琪歉意地点了点头，说道：

"翠微兄稍候。"

白崇禧把程潜的参谋引到旁边的一间小房里说话去了。夏威款待叶琪继续喝酒。叶琪个子矮小，却长得非常精干，在湘军中以为人机警著称，人称"叶矮子"。此次他奉唐生智之命，到南京来探听宁方政治、军事上的动向，因他与李、白及第七军、第十九军将领皆有同乡、同学之关系，和第七军军长夏威又是亲戚，他住在夏威家中，活动极为方便。今天，在白崇禧的宴席上，突然碰到程潜派参谋来见白崇禧，因程潜的第六军也是湘军，叶琪对那位参谋很有几分面熟，他又见白崇禧猛省的样子和回避他的动作，便揣度白、程之间必有军事机密相商。因此他表面上仍和夏威应酬，那两只机警的耳朵却直直地竖着，希望能捕捉到一些声息。但是，除了模糊不清地听到"何键、张国威"两个名字外，其他一点儿也听不出来。不一会儿，白崇禧和那参谋从小房里出来，参谋敬礼辞出，白崇禧重新入席，与叶、夏喝酒叙谈。他们一直吃喝到天黑方才散席，白、夏、叶三人皆有七八分醉意了。夏威、叶琪向白崇禧告辞，乘车同回夏威家中。在车上，叶琪借着酒意问道：

"程颂云派人来向老白说什么？"

夏威半睁着眼睛，一边剔牙，一边说道：

"听说何键和张国威要投程颂云，他们都是醴陵小同乡，又都有些旧关系。喂，你和李鹤龄（李品仙字鹤龄）、廖燕农（廖磊字燕农）这三位广西老乡，为何不投到李、白二公的麾下来呢？我们的势力，大……大得很哩，天……天下，都是我……我们的！"

叶琪见夏威酒后吐真言，不由暗吃一惊，把那七八分醉意一时都惊散了。因为何键是唐生智部第三十五军军长，叶琪是副军长，张国威则是李品仙的第八军中的第一师师长，何、张皆是唐军中的统兵大将，如果他们反唐投程，武汉的局面便不可收拾了。叶琪心里着急，嘴上却敷衍半醉中的夏威：

"嗯嗯，人各有志，人各有志……"

汉口唐生智的公馆里，大厅之后是一间肃穆的佛堂，神台上供奉着一尊大慈大悲普救众生的观音佛像。神台下几丈宽敞的地面上，却临时铺上了一巨大沙盘做的中国地图。长江、黄河横贯中原大地，江河之中，竟有涓涓细流，全国行省，历历在目。顷刻间，唐生智和他的那位老师——顾和尚，进了佛堂。二人进得门来，顾和尚便将门窗严严实实地关闭，室内一灯荧荧，神台上几支大红蜡烛冉冉生辉，给人以阴森恐怖之感。顾和尚手中提着一只竹笼，笼中蛰伏着一龟一蛇。来到神台前，顾和尚将竹笼虔诚地放到神台上，然后与唐生智一齐对着观音佛像顶礼膜拜。拜过之后，顾和尚从神台上取下那装着龟蛇的竹笼，与唐生智一道来到那用沙盘筑起的巨形中国地图前。顾和尚对着竹笼中的龟、蛇双手合十，念了一声："阿弥陀佛！"片刻之后，他才慢慢地拔去竹笼上的一只插销，将竹笼的门缓缓打开后，口中念念有词道：

"龟将军，蛇将军，请你们大显神威，助唐总司令击退西征贼军，统一华夏，黄袍加身！"

顾和尚把那只竹笼放在地图的武汉三镇位置上，口中念叨一番之后，首先是那条两尺来长的乌梢蛇从笼门口慢慢地爬了出来，那只小碗大的金钱龟，伸头探脑地迟疑了一阵，也摇摇摆摆地爬到了竹笼门口，停在那里，好奇地打量着被灯火烛光映照着的那坑坑洼洼的地面。顾和尚与唐生智交换了一下眼神，随即把眼睛瞪得老大，屏息静气地盯着那一龟一蛇的举动，仿佛他们的生死祸福，发迹沉沦，全都维系在这两只不同寻常而又普普通通的动物身上了。

原来，自从南京方面发动西征之役以来，唐生智所部节节败退，十月二十五日，西征军兵不血刃而占安庆，何键、刘兴两军被迫退出安徽。唐生智即令何键之第三十五军守黄梅，刘兴之第三十六军守武穴。另调李品仙的第八军于武昌东南新设三道防线，集中八万兵力，准备与宁军决一死战。唐生智宣称："放弃安徽，缩短战线，乃为预定之计划。宁汉之决战不在皖，不到武穴不决战。"

却说西征军占领安徽之后，李宗仁、白崇禧、程潜等亲到前线督师，江右军攻黄梅，下广济，势如破竹；江左军则由南浔路之德安，经江西武宁、修水，向湖北之咸宁袭击，出奇兵以断唐军之后。由宜昌奉令东下之鲁涤平第二军，亦向岳州方向紧逼。李宗仁指挥夏威、胡宗铎两军于十一月八日攻下武穴，次日，又攻下田家镇、蕲春，兵锋直逼武汉。唐生智见鄂东形势紧急，恐武长路被切断，首尾难顾，乃决定放弃鄂东防地，再次缩短战线，令何键、刘兴两军退守黄州，以第八军主力配置于武昌至岳州铁路两侧，使武昌、咸宁互相呼应，第八军军长李品仙坐镇鄂城指挥。部署就绪，唐生智亲率卫队二千余人，奔赴黄州督战。正当宁、汉两军准备在鄂城、黄州一带决一雌雄之时，唐生智部第三十五军军长何键为了保存实力，刚和宁军一接触便向武汉方面溃退。唐生智急令第八军第一师师长张国威率部应援，以稳定战线。张国威见何键不战而溃，知大势已去，为了保存实力，竟抗不奉命，也率部跟着后撤。由于何键不战而溃，张国威又抗命后撤，使唐生智预定集中兵力，在黄州和鄂城一带一举击破李宗仁、程潜西征军的作战计划，遂成泡影。唐生智见事态危迫，气急败坏地率领卫队，从黄州奔回武汉，在四面楚歌之中，只得向他的那位顾老师询问退敌之计了。

"阿弥陀佛！这要看龟、蛇二将军能否帮忙了！"

顾和尚听了唐生智叙说前线战况之后，双目微闭，立即献计。唐生智忙问：

"何谓龟、蛇二将军？"

"武汉三镇，有龟、蛇二山，此乃上天派龟将军和蛇将军镇守此地，如龟、蛇二将显圣，不但武汉三镇无虞，而且唐总司令可乘时一统华夏。"顾和尚微睁双目，款款而说。

"啊？！"唐生智在兵败之余，别无良策，只好临时抱佛脚了。

顾和尚即令人准备三牲大礼，他和唐生智皆沐浴更衣，乘上两抬小轿，前去龟山、蛇山祭拜龟、蛇"二将"去了。祭拜回来，顾和尚又命人去弄来一龟一蛇，在佛堂内用沙盘摆设一幅巨形中国地图。他告诉唐生智：

"如果龟、蛇二将显圣，它们便在武汉三镇周围不断盘绕，如此则武汉可保。如果盘绕的圈子幅度越大，总司令的地盘便越大，如果将全国各省皆盘绕完，则总司令便可一统华夏了。"

顾和尚这话，说得唐生智心里好生紧张，使他不得不将紧紧盯着鄂东一带的视线拉回到这两只爬行动物的身上来。却说那一蛇一龟，从竹笼里慢慢爬将出来之后，在武汉旁边先待了一会儿，顾和尚和唐生智两双眼睛紧紧地盯着，且看它们如何"显圣"。那蛇慢慢抬起头来，却并不在武汉旁边盘绕，径向湖南地面爬去，爬到湖南后便盘成一团，再也不动了。那只龟也许在笼子里被关得发闷，一见前面有涓涓细流，便缓缓地爬进"长江"里，伏在湿润的沙沟里也不走了。

"这是什么意思？"唐生智问道。

"阿弥陀佛！"顾和尚长叹一声，摇头说道，"总司令，事不可为矣！"

"这……"唐生智那颗心都快要跳出胸膛了。

"蛇归湘，龟下江……"顾和尚又凄凉地摇了一番头。

民国十六年十一月十一日深夜，唐生智在汉口他的公馆里召开下野前的最后一次会议。第八军军长李品仙、第三十五军军长何键、第三十六军军长刘兴及师长张国威、李云杰、吴尚、廖磊等出席会议。唐生智说道：

"目下各方队伍都向我们进攻，我们不能对付，我只好暂时离开部队到日本去，但这只是短时间的，不久我还要回来的。从形势上看，蒋、桂之间的冲突，迟早要发生的，我们必须保存实力，以待时机。我决定，将部队全数撤回湖南，将湖南搞好。我走之后，军中及湖南地方，由李、何、刘三位军长共同负责，望诸位精诚团结，共度时艰。"

唐生智吩咐完毕，便宣布散会，命第八军第一师师长张国威单独留下，张国威有些惶恐地问道：

"总司令有何训示？"

唐生智头也不抬地挥了挥手，冷冷地说道："你可以走了！"

张国威刚走到楼梯中间，冷不防从黑暗处窜出几个彪形大汉，一根绳子已紧紧地勒住了他的脖子，他挣扎着，口中只喊了一句"总司令饶命"，便被勒毙于地。李品仙、何键、刘兴等听到张国威的惨叫，皆不约而同地回首张望，见张国威已被勒死，一个个吓得胆战心惊，特别是不战而溃的何键，更是冒出一身冷汗，深恐第二根要命的绳子会突然飞到他的脖子上来……

原来，叶琪在李宗仁、程潜率西征军出发后，便由南京回到汉口，他当即向唐生智密报了何键、张国威欲弃唐投程的情况，并建议唐将何、张二人一同干掉，以除后患。唐生智倒沉得住气，说道："不要把队伍搞散了，目前不必操之过急，待我找他们来问问再说。"因军情急迫，唐生智也来不及找何键、张国威来问。及待何键不战而溃，张国威抗不从命，武汉不保之时，唐生智方信何、张确有不轨之图，本待将他们一同绞死，但唐生智虑及部队溃败，如此时再杀掉两员大将，必使军心涣散，因此决定杀张留何，以收杀一儆百、维系军心之效。

十一月十二日凌晨，唐生智通电下野，在日本"浦风号"驱逐舰的护卫下，乘日轮"御目丸"离武汉顺江东下，出亡日本。这便是"蛇归湘，龟下江"的全部注脚。

第四十回

送李迎黄　汪精卫苦心设圈套
剃须易服　黄绍竑漏网出广州

却说正当李宗仁、程潜指挥西征军向武汉逼近的时候，汪精卫在广州葵园他的公馆里急得坐卧不安。他倒并不是对唐生智特别厚爱，汪、唐之间，不过互相利用，貌合神离，汪精卫是无法驾驭拥兵自重的唐生智的，他的希望寄托在张发奎身上。张发奎与他的关系，远非唐生智和其他统兵将领之可比。

蒋介石未下台前，汪精卫曾策动张发奎率第二方面军东征讨蒋，进攻南京。不想，当第二方面军进至九江、南昌后，第二十军军长贺龙、第十一军副军长兼第二十四师师长叶挺率部在南昌起义。第十一军的残余部队则由师长蔡廷锴率领，离开张发奎，跑到福建重新投靠他的老上司陈铭枢去了。第二方面军共有三个军，一下走掉了两个军，余下黄琪翔的第四军，势孤力单，东征既无力，退回武汉又不容于唐生智，张发奎急得直问汪精卫："怎么办？怎么办？"汪精卫到底老谋深算，他不但要为张发奎今后着想，也得为自己打算，他想了半天，终于把那两条清秀的眉毛往上一挑，说道："回广东老家继续革命！"汪精卫此计是从政治上考虑的，他估计自己在武汉无所作为，迟早要离开，南京那边他无法插足，如今东征讨蒋又告失败，如果张发奎率部回广东，以实力控制两广，开府广州，号召四方，汪则大有可为。张发奎却从军事上领会汪的意图，他一拳打在大腿上，奋然而道："对，我们回粤，李任公出于道义是不能阻挡的。目下，贺、叶军已放弃南昌，取道赣江以东地区南下，向广东潮梅进发。李任公必倾粤省兵力，前往阻击，因此我等回粤正是千载一时之机。两虎相斗必有死伤，无论是李胜还是贺、叶胜，我们都可轻取对方，掌握广东政权。"

第四军军长黄琪翔

汪精卫听了仰头哈哈大笑，拍着张发奎的肩膀说道："向华，你的军事策略与我的政治路线真是不谋而合。去吧，广东是属于我们的！"

张发奎见贺龙、叶挺以破竹之势直趋广东，先后在赣南会昌一带击败钱大钧的两个师和桂军韦云淞部六个团，李济深急调陈济棠、徐景唐、薛岳等师驰赴潮汕阻击。这时广州驻军已抽调一空，毫无防守力量了。张发奎遂令黄琪翔率第四军沿赣江南下，进入粤北的南雄、韶关，随后毫无阻拦地进入了广州。

十月七日，张发奎由广州来电，请汪精卫回粤主持党国大计。汪精卫见武汉西征军溯江而上，唐生智部已处于四面包围之中且难免一败，当即应张发奎之请，由汉口乘船到上海后，发表谈话，指责南京方面进行西征乃背信弃义之举，然后径赴广州。汪精卫到广州后，欲依靠张发奎、黄琪翔的实力，以国民党中央政治会议主席的名义，召开国民党二届四中全会，在广州成立中央党部和国民政府，与李、何、白把持的南京政府相对抗。张、黄一向是拥汪的，对此极表赞成。但是，广东党政军的首脑是李济深，广西党政军的首脑是黄绍竑，李与桂系向来是一个鼻孔出气的，黄则是桂系中第二号人物，有此二人在两广坐镇，汪精卫和张、黄的阴谋如何能得逞呢？

汪精卫每日在葵园运筹苦思，任凭他把自己一生的聪明才智都倒出来，扒拉半

率军回粤的张发奎

天，也拣不出一件足可对付李、黄的妙计。张发奎与黄琪翔到底是两员虎将，一向喜欢来硬的。他们手下有三个主力师和两个直属团，全是能征惯战的官兵，向有"铁军"之称号，很是瞧不起李济深留在广东的陈济棠、徐景唐和新编的薛岳、黄镇球等四个师。到广州不久，张发奎和黄琪翔便不顾老长官的面子，硬逼着李济深改组广东省政府。李济深虽然内心气愤，但为了不致发生火并，忍气吞声将省政府中的财政厅长冯祝万、建设厅长曾养甫、教育厅长朱家骅、农工厅长马超俊、军事厅长徐景唐、广州市公安局长邓彦华等均予撤免，换上了汪精卫、张发奎的亲信接任。张发奎亲自兼任军事厅长一职。张、黄得寸进尺，向老长官李济深步步进逼，在两军调整番号的会议上，弄得李济深几乎下不了台。原来，张、黄的部队与李济深的部队番号都是第四军，官兵又多是广东人，因而经常发生误会。双方便开会商议调整部队番号。会上有某中立人士出来讲公道话，他说："李任公原是第四军军长，张、黄都是任公的部属，建议以任公现在的部队为第四军，张、黄军为新编第四军。"话音未落，张发奎便敲着桌子，斥责道："你懂个屁！第四军是由第一师扩编的，论资格，我比李任公先到第一师当差，历史比李久，我军应该为第四军。李军为新编第四军。"

李济深见张发奎气焰嚣张逼人，早想以老长官的资格，狠狠地教训他一顿，但他咬了咬牙，把气忍下去了。他是个很有涵养的人，喜怒皆不形之于色，能含耻忍辱，以柔克刚。因此，对于张、黄咄咄逼人的气势，他以长者姿态待之，表面上不气不怒，显得宽宏大度。他知道，目下李、白正对两湖用兵，只要桂军进入湖南，张、黄便将三面受敌，不敢轻举妄动，到时候，前方第四军这支劲旅，将仍回到他的麾下来，张、黄除了重新听他驱使之外，便只有放洋出国一途了。李济深从开会时起，一直是微微闭着双眼的，仿佛是在佛堂打坐参禅一般。张发奎说出那番蛮横无理之话后，他才慢慢睁开双眼，平平静静地说：

"向华（张发奎字向华）的部队，就要第四军的番号吧，我的部队改称新四军好了！"

对于李济深忍辱负重的做法，与会者无不惊异。李济深说完话，又微微地闭上了双眼，好像重新"入定"一般，直到散会，始终未再发一言。张发奎、黄琪翔本想以种种手段刺激李济深，使其发怒，以刀兵相见，从而用武力统一广东，使汪精卫得以在广东开府。他们当然知道，李、白的桂军和程潜的湘军正向武汉进发，一旦他们占领两湖，便使李济深和黄

坐镇广州的李济深

绍竑有了坚强的后盾，到那时，张、黄不但抓不到广东大权，恐怕还得听从李济深的摆布。汪精卫既不能在广州开府，则张、黄在政治上和军事上都将毫无出路。可是，任凭张、黄如何采取过激行动，李济深总是睁一只眼闭一只眼，有时干脆闭上双眼，总之，李济深一味退让回避，使张、黄无从下手。张、黄二人虽对广东垂涎三尺，但又碍着李济深这位老长官的面子，不敢公开动武。事情便一直这样僵持了下去，广州上空笼罩着一片密云不雨般沉闷的政治气氛。到了十一月十二日，张发奎、黄琪翔看到了唐生智下野的通电，急得忙去葵园找汪精卫。

"汪主席，唐孟潇从武汉跑了，我们怎么办？"

汪精卫在客厅里乱转着，一时抓耳挠腮，一时左顾右盼。他和张、黄一样，对此毫无办法可想。难道老天爷对他竟这般苛刻么？武汉他站不住，南京他进不去，广州他得不到！他用手紧紧地拉扯着自己的头发，希望能奇迹般地想出一个办法，碰上一个机会，改变眼前这进退维谷的尴尬局面。

"我们不能再白白地等下去了！"汪精卫的亲信陈公博见汪一筹莫展，赶忙过来献计道，"必须用暗杀手段，除掉李济深，使李军群龙无首，然后将其各个

击破，从而收编他们的队伍，这样便可在李、白的西征军进入湖南之前，控制广东。"

"不可！不可！"张发奎、黄琪翔忙摇头摆手反对，"李是我们多年的上司，道义上不能加以杀害。若下此毒手，杀戮上官，我们还有何面目以对袍泽？这种事无论如何干不得！"

汪精卫也摇了摇头说道："这样做，会丧失人心的，政治上的损失太大，划不来！"

对李济深既不能硬打，又不能暗杀，怎么办呢？汪精卫、张发奎、黄琪翔、陈公博四人，在客厅里坐立不安，正不知如何是好的时候，汪精卫的机要秘书陈春圃忽然进来，把一封电报交给汪精卫。汪接过电报一看，见这份电报乃是刚从日本回国的蒋介石在上海给他打来的，蒋请汪于近日偕李济深来上海出席国民党二届四中全会预备会。汪精卫看了这个电报，竟立时喜得手舞足蹈起来，连连对张发奎等说：

"办法有了！办法有了！"

"汪主席有何好办法？"张、黄忙问。

汪精卫颇为得意地扬着手里的电报说："蒋介石从日本回来了，来电请我赴沪商谈合作问题，并准备在沪召开二届四中全会预备会，他要我偕任潮一同前往。我与任潮走后，你们即可在广州发动大举！"

"对对对！"张、黄二人摩拳擦掌，"只有待李任公走后，我们才放得开手脚来干！"

"广西的那个黄季宽呢？他要是见我们在广州抄了李任公的家，岂肯罢休？"陈公博望着汪精卫和张、黄说道。

"溯西江而上，步中山先生之后尘，直捣桂系老巢！"张发奎一不做二不休地说道。

"此乃下策！"汪精卫摆了摆手，"我们在广东尚未坐稳，便挥师入桂，战争如旷日持久，到头来落个鸡飞蛋打那就划不来了。"

"还是汪主席看得远！"陈公博郑重地点头说道。

汪精卫把两只手插在西装口袋里，在客厅内踱来踱去，好一会儿，才说道：

"送李迎黄，一石二鸟！"

"汪主席能把黄季宽请到广州来吗？"张发奎信心不足地说道，"桂系三巨头，除李德邻为人忠厚一些外，白健生比狐狸还精，黄季宽比泥鳅还滑，只怕他不肯上当前来送死。"

汪精卫意味深长地笑了笑说："黄季宽肯定会自投罗网！"

"啊？"张发奎、黄琪翔和陈公博对汪精卫如此断言，都不免有些惊诧不解。

汪精卫踱到一个古色古香的壁橱前，从里边拿出一只精致的花瓶，用欣赏的眼光瞧了瞧，然后哈哈笑道：

"曾听先祖说过，从前有位颇有眼力的古董商，与我家有世仇，当他打探得我家有一只极有收藏价值的梅瓶时，竟不顾危险化装到我家来一观这只梅瓶。"

汪精卫放好那只花瓶，接着说道："诸位知道，民国以来十余年的历史，新、老桂系，何时不用馋眼盯着广东这块肥肉。老桂系陆荣廷在广东搜刮了好多年，连中山先生都受尽了他们的气。如今，新桂系又将手脚伸进广东，他们驻军韶关，陈兵西江，每月由广东攫取四十万元的银饷，对广东的事情，他们和广西一样关心。根据这个特点，我们投其所好，只要略施小计，不怕那只狡猾的泥鳅不上钩。"

汪精卫接着便把他的"送李迎黄，一石两鸟"的妙计，向张发奎、黄琪翔和陈公博具体说了。汪精卫的口才本来就极好，政治上又善谋划，当下便把这个政治阴谋说得天衣无缝，使张、黄、陈三人佩服得五体投地。

十一月十六日，汪精卫在葵园他的公馆里和陈公博、张发奎、黄琪翔等密商大计。汪精卫坐在沙发上，如坐针毡，他一会儿看看腕上的表，一会儿左顾右盼，一会儿又起立毫无目的地踱一小阵步，还不时走到那壁橱前瞅一瞅那只古老的梅瓶。临大事沉不住气，这是汪精卫最大的毛病。当年，他和俞培伦、黄复生等入京谋刺清廷摄政王载沣，在北京鸦儿胡同的银锭桥下埋设炸弹，附近人家的狗叫了几声，汪便沉不住气了，以致事败被捕，一个策划得很好的壮举可惜没有能够成功。每次重大事件，他虽然都能很好地进行策划，但事到临头，他不是心虚，便是急躁，总是神魂不定的样子。也许，这正是他不能成为一个有作为的政治家的缘故吧，在这一点上，蒋介石比他强多了。

张、黄二将，到底是"铁军"将领，他们的气质与汪精卫、陈公博截然不同，他们把诱捕黄绍竑看作是一项秘密的军事行动，在敌手还没有上钩前，他们毫不气馁，信心十足而又稳稳当当地等待着，直到逮住对方为止。

"再过两小时，汪主席便要和李任潮上船到香港转往上海去了。看来，那条狡猾的泥鳅，不会到广州来送死了！"陈公博把怀表摸出来看了看，泄气地说道。

汪、陈二人的举动，也或多或少地影响了张、黄的情绪，毕竟时间只剩下两小时了，而黄绍竑给汪精卫的电报，只是说："来电奉悉，即前往聆教。"他没有说明动身的时间，这只"泥鳅"很可能在玩什么花招。但张、黄二人对黄绍竑现时是否来广州，倒并不怎么介意，他们只要求汪精卫把李济深骗往上海就行了，李济深一走，他们便可放开手脚大干，陈济棠和徐景唐那两师人马，根本不是张、黄"铁军"的对手。李济深新编的薛岳、黄镇球两师，经过张、黄的暗中拉拢，已决定弃李投张，李济深一走，他们便能毫不费劲地把广东党政军大权一把抓过来。黄绍竑如果来广州，他们逮住他，作为人质，可以此收编驻韶关的黄旭初那一师桂军，广西便可传檄而定，囊括两广易如反掌。如果黄绍竑不来广州，那也不要紧，他那三个师不是张、黄军的对手。张、黄部队回粤之时，恰遇桂军韦云淞部在会昌一带被贺、叶军打得大败，他们便讥讽道："前方第七军还可以同我们踢两下子，后方第七军就是豆泥[1]！"

张发奎与黄琪翔对视了一下，没有说话，他们关心的是汪精卫快一点儿把李济深带走，倒并不怎么盼黄绍竑快一点儿来。汪精卫又看了一下手表，往香港的船再过一个多小时便要开了，看来，他是看不到黄绍竑自投罗网的这一幕好戏了。他心里像十五个吊桶打水一般，七上八下的，无法宁静。他考虑问题当然不同于张、黄的纯军事观点，目下对广西用兵，他没有孙中山当年那种有利的政治条件，即使军事上能击败黄绍竑的桂军，但即将占领两湖的李、白岂能坐视张、黄到广西去抄他们的家？汪精卫烦躁地摇着头。本来，他对于自己精心策划的这个"一石两鸟"的

---

[1] 粤语，不硬的意思。

行动是相当满意的。当他拿着蒋介石的电报去和李济深商量时，忧心忡忡地说道：

"任潮先生，蒋先生刚从日本回到上海，打电来邀约我俩赴沪商谈解决党内纠纷问题。我看，他在电文中说：'欲使中国国民党复归完整，非相互谅解、从速恢复中央执行委员会不可。'此话，是有道理的。"

李济深看了电报，他从全国和广东的形势来看，认为自己往上海一行，一可提高个人的政治地位和声望，二可利用蒋介石的影响说服汪精卫顾全大局，不要在广东开府。如果能达到这一目的，便可把自己由目下的困境中解脱出来。善于观风测向，又能揣摸对方心态的汪精卫，马上判断出李济深对此并无反对之意，便仍忧心忡忡地叹道：

"任潮先生，目下广东各种矛盾百出，党政军各方都不平静，急需有人震慑，我看，你还是留在广州照应大局为好，由我去上海与蒋先生会商好了。"

李济深最担心的便是蒋、汪合谋，在广东开府，另搞一个局面与南京特委会抗衡。如果让汪精卫一个人去上海，汪与蒋勾结起来，将对他更为不利。同时，李、白和程潜正对两湖用兵。桂军精锐和湘军悉数西调，沪宁一带空虚，蒋介石突然于此时由日本回国，恐怕会有更大阴谋，对此，作为李、白的盟友和南京特委会的积极支持者，李济深不得不洞察。他当然知道，对广东大权虎视眈眈的张、黄，极有可能利用他离粤之机夺权。但李济深判断，张、黄向唯汪精卫马首是瞻，他既与汪同行赴沪，正可利用蒋介石说服汪不在广东开府，如此，则张、黄不致发生异动。而从目前的形势来看，蒋极可能是盯着空虚的南京，而不是桂系势力范围之内的广东。汪如坚持在广东开府，必然要打乱蒋的全国计划，因此蒋不会同意张、黄在粤之举。再者，李济深手上握有相当实力，如果张、黄趁他赴沪之机在广州叛乱，他即可令在潮汕的陈济棠和闽西南的陈铭枢两师与在两阳的徐景唐师会同黄绍竑的桂军从东西两面夹击张、黄部队，就像当年孙中山先生在上海指挥东、西两路讨贼军讨伐叛徒陈炯明一样。他估计张、黄囿于利害后果，绝不敢轻举妄动。李济深经过深思熟虑后，便对汪精卫道：

"为了调和党内之纠纷，使孙总理手创之中国国民党得以复归完整，我就与汪先生同往上海一行吧。"

李济深还告诉汪精卫，他将电召黄绍竑由南宁到广州来代理他的第八路军总指挥职务。汪精卫听了不禁大喜过望，真是"天下事无独必有对"，汪精卫正怕黄绍竑不到广州投罗网，李济深却下一道命令要黄绍竑来代职，你说这事巧也不巧。原来，北伐后期，两广部队统一编为国民革命军第八路军系统，统辖李济深的后方第四军和黄绍竑的后方第七军，由李济深任总指挥，黄绍竑任副总指挥。李济深既要到上海去，又对张、黄二人不放心，自然要请黄绍竑来广州坐镇了，不想，这正合汪精卫诱捕黄绍竑、篡夺两广政权之意。为了促黄来粤，汪精卫也以自己个人名义，给黄绍竑发了一个电报，说有要事相商，请黄立即到广州晤面。汪精卫断定，有李济深和他这两个电报，黄绍竑一定会到广州来的。果然不久，便接到黄的复电，告以即来"聆教"，汪精卫又为自己"一石两鸟"的计划顺利进展而与陈公博、张发奎等高兴了一阵子。可是，左等右等，却并不见黄绍竑的踪影。汪精卫不由疑虑丛生，无论白天黑夜都派人守候在广州的几个码头，只要黄绍竑一到，便将他直接请到葵园来。可是，汪精卫派在码头守候的人由十四日守到十六日，既不见黄绍竑到来，又不见黄或因故而发来的电报。现在，离他与李济深上船往香港的时间只有一个小时了。汪精卫已经失去信心，他最后一次看了一下表，便对张、黄吩咐道：

"密切注意黄季宽的动向，他如来广州，即行捕杀，军事上最好诱桂军入粤决战。"

汪精卫说罢，即命机要秘书陈春圃收拾行装，准备到码头上与李济深乘船同往香港，现在，他必须设法稳住李济深，使李能顺利与他一道离粤。机要秘书陈春圃是汪精卫的内侄，办事倒也利索，他带着两名随从，不一会儿便将两只大皮箱放到停在院中的小汽车上，他拎着汪精卫那只黑皮公文包，和司机、随从一道坐到车上，只等汪上车前往码头。

正在这时，只见一辆小汽车进入葵园，在洋房前停车后，汪精卫派往码头专为迎候黄绍竑的那两名人员，陪着一位身着军装，腮上留着长须的魁梧军人下车，他们一起走进洋房的客厅里去了。正在另一辆小汽车上等候汪精卫的那位机要秘书陈春圃，自然知道汪与张、黄等的预谋，他见那刚下车的大胡子将军不是别人，正是汪和张、黄所望眼欲穿，准备捕杀的广西省主席黄绍竑，顿时惊得目瞪口呆，嘴上只说了句"有好戏睇"，便两眼紧紧地盯着洋房客厅的门口，因为黄绍竑一个随从卫士也没有带，要捕要杀，可以毫不费劲地解决问题。

黄绍竑的突然出现，使汪精卫、陈公博、张发奎、黄琪翔等人都愣住了。黄绍竑因初来乍到，毫无思想准备，他对汪精卫原来的印象就很好，且与张、黄是保定军校同学，在统一广西的战斗中，又得到过他们的帮助。因此，黄绍竑自接到李济深和汪精卫的电报后，便到广州来了，因他候船误了一天时间，途中轮船又出了一次故障，故到广州的时间推迟了。

广东各派政治势力的斗争很复杂，黄绍竑倒是很清楚的，北伐后，蒋介石以黄埔军校为基础，又留下他的嫡系钱大钧部驻扎广东，目的在于监视李济深。张、黄率前方第四军回粤后，汪精卫又到了广州，从而进一步加深了斗争的尖锐性和复杂性。为了避免被卷入，黄绍竑早在八月底指挥桂军黄旭初、伍廷飏、吕焕炎三师在潮汕打垮共产党的贺、叶起义军后，立即将桂军伍廷飏、吕焕炎两师撤回广西，仍留黄旭初驻扎韶关、南雄一带，由广东补贴四十万元军饷。黄绍竑占着广东地盘，吃着广东的补贴，又想脱身事外，在鹬蚌相争中扮演那得利的渔翁角色。对于李济深和张、黄的矛盾，他表面上不介入。他劝李济深道："任公，他们（张、黄）要求什么，就给他们什么好了！横直广东的事由广东人自去搞，你是他们的老长官，你虽然是广西人，但你不是桂系，他们不会对你有什么恶意的。"在打垮贺、叶起义军后，黄绍竑回到广州，在吉祥路他的公馆宴请张发奎、黄琪翔、缪培南、李汉魂等前方第四军将领，黄绍竑对张发奎道："向华兄，我的部队正开拔回广西，我明天也要回广西去了，往后，我要在广西从事建设。你们都是广东人，希望大家都把各自的家乡搞好！"张发奎当即表示不负厚望，此番回粤乃是为了革命，绝不糜烂桑梓。席间气氛极为融洽。第二天，黄绍竑便乘船回广西去了，临行前张发奎等还到码头送行。因此，黄绍竑接到李济深和汪精卫的电报，自认自己没有得罪广东人，他对汪精卫的印象又不错，对于汪之回粤，黄也认为汪可能想在广东搞局面，既如此就必然要取得广西实力派的支持，如果先得罪了黄，汪的局面就凑不成。黄绍竑经过了一番周密考虑，认为赴粤断无危险，便带着他的秘书石楚琛和一连卫队，登轮直下广州来了。到了广州天字码头，黄绍竑见汪精卫派人在此迎候，便命秘书石楚琛和那一连卫队先到吉祥路他的公馆，他则只身一人，随汪精卫的人乘车径自到葵园来拜会汪精卫。黄绍竑见汪、陈、张、黄对他的到来感到惊诧，便上去和他们一边握手，一边说道：

"候船耽搁了一天，途中轮船又出了点故障，因此来迟了。"

汪精卫见黄绍竑只身一人到葵园来，说话轻松坦然，他估计黄对此次广州之行，并未察觉出什么异样的情态来，便堆上一脸亲切的笑容，拉着黄的手，说道：

"季宽先生，你初到，一路辛苦了，请你先休息一下，我们改天再谈吧！"

汪精卫那一脸笑容，使人感到亲切而又可敬，即使像黄绍竑这种老练精明的军政人员，也不会相信在那种笑容背后隐藏着自己的杀身大祸。黄绍竑也知道汪精卫是个忙人，或许他们正在开会商讨什么，或者还有别的公务，也可能是为了照顾他休息。黄绍竑正准备告辞，忽然想到还没有看到李济深，便问道：

"李任潮主席[1]呢？"

"任潮先生已于今日上午乘轮船到香港，转赴上海出席重要会议去了。因等你不及，他嘱我转告，政治分会、临时军委会和第八路总指挥全由你暂代，他十天之内便要回来的。"汪精卫灵机一动，决定不让黄绍竑与李济深见面，因为他马上就要到码头去，与李济深上船去香港，如果李、黄此时会面，来个节外生枝，那么一切计划都将付诸东流。反正他和李济深一走，黄绍竑在广州便只有死路一条。

黄绍竑心里一怔，他想李济深为什么连等他一下都来不及就匆匆到上海去了呢？既然要他来广州代职，理应当面交代一番，特别是李与黄之关系，又不同于一般，在此非常时期，他更应与黄做推心置腹的长谈，怎么竟匆匆而去了呢？

再看张、黄二人，脸色颇为尴尬，也没有什么话说，黄绍竑感到好生纳闷。

"季宽先生回去好好休息，明天上午我们再深入长谈。上午九点，我和璧君到府上去拜访，也看看你的夫人蔡女士，听说她很能干。"

汪精卫见黄绍竑的情绪有些不稳，忙笑着把那一串假话说得比真的还动听，汪

---

[1] 李济深任广州政治分会主席、广东省主席。

夫人陈璧君也是个很有手腕的人，她在客厅后面的房子里，听到汪和黄说话，忙出来笑盈盈地说道：

"请季宽先生回去转告夫人，我们明日上午到府上做客！"

"欢迎！欢迎！"黄绍竑不但对汪精卫怀有敬佩之感，对汪夫人也怀有几分敬意，因当年汪精卫谋刺摄政王未遂被捕关在北京时，陈璧君曾挺身而出参与救汪活动，她敢作敢为，颇有不让须眉的精神。黄绍竑哪里想到，他所敬佩的这一对"革命"夫妻，竟会来算计他，要他的脑袋呢！他见汪精卫夫妇明天上午要到他的公馆来做客，今天时间不早了，他得先回去与夫人蔡凤珍打个招呼，早一点做好准备。反正李济深已经走了，黄绍竑此来不过帮李临时看看家而已，好在时间不长，只十天左右，大概不会有什么大事的。他临离开南宁时，曾给驻韶关的黄旭初师长发过一个电报，告知他将赴粤，要黄旭初加强戒备，他觉得自己既有准备，也就不怕突然事变发生。他向汪精卫夫妇及张、黄等人告辞，准备回吉祥路他的公馆。

陈公博见黄绍竑离去，便迫不及待地说道："何不就此把他扣留起来？"

"对！"张发奎霍地站起，正要吩咐他的卫士去抓捕黄绍竑，汪精卫却"嘿嘿"冷笑两声，说道：

"在我的公馆里干这种事，你们让我的面子往哪里放啊？"

他抬手看了看手表，说道："我得马上走了，你们不要打草惊蛇，如果李任潮闻出点味道来，拒不上船，那就糟了。黄季宽已成笼中之鸟，你们就高抬贵手，让他回家与夫人会会面吧，到九泉之下，他也怨不得我们了！"

汪精卫慢慢呷了一口茶，把他那领带整了整，便走出客厅，上了他的机要秘书陈春圃坐在上边的那辆小汽车。陈公博、张发奎、黄琪翔直送到车门边，汪精卫又伸出头来，对张、黄二人吩咐道：

"你们马上派人将李任潮和黄季宽的公馆严密监视起来，半夜后即派兵去拿黄季宽，如他的卫队抵抗，就予以彻底消灭！"

他又对陈公博道："事情发动后，在政治上注意宣传，斗争之矛头要指向桂系、西山会议派及南京特委会，可多贴这方面的标语口号，多写这方面的文章和消息，大造舆论，争取省内外各派政治势力之同情和拥护。"

汪精卫吩咐完毕，便乘车直往码头，恰好李济深也带着随从来到。汪精卫脸上马上露出那种忧国忧民的情感，他走过去，亲切而郑重地拉起李济深的手，颇有些激动地说道：

"任潮先生，我这次离粤，不知何日才能再返故里！"

李济深一时不知汪精卫说这话是什么意思，他对汪精卫此番在张、黄的拥戴下回粤，本来就存有戒心，便徐言道：

"汪主席乃党国之重心，对广东还应多加关照……"

"惭愧呀，惭愧！"汪精卫掏出手帕，抹了抹眼睛——他的眼眶里似乎已聚集了泪水，"兆铭（汪精卫名兆铭，号精卫）追随孙总理革命几十年，虽薄有勋劳，但总理逝世之后，未能使国家统一，走上民主政治之正轨，不但对不起家乡父老，也无颜以对国人！此番赴沪，欲尽力调解各方之冲突，务使党政军尽快臻于统一，如无收效，即乘轮远涉重洋，遨游沧海，以了此生！"

汪精卫的语言情感及面部表情是结合得相当成功的，这一点不仅那位严肃的党国元老胡汉民无法可比，便是善于此道的蒋介石，也还略逊一筹。如果汪精卫在政治上确也获得过某种成功的话，他的这种善于在各种场合使用感情的政治手腕，便是他的成功的基础。果然，汪精卫这番唏嘘之感慨言语，正隐隐地冲击着李济深的那颗心。李济深虽然有着强烈的反共情绪，但在为人处世上，倒还算得上是个颇为正直之人。他不希望广东发生战乱——这除了危及他的统治之外，也将生灵涂炭，他希望国家尽快统一，以便从事建设，走上富强之道路。但是，天下纷争，战乱频仍，军阀政客像走马灯一般在政治舞台上转着，他们互相攻讦，频频厮杀，他实在看不出谁是安邦定国的人物。他每每惋惜长叹："可惜孙总理去得太早了！"对此次与汪精卫去上海洽谈解决各方矛盾冲突，使分裂的国民党复归统一完整，他虽然感到没有多大把握，但他却是出于至诚的。因此对汪精卫的阴谋他不仅不怀疑，反而与汪产生了一种共鸣之感。

"只要我们出于诚心和谅解，就一定可以找到一条团结之路，分裂的状况可望早日结束。"李济深倒来安慰汪精卫了。

"对对对，如果我们党内像任潮先生这样的同志有十个的话，中国国民党的复兴即不成问题！"汪精卫拉着李济深的手，徐徐步上轮船，仿佛他们是一对久经患难的兄弟一般。在码头上的几位中外记者，忙举起照相机，迅速拍下了这一十分耐人寻味的镜头。

却说黄绍竑回到吉祥路他的公馆后，时候已经不早了，晚饭后，他和夫人蔡凤珍到卧室外的小阳台上坐着闲谈。黄绍竑的公馆，是一座颇有气派的洋楼，楼下前院和后院均有数间平房，由警卫的士兵驻扎。十一月中旬的广州，气候不冷不热，甚是宜人。黄绍竑的卧室外，是一个用铁条围成的呈腰子形的小阳台，他和夫人蔡凤珍坐在一张长形的藤沙发上，正在说话。

"明天上午九点，汪主席偕夫人到我们家来做客，你要好好准备一下。"黄绍竑一边仰头漫无边际地看着繁星点点的夜空，一边对夫人说道。

"嗯，还请什么人作陪吗？"蔡凤珍常住广州，平时没事，喜欢交游应酬，她对大名鼎鼎的汪精卫夫妇，只闻其名而未见其人，她是很愿意接待他们的。

"八月底，我在潮汕打垮贺龙、叶挺的部队后，回师时路过兴宁，听说那里有座石鼓大王庙很灵验，我曾去庙中求签。第一签说我今年必有一难，我马上又抽了一签，你猜那签上写的什么内容？"黄绍竑望着夫人，看她如何来猜。

"逢凶化吉，遇难呈祥。"蔡凤珍轻挥着手中那把小巧的绸扇，驱赶着偶尔飞来的一两只蚊虫，笑着答道。

"哈哈，"黄绍竑用手捋着腮下的胡须，笑道，"朝这胡须上猜！"

蔡凤珍伸手过来揪了揪丈夫那长长的胡须，嘟哝着："又是这胡须，讨厌死了。你不要学白健生，为了要我嫁你，胡乱编出个在庙里梦见什么胡须神仙的荒唐故事来诓我！"

黄绍竑笑道："这回是真的，你猜嘛！"

蔡凤珍摇着头："我又不是庙中摇签筒的和尚，猜不着。"

黄绍竑把腮下的长须捋了捋，这才说道："那签上写道：'曹孟德割须弃袍。'那老和尚看了我腮上的胡须一眼，一本正经地说道：'将军虽有大难，却不碍事也，事急可剃须易服。'"

蔡凤珍只求丈夫平安无事，却并不管那签上的内容如何，她听黄绍竑如此说，便道：

"灵验的话，将来派个人去那庙中还愿。"

他们又闲扯了些别的琐事，正准备回房去安歇，蔡凤珍却发现楼下的马路上，有几辆敞篷汽车缓缓开过，坐在车上的人，不时向他们的洋楼张望。她不解地说道：

"天气已经很凉了，为什么还有这么多人游车河[1]？"

黄绍竑伸头向下望了望，只见那几辆敞篷汽车开到前边转弯处，又缓缓地向他的公馆门前游过来，坐在车上的人，还时不时向他的楼上张望着，他想了想，对夫人说道：

"可能是李任公离粤时没有会着我，他担心我这次来没带警卫部队，要总指挥部的人多关照，明天，我去问问邓参谋长就知道了。"

"是不是有人暗中打我们的主意？"蔡凤珍有些不安地问道。

"我在广东既无权，又无钱，此来只不过帮李任公看看家而已，他们打我的主意有什么用呢？"黄绍竑笑着，把妻子拉向房间，说道，"早点休息，明天你还得为接待汪主席夫妇忙碌呢。"

半夜里，忽然有人来敲卧室的门，蔡凤珍披衣起来问道："谁？"

"我——梁副官。冯祝万先生有要事见黄主席。我告诉他，黄主席已睡了，可否明天再见。他说无论如何要叫醒黄主席一见。"

蔡凤珍寻思，冯祝万原是广东省财政厅长，李任公的亲信，又是黄绍竑的挚友，他深更半夜来，必有大事，因此她当即唤醒黄绍竑。黄绍竑急忙披件衣服，趿拉着拖鞋下楼，在扶梯上与冯祝万相遇，冯拉着黄的手，匆匆而言：

"我已得到确实消息，他们今夜将有举动，目标完全在你的身上，我深夜冒险到来，就是为了通知你，你无论如何今晚必须避开为妥。"

"啊？"黄绍竑一下愣住了。

"看来汪兆铭陪李任公去上海，是他们的一场阴谋。"冯祝万说道。

---

[1] 粤语，即坐汽车兜风。

"汪主席怎么陪李任公走了呢？我下午还在葵园见着他，他说明天上午九点，偕夫人来我家做客呢？"黄绍竑以为冯祝万这消息不准确，忙纠正他。

"这些全是骗人的鬼话！"冯祝万气愤地说道，"你离开葵园不久，汪就乘车到码头，与李任公一道上船到香港去了，你还蒙在鼓里呢！"

"啊！"黄绍竑这一惊非同小可。

"我走了！"冯祝万与黄绍竑紧紧握了握手，"你也要马上离开！"

送走冯祝万后，黄绍竑急忙奔回房间，蔡凤珍因已听到冯与黄的谈话，立即从柜子里给黄绍竑找出一件香云纱长衫和一只黄色的夏威夷铜盆帽。黄绍竑急忙穿上长衫，戴上帽子，正要离去，蔡凤珍一把拉住他，提醒道：

"你那腮上的胡须还留着干什么？人家不认识你也认识你这胡须呀！"黄绍竑猛省过来，急忙拿起剪子，咔嚓咔嚓地一阵猛剪，接着用热水抹脸，再涂上些皂沫，用刮脸刀将腮帮和下巴刮得溜光。蔡凤珍问道：

"这胡须还要我替你保管起来吗？"

"不必了，这是第二次被迫剃胡子啦，我从此不再蓄须了！"黄绍竑忿忿而言。

剃过胡须，蔡凤珍又给黄绍竑鼻梁上架一副墨晶眼镜，再递给他一支手杖，黄绍竑立刻变成了一名有地位的广州绅士。蔡凤珍把黄绍竑送到后院的小门边，她轻轻打开门，待一辆巡逻的敞篷汽车拐弯后，才悄声对黄绍竑道：

"你可以走了，出门后先到西关石秘书家里避一避。"

黄绍竑点了点头。蔡凤珍不放心地问道："还有什么要交代的吗？"

黄绍竑把他那剃得光溜溜的下巴，凑到蔡凤珍的耳根，悄悄说道："那石鼓大王庙的签还真灵验！"说罢便往黑暗处一闪，倏地拐进一条小巷。

蔡凤珍见黄绍竑的身影消失在黑暗中，忙竖起耳朵听了一阵，并无动静，才轻轻关上门，走回楼上。不到半小时，便听到楼下传来一阵剧烈的砸门声和吆喝声。守卫公馆的卫队长知道情况有变，他还不知道黄绍竑已出走，当即下令开枪抵抗。在对方猛烈的火力还击下，卫士们一下被打死好几个，公馆的大门被砸开，立即拥进来一大群气势汹汹的士兵，他们将公馆卫队缴械，高声叫骂着：

"丢那妈，找死呀！"

张、黄部队的第十二师师长吴奇伟，带着十几名持手提机枪的卫士，直冲上楼来，进了卧室，枪口对着蔡凤珍，吴奇伟喝问道：

"黄绍竑哪里去了？"

"不知道。"蔡凤珍惶恐地摇着头，她还是第一次碰到这样的局面。

"给我搜！"吴奇伟命令道。

第四十一回

两路出兵　李济深讨伐张黄
谤满天下　汪精卫无地自容

却说黄绍竑半夜仓猝逃出公馆后，摸黑跑到西关他的秘书石楚琛家里。石秘书骤然间见黄如此打扮，忙惊问道：

"主席怎么啦？"

黄绍竑取下头上的夏威夷铜盆帽，摘下墨晶眼镜，喝下一杯凉茶后，正要叙说冯祝万半夜报警之事，却听得枪声骤起，他忙命石秘书：

"快给我公馆打电话！"

石秘书拨通吉祥路黄公馆的电话后，通报了姓名，只听黄绍竑的卫队长莫宏说：

"公馆遭受大批张、黄军队围攻！"

话未说完，电话便中断了，石秘书向黄绍竑报告：

"公馆出事了！"

"哼——"黄绍竑出了一口粗气，双手背在身后，在房间里乱转，仿佛一位行将破产的大老板似的。他身材魁梧，那一身文雅的香云纱衫与他的气质极不协调，腮上刮过的胡须露出一片微微的青光，下巴与脖子之间，仍有几根长须没有剃去，他那双平素冷峻的眼睛里，在气愤和惊急中燃成两团怒火，更是锐利灼人。石秘书看黄绍竑急得这般模样，吓得心头乱跳，连连问道：

"我们怎么办？怎么办？"

黄绍竑什么场面都见过，这样的出逃比当年在东亚酒店被陈大麻子包围攻击要轻松多了。既然已从公馆逃出，广州那么大，人那么多，凭张发奎、黄琪翔那几师人马，是不容易搜捕到他的。他对自己的安全并未过分担心，他担心的是两广的局势。李任公远在上海，他则身陷囹圄，两广群龙无首，而汪精卫、张发奎、黄琪翔等人图粤又是蓄谋已久，计划周密，目下两广之局势危险极了，他如果不能迅速逃出广州，奔回广西，则局势便无法收拾了。

"主席是否先休息一下？"石秘书即吩咐他的太太，"给黄主席收拾一下房间。"

"不必！"黄绍竑摆了一下手，"你这里也很危险。他们既然在公馆里搜不到我，必会派兵到与我有关系的人家里来搜查的，你这里他们绝不会放过。"

"是的，是的！"石秘书这才恍然大悟，他只顾照料黄绍竑的安歇，却忘了他们仍处在危险之中。

"我们必须马上出走！"黄绍竑命令石秘书，"给我找一套普通的衣服来，这一身衣服目标太大，不易混迹百姓之中，你也要换装。"

石秘书即回房间里翻箱倒柜，给黄绍竑找出一顶翻边咖啡色毡帽和一件深灰色长袍。黄扮成普通商人模样，石一身短打，扮成黄的伙计随行。他们趁天色未亮，摸出西关，一路走到郊外的西村火车站，还好，路上并未碰上盘查。黄绍竑道：

"我记得天亮前有一班广州至韶关的火车，你到站里看看，买两张票，我们到韶关去找黄旭初的部队。"

"是。"石秘书答应一声，便走进了西村火车站，只见售票处窗前新贴着一张通告："奉省府令，广韶火车暂时停开。"石秘书见车站里的军警比旅客还多，且对来往进站的人进行盘查。他不敢逗留，马上走出车站，在站外找到黄绍竑，报告道：

"广韶火车不开了！站内军警林立，气氛森严，我们快走吧，去石围塘赶广三火车，由肇庆坐船回梧州去。"

黄绍竑边走边说："现在看来，除了往香港的省港轮有可能继续开外，恐怕其余的车站码头都被封锁了，石围塘去不得。"

"省港轮到下午才有开，这段时间我们到哪里去呢？"真是有家归不得，有路走不得，石秘书迷惘地问道。

"市区不安全，要往郊外走，此地离南澳镇不远，我们可到那里暂避半日，然后回长堤看看动静再说。"黄绍竑抬头看了看天，天已亮了，便和石秘书往南澳镇方向走去，边走边嘱咐道："如果路上有人问起，我们就说是梧州客商，到广州来做杂货生意的。"

"嗯。"石秘书见黄绍竑如此冷静沉着，他那急跳的心，才慢慢和缓下来。主仆二人，扮作客商模样，踏着曙色晨光，不紧不慢地走着。约摸行了两个小时，便到了广州西南方向的南澳小镇。他们走进一家普通的小茶馆，要了一壶热茶，一盘点心，慢慢地吃喝起来。在这小茶馆里，一直盘桓到下午，他们才又提心吊胆地往广州城里走去。来到长堤码头，只见许多军警在巡查，墙壁上，电线杆上，到处贴满了五颜六色的标语："打倒侵略广东的黄绍竑！""打倒桂系军阀！""打倒南京特别委员会！"这些标语，在平常人看来，并不感到怎的，只要不在广州城里打仗，老百姓们便不会留意打倒谁，那横竖是有兵掌权的人的事，他们想打倒谁，关老百姓们什么事呢？因此，街上照样行人熙攘，人们仍在忙着自己的营生。只有黄绍竑和石楚琛看了这些赫然醒目的标语后，仿佛有一把火在他们背上烤着一般，炙肌灼肤，心焦神恐。石秘书到码头售票处打听省港轮开出的情况去了。黄绍竑见一群人正围在一堵墙壁前指手画脚议论着什么，他觉得自己一个人站在一边不自在，便也凑了上去。

"丢那妈，这契弟唔知在边处？边个要逮着，可就发一笔大财啦！"

一个码头工人模样的人，用一根粗大的竹杠一边敲打着一张告示的上头，一边用白话大声说着。

黄绍竑忙朝那竹杠看去，不觉大吃一惊，原来这是一份刚刚贴出的"广东省

第四军的先后三任军长：左起张发奎、黄琪翔、吴奇伟

主席"张发奎亲自签署的关于捕捉黄绍竑的通缉令。略谓：桂系军阀第二号头子黄绍竑，欲称霸两广，经年侵略广东，搜刮粤省民脂民膏，以供其反动团体扩军危害全国。我粤省民众乃是有光荣革命传统之民众，不值桂系之荼毒，张主席发奎、黄军长琪翔顺应舆情，特于昨日晚发动倒桂之举。查桂系反动头子黄绍竑于昨日抵穗后，因畏我粤省军民之讨伐，已秘行藏匿，今特布告全市军民人等，有发现其踪迹到省府报告者，即赏花红银一千。有就地拿获解送省府者，赏花红银五万云云。通缉令上方，贴着放大的黄绍竑照片。

黄绍竑仔细辨认，原来那照片竟是三年前他和妻子蔡凤珍结婚时，由蔡父为他们精心拍摄的结婚照。中间被剪刀剪开，有蔡凤珍头像的那一半不知丢到什么地方去了。

这张结婚照一直挂在他们卧室的墙壁正中，是由吴奇伟动手取下来的——他拿不着黄绍竑，便拿上这照片回去向张发奎交差。

黄绍竑心里又气又恨，但却丝毫不敢发作，只是把那顶毡帽往眉骨下拉了拉，低头走了。这时石楚琛已由码头那边走过来，他面带喜色悄声说道：

"这班省港轮是英国皇家公司的船，五点钟开船，我已买好票了，现在即可登船。"

"不要急！"黄绍竑冷冷地说道，"必须等到临开船人最多最拥挤的时候方可混上去。"

"还有半小时，我们到哪里去呢？码头内外到处都是军警。"石秘书恨不得那英国轮船即时便开。

"再到茶馆里泡二十分钟！"黄绍竑看了看表说。

他们走进了码头附近一家下等小茶馆，心不在焉地喝着那苦涩的粗茶，闻着那气味浓烈的劣质烟草味，度过了那极难挨的二十来分钟。"嘟——嘟——"轮船鸣笛了，黄绍竑和石秘书这才匆匆走出茶馆，跑下码头石级，果然，码头上临开船时最为拥挤不堪。因为昨天晚上吴奇伟围攻黄绍竑公馆，今天张发奎又自封了广东省主席，那些饱经忧患的广州市民，特别是中产阶级，便敏锐地预感到战乱又将发生了，他们临时决定带上金银细软和家眷，避往香港观风向。这些年来，他们几乎都是这样应付过来的，只要跑得及时，便能保全身家性命。因此，这班英国人开的省港轮船，比平常更是拥挤几倍，绝大多数乘客都是拖儿带女扶老携幼的广州市民和一些中等商家及伙计店员。码头入口处虽有数十名军警戒备盘查，但无奈乘客太多，拥挤不堪，闹闹嚷嚷，骂骂咧咧，争先恐后，倒把那些持枪的军警挤到一边去了，任凭他们高声喝叫弹压也无济于事。黄绍竑和石楚琛便乘着混乱，杂在人群中，挤上了轮船。

"嘟——"那英国轮船一声长鸣，徐徐驶离码头，沿省河珠江破浪前进。黄绍竑和石楚琛只敢松半口气，因为出海前还要经过虎门要塞，仍怕碰上盘查。黄、石二人杂处在乘客之中，既要不断观察岸上的变化，又要不断注视船上的乘客，生怕碰上张、黄派在船上的刺客暗探。黄绍竑仍把那毡帽拉得很低，他的两只眼睛藏在帽檐下，警觉地又不为人注意地留神着周围的一切。石楚琛是黄绍竑的秘书，身份低目标小，加上又上了英国轮船，胆子也就变得大了，他抬头四顾，干脆把那顶表明伙计身份的绒线帽取了下来。忽然，他在船舱的那一头发现了两个人，心头立即猛地一震，他忙低声对黄绍竑道：

"老板，你看那两个人是谁？"

黄绍竑把那毡帽略略往上推了推，朝石秘书指的方向看去，也不由大吃一惊，他看见坐在船舱那一头的两个人不是别人，竟是他的夫人蔡凤珍和岳母，蔡凤珍膝上抱着他们那才两岁的孩子。

"我去告诉夫人一声，说你在船上。"石秘书兴冲冲地说道。

"千万不可惊动她们！"黄绍竑使劲在石秘书的肩上一按。

"为什么？"石秘书实在不明白，在一场大难解脱之后，能与家人在平安中巧遇，这是多么惬意的事情，可是，他的这位"老板"竟不愿与娇妻幼子见面。

黄绍竑不再说话，只是做了个垂钓的手势，石秘书这才猛省——张、黄没逮着黄绍竑，很可能会以他眷属作为诱饵放长线钓大鱼，谁敢保证蔡凤珍身旁不会隐藏着秘密刺客呢？黄绍竑和石楚琛在没发现蔡凤珍之前，心情尚显得轻松一些，现在，他们那刚刚松弛些的神经又紧紧地绷了起来。

黄绍竑最怕妻子此时突然认出自己，或者那宝贝孩子雀跃地向他奔来，他把帽檐拉得更低，连看也不敢再朝妻子那边看了。轮船又发出一声轻快的长鸣，石楚琛有些按捺不住地扯了扯他"老板"的衣服，用下巴朝江面上示意：

"出虎门啦！"

"啊！"黄绍竑抬头一看，只见那大虎和小虎两座石山，犹如一大一小的两只猛虎，威风凛凛地蹲在奔腾咆哮的江水中，守护着广州的大门。至此，黄绍竑才松了一口气，感到真正地逃出了虎口。他把那毡帽往上一推，朝妻子那边深情地看着，蔡凤珍双眉紧锁，愁容满面，只顾搂着膝上的孩子，好久，才将那双布满愁云的双眼略抬一抬，她心中蓦地一惊——一个戴毡帽的商人，正不断地盯着她。忽然，那商人用手捋着光溜溜的下巴。蔡凤珍又是一惊——她奇迹般地发现那戴毡帽的光下巴商人正是她的丈夫。她愣了一阵子，既没有惊喜地站起来打招呼，也没叫母亲和孩子，却从怀中掏出一方手绢，抹起那两行如泉涌般的泪水来……

黄绍竑逃到香港后，临时借住在前广州市公安局局长邓彦华的家里。不久，前广东省财政厅长冯祝万、第八路军总部参谋长邓世增、副参谋长张文，后方第四军的第十三师师长徐景唐和一批文官戴传贤、朱家骅、邵元冲、曾养甫等也陆续逃到香港。忠于李济深的海军处长舒宗鎏，率领能出海的飞鹰军舰，从黄埔一路开火，打出虎门，也到了香港。他们闻知黄绍竑已安全抵港，便齐集邓彦华家，商量讨伐张、黄的计划。

"此仇不报，非丈夫也！"黄绍竑还未开言，便一掌狠狠地击在桌上。

"黄副总指挥，下令吧！"总部的几位高级将领和师长徐景唐，心里也都揣着一团怒火，他们摩拳擦掌，高声叫喊着准备打仗。

经过一番周密商量，黄绍竑随即发出两封电报，一封发到上海向李济深报告事变经过，一封发往韶关，令桂军师长黄旭初备战亦相机向桂境撤退。另派冯祝万、邓世增乘飞鹰舰到汕头向陈济棠师长通报情况，要他严加戒备。飞鹰舰由汕头返港后，黄绍竑又令送徐景唐师长回阳江，掌握他的部队。同时请戴传贤、朱家骅、邵元冲、曾养甫等搭轮船往上海，把情况详报李济深并转知蒋介石和各方人士，揭露汪精卫、张发奎、黄琪翔等的阴谋，在政治上进行声讨。黄绍竑部署就绪，便乘船由香港赴越南海防，然后经河内由陆路回到广西龙州，即再乘小汽轮，由左江而西江，沿途不停，直奔梧州，调兵遣将，准备讨伐张、黄。

再说李济深随汪精卫由香港乘船赴上海，抵沪即收到黄绍竑等自香港发来报告张、黄于李离穗次日凌晨即举兵作乱的电报，并报已请戴传贤等赴沪详述事变之经过和军事上的部署。李济深阅过电报，并不声言，只是将电文折好装进衣袋里。他心里明白，只要黄绍竑不被谋害，便会有人指挥军事做平叛之举，他远在上海，急也无法，待戴传贤等来之后明了详细经过及事态之发展，再做举动。

汪精卫对张、黄之举早有准备，他之偕李济深到上海，又是有着不可告人的目的，事发后，他还得施展手腕抑制和羁縻李济深。因此到上海后，他和李济深同住法租界内的一家大旅馆内。下船伊始，汪精卫便见来接的人神色惊惶地急忙将一封电报送给李济深，他心里一动，便断定这是李的亲信自广州或香港发来的急电，必与张、黄之举有关，他估计李济深定会怒发冲冠，甚至当面给他难堪。可是，李济深不但不怒，反而从容不迫地将电报折好装入口袋内，什么也没说，然后与他一道上了汽车。这下，汪精卫倒沉不住气了，他心里反复自问：难道张、黄没有按计划发动？难道李济深早有准备，已派人将张、黄拿住了？他那双善于观风测向，又善于揣度心理的眼睛，在李济深那严肃得略显刻板的脸膛上睃来睃去，但什么破绽也找不到，他只好怀着做贼心虚的心情，装得颇为关切地说道：

"任潮先生，广州共产党的势力不容轻视。离粤前不久，广三、广九和粤汉铁路的一千多工人及火柴厂五千多人包围了葵园，高呼打倒我的口号。为了打击他

广州起义时被炸毁的第四军军部大门以及门前停放的汽车

们的气焰，我当即要市公安局长朱晖日拘捕工人首领周文雍等三十余人，工潮方才平息。我最担心的便是共产党乘我们离粤之机，煽动更大的工潮，使广州受到赤化之威胁。"

李济深那严肃刻板的脸上，仍无任何使汪精卫需要的一丝表情，待汪精卫说完之后，沉默了一小会儿，李济深才平平静静地说道：

"赤手空拳的工人不足虑，要紧的是拿枪的共产党。张、黄的部队里，以共产党多而出名，在南昌'暴动'的贺龙、叶挺，不都是他们的部下吗？上月，张、黄将他们的军官教导团由北江调入广州北校场四标营后，上海《申报》即说：'该团既驻防广州，市内赤色空气，乃愈浓厚矣！'"

李济深既能以柔克刚，又能以柔克"猾"，他平平静静的几句话，竟使心怀鬼胎的汪精卫心头擂起了小鼓。汪精卫此次赴沪，除了为羁縻李济深，让张、黄在后方大干一场之外，他还为即将举行的国民党二届四中全会预备会进行活动，争取在会议上抢到党政首脑两把交椅。张、黄部队里确有许多共产党，为此，他与张、黄多次密议解决这些"赤子赤孙"的办法。黄琪翔因军官教导团是由军参谋长叶剑英将原武汉军校学生改编过来的，官兵素质和部队作战能力都很强，他既想利用又有恐惧。这个军官教导团好似一颗拉了导火索的手榴弹，握在张、黄手里，当然会炸自己，但如果在适当时机扔出去，又可狠狠地炸倒别人。他们决定因势利导，将这颗手榴弹用来炸李济深、炸黄绍竑。为了笼络和控制该团，黄琪翔曾多次到团里向官兵演讲，极力宣传汪精卫那套"在夹攻中奋斗"的理论，还别出心裁地提出"不使广东为灰色，打倒腐化投机分子，不恶化，不右倾，奋斗到底"等口号，并派其亲信朱勉芳任该团参谋长。汪精卫最怕的便是张、黄在发动倒李济深的同时，共产党乘机组织起义，使李济深和各方据以攻击汪精卫和张、黄，那么，汪精卫企图抢夺的那两把最高交椅，不仅无法到手，还将引火烧身谤满天下，被逼再次避到国外去。现在，他见李济深不说张、黄而说共产党，真是有些谈虎色变了。李济深说过这句话之后，便不再言语，脸色仍是那么平静而严肃，仿佛他治下的广东，什么事情也没发生一样。汪精卫灵机一动，为了避免李济深可能在二届四中全会预备会议上对他的攻击，他决定采取先发制人的手腕。

"春圃，你以我的名义给向华发个电报！"汪精卫突然扭头向坐在后座上的机要秘书陈春圃命令道。

"是。"陈春圃马上从皮包里取出纸笔，准备记录电文。

汪精卫像煞有介事地向他的机要秘书口述电文："黄琪翔兄之容共，已为不可讳之事实，如此不但各方反对，弟等从党义及人格计，亦难隐忍。拟恳向华兄英断，请琪翔兄暂时退休，认真'清共'……"

"琪翔不必走，他干得不错嘛，汪先生应该比我更清楚！"李济深那不苟言笑的脸上，竟意外地露出几丝笑纹来，更使汪精卫捉摸不透，李究竟是以老长官的资格表面上为黄琪翔开脱，还是旁敲侧击汪精卫支持张、黄在广州的举动？

"嘿嘿，"汪精卫只得把他那惯常的微笑，非常自然地换变成一种爽朗的笑声，轻松地说道，"任潮先生，怪不得人家说你有一副菩萨的心肠呀！"

"害人之心不可有，菩萨之心不可无。"

李济深的话仍是那么令人难以捉摸。汪精卫用了一切手段，也摸不透广州究竟发生了什么情况。到了下榻处，他即索阅当日的报纸，只见各报均以"广州军变"为题，报道了十一月十七日凌晨张、黄的举动，并未提到共产党的有关行动，汪精卫这才松了口气，但对黄绍竑脱逃潜返广西，甚为痛惜不安，他暗骂张、黄太大意，到手的一条"大鱼"，竟让他活脱脱地从珠江漏网而去，以致造成难以估量的隐患。汪精卫见李济深一直未提广州的事，他也就装着不知。因为蒋介石在十月初曾派宋子文到广州活动，暗中鼓动张、黄在广州倒李济深，蒋与汪已达成默契，只要不卷入共产党事件，纵使李济深有一百张嘴也攻击不倒他汪精卫。过了几天，国民党二届四中全会预备会议在上海法租界召开，会议开始，李济深突然起立，向预备会提出紧急动议：

"各位代表，张发奎、黄琪翔于十七日公然在广州称兵作乱，擅行围捕黄绍竑同志，事后乃加黄同志以拥护特别委员会之罪名。此次济深与汪精卫同志被推来沪出席会议，济深才离粤境，而住宅被搜劫，卫队枪械被围缴，此外，临时军事委员会、黄埔军校等，均为逆军所袭击，强制缴械，死伤数十名，失踪百余名。似此逆迹昭著，罪大恶极，于军纪国法，岂复有丝毫容赦之余地？在广州之中央委员顾孟余、陈公博、甘乃光、陈树人、王法勤、王乐平、潘云超、李福林等，或参与同谋，或甘心附逆，应请先将附逆委员甘乃光、陈树人、王法勤、王乐平、潘云超等饬令退席，亦一面交付监察委员会查办严惩，以肃党纪，而维国法。"

李济深声色俱厉，痛斥了汪派的文武干员，实则是不指名道姓地鞭笞了汪精卫。对于李济深在会上的发难，汪精卫早有思想准备，会前他曾与蒋介石密谈过几次，对于张、黄在广州的举动，蒋表示欣赏，并称赞汪"不食其言"。汪精卫得了蒋介石这句话，真如吃了一颗大大的定心丸，更不怕李济深的攻击了。

却说李济深在开会之前，也找蒋介石谈过"广州事变"的问题，蒋一听便冒起火来，慷慨激昂地说道：

"张、黄为将多年，竟恃武力称兵作乱，实为国法军纪所不容，如不讨伐，则党义难伸，纲纪不张，孙总理手创之主义无法贯彻，我们如何对国人交代？"

李济深见蒋介石毫无保留地站在自己一边，坚决要讨伐张、黄，顿时也似吃了一颗大大的定心丸，便说道：

"我将仿效孙总理讨伐叛逆陈炯明之方法，组织东、西两路讨贼军，东路以陈真如（陈铭枢字真如）为总指挥，指挥蔡廷锴和陈济棠两师，西路讨贼军以黄季宽为总指挥，指挥徐景唐师和桂军黄旭初、吕焕炎、伍廷飏三个师，会攻广州，讨平张、黄。"

"这个，很好！"蒋介石放心地笑了，他十分慷慨地说道，"张、黄部队素有'铁军'之称号，富有作战经验，切不可轻视，为了加强东路之兵力，我要驻梅县附近的钱大钧拨一个师给陈真如指挥。"

李济深这下又吃了蒋介石给的一颗更大的定心丸——蒋不但在道义上支持他，而且还命令自己的嫡系部队钱大钧的第三十二军拨一个师直接投入讨伐张、黄的作战。李济深一边暗地里调兵遣将，准备讨伐张、黄，一边积极准备在二届四中全会预备会上发难，声讨汪精卫，企图一举将汪派在广东的势力连根拔去。

"嘿嘿嘿！"汪精卫在李济深宣读完他的紧急动议后，接连发出一串蔑视的笑声，说道，"诸位，三十六计中有一计叫作'瞒天过海'，你们看看李任潮先生是多么娴熟地运用了这条计策。张、黄是广东人，鄙人也是广东人，但是，如今广东人却不能过问广东之事。李任潮先生是广西人，黄季宽先生也是广西人，他们继承老桂系陆荣廷的衣钵，专事侵略广东，搜刮粤省民脂民膏，为他们的桂系团体扩充实力，攫夺党政中央之实权。因此，张、黄此次在粤发起之倒桂运动，乃是继承孙总理讨伐旧桂系之旗帜，为民除害，为国除奸，为党伐敌，张、黄之举，孙总理在天之灵，亦感欣慰！"

"住嘴！不许你在此诬蔑孙总理！"李济深的亲家吴稚晖早被汪精卫的狡辩激怒了，他抖动着下巴上那长长的一大把胡须，连连击桌呵斥汪精卫，"你汪精卫与陈公博、张发奎、黄琪翔等实乃一丘之貉，你们都是一些准共产党，广州事变，名为倒李，实为共产党的贺、叶部队为潮、梅战败报仇，否则，屋檐上一滴水怎么会恰好滴入油瓶口里呢？"

"吴老狗，你不要血口喷人！"汪精卫本来最怕人家说张、黄之举是受共产党的影响，不想吴稚晖真是哪壶不开提哪壶，竟把他和陈公博、张发奎、黄琪翔等诬指为准共产党，他当即气得跳了起来，不顾一切地撕下了平常那一脸富有魅力的微笑，丢下了那亲切动听迷人的言辞，显出骂街的泼妇面目来。

"诸位，请不要感情用事。"笑容可掬而又显得雍容大度的蒋介石站出来说话了，"记得中正在联系各方，筹备此次会议的时候，曾说过一句话：'欲使中国国民党复归完整，非相互谅解，从速恢复中央执行委员会不可。'今日这次会议，便是为从速恢复中央执委会做准备的，中正衷心希望吾人能相互谅解，把这次具有历史意义的会议开好。为了营造相互谅解的气氛，中正提议，将广州事变问题，交四中全会解决。"

李济深和汪精卫听了，都不由暗吃一惊，为什么原先口口声声表示坚决支持自己一方的蒋介石，现在竟变得如此不偏不倚的，貌似公允了呢？其实，他们哪里知道蒋介石的用心。汪精卫虽然狡猾善变，李济深虽然老谋深算，但他们如何是蒋介石的对手？李济深也罢，汪精卫也罢，他们争来斗去，只不过是在扮演一只蚌或者一只鹬的角色，而蒋介石却在成功地扮演着那得利的渔翁！蒋介石支持汪精卫、张发奎、黄琪翔在广州反李倒黄，除了利用汪精卫在政治上为他捧场之外，其目的在于对付咄咄逼人的主要对手——桂系。张、黄在粤起事，打倒了李济深，赶跑了黄绍竑，便等于砍了桂系一条臂膀，使他们陡增后顾之忧而不敢在京沪和中原为所欲为，这是牵制桂系的一着妙棋，将对蒋介石的复起有着决定性的作用。但蒋介石同时又支持李济深讨伐张、黄，因为张、黄统率的第四军自北伐以来便所向披靡，在出师北伐的八个军中，第四军的共产党员最多，战斗力最强，世人皆以"张黄铁军"称之，因此蒋介石最怕第四军，其次是李宗仁的第七军。"八一"南昌起义，原第四军所属的独立团团长叶挺，带一个师和贺龙的第二十军参加了起义。原第四军第十师团长蔡廷锴带一个师远走福建，脱离了张发奎的指挥。但是由原第四军第十二师团长黄琪翔升充军长的第四军，仍拥有三个师和包括由军参谋长叶剑英兼任团长的军官教导团、梁秉枢为团长的警卫团，实力仍然很强。第四军向有反蒋的传统，蒋介石一直把它视为眼中钉，既无法控制，又无法消灭它，蒋要重登总司令的宝座，李、白的桂系部队固然是最大的障碍，但第四军也是一个很大的威胁。如果能让张、黄的第四军和李济深的第四军以及桂系的第七军自相残杀，使这两支实力最强的军队消耗灭亡，蒋介石的总司令位置便可稳稳当当地重新回到手上来。因此，在张、黄事起之前，他曾派宋子文赴粤，鼓动汪精卫和张、黄在广东驱逐李济深和黄绍竑，使他们尽快发生火并。及待张、黄事发，他又暗中支持李济深出兵讨伐，促使张、黄和李（济深）、黄（绍竑）马上打起来。因蒋介石和汪精卫原订有蒋、汪合作的密约，战端一开，汪精卫必然要求蒋介石积极支持张、黄，于此蒋便可挟汪为自己复任总司令摇旗呐喊。

总之，这一仗无论是李济深胜还是张、黄胜，得利的都是蒋介石。

李济深见蒋介石态度变得暧昧起来，会后即去找蒋密谈，蒋介石"嘿嘿"一笑，拍着李的肩膀说：

"任潮兄，在会上我不给你们调解一下能行吗？仗你还是放手去打，钱大钧的部队我还是交给你指挥。只是……"

蒋介石瞟了李济深一眼，把话顿住了。李济深实在无法揣测变化多端的蒋介石下边要说什么话，但为了求得蒋的支持，他只得客气而又大方地说道：

"一切好说！"

"钱大钧部在和贺、叶逆军作战中，损失颇重，此次我令该部讨伐张、黄，钱军长给我一电，说官兵皆言生活太苦，总司令能否补贴补贴？嗨，任潮兄，我下台后，两袖清风……"蒋介石又瞟了李济深一眼。

李济深当然明白蒋介石想要什么，只要能打垮张、黄，恢复广东地盘，李济深自然是不吝惜代价的，他把手往下一甩，说道：

"我给钱部行军费十五万元！"

蒋介石心中暗喜，表面上李济深是出钱出兵为自己夺回广东，实质是蒋利用李的钱和兵去打天下。

李济深前脚刚走，汪精卫后脚又迈进了蒋介石的房间，蒋当然明白汪的来意，便故意激汪道：

"汪先生呐，这事很不好办哟，李任潮硬是要对张、黄实行讨伐，我刚才想说服他，可说干了嘴，他还是一个劲地吵着非打不可。如果他硬要打，我看张、黄一定要吃亏的。"

蒋介石皱着眉头，点着手指头对汪精卫说道："张、黄部队虽有'铁军'之誉，但是胳膊拧不过大腿呀！李任潮在广东原有四个师，陈济棠师驻汕头，徐景唐师驻阳江，新编的薛岳、黄镇球两师驻广州，桂军黄绍竑部有三个师可用，闻说陈铭枢、蔡廷锴也表示要听李任潮指挥，由闽回师入粤，从兵力上看李任潮占绝对优势，战端一开，唉！"

蒋介石忧心忡忡，无可奈何，只得摇头叹息，以示自己对张、黄爱莫能助。汪精卫也最怕张、黄在李济深、黄绍竑优势兵力的进攻下失败，张、黄一败，汪精卫势必失去实力作支撑，他在政治舞台上不但唱不成举足轻重的主角，恐怕到时连想跑龙套都没有人要了。他的如意算盘原是想把李济深骗到上海挂起来，将黄绍竑再骗到广州杀掉，使李、黄所部群龙无首，进而以张、黄所部不费力地控制两广，开府广州，唯我独尊。不想黄绍竑命不该亡，竟能脱钩而去，实出汪之意外。事既至此，当然最好是不要使张、黄部队受损，而唯一有能力进行斡旋，袒护张、黄的便只有蒋介石了。

汪精卫只得向蒋问道：

"你有什么办法吗？"

"唉！"蒋介石又摇了摇头，叹一口气，说道，"汪先生，你不是不知道啊，如果此事放在三个多月以前，我以总司令名义下道命令，自己内部总不至于会自相残杀的。可如今，谁还听我的呢？天下大乱，你争我夺，互相攻杀，简直胜过春秋战国，汉末三分……"

蒋介石说得痛心疾首，干脆把手一摆，说道："全党如果在军事上不听我的指挥，我就只好再次出国，让他们乱去吧，让国家亡去吧！"

汪精卫也像李济深那样明白，蒋介石是有条件地帮忙，李济深能拿出十五万块钱送给蒋介石的嫡系部队，汪精卫自然也能拿出东西来与蒋介石交换，他知道蒋想从他这里得到什么。本来，这是汪精卫拥有的一个镇家之宝，他轻易是不肯拿出来的，但为了保全张、黄部队的实力，他如今不得不拿出来送给蒋介石了。

"你必须复任国民革命军总司令！"汪精卫郑重地说道，"我将在此次预备会议及二届四中全会上向全党呼吁，使你能尽快复职！"

"只有我主军，你主党、主政，才能结束这种毫无希望的分裂局面！"蒋介石也非常清楚汪精卫最终想得到什么。

正当蒋、汪、李卷入一场新的权力之争时，十二月十一日，广州爆发了震惊世界的革命运动。蒋介石、汪精卫、李济深以及国民党内的各派政治势力，无不惊骇栗然。原来，当李济深、黄绍竑调兵遣将由东、西两路准备进击张、黄部队之时，张发奎决定采取各个击破的战略，令黄琪翔为前敌总指挥，统率第四军的吴奇伟、李汉魂、许志锐三个师及新近由李济深那边投过来的薛岳、黄镇球两部改编的教导一、二两师，李福林的六个步兵团，悉数进军西江肇庆，欲消灭桂军黄绍竑部的三个师，把桂系老巢广西也一起端了。张发奎坐镇广州，只留下教导团、警卫团、炮兵团、李福林军一营及省保安队守卫广州。十二月十一日凌晨三时，广州工人和教导团、警卫团的革命士兵，在中国共产党人张太雷、叶挺、叶剑英等的领导下，举行了举世瞩目的广州公社起义，仅经两小时战斗，拂晓时便占领广州市区的大部分，攻克了公安局。公安局长朱晖日仓猝越墙而逃。起义部队占领了观音山、省长公署等城北制高点。第四军军部设在珠江边的一座坚固的大洋楼里，起义军的军官教导团和工人赤卫队第一联队攻打第四军军部，一阵猛烈的枪炮声，把张发奎和刚从西江前线督师回来的黄琪翔从梦中惊醒。当他们得知教导团和警卫团已经叛变投共，正在前来围捕他们时，立即惊得从床上跳起，连衣服、鞋子都来不及穿，仅着内衣短裤，打赤脚从后门溜出军部。此时广州市区遍地枪声，"打倒张发奎！打倒李济深！""共产党万岁！""苏维埃万岁！"的口号声，宛如珠江口外的怒潮，铺天盖地而来，张、黄二人惊惶失措，不断哀叫着：

"怎的好？怎的好？"

他们那狼狈的模样，远远胜过半个多月前被他们围捕而逃出广州的黄绍竑，因为黄绍竑虽然跑得仓猝，但尚可剃须易服而走，而张、黄连穿鞋都来不及。他们这样胡乱转了一阵，才略为清醒些，想起第五军军长李福林的军部在河南的海幢寺内，此时只有到那里才有办法。张、黄二人急忙逃窜，一口气跑到李福林的军部。李福林尚未起床，及待他见了不可一世的张、黄二人这两副狼狈相时，也吓得那握水烟壶的手一松，那把锃亮的银烟壶"叭"的一声跌到了地上。不久，公安局长朱晖日也跑来了。张、黄、朱、李四人急喘喘地一碰头，当即下令檄调已开赴西江的薛岳师、吴奇伟师，在韶关的第五军陆满、周定宽两团及驻佛山的两个营，火速回师广州，镇压起义。张发奎在李福林处借了套军服穿在身上，即奔赴珠江边乘江大舰，指挥海军粤海舰队向长堤的起义军轰击。广州城硝烟滚滚，顿时被血与火吞没。

起义军在张、黄部队的优势兵力进攻下，血战三昼夜，失败后退出广州。张、黄部队进入广州后，见人便杀，见房便烧，进行了惨绝人寰的大屠杀，造成了广州有史以来最大的一场浩劫。全国舆论大哗，群情激愤，广州市民对张、黄部队的屠戮更是恨之入骨，连国民党右派也不值张、黄之所为，纷纷指责他们怂恿共产党"暴动"。李济深当即发出讨伐张、黄之通电，电云：

"张发奎唆使黄琪翔叛变作乱已为世人周知之事实。今专就军人谈军事，如果军民稍存法纪，张发奎亦属罪不容诛。此而可赦，则恶风助长，天下必然大乱。济深前以妇人之仁，致酿巨变，实已悔恨莫及，今日为军纪党纪与国法计，对于无法无天之张逆，除临之以兵外，别无他策也。"

李宗仁、白崇禧把持的南京国民政府军事委员会也随之下令讨伐张发奎、黄琪翔，令李济深指挥海军，陈铭枢任左路、白崇禧率西征军为右路，进兵征讨，务需荡平广州，将张、黄褫职拿京究办。

接着南京国民政府派邓泽如、古应芬两名大员，到沪查办汪精卫、陈公博等人。

汪精卫终于喝到了他自己酿就的苦酒。

"蒋先生，你看怎么办？该怎么办呀？"汪精卫如一只丧家之犬，过街之鼠，抱头鼠窜，径直找蒋介石来求救了。

"汪先生，实出于意料之外，问题严重，相当严重！"蒋介石摊开双手，那样子真像个站在岸上的人，眼见有人不幸落入洪波恶浪之中，急得又无法救助似的。

"你无论如何得想个办法，让我和张、黄渡过这道难关！"汪精卫眼巴巴地望着蒋介石，像落水者哀求别人快拉他一把，以便逃出那灭顶之灾。

蒋介石把双手抱在胸前，慢慢踱步，尽管脸色显得严峻，心中却在暗笑，庆幸自己走运。凡天下事，只要有人倒霉，便会使另外的人走运，你如果要走运，就必须千方百计使别人倒霉，这是蒋介石早年在上海金融交易所里学来的本事。后来他把这套本事运用于政治斗争中，竟灵验无比，累试不爽。他成功地运用廖仲恺被刺一案，使手握兵权的许崇智和主持国民政府大权的胡汉民倒霉，他走了一场大运；他利用"中山舰事件"使汪精卫倒霉，又得以走了一场大运。在孙中山逝世一年多的时间里，他脱颖而出，排除汪、胡、许这些元老，集党政军大权于一身。现在汪精卫、张发奎、黄琪翔等倒了大霉，蒋介石又要重交好运了。在已结束的国民党二届四中全会的预备会议上，蒋介石成功地利用了"张黄事变"，在汪精卫等的呼吁奔走之下，趁李、白赶走唐生智，唐部退入湖南节节抵抗，李、白正为两湖的军事和广州事变搞得焦头烂额自顾不暇的情况下，蒋介石已经得到会议通过，复任国民革命军总司令。而且远在西北和雄视中原的两大实力派阎锡山、冯玉祥已发来拥戴电，蒋介石重新上台掌权已是指日可待的了。现在，汪精卫也罢，张、黄也罢，蒋介石已不再需要他们了，他所需要的只是设法收编张、黄残部，将这支铁军劲旅抓到手上来，变成他自己的部队。

"我看，目下只有请汪先生和张、黄出国暂避一下为好。"蒋介石显得十分心焦地说道。

"出国？"汪精卫那眼珠都差点突到眼眶骨外了。

"我也不是刚从日本回来嘛！"蒋介石狡黠地笑了笑，"汪先生和张、黄先出国避一下风头，张、黄的部队可暂交他们的副军长缪培南带，我则从中极力斡旋，化干戈为玉帛。万一调解不成，缪培南部队在作战中失利，即可退入江西整补，这样张、黄的本钱还在，时机一到，不是又可以回来么？"

汪精卫还有什么可说呢？只得大叹倒霉，搬起石头砸了自己的脚。十二月十七日，汪精卫悄然离沪，由他的机要秘书陈春圃提着那只皮箱相伴，乘轮前往法国，又到巴黎呼吸那香水味十足的空气去了。接着张发奎、黄琪翔也由广州避往香港，将军队交由缪培南指挥。李济深带着深仇大恨，指挥陈铭枢、蔡廷锴、陈济棠、徐景唐等粤军和黄绍竑的桂军，东、西两路夹攻缪培南军，李、黄、缪三支劲旅会战东江，经紫金、双头岐岭、潭下墟三场血战，直杀得天昏地暗，日月无光，草木殷红，江水变赤，双方死伤两万余人。最后缪培南军战败，果然按蒋介石的指示，退入赣南投蒋去了。

蒋介石走运了！

第四十二回

权衡利弊　何应钦通电拥蒋
坐镇南京　李宗仁防不胜防

　　蒋介石在黄郛家中，正与黄郛、朱绍良、陈立夫、陈果夫等人商议如何到南京复职问题。看来，他们已经商谈很久了，似乎仍没有找到最好的办法。蒋介石憋不住了，从座位上站起来，在室内急促地走了几步，骂道：

　　"何敬之真不是个东西！"

　　在蒋介石复职的障碍中，何应钦是个关键人物。自从国民党二届四中全会预备会议开过之后，蒋介石已为自己复职扫清了政治上的障碍，特别是预备会议上通过一系列关于蒋复职和反对南京特委会的重要议案，其中关于特委会决定重大案件时须取得四中全会预备会同意的决议案，更是对桂系权力一种明显的限制。通过孔祥熙的拉拢，冯玉祥和阎锡山两大实力派均表示拥护四中全会预备会所通过的议案，赞成蒋介石尽快复职，并发来了拥戴电。蒋介石重返中枢，已是万事俱备，只欠东风了。但是，与此同时，李宗仁极其重视蒋汪勾结及其复辟活动。在西征军占领武汉之后，唐生智部队已悉数退回湖南，解决湖南问题和广州张、黄问题，迫在眉睫。为了对付蒋介石的复辟活动，李宗仁只得把征湘军事交给白崇禧主持，他和程潜急忙赶回南京坐镇。李宗仁一回到南京，即明确表示各中央机关继续行使职权，政治军事继续进行。紧接着南京国民政府军事委员会，对张、黄下达讨伐令，南京国民政府下令查办汪精卫、陈公博等，这一举动，把汪精卫吓得不敢在上海立足，被迫远走欧洲。李宗仁为了从政治上摧毁蒋介石的复辟，接着发表严正声明，否认蒋、汪在上海法租界内召开的国民党二届四中全会预备会的合法性，他强硬地指出：

"四中全会必须到首都召开，在上海租界内所召开的预备会议，没有任何法律上的价值。"

李宗仁这一拳，正打着了蒋介石的要害。目下，南京仍被那可恨又可怖的"白狐狸"集团控制着，沪宁线上和津浦线上的部队虽原是蒋的嫡系，但现时由何应钦掌管着，何应钦不说话，蒋介石如何敢冒险进京？再说，南京卫戍司令贺耀祖现时正在津浦线上指挥战事，贺与蒋原无渊源。而此时坐镇南京的卫戍副司令周凤歧，又与蒋矛盾很大，绝不会欢迎蒋到南京去。如果蒋介石不能进南京，又控制不了军队，他复辟的企图只能是黄粱一梦。现在，何应钦成了一个举足轻重的人物。联想到何与李、白迫他下野，及他下野后，何又千方百计攘夺他的军队的事，蒋介石感到恼怒万分，他真恨不得把何应钦的脑袋割下来当球踢到黄浦江里去。蒋介石正在愤恨不止，忽报何应钦的秘书长李仲公来见。

"他来干什么？"

蒋介石把那双被怒气填得满满的眼睛转了一下，立即对黄郛等示意暂时回避，他要和李仲公单独在此会谈。黄郛等避入他屋后，西装革履打扮的李仲公进来谒见蒋介石，一见面，他向蒋鞠了个标准的九十度躬，然后毕恭毕敬地站着。

蒋介石眨了眨眼，似乎从李的身上发现了某种他所需要的东西，他当即转嗔为喜，拉李和他同在一张沙发上坐下，第一句话便是：

"嗯嗯，你来得正好，四中全会预备会开过了，我准备请你出任未来的中央执行委员会书记长之职。"

李仲公一怔，没想到蒋介石会如此重用他这个属于何应钦的人，忙起立致谢。蒋介石停了片刻，突然问道：

"敬之近来怎么样？"

李仲公知道，谈话进入正题了，忙谨慎地答道：

"敬之很忙，他最近到上海来了。"

蒋介石勃然变色道："现在冯焕章、阎百川（阎锡山字百川）对我的拥戴电已经发出，我准备即日入京复职，为什么他何敬之还不发拥戴电？你去问问他，他到底想打什么鬼主意？唵！"

李仲公此来见蒋，本是欲游刃于蒋、何之间的，他见蒋发怒，知事不妙，先笑了笑，才解释道：

"介公对此不必过分介意。这正证明敬之对于政治感觉之迟钝，我就去催他立刻发出好了。"

"嗯嗯，"蒋介石仍是那么愠怒，说话更趋严厉，"你去告诉敬之，不要打错主意。上次白健生逼我，如果他说一句话，我何至于下台！他要知道，而且必须知道：没有我蒋中正，绝不会有何应钦。他怕白崇禧，难道就不怕我蒋中正吗？这次的拥戴电，他竟迟迟不发，是何居心？"

蒋介石越说越激动，最后竟用拳头擂着茶几，大叱一声："叫他滚出洋去吧，看我离了他行不行！"

蒋介石一顿臭骂，直把个李仲公弄得战战兢兢，不知所措，好在他与蒋、何都有些历史关系，而且蒋又要提他为未来的中央执行委员会书记长，因此尽管蒋介石暴怒不已，但他心里倒还冷静，他瞅准蒋发过一顿脾气之后，火气刚有所收敛，而第二次高潮尚未酿起之前，忙点头哈腰向蒋笑了笑，用既痛心，又诚恳的口吻说道：

"请介公息怒，敬之这个人不懂政治，不认识革命环境，头脑简单，行动迟缓。但据我看来，他不但没有异心，也是不敢有异心的。"

"何敬之既有魏延的反骨，又存司马昭之心！"蒋介石仍不放过何应钦，他对何不止猜疑，而且痛恨已达极点。

"啊啊，介公，介公，"李仲公的头脑反应倒很敏捷，忙打了个生动的比喻，"敬之跟随你多年，他的个性你当然知道，他对你确实是忠诚不二的呀。不过，由于才庸性缓，就像他是你的两臂，一举一动，本来是应听头脑指挥的，而也确实是听你的命令的。但由于受了才力的限制，你命令他两臂同时动，并在一定的时间内向着一定的方向达到一定的距离，他动是动了，却只动了一臂或则两臂都动而动得极慢，甚至有时迷失了方向乱动起来。在这样的情况下，在他以为是听命的了，而在你则看他不听指挥，甚至认为他是有异动的嫌疑，然而他确是对你忠诚的，这就是敬之近来行动失当和犯错误的病根所在。所以，我敢保证他是不会有异心，更不敢有异心的。"

"嗯，嗯，这个这个，那就好。"蒋介石那冷若冰霜的脸上，这下总算有了笑容，"那我就等他的拥戴电了，你回去告诉他，今天就发，立刻就发！"

为蒋介石复职谋划奔走的朱绍良

"介公放心，这个事就包在我的身上了。"李仲公见蒋已转圜，忙站起来告辞。

李仲公不敢怠慢，从黄郛家里出来，便径直奔往环龙路何应钦的寓所，见何去了。

却说何应钦本在津浦路南段指挥作战，已把孙传芳军队的攻势扼制住了，正缓慢地向津浦线北段推进。但他近日来却总感到精神恍惚，如坐针毡，半夜里不断为噩梦惊醒。有一日，他在总指挥部里闷坐，忽听得一声枪响，仿佛子弹已穿过他的胸膛，他仆地而倒，双眼一闭，以为这下死定了。但当卫士把他扶起时，他从头摸索到脚，这才发现自己身上无伤无血，他忽地猛叫一声：

"有刺客！"

何总指挥这一惊叫，吓得卫士们立即四下搜索，但连刺客的影子也没发现。原来，刚才那一声枪响，是大门外的一个岗哨不慎走火，子弹是朝天上飞去的，什么损失也没有。何应钦因怕蒋介石派人来行刺，变得风声鹤唳，草木皆兵了。随着蒋介石在上海与汪精卫勾结，蒋、汪合谋成功地召开了国民党二届四中全会预备会，蒋介石复出的呼声更是甚嚣尘上。何应钦惊恐的程度更是日胜一日，简直弄得他食不甘味，夜不能眠。好在他手下的两个军长刘峙、顾祝同对他还很服从，刘峙虽然北伐时跟随蒋介石打到武昌城下，后又转战赣浙沪宁，但一直很听何应钦的话，他在何的面前和在蒋的面前一样，只会说一个"是"字。顾祝同因在北伐时跟何应钦由粤入闽，进攻北洋军阀周荫人部，打到福州时，何将顾提升为第三师师长，后来打到南京，蒋介石下野，何应钦与李宗仁、白崇禧联合抗击孙传芳渡江大军，何应钦指挥顾祝同的第三师参与龙潭之战，顾祝同作战颇为卖力，何与顾之间关系更为密切。

何应钦深知蒋介石不甘失败，必将卷土重来，欲从他手中夺走这支部队，因此在蒋下野后，何为了培植自己的势力，乃将刘峙、顾祝同分别提升为第一军和第九军军长。由于何应钦为人随和，涵养又好，部下也多愿意跟他。何应钦正以顾祝同的第九军为核心，拉拢刘峙，暗中建立"何应钦派"的时候，蒋介石亦通过朱绍良，频频活动，也在拉拢刘、顾及其部下将领。何应钦预感到来自上下的两股压力，弄不好，不仅部队抓不住，而且脑袋还得搬家。他除了整日喊"墨三（顾祝同字墨三），墨三"外，便是"经扶，经扶"了。那模样儿，颇像黔桂一带乡下的老婆婆，听说孙儿在外受惊吓掉了魂儿，便在黄昏时分，一只手挽孙儿，一只手持捞绞[1]，一边不断呼着孙儿的名，一边不断向路旁捞着，欲将孙儿之魂"捞"回。墨三和经扶虽仍像过去一样听话，但何应钦总感到自己的脊梁骨软塌塌的，那失掉的"魂儿"似乎总难附体。他这才想起，强硬的李宗仁和多智的白崇禧不在身边，无人替他出主意下决心。

此时，李、白远在武汉，虽然已将唐生智打垮了，但两湖善后和广东张发奎的问题，恐怕也够他们伤脑筋的了，李、白自顾不暇，又怎么还管得了何应钦呢？何应钦这下更慌了神，虽有听话的墨三和经扶跟着，但无奈他生来就胆小，总依赖别人为他撑腰壮胆。墨三、经扶虽壮胆有余，但撑腰不足。放眼当今中国的军政界，能给何应钦撑腰的只有蒋介石和李、白三人。如今李、白远征鄂湘，蒋介石在上海对他虎视眈眈，何应钦一时没了主心骨。他的秘书长李仲公是个颇具政治眼光的人，他看准了蒋介石将很快重新上台，何应钦如果再徘徊观望或有阻蒋复职的举动，必将吃大亏，甚或把命也要送掉。他便趁机劝何到上海去住几天，看看风向，

---

[1]　一种捕捞鱼的工具，网袋状，有长柄。

由他去跟蒋打打交道，观察蒋的态度，再做决定。李仲公此举，实质上是把何应钦往蒋介石这头拉，促成蒋、何再度合作，使蒋顺利复职。何应钦正在四顾茫茫之中，又拿不出一个像样的主意来应付时局，便只好同意到上海去看看再说。到了上海，何回环龙路寓所，李则去黄郛家谒蒋。正当何应钦那心中像十五个吊桶打水七上八下之时，李仲公回来了。何应钦忙问道：

"蒋的态度怎样？"

仲公早已想好了应对之辞，坐下后便说道："介公仍像过去一样信赖你。他在与我谈话中，历述了从平定商团叛乱，讨伐刘、杨和两次东征特别是淡水、河婆、惠州诸战役中他与你同生死共患难的情景。"

"哦，难道他对我一点疑心也没有？"何应钦知道，蒋介石平时总是嘴上一套，心里一套，嘴上那一套是专讲给别人听的，内心那一套才是他要真正做的。

李仲公既然能说得蒋介石转怒为喜，也更能说得何应钦转忧为喜，他说道：

"即使他对你有些疑心，我看也不要紧，你同他毕竟有一段深厚的历史，而他又是一个重感情利害的人。他的脾气你是知道的，爱之加膝，恶之坠渊，是说得出做得到的。既然他存在一天，你没有把黄埔军队拿过来的把握，那么，你要同他斗，是斗不赢他的。还有，他对你最不放心的是你与桂系的关系，我看，对此事你必须善处……"

李仲公的话，软中带硬，硬中有软，软硬兼施，他忽儿站在何的立场说话，忽儿又站在蒋的立场发言，把何应钦的处境说得明明白白，利害析得透透彻彻。何应钦又偏是个遇事缺主心骨之人，听了这番话，那平平的额头一时皱得把那副宽边黑框眼镜顶起老高，沉吟半响，他才踌躇地问道：

"蒋想要我做什么？"

"他专等第一军将领们的拥戴电，冯、阎都发了，你何以还未发？"李仲公看着何应钦那窘态，仿佛是一个才智平庸的学生，被一道普通的考题难住了似的。

何应钦挺了挺身子，那皱得高耸的眉头立即消下去一大半，他和汪精卫、李济深一样，很知道蒋介石想从他身上得到什么。但是，何应钦又和汪、李不同，汪、李有求于蒋，而现在何应钦不求蒋，而是蒋有求于他，只要原第一军的拥戴电不发，蒋便进不了京，复不了位。想到这里，何应钦便有些不满地说道：

"我就不像他那一套独裁专制的作风，第一军发拥戴电，我得先问一问墨三、经扶等前方将领，因为他们还没有这个表示，故而未发。"

李仲公明白何应钦想在这个问题上拿一把，但是，如果第一军的拥戴电再不发出，不但他无法向蒋交代，而且何应钦很可能会招致杀身之祸，他只得把话进一步挑明了：

"上次因为白健生逼他走时你未曾支持他，他已经对你有所不满了，现在你的拥戴电如果再迟迟不发，岂不更增加了他对你的疑心？黄埔军和你都是他的灵魂，你发电还要征求将领们的意见，这个理由，怎好拿去回复他？"

"唔——"何应钦既不愿马上发拥戴电，一时又找不出有力的理由来。

"我看，你今天必须把电发出才好，否则就……"李仲公盯了何应钦一分钟之久，才悄声说道，"上海这个地方，你当然明白，帮会势力无孔不入，杀人绑票、打黑枪，蒋在上海有很大的潜势力，黄金荣、杜月笙、虞洽卿、杨虎、陈群……几乎都是蒋的师兄师弟，只要蒋给他们一个眼色，你就不好办啦！"

何应钦马上慌了神，他对这十里洋场上的帮会流氓势力，本就怀有几分恐惧，现在孤身一人进入这虎口狼窟，老蒋如果真要他的命的话，简直比踏死一只蚂蚁还容易。他后悔此时只身来到上海，如果仍坐在徐州他的总指挥部里或者在南京，便一切都保险点，有事时，叫声"墨三"或"经扶"，也可壮一壮胆。可现在……他首先想到的当然是保全生命，留得青山在，不怕无柴烧，何应钦本也没有什么是非原则，更何况他也确需要一个强有力的人物来撑腰，就像一个生性懦弱的女人，需要一个得力的丈夫来主持家政一样。但是，何应钦毕竟是何应钦，这些年来，他的地位提高了，面子也越来越大了，要马上发一个这样的拥戴电，他觉得面子上总有些不光彩。李仲公对何应钦的心思，可谓了若指掌，他见何一时不开口，便说道：

"总指挥，你还是和介公重新合作吧，他掌舵，你划船，谁也离不开谁。"

"唔。"何应钦点了一下头，接着便慢慢地取下眼镜，习惯性地放在巴掌心掭了掭，他认为如果作为蒋、何合作的前提，发个电报欢迎蒋回来，自己面子上也还过得去。同时，他对政治问题也颇感棘手，目下全国混乱，政治斗争十分复杂，他确也难以应付。

如果由蒋介石回来主持大局，他只负责统率黄埔军，则大权既不会旁落，他又可以省去许多麻烦事。至于他发了拥戴电，李、白会怎么对待他，这一点他倒想得颇为周到，无论蒋在台上还是台下，作为地方实力派的李、白都离不开何应钦。随着蒋介石的重新上台，蒋和李、白的斗争会更趋激烈，在蒋、桂的斗争中，何应钦将作为一个特殊的角色受到双方的拉拢和重视。想到这里，何应钦对李仲公道：

"好嘛，就请你代我拟一电好了。"

李仲公见何应钦同意发电，当下便将拥蒋电文拟好，交何审阅签发。

以何应钦为首的原第一军将领的拥戴电发出后，蒋介石复职道路上的障碍又扫清了一个。但是，蒋介石还是不敢进南京去主持召开对他有决定意义的国民党二届四中全会。因为李宗仁、程潜、谭延闿这些强硬的反蒋人物都坐镇南京，桂系主力虽然远征鄂湘，但尚留有少量部队驻扎京中，而卫戍司令贺耀祖的第四十军原是湘军，与程潜、谭延闿等皆有关系，和蒋则无渊源，卫戍副司令周凤歧更不会欢迎蒋到南京去。

何应钦在上海发过拥戴电之后，与蒋介石匆匆见过一面，便说值此非常时期，需回徐州去掌握部队，第二天便离沪乘车径奔徐州去了。刘峙、顾祝同的部队，全摆在徐州一带，沪宁线上没有蒋的部队。蒋介石也知道，目下何应钦最多只能做到发拥戴电这件事，绝不可能回师南京迎蒋上台。即使蒋介石能把刘峙、顾祝同的部队硬拉回南京实行兵变拥蒋，这也是下策，到时刘、顾的部队必将受到其他各军的攻击，胜败尚难逆料。即使侥幸得胜，李宗仁、程潜、谭延闿、李烈钧等会像对付张发奎、黄琪翔那样，发兵讨伐，南京必将演变成第二个广州。到了那时，蒋介石别说重新上台，恐怕只能步汪精卫的后尘了。但蒋介石的雄才大略和灵活多变的手腕，又绝非只会在面部表情和言辞上超人一等的汪精卫可比。他不相信自己会落到汪精卫那般地步。

蒋介石只能通过和平的手段进入南京——他没有第二条路可走。但是，谁有能耐把他请到南京去呢？眼下连一点希望的影子也捉摸不到，真把蒋介石和他的谋臣策士们愁死了！

李宗仁偕程潜由武汉返抵南京后，摇摇欲坠的南京政府因多了两条巨大的支柱，又稳定了下来。李宗仁每日都到特委会、国民政府、军事委员会去拜访谭延闿、李烈钧和程潜。他对这三位追随孙中山革命多年的国民党元老，是非常尊重的。桂军宿将林虎，曾是李宗仁的总司令，而林虎又曾是李烈钧旧部，他们都曾是讨袁时代的风云人物。特委会中的张继、邹鲁、谢持、居正等人，时人称之为"西山会议派"，也都是追随孙中山革命多年的国民党元老，孙中山讨伐袁世凯篡国时，曾命居正为山东讨袁军总司令，蒋介石不过是居正手下的一名参谋长而已。就资格而言，除了汪精卫和胡汉民，没有谁能和他们比。蒋介石要高举孙中山的旗帜，然而李宗仁却能成功地把追随孙中山革命的一大批元老笼络到南京来，尊之以高位，待之以上宾，孙中山这面大旗，似乎并不握在蒋介石一个人手上，而是在石头城上飘扬。元老们高高在上，李宗仁老远见到他们，便立正敬礼，那谦恭的程度，仿佛他是他们的参军或属下的一位将领。然而，李宗仁是南京的灵魂，是党政军的最高发号施令者。为此，白崇禧曾私下里向李宗仁打过一个颇为生动滑稽的比喻："德公，下军棋的时候，军旗乃是最大的一个棋子，连总司令都要受它管，但是总司令却可以命令工兵去把它随意扛走！"李宗仁听了哈哈直笑。

自从李宗仁回到南京坐镇后，特委会、国民政府、军事委员会这三部大机器又正常地运转了起来。接着分别于十二月十四日和十六日，发出讨伐张发奎、黄琪翔的命令和查办汪精卫、陈公博的命令，使汪精卫陷于四面楚歌之中，不得不逃往国外，张、黄也丢下部队逃往香港。这两道命令，更使国人不得不对南京政府刮目相看，众多的元老们无不惊奇，这位逢人面带三分笑，谦恭得像副官的李宗仁竟有如此的神威。他们不禁一时想入非非，打起自己的如意算盘来，如果能用李、白实力统一天下，使其为我所用，就像那驯兽师用一根盈尺小鞭便可驱使一头头猛狮、恶虎为自己献技赚钱一般，那该是多么惬意的买卖啊！可惜，李、白的桂系军队虽猛于狮虎，但是他们本人并不是可供人随便驯顺驱使的猛兽，尤其是白崇禧那个脑袋里又偏偏装着管仲、孔明的经纶和诡计，这使元老们在惊叹得想入非非之余，又不免产生一片迷惘之感和不可名状的恐惧。

何应钦迈着八字步，小心翼翼地来见李宗仁。进得大门，那两名岗兵即致持枪礼和注目礼。这普通礼节，何应钦早已司空见惯，但是当哨兵"咔嚓"一声立正时，竟吓得他心头一阵忐忑："李德邻会不会扣留我？"他来南京见李宗仁，本就怀着忐忑不安的心情，及待进了李的总指挥部，又后悔不该自投罗网。他这次听李仲公的话，只身到上海，结果受了蒋介石的挟持，勉强发了那份心不由己的拥戴电。他离开上海，经南京回徐州去，本可不惊动李宗仁的，但在车上，他一直矛盾重重。鉴于他与李、白现在和将来的关系，他不得不和李宗仁打个招呼，诉诉苦衷，表表心迹。他的那个拥戴电实在是不得已而为之的，请李、白谅解，今后仍可继续合作，以便为自己留下条后路。特别是在蒋介石入京复职之前，他必须这么做，才能得李、白的谅解。但是，他又疑虑重重，心神不定，李宗仁会不会指责他背叛他们之间的盟约，单独拥蒋自重，破坏南京的局面，并以此为由扣留他？他思来想去，认为大概不会，一是因为李宗仁为人较为宽厚；二是在对付蒋的复职斗争中，李、白仍会抓住他不放；三是如李宗仁真的扣了他，墨三和经扶也不会罢休的，目下李、白正为湘鄂粤及蒋复职之事而焦头烂额，岂可在南京扣何而为自己添麻烦。他在火车上，曾几次像卜卦似的把鼻梁上那黑框宽边眼镜取下来，放在巴掌心里掂了又掂，反复权衡，才决定来见李宗仁的。

李宗仁的客厅里摆着几盆生机勃勃各具特色的梅花，飘逸着淡淡的幽香。李宗仁拉着何应钦，不谈党政国事，却先看梅花。"何敬公，这株是绿萼，开花时花的萼片为绿色，花瓣雪白重瓣，极香，为珍品，可惜你来得早了几天，还赶不上开花。"

"唔唔，好花好花！"何应钦有点心不在焉地点着头，他不知李宗仁为何在日理万机的情况下，竟还有此闲情逸致。

李宗仁接着又向何应钦介绍了"骨红""照水""龙游"等几种高级品种，最后，他指着一株花蕾初绽的梅枝，对何应钦道：

"何敬公，刚才你看到的几种都是花梅，只有这一株与众不同，它是果梅。"

"唔唔，还能结果呀？"何应钦虽然心不在焉，但在李宗仁饶有兴味的介绍下，倒也有了几分意趣。

"果梅花多单瓣，花后结果，'望梅止渴'，就是这种果梅。"李宗仁笑道，"你在上海一定见到老蒋了吧，他想来南京复职，就如'望梅止渴'一般，如果有人再去上海，我准备托他送这盆果梅给老蒋。"

何应钦听得此话，竟像当场被雷击了一般，浑身麻颤，他真后悔，不该来见李宗仁，想来此番是凶多吉少了。他定了定神，才像个失了贞操的女人似的，颤巍巍地向李宗仁讲述起到上海如何"委身"于人的经过。没想到，李宗仁倒颇有大丈夫的气概，他不但不指责何应钦"失身"，反而哈哈笑道：

"北方冯、阎都已发了拥戴电，你和经扶、墨三都是他的旧部，不发，面子上也说不过去的。"

"德公，是的，是的！"何应钦见李宗仁不但不追究他的"失身"问题，反而宽容大度地为他设身处地着想，心中顿觉如释重负，对李宗仁颇怀感激之情，赶忙声明道，"德公，过去我们怎么干，今后还要怎么干，我何应钦的为人，你和健生是知道的。"

"知道，知道。"李宗仁又是爽朗地一笑，随即用眼盯着何应钦，说道，"你回去后，务必向墨三、经扶说清楚，南京绝不会变成第二个广州，凡存有张、黄妄想，汪兆铭复辟欲望之人，都将死无葬身之地！"

李宗仁虽然话说得轻松，但那话中的分量却不啻于十只沉重的铁拳，他明白无误地告诉何应钦：你"失身"于人可以，但要"再嫁"却不行。何应钦自然明白李宗仁之言的底蕴，连连点头说道：

"德公只管在南京发号施令，徐州方面断不会有事。"

何应钦辞别李宗仁后，不敢在南京稍作停留，即时乘车赶回徐州去了。他的总指挥部设在徐州旧藩台衙门，刘峙、顾祝同听说何总指挥由上海、经南京回来，知必有大事相告，便急匆匆赶到总指挥部来见何。

"蒋总司令何日将返京视事？"顾祝同的脑袋到底比刘峙的脑袋灵活一些，他观察何总指挥的气色有些不对，那平日红光满面保养得极好的丰腴的脸膛上，似乎存有隐隐的一层晦色，便问道。

"我在李德邻那里看到一盆名叫'望梅止渴'的花！"

由于何应钦毫无花卉知识，又加心事重重，竟把李宗仁客厅中那盆果梅说成"'望梅止渴'的花"了。刘峙、顾祝同一听"望梅止渴"四字，一时面面相觑。

却说李宗仁自返京坐镇以来，不但全力以赴阻扼蒋介石的复辟活动，而且调兵遣将，同时发起讨粤征湘两大战事。广州方面，虽然汪精卫、张发奎、黄琪翔等核心人物的先后出走，已使广州在政治上受到重大打击，但是新接事的第四军军长缪培南却并未气馁，他是张发奎的亲信，曾接替张任第十二师师长，是一员出色的战将。面对李济深的两路进攻，缪培南采取内线作战原则，退出广州，麾军西指潮、梅，在五华县双头圩一带将陈铭枢、陈济棠的部队打得溃不成军，后来幸亏黄绍竑指挥桂军三个师和徐景唐师赶到，才扭转了战局。

李宗仁见粤中战事已操胜券，而湘局却并不乐观，已退入湖南的唐生智部队，除原来的第八军、第三十五军、第三十六军外，又扩充周斓部为第十七军，叶琪部为第十八军，总兵力约十二万人，由李品仙、何键、刘兴分别以第一、三、四方面军总指挥名义统率，宣称防止外军入侵，维持地方治安。对于这支实力颇为雄厚的部队，李、白想收编，蒋介石欲染指，程潜、谭延闿也想凭借湖南人的关系拿过来。因唐部五个军中李品仙、叶琪两军长和刘兴军的师长廖磊都是广西人，为此，李、白曾派人入湘，与李品仙、何键、刘兴等洽商和平改编唐军，使不战而得湖南地盘。但是蒋介石却在此关键时刻投下一着棋子。蒋看到缪培南军战败后，桂系已重新控制了广东，如果湖南再被桂系夺取，则两广、两湖大片地盘都将归桂系所有，李、白兵多地广，将更难对付。因此，蒋介石为了抵制桂军入湘，切断湖北与两广的联系，频频派员赴湘拉拢唐部将领，对唐部将领提出的外省军队不入湘境、湘人治湘，湖南省主席由湘人担任及唐军部队改编为四个军，军饷由中央接济，并即拨五十万元等条件概予承认。

李品仙、何键、刘兴等见蒋介石允诺的条件优于桂系，便通电静候国民党二届四中全会解决，如有侵入湘境者，决以武力抵抗到底。李、白派去的代表，遂无功而返。对于蒋介石在湖南所做的手脚，李宗仁自然看得十分明白，这是绝对不能容许的，李、白决定诉诸武力，以程潜为征湘军总指挥兼第四路总指挥，白崇禧为前敌总指挥，代李宗仁指挥第三路军，程、白奉令后，即由武汉督师南下分两路入湘。程潜率第六、第十三、第四十四军沿武长路攻略临湘、岳州，白崇禧率夏威的第七军、胡宗铎的第十九军，由通城指向平江，然后与程潜部会攻长沙。

蒋介石见桂系以强硬手段攻取湖南，打破了他控制湖南、争取唐军的计划，他无可奈何，只好把眼睛瞪大，死死地盯着南京，随着缪培南的失败，广东重归桂系，唐生智部也绝非桂系对手，湖南落入桂系手中也是早晚问题。蒋介石由日本回来，即成功地勾结汪精卫在上海租界里召开了国民党二届四中全会，通过孔祥熙拉拢了冯、阎，又通过李仲公拉拢了何应钦，获得了几个关键性的拥戴电，在与桂系的斗争中，旗开得胜。但是，在广东和湖南，他又先后败在桂系手下，时至今日，他仍然只能在上海的租界里对南京翘首遥望，迟迟不能入京复职。有那好事的文人，竟在沪宁的小报上以《李宗仁坐镇京都，蒋介石望梅止渴》为题撰文刺蒋，蒋介石心烦火躁，按照以往的脾气，他一天不知要骂几次"娘希匹"了。但是，自从娶了宋家小妹之后，蒋的脾气个性有了很大的收敛，他生气时，只是在房间里乱转，再也不口不择言了。晚上他常常睡不着觉，宋美龄便给他读《圣经》，美龄那抑扬顿挫的优美声音，使他很快入睡。但是，他常在梦里喊叫着："南京！南京！"半夜里醒来，他两手抱着脑袋，双眼呆呆地望着天花板出神……

李宗仁在南京坐镇中枢，虽然极为忙碌，但事情做得颇为顺手。元老们见他年轻有为，不到四十岁年纪，应付军国大事颇能自如，对他倒也格外看重。

却说光阴似箭，日月如梭，倏忽间，便送走了那个多事之秋的民国十六年。民国十七年元旦到来了，南京各党政机关团体纷纷集会，发起纪念孙中山先生十七年前推翻清帝、建立民国的各种活动。李宗仁比平时更为忙碌，不断应邀到各处去演讲，报告他坚持孙总理之三民主义，实行两广合作，推动北伐，将革命事业推进到长江流域的经过。因李宗仁北伐以来，功勋卓著，特别是在保卫南京的龙潭血战中，表现得非常出色，各方对他印象不错，因此，他的演讲也颇受人们欢迎。

这天上午，李宗仁应邀正要到某机关去演讲，忽接国民政府主席谭延闿打来的电话：

"德邻兄，听说蒋介石今天上午将乘车抵达南京，你听说了吗？"

"啊？"李宗仁倏地一惊，但随即一想，这恐怕是些别有用心之人散布的谣言，或者是老蒋故意叫人放出的空气。

记得去年十一月二十二日，南京各界举行庆祝讨唐胜利大会，游行群众到复成桥地段时，游行队伍中忽有人与维持秩序人员发生冲突，接着双方开枪射击，以致死伤多人，世称"一一·二二复成桥惨案"。经调查，始知这一惨案是由蒋、汪合谋，由南京市党部的谷正纲和中央党务学校的康泽亲自策划和指挥的，其目的在打倒中央特委会，为蒋介石返京复职铺平道路。"一一·二二"事件发生后，南京一片混乱，汪精卫正在上海看热闹，蒋介石则已准备好军装，宋美龄也已梳妆打扮一番，准备陪蒋进京复职。谁知此时李宗仁由武汉赶回南京坐镇，迅速平息了混乱，汪精卫只得沮丧地把脑袋缩回来，宋美龄也只好把衣装收起，蒋介石进京复辟的计划再次受挫。因此，李宗仁估计，谭延闿所说很可能又是蒋介石指使人在南京制造的新的混乱。

1928年任南京国民政府主席的谭延闿

"谭主席，谣传绝不可信，这必是奸人妄图扰乱政府的活动，一旦查明，我即予狠狠打击！"李宗仁毫不含糊地说道。

"德邻兄，据我得到确实消息，首都戒严司令贺耀祖已于今日拂晓率第四十军第二师由陇海线上的许家集回到南京。车站码头已实行戒严，并已占领狮子山、雨花台等战略要地……"谭延闿忧心忡忡地说道。

"啊！"李宗仁这才感到问题严重。他放下电话后，当即给贺耀祖打电话。

"贺司令，你由前线带部队回京，奉谁的命令行事？"李宗仁厉声质问道。

"德公不是曾发表过声明，说四中全会必须到首都召开吗？我是带部队回京维持秩序，以便给四中全会的召开创造一个良好的政治环境。"贺耀祖有恃无恐地答道。

李宗仁仿佛听到头上炸响了一个惊雷，他实在没想到与蒋介石毫无渊源的贺耀祖会投蒋反对特委会，并利用其南京戒严司令的职权，突然由前线回师，控制南京，迎蒋入京复职。他抑制着满腔怒火，问道：

"是你打电报请蒋介石回来的吗？"

"是的，蒋总司令将于今日上午乘沪宁专车到达，唔，再过半小时就到啦，请德公与各位元老到车站迎接，我将保证各位的安全！"贺耀祖说完便很有礼貌地放下了电话。

李宗仁霎时间像跌进了深渊黑谷，卷入旋流恶浪，他感到身体失去重心，在下沉，下沉，在旋转中下坠，眼前一片漆黑。好久好久，才定下神来，他抬眼看到的，竟是那一盆被何应钦称为"'望梅止渴'的花"的果梅，他感到嘴中沁出一片酸溜溜的味道来。他奔过去，抱起那盆果梅，狠狠地往地下砸去，"嘭"的一声，那泥褐色古色古香的花盆，立刻破碎，梅枝残断，刚绽的花蕾栽倒在地上，像在抱怨主人的残暴无情，哀叹自己的身世不幸。李宗仁怒气未休地掏出一支香烟，尚未点燃，便一把拧碎扔在地上，接着又掏出一支烟，照样拧碎……他虽然是位身经百战的出色将领，一位德智超群的统帅，在险恶的战争环境里，他以冷静沉着刚强不屈著称。但是，在政治斗争中，他还没有经受过严酷的考验，在失败和挫折面前，他显得简单和幼稚……

蒋介石携新婚妻子宋美龄到南京复职

李宗仁已经点燃了一支香烟，狠狠地吸了几口，心情开始缓和下来，他蹲到地上，拾起破碎了的花盆，随即命副官另找来一只花盆，然后小心翼翼地将那株被摔伤的果梅，连土一起捧到那新盆中，动手栽好，又浇了水，一边抽烟，一边端详着带伤的梅枝。副官忙谨慎地说道：

"德公，这梅枝已经残了，没有观赏价值啦！"

"哼哼！"李宗仁狠声狠气地说道，"现在和将来，它的作用是让我永远记住'望梅止渴'那神酸溜溜的味道，这便是它的全部价值——比观赏价值更有价值的价值！"

"是，是。"那副官似懂非懂地点着头，"我一定要花工多加照料。"

不一会儿，国民政府主席谭延闿又打电话来："德邻兄，我们要不要到火车站去迎接蒋介石呢？"

"当然应该去，我们不是一直都在准备欢迎蒋、汪、胡到京来开二届四中全会的么？"李宗仁轻松地说道。

当李宗仁和众元老驱车到达车站时，蒋介石的专车也进了站。贺耀祖除了布置严密的警戒线外，还派来了一支军乐队和仪仗队，蒋介石的专车刚停稳，那军乐队便吹吹打打高奏起迎宾曲来。车门开处，戎装笔挺，挂黑色披风，着高统军靴的蒋介石，神采奕奕地出现在车门口，在他身后，是他新婚的妻子宋美龄。宋美龄一身旗袍显得珠光宝气，她目光闪烁，神采飞扬，使人有顾盼自雄之感。蒋介石偕宋美龄下车，南京戒严司令贺耀祖首先过来敬礼。蒋介石庄重地答礼，然后和贺耀祖紧紧握手。蒋介石是通过朱绍良以日本士官学校同期同学的关系，出其不意地把贺拉过来的。蒋介石与前来欢迎的元老们一一握手问候。他那副模样，仿佛是代表政府到国外访问归来，对元老们既亲切又敬重，压根儿没有使人感到他们之间存在的敌对关系。接着，他和宋美龄双双来到李宗仁和夫人郭德洁面前，宋美龄抢上前几步，首先各挎住了李宗仁和郭德洁的一条胳膊。蒋介石微笑着，拍了拍李宗仁的肩膀：

"德邻兄，你辛苦啦！"

"你发福啰，哈哈！"李宗仁拉着蒋介石的手，爽朗地一笑。在这不到半天的时间里，他政治上有了惊人的长进，把台上握手、台下踢脚的这一套高深莫测的政治斗争技巧，像儿时玩陀螺一样玩得团团转了。

沪宁一带的报纸纷纷发表号外："民国十七年元月四日，蒋介石偕其新婚夫人宋美龄从上海进入南京。"

五天后，蒋介石在南京发出通电，宣布继续行使国民革命军总司令职务。

第四十三回

当机立断　　白崇禧直捣长沙
效法关公　　廖燕农率部投降

民国十七年一月二十一日凌晨，地处鄂南的通城，半夜里下了一场不大不小的雪，北风卷着雪花，直扑瓦屋，叩击窗棂，使这偏僻的小城更显得寒气逼人。

"总指挥，总指挥，岳州急电！岳州急电！"

白崇禧在他总指挥部的行军床上，被作战参谋急促地唤醒。他欠起身子，随手取下盖在被子上的黄呢军大衣，披到肩上，这才问道：

"什么事？"

"程总指挥由岳州发来急电。"参谋说完，便将第四路军总指挥程潜的急电送到白崇禧手上。

白崇禧在烛光之下，将程潜的电报仔细看了一遍，然后命令作战参谋：

"你马上把夏军长和胡军长请到指挥部来。"

"是。"

第七军军长夏威和第十九军军长胡宗铎，在熟睡中被唤醒。夏、胡二人，睡眼惺忪，从被窝里爬起来，在袭人的寒气中穿衣起床，皆不知白崇禧连夜召他们去指挥部有什么大事。因为根据以往的经验，每次大战之前，白崇禧皆有周密之计划，作战命令一经下达，他不是在指挥部里潜心静气地读书，便是和副官下棋，或者是用手轻轻地敲着桌子，有板有眼地哼着京戏段子，那神态悠闲极了。这个时候，他不会找任何人谈军事方面的问题。

白崇禧是头天才由武汉到通城来的。根据西征第二期作战计划，程潜率第六、第十四、第四十四军沿武长铁路两侧前进，白崇禧率第七、第十九军由通城向平江前进，与程潜部会攻长沙，彻底解决已退入湖南的唐生智部。一月十五日，程潜的第四路军在陈绍宽指挥的海军内河舰艇的配合下，向长岳线上的敌军发起攻击，正面敌军刘兴的

湘军将领程潜

第三十六军被迫放弃城陵矶、岳州，向汨罗江一带溃退。一月二十日，程潜到岳州督战，白崇禧到通城指挥，白、程商定，第三、第四路军于二十一日拂晓，发起全线总攻击，决心一举攻下长沙，结束征湘军事。白崇禧到通城后，即与夏威、胡宗铎做了攻击前后的周密部署。令夏威率第七军由通城，胡宗铎率第十九军由平江，于二十一日拂晓强渡汨罗江，突破李品仙第八军的平江、浏阳防线，不顾一切猛扑长沙。白崇禧率警卫团随后跟进，桂军务必于四天之内进占长沙。部署既定，时已黄昏，夏、胡二军长即电所部，连夜向汨罗江秘密急进。白崇禧留夏、胡二人在指挥部里吃饭，天黑后，北风呼啸，雪花纷扬，寒气逼人，夏、胡告辞回去歇息，准备拂晓时分驰赴前线督战。可是，他们没想到夜里三点多钟竟被白崇禧派参谋叫醒。

"煦苍兄，白老总真好精神，此时还不睡，大概又是要我们去陪他杀两盘吧！"胡宗铎边走边对夏威道。

"好冷！"夏威将脖子和脑袋缩在军大衣的领子里，两只手插在衣袋中，嘟哝着，"我可没那好神气下棋。"

被桂系收编的原湘军将领李品仙

"是否敌情有变？"胡宗铎也觉得事情有些蹊跷，但又摇了摇头，"绝不会，每次攻击发起之前，他都没再找过我们啊！"

"难道南京方面有事，德公要他赶回南京去？"夏威也觉不可理解。

"嗯，似有可能。"胡宗铎点了点头，说道，"自从老蒋回京复职之后，南京方面恐怕德公一时应付不过来，需白老总回去磋商。"

夏、胡来到白崇禧的房中，白崇禧正在那盏明亮的风灯下读书，胡宗铎见了不由埋怨起来：

"总指挥，你为什么不让我们多睡两个钟头呢？"

夏威伸腰打了个长长的哈欠，嘴里嘟嘟哝哝地声明：

"我可没精神下棋哦！"

白崇禧笑了笑，招呼这两位仍被瞌睡虫纠缠不清的军长坐下，说道："程颂云刚发来一份急电，请你们二位来看看。"

胡宗铎手快，接过电文刚看了一眼，便惊呼："不好！"

夏威的瞌睡早已被胡宗铎这一惊呼赶跑了，他忙从胡手中抢过电报，看了起来，也跟着喊道："不妙！不妙！"

原来，这是昨天抵达岳州的第四路军总指挥程潜半夜里给第三路军前敌总指挥白崇禧发来的急电，告知第四路军的叶开鑫第四十四军，于今夜突然叛变，由岳州、汨罗江间的黄沙街车站袭击第六军的侧背，第六军猝不及防，损失重大，敌刘兴军亦发起反攻，第六军立足不住，已经连夜后撤，总指挥程潜已乘铁甲车退回武昌。程电请白军速退蒲圻，徐图挽救。夏威忙道：

"需立即派人将已出发的第七军和第十九军追回，否则孤军深入，后果不堪设想！"

"正面程军失利，正在溃退，我军需回师确保武汉。"胡宗铎也说道。

白崇禧将一本线装书合上，转过身来对夏威、胡宗铎二人道：

"孙子曰：'是故智者之虑，必杂于利害。杂于利，而务可信也；杂于害，而患可解也。'"

他扬起头，像一位权威的军事教官，谆谆教导学生似的说道："为将者必须兼顾到利害两方面之条件，在不利情况下要同时看到有利条件，才能提高战胜之信心；在顺利情况下，要同时看到危害之可能，才能解除可能发生之祸患。"

夏、胡二人虽与白崇禧年龄相仿，又同是保定军校第三期的毕业生，但是他们二人在白的面前，一向自居关、张地位，而把白尊之为孔明。今程潜在武长铁路上突然溃败，确是西征军的重大挫折，如不回师退保武汉，断无良策以解后顾之忧。现听白崇禧从容论战，毫不惊慌，他们不知这位"孔明"到底作何打算，因此一时不知如何插话。白崇禧似乎仍在上课一般，侃侃而谈道：

"洪武元年，明太祖令大将徐达攻占大都之后，令都督孙兴祖留守之，改大都为北平，而令徐达与常遇春攻略山西。北逃的元顺帝不甘心失败，乃令大将扩廓帖木儿自太原北上，出雁门关，入居庸关反攻北平。徐达闻之，对诸将道：'扩廓远出，太原必虚。北平有孙都督在，足以御之。今乘敌不备，直捣太原，使其进不得战，退无所守，所谓批亢捣虚者也。彼若西还自救，此成擒耳。'今程颂云之第四路军在武长路上败退，敌以为我第三路军回师蒲圻救援，必倾全力衔尾追击程军，欲乘程军新败，我军匆忙回师之际，一举将西征军击败，直捣武汉。我若回师，则主动权失矣！"

"对对对！"胡宗铎那脑子也颇为灵活，他马上领会了白崇禧的意图，说道，"我第七军和第十九军不顾一切，奋力击破平、浏之敌，迅速向长沙推进。长沙如克，武长路上之敌军自然不战而溃，此即古人'围魏救赵'之战略也。"

"不可，不可！"夏威的头脑虽比不得胡宗铎的灵，但却处世稳重，一向不敢冒险，他连连摇头说道，"若我军攻长沙失利，武长路上的敌军势必乘虚直取武汉，程军新败之余，无力抵挡，如此则魏赵俱失，前途不堪设想！"

白崇禧笑道："煦苍兄之言虽然有理，却只知其一，而不知其二也。"他扳着手指头，继续说道："敌军统帅唐生智已通电下野，唐军在湖北屡被我军挫败，虽有五军之众，但军心涣散，且对我军敢于孤军突袭长沙的战法估计不足，敌之主力必沿武长路推进，平浏一线必薄弱，以我第七、第十九两军勇锐之师，足可直下长沙，打他个措手不及。"

白崇禧又扳动一个手指，说道："从全国局势来看，老蒋回来复职，必控制中枢，巩固沪宁浙地盘，我们若不迅速打下湖南，控制两湖，使两广两湖联成一片，我军主力便将局处湖北一省，有被老蒋分割各个击破的危险。"

夏、胡二人见白崇禧说得如此深刻，便不再持异议，白崇禧拍了拍他们二位的肩膀，站起来说道：

"那两个小时的好觉，我们还是留到长沙再睡吧，现在必须出发，我们三人亲赴前线督战，务必在天亮前将部队突过汨罗江，不惜任何代价，将李品仙的平浏防线撕破！"

白崇禧随即命令参谋道："给程总指挥发电，请他迅速收容第四路军，逐步抵抗，迟滞武长路敌军北进，我第三路军不顾一切，直捣长沙。"

给程潜总指挥的电报发出后，白崇禧即走出屋外，风雪之中，卫弁已将他那匹白马牵到面前。白崇禧翻身上马，在黎明前的黑暗中，顶风冒雪，率总指挥部人马急急奔赴平江前线，亲自指挥桂军渡江去了。

拂晓时分，汨罗江在风雪中静悄悄地流淌着。这正是农历丁卯年岁尾的前一天，明天便是除夕了。天地之间，黑得像被一口巨大的铁锅倒扣着，伸手不见五指，风雪茫茫，大地死一般沉寂。桂军第七军和第十九军利用漆黑的寒夜掩护，分两路徒涉汨罗江。

人马在刺骨的江水中走过，官兵们咬着牙关，颤抖着身体，江水由膝部直浸到腹部而胸部，开始，还听到"嗖嗖"的打抖声和牙齿的"咯咯"挫动声，最后，便只听到一片粗粗的喘息声。有人"哧溜"一声沉下江水里去了，只见那墨黑得闪亮的江水上，漂浮着一个个用细竹篾编织，经淡黄色桐油涂过的尖顶"桂造帽"。大家谁也不作声，甚至连看也不看一眼那漂浮而去的同袍的竹帽，只顾紧紧地咬着牙，一步一步地向前涉过去。他们再也不知道寒冷为何物，只有一个意念在头脑里简单地跳动着，那便是涉过河去！此刻他们活着的不是身体，而是头脑中那个意念，那个在所有感觉器官都已麻木不仁了还独立存在着的简单意念。

桂军士兵虽然勇敢善战，但是由于白崇禧贯彻的乃是孙子那"愚士卒之耳目"，把兵卒看成羊群一般，供其"驱而往，驱而来，莫知所之"的指导思想，故桂军士兵虽在战斗中迭克强敌，但却不知为谁而战，为何而战。他们的头脑简单得除了服从长官命令之外，便没有任何其他的活力，他们根本不知道，在一年半之前，他们也曾由夏威和胡宗铎指挥，在军山和滑石滩两处，也是拂晓时分，徒涉强渡汨罗江，他们在深及胸腹的江水中向对岸守敌北洋军孙建业旅的防线猛攻，激战数小时，乃占领浯口市和张家碑。那时节打的是谁，而今打的又是谁，他们都不知道，也不想知道，因为他们是为吃粮而来的，打谁，打哪里，他们根本不关心。他们勇敢不怕死，因为他们在战火中吸取了血的教训，要想不被打死，就只有不怕死，将敌人打死。

黎明，风雪稍敛，第七、第十九军已全部徒涉过汨罗江，官兵身上湿漉漉的衣服，被北风一吹，结成一层薄冰，窸窣作响，他们的意识仍是那么简单，生命的感官仍被紧紧地冻凝着。但是，那凛冽的冲锋号声，敌军阻击的枪炮声仿佛一把烈火，倏地包裹了他们的全身，血液开始流动，越流越快，心脏在有力地搏动着，于是，热血沸腾，周身有一股热力奔涌，脚步加快了，耳边闪动着叱咤的风声，僵硬的食指竟变得像报务员按动电键的手指那样灵活，一下一下地扣动扳机，枪口喷出一条条火蛇。那麻木紧闭的口腔，被心头鼓动的热浪冲开，迸出一声声壮烈的"杀——"。他们从冰窟中跃入火海，僵硬的身体被焦灼的战火焙热，但是，那生命的活力仍是那么简单，仍是只有一丝若有若无的意识，那便是冲上前去！他们的两条腿像机械运动一般，飞速地抽动着，奔跑着，像两只从高山上飞滚而下的石轮。旁边的弟兄倒下了，那竹编尖顶子"桂造帽"在地上翻滚着，打了几个旋旋，便无声无息地倒扣下去，再也不见起来，也没有人怜悯地去把它拾起，也没有人关注地看上几眼。这仍是一群不知生命为何物，身体为何物，死亡为何物的吃粮者。但是，他们却是一支克敌制胜的劲旅，是一支令敌胆寒的军队。当桂军强渡汨罗江，攻入南岸之后，即与敌第八军李品仙部主力发生激战。桂军一鼓作气，将李品仙部防线击破，向长沙猛打猛冲，敌军立足不住，纷纷溃逃，仅两天时间，即农历戊辰年年初一便攻入了湖南省会长沙城。李品仙部及在武长路上追袭程潜部的刘兴、周斓两军即向衡阳败退，何键的第三十五军和叶琪的第十八军也相继退入常德。进入长沙的桂军官兵，虽然被市民冷落，但他们一脱离战场，就获得了生命的真正活力，那在街中和屋檐下出入的女人，活蹦乱跳、放炮仗的孩童，慢悠悠吸着长竹竿烟袋的老者，使他们想到了自己的家人。大年初一，啊，是使他们回忆起家乡的心酸节日。于是，队伍中有人在暗暗抽泣，有人长叹，有人凄楚地哼起家乡的山歌调子：

二月茶树开白花，想起家乡该摘茶。清明时节思忆起，又是插秧种苎麻。

有人在娓娓地叙着家常："过年，我老婆做得最好吃的菜是扣肉，只可惜一年到头才能做一次这样的菜！"说话的人咂巴着嘴，在不住地吞咽口水，仿佛他已闻到了那扣肉的香味。

"我准备给仔女做套新衣，他们打出世以来，还没穿过新衣哩，只可惜年前没关饷！"

"老弟，你看那女人的白脸子，啊嘿真白嫩呀！老子走了天下那么多地方，看来除了苏杭女子就数湖南女子美了！"

"嘿嘿，老兄莫大惊小怪，他妈的什么苏杭、湖南女子，只要把灯一吹，连猪八戒的妈也难分高下！"

士兵们七嘴八舌地议论着，目光碌碌地转动着，鼻子贪婪地抽动着，喉咙本能地吞咽着，但是，谁也不敢去动手。因为白老总早有约法三章，女子也罢，房子也罢，银子也罢，谁敢随便去动一动、摸一摸，谁那脑袋便要落个碗口大的疤。不过，这些刚刚在战场上还麻木不仁的士兵，这会儿总算回归了人的本性，七情六欲，一样儿都不少！如果不是残酷的战争扭曲了他们的人性，如果不是苦难的日子逼迫他们出来"吃粮"，如果不是囚徒般的军旅生涯桎梏了他们生命的活力，他们原本都是一些最忠厚善良勤劳的人啊！

一月二十五日，也就是农历戊辰年的大年初三，白总指挥崇禧率第三路军总部进驻长沙。二十七日，程潜、白崇禧在长沙召开军事会议，决定以夏威的第七军、胡宗铎的第十九军向衡阳追击，以陈嘉祐的第十四军向湘西追击。夏、胡两军，势如破竹，二十八日占株洲，二月七日占衡山，八日占衡阳，穷途末路的李品仙、周斓、刘兴、叶琪等人只得将残部退往宝庆、新化、溆浦一带。第三十六军军长刘兴见事不可为，乃将所部第一师师长廖磊调升军长，由廖接掌第三十六军。刘兴经邵阳、祁阳北上汉口，乘轮东下，到上海去找刚由日本回来的老长官唐生智去了。

被桂系收编的原湘军将领廖磊

这天，白崇禧正在指挥部里和夏威、胡宗铎商议军事，部下忽报敌军第十二军军长叶琪来见。白崇禧闻报，即以手抚额，笑道：

"好了，仗可以不要打了。"

夏威也笑道："难道翠微还要来探听什么虚实吗？"

"我们到门口迎接他去。"白崇禧即偕夏、胡出到门口，只见叶琪只身一人前来，见了白、夏、胡，他满脸愧色，白崇禧却迎上前，紧握叶琪的手，深情地说道：

"你们不要跑了，都是同学、老乡，我们还是结束战争，重归于好吧！"

"李鹤龄派我来，也就是为商议停战之事的。"叶琪尴尬地笑了笑，说道，"健生兄，你这次害得我好苦哟，张国威被孟公绞死了，何芸樵（何键字芸樵）也差点丢了脑袋！"

"唐孟潇不是个糊涂人。"白崇禧拉着叶琪的手，一边往客厅里走，一边说道，"其实，我和煦苍在南京对你讲的，都是真话，程颂公那时的确正在派人给何芸樵和张国威送委任状哩。"

叶琪慨叹地摇了摇头，说道："已过去的事，不要再提了，还是谈现在的吧！"

"你和李鹤龄有些什么打算？"白崇禧见叶琪一下子扯上了正题，便开门见山

被桂系收编的原湘军将领叶琪

地问道。

"希望能维持部队的编制现状。"叶琪道。

"好!"白崇禧一口应允了下来,"我看你们编四个军就行了,李鹤龄、何芸樵、廖燕农和你,各带一个军,这样德公、颂公和军委会都会同意的。"

叶琪道:"李、何和我三人,当然不会有问题,恐怕廖燕农就不愿接受收编了。"

"为什么呢?难道他还不晓得眼下已是山穷水尽的时候了吗?"白崇禧皱着眉头问道。

"唉!"叶琪叹了一口气,说道,"此人有个怪毛病,最认死理,平时又最崇拜关公,特别欣赏《三国演义》中"关云长挂印封金"和"美髯公千里走单骑"这些故事,他身旁总不离手持青龙偃月刀的关公木雕像,无论行军作战或遇大事,他都要对关公像顶礼膜拜一番。因此,要劝他率部投降,绝非易事。"

白崇禧那眉头皱得更紧了,因为第三十六军是唐生智的基本部队,装备和战斗力都较强,而廖磊又是唐军中的一员猛将,非常骁勇善战,曾参加北伐战争中的汀泗桥、武胜关诸役,在这两次战役中,廖磊均身先士卒,屡建殊勋,白崇禧早闻其名。此次西征,当李宗仁率第七军和第十九军进抵湖北兰溪时,正是何键望风而走,张国威抗命之时,唐军节节败退,主帅唐生智一筹莫展。独廖磊的第一师在友军尽溃之下,竟岿然不动。廖磊以少击众,与李宗仁在兰溪血战,虽被击败,但廖磊作战骁勇,受到李宗仁的高度重视。西征军打下武汉后,李宗仁曾对白崇禧道:"廖磊是广西人,又和你们是先后同学,如能把他拉过来,则我军将如虎添翼!"白崇禧笑道:"德公放心,李品仙、叶琪、廖磊三人,必为我们所用。"

现在,李品仙派叶琪主动前来联系投降,而廖磊拒不投降,白崇禧怎么不皱眉头呢?因为唐生智的部队是一支庞大的军事力量,唐军因控制汉阳兵工厂,装备也较精良，在主帅唐生智下野出走后，不但蒋介石欲处心积虑设法收编这支部队，便是程潜、谭延闿等人也各在打主意，李、白自然不会松手让别人把到口的肥肉拿去。对此，李、白较蒋、程、谭居于有利地位。一是桂军正入湖南追击唐生智残部，无论蒋、程、谭怎样想收编唐部，如果李、白不答应，唐部便将被桂军消灭；二是唐部五个军长中有三个是广西人，李、白可以通过他们将部队拉过来，而使别人无法染指。如能将唐军收编为己用，李、白在地盘上占据两湖，又有庞大的军事实力作后盾，便可东下南京攻略沪杭，重掌中央大权，这样半个中国便到手了。

"翠微兄，烦劳你到宝庆走一趟，告诉廖燕农，我们都是老乡和同学，什么事情都好商量，条件，尽管由他提，我和德公绝不和他讨价还价。"白崇禧对叶琪道。

"嗯，"叶琪点点头，信心不足地说道，"那就让我去试试吧！"

三天后，叶琪回来见白崇禧，摇头道："廖磊绝不肯降！"

"他怎么说？"白崇禧问道。

"我见廖磊后，将德、健二公之厚望转达，没想到他把那红脸一沉，厉声道：'翠微兄，要不是看在你我同学、同乡又同在唐孟公手下当差的份上，今天就要对你不起了！关云长千里走单骑，信义有加，封金挂印，视富贵如浮云。我廖磊只有对孟公尽忠节义！'"叶琪把廖磊的话学说了一遍，接着又道，"我把眼下的形势和部队不能再战的困境都向他说了，他仍不为之所动，只说决心战至最后一人，只要对得起孟公云云。"

白崇禧皱着眉头，在房子里踱起步来。胡宗铎早已按捺不住，高声说道：

"唐孟潇十几万大军都完了，李鹤龄、叶翠微二兄不愧识时务之俊杰，廖磊冥顽不化，只有自取灭亡！总指挥，待我率第十九军前去，将宝庆团团围住，把这个'廖关公'捉来，你当面问问他，看他降也不降！"

夏威笑了笑，说道："到那时，不是'屯土山关公约三事'，而是'走麦城'啰！"

白崇禧踱步沉思了一阵，那紧皱着的眉头便渐渐松弛了下来，他知道，把廖磊捉过来并不难，但是血战一场，双方都少不了损兵折将，廖磊被俘，也未必肯降，既白白地耗损了人马，又失掉了廖磊这员难得的战将，那简直是一笔巨大的蚀本生意。只可智取，不可力敌。他对夏威和胡宗铎问道：

"当年曹公指挥大军，将关云长团团围困在那座光秃秃的土山之上，为何不挥兵攻打，将关公生擒，却派张辽前去说降呢？"

"啊——"还是胡宗铎的脑子来得快，"不战而屈人之兵，使之为我所用！"

夏威却摇头道："孙子之言，善则善矣，可翠微已扮过张辽角色，廖磊又不为之所动，怎么办呢？"

白崇禧笑道："只好请翠微兄再走一趟了。"

叶琪毫无信心地摇头道："我再走十趟宝庆，廖磊也断然不会投降！"

"不，"白崇禧摆手道，"不必再走宝庆去找廖磊，我想请你持我亲笔函件到上海去见唐孟潇。"

"孟公已离开部队，找他何用？"叶琪不解地问道。

"请他以长官身份，命令廖磊向我投降！"白崇禧道。

叶琪、夏威、胡宗铎三人听了都不约而同地摇起头来，胡宗铎道：

"岂不是与虎谋皮么？"

"孟公绝不会命令廖磊投降！"叶琪也肯定地说道。

白崇禧不再向他们三位解释，只管坐到办公桌前，提笔给唐生智写信，不一会儿，信便写好了，他对叶琪道：

"翠微兄，你看如何？"

叶琪接信一看，立即惊诧道："这是一纸敦促廖磊的投降书，唐孟公见了，不大骂你挖他的墙脚才怪呢，如何肯将廖磊这笔本钱白白地送给你？"

夏威也插言道："唐孟潇若想和我们一起做买卖，他在武汉便不会跑了。"

白崇禧也不管他们怎么说，只是把信从叶琪手中拿过来，装入一个信封中，写好封皮，交与叶琪，说道：

"你只管去，唐孟潇不但不会拿绳子勒你，还得对你慰勉有嘉一番，末了一定会写封亲笔信，要廖磊放弃抵抗，立即率部向我投降。"

夏威和胡宗铎因见白崇禧说得如此肯定，也只是将信将疑，那叶琪如何肯信？但他新投奔过来，尚无战功，目下白崇禧命他持函到上海去见唐生智，争取廖磊投降，他虽知这是徒劳无功之举，但又不好拒绝，只得苦笑道：

"那我就去一趟罢！若谈不成，你们不要怨我！"

叶琪收拾行装，不日即北上汉口，乘轮东下，到上海找唐生智去了。

却说白崇禧自叶琪去了之后，即命部队休整，只是对宝庆方面派些小部队警戒。他在指挥部里，每日和夏威、胡宗铎谈古论今或下棋消遣，虽然李宗仁、程潜每有电报来催其从速进兵，解决拒不投降的廖磊所部，但他只以一笑置之，复电云："正在部署，容候捷报。"这样的日子很快便过了十来天，这天，叶琪兴冲冲地直奔指挥部而回，刚进门，便叫道：

"总指挥，你真是诸葛亮啊！"

白崇禧徐徐放下手中的一枚棋子，笑道："翠微兄远道而回，辛苦了！"

叶琪也不落座应酬，而是马上由衣袋里取出两封信来，交给白崇禧道：

"这一封是唐孟公给你的复信，这一封是唐孟公致廖磊的信。"

白崇禧接过一一看了，唐生智给他的信大多是客套话，如第七、八两军本是兄弟部队，多次并肩作战啦，希望白收编后当作自己的子弟兵看待啦，等等。唐给廖磊的信则写得颇长，从他们知遇的那一天谈起，谈到廖在参加湘军的护法战争和围剿土匪等活动中的战功，又谈到廖支持唐、反对赵恒惕及投奔广州革命政府参加北伐和北伐中的功勋，谈到自己出走后对廖的依依惜别之情和想念之意，末了对廖目下的境遇极表同情——"战守皆无所凭借，为避免桑梓糜烂同袍流血，请兄即接受白健生收编。留得青山在，不怕无柴烧！"

叶琪敬服地问道："总指挥，你怎么知道唐孟公会写信要廖磊率部投降的？"

白崇禧指着唐生智信中那句"留得青山在，不怕无柴烧"的话，笑道：

"唐孟潇不是明白地告诉你了么？"

"啊！"叶琪不禁猛省，他此次到上海，唐生智不但不因他已和李品仙、何键率部向程潜和白崇禧投降而责难他，反而亲切地和他叙谈，详细地问起军中的近况，又大骂自己亲委的湖北榷运局局长周老四侵吞公款，使弟兄们回湖南连饷也发不了。叶琪见唐生智虽心怀忧虑之情，但似乎对目下的局势倒还想得开，便大胆地将白崇禧的信呈上，唐生智看后，沉吟良久，说道："好吧，既如此，就叫燕农接受白的收编吧，留得青山在，不怕无柴烧！"说罢便提笔给廖磊写信。那叶琪虽然在智谋上不及白崇禧，但也是个极机警乖觉之人，他这下已看出白崇禧完全揣摸准了唐生智此时的心思。

原来，唐虽下野，但和蒋介石一样，无时不在寻找卷土重来之机。蒋介石到日本，得知李宗仁、程潜的西征军已打到武汉，南京空虚，正是他重新上台的极好机会，因此唐生智正将离开武汉之际，蒋介石却突然回到了上海，不久果然东山再起，入京复任国民革命军总司令。

唐生智在日本住了个把月，见蒋介石重新上台，而桂系军队正在入湘穷追他的部队，便急忙返回上海，想利用蒋、桂矛盾重新夺回两湖地盘。他与蒋介石暗通款曲，蒋介石为了对付桂系，也拉着唐生智不放。蒋、唐这一对半年前势不两立的敌人，如今又携起手来了。

为了对付西征军入湘，蒋介石通过唐生智派人收买程潜第四路军中的叶开鑫部在黄沙街倒戈，袭击第六军。如果不是白崇禧当机立断，置正面武长路上的溃败不顾，挥师平、浏，直捣长沙，则唐生智部不但可在湖南喘息下去，而且尚可进窥武汉。不想，蒋介石和唐生智这一着妙棋，被白崇禧果断地"将"死了，唐生智懊恼不已。随着桂军入湘，唐部望风披靡，唐生智急得如热锅上的蚂蚁一般，因为照此下去，他的部队便会被桂系和程潜消灭殆尽，本钱蚀光，便无再起之日。

唐生智正在着急的时候，他的部将叶琪来了，叶告知在山穷水尽的情势下，为了保全部队，只好暂时接受白崇禧的收编以待时机。果然，唐生智不但不责怪叶琪、李品仙、何键等人的行动，反而勉慰他们一番。及待说到廖磊拒绝收编之事，叶琪见唐生智沉吟一阵后说道："我致书燕农，要他效法你们，接受白的收编。"叶琪明白，第三十六军是唐的亲信部队，军长刘兴、廖磊都是坚决忠于唐的，只要这支部队能完整地保存下来，无论何时何地，只要唐老总一声令下，廖磊便会率部重归麾下，为其攻城夺地。身为敌方主帅的白崇禧，对个中奥妙竟能窥得如此明白，看得如此透彻，叶琪对此，怎不惊服呢！

夏威、胡宗铎是局外人，自然不能像叶琪那样体察唐生智的心意，但见叶琪从唐生智那里果然取得了令廖磊投降的亲笔书信，对这位"小诸葛"之谋更为佩服。

"翠微兄，还得再劳烦你跑一趟宝庆，去把那位'关公'请来吧！"白崇禧笑道。

"我明日便去。"叶琪再也不敢迟疑了。

不数日，叶琪陪着廖磊来见白崇禧。白崇禧闻报，即偕夏威、胡宗铎到门外迎接。那廖磊果然一表人才，生就一副关公似的紫红脸膛，两条卧蚕眉下，一双军人特有的眼睛熠熠生辉，直鼻方口，英武非常，只可惜腮下缺少那三绺飘然的美髯，他身材魁梧壮实，走路两脚生风，军靴踏得地皮咚咚直响。他身后跟着一名黑脸大汉卫士，却不是像周仓那样持青龙偃月刀，而是在腰上挂两支德造一号驳壳枪，像金刚神一般凛不可犯。

"燕农兄，久仰久仰！"

白崇禧一反往常接见各军高级将领那样讲究军礼，而是把双手往胸前一抱，向廖磊躬了躬身子，行起古人相见的礼仪来，那模样虽与他那一身军装相衬显得有点滑稽和不伦不类，却也令人感到十分亲切。

"白总指挥久仰！"廖磊说话声若洪钟，也抱拳躬身还礼。

夏威与胡宗铎也学着白崇禧的模样，以同学身份与廖磊相见。白、夏、胡三人毕业于保定军校第三期，廖磊毕业于第二期，比他们三人高一届。廖磊是广西陆川县清湖乡上坡村人，与夏威老家容县相距不远，说的又同是一种白话，因此，夏威即与廖磊用家乡话交谈，彼此颇感亲近。白崇禧把叶琪、廖磊迎到后面一间宽敞的房子里，桌子上已备下丰盛的酒席，白崇禧邀叶、廖入座，夏、胡作陪。

"过几天李鹤龄来，我们再办一桌。"白崇禧擎杯在手，环顾叶、廖、夏、胡四人，说道，"今天特备此席，为燕农兄接风，来，干杯！"

"且慢！"廖磊霍地站起来，朗声说道，"先说完话再喝不迟！"

"啊呀！"白崇禧故作惊讶地说道，"我倒忘了，这祝酒辞还未说哩！"

"军人喝酒，不必客套！"廖磊用那双炯炯有神的虎眼，盯着白崇禧，话音震得屋子嗡嗡作响，"我虽奉孟公之命，率部接受收编，但我有一个条件，白总指挥如能接受，我即把部队带过来，如不能接受，便只有决一死战！"

白崇禧爽朗地笑道："屯土山关公约三事，燕农兄一生崇拜关公，为何才以一事相约呢？"

"只怕连这一事你也受不了啊！"廖磊扬了扬那两条威武的卧蚕眉，颇自负地说道。

"曹公能依云长三件事，我白崇禧虽不及曹公那宰相风度，但对燕农兄所提的一件事则无论如何是能应允的。"白崇禧从容笑道。

"好吧，请听！"廖磊也不客气，双手往腰上一叉，说道，"我今奉唐孟公之命接受改编，日后孟公有令要我把部队拉走，我便要将部队重新带到孟公那边去，我廖磊生是唐孟公的人，死了做鬼也要跟着孟公。因此，今天不是率部向你们投降，而是奉孟公之命行事。这，你白总指挥可依得吗？"

叶琪听廖磊竟说出这般话来，尴尬得头上直冒冷汗，心中连呼"糟糕"，但又无可奈何。夏威、胡宗铎心中大为不满，要不是碍着白崇禧的面子，他们定会大呼来人，将这个倔硬狂傲的"关公"押下去，然后以迅雷不及掩耳之手段，进军宝庆，将廖部一举歼灭干净。叶、夏、胡三人都紧张地注视着白崇禧，看他作何处置。没想到白崇禧竟仰头哈哈一笑，豪爽地赞叹道：

"燕农兄真关公也！"

他诚挚地看着廖磊，对天发誓道："如日后唐孟公有令召你去时，你只管把部队拉走无妨，愿意打招呼，就告诉我一声，我好提前给弟兄们发饷；如不愿打招呼，则随时可去。若我自食其言，派兵追赶，便天诛地灭。耿耿此心，日月可鉴！"

廖磊听罢，激动地过来一把夺过白崇禧手中那盛满酒的杯子，仰脖一饮而尽。白崇禧连敬廖磊三杯，夏威、胡宗铎也相继来敬酒，廖磊都接过一一干了。

自此，白崇禧不战而收降了唐生智的最后一支部队，得了李品仙、叶琪、廖磊三员智勇双全的战将，仍让李品仙任第八军军长，叶琪任第十二军军长，廖磊任第三十六军军长，李、叶、廖三军悉数调往湖北整训，只留何键的第三十五军在湖南。李宗仁、白崇禧终于实现了把两湖、两广联成一片的战略计划，桂军实力空前膨胀，由北伐初期的一个第七军发展到了第七、第八、第十二、第十三、第十五、第十八、第十九、第三十六等八个正规军，直搅得那重新登台的蒋介石更加惶然不安。

第四十四回

牢骚满腹　　三师长饮酒添恨
大闹总部　　钟祖培愤怒解甲

汉口，第七军军部。

一阵阵浓烈的酒香味从大门和窗户直飘逸出来，令人熏熏欲醉。第七军副军长兼第一师师长李明瑞、副军长兼第二师师长钟祖培和第三师师长尹承纲，正在军部里喝酒。看来，他们已经喝了老半天了，脸膛上和眼睛里都被酒精刺激得红红的，眉梢上凝聚着被酒力从胸膛里驱出的愤怒怨恨之色。

"裕生兄，你怎么不说话呀？"

钟祖培望着只管在喝闷酒的李明瑞，瓮声瓮气地问道。李明瑞抬起头来，那红红的脸膛上浮现出一丝深沉的苦笑，那笑容令人联想到压抑而又模糊的曙色——一种被铅色的浓云和殷殷的朝霞混蒙了的曙色。

"植轩兄，我又有什么可说的呢？"一向为人深沉的李明瑞，即使在愤怒和烈酒的刺激之下，也不会丝毫向人吐露内心的真意。不久前，他接到表弟俞作豫由家乡广西北流县寄来的一封长函。作豫在信中谈了他自江西德安遭白崇禧无故辱骂而愤然离军出走之后的情况。

第七军副军长钟祖培

那年七月，作豫在漆黑的夜色中和表兄李明瑞惜别之后，先由江西到了武汉，又由武汉到了上海。经过反革命屠杀和"清党"后的上海，到处是白色恐怖，正在寻找出路的他，倍觉苦闷。这时，他遇到了当年熟悉的共产党员谭寿林，他诉说了自己的遭遇和苦闷，得到谭寿林的同情和指点，使他在苦闷彷徨中增添了信心和勇气，便从上海直奔香港，去寻找共产党的组织。作豫到香港后，果然找到了共产党员陈勉恕和朱锡昂，又结识了恽代英、李立三、杨殷和聂根等一批著名的共产党人。在共产党的帮助和教育下，这年十月，他加入了中国共产党。去年十二月十一日，著名的共产党人张太雷、叶挺等人领导了震惊中外的广州起义，作豫参加了这一具有伟大历史意义的革命行动。他与武装工人赤卫队一起配合起义的主力部队教导团和警卫团，向市区内张、黄部队的据点发起进攻。当张、黄部队向市区内反扑时，作豫在同兴街与敌巷战，掩护同志安全转移。

广州起义失败后，作豫奉党组织之命，回到广西北流原籍继续进行革命活动。他把自己多年积蓄下来的一点点钱，利用自家房屋，开了一间"华丰"字号的店铺作掩护，当了一名革命的"老板"，脚踏实地地进行革命工作，在家乡一带发动农民群众，建立了劳农会。

作豫在信中，虽然没向表兄透露党的机密，但是，机敏的李明瑞已经明白，表弟已毅然决然地走上了另外一条与自己截然不同的道路。自从在江西别后，他无时无刻不在惦念着表弟的下落。

第七军在李宗仁的率领下，由江西重返武汉，顺流东下，直抵安庆、芜湖，嗣后入据南京，又由南京沿江西上，西征两湖。一年多的时间里，第七军转战数省，历经梁园、龙潭等大小恶战数十次，虽伤亡重大，却迭克名城，屡挫强敌。在这些为李、白增威加勋晋爵的血战中，李明瑞无役不与，在北伐的桂军诸将中，他战功卓著，名列前茅，是一员摧坚克敌的虎将。在每一场恶战之后，他生存了下来，便思念起表弟作豫，如果表弟还在部下任职，仗一定能打得更好一些。但是，戎马倥偬，战火不停地闪烁，军号频频地啸叫，他连表弟的下落都无法打听。直到在衡阳、宝庆一带彻底解决唐生智的五个军，第七军和第十九军班师回武汉休整后，他才有时间打听作豫的下落。不想，一封信寄回北流老家后，便很快接到了表弟的复函，李明瑞看着这封"抵万金"的家书，高兴得一夜睡不着。

恰在此时，李宗仁、白崇禧决定进一步扩充他们的桂系军队，在第七、第十九两军的基础上，再扩建一个第十八军。第十八军军长的人选，论德论才论战功都非李明瑞莫属。李明瑞也很想当军长，希望直接指挥一支强大的军队，为统一中国做出贡献。他正在暗中盘算着搭军部的班子，还给俞作豫去信，希望表弟能重返部队，接替自己师长的职位。作豫的信还没到，白崇禧却突然下一道命令，破格提拔李明瑞手下的团长陶钧为新组建的第十八军军长。李明瑞气得肺都要炸了！他明白，这是白崇禧有意排斥他。桂军中有名的俞李三兄弟，如今已被白排挤去了俞家两兄弟，剩下个李家兄弟，更成了白的眼中钉。

李明瑞正在气头上，李宗仁为安抚李明瑞和钟祖培这两位最初跟自己上六万大山的将领，便任命李、钟二人为第七军副军长仍兼第一、二师长。李明瑞那股火气，哪里消得了，但他是个极深沉之人，尽管气炸了肺腑，他也仅仅是"内部爆炸"，表面上竟毫无发作抗命之意。

这时，作豫又寄来一封长函，表明自己无意重返桂军任职，他在信中说："在军阀控制下的军队里，你我只不过充当军阀的工具而已，个人的理想和抱负，是无法实现的。要靠这些军阀来进行国民革命，也是不可能的。"

李明瑞沉思良久良久，似有所悟，那口怒气也藏得更深沉了。桂军返驻武汉之后，第七军军长夏威一时酒色财气俱来，整日里不在军部理事，一应大小事务皆由副军长李明瑞和钟祖培轮流主持。

再说那钟祖培想当军长也想得夜里睡不着觉，日里吃不香饭。他一听说李、白决定扩建一个第十八军，心里便盘算开了，论资格，第七军的三个师长，他和

第十九军军长胡宗铎

尹承纲最老，民国十年，李宗仁避走六万大山，钟祖培、俞作柏、尹承纲都是营长，李明瑞不过是俞作柏手下的连长。其后，黄绍竑率部来投，李宗仁部编为广西自治军第二路时，俞作柏、钟祖培、何武、陆超分任统领，李明瑞、尹承纲当营长，广西统一后，两广合作，广西军队编为国民革命军第七军，下辖九旅十八团，钟祖培与夏威、胡宗铎等皆为旅长，李明瑞、尹承纲为团长。论战功，钟祖培也打过几场硬仗，自认不比夏、胡二人差。可是，夏威和胡宗铎都已先后升任了第七军和第十九军的军长，现在要扩建第十八军了，军长人选论资排辈首推钟祖培。可是，白崇禧一道命令，顿时击碎了钟祖培当军长的愿望。

钟祖培的个性与李明瑞成鲜明对比，钟脾气火爆，李为人深沉。白崇禧破格提拔李明瑞师的第一团团长陶钧为第十八军军长，李明瑞无半句怨言，而钟祖培却拍桌子打板凳骂了几天娘，及待李宗仁将钟祖培和李明瑞双双提升为有名无实的第七军副军长时，李明瑞仍不言语，钟祖培却还在大骂不休。

这天，恰好轮到钟祖培到军部执政，他越想越气，坐也不是，睡也不是，干脆命卫士找来烟枪烟灯，在军部里过起直竹横床的瘾来。抽了几口，仍无法排遣胸中的怨愤，他便躺在烟榻上，抓起电话筒，请李明瑞和尹承纲到军部来"开会议事"。李、尹两人来到军部，见钟祖培躺在烟榻上吞云吐雾，李明瑞照旧不言语，默默地坐到沙发上，从烟盒里抽出一支香烟，不声不响地抽起烟来，尹承纲却说道：

"副军长，李、白两位老总，是不准在军中抽鸦片烟的呀！"

"怕个卵！"钟祖培从口中喷出一口烟来，随手把烟枪扔在烟榻上，"大不了他把老子撤了，回恭城老家去种田也比在这受气强一万倍！"

钟祖培下了烟榻，见他的两名勤务兵侍立在一旁，又喝骂道："你们瞎了眼啦，不看见李副军长和尹师长来吗？快去拿酒上菜！"

那两名勤务兵忙答一声"是"，便去张罗宴席去了。因钟祖培喜欢吃喝，他在军部执政期间，厨房里一天二十四小时，都要预备着十几个生、熟大菜，只要钟副军长一声令下，便随时端上桌去应付。近来钟祖培情绪恶劣，军部里无论秘书、参谋、副官、卫士、勤杂都怕他三分，生怕照顾不周，挨骂遭打。那两名勤务兵奉令后，不到几分钟，便一盘接一盘，一碗接一碗地捧上十几个制作精美可口的菜来。钟祖培把李明瑞和尹承纲一同拉到那张黑漆发亮的八仙桌前坐下，那两名勤务兵赶快往杯里小心翼翼地斟酒。钟祖培举起酒杯，大声地说道：

"今天请你们二位老兄到军部来开个重要会！"

李明瑞和尹承纲不知钟祖培请他们来开什么重要会，一边举起酒杯，一边问道：

"开什么会？"

"二位老兄先陪我干三大杯，然后我再说开会内容。"钟祖培没好气地说道。

李、尹二人见钟祖培不肯即说内容，只得先陪他喝了三大杯酒。三杯烈酒下肚后，钟祖培将杯子往桌上重重地一放，高声说道：

"今天开个骂娘会！"

李明瑞与尹承纲对视了一下，没有作声。钟祖培把桌子一拍，骂道："他妈的胡宗铎、陶钧这两个湖北佬不是人！他妈的白健生瞎了狗眼！"

李明瑞苦笑了一下，没有作声。尹承纲怕钟祖培闹出乱子来，连累自己，忙劝道：

"副军长，我们说点别的不好吗？"

钟祖培又喝了一口酒，那杯子又往桌上重重一放，仍是大声说道：

"老尹你的胆子太小，没出息。论资格，你是保定军校第一期毕业生，比老白、老夏、老胡、老陶都资格老，你怕个卵！"

钟祖培一口气把杯中的酒喝光，扭脸望着李明瑞，忿忿问道：

"陶钧是个什么东西？统一广西和北伐中，他有什么战功？他不过是你裕生兄手下一介小小团长，凭什么逾格超升？"

李明瑞却只是苦笑不言，他明白钟祖培的心思，乃是白崇禧看上陶钧而没有看上钟祖培，如今陶钧破格当上了军长，钟祖培没份，因此钟既恨白又恨陶。李明瑞暗想，如果是我当上了第十八军军长，你钟祖培不也一样骂我吗？当然，钟祖培和李明瑞一样，对白崇禧都抱有极深的成见，甚至仇恨。

白崇禧排挤俞李兄弟，也排挤李宗仁原来的部下，因为李宗仁定桂军中的将领以李石愚为首，何武、陆超、钟祖培等人都是反对白崇禧的。李石愚在抗击唐继尧入桂滇军的战斗中，早已在柳州战死；何武在柳城与陆荣廷部将韩彩凤作战中时，因不听白崇禧调遣，战后被李宗仁撤职，已回昭平家乡务农；陆超在北伐前的部队整编中，因无学历，已被白崇禧裁汰了。如今跟李宗仁起家的将领中，只剩下了钟祖培和尹承纲二人。尹承纲生性孤僻，平日谨慎从事，不敢造次。只有钟祖培脾气火爆，不时和白崇禧有顶撞，因此，他早已成为白的眼中钉，必欲去之而后快。在这一点上，钟祖培和李明瑞的处境颇为相似。白崇禧之所以不敢放手整他们，一是因为钟、李乃李宗仁起家旧部，二是钟、李在统一广西和北伐中，都立下赫赫战功，要整他们，一时也不好下手。李明瑞和钟祖培都深知这一点，因此，李明瑞变得愈加深沉，而钟祖培则变得愈加火爆。

"植轩兄，喝酒吧！"李明瑞脸上的肌肉微微地抽搐了几下，他强压住怒火，举起酒杯来。

钟、李、尹又各喝了一杯，钟祖培又说道："陶钧是个杀人魔王，在作战行军中，遇有士兵落伍，他竟开枪射杀以示儆。为此，裕生兄曾对其责罚，但是老白却偏袒他，反责诘裕生兄治军之不严。天下竟有这等不平之事！"

李明瑞愈想把怒火压得更深，钟祖培则愈想将他那火引出来。李明瑞当然记得，白崇禧在全军团长以上会议上，奖褒陶钧之事，白当众把陶誉为"难得的人才"。钟祖培曾不平地讥讽道："这算什么卵人才，不过下手屠杀了几个落伍士兵！"现在，李明瑞听钟祖培又提起这档事，也只是愤懑地苦笑了一下。

"我师里弟兄们的饷，都欠两个多月没发了，他们十八、十九两军都是月月足饷，军官又都有特别费，弟兄们见了常有烦言，也益发变得不安分了，以此下去，于团体是不利的。"尹承纲喝了几大杯酒后，心情变得更为阴郁，他忧心忡忡地说道。

"胡、陶是两个忘本的王八蛋！"钟祖培一直贯彻他那"骂娘会"的宗旨，仍在破口大骂着，"第十八军和第十九军是第七军生下的两个败家崽！胡、陶当权，没有我们的好果子吃！"

"这事，德公为什么不管呢？"尹承纲脸色更阴郁了，仿佛暴雨前的天色，"让他们胡作非为下去，前途实不堪设想。"

"我们一起找德公讲理去！"钟祖培又仰脖喝下一杯酒，"要他罢免胡、陶，否则，我们三人便集体辞职！"

尹承纲虽然心怀不满，但也只是借酒发发牢骚而已，要他去干要挟李宗仁的勾当，他可没有这个胆量，他只是想在桂系团体里平安地待着，犯不着去惹麻烦砸饭碗。他沉吟一阵，不置可否地说道：

"这事妥当吗？我看要三思而后行之。"

钟祖培对尹承纲的回答，甚不满意，忙扭头向李明瑞道：

"裕生兄，你怎么总不说话呢？难道就让他们踏在我们头上拉屎屙尿吗？你这虎将的虎威也该显一显啦，俞家两兄弟让白健生给撵走了，你这位老表就能这样忍气吞声吗？"

钟祖培这句话简直像一根无形的导火索，一下子直插进李明瑞那藏着一团烈性炸药的心灵深处，似乎马上就要引爆那团久久积聚起来的炸药包。李明瑞只觉得心脏在急剧地跳动着，热血直往顶门上冲，他如果把桌头一拍，大吼一声："走，找他们算账去！"不但钟祖培会和他一道冲进李宗仁的第四集团军总部，甚至连慎重不敢造次的尹承纲也会不得不跟着他们走。但是，他始终没有动，他那脑子清晰和冷静得很。他明白，钟祖培要挑起这一场冲突，目的是要李宗仁挟制专横跋扈的白崇禧，罢免胡作非为的胡宗铎、陶钧，从而达到钟、李两人擢升军长的目的。但是，李明瑞看得很清楚，这是不可能的，到头来只是引火烧身。因为李宗仁无论如何离不开白崇禧，而白崇禧又最欣赏胡宗铎和陶钧的为人作风，胡、陶都是湖北人，目下李宗仁坐拥两湖，"鄂人治鄂"的呼声正炽烈，李、白如何肯罢免胡、陶！

"植轩兄，喝酒吧！"李明瑞迅速掐灭了钟祖培插入他心中的那根导火索，把头轻轻地摇晃着，向钟祖培举起酒杯，那杯里的酒却晃荡得厉害，仿佛那是个蕴蓄着激荡漩流的深潭。

"嘭"的一声，钟祖培将拳头擂在那黑漆发亮的八仙桌上，盘盘碗碗一齐震颤起来，"你们怕，我不怕，几大不过芭蕉叶，妈的，老子豁出去了！"

钟祖培又仰脖饮了满满一杯酒，然后把他手中的杯子往地上一砸，斜眼瞪着李明瑞和尹承纲，火爆爆地吼道：

"你们在这里等着，我到总部去找德公，问他还要不要自己的子弟兵？"

尹承纲见钟祖培借着酒性要去总部找李宗仁，忙劝阻道：

"副军长，要三思而后行啊！"

"怕个卵！"钟祖培把手一甩，趔趄着步子，朝门外去了。那两名侍候的勤务兵，忙跟随而去。

"副军长，这要出事的啊！怎么办？"尹承纲看着钟祖培的背影，那脸色阴沉得简直要黑了天，他忧心如焚，但又毫无办法。

"人之气也，能忍则忍，不能忍则发。"李明瑞把身子挺了挺，对尹承纲说道，"喝酒吧！"

在第四集团军总部里，李宗仁和白崇禧也在争论着同一个问题。原来，自从蒋介石复职后，为了缓和各方面的矛盾，蒋通过中央政治会议决定在广州、武汉、开封、太原设立政治分会，分别由李济深、李宗仁、冯玉祥、阎锡山担任主席。又决定把全国军队划分为四个集团军，以蒋介石兼任第一集团军总司令，冯玉祥任第二集团军总司令，阎锡山任第三集团军总司令，李宗仁任第四集团军总司令。李宗仁坐镇武汉，控制两湖，集党政军大权于一身。

"健生，你逾格提拔陶钧为军长，已引起第七军中的将领不满。这次陶钧率部到鄂西一带清乡，又擅委其军需处长为宜昌禁烟督察局局长，此种做法不特有违体制，而军人干政之风尤不可长。我已请财政部门另行委员接掌宜昌禁烟督察局。"李宗仁十分严肃地向白崇禧说道。看来，他在这个问题上，不准备再做退让了。

白崇禧皱着眉头，说道："德公，难道你事无巨细都要过问吗？"

"宜昌禁烟督察局局长之人选，难道算小事？"李宗仁仍很严肃地说道，以表明他对这个问题十分重视，非亲自过问不可。

"宜昌禁烟督察局局长比起湖北省主席来，到底哪个大、哪个小呢？"白崇禧说话最喜用连续的提问或反诘，就像他指挥打仗爱用声东击西或大迂回的战术一般。

果然，白崇禧这句话一出，顿时使李宗仁说不出话来。

原来，当西征军打下武汉之时，原湖北省政府便因唐生智的下台而解体。第十九军军长胡宗铎率部进占武汉后，因他是鄂人，又身为军长，便很想兼湖北省省长一职，他曾当面向李宗仁毛遂自荐，要求当省长。李宗仁很严肃地说道：

"胡军长，你是一位现役军人，为什么要分心去搞省政呢？你知道我是一向主张军民分治的，我曾有机会一手掌握全省军民两政大权，而我还预先表示不干，竭力婉辞呢，你应该向我学习。"

李宗仁接着便举当年统一广西之初，他邀约黄绍竑、白崇禧二人均不做省长及北伐军底定安徽时，他又力辞兼任安徽省主席的前例，谆谆劝导胡宗铎，不要以现役军官兼任省府首长。

胡宗铎在李宗仁面前碰了钉子，却并不死心，他又忙去找白崇禧，要求白崇禧帮忙，去说服李宗仁，让他当湖北省主席。照胡宗铎想来，白崇禧是一定会帮忙的。因为在去年组建第十九军时，白崇禧便推荐胡宗铎当了军长。第十九军成立之初，胡宗铎曾要求李宗仁将第七军精锐分出一部编入第十九军。可是李宗仁却说道："此事可以考虑，待与夏军长商量后再做决定。"胡宗铎见李宗仁似有意推宕，不想把第七军的精锐拨给他，便一怒之下，携带家眷跑到上海去了，扬言如不同意他的要求，便不再回部队任职。白崇禧见事情闹僵了，赶忙跑到上海，将胡宗铎找回来，并立即将第七军中一部精锐，拨归第十九军，胡宗铎这才无话可说。李宗仁对此却怏怏不悦，白崇禧忙解释道："德公，你身上衣服的袋子有几个，从这个袋里掏出放到那个袋里，这本钱还不是你的吗？"李宗仁想想也对，便不再多言，只饬令胡宗铎精心整训部队。

胡宗铎果然尽心尽力，待第十九军经过严格整训之后，其战斗力竟与第七军不相上下。李宗仁见了很是满意，举凡重要战役，均令该两军当其主力，而以其他作战能力较差的部队作为辅助，故颇能收相辅相成之效。有了这个例子在前，胡宗铎便事无巨细，悉听白崇禧的了。这次，他想当湖北省主席，李宗仁不同意，他只得再次求助于白崇禧。不想，他刚一踏进白崇禧办公室的门槛，话还没说，白崇禧便摇头道："既然德公不让你做省主席，你就不要做吧！"胡宗铎一听顿时愣住了，他实在不明白这"小诸葛"的神通如何这般广大，他刚一登门，口未开言，白便一语道破了他的来意，且先发制人，使你不好再申述自己的要求。

"那……那湖北的事情，我今后就不管了。"胡宗铎负气地说道。

白崇禧自有一套敷衍李宗仁和笼络部下的手腕，他知道如果不满足胡宗铎的欲望，胡的脾气一来，丢下部队又跑到上海去就麻烦了，上海那地方，如今成了老蒋的势力范围，他怕蒋把胡勾去。但是，他又不能不尊重李宗仁的意见，因为在组建第十九军的问题上，李宗仁迁就了白崇禧，由他将第七军的一部精锐拨入第十九军。现在，在湖北省主席人选这样重大的问题上，李宗仁坚持不让胡宗铎当省主席，白崇禧当然不好明目张胆支持胡与李对抗。但他既要笼络胡宗铎，又不能违背李宗仁的意志，便只有变通办法。他对胡宗铎道：

"你不当省主席，可当湖北省清乡督办，陶钧当会办，这样湖北省的实权还不是操在你的手上吗？"

胡宗铎一想也对，便照白崇禧的安排，当了湖北省清乡督办，陶钧当了清乡会办。未几，李宗仁推荐湖北籍第一届中委、法学界人士张知本当了湖北省主席，以严重、石瑛、张难先分任省府民政、建设、财政等厅厅长。胡、陶大权在身，以鄂省主人翁自居，全不把省府放在眼里，他们自行任命各级官吏，在督办公署发号施令，省主席张知本只有画诺而已。这些事，自然传到了李宗仁耳里。因此，对陶钧擅自委其军需处长为宜昌禁烟督察局局长一事，他要亲自出面干预了。陶钧闻讯大惊，因宜昌禁烟督察局特税收入甚丰，而无规定比额，任由局长自行填报，解款多少，无法稽查，故大部收入，除一部分用作第十八、第十九两军公积金外，其余尽入陶钧私囊。今闻李宗仁出面干预，陶钧生怕事情败露受罚，丢了这个金饭碗，特来找白崇禧，请求庇护，向李宗仁说项。这天，陶钧一踏进白崇禧办公室的门槛，白崇禧便意味深长地笑了笑，还未待陶钧开口，白便说道：

"陶军长，听说你发了大财，成了我们团体中唯一的富翁啦！"

陶钧更慌了，忙说道："德公要抓我的'辫子'，你看怎么办？"

白崇禧道："你回去拿出一笔款来，给第七军的弟兄作服装和饷项补贴，这事便好办多了。"

陶钧回去照办，白崇禧便找李宗仁说话去了。不料李宗仁对此深不以为然，仍坚持要由财政部门委派人员去接收宜昌和其他各地税收机关。白崇禧见李宗仁不松口，便提出了"省主席和宜昌禁烟督察局局长哪个大哪个小"的问题。李宗仁竟一时无话可答。李、白之间有一条无形的纽带维系着他们，李拉紧一点，白就放松一点，白拉紧一点，李就放松一点，一张一弛，配合默契恰到好处，形成了李、白之间的一种特殊关系。他们为着共同的利害关系，谁也不愿让这纽带总是紧绷着或者断裂开，他们之间有一种自我调节的因素。构成这种因素的是自知之明和团体的利益。李宗仁知道，他不准胡宗铎当湖北省主席，白崇禧便不支持胡的要求，从而维护了李宗仁的威望。现在，李宗仁要撤换宜昌禁烟督察局局长，白崇禧出来袒护陶钧，对此，李宗仁不得不作出让步。白崇禧见李宗仁不说话，便劝道：

"德公，陶钧已拿出一大笔款子给第七军作服装和饷项补贴。这事，大可不必深究，反正肉烂在锅里和烂在碗里还不是一回事吗？"

李宗仁正要说话，只见第七军副军长钟祖培怒气冲冲，浑身带着一股酒味，闯了进来。李、白见钟祖培这副模样，都不由大吃一惊。

"德公！"钟祖培摇摇晃晃地站住，大叫一声，吓了李、白一大跳。

"植轩，你今天怎么了？"李宗仁虽然声音不高，那口气却相当严厉。

钟祖培用那双半醉的眼睛睨视着白崇禧，叫喊道："德公，当初我们跟你上六万大山的人，现在你身边的，还有几个？"

白崇禧见钟祖培带着一副打上门来的醉态，便知来者不善，他忙趁李宗仁过去拉钟祖培落座之机，回避到后面的一间小房里去了，但那双机警的耳朵，却在监听着李宗仁和钟祖培的谈话。李宗仁给钟祖培沏了一杯茶，态度和缓地说道：

"植轩，你为人一向稳重，治事也从无隙越，今天为何这般模样？酒可乱性，军人绝不可纵酒，希望你听从我的劝诫。"

"德公，你也要听听我的呀！我心里闷得发慌，照此下去，我不但要纵酒，还要大抽鸦片烟，连烟花女子也要包十个八个的！"钟祖培将军帽往桌上一摔，愤愤而言。

"有话你只管向我说。"李宗仁将钟祖培那大檐帽挂到衣帽钩上去，亲切地说道。

"打仗冲锋是我们广西人，升官捞钱是他们湖北人！"

钟祖培凭他跟李宗仁起家的老本钱，说话锋芒毕露，直言不讳："为什么把陶钧由一个团长超升为第十八军军长？在统一广西和北伐中，他有何显著战功？论资格，他位在我和李明瑞之下，这是为什么？就是有人要压我们，要培植他自己的亲信势力，架空你德公，好取而代之！"

白崇禧在隔壁的房间里，听到钟祖培毫无忌讳地说出这些话来，心中又气又恨又怕。李宗仁在六万大山起家的原班人马，几乎都反对他，幸亏那个有谋有勇的李石愚死得早，否则，以李石愚为核心，必然要形成一个反白的团体。李石愚既死，何武、陆超已被白挤走，伍廷飏跟了黄绍竑，俞作柏、俞作豫也被撵走了，如今跟随李宗仁的便只剩下钟祖培、李明瑞和尹承纲三人，这三人都是统兵大将，掌握着第七军最精锐的三个师，成为白崇禧的心腹之患。因此，白崇禧处心积虑扶持桂系中的外江帮湖北籍的胡宗铎、陶钧以自重，同时又将赣军赖世璜的部队抓过来，枪毙军长赖世璜，建立第十三军，白自己担任军长，从此，白崇禧总算有了自己的基本部队。但是，白崇禧鉴于历史的和现实的原因，把李明瑞、钟祖培视作眼中钉，必欲去之而后快。但李、钟二人，均能征善战，功勋赫赫，又与李宗仁有历史渊源，因此一时不好下手。今天，钟祖培竟打上门来，针锋相对，白崇禧如何肯放过他，且听李宗仁怎么说吧。

"鄂人治鄂，这是顺应舆情所致。"李宗仁开导钟祖培，"胡宗铎要当湖北省主席，我没有答应他，对于陶钧以军人干政的做法，我是一向不赞成的。"

李宗仁说的是实话，这些事，钟祖培很清楚，他一时不好说什么，李宗仁又道：

"植轩兄，现在我们家大业大，大有大的难处呐。昔日洪、杨内讧之鉴，应引以为戒，你应该多为团体着想，也要为我着想，不利于团体的话，一句也不要说；有损于团体的事，一件也不要做，这样，就是看得起我李某人啦！"李宗仁语重心长，披肝沥胆地说着。

钟祖培那气，也非一日所积，虽经李宗仁谆谆劝导，但仍无法消弭。他知道，白崇禧虽然回避了，但必定在窃听他和李宗仁的谈话，便仍高声说道："德公，我们跟你上六万大山的人，打出天下，如今吃不开了，与其在你身旁作别人的眼中钉，肉中刺，不如解甲归田的好，也省去你许多是非口舌的麻烦！"

正在隔壁房间里的白崇禧，听到钟祖培这句话，不禁嘿嘿冷笑一声，他终于抓到了解决钟祖培的机会。只听李宗仁道：

"植轩兄，你今天为何这般执拗呢？我的话，你半句也听不进去吗？职务上的问题，你就暂时委屈一下吧，日后升迁的机会多得很，只要再编一个军，我就任命你当军长。"

"德公，只怕再编十个军，也轮不到我钟祖培当军长。"

钟祖培还是高声说着，有意让在后面房子里的白崇禧听到。

"为什么？"李宗仁问道。

"第七军里光团长就有十几个呢！有人不就是把陶钧由团长直接提升到军长的高位上去的吗？以此看来，我钟祖培当军长不过是望梅止渴而已！"

"植轩兄，植轩兄……"李宗仁仍在苦苦地劝导着，但已讲不出更令人信服的道理来了。

"德公，李石愚死了，何武、陆超走了，如今在你身旁敢讲话的人，就剩我钟祖培一个啦！"钟祖培拍着胸膛，仿佛要把胸中积蓄多时的忿懑一股脑儿倾倒出来似的。

"植轩兄，植轩兄，请你冷静一点！"李宗仁明白钟祖培要讲什么，但他不希望对方像竹筒倒豆子一般把心中的话全倒出来。

钟祖培一不做二不休，把手枪从腰上抽出来，"咔嚓"一声顶上子弹，往桌上一放，大叫一声：

"德公，你让我把话讲完，然后枪毙我吧！"

李宗仁愣住了，心头一阵颤栗！

隔壁房间里的白崇禧恨得直咬牙！

"德公，你身边有奸臣！他不是什么鞠躬尽瘁，死而后已的诸葛亮，他是要篡位夺权的司马懿！"钟祖培那粗大的嗓门，叫喊得几乎震塌了房梁。

"植轩，不要胡说……"李宗仁呵斥着。

"德公，我知道，你是听不进我的话的。"钟祖培怆然而道，"我之所以敢于不避斧钺讲这番话，是出于我对你的一片忠心。"

"如果你真对我鼎力相助，这样的话，我希望你今后不要再讲，否则我将以扰乱军心罪严惩不贷！"李宗仁厉声说道。

"这样的话，今后没人再会向你讲啦！"钟祖培怒不可遏地脱下身上的斜皮带和充满酒气的哔叽军服，将它们——一个高级将领的标志——一把扔到桌上，然后用颤抖的声音说道：

"德公，钟祖培就此告辞！"

"你要干什么？"李宗仁喝道。

"何武回昭平老家种田，我回恭城乡下开荒！"钟祖培头也不回地走了。

李宗仁那颗心，像被一根锋利的钢针一针针扎着似的疼痛，他看着钟祖培扔在桌上的手枪、军服，不由想起李石愚、何武、陆超来，最初跟他起家的旧部，如今一个个地离去了，他们都是一些能出生入死，能与之共患难的人，但都不容于白崇禧。呜呼，白氏之智虽可与诸葛媲美，但胸襟却远不如孔明矣！李宗仁摇头唏嘘起来，心中像嚼着一枚酸果似的。

"德公，钟植轩是最初跟你上六万大山的旧部呀，又是第七军中的一员得力战将，于公于私，你都应该挽留他，目今正是用人之际，怎能让他无故解甲归田呢？"白崇禧不知什么时候已从那隔壁房间里走了出来，以满怀同情的口吻说道。

李宗仁那国字脸上浮现一丝无可奈何的苦笑，说道：

"让他去吧，军中服役的辛劳，倒不如优游泉林的自若。"

白崇禧也笑道："德公真能体恤部下，我也想归返原籍休憩，不知德公肯点头否？"

李宗仁知道白崇禧是明知故问，便正色道："我们是临桂老乡，要走得一起走！"

却说钟祖培带着副官、卫士和家眷，在汉口码头上候船。这是一艘由汉口开往上海的法国内河轮船，登船的汽笛已经鸣过，乘客们绝大多数都已登船了，唯独钟祖培还在码头上踯躅徘徊，不愿登船。看来，他是在最后等候什么人。

钟祖培在等待李宗仁。他盼望李宗仁能亲自到码头来挽留他，就像白崇禧亲自跑到上海去把胡宗铎找回来一样。但是，他等了很久，连李宗仁的影子也没见到。早晨，他离开军部时，曾命秘书给李宗仁打电话，报告他已到码头乘船经上海返回广西。他的目的一是避免不辞而别的不礼貌行为，二是希望李宗仁到码头来挽留——说实在话，钟祖培并非真的要挂冠而去，他不过是要借此提高自己的身价而已。可是，令他愤懑和痛楚的是，直到此时，还不见李宗仁来，他忐忑不安，懊恼参半，既怪李宗仁不计旧谊，又怪自己此番鲁莽行事，不如李明瑞来得深沉。到了这个时候，难道还能厚着脸皮回去坐副军长那张冷板凳么？

"嘟——"

轮船又鸣了一声长笛，栈桥上已空无一人，如再不登船，便只得提行李回军部去了。他的副官一会儿望望那行将起锚远航的法国轮船，一会儿看看心事重重怒容满面的钟长官，一句话也不敢说。

"还等个卵，上船吧！"钟祖培大骂一声，副官、卫士们赶忙提上行李，蹭蹭蹭地向那连接码头和轮船的栈桥跑去……

钟祖培从此脱离了李宗仁和桂系军队，回到广西恭城老家，自营一农场，过着郁郁不得志的生活。

第四十五回

入据平津　总司令哭灵碧云寺
觑觎西北　白崇禧请缨屯新疆

民国十七年七月六日。

寂寞的西山碧云寺，一夜之间变得肃穆而森严。由山下通往北平的公路上，五步一岗，十步一哨，国民革命军第三集团军商震部、第四集团军白崇禧部，由西直门一直戒备到海淀、玉泉山、西山东麓的碧云寺。上午十时许，一串长长的小汽车队伍，直抵碧云寺门口。汽车在门口缓缓停下后，卫士们下车打开车门，戎装笔挺，胸缀白花的国民革命军总司令蒋介石由车里钻出来，在他后面的几辆小车里，第二集团军总司令冯玉祥、总指挥鹿钟麟，第三集团军总司令阎锡山、总指挥商震，第四集团军总司令李宗仁、总指挥白崇禧也都一一下了车。蒋、冯、阎、李这四位名震华夏的总司令第一次碰在一起，他们春秋正富，雄心勃勃，一个个气宇轩昂，又都是一色的戎装，胸缀一色的白花，十分引人注目。不过，仔细看来，他们的气质、面相乃至服装，都又各不相同。

国民革命军总司令兼第一集团军总司令蒋介石，身材瘦长，经那斜皮带一勒，长统马靴一套，显得又高又瘦。他两眼微陷，颧骨微突，唇上一抹短须，头上戴顶大檐军帽，浑身上下透着严厉和凛不可犯的气概。他的军帽、军服和军靴，眼睛、颧骨和胡须，都恰到好处地体现了他重新上台后那志满意得的情绪。

蒋介石是一月四日由上海进入南京的，一月九日宣布复任国民革命军总司令职，当天他驰往徐州，召集第一军将领开会，撤掉何应钦第一路总指挥之职，解除何的兵权，以报去年何应钦伙同李、白逼他下野之仇。那天，何应钦在南京郊外打猎方回，总部秘书长李仲公将蒋介石强迫何应钦调任总司令部参谋长的命令送到何的手上，何应钦气得直发抖，开口便说："老蒋对我究竟是何意思？他到徐州去也不通知我，调我为总司令部参谋长，把我的面子丢尽。不管怎样，我决不就，听候他发落好了！"李仲公把利害向何陈述，何应钦这才不敢再发牢骚，乃于二十二日就职，当了毫无实权的参谋长。

何应钦虽然好整，但蒋介石要整李、白可就不容易了。这时候，白崇禧指挥桂军扫荡湖南，全部收编了唐生智的湘军，李、白控制两湖，以两广为大后方，雄踞中南，虎视华东，大非昔比。蒋介石想了半天，决定先从削弱李、白在两湖的势力下手，因此在第二期北伐开始时，命令白崇禧统率唐生智旧部北上，以分李、白之兵。白崇禧当然也乐意到北方去。这正是蒋有蒋之谋，白有白之计。白崇禧统率

国民革命军第二集团军总司令冯玉祥

国民革命军第三集团军总司令阎锡山

二次北伐开始前蒋介石与冯玉祥合影于河南

李品仙、叶琪、廖磊等军，由京汉路正面直攻保定，与第一、二、三集团军呼应北上，攻击盘踞北京的奉系张作霖。奉军节节败退，张作霖内外交困，乃于六月二日发出"出关通电"。六月三日夜间，张乘慈禧太后所乘的花车仓皇离京，车至皇姑屯附近的京奉、南满铁路交叉处的桥闸时，被日本人预先埋设的地雷炸死。六月十一日，国民革命军第三集团军总司令阎锡山、第四集团军前敌总指挥白崇禧联袂进入北京，北洋军阀把持十几年的北京政权，至此结束。蒋介石见北伐军已打下北京，乃于六月十四日授意国民党中央政治会议，派他赴北京祭告国父并视察一切。

蒋介石是带着特殊使命和意图到北京来的。

与蒋介石并肩走着的是第二集团军总司令冯玉祥，冯、蒋两人摆在一起，恰成鲜明对照。冯玉祥体魄魁伟，两道粗黑的浓眉，一副圆胖的脸膛，着一身士兵一样的粗布军装，腰上扎条宽大的皮带，脚穿河南土布鞋。一身粗犷的线条，敦厚的气质，像座巍巍泰山。

"大哥，请！"蒋介石向冯玉祥谦恭地笑着，把右手向前一伸，请冯玉祥先行。

"你是北伐军总司令，理应走在前头。"冯玉祥不肯先走。

原来，蒋介石不但和李宗仁结为把兄弟，也和冯玉祥换过帖。那是去年八月在郑州的事。冯玉祥年长蒋介石五岁，因此为谱兄，蒋呼冯为"大哥"。不过，这一对把兄弟近来发生摩擦，情绪不太愉快。在北伐军即将打下北京之前，冯玉祥、阎锡山、白崇禧都督率所部向北京推进，企图先"入关中而为王"。但蒋介石的第一集团军自从五月初进入济南被日本军队阻击之后，毫无人性的日本侵略军惨杀了北伐军交涉员蔡公时和

1928年，北伐军与张作霖的奉军在涿州城外激战

战地政务委员会外交人员，造成了震动中外的"济南惨案"。蒋介石害怕日本人，只得命令北伐军退让，致使第一集团军在津浦线上的进展迟缓。

蒋介石见他的嫡系部队不能马上进入北京，冯、阎、白三人都有可能成为北京的主人，桂系已控制两广、两湖，如再让其占据京、津，后果不堪设想，蒋无论如何不能让白崇禧成为京、津的主人。而冯玉祥的力量在四个集团军中又最为雄厚，民国十三年冯曾发动北京政变，搞垮了不可一世的曹、吴，驱逐溥仪出宫，电邀孙中山北上主持时局，军事上和政治上都搞得有声有色，蒋介石生怕冯玉祥入据北京，又发出什么通电，与他的南京政府相抗衡，因此不敢把京、津地盘交给冯。相比之下，阎锡山的第三集团军最弱，阎的野心也没有李、白那么大，把北京地盘交给阎锡山较之交给冯、白更为稳妥。经过一番谋划之后，蒋介石于六月一日，任命阎锡山为京津卫戍总司令，冯玉祥一闻此项任命，即气得跑到河南卫辉县百泉村"养病"去了，不再理会蒋介石。蒋介石自然知道冯玉祥的心思，因此到碧云寺门口，他忙推冯以大哥身份前行，冯不肯，蒋便挽着冯的手，一同并肩登山。

蒋、冯之后，是阎锡山和李宗仁。那阎锡山的身材和气质，与蒋、冯、李又

被北伐军击败退回关外的奉军总司令张作霖于1928年6月4日被日军炸死于皇姑屯

更不相同。他中等身材，脸膛黧黑，唇上留着两撇老气横秋的八字须，额上和脸颊上已刻有深浅不同的皱纹，才四十五岁年纪，便已显得苍老。他比李宗仁大八岁，与虎气生生、壮实敦厚的李宗仁并排在一起，一个像老谋深算的师爷，一个像叱咤风云的虎将。前边的蒋介石和冯玉祥心存芥蒂，后边的阎锡山和李宗仁也心怀隔阂。

原来，正当白崇禧统率大军北上时，张作霖为了缩短战线，欲乘白崇禧部尚未到达正定，而以优势兵力一举包围歼灭突出的阎锡山第三集团军。阎锡山见事态危迫，急电请冯玉祥北上增援。冯玉祥因民国十四年冬在北京南口与吴佩孚血战，阎锡山不但不帮冯玉祥的忙，还出兵晋北，企图腰击冯军，冯玉祥对此一直耿耿于怀。此次他见阎锡山危急，不仅不及时出兵增援，反而尽撤博野、安国之兵，奉军乘机由康关、任丘进袭定县，眼看京汉铁路有被切断的危险，急得阎锡山只好向远在豫南的白崇禧求救。

白崇禧急令叶琪的第十二军火速向定县、新乐一带增援，才使阎锡山转危为安。可是，到了北京，阎锡山因抓到了京、津地盘，对在危难之中救他的白崇禧毫无酬谢之意，阎霸占了京、津一带所有党政和税收机关，对白荐去的人，一个也不任用，致使白崇禧在京、津一带毫无根基，连部队的饷项也无着落。白崇禧气得大骂阎锡山不够朋友，懊悔当初真不该去救他。

李宗仁此次到北京，听白崇禧报告阎锡山的所为，心中也窝着一团怨气。蒋、冯不和，阎、李不睦，冯、阎怀怨，蒋、李之间的关系则更加微妙。李、白伙同何应钦去年八月逼蒋介石下野，蒋心中那口气如何咽得下去？他已经整治了一个何应钦，又想如法炮制，对付一番李宗仁。

此次北上祭告国父，蒋介石原已授意国民党中央政治会议，只邀请冯、阎北上，而故意不邀李宗仁，从而把李排斥于三个集团军总司令之外，使李在政治上受孤立打击。不料，冯玉祥因蒋介石把京、津给了阎锡山，心怀不满，便欲拉李宗仁以共同对付蒋、阎。冯玉祥见蒋介石不邀李宗仁北上，他忙从郑州发给在武汉的李宗仁一电，以个人名义邀李北上。李宗仁正为蒋介石不邀他北上祭告国父之事而不平，今见冯玉祥来电邀请，即欣然复电应邀。此事传到蒋介石耳里，他生怕冯、李联合将对他不利，忙从南京乘决川舰溯江而上，亲到武汉邀请李宗仁一道北上。李宗仁见蒋介石做了让步，心中的气也消了一半，便半推半就地和蒋介石同乘专车北上，到郑州共邀冯玉祥。冯玉祥见李宗仁跟蒋介石同来，心中对李不诺前言很有反感，遂称病不与蒋、李同车北上。蒋、冯、阎、李四大派，钩心斗角，他们到北京来演出了现代史上最富有戏剧色彩的一幕——然而这只是一出精彩的序幕，好戏还在后头哩！

庄严雄伟的碧云寺，重重殿宇，层层绿树，依山顺势，向上排开，直达山巅。碧云寺建于元至正二十六年（公元1366年），原称碧云庵。明正德年间扩建后改名碧云寺，是北京有名的寺庙。寺中的金刚宝座塔、天王殿、罗汉堂等建筑，皆极有特色。民国初年，因军阀混战，天下大乱，这名寺古刹残破寥落，寺内建筑也倾颓益甚。民国六年，蔡元培、李石曾等人发起劝募，对寺内建筑群进行重新增饰修治，并在西山东麓一带建立了中法大学、西山学院等院校，使该地成为名胜之地。但是，使碧云寺名播海内外的，并非由于它是名刹古寺和后人的修茸整治，乃是因为国父孙中山先生的灵榇移厝于碧云寺的石室，才使碧云寺闻名遐迩，载入史册。

民国十四年三月十二日，中山先生在北京东城铁狮子胡同逝世，弥留之际，遗嘱归葬南京紫金山麓。广州国民政府及北京孙中山先生治丧处，遂决定于四月二日先权厝灵榇于北京碧云寺石室，一俟南京紫金山之陵寝落成，再行奉安南下。民国十四年四月二日，北京举行了隆重的移灵式，数十万北京市民自动站立街头，向孙中山灵榇默哀。孙中山灵榇在其亲属和同志的护送下，奉安于碧云寺最高的金刚宝座塔内的石龛中，至今已安息了三年有余矣。

这三年多来，是中国现代史上最为激荡的时期，是最多事的年代，也是一个重大的转折点。中国共产党人和国民党左派，坚决执行孙中山的三大政策，掀起了轰轰烈烈的大革命运动，领导并推进了著名的北伐战争。可是，以蒋介石、汪精卫为首的国民党右派，却篡夺了革命的领导权，他们发动了"四一二"政变、"七一五"政变，对曾经为孙中山先生开创的革命事业立下了丰功伟绩的中国共产党人、国民党左派和广大工农群众，施以血腥的屠杀和镇压，中华大地，血雨腥风，人民被驱进了一个更为黑暗恐怖的时代。

蒋介石一行进入碧云寺山门，住持释静法师率几名僧人早已在阶下迎候。因寺中已事前得知蒋介石等要来寺中祭灵，对各项事务皆早有准备，寺中的一切布置，皆如当时移灵一般。山门后塔有牌楼一座，横额上书"天下为公"四个恢宏大字，左右各一长联，左联为"赤手创共和生死不渝三主义"，右联是"大名垂宇宙英灵常耀两香山"。蒋介石在牌楼下默立了一分钟，不知是对这副对联有所感，还是专门为了调整一下情绪，就像那经验丰富的演员，在一场盛况空前的演出开始之前，也会发生短暂的怯场一样，需要调整好情绪，以便尽快进入角色，使之一上台便征服观众。

过了第五重山门，便是碧云寺巅顶处的金刚宝塔院。院中矗立一座印度式的古塔，塔高三十余米，全用汉白玉石砌成，四周饰以佛像浮雕，孙中山的灵榇便安放在塔内的石龛之中。

蒋介石等来到孙中山灵堂。孙中山生前副官马湘、吴稚觉二人率武装卫士七人，肃立两旁为孙中山守灵，他们自民国十四年四月二日孙中山灵榇移厝碧云寺后，便一直守护在这里。灵堂四周布满鲜花和花圈，灵堂正中悬一长联："功高华盛顿，识迈马克思，行易知难，并有名言传海内；骨瘗紫金山，灵栖碧云寺，天维地柱，永留浩气在人间。"孙中山灵榇四周，护以蓝色铁栏杆。祭告仪式颇为隆重，由蒋介石任主祭，冯玉祥、阎锡山、李宗仁为襄祭，文武官员皆胸缀白花，在灵堂肃立。按照祭告仪式，先奏乐，读祭文，诸人向孙中山灵榇三鞠躬，再奏乐，礼成乃退。谁知蒋介石进入灵堂之后，一眼看见那蓝色铁栏杆内的楠木棺材，便禁不住一头扑上前去，抚棺恸哭起来，哭声悲切，如丧考妣。也许，此时此地确是触动了蒋介石的感情。

孙中山在北京逝世时，蒋介石没有随侍在旁，他正率领黄埔学生军在潮梅东征陈炯明。孙中山逝世的翌日，蒋介石正在棉湖指挥东征军出击，取得了棉湖战役的重大胜利。作为孙中山的亲信干部，国民党内"四大柱"的胡汉民、廖仲恺、汪精卫、蒋介石在孙中山逝世之际，皆各有贡献。胡汉民代行孙中山大元帅职，与廖

北伐军四个集团军总司令在北平香山碧云寺向孙中山灵柩祭告北伐成功。左起阎锡山、冯玉祥、蒋介石、李宗仁

仲恺坐镇广州，主持广州国民政府的一切；汪精卫随侍孙中山身旁，笔录了孙中山的遗嘱，在治丧处主持秘书股工作，为孙中山的饰终典礼安排奔忙；蒋介石则执行孙中山肃清陈炯明叛军，统一广东的指示，指挥黄埔学生军东征潮梅，以棉湖战役的重大胜利来悼念孙中山。如果那时蒋介石披着满身战尘跑到北京来，向孙中山的灵柩祭告，他将是国人公认的一位英雄，孙中山的忠实信徒。

可是，三年之后，他以比棉湖战役更大得多的胜利——夺取了北洋军阀盘踞的北京，来到孙中山的灵柩前，却是百感交集，有口难言。孙中山亲手制定的复兴国民党的三大政策，第一项"联俄"，孙中山号召"以俄为师"，聘鲍罗廷为国民党组织教练员。可是孙中山死后两年多，首席顾问鲍罗廷、军事顾问加仑都已被赶出中国，他们落荒而逃，从西北的大戈壁跑回苏联去了。如今，蒋介石又要和苏联断绝邦交——他怎么向九泉之下的孙中山交代？第二项"联共"，孙中山把共产党人请到国民党内来，在共产党人的帮助下，改组了国民党，使涣散消沉、毫无生气的国民党获得了新生。孙中山经常劝告国民党要员"以共产党人为榜样，像共产党人一样地为革命辛勤工作，不怕牺牲"。蒋介石却以血腥手段"清党"，屠杀了成千上万的共产党人，如今，他两手沾满共产党人的鲜血来到孙中山的灵柩之前，又

何以向视共产党人为诤友的孙中山交代呢？第三项"扶助农工"，孙中山在《中国国民党第一次全国代表大会宣言》中明确指出"国民革命之运动，必恃全国农夫、工人之参加，然后可以决胜"，确认国民党的历史使命必须是"谋农夫、工人之解放"，"质言之，即为农夫、工人而奋斗，亦即农夫、工人为自身而奋斗也"。可是，蒋介石却视工、农为草芥，他率北伐军进入上海之后，竟向工人群众开刀，在宝山路屠杀徒手工人群众百余人。他下令封闭上海总工会，收缴工人纠察队枪械，在苏、皖、浙、沪一带屠杀了无数的工人群众，摧残了所有的工会组织。现在，他两手同样沾满工、农的鲜血，面对倡导"扶助农工"，以"为农夫、工人而奋斗"为使命的孙中山，他又作何交代呢？

当孙中山逝世时，治丧处内尚有共产党人，著名的共产党领导人李大钊为秘书股股员，共产党员邓颖超为招待股妇女第三组成员，与孙中山关系极为密切的共产党人林祖涵（伯渠）和李大钊均为孙中山抬榇执绋。如今北伐"功成"，蒋介石率各路将领和大员来碧云寺"告庙"，不但和孙中山生前关系极为密切而又为北伐战争的胜利，无私无畏抛洒鲜血的共产党人不被邀参加，便是孙中山的亲密战友和夫人、国民党左派领袖宋庆龄也被拒之于国门之外，那两位已被赶回苏联去的，为中国革命做出重大贡献的孙中山的政治顾问鲍罗廷、军事顾问加仑将军，则更不用说了。如果，世界上将要发生最大的奇迹的话，此时此地，孙中山先生突然从那长眠的楠木棺里站起来，他对放声恸哭的蒋介石必然会大喝一声：

"你还有脸对我哭？你已经堕落成第二个陈炯明啦！"

然而，蒋介石庆幸的是，世界上绝不会发生这样的奇迹，孙中山的身体永远不会再站起来了，他憎恨的共产党人已被他杀败了，他害怕的孙夫人，他讨厌的苏联顾问都已被撵跑了，他手上握着生杀大权，一切进步的和民主的人士，都不可能再面对面地谴责他了。但是，蒋介石对此并不满足，他那双血淋淋的手还异想天开地仍要擎起孙中山的革命大旗，以国民革命的正统领袖自居，以此号令四方，巩固他在国民党内的地位。他此番北上演出"功成告庙"一幕，便是借此来扛孙中山这面大旗的，也许正因为如此，他才哭得这么伤心，这么悲切，这么如丧考妣！

蒋介石的哭声在灵堂内回荡，惊得栖息在塔顶的几只乌鸦哇哇地叫唤几声，慌忙向西山深处的枫林飞去。

蒋介石仍在没完没了地痛哭着，时间一分钟一分钟地过去，肃立在灵堂内吊唁的文武大员们，开始倒还严肃鹄立，有的人甚至也跟着唏嘘流涕起来。但是，时间一长，各路将军们开始变得不耐烦了，他们虽然也十分崇敬孙中山，也想扛起孙中山这面大旗，就像举着钟馗那把宝剑去讨伐各种鬼魅一样。但是，今见蒋介石独自一人趴在那楠木棺上恸哭，就像孙中山只是他蒋介石一人的先考一般，将军们连庶出的边都沾不上，他们站在一旁，心里是何滋味呢？本来他们和蒋介石就同床异梦，只不过为了对付那位把持北京政权的奉系"胡帅"张作霖，才临时团结起来，呼应北上。今张大帅既已倒台身亡，各路将军们都正在酝酿着为彼此的利害而展开新的角逐，他们怎么能心安理得地听任蒋介石在此独自表演呢？

"都什么时候了，还在哭呀！"将军中有人不客气地发话了。

"真像个娘们，只会哭鼻子！"这是北方的将军在说话。

"这样才显出他是嫡系呢，我们都不是嫡系，叫他哭吧！"南方的将军也说话了。

蒋介石虽然趴在那楠木棺上声泪俱下，但一双耳朵却并没有沉浸在悲恸之中，将军们那些讥讽之言，自然一句不漏地都传入了他的耳内，但他却并不理会，仍在高一声低一声地痛哭不止，那模样，似乎是在告诉祭灵的人们：我哭我父，关你甚事！

冯、阎、李三位襄祭尴尬地站在灵堂前，互相对视了一番，不知说了几句什么话，冯玉祥便走到孙中山的灵榇旁，对蒋介石劝道：

"总司令，这么多人都站在一旁等着行祭告典礼呢，你还是不要再哭下去了吧，快站过来主持典礼仪式吧！"

谁知，冯玉祥这句话不说还好，这话一说，蒋介石哭得更加厉害了，仿佛是冯玉祥的这句话亵渎了蒋介石那对孙中山极为虔诚的心灵一般。

"呜呜呜……"蒋介石顿时大恸不已，似乎要以更高的哭声来表达对孙中山的忠诚，同时又对包括冯玉祥在内的各路将领们的厉声抗议。

"叫他一个人在这里独自哭下去吧，我们都走了！"这回，北方和南方的将军们都同时说话了，而且还有军靴的移动声。

蒋介石的哭声戛然而止，他生怕各路将军们真的发一声喊轰然散去，丢下他独自一人在此，岂非弄巧成拙？蒋介石颤巍巍地站起来，掏出一方白手绢，擦擦眼睛，擤擤鼻子，收好白手绢，正了正那顶被哭歪了的大檐帽，然后肃立在灵堂前，用带着哭音的嗓门宣布祭告典礼开始。

一曲哀乐骤起，无论是南方还是北方的将军们，也无论是庸庸碌碌和精明干练的官僚政客，还是依附某一派系的谋臣策士，都笔挺地肃立着，然后取下头上戴着的大檐帽或礼帽，毕恭毕敬诚惶诚恐地向孙中山的灵枢行九十度的三鞠躬大礼。只有这时候，已成圣哲的孙中山才真正地从那口楠木棺材里倏地"站"了起来……

却说蒋介石在碧云寺祭灵之后，即电召总参谋长李济深来北京，与冯、阎、李、白及吴稚晖、戴传贤、蔡元培等几位中央委员到北京西北的小汤山温泉开"裁兵善后会议"。小汤山是个风景秀丽的休养胜地，热泉喷突，一层薄雾似的水蒸气，早晚缭绕于林泉之间。那热气腾腾的小河从山里流出，带着大地的体温，一路奔下山去。汤山林木蓊葱，一幢幢建筑精致的小洋房，鳞次栉比，掩映在绿树丛中。据说这些洋楼原是北洋军阀官僚王揖唐、曹汝霖等人，用从日本西原借款中得到的巨额"回扣"为自己修建的。如今北洋军阀已彻底倒台，洋楼的主人们也早已避往天津的外国租界里去了，这些洋楼和他们曾把持的北京政权，也都统统归了蒋、冯、阎、李们。

在一座大洋楼的会议厅里，蒋介石正在主持会议。他今天精神甚好，与前几天在碧云寺哭灵那悲切的情形相比，简直判若两人。

"现在全国共有国民革命军八十四个军，约三百师，兵员二百二十余万人，每月军费至少需六千余万元。这样浩大的开支，中央是无法承担得了的。"蒋介石用那双带笑的眼睛望着北方的和南方的将军们，接着说道，"目下北伐大功告成，我们要按照先总理的建国大纲，从事实业和各项建设。为此，就必须裁减军队，以原来用作战争的军费转用到建设方面去。在这次会议之前，我曾和几位关心国事的同志商议过，认为全国军队由现在的三百师减少到八十师，兵员保持一百二十万人为宜，这样军费便可减少百分之六十。诸位对此有何高见？"

蒋介石又用那双带笑的眼睛，十分诚恳地望着各路将军们，以示他的裁兵主张乃是从国家建设大局出发的，希望大家拥护。将军们有的正襟危坐，有的低头喝茶，有的窃窃私语，有的频频抽烟，那些无兵无枪的文职中委们也只是在洗耳恭听。蒋介石见大家都沉默不语，便又接着说道：

"关于裁兵的具体步骤，中正认为最迟于明年一月召开国军编遣会议，在会上成立国军编遣委员会，届时一、二、三、四集团军总司令部，即应同时取消。军队的编制以师为单位，留国防军五十个师左右，另编宪兵部队二十余万人，直辖中央……"

将军们的脸色，又一次变得和碧云寺面对蒋总司令哭灵时那般难看了。有人在叮当敲打茶杯，有人干脆把才抽了几口的香烟扔在那雍容华贵的绿色黑边地毯上，用军靴使劲地蹉着。一副脸膛便是一块沉重的乌云，一块块乌云瞬间联接成一大片，大有"山雨欲来风满楼"的气势。座中的将军，要数白崇禧古书读得最多，对历史研究得最透，他心里明白，这是蒋介石开始实行"削藩"计划了。蒋的裁军方案乃是一种强干弱枝的做法，他要瓦解第二、三、四集团军，以达到独裁之目的。

"飞鸟尽，良弓藏，狡兔死，走狗烹"，白崇禧从汉高祖、唐太宗、明太祖的手腕中，把蒋介石的一套计划内涵窥得明明白白，蒋与历代王朝的开国帝王一脉相承，便是欲将北京改名为北平，也是完全从朱元璋那里学来的。蒋的这一套，瞒得了别人，如何瞒得了"小诸葛"白崇禧？白崇禧早已感觉到各路将军种"黑云压城"的气势，便抓住契机，率先发难。他扶了扶那无边近视眼镜后，从容说道：

"兵是要裁的，但是，现在还不是时候。"

蒋介石见白崇禧最先说话，心里不由一愣。这是蒋介石自去年八月被李、何、白逼下野后，第一次与李、白共坐在一个会议厅里，个中滋味，大家彼此不同。而今蒋介石见白崇禧一上来便反对他的裁兵计划，心中既恨又怕，目下桂系实力空前膨胀，桂军由两广、两湖直达平、津，蔚然已成常山之蛇。

白崇禧六月十一日进占北京，北方有影响的天津《大公报》便于六月十四日发表题为《珠江流域之思想与武力》的重要社评，文章指出："广西军队之打到北京乃中国历史上破天荒之事。"广西地处南疆，为历史上的南蛮之地，向不为人所重视。只是到了太平天国洪、杨举事，才使世人刮目相看。当年，奉命率太平军北伐的两位广西将领林凤翔、李开芳，虽然骁勇善战，但也只是打到天津附近的静海县，便成强弩之末，未几即全军覆灭，从此太平军再无北伐之力。这样在中国几千年历史上，率广西军队北伐打到北京的广西人，便只有白崇禧了。白崇禧开创了一个新的历史纪录！蒋介石看到天津《大公报》那篇带有颂扬白崇禧战功的社评，几乎整整一个晚上睡不着觉。据说，那天晚上，宋美龄为了使蒋介石入眠，读了整整两个小时的《圣经》，仍无济于事。现在，李、白在军事实力上已超过蒋介石，如果蒋不能顺利地执行他的裁兵计划，削弱李、白及冯、阎实力，他便有再一次下野的危险。

"民国十五年七月，我们誓师北伐，只两年便打到了北京、天津，翻开中国历史，古往今来用兵之速，未有逾于此的。"白崇禧傲慢地看了蒋介石一眼，接着说道，"我们绝不可因为胜利得来容易，便忽视长治久安之措置。目下京、津虽定，而边境未靖，不说关外尚在奉军之手，便是唐山一带也还有直鲁军数万人未解决。而新疆七月七日发生政变，省长杨增新被军事厅长樊耀南刺死，樊自称总司令和省长，逾日民政厅长金树仁又以卫队攻击省政府，捕樊耀南处死，金被推为新疆省政府主席兼总司令。此一事件表示新疆将从此多事。边疆未固，关外未定，直鲁军未灭，何能轻言裁兵呢？！"白崇禧这一席话，直说得各路将军们不断颔首表示赞同，蒋介石既无法驳斥，又不便当面指责，急得唇上那一抹日本式短须直抖动着，仿佛那一处神经已经失去中枢的控制。好一会儿，蒋介石才说道：

"这个，健生兄这个是……"

"总司令，"白崇禧赶快抓住机会说道，"我是一个回民，与西北人地相宜。早在十二年前，我在保定军校毕业的时候，就向往张骞、班超的事业，自愿要求分发到新疆工作，想在那里训练一支新军，以巩固祖国的西北边防。不料到迪化的交通中断，凤愿未偿。我今愿率领第四集团军五万人赴新疆从事殖边工作，如总司令准我所请，今后中央将永无西顾之忧。"

蒋介石听了，这才明白白崇禧请缨屯新疆的目的，乃是为了逃避他的裁兵计划的束缚，跑到大西北去占块地盘，养精蓄锐，待机而动，然后利用西北这块新根据地，通过鄂西，沿汉水顺流而下，仍可与武汉联成一气，挟西北囊括西南。蒋介石看破了白崇禧的手段，心中暗自冷笑，嘴上哼了哼，只是说道：

"健生兄之志可嘉！不过，鄙人认为兵工计划，应照孙总理之意，从导淮做起，舍近就远，所费太多，于国于民皆利少弊多。焕章兄，你以为如何？"

蒋介石这句话，也着实厉害，他不仅从孙中山那里找到了拒绝白崇禧统兵去新疆的理由，而且挑拨冯玉祥出来反对白崇禧。因为西北本是冯玉祥的地盘，冯岂能容白插手进去？

果然，冯玉祥马上说道：

"我同意蒋总司令的意见，兵工计划，应从导淮做起，不可舍近求远。"

蒋介石随即用手捋了捋唇上的短须，脸上浮起一丝冷冷的笑容。白崇禧的计划受挫于蒋、冯，便不再言语，一双机诈的眼睛只管朝天花板上溜来溜去，他不甘心失败，准备随时寻找机会，打进一个楔子。冯玉祥虽然反对白崇禧插手西北，但对蒋介石的裁兵计划，却并不赞同，他接下来说道：

"关于蒋总司令的裁兵计划，我看应逐步实施，不宜急于求成。对于撤销各集团军总司令、总指挥一事，本人认为应暂缓进行，否则，对于北伐作战有功的将领，我们拿什么去酬佣人家呢？"

李宗仁说道："裁兵本是件好事，于国于民都有利，我看哪个也会赞成的。但是，绝不能利用裁兵来消灭异己。我现在听说，有人一边要别人裁兵，他自己却千方百计地去收编各种溃兵败将，以充实自己的实力，不知在座的诸位听说没有？"

阎锡山用手捋着唇上的两撇八字须，用他那浓重的山西口音说道：

"四个集团军中，我的兵最少，目下卫戍平、津一带，尚感兵力不足，要裁你们可以先裁一部分，我维护好京、津一带的治安秩序后再裁吧！"

阎锡山说罢，忙把他的总指挥商震睃了一眼，商震立刻站起来，说道：

"报告蒋总司令，职部巡逻队昨晚在王府井大街一带捕获直鲁军派遣潜入城内的便衣队数名。据称，此种骚扰性的便衣队和专行刺我方高级将领的暗探刺客亦有不少潜入城内，六国饭店附近今晨发现两具不明身份的死尸。为了维护京、津一带秩序，目下急需加强戒备力量。否则，本人对蒋总司令和各位的安全均不敢负责！"

蒋介石听了，不禁暗吃一惊，他的嫡系部队尚远在沧州和德州一带，北平除南苑驻有白崇禧一师军队外，尽为阎锡山的晋军所控制。他突然想起民国元年二月十八日，孙中山为了坚持要袁世凯南下就职，特派蔡元培、宋教仁等八人为迎袁专使，北上迎袁。袁世凯为了拒绝南下，特暗中密令他的亲信部队发动兵变。二月二十九日晚八时，袁世凯的亲信部队第三镇在北京东安门一带放起火来，枪声骤起，将八专使住的招待所掳掠一空，吓得蔡元培、宋教仁等忙避入隔壁的外国教堂，才仅以身免。蒋介石本来就很有迷信思想，他今见商震站起来说出此种威胁之语，而当年的蔡元培这次又偏偏和他一道北上，又同在汤山出席裁兵善后会议。蒋介石想到这里，那左眼皮兀自跳个不停，这更使他担心阎锡山、商震暗中串通白崇禧，效法袁世凯做出对他不利的事来。蒋介石见各路将军都反对他的裁兵计划，只有坐在他身旁的北伐军总参谋长、国民党广州政治分会主席李济深尚未说话。蒋介石心里一动，估计李济深可能力排众议，拥护他的裁兵主张，如能把李济深拉过来，便是对李、白一种极大的牵制。他朝坐在自己左边的李济深期待地笑了笑，说道：

"任潮先生，你的意见呢？"

李济深那严肃得近乎刻板的脸上，毫无表情，他这次应蒋之电召北上出席裁兵善后会议，心情怏怏不悦。自从那次上了汪精卫的当之后，李济深再也不敢轻易离开广州了。他虽然和黄绍竑一道平息了张、黄事变，重回广州主持党政军大权，但是，经过此番变乱之后，他的地位再也不像从前那般牢靠了。他的两位部下陈铭枢、陈济棠正在暗中争斗，企图架空他这位老长官，从而像张、黄一样攫夺广东大权。陈铭枢得到蒋介石的支持，有恃无恐，迫使李济深不得不把自己兼的广东省主席一职让给陈铭枢。这次，李济深接到蒋介石电邀北上，心里不得不反复琢磨，此次离粤会不会重蹈覆辙？但他见蒋、冯、阎、李四个集团军总司令和冯、阎、李三个政治分会主席都在北京，若自己不去，地位上便有逊人一等的印象。他和黄绍竑等人商议做了安排后，才忐忑不安地北上。李济深到了北京，心却挂在广州，因此在汤山开会，尽管别人言之谆谆，他却听之藐藐，对于裁兵，他也自有一套看法，今见蒋介石的计划四处碰壁，不得不向他求援，李济深这才很严肃地说道：

"裁兵嘛，这是很好的事，我非常拥护！"

蒋介石见李济深毫无保留地支持他的裁兵主张，高兴地说道：

"任潮先生胸怀大局，令人钦佩，令人钦佩！"

"当然，"李济深似乎没有听到蒋介石刚才讲的话，仍很严肃地说道，"若是天下为公，没有一个人会反对的；若是天下为私，一定有人反对。把别人全都消灭，留着自己的军队，这种不公平的办法，万万要不得。像现在北伐的军队没有饷，反而派了许多人暗中去收编孙传芳、吴佩孚、张作霖、张宗昌等反革命的军队，这是顶不妥当的事，将来的祸害，就出在这上面！请诸位想想，是不是这么回事？"

蒋介石实在没想到李济深会说出这样的话来，他那热辣辣的脸上顿时一块青，一块红，一块白，狼狈相更不下于前几天在碧云寺哭灵那模样。会开到这里，已经僵得不能继续开下去了，谁出来收场呢？还是李济深的亲家吴稚晖有办法，他诙谐地摇动着嘴唇下那一大把胡须，先哈哈笑了两声，才说道：

"诸位，我们国民党有个好传统，便是会而不议，议而不决，今天的会议当然无伤大雅。我看，我们不妨先到池子里去泡一泡温泉吧，待把身子骨都泡得畅通无阻了，再议裁兵不迟。哈哈，哈哈哈……"

随着吴稚晖那圆滑的笑声，各路将军们都懒洋洋地站了起来，跟着有皮带的响声，有军靴掉下地的磕碰声，将军们脱光身子，只穿条裤衩，像一只只肥胖可爱的北京鸭一样，扑到那热气腾腾的温泉池子中去了。

第四十六回

平定关内　白崇禧挂帅征滦东
徘徊平津　"小诸葛"定计夺幽燕

　　却说蒋介石在小汤山开过那"议而不决"的善后裁兵会议后，见冯、阎、二李诸人各持异议，知他的"削藩"计划一时难以执行，又不敢在北京久住，便决定近日乘车返回南京再做计议。行前，他决定单独去找白崇禧谈一谈。

　　"哟，总司令你来得正好，我也正要去找你哩！"白崇禧在他的指挥部里迎接蒋介石，刚坐下，还未待蒋开口，白便先抢着说道。

　　"这个，这个，健生兄，嘿嘿……"蒋介石实在不知道这个神出鬼没的"小诸葛"要说什么，只得讪笑两下。

　　"我与第四集团军的官兵，都是南方人，自到北方来月余，深感水土不服，近来身体不适，官兵也多有疾病。目下北伐功成，我希望总司令能让我们回南方解甲归田，也省去裁兵的诸多麻烦。"白崇禧一边说话，一边咳嗽，副官忙把药送进来。白崇禧斥责道：

　　"你不看我和蒋总司令在谈话吗？咳咳咳！"白崇禧皱着眉头，一连串地咳嗽，那副官只得把药放下，退出去了。

"健生兄既是贵体不适，请先服药吧，这个，唵？"

蒋介石见白崇禧前几天在汤山开会时，反对他的裁兵计划，说话精神抖擞，今天怎的就病成这个样子了？再细看白的气色，却并不像有什么要紧的病。蒋介石心里暗骂了一句"娘希匹！你白健生和冯焕章一样，都在糊弄我"。

原来，蒋介石这次北上，到武汉邀李宗仁同车到郑州，再邀冯玉祥一起去北京。冯因不愿与蒋、李同行，便在郑州装病，大热的六月天，身上盖着两条厚棉被，一边冒汗，一边呻吟不止。蒋、李二人看见冯玉祥红光满面，全然不像大病的样子，只是对视一笑，也假装安慰冯一番，便乘车北上了。三天后，冯玉祥独自挂一专车到北京。现在，蒋介石见白崇禧这副模样，一看便知是装的，但也只得假惺惺地安慰几句。白崇禧便顺水推船，把副官送来的什么药片，放在掌心里，瞧了瞧，然后皱着眉头，往张开的嘴上一拍，然后喝口水，一仰脖吞了下去，苦笑着，啧了一下嘴。蒋介石见了，心里又骂了一句"娘希匹"，才皮笑肉不笑地说道：

"健生兄既然这样不适应北方环境，如何还请缨赴新疆殖边呢？"

白崇禧又咳了一声，巧妙地答道："孙子云：'置之死地而后生。'到了新疆，身负戍边之重任，不管环境如何恶劣，不死也得设法生存下去呀。光绪元年，六十三岁的左文襄公（即左宗棠）率军督办新疆，不是令士兵给他抬着棺材一路走的么？"

"嗯嗯，这个，左文襄公精神可嘉，我是很佩服他的！"蒋介石对曾国藩、左宗棠、胡林翼三人一向是很崇敬的，他常读《曾文正公集》《左文襄公集》和《胡文忠公遗集》等三部书，每有心得，便录之笔端，今听白崇禧说起左宗棠，也少不得要称赞几句的了。

"健生兄以左文襄公之精神，去经略关外如何？"蒋介石接下来问道。

白崇禧听了暗吃一惊，心想老蒋连新疆都不让他去，怎么会让他去东北呢？关于东北问题，白曾与李宗仁暗中商量过，李、白对于东北不是不想抓到手，而是眼下无法马上抓到手，正像诸葛亮说的东吴"此可用为援而不可图也"。张作霖虽死，但奉军已全部退入关内，由少帅张学良统率，实力仍在，而日本帝国主义觊觎东北已久，北伐军如出关，必引起外交问题，不久前发生的"济南惨案"，更使李、白触目惊心。因此，对于东北问题，李、白早有腹案，便是和平解决，力争把张学良拉到自己这一边来。因为奉系与冯玉祥、阎锡山皆为争夺北方地盘连年开战，结下宿怨。而奉张与李、白则无仇无怨，自然较之冯、阎好说话。如能把张学良拉过来，白崇禧便可借奉张之力在京、津一带立足，钳制阎锡山，与南京的蒋介石分庭抗礼。现在，蒋介石说要白崇禧去经略关外，白忖度，这必是蒋对李、白的一种试探抑或是一种借刀杀人的阴谋。白崇禧又咳了咳，接着说道：

"总司令，连京、津一带的环境我都难以适应，何能出关？冯、阎想去，就让他们去吧！"

其实蒋介石最怕冯、阎出关，一是冯、阎所部皆北方人，适应关外环境，如让其出关，则白山黑水之间，沃野千里，必系他二人之天下，到时岂不又冒出两个"张作霖"来？再者，蒋介石吃过日本人制造的"济南惨案"的大亏，生怕冯、阎、白出关引起外交问题，日本人上门找他的麻烦，因此，他是主张和平解决东北问题的，今见白崇禧无意去东北，这才略为放下些心，便问道：

"依健生兄之意，东北问题怎么解决好？乞望赐教。"

那白崇禧虽与蒋介石矛盾百出，但又是个重感情的人，蒋介石这句话，一时引发了他当蒋的参谋长的那一段旧情，且东北问题又和白的切身利益息息相关，便说道：

"全国统一大势已定，张作霖已死，张学良内外交困断不敢作负隅顽抗之想，这就为中央以政治方式和平解决东北奠定了基础。这是我军不必出关的根据之一。"

白崇禧见蒋介石郑重地点了点头，又说道："张作霖之死，据说系日本关东军所为，可见日本侵略东北的计划已如箭在弦上，我军如出关，日军若加阻挠，则后果将远远超出济南惨案之范围，故而我军出关更应特别慎重。"

蒋介石又郑重地点了点头，白崇禧又道："直鲁军张宗昌、褚玉璞部数万人目下驻扎滦河以东的唐山、昌黎一带，闻说张已与日本人有勾结，日本人支持张部出关，有说日本人要张部攻到秦皇岛，便可出兵接应其出关。为此，若要和平解决东北问题，便要以迅雷不及掩耳之手段，首先解决张宗昌部。"

"很好！很好！"蒋介石激动地抓着白崇禧的手，当即果断地说道，"我决定由你代行国民革命军总司令之职权，统一指挥第二、第三、第四集团军各部，歼灭滦东一带的张宗昌直鲁联军，为中央和平解决东北问题打开一个局面。"

白崇禧见蒋介石不仅完全采纳他的建议，而且决定授予他全军最高指挥权，也激动地站起来，向蒋立正敬礼——欣然受命。这一对充满敌对情绪的派系首领，在不到一小时的谈话后，又携手合作了——民国史上有许许多多这种时而为敌，时而为友，又时而为敌的怪现象，除了彼此之间的利害关系外，恐怕也还得有一种大丈夫的胸怀和韬略，否则刚刚还打得鼻青脸肿的双方，倏忽间怎的又能握手言欢呢？

白崇禧受命挂帅之后，即令李品仙、魏益三、刘春荣等部集中备战，但却并不急于向滦东进军，而是派何千里为代表到沈阳去见张学良，请张派奉军与白军南北夹击张宗昌部，以便将直鲁军包围歼灭。张学良当即派总参谋长杨宇霆为代表，与白崇禧商谈。白、杨双方均带卫队，乘车在一小站见面。

在滦东被北伐军彻底击败的直鲁联军总司令张宗昌

关外与广西一北一南相隔万水千山，本没有什么相同之处，不过在民国年间却出现过两对颇为相似的人物，这便是时人称之为"南北两少帅"的张学良和陆裕光及"南北小诸葛"的白崇禧和杨宇霆。那陆裕光乃老桂系首领陆荣廷之子，自从陆被李、黄、白逐出广西之后，目下流寓苏州做寓公，那"南少帅"由于失去父荫，早已没有当年的少帅气派，不得已投入了直鲁军张宗昌部下，任第七十四师师长之职，已不为人所知。如今，显赫的便只有"北少帅"张学良和"南北两诸葛"了。现在，这两位大名鼎鼎的"小诸葛"代表不同派系的利益，在此时相见，更是不同寻常。那"北诸葛"杨宇霆乃辽宁法库人，日本士官学校毕业。他身材高大，相貌堂堂，从长相到动作、语言，无一不显得非常精明干练，才气横溢。白崇禧一见谈判的对手气概不凡，心中暗道，和这样的人较量才有意思！他迎上前去，主动和杨宇霆握手寒暄，然后诙谐地笑道：

"邻葛兄（杨宇霆字邻葛），人称你我为'小诸葛'，未知这'小诸葛'中还能再分大小否？"

奉军总参谋长杨宇霆

杨宇霆却一本正经地答道："当然能分大小。"

"谁大谁小呢？"白崇禧依然诙谐地笑着，把两张手掌摊开，问道。

"我大，你小。"杨宇霆毫不含糊地答道。

"哈哈，"白崇禧笑道，"邻葛兄如此当仁不让，不知有何根据？"

杨宇霆不慌不忙地答道："我生于光绪十三年，你生于光绪二十年，我今年四十二岁，你今年才三十五岁，我大，你小。"

白崇禧心里暗吃一惊，不想从未谋面的杨宇霆竟对自己的生辰年龄了解得这么具体。杨宇霆见白崇禧一时答不上话来，又接着说道：

"我名宇霆，表字邻葛，乃邻近诸葛之意，称'小诸葛'乃有根有据。因此我是正宗的'小诸葛'，你只能算'小小诸葛'啦！"

白崇禧机智超群，能言善辩，在任何场合都能应付自如，从未被诘难过，今天竟被这'北方小诸葛'说得无言以对。他那白皙的脸庞上顿时感到一阵热辣，忙用几声轻松的笑声掩饰住心中的窘态，他一边笑，一边说道：

"邻葛兄之言果然有根有据，但孔明一生，除了舌战群儒之外，还上有安邦定国之计，下有棋琴诗书之雅。我们不必为此多费口舌，还是来比试比试一番吧！"

"健生兄要比什么呢？"杨宇霆揶揄地笑道。

白崇禧忙唤自己的副官把围棋拿过来，对杨宇霆道："邻葛兄如能胜我一子，崇禧则甘拜下风，当'小小诸葛'矣！"

"请吧！"杨宇霆从容地在白崇禧对面坐下。

顷刻间，棋盘上那纵横十九条线，化作了一片山岳丛林，江河阡陌，田野村落，城池要塞。那三百六十一个位，变成了堑壕掩体，电网碉群，大炮战车，艨冲战舰。棋盘上战云密布，战阵森严，白崇禧执白子，杨宇霆执黑子，双方开始行军布阵，运筹帷幄，麾兵攻杀，一场大战终于爆发。白、杨二人，你来我往，你攻我守，你围我堵，双方都使出浑身解数，一时围魏救赵，一时上楼抽梯，一时借刀杀人，一时天女散花，真是险象环生，绝招频出，侍立在一旁的两名副官直看得惊心动魄，瞠目结舌。战至最后，形成两个连环劫，打来打去，谁也不肯让步，两人又似乎都拥有无穷无尽的劫材，这样对弈下去，别说下到明天，即使下到世界末日，也无法确定死活、分出胜负。

白崇禧笑道："邻葛兄好手段！"

杨宇霆也忙道："健生兄不简单！"

双方明白，要结束这没完没了的打劫争斗，只能和棋。而和棋，在围棋中是少之又少。白崇禧令副官收拾棋子，随即挥退左右，对杨宇霆笑道：

"邻葛兄，这回'小诸葛'难分上下啦！"

杨宇霆见白崇禧挥退左右，知要谈军国大事了，便也笑道：

"弈之为数，小数也，不足论道。今健生兄代行总司令职权，挂帅征东，带甲数十万，有否假道灭虢，借消灭张宗昌部之机而出兵关外之意？"

白崇禧心想这"北诸葛"也好生厉害，一下子便抓住了会谈的实质，他认真地说道：

"邻葛兄可曾得到这方面的情报：张宗昌企图乘张大帅死后张汉卿（张学良字汉卿）地位尚未巩固之时，猛冲出关，取张汉卿地位而代之？"

杨宇霆点了点头，白崇禧又道："因此，急于要出关图东三省的是张宗昌，而不是我们北伐军。张宗昌本是由张大帅扶植起来的，也算得上是奉系的一支。他在山东被我们打败，与褚玉璞退据滦东一带，他不出关又到哪里去就食呢？"

"难道你们真的不想出关吗？"杨宇霆用他那双东北人特有的被风雪擦得晶亮的眼睛正视着白崇禧。

"如果我们要出关，就应支持张宗昌，让他打头阵，到了关外再解决张部不是更好吗？"白崇禧用他那双南方人犀利的眼睛正视着杨宇霆的目光。

"你们不是要统一中国吗？"杨宇霆又问道。

"北伐统一中国乃孙总理之遗志，除了武力统一，当然也还可以有和平的统一，我们希望的是后者。"白崇禧恳切地说道。

"统一自然是好事。可是，蒋、冯、阎、李之间能实现真正的统一吗？健生兄与蒋总司令之间能够统一吗！"

杨宇霆"小诸葛"之名果不虚传，杨、白两位"小诸葛"之间的谈话，也像他们弈棋一般，是一场绝妙的斗智。眼看北方的"小诸葛"已经把南方的"小诸葛"逼得不能动弹了。白崇禧沉思片刻，他要是不能打破僵局，别说东北问题他插不进手，便是在京、津也无法立足。但是，对于杨宇霆所提的这些问题，他怎么能圆满地回答呢？且不说去年他和李宗仁、何应钦逼蒋介石下野的那一幕，便是碧云寺祭灵、小汤山开会，蒋、冯、阎、李互相的斗争，他与蒋、阎的矛盾，不是预示着国民党内各派政治势力无法实现真正的统一吗？这些事不说，明眼人都一清二楚，就像和尚头上的虱子一般——明摆着的。作为张学良的代表，有着"小诸葛"之称的杨宇霆，为了东北未来的地位及他们自己的利益，当然更是关注这些问题的了。白崇禧本人由于地理上的原因，过去无暇顾及关外之事，这次他率军北上京、津，不得不对东北问题及奉系下一番功夫研究。

兵法云："知彼知己。"杨宇霆了解国民党内各派系之间的矛盾，白崇禧当然也知道奉系各派钩心斗角的内幕。奉系中有老派和新派之争，新派中又分"洋派"和"土派"。老派以张作相、张景惠、吴俊陞等为骨干；出身日本士官学校的杨宇霆、姜登选则为"洋派"，出身于国内陆军大学的郭松龄、李景林为"土派"。郭松龄与杨宇霆矛盾最深。民国十四年冬，郭松龄率奉军精锐第三军揭起反奉旗帜，通电历数"张作霖失政"和杨宇霆祸奉罪状。郭军由山海关直打到锦州、营口，在辽西巨流河西岸与日军和奉军决战。由于三面受敌，郭松龄战败被俘，旋被张作霖枪杀。这次日本人炸死张作霖，据说有日方在奉系内部寻找新的代理人的因素，他们有扶持杨宇霆取代张学良之意。白崇禧便决定"以子之矛，攻子之盾"，他不正面回答杨宇霆的提问，却反问道：

"邻葛兄难道愿甘居张汉卿之下么？"

白崇禧到底不愧是"小诸葛"，一脚便将对方踢来的球成功地踢了回去。杨宇霆只得悻悻地说道：

"老帅临终之前，没有向我托孤！"

原来，张作霖的专车在皇姑屯被炸，张所乘坐的那节包车被炸得粉碎，车身抛出三四丈远，只剩下两个车轮。那个老派怪杰吴俊陞被当场炸死，张作霖身受重伤，随侍的六姨太也当即死去。张作霖被前来援救的奉天宪兵司令齐恩铭护送回帅府，已奄奄一息，只对他的大老婆卢夫人说："我受伤太重……恐怕不行啦，……叫小六子（张学良）快回沈阳……"话未说完便死去了，因此没有向"小诸葛"杨宇霆"托孤"，大概杨也认为自己没有扶持"后主"的义务吧。

白崇禧见杨宇霆竟说出这般话来，便也毫无忌讳地说道：

"我们的蒋总司令也不是刘备！"

"健生兄！"

"邻葛兄！"

这一对深感生逢其时，而又不遇英主的"南北小诸葛"，两双手一下子紧紧地握在一起了，他们顷刻间似乎成了患难与共的知音。他们继续密谈，还谈了些什么，已不为外人所知。临别，杨宇霆送给白崇禧一支特大高丽参，还答应供给白部二十万件过冬的皮背心。

九月四日，白崇禧下达总攻击令，左、中、右三路大军齐发，克丰润，下开平，占宁河，直向唐山推进。直鲁军向昌黎、秦皇岛东窜。九月十四日，杨宇霆亲到山海关指挥，奉军与直鲁军血战于牛角庄、魏家店。白崇禧挥军渡过滦河，与奉军前后夹击，将直

1928年9月底，白崇禧指挥北伐军挺进至山海关下

鲁军围歼于石门常山子一带。直鲁军首领张宗昌、褚玉璞见大势已去，乃化装弃军潜逃，他二人乘小渔船由滦河口荡出，先逃大连，然后转往日本，做亡命客去了。

白崇禧通电全国，报告肃清关内残敌，由民国十五年七月开始的北伐军事，至此胜利结束。京、津一带的报纸，包括那份曾率先载文颂扬白崇禧的天津《大公报》，纷纷发表战报时评，把白崇禧誉之为最后完成北伐的功臣儒将，至此"小诸葛"之名在北方鹊起。

这一日，白崇禧和几员广西将领兴致勃勃地游览清故宫。他平时治事严谨，不喜游玩，这两年多来，南征北战，足迹踏遍大江南北，所过之处，名山胜水多得很，可他从无游览之兴。如今，关内底定，关外问题解决有望，对于这风光壮丽的北国古都，是应该很好地游览一番的了。他们一行从天安门往里走，过端门，越午门，走进太和门，来到紫禁城的中心。迎面只见三座雄伟森严的大殿屹立在一座白石台基之上。

李品仙指着太和殿笑道："诸位，皇上正在金銮殿上等着召见我们哩！"

叶琪即学着御前太监"叫军机"的口吻喊道："奉上谕：第八军军长李品仙见驾！"

李品仙没见过皇上，可在京戏里看过演员做戏，他把两只袖子一甩，诚惶诚恐地登上大殿，向那空荡荡的宝座行起三跪九叩大礼来，那滑稽模样直引得大家捧腹大笑不止。白崇禧指着那金銮宝座说道：

"此地是皇上举行重大典礼的地方，但凡皇帝即位、生日和元旦、冬至等都在这里举行仪式。鹤龄你拜错了地方，这回脑袋得搬家的啦！"

大家又是一阵大笑。他们从太和殿过中和殿，由保和殿出来，沿着石级下行，辗转来到养心殿。白崇禧指着东间一前一后两个宝座，对大家说道：

"这里才是皇帝召见大臣，发号施令的地方。那两个宝座中间挂的黄色帘子，便是慈禧太后垂帘听政用的。辛亥年，孙总理领导革命党人，推翻了清王朝，清帝的退位诏书就是在这里颁布的。那时，我们都是学生军北伐敢死队，正在武昌驻防哩，想不到，十七年后我们竟打到北京来！"

白崇禧说话间那种踌躇满志的神态，溢于言表。他从十八岁起便投身革命，参加学生军敢死队，由桂林徒步行军北上，在不到两个月的时间里，行军三千多里，驰援武昌。后来统一广西，出兵北伐，十七年的时间里，他与清王朝和北洋军阀作战，迭建殊勋，为推翻中国的封建统治做出了贡献。假如孙中山不死，白崇禧或有可能成为中国历史上被人尊敬的第二个诸葛亮也未可知！然而历史长河的流向实难逆料，人的命运归宿皆离不开历史的安排。三十五岁的白崇禧又来到了一个新的历史转折点上。他盯着养心殿上那一大一小的两个宝座，思绪奔腾，浮想联翩——清朝皇帝倒了，继之而起的北洋军阀也倒了，到底谁将成为民国的主人呢？

他们离开养心殿，穿门过殿入宫，来到一座门前，白崇禧忽然停住步子，惊喜地叫喊起来：

"你们看！"

李品仙、叶琪、廖磊见一向沉着冷静很注意自己言行举止的白崇禧突然举止失态，惊得忙从他的手指方向看去。李、叶、廖三人不看则可，一看也都惊呆了，他们不约而同地"啊"了一声，顿时站住不动了。你道他们发现了什么奇迹？原来，宫中前面那座高耸的大门上，黄底蓝漆书着三个赫然大字——"崇禧门"。白崇禧虽然博学多才，但是故宫中重重殿宇，层层楼阁，道道宫墙，座座大门，大小宫殿七十二座，房屋九千多间，他初来乍到，根本不知尚有这座与他同名的"崇禧门"，今天一见，真是惊喜齐集，惶恐参半，直把他那藏在心灵深处的管仲、韩信、孔明的雄心壮志倏地升华到一个新的、更高的水准之上。还是李品仙最能揣度白崇禧的心意，他惊了一下之后，随即把白崇禧往"崇禧门"下拉，又将叶琪、廖磊和随行的副官卫士一个个推上去，簇

白崇禧在故宫崇禧门下

宣布东北易帜的奉军少帅张学良

拥在白的周围，他像一个出色的导演似的，命令跟随的总部秘书将刚从德国买来的那台新式莱卡照相机，镜头对准白崇禧一行，李品仙指挥就绪，才跑到白的左侧站定，下令：

"照吧！"

秘书揿动快门，咔嚓一声拍了一张，又从不同角度连续拍了几张。李品仙意味深长地说道：

"从今日起，我们都出自'崇禧门'下！"

白崇禧听了这句话，真比饮下一杯醇香的桂林三花酒还畅意百倍，他激动地说道：

"崇禧虽不敢作非分之想，但故宫的历史迄今已有五百年，这是五百年前之天意啊！"

叶琪、廖磊对白崇禧本来就崇拜备至，今见故宫中竟有这座"崇禧门"，而白崇禧又指挥他们一路北上，打下北京、天津，顺利地消灭了张宗昌、褚玉璞的直鲁军，底定关内，白的名声在中国南北大振，这更使他们想入非非。特别是那位崇尚关公的廖磊，从此竟把对白崇禧的崇拜放在关公之上，但他又怕为人倨傲的关公见怪，便在那尊木雕像前焚香，祝告道：

"既然我公与翼德公皆崇敬军师孔明，廖磊亦效法我公与翼德公之举，崇敬当今之孔明矣！"

白崇禧游过故宫回来，精神更加焕发，他随即把李品仙升为第十二路指挥官，指挥第八、第十二、第三十六三个军。又连日在他的总部里置酒庆贺，静候关外消息。不料这天，他派往东北张学良处活动的代表何千里突然回来，何惊惶失措地报告道：

"总指挥，张学良已宣布东北易帜，杨宇霆总参谋长被张学良杀了！"

"啊——这……这是真的？"一向料事如神的白崇禧，这回实在没料到那位机敏过人的"北方小诸葛"杨宇霆会突然死于非命。他怔怔地愣了好久,仿佛被人猛地从故宫那宝座上给推下来似的,再也说不出话来。

原来,蒋介石自离开北京前与白崇禧谈过那次话之后,生怕白崇禧运用纵横捭阖之术夺取东北,便明里由白代行国民革命军总司令之职,指挥北伐军歼灭盘踞滦东一带的直鲁军,暗中却派总参议何成濬携带十万银元出使东北,并指示何"一切活动费用不受限制"。何成濬早年浪迹上海十里洋场,与陈其美、蒋介石混得稔熟,其人对吃、喝、嫖、赌、抽大烟样样在行,又善交际逢迎,他要拉拢谁,几乎是一拍即成,手腕甚是厉害,因此深得蒋介石的信任,把他放在身边

1928年12月,张学良宣布东北易帜后奉天大楼前换挂了青天白日旗

当块王牌使用。这次何奉命出使东北,便使出浑身解数,拉拢张学良及其身边亲信。那张学良虽然才二十余岁,但却不是花花公子等闲之辈。他在蒋、白和日本人的使者包围之下,虽穷于应付,但他首先斥责日本首相田中义一派来拉拢他的使者林权助:"关于易帜一事,是我们家里人的事,外人对此不应感兴趣!"张学良权衡全局,终于选择了蒋介石。中华民国十七年十二月二十九日,张学良通电全国,宣布东北易帜,服从国民党中央。蒋介石欣喜万分,即电张学良,任命他为中华民国陆海空军副总司令(蒋介石为总司令)。

在举国欢庆统一的呼声中,白崇禧内心矛盾极了,对于张学良易帜归顺中央,使情况十分复杂的东北问题终于不费一枪一弹,不损一兵一卒得到顺利解决,他是感到欣慰的,因为他在与蒋介石谈论解决东北问题时,便提出了和平统一的建议。虽然成果最终归了蒋介石,他是从历史上看东北还是统一到了中华民国的中央政府之中,对于企图攫夺东北主权的日本帝国主义不能不是一个沉重的打击。因此,无

论是蒋介石也好，白崇禧也好，张学良也好，他们虽出自各自的派系利益，但总算是为国家做了一件好事。这一点，白崇禧内心是明白的，因此他对东北易帜感到欣慰。但是，环顾关内外，他感到自己的处境更加不利。张学良以杨宇霆反对换旗为由，杀了杨之后，派人来向白崇禧传话："我们可以做个朋友！"白崇禧因见杨宇霆已死，张学良投了蒋介石，而关内一带阎锡山又视为禁脔，不容白染指，白崇禧深感在平、津有寄人篱下之感，下一步怎么办便颇费踌躇了。他是个出色的军事家，一个优秀的统帅，考虑问题一向着眼于军事，即使是对复杂的政治问题，也习惯于用军事的眼光去观察，用军事的手段去处理。他徘徊京、津，自然也少不了考虑进退问题。进，关外不能去，便欲图京、津、河北地盘，取阎锡山而代之。从军事上看，阎锡山的晋军不是桂军对手，要打仗，白崇禧不怕阎锡山，而冯玉祥也不见得会帮阎锡山的忙；蒋介石虽然支持阎，但蒋军远在山东境内，对蒋军的实力，白崇禧清楚得很，他不怕蒋的嫡系部队。可是，白虽然着眼于军事，但是目下中国刚刚实现统一，他在京、津战端一开，恐怕道义上将受到国人的谴责，纵使从阎锡山手里夺得幽燕之地盘，也将为千夫所指。孙子曰："兵者，国之大事，死生之地，存亡之道，不可不察也。"目下白崇禧不敢轻易向阎锡山动手，进，他无路可走。既不能进，就退吧。白崇禧想率师退回武汉，以固华中之大门，再观天下之变。但回师武汉无论走平汉路还是由津浦路转陇海路再转平汉路，都得经过河南或山东。这两省地盘，是属于冯玉祥的，白要回武汉，必须向冯借路。为此，白崇禧派人去找冯玉祥商量假道问题。没想到冯敷衍道：

"平、津一带很好嘛，叫健生兄就安心驻下去好了，何必回去。"

白崇禧见冯玉祥态度模棱两可，心里顿时凉了半截。当然，如果决心回师武汉，白崇禧不是做不到，他所统率的三个军和一个独立师，官兵几乎都是广西、湖南和湖北人，南方人久戍幽燕，归心似箭，只要他一声令下南归，冯玉祥部是无论如何阻挡不住的。但是，全军冲过河南，与冯军血战一场，损兵折将，空跑一场，只为蒋介石和阎锡山打了天下，自己毫无所得，这样的蚀本生意，"小诸葛"白崇禧如何肯干？进既不能，退又不甘，又作何打算呢？白崇禧每日在他的总指挥部里徘徊，冥思苦索，终未思得一计。北平的隆冬季节已经降临，朔风怒吼，大雪纷扬，天地一片灰暗，白崇禧在那座罗马式壁炉前踱步，心情也像那铅色的天空一般沉重晦暗。因杨宇霆已死，那二十万件皮背心没有到手，白军冬衣得不到及时解决，许多士兵仍着单衣，抖缩在营区里靠烤火取暖，每有被冻死者。连老天爷也跟白崇禧作难了。

恰在这时，蒋介石由南京发来一电，要白崇禧去南京出席国军编遣会议，由李品仙代白在北平主持一切。白崇禧知李宗仁、李济深已赴南京，蒋介石居心叵测，白怕被蒋算计，此时也不便贸然离开北平，担心一旦有变，无法应付平、津局面。他考虑再三，便给蒋介石复电，以"旧疾复发、医嘱静养"为由，拒绝南下。白崇禧虽然不去南京开会，但徘徊平、津仍无良策，正在苦闷之中，忽想起他的老师李任仁先生来。原来，李任仁早年在临桂会仙一所小学任教，白崇禧是他教过的学生。少年时代的白崇禧家道贫寒，曾受过李任仁先生的资助。李任仁思想进步，在"四一二清党"时被迫离开广西，流浪在外。白崇禧虽然是"四一二清党"的得力干将，但对他的恩师却一往情深，他率军北上平、津消灭张宗昌部后，驻节唐山，便邀李先生到唐山交通大学小住，师生间过从甚密。白回北平后，又邀李先生同行，目下李先生住在灯市口瀛寰饭店。白崇禧想到这里，便命副官乘车去请李先生来赐教。

李任仁穿一件皮袍，头戴一顶深色的狐皮帽，随副官来见白崇禧。师生二人，在壁炉旁品茗，促膝长谈。白崇禧心情沉重地说道：

"老蒋是容不下我们的，他想在南京开三中全会，当国府主席。现在，他又急着要召开国军编遣会议，他消灭异己，实行独裁之心，已暴露无遗，如果我们自己不能搞出一个局面，便只有被动挨打，被他吃掉。目下，平、津一带我们又难以立足，崇禧深感进退失据，乞望先生以良策赐教。"

李任仁两只手捧着那热腾腾的茶杯，沉思片刻，说道：

"要想搞出一个局面，就必须倒蒋。要倒蒋不但要和东北联合，还要和冯、阎联合，但联合必须有共同的目标才行。"

李任仁说："我以为，我们应该明白表示态度，主张根据总理遗嘱，召开国民会议于北平，而且根据总理北上宣言所说的，由九个人民团体来召开国民会议，再由国民会议产生合法政府。把北平再改成北京，中央政府设于北京。这样做，东北和冯、阎一定赞成，因为北方人怨恨把首都迁到南京去，他们要争取北方人心，一定赞成这样做。同时，这样做对他们都有好处，他们可以成为新政府的主人之一，不会受制于蒋介石，何乐而不为！特别是阎锡山，只要不再担心你来夺取他的平、津地盘，他就不一定非跟蒋走不可了，这样就有了联合的共同目标和基础，再说，召开国民会议是总理遗嘱明明白白说了的，蒋介石和南京政府的人们，他们个个星期开纪念周，念总理遗嘱，难道还能提出反对？这点，老蒋是无法与你争的。因此，要解脱目前的困境，除此之外，别无他途！"

白崇禧听了心中一亮，忙说道："这个方案要得，我就照先生说的去做。但是要告诉德邻、季宽和任潮，需得他们的同意方可进行。"

白崇禧送走李任仁后，便闭门给李宗仁、黄绍竑和李济深三人各修一长书，以李任仁的方案相告，请他们在两广和两湖活动，以促成国民会议在北平召开。写罢，白崇禧派出亲信将此一机密分送李宗仁、黄绍竑和李济深。

可是，白崇禧万没料到，他这个方案开场锣鼓未响，武汉却出了事，顿使他在北平筹备召开国民会议的打算胎死腹中！

第四十七回

三箭齐发　汪精卫灭桂有术
一着不慎　夏胡陶鲁莽生灾

汪精卫又回来了。

他在南京蒋介石的官邸门前下车，仍是那么风度翩翩。他头戴一顶黑色呢帽，身着到膝的呢大衣，脖子上搭一条深灰色高级细羊毛织的围巾，手上仍是不离那只黑色皮包。蒋介石在门口迎接他。

"汪先生，整个党国都欢迎你回来！"蒋介石过去紧紧地握住汪精卫那刚从皮手套里抽出来的细皮白肉的手。

"我是炎黄子孙，孙总理之忠实信徒，应该为党国贡献一切！"汪精卫那脸上很有魅力地笑着，同时现出有点受宠若惊的样子。

蒋介石把汪精卫迎进客厅后，侍者即送上来热腾腾的法国咖啡，蒋介石随即屏退左右，与汪密谈。汪精卫这次去巴黎，其实只住了半年多的时间，便回到香港蛰居，静观国内局势，与一班失意的军政要人结交。其中，他与唐生智和俞作柏来往最为密切。汪精卫见国内虽已统一，但蒋、冯、阎、李四大派之间的矛盾更为突出，蒋介石要在南京开三全大会，白崇禧在北平酝酿国民大会。"统一"的中华民国，恐怕不久又要战火遍地，蒋、冯、阎、李之间，除了诉诸武力之外，别无调和余地。汪精卫是个搞政治的人，对政治颇为敏感，他估计蒋、冯、阎、李四人，必有人要请他回去主持时局。他潜心研究各派情况，暗定各种政治方案，以便待价而沽。果然，不久蒋介石欢迎他回去主政的电报到了香港。他接了电报，便复蒋一电，告之正在候船北上。但他并不急于启程，而是想再等待几天，看冯、阎、李那边有否电报来请他。一直等了三四天，其他各派并无电报来，他嘿嘿冷笑几声，心里暗自骂道：

"我到了老蒋那里，你们就等着挨吧！"

他把自己的亲信陈公博找来，嘱他在港加紧拉拢唐生智和俞作柏，只等他的电报行事。吩咐完毕，他便带着机要秘书陈春圃，挟着他那只从不离身的黑色皮包，登上一艘法国轮船到上海去了。在上海码头，蒋介石早已派人在迎候汪精卫，他没在上海停留，便搭车直奔南京。

蒋介石把两只手安放在膝盖上，头半垂着，一改平日那种颐指气使的神态，还未说话，脸上先谦逊地笑了笑，连惯常那先"嗯嗯"的声音也不出了。汪精卫一见，知道蒋介石遇着了大难题，又有求于他了。他那两条俊秀的黑眉轻轻挑了挑，他要赶紧把握时机，争取重新上台。

"汪先生，总理手创民国，我们北伐统一全国，确是来得不易。方今北方灾荒，大兵过后，赤地千里，民不聊生。几位总司令又各不相谋，他们反对裁兵，向中央闹独立。我自知资望不孚，党国重任，必得由汪先生来担负才行。"

蒋介石的表情、言语谦虚极了，似乎他马上就要把汪精卫推上党国的第一把交椅，然后息影奉化武岭山林。汪精卫自然对蒋介石深有了解，他知道，宁汉对立时，自己在武汉主政，逼得蒋介石的南京政府摇摇欲坠。目下，蒋介石最怕冯、阎、李、白把他请去，又搞出一个什么类似的武汉政府来与他的南京政府抗衡。特别是白崇禧正在北平酝酿什么国民会议，当年孙总理在北京逝世，汪精卫主持治丧处秘书股工作，与北方人士多有来往，孙总理关于"主张召开国民会议"的遗嘱又是汪精卫笔记的，汪如到北平带头发动召开国民会议，蒋介石简直没法应付。汪精卫深知自己目前在蒋介石政权中的政治分量，因此他并不急于去迎合蒋的胃口，而是笑道：

"既然全国的统一得来不易，我想大家都会珍惜这个大好局面的。那样混乱的局面你都收拾过来了，何况今日？党政军还是由你主持，我就在党内和政府里当个闲差，跑跑腿吧！"

蒋介石心里骂了一句："娘希匹！你汪精卫的狐狸尾巴还想藏起来，你若不想主党当政，你还跑来南京见我干什么！"但他那脸上，却现出无限的忧虑——也许历史上一切忧国忧民的人，包括那位"先天下之忧而忧"的范仲淹老先生，也无不是这种表情。然后，沉痛地说道：

"汪先生，去年七月间，我自平返京道上，曾在蚌埠稍事逗留，并召集驻津浦沿线的第一集团军中黄埔军校出身上尉以上的军官讲话。为了考察他们的政治思想，我在讲话之前，命人发给他们各一小方白纸。我问他们：'北伐完成之后，军阀是否已经打倒？'我要他们在那小方白纸上写出答案，认为已经打倒的，在纸上写'打倒了'三字，若认为尚未打倒的，则写'未打倒'三字。唉！结果这些学生们都写'打倒了'三字。我看后大不以为然，遂再度训话说，你们认为军阀已经打倒了，其实不然。旧的军阀固然被打倒了，但是新的军阀又产生了。我们若要完成国民革命，非将新军阀一齐打倒不可。训完话，那些黄埔学生竟来问我：'校长，你说新的军阀又产生了，到底谁是新的军阀呢？'唉，真是可笑极了！"

蒋介石连连摇头叹息。汪精卫却笑道："假若当时我也在场的话，我就要告诉你的学生们：'蒋校长要你们去打倒谁，谁便是新的军阀。你们只管去打就是了。'"

蒋介石明知汪精卫此话不无讽刺之意，但却勃然而道：

"桂系企图篡党篡国，祸乱天下，实令人忍无可忍，我们一定要打倒桂系新军阀！大局平定后，我下野，一切由汪先生主持！"

汪精卫见蒋介石急成这个样子，知道蒋、桂之间已无调和之余地。蒋介石要他在解决桂系中发挥什么作用，扮演什么角色，汪精卫清楚得很。蒋介石当然也明白，汪精卫想从这宗买卖中得到什么。于是，他们便开始讲价钱，谈条件。

"桂系的问题，可以圆满解决。不过，你不必再下野，我也不必再出国，我们合作吧，你主军，我主党。"

"好好好，"蒋介石连连点头，只要汪精卫不跑到冯、阎、李、白那边去和他捣乱，他什么条件都可以答应，"我们很快就要召开党的三全大会了，在此之前，必须恢复汪先生的党籍。"

汪精卫的党籍是被李、白曾把持的国民党中央特委会开除的。蒋介石提起这事，一则是挑起汪对桂系的旧恨，二则是提醒汪你如不跟我走，连党籍都恢复不了，还谈得上什么主党呢？不料汪精卫听了却冷笑一声，说道：

"难道你还承认特委会的决定么？他们开除我的党籍是非法的！我还是国民党的党员，也用不着谁来恢复！"

蒋介石见汪精卫一下子变得强硬起来，只得尴尬地笑了笑，说道：

"对对对，这事我倒忘了。不过，在党的三全大会上，应该重申，他们开除汪先生的党籍是非法的！"

"重申不重申都一样，说明一下嘛也可以。"汪精卫仍是冷冷地说道。

"好的，好的，汪先生想怎样做就怎样去做，党内的事情，今后就由你来管啦！"蒋介石十分谦逊地说道。汪精卫听了感到很不是滋味，似乎国民党的事，是由蒋交给他来管似的。他为了进一步加重在蒋介石面前说话的分量，便问道：

"你准备怎么解决桂系，要打仗吗？"

"不打是不能解决问题的。"蒋介石皱着眉头说道。

"打就能解决问题吗？"汪精卫胸有成竹，带着几分教训的口吻说道，"全国才实现统一，战端一开，舆论大哗，国人必不谅解！"

"嗯嗯，是的，是的。"蒋介石点了点头，他倒并不怕什么舆论和国人，只怕师出无名，逼得冯、阎也站到李、白一边去反对他，那就麻烦了。

"最好不动刀兵，不燃战火，像孙子说的那样，不战而屈人之兵。"汪精卫知道，如果兵不血刃又能速战速决地解决桂系，不但对蒋介石最为有利，而且自己也将能捞到更大的好处。

"汪先生有何良策？"蒋介石见汪精卫出语不凡，忙问道。

"桂系的态势，由两广、两湖直达平津，可用三箭齐发，一举而收之计。"

汪精卫在香港对蒋、冯、阎、李都下过一番功夫研究，他估计，蒋与冯、阎、李都处于对立状态，对付冯、阎、李的各种方案，他都考虑过。反之，冯、阎、李怎样对付蒋介石，他也考虑过，就看谁来请他去了。现在，既然蒋介石先把他请来了，可见蒋的眼光比冯、阎、李高出一等，他为了重新上台，也就积极地为蒋谋划了。

1929年3月，前往天津拉拢旧部瓦解桂系第四集团军的唐生智

"两广、两湖、平津同时下手？"蒋介石吃惊地看着汪精卫，仿佛对方正向他兜售无本生意似的，"力量恐怕不够，汪先生……"

"只要你肯拿出一笔巨款和给几个官，我保你事情办得又好又利索。"汪精卫那皮包里早已装着解决桂系的办法，当然也同时装着桂系对付蒋介石的办法，以及蒋介石解决冯、阎的办法和冯、阎对付蒋的办法。总之，这次汪精卫货色齐全，既可配套出售，又可单卖一种或数种，他囤积居奇，待价而沽，只看买主肯出什么价。

"这个，这个嘛，是不成问题的。"蒋介石只要能解决可恶的桂系，出点钱，给几个官又算得了什么呢？俗话说"官能役鬼，钱可通神"，蒋介石在交易所里那阵，早已精通此道。他对东北问题不就是用官和钱解决的么？他望着汪精卫，说道："请汪先生说说具体方案！"

汪精卫虽然居有奇货，但他没有政治权力，不能以爵禄动人，要成事，还得靠蒋介石。因此，他只得向蒋和盘托出自己那早已策划好了的"灭桂策"：

"只要三个人就行了！"汪精卫向蒋介石伸出三个手指。

"只要三个人？"蒋介石那眼睛瞪得不能再大了，他不得不再一次怀疑汪精卫在干买空卖空的勾当，因为桂系仅在武汉一地，便有十四万大军。他要吃掉李宗仁在武汉的第四集团军，即使倾其实力，亦不见得稳操左券，而汪精卫才要三个人！但是，蒋介石联想到他派一个何成濬去东北，便不费一枪一弹地把张学良拉了过来，从这一点上，他相信官和钱有时要胜过百万大军的作用。

"三个人足够了。"汪精卫得意地笑了笑，说道，"当年我到北京谋刺摄政王，不就是三个人嘛。"

"用哪三个人？"蒋介石实在想不出这三个人是谁。

"解决平、津方面的白崇禧部，可用唐生智。"汪精卫不慌不忙地伸出一个指头。"这方面的桂系部队，如李品仙、廖磊等军，都是白崇禧吞并唐生智的部队，由于被吞并的时间不长，还没有被消化掉，只要请唐到秦皇岛登高一呼，其旧部无不闻风景从，受命归降。"

蒋介石那微陷的眼睛又是一睁，嘴里几乎同时说出一个"好"字，忙问道："唐孟潇要什么条件？"

"条件嘛，好说。"汪精卫那脸上现出几分慷慨之色，像一个精明的买卖人在售货时，明白无误地告诉对方：放心，买我的东西，不会让你吃亏的！"钱，你不用多花一个，羊毛出在羊身上。你可暗中通知北平行营主任何成濬，即日起停发白崇禧在平、津部队的军饷，即以此几十万元的饷项交给唐生智作活动费用。"

"是的是的是的！"蒋介石连连点头，为自己买到了一件便宜好货而心花怒放。

"为了使唐生智有号召力，明确地告诉他，提出'打倒桂系新军阀回湖南去'的口号，事成之后，让唐生智率部回湖南。"汪精卫道。

"嗯，好。"蒋介石点了一下头，"那么武汉方面呢？"

"武汉方面可请俞作柏出马。"汪精卫又伸出一个手指头来。

"俞作柏？"蒋介石似乎对这个名字有些陌生。

"就是北伐前自称'广西蒋介石'的俞健侯呀！"汪精卫见蒋介石那贵人健忘的样子，便毫无忌讳地说道。

"啊，啊！"蒋介石想起来了，他在民国十五年夏，在广州也曾见过这个桀骜不驯，与李、黄、白势同水火的人物，忙问，"他现在哪里？"

"流落香港已经好几年了。前年冬张向华、黄琪翔在广州驱李，曾聘俞为军事委员，兼第六军指挥官，拟请他回广西主政，后来事败，他仍寓居香港。"汪精卫道。

"俞作柏有何能耐？"蒋介石对启用唐生智去解决白崇禧这一着很抱希望，但对用俞作柏去对付李宗仁的武汉部队，却颇有疑虑。

"你有所不知。"汪精卫又得意起来了，"那俞作柏有勇有谋，能征惯战，在统一广西对陆荣廷、沈鸿英的作战中，及在击退唐继尧滇军侵桂的战斗中，无役不与，战功赫赫，又曾率军肃清广东南路邓本殷叛军，在桂军将领中，他功居首位，但不见容于李、黄、白。在桂军改编时，他仅得一旅长之职。俞愤而不就，乃以其姑表弟李明瑞接任。俞作柏到广州时，曾来访我，由我引见俄顾问鲍罗廷，后得我与鲍罗廷在穗居间建议，以俞为南宁黄埔军校第一分校校长，俞虽屈就，但心怀不满。俞的胞弟作豫在江西德安之役后被白崇禧排斥，辞职赴港，尤为俞所不甘。俞的表弟李明瑞现在武汉任第七军副军长兼第一师师长，对李宗仁提出'鄂人治鄂'，白崇禧重用胡宗铎，逾格升迁陶钧为第十八军军长，均非常不满。第七军副军长兼第二师师长钟祖培已挂冠而去，目下桂系嫡派将领李明瑞、杨腾辉、黄权等与胡、陶明争暗斗，并不合作，此时李宗仁又以军事参议院院长身份居留南京，武汉军中无主，这些都是可乘之机。"

"嗯。"蒋介石这才听得入港。

"请俞作柏到武汉进行活动，拉拢桂系将领李明瑞等。南京方面可以大军溯江西上，向武汉进逼，时机成熟，由李明瑞等在阵前倒戈反桂，桂军必不战而溃。然后将李明瑞部船运南京，经上海由海道运至西江，再溯江而上直捣广西桂系老巢。唐生智那里是羊毛出在羊身上，俞作柏这里是广西人打广西人，这宗买卖还做不得么？"汪精卫津津乐道，硬是把他那买空卖空的皮包公司吹得神乎其神。

"要得要得！"蒋介石连连点头，又问道，"俞作柏要什么条件？"

"俞作柏那里钱要肯多花一些，官也要给得大一些。"

汪精卫既为俞作柏要价，其实也为自己捞取佣金。"钱用多少，由你定，但事成之后，要给俞作柏当广西省主席。"

"好吧，"蒋介石拍板了，"你告诉俞作柏，用款在三百万元以下，可随用随支，不受限制。只要他能回到广西，我就任命他当省主席。"

"至于广东方面，事情就更好办一些了。"汪精卫见蒋介石完全采纳了他的两个方案，又伸出第三个手指头，说道：

"解决广东问题的这个人，就是李任潮。"

"他和桂系一个鼻孔出气，怎么能帮忙呢？"蒋介石对于汪精卫利用李济深来倒桂，很不以为然。

"可再用一次调虎离山之计。"汪精卫见他的八卦阵把诡计多端的蒋介石也弄糊涂了，心里更加得意起来，"三全大会不是快要在南京召开了么？到时你把李任潮请到南京来开会，顺手牵羊把他软禁起来，然后再以张向华由江西率缪培南第四军回粤，可给张军几十万元行军开拔费，给张向华以广东省主席之职，这样，桂系便可被连根拔去！"

"嗯……也好。"蒋介石虽然表面上赞成，但却在心里骂道："娘希匹，你这回总算露出了狐狸尾巴！"汪精卫手腕虽然高明，但蒋介石的目光却很锐利。他见汪精卫启用的这三个人都是和汪关系极为密切的人物，而汪要蒋把湖南地盘给唐生智，广西地盘给俞作柏，广东地盘给张发奎，这岂不是汪用蒋的官和钱去为自己夺地盘么？桂系垮了，两广和湖南却落入汪精卫之手，到时汪跑回广州别树一帜，组织一个政府和蒋介石对抗，到头来吃亏蚀本的还是蒋介石，好处都让汪精卫捞走了。蒋介石如何肯干这等事。他沉吟片刻，说道：

"张发奎那边也很重要，汪先生能使张从江西出兵，与唐生智两路攻取湖北，由俞作柏在内部策应，桂系军阀垮台是可以断言的。那时我也能早卸仔肩，由汪先生来负党国的重责。只要桂系垮台，全国统一，我心愿已足。"

"两广唇齿相依，如果张向华不进入广东，桂系老巢是无法摧毁的。"汪精卫坚持道。

蒋介石什么条件都可以答应，但决不能让张发奎率第四军再次入粤。因为在广东问题上，他正在策划陈铭枢、陈济棠、陈策等"三陈倒李（济深）"，他准备采纳汪精卫把李济深诱骗至南京软禁的建议，然后以和他早有关系的陈铭枢及刚暗中拉过来的陈济棠取代李济深，这样广东便可在他控制之中，如果把张发奎放回广东，那岂不是放虎归山，后患无穷？但他又不能明白跟汪精卫说，只是说道：

"汪先生有所不知，冯玉祥屯兵信阳和徐州一带，在我们和桂系发生冲突时，他必持中立态度，坐观成败。如我们胜了，他直取武汉，比我们快，如我们败了，他直下南京，又比桂系快。因此，只有要张发奎率军进逼武汉，才有速胜的把握。"

　　蒋介石还价至此，汪精卫也不好再坚持要价，交易便这样定下了。汪精卫亲自写好三封信，派人到香港送交陈公博、唐生智和俞作柏处，告诉他们"大有可为"。不久，唐生智秘密到了天津。俞作柏也由香港到南京晋见蒋介石，蒋即委任俞为国民革命军总司令部上将总参议，要俞即赴武汉策动李明瑞等桂军将领倒戈反李、白，为了帮助俞作柏进行活动，蒋介石又派侍从副官郑介民、李国基前去武汉暗中协助。

　　蒋介石自从得了汪精卫献的"灭桂策"之后，心里喜之不胜，每日都在听候唐生智和俞作柏的消息，又在暗中指使陈铭枢等"三陈"加紧在广东进行"倒李"的各种准备活动。各方进展都较为顺利，似乎那可恶的桂系灭亡只是弹指间的事了，蒋介石心里更为兴奋。

　　每天，他都要驱车去紫金山下，视察孙总理陵墓工程，只待桂系灭亡，冯、阎俯首，他便要亲自北上，到西山碧云寺去恭迎孙中山的灵榇南下，奉安于紫金山麓的中山陵。原来，自孙中山灵榇移厝于碧云寺后，国民党中央即遵照总理遗嘱加紧在南京紫金山麓营造中山陵，工程设计及施工均由年轻的建筑工程师吕彦直主持。民国十五年一月十五日开始炸山填土，三月十二日在孙中山逝世一周年之际举行了陵墓奠基典礼。第一期主体工程完成之后不久，工程师吕彦直积劳成疾不幸英年早逝，陵墓工程主持人只得由另一工程师范文照继任。这天，蒋介石来到工地，由墓道拾级而上，只见孙中山的陵墓位于紫金山第二峰中茅山之麓，左临明孝陵，右临灵谷寺，墓室在五百四十公尺的高坡上，自下仰望，极为崇高，整个陵墓呈一大钟形。吕彦直的设计图寓意深远，他把整个中山陵设计成一个象征警世的木铎。木铎乃是我国古代施行政教传布命令时用的木铃，又用以比喻宣扬教化之人。《论语》曰"天将以夫子为木铎"，孔子是古代的"木铎"，孙中山是近代的"木铎"。中山陵以木铎为象征，表示"天下皆达道"之意。

中山陵的设计者吕彦直和中山陵设计图

"天下皆达道！"

蒋介石一边端详雄伟无比的中山陵，一边琢磨着这句话，他很欣赏吕彦直的才干，只可惜这位天才的建筑师死得太早，不然，蒋介石也要请他为自己百年之后设计一座"中正陵"的。虽然蒋介石才四十出头年纪，就心存为自己修陵墓的打算，看来似乎荒唐，但是，历史上的哪一位皇帝，不是在一登上皇位之后，不管年纪大小都开始为自己修建陵寝了吗？这有什么奇怪的！

"使天下皆达道！"

蒋介石又嘀咕了一句，他仍然十分赞赏吕彦直的天分，把中山陵修建成一只巨大的木铎。而这只"木铎"，如今正好握在蒋介石的手里，他只要一摇动，那警世的铃声便声震天下，他要用这只"木铎"，去教化世人，去施行政令，去收降冯、阎、李、白。这只木铎真是太伟大了，太神奇了，太神圣了，简直像观音菩萨手中拿着的那只净瓶儿。蒋介石越想越高兴，忙命待从副官去把工程师范文照请来。

"范工程师。"蒋介石亲切地笑道，"陵墓工程何时才能全部竣工？"

"全部工程已完成，目前正在清理施工现场。"范文照答道。

"嗯，很好，很好！"蒋介石点头道，"一俟准备就绪，党和政府便要为孙总理举行隆重的奉安大典！"

早在去年六月十八日，中国国民党第二届中央执行委员会第一百四十七次常务会议，便决定派蒋介石到北京碧云寺祭灵，并由蒋斟酌情形，决定移灵事宜。随后又派孔祥熙去碧云寺灵前谨敬省视。年底，国民政府派出林森、吴铁城、郑洪年三人为迎梓专员，并从德国专门购买了价值两万元的紫铜棺作正式下葬之用。本来决定民国十八年一月一日为奉安大典之日的，随后又改定为三月十二日，孙中山逝世四周年纪念日进行。蒋介石对此做了一番精心安排，他对在碧云寺哭灵时受到冯、阎、李、白等人嘲弄奚落一直耿耿于怀，为了不再受他们的气，他决定在这次隆重盛大的奉安典礼上，将冯、阎、李、白拒之于外。同时，为了巩固他的地位，实现真正的统一，他正在实施消灭桂系的计划，他要在消灭桂系，慑服冯、阎之后，再到北平恭迎孙中山灵榇南下，安葬中山陵。因此，他授意国民党中央常务会议，以总理奉安大典，国家体制攸关，而原定日期嫌促，筹备虞有未周，未可简略从事为由，将奉安大典展期到六月一日。

"到了那时，嘿嘿！"蒋介石十分得意地冷笑几声，到那时李、白不成阶下囚，也变亡命客了。冯玉祥和阎锡山见桂系土崩瓦解，还敢再乱么？他们只得老老实实地服从中央，否则便步李、白之后尘！

蒋介石由中山陵巡视归来，便接到俞作柏派人由武汉送来的情报。据俞报告，桂军嫡派将领李明瑞、杨腾辉、黄权等有服从中央的意思，但如中央大军不向武汉进逼，便无法举事了。蒋介石看了报告，这才着急起来。原来，蒋介石虽已命令刘峙、顾祝同暗中做好西征准备，但如明火执仗向武汉进军，师出无名，很有可能激成事变，不但桂系坚决反对和抵抗，亦将使冯、阎恐惧而倒向桂系一边。再则李济深尚未上勾，此时便大军压境，也将有打草惊蛇之虞。怎样才能"名正言顺"地讨伐桂系呢？蒋介石绞尽脑汁，也想不出个两全其美的办法来。他忽然猛省，汪精卫献的"灭桂策"像一只封闭严密的炸药包，汪精卫只向他出售炸药包，而没有出售导火索，如果没有导火索，不管你扔出去威力多大的炸药包，也伤不着桂系一根毫毛。想到这里，他即命副官长去把汪精卫请来。可是，副官长回报：

"汪先生已于上周末到上海法租界度假去了，至今未回。"

"娘希匹！"蒋介石骂了一声，他气得真想派人去把汪精卫杀了。但是，现在杀汪精卫一点好处也没有，他不仅拿不到那关键的"导火索"，而且还会引出一系列麻烦来。汪精卫既然已到上海不回，必然是想以这根"导火索"向他索取更高的价钱。蒋介石曾听宋美龄说过诺贝尔的故事。诺贝尔发明炸药，但却让其他厂家仿制，他则专事垄断导火索的生产，以此获得高额的专利。现在，汪精卫居然把诺贝尔的手段用到政治上来了，可见其用心之深，设计之巧矣！蒋介石毕竟是个精明的买主，他立即乘上专车，到上海法租界找汪精卫去了。

却说汪精卫自从向蒋介石献了"灭桂策"之后，见蒋对他虽然谦逊又推崇备至，但并没有把党权交给他，而蒋拒绝张发奎率部图粤，更使汪怏怏不悦。他知道蒋介石是个言而无信之人，这一回，蒋照例也是把他当作一个临时工具用用而已。因此他献过"灭桂策"之后，在南京住了几天，觉得百无聊赖，便托病到上海住到法租界里去了。他手里握着那根关键的"导火索"，没有它，那套威力无比的"灭桂策"便无法爆炸，良策再好，废纸一堆，蒋介石是派不上什么用场的。他断定蒋会移樽就教，即使蒋介石不来，他在上海既可牵制唐生智、俞作柏的活动，又可与冯、阎、李、白拉关系。总之，他目下左右逢源，他的"货"不怕没人青睐。

"先生，蒋介石来访。"机要秘书陈春圃进来报告。

汪精卫正对着那只椭圆形的穿衣镜梳头，他在打扮和修饰仪表方面的功夫，恐怕要胜过中国的绝大多数女人。他对自己那一头乌黑浓密的头发，下的功夫最多，除了常服首乌等中药外，还使用法国化妆品。前些年，他曾从一个老中医那里得到过一个保发秘方，每日以上等蜂蜜调和核桃仁服之，可保头发不衰不谢。汪精卫依法炮制服食，果然效果甚好。如今他已四十六岁，一般的男子到了这个年龄便开始谢顶了，而汪精卫满头乌发，方兴未艾，更使他那"美男子"的称号长盛不衰。

"等一等再叫他进来，就说我病了，躺在床上不能动。"

汪精卫一边命令陈春圃，一边仍在专心致志梳头。梳好头，他慢慢戴上那只在法国订购的专为贵妇人设计的一种护发头罩，然后才躺到席梦思床上去，搭上被子，煞有介事地哼哼唧唧起来。

蒋介石进到屋里，见汪精卫"病"在床上，心里暗骂一句"娘希匹"，他见过冯玉祥"病"，也见过白崇禧"病"，现在又见汪精卫"病"，在这方面，蒋介石可谓见多识广了。

"汪先生得的什么病？"蒋介石来到床边，恭恭敬敬地探"病"了。

"哎哟！"汪精卫两手抚额，"头痛病，这头一痛就要炸似的。"

蒋介石一听那个"炸"字，心里就反感。但却装得极为关切地说道：

"三全大会就要召开，汪先生贵体不适，看来难以主持大会了，会议是否展期？请汪先生决定。"

　　汪精卫想了想，如果他真赖在上海不去南京，蒋介石要真的开了三全大会，他不去主持，这对他重新登台将是极为不利的。他哼了几声，这才说道：

　　"兆铭为党的一分子，为党国奋斗半生，出生入死尚不惧，既是为党的工作，可扶病入京不妨。"

　　蒋介石对汪精卫居留上海最不放心，一是那支"导火索"握在汪的手里，二是担心汪与冯、阎、李、白勾结反对中央。今见汪答应入京，便说道：

1929年2月任湖南省政府主席时被桂系赶下台的鲁涤平

　　"如汪先生身体允许，就请今日和中正一同入京如何？"

　　汪精卫又哼哼几声，这才从床上爬起来，奋然而道：

　　"为了党国利益，纵使赴汤蹈火我也在所不辞，今天就和你一道进京吧！"

　　蒋介石又在心里暗骂一句"娘希匹"，但却装出一副肃然起敬的样子，说道：

　　"汪先生不愧党国之元老，中正敬佩，敬佩！"

　　蒋介石偕汪精卫入京后，陈立夫、戴季陶即来向汪汇报三全大会的筹备情况，并请示有关会议日程、政治报告及决议案等事项。汪精卫皆以党的领袖身份，一一指示，并在几份报告上签字。他终于又尝到了一个当权领袖的甜头，那"头痛病"也不治自愈了。这天，蒋介石来访，他把俞作柏的密报送给汪精卫过目，然后忧心忡忡地说道：

　　"我已令刘峙、顾祝同率军西上，讨伐桂系，只是，战端一开，师出无名，恐遭国人和冯、阎、李、白的指责反对，这对中央召开三全大会，似有不利。我看，要么对桂系的讨伐暂缓进行，要么三全大会展期召开，打完仗再说。汪先生看怎的好？"

汪精卫那脑子迅速转动了一阵子，他对暂缓讨伐桂系或三全大会展期都不感兴趣，因为暂缓讨伐桂系，唐生智、俞作柏便不能得到湖南、广西地盘，汪精卫仍是两手空空，他在三全大会上很可能抓不到党权；打完桂系之后再开三全大会，他又怕一向不守信用的蒋介石食言而肥。对于一个皮包公司的老板来说，希望的是马上成交兑现，最怕人家窥破他的买空卖空的手腕，从而单方面撕毁合同，使他一无所获。汪精卫眼下正是这种心理状态。

"讨伐桂系与三全大会同时进行。"汪精卫毫不犹豫地说道，"办法总是有的。"

蒋介石暗道："这回看你还不把'导火索'给我交出来！"但他却摇头说道："桂系是不好对付的！"

汪精卫咬了咬牙，狠了狠心，不得不把那张最后的空头支票交了出来。他诡谲地一笑，说道：

"湖南是桂系最敏感的地方。李、白西征两湖，程潜曾任湘省主席。后来，桂系在武汉扣留程潜，本意欲以桂人治湘，以便确保湖北与两广的联系。但桂系在连驱两员湘籍大将唐生智、程潜之后，怕湘人反对，故而不敢直接以桂人主湘，乃用湘人鲁涤平为省主席，这是不得已而为之的过渡办法。鲁涤平的防地处于武汉和两广中间，一旦有事，鲁即可切断桂系的交通孔道，使其首尾难顾。中央讨伐桂系师出有名，可半秘密半公开地以大批弹械，取道江西，接济鲁涤平，并放出空气，鲁氏将与中央配合，两面夹击桂系第四集团军。在武汉的桂系将领闻知必然愤怒，他们定会出兵湖南驱鲁。到时，中央可以'违法乱纪'之罪状为口实，以大军西上讨伐桂系，再令俞作柏、李明瑞在武汉配合，问题不就解决了吗？"

蒋介石听了连说："好好好！"即命人照此办理，将大批弹械由江西运往湖南，接济鲁涤平，以激人成变的手段，引诱桂系上钩。

民国十八年二月二十一日清晨。

天空下着毛毛细雨，树梢上积着一层薄薄的雪，寒风凛冽，那细雨落在屋瓦、树梢和泥泞的路面上，慢慢地凝结成溜滑的薄冰。南京的清晨，寒气袭人。成贤街一带，有卖梅豆、甑儿糕的小贩穿过，叫卖声和着北风在街巷飘荡，显得萧索而冷寂。李宗仁过惯了军旅生活，每晨必早起。他披着件黄呢军大衣，在成贤街寓所里的小花园内散步，一边吸烟，一边仰头看着彤云密布、细雨靡靡的天空。天色阴暗而沉重，和他的心情极为相似。

编遣会议，白崇禧托病不出，蒋介石疑忌而不满。会上，蒋、冯、阎、李唇枪舌剑，争论不休，嗣后，冯、阎不辞而别。李宗仁在南京住了些日子，常听到武汉与中央不协的传闻，他深感忧虑，为了免使蒋介石多疑，他干脆把夫人郭德洁由武汉接到南京成贤街寓所居住，以示无他。但是，蒋、桂之间的矛盾不但不见缓和，反而更趋尖锐激烈。李宗仁最担心白崇禧在平、津一带的处境。虽然白崇禧才智过人，独当一面绝无问题，但白部局趸平、津，没有实际地盘，而又处于张学良、阎锡山、冯玉祥和蒋介石军队的四面围堵之中，隆冬之际，军中缺衣御寒，饷项无着，其苦倍加。

对于白部的去向，李宗仁也苦无良策。他接到白崇禧差人送来的密信，欲在北平倡导召开国民会议之举，心中喜忧参半：喜的是这确实是个使白部摆脱困境的好办法；忧的是对于筹备召开这样的大会，以他和白崇禧的资望，尚缺号召之力，而这些年来，他们都忙于军事，深感对政治驾驭缺乏能力。他们虽在南京把持特委会期间网络了一些国民党元老来撑门面，但蒋介石复出之后，这些元老们又都被蒋介石羁系南京，白崇禧要在北平召开国民会议与蒋介石的三全大会抗衡，如果不能把有威望的元老们请到北平去，开台锣鼓便敲不起来。前不久，流亡海外的汪精卫突然回到南京，蒋派中人便以蒋、汪合作大做文章，这使李宗仁更感不安。

细雨飘落到李宗仁的呢大衣上，被北风吹成薄冰，随着他缓慢的踱步，衣袖和下摆上发出轻微的窸窣声。他沉浸在沉重的思绪之中，对寒冷全不觉察。小花园的花阶小径上，留下他军靴的一串印迹，一只烟头躺在雪地上，冒出一缕残烟。

门铃急促地响了起来，打断了李宗仁的思绪，他抬起手腕看了看手表，才七点多钟，冬日的清晨，仍是那么晦暗，他不知这不速之客是谁，这么早便来访他。

"报告总司令，海军署长陈绍宽将军来访。"副官跑到小花园来，向李宗仁通报来访者的姓名。

"啊——"李宗仁皱着眉头，把嘴唇微微朝前一努，他实在想不到陈绍宽这么早来找他干什么。李宗仁率军西征两湖之时，陈绍宽曾率海军内河舰队配合桂军溯江西上武汉，李、陈之间合作颇为默契。李宗仁估计，陈绍宽清晨来访，必有要事，便把披着的黄呢军大衣随手扔给副官，到客厅会见陈绍宽。

"德公，我刚接到长沙海军办事处急电，谓武汉派兵到长沙将湖南省府卫队缴械，湘省主席鲁涤平已仓促乘船逃往九江，不知德公收到此项报告没有？"

李宗仁一听，不禁暗吃一惊，但却镇静地答道：

"绝无此事，我对此也毫无所闻。"

"那……到底是怎么一回事呢？"陈绍宽看着李宗仁那茫无所知的脸色，感到甚为奇怪，但又不好妄加推测。和李宗仁谈了几句，不得要领，陈绍宽便起身告辞了。

陈绍宽一走，李宗仁急忙到机要室查询有无武汉方面的电报，当即发现有武汉急电一封，译电员正在翻译。李宗仁便译出一节看一节，及待译电员把全文译完，李宗仁头上已冒出一层汗来。原来，蒋介石秘密向湖南运送弹械接济鲁涤平的事被第三十五军军长何键发觉，何即赴武汉告密，说中央部署已定，对武汉用兵已箭在弦上，第四集团军似应采取自卫行动。何键对湖南如此关切，并非一心为了桂系的安危，而是自有他的一套打算。何键与鲁涤平有矛盾，鲁涤平为了独霸湖南，电请南京当局，调何键到江西、湖南边境上任"会剿"总指挥，协助江西省主席朱培德"会剿"朱、毛红军。随后鲁涤平又向省务会议提议撤裁由何键担任督办的湖南省清乡督办公署机构。鲁不仅把何所掌握的湖南地方武装的实权夺了，并且把他赶出了湖南，连他的基本部队也被调往江西去"剿共"了。

何键为人深沉，虽心怀不满，但口头上表示遵命，将部队集中，声言将赴江西"剿共"，但请求预筹出发部队的给养两个月，补充弹药，并要求湖南省府发给三十万元"剿匪"经费。湖南省财政厅的省库支绌，无法应付，拖延很久，迄无着落。何键乘机赖着不走，秘密往武汉，与桂系将领夏威、胡宗铎、陶钧等密商倒鲁，以取鲁而代之。夏、胡、陶认为湖南当桂、鄂之间，地位非常重要，因而极力拉拢何键，以策应时局的变化。当何再次潜往武汉报告鲁涤平得到中央大批弹械接济，将对桂系不利的消息时，夏、胡、陶按捺不住，即用武汉政治分会决议，以湖南省主席鲁涤平犯有"把持税收、'剿匪'不力、重征盐厘、有渎军纪"之罪，下令撤去鲁涤平的湖南省主席兼第十八师师长的职务。同时任命何键为湖南省主席。桂军李明瑞、杨腾辉两部为驱鲁先锋，即乘兵车四列直放长沙，鲁涤平吓得逃上一艘外国轮船往九江去了。

夏、胡、陶对湖南采取军事行动，本有投鼠忌器之感，恐怕李宗仁在南京受到羁押，因此即以急电通知李宗仁立刻离开南京，以策安全。李宗仁虽然对鲁涤平亦不满意，撤换鲁涤平的湖南省主席也是早晚间的事，但眼下时机不到，夏、胡、陶鲁莽从事，给蒋介石抓住把柄，使武汉方面处于被动的地位。李宗仁正为白崇禧在平、津陷入困境而忧心如焚，现在夏、胡、陶又在武汉闯下大祸，他如何不大惊失色呢？李宗仁冷静地想了想，深恐在南京遭蒋介石的暗算，还是三十六计，走为上计。他即命侍卫队长季雨农收拾行装，自己化装成一商人模样，向夫人郭德洁匆匆交代几句，即与季雨农从后门而出，急忙躲往下关的一个小旅馆中，在那臭虫出没的床铺上待了一天，直到黄昏时分，才潜往火车站，买了两张车票，乘上杂乱的三等火车，逃到上海，住入法租界海格路融园。

第四十八回

倒桂反蒋　俞作柏游说李明瑞
暗布陷阱　蒋介石扣留李济深

汉口法租界的一座洋楼里。

俞作柏、李明瑞、俞作豫正在低斟密酌。自从民国十五年夏，桂军出师北伐前夕，俞、李三兄弟在南宁喝过那次悲愤的告别酒之后，他们三人三年来还是第一次相聚在一起。这些年来，俞作柏郁郁不得志。为了反抗李、黄、白对他的压制，俞作柏以农工厅厅长的身份，大力支持广西的工农运动，"四一二清党"时，受到黄绍竑的打击迫害，被开除国民党党籍。他在广西无法立足，只得避走香港寓居。俞作柏本是个不甘寂寞的人，加上对李、黄、白的深仇大恨，每每伺机东山再起，报仇雪恨。只要能报仇，他不惜以任何手段对付桂系。

他在香港闲居，与共产党人恽代英、李立三有来往，与汪精卫、陈公博亦多有接触。民国十六年夏，叶挺、贺龙率"八一"南昌起义军回师广东，俞作柏曾出任东江军事特派员，到汕头协同共产党人策动东江军事，响应叶、贺起义军南下。后来叶、贺战败，俞作柏乃无功而返港。同年底，张发奎、黄琪翔在汪精卫、陈公博的策动下，在广州发动驱李（济深）、倒黄（绍竑）之役，俞作柏应邀到广州，就任广东军事委员会委员兼第六军指挥官，准备回桂夺取黄绍竑的广西省主席地位。未几，张、黄事败，俞作柏空喜一场，只得再次回到香港闲居。后来，汪精卫从法国回到香港，观察国内局势，暗定下一套"灭桂策"，俞作柏虽未闻其详，但对李、黄、白下手，他无不表示愿效前驱。

1929年3月，到武汉游说李明瑞倒戈反桂系的俞作柏

随后，汪精卫应蒋介石之邀到了南京，蒋、汪密谋，对付桂系，一拍即合。汪精卫函告俞作柏，倒桂大有可为。果然，蒋介石的谋士杨永泰即来香港，把俞请到了南京。蒋介石马上给俞加官晋爵，并亲自交给他一本三百万元的支票，要他到武汉活动拉拢桂系将领倒戈反李、白。有官、有钱，俞作柏何乐而不为。不过，尽管俞对李、黄、白有仇恨，但对蒋介石也无好感。也许，在中国除了孙中山之外，谁也不能使俞作柏服从他们。当年，他曾以"广西蒋介石"自居，那是因为蒋介石是孙中山的得力亲信，两广统一，广东方面出了个蒋介石，广西又为什么不能出个蒋介石呢？后来蒋介石发动"四一二清党"，杀戮了无数的共产党人和工农大众，连这位自称"广西蒋介石"的俞作柏，也险遭"清党"的屠刀。俞作柏自此对蒋介石的憎恨，亦不亚于李、黄、白。这点，只有汪精卫清楚，而蒋介石则全然不知，否则，那三百万元的支票，蒋介石还不见得放心交给俞作柏哩。

俞作柏拿了蒋介石的钱，挂着显赫的上将军衔，由南京乘船西上武汉。到了武汉，他把弟弟俞作豫由老家北流召来，共同密谋倒桂。俞作柏知道弟弟是共产党员，他对共产党亦无恶感。自从民国十五年秋，他在广西任农工厅厅长和国民党的农民部部长后，与共产党人多有来往，相处密切。亡命香港后，他仍与共产党人有接触。作豫被白崇禧排挤，愤而弃军出走到香港后要找共产党，作柏还为此做了穿针引线的工作。俞作柏读过共产党的许多书，与许多共产党人共过事，但他不信共产党的"主义"。

"表弟，这两天来，除了聊家常，我还没听到过你说一句别的话啊！"

俞作柏那双大眼睛里，浮现着几根血丝，看得出那是饮酒过多而又心情焦躁的缘故。他和俞作豫、李明瑞交谈两天了，而李明瑞对倒戈反李、白之事，竟不露一句话，这对于身负重任的俞作柏和俞作豫来说，不能不是一种沉重的压力。俞作柏受汪精卫策划，奉蒋介石之命，怀着自己的一番打算来拉李明瑞；俞作豫则肩负党组织之托，利用他在表兄李明瑞部下任职时间较久，人事甚熟的关系，到李部来做兵运工作。他希望李明瑞在蒋、桂斗争中倒戈，回师夺取李、黄、白的广西老巢，使党组织能在广西发展壮大。俞、李三兄弟，虽然彼此感情密切，但是在政治思想上，却各不相同，而倒桂又是他们一致的目标。

"表哥，记得前年我离开军队时，黑夜里你送我那么远，又说了那么多的话。今天，你为何一言不发呢？"俞作豫望着李明瑞，希望他尽快下决心倒桂。

"表哥，表弟，请喝酒！"李明瑞举起杯子，看了看俞作柏和俞作豫。

"不喝了！"俞作柏将杯子重重地往桌上一放。

"我也不喝了！"俞作豫也像哥哥那样，放下了杯子。

李明瑞独自将杯子送到唇边，一仰脖喝干了杯中的酒。

沉默。

李明瑞又为自己斟了满满一杯，他举起杯子，邀作柏、作豫："表哥，表弟，请喝酒！"

俞作豫举手将李明瑞的酒杯夺下，气恼地说道："表哥，李、黄、白都已变成了大军阀，夏、胡、陶也成了小军阀。记得在德安时，你对我说：'你我兄弟，从戎有年，实指望报效国家，献身孙总理之三民主义，没想到天地之大，却难容我五尺之躯！'如今我们倒桂，便是打倒军阀，回到广西，可以实践孙总理的三大政策啊！"

"我和作豫都吃了他们的大亏，你跟着他们走下去，难道还会有好结果吗？目今，老蒋要倒桂，正暗中调动大军合围武汉，此乃天假我等良机，如错过此番机会，那只有悔恨莫及了！"俞作柏急切地说道。

李明瑞站起来，把双手背在身后，在室内慢慢地踱着。

俞作柏和俞作豫两双眼睛，直盯着李明瑞的背影。忽然，李明瑞停下步子，猛地回过头来，望着俞作柏：

"表哥，你老实告诉我，蒋介石给了你多少钱？"

"钱？"俞作柏一愣，那双诡谲的大眼眨了眨，随即从衣袋里掏出那本蒋介石亲自送给他的支票，递到李明瑞面前，"三百万元，其中有一百二十万元是给你的，钱不够，可随时向老蒋要！"

李明瑞连看也不看那本支票，只把头摇了摇，说："我不要蒋介石的钱！"

"那你想要什么？"俞作柏似乎并不感诧异，因为他对这位表弟的了解，要远远胜过蒋介石。

李明瑞又低头踱起步来，俞作柏收好那本支票，说道：

"现在我们可以向老蒋要官、要钱，要什么他都得给，只要你说一声，我马上给南京发电报。"

"表哥，我想要的东西，恰恰是蒋介石没有的啊！"李明瑞心事重重，悲愤交集，像一个在如磐的暗夜中徘徊的壮士，他看到天是黑的，地是黑的，似乎连人的心也是黑的，他盼望光明，但不知光明在哪里。

"老蒋有权有势有钱，他什么没有啊？他要解决李、白，没有我们不行，他要靠我们，我们就可以反过来压一压他，挤一挤他，他那不义之财，不义之官，我们为什么不可以拿过来呢？"俞作柏实在不明白表弟想要什么。

"我要孙总理的三大政策，我要一个独立富强不受外人欺侮的新中国！"李明瑞站定，向苍天呼唤，那声音在房子里回荡、震撼。窗子是紧紧闭着的，窗帘是严严遮着的，他那悲怆的呼声只能在室内激荡，就像一头醒来的巨狮被关在笼中，发出愤怒的叫喊和抗议一般。

李明瑞这突然的呼号，惊得俞作柏目瞪口呆，他一时不知说什么才好。李明瑞见表哥答不出话来，他又激动地伸出双手，愤怒地大叫着：

"表哥，我要的这些东西，他蒋介石能有吗？有吗？一百二十万块钱，他能买动我李明瑞这颗中国人的良心吗？"

俞作柏呆呆地站着，似乎被雷电击中了一般。李明瑞仍在大呼：

"孙总理！你为什么死得那样早呀！孙总理！孙总理啊！"李明瑞嚎啕大哭起来！

俞家两兄弟，第一次见这员深沉猛勇的虎将痛哭流涕。这是一种壮士在黑暗中摸索、碰壁之后所发出的悲壮呼啸。他要向前走，没有路，但又不甘心退回到那肮脏的、泥泞的沼泽地里去与蠹贼们为伍。他不知道自己的路在哪里！几年前，天上还闪耀着那颗巨星，他满怀信心，朝着那灿烂的星光指示的方向走。而今，巨星已经陨落，大地一片黑暗，世界充满混沌，人间尽是污泥浊水。他徘徊、绝望、愤懑……

俞作豫那颗共产党员的心，被李明瑞的呐喊震动得咚咚直跳，他觉得，表哥眼前这种精神状态，和自己下决心脱离桂系军队，寻找革命出路前的精神状态，又是何等之相似。这是一个处于新旧交替临界点上的志士的心声，是一种宝贵的觉醒前的痛苦挣扎，就像那临分娩的妇女所经历的苦痛一般。俞作豫有这番亲身的感受，他从一个军阀部队的团长，转向新的道路，到加入中国共产党，从一个为派系集团利益攻城夺地的军官，到一个为绝大多数人谋利益的共产党员，他经历过这种痛苦的探索和追求。正因为如此，他才深切地理解李明瑞的内心痛苦。他走过来，亲切地拉着表哥的双手，说道：

"表哥，孙总理已经逝世快四年了，他留给我们的遗嘱，留给我们的'主义'，都是要我们继续革命啊！总理的三大政策，被蒋介石这些大大小小的军阀们践踏了。然而，真正忠于孙总理'主义'的中国人，还是要革命的，不革命，中国没有希望！"

"要我跟蒋介石走，我不干！"李明瑞斩钉截铁般地说道。

"那么，你还要跟李、黄、白走下去么？"俞作豫问道。

"连钟祖培这样的人，都不愿再跟他们走下去，何况我李明瑞！"李明瑞拍着胸膛，不屑地说道。

"跟共产党走，怎么样？"俞作豫觉得，李明瑞的思想发展最终将接受共产党的主张。他在广州参加过叶挺、张太雷领导的广州公社起义，亲眼看到过第四军军官教导团和警卫团起义的壮举，并和他们并肩作战，他希望能继续参加一次更大的起义。他把这种希望寄托在正在觉醒的表兄李明瑞身上。

李明瑞没有说话，又在室内慢慢地踱起步来，脸上充满痛苦绝望之色。俞作豫看着表兄那沉重的表情，显得有些失望，悄然地坐到沙发上去了。俞作柏从刚才的一场"雷击"中清醒过来，他眨了眨那双大眼，对李明瑞说道：

"我们也不要跟谁走好了，就拿着蒋介石的钱，当着蒋介石的官，先把李、白搞垮，然后把部队拉回广西，撵走黄绍竑，有了自己的本钱和地盘，我们想怎么干就怎么干吧！"

李明瑞仍在慢慢地踱着，走了一阵，他忽然回过头来，对俞作柏和俞作豫说道：

"你们在这里坐一坐，让我独自到房里去想一想。"

说罢，便走进旁边的一间房里，随手"砰"的一声关上了门。俞作柏和俞作豫面面相觑，一时说不出话来。俞作柏掏出烟盒，叼上一支"皇后"牌香烟，点上火，狠狠地吸了一口。

"哥，给我一支！"俞作豫伸手向俞作柏要烟。

俞作柏瞟了弟弟一眼，从烟盒里扔过一支烟。作豫接在手上，又从作柏手里要过烟火，笨拙地点燃了叼在嘴上的香烟。

两兄弟在默默地抽烟，两双焦急的眼睛都盯着李明瑞关上的那扇门。他们听得见房中那沉重的痛苦的脚步声——李明瑞正在踱步。脚步声时而蹒跚踯躅，像踯躅的征马；时而徘徊惶惑，像迷途的旅人；时而急促焦躁，像陷入重围的猛士……

"哥，你说表哥他会干吗？"俞作豫有些担心地对俞作柏道。

"放心，我们俞李三兄弟，在关键时刻，还从来没有过分歧。"俞作柏一边抽烟，一边用教训的口吻对弟弟说道，"裕生他为人处世一向稳重深沉，对此重大问题，还不要三思而后行么？你就有些毛躁，遇事有时沉不住气，在这方面，你要好好向裕生学习。"

俞作豫是共产党员，在政治上与哥哥和表哥有着不同的观点，但他对哥哥，特别是表哥李明瑞一向很敬重。因此听俞作柏这样一说，便不再言语了。兄弟俩又默默地抽起烟来。

笃笃笃，有人敲门。

俞作豫望了哥哥一眼，俞作柏道："是南京方面的人，去开门吧。"

俞作豫过去拉开小客厅的门，进来两位西装革履的不速之客。俞作柏向他们点了点头，随后对作豫道：

"这是郑先生和李先生。"

"请！"俞作豫机灵地做了个手势，把他们请到沙发上坐下。

"这是舍弟作豫。"俞作柏向那两位介绍道。

"啊，久仰，久仰！"那位面孔黝黑、体格魁梧的郑先生，挂着一脸笑容，忙过来和作豫握手，"桂军名将，德安大捷的有功之臣，可惜不见容于李、白！"

俞作豫很有些诧异，这位从未谋面的郑先生如何对自己如此了解？俞作柏忙笑道：

"俞李三兄弟，个个都是英雄好汉！"

"名不虚传！名不虚传！"郑、李两人连连笑着点头称赞。

原来，这两位不速之客便是蒋介石派来武汉协助俞作柏举事的侍从副官郑介民和李国基。那郑介民搞分化瓦解对手的手段，与在东北大显身手的何成濬又有不同。郑介民是海南岛人，却长着一副北方人的相貌。他毕业于黄埔军校第二期，随后又考入苏联莫斯科中山大学，毕业回国后，担任蒋介石的侍从副官。当郑介民得知蒋介石已下决心解决桂系，便自告奋勇愿去武汉活动，从中协助俞作柏工作。俞作柏在武汉的工作对象是表弟李明瑞，郑介民的工作对象则是李宗仁的弟弟李宗义。因郑在莫斯科中山大学读书时，与李宗义是同学，私交很深。郑介民到了武汉，以一个失业青年的身份住到一家小客栈中。他衣履不整，一副穷途潦倒的模样，在武汉街头流浪了几天，才去汉口总商会第四集团军总司令部去找李宗义。李宗义一见这位在校的高材生如今竟潦倒到这般地步，便非常同情，立即把郑请到总部居住，又给他做了衣服，还陪他到处游玩。第四集团军总部里，一般人都称李宗仁为"老总"，称李宗义为"二总"。"二总"在总部里自然受到各方面的尊重，谁也没想到他会把一个蒋介石的密探带进总部来。郑介民借着李宗义的特殊关系，千方百计拉拢总部的机要人员，把第四集团军各部队联络的密电码盗出，拍成照片，又陆续把李部兵力驻地、人数、装备、主官姓名等表册抄出，秘密送给蒋介石。因此蒋军未发，蒋介石对第四集团军的内部情况已了如指掌。郑介民的特务工作进展得极为顺利，他来找俞作柏，想了解俞对李明瑞做工作的情况，因为他同时也负有监督俞作柏的使命。

"俞总参议对李师长的工作进行得怎样了？蒋主席对此甚为关切，目下大军正在集结，一俟武汉各项工作就绪，大军便向武汉进逼。"

俞作柏对郑介民的询问，心存反感，心想，你一个小小侍从副官，有什么资格来过问我的工作？他吸了几口烟才徐徐答道：

"这是我们家里兄弟之间的事，别人最好不要来过问。"

郑介民见俞作柏不把他放在眼里，心里虽然愤恨，但脸上却从容地笑着，嘴上连说：

"不敢，不敢。"

侍从副官李国基见郑介民碰了钉子，便想缓和一下气氛。他见那桌上明明摆着三只酒杯，桌旁又是三张软椅，说明是三人刚刚还在此喝酒。但他和郑介民一进来，小客厅里却只见俞作柏兄弟俩，那另一个人是谁？为何要回避他们呢？

李国基一想，那第三者必是李明瑞无疑。便问道：

"李师长呢？"

俞作柏一听更火了，他指着李明瑞进去的那间房，气冲冲地说道：

"我表弟正在那里考虑大事，请你们两人出去，马上出去！"

郑介民和李国基自讨没趣，只得站起来，躬了躬身子，尴尬地说道：

"是是是，我们马上走！"

郑、李两人悻悻而去。俞作豫机警地走出小客厅，侧身站在那螺旋形的楼梯口，见郑、李二人已下楼去了，这才回身进屋，把小客厅的门严严实实地关上。

兄弟俩坐在沙发上，又开始默默地抽烟。时间一分一分地过去，两个小时后，那房门被拉开了，李明瑞出现在门口。

他神情激动，两眼闪烁着坚毅不屈的光芒，俞作柏和俞作豫对李明瑞这种表情甚为熟悉，那是他即将投入战斗指挥冲锋陷阵前的一种表情，是一种刚毅果断无所畏惧的表情。

"表哥，表弟，如果你们同意我的意见，我就干！"李明瑞对俞作柏和俞作豫说道。

"说吧！"俞作柏将半截香烟掐灭，望了李明瑞一眼。

"先倒桂，后反蒋！"李明瑞咬牙切齿，把满腔的愤怒化成六个字从口腔里迸发而出。他像一个被迷信和鬼神愚弄了的人，一旦觉醒过来，便奋不顾身地冲入那香火缭绕的山神土地庙中，对一切偶像拳挥脚踢，不将那些害民的泥胎击个粉碎不肯罢休。

俞作柏对桂系有仇恨，对蒋介石无好感，倒桂、反蒋正中下怀；俞作豫从党组织的利益出发，只要俞作柏、李明瑞倒桂、反蒋，他们便有可能和共产党重新合作。俞作柏、俞作豫从不同的立场出发，一齐奔过去，紧紧地握着李明瑞的手，三人发出共同的誓言：

"先倒桂，后反蒋！"

上海法租界海格路融园，李宗仁和李济深正在闭门密谈。李济深在广州接到蒋介石邀请到南京出席国民党三全大会的电报，同时听到武汉方面出兵湖南驱鲁的消息，深感事态严重，便将第八路军总指挥职务交给他的亲信参谋长邓世增代理，又命他的另一亲信徐景唐率军卫戍广州，后方一切布置妥当之后，他即乘船抵上海。到沪后，得知李宗仁避居海格路融园，便来找李宗仁密谈。

"德邻兄，武汉出兵湖南驱鲁，这事太糟糕了！"李济深很严肃地指责道，"武汉政治分会免鲁（涤平）任何（键），违背了修正政治会议分会暂行条例第四条：'各地政治分会不得任免该特定区域内之人员'的规定；武汉方面出兵湖南，撤免鲁涤平之军职，违背了编遣委员会的关于'各部队应静候检阅，非得编遣委员会命令，不得擅自调动'的决议。这事，你怎么向中央交代呢？"

"任潮先生，唉！"李宗仁叹了口气，说道，"这是蒋总司令做下的圈套，夏、胡、陶不识时务，钻了进去，授人以讨伐的口实啊！我本人虽不在军中，然我既为一军之主帅，部曲违法，我也责无旁贷，现在我束身待罪，只要不打仗，我任何条件都可以接受。"

"这……为了不使事态向坏的方面发展，你应向中央请求处分。我抵京之后，再向蒋总司令及中央委员会转圜。"李济深想了想，说道。

"我当然应向中央请予处分。但是，你千万不可去南京！"李宗仁道。

"为什么呢？"李济深不解地望着李宗仁。

"任潮先生，虽然你未在广西做过事，但和我李、黄、白三人有特殊友谊。你在粤任军政要职多年，广东将领多为你旧部，你如在沪担任调人，以你在两广的德望和实力，蒋总司令投鼠忌

1929年3月21日，被蒋介石囚禁于南京汤山的李济深

器，必不敢贸然对武汉用兵。如你进入南京而为蒋所拘押，蒋氏又以甘辞厚禄引诱你的部下陈铭枢、陈济棠等背叛你，到时广西失去粤援，武汉更加孤立，事态严重的程度，恐怕将不可收拾。"

李济深默想一阵，觉得李宗仁之言不无道理，他曾受过汪精卫的骗，吃过离开广州的大亏。目下，汪精卫又回到了南京，与蒋介石勾结得甚紧，他如贸然进京，难免有不测之祸。他对广东内部的事情，也越来越感到不如意了，陈济棠、陈铭枢、陈策这些老部下，也变得越来越难以驾驭。蒋介石如果要解决桂系，也绝不会放过广东。他虽然不是桂系，但与李、黄、白的关系和利益是截然不能分开的。他便说道：

"如此说来，我还是暂时留在上海为好。"

两李正在密谈，李宗仁的副官来报："四位元老来访。"

李宗仁与李济深对视了一下，即命副官准备接待，他和李济深起身，到客厅门口迎接四元老去了。国民党中央监察院院长蔡元培和中央监察委员李石曾、吴稚晖、张静江来到，张静江坐在轮椅上，是被随从抬进客厅里来的。两李与四元老寒

中央监察院院长蔡元培

暄，彼此坐定后，蔡元培即说道：

"中央政治会议第一百七十七次会议决议，对武汉政治分会擅自免鲁任何改组湖南省府一案，由我与李德邻同志查明，以凭核办，并派编遣委员会总务部主任李任潮同志协同调查。为此，请德邻和任潮同志一道进京，以便洽商办理。"

李宗仁又与李济深对视了一下，然后说道："宗仁对部曲教导无方，以致武汉方面肇祸，责无可逭。今天，蔡院长与几位元老都在此，宗仁即向中央辞国府委员职，俾得闭门思过，殊图展效。至于进京一事，本应召之即往，无奈宗仁近患目疾，需到医院手术治疗，愈后即以戴罪之身进京候办。"

李济深也说道："济深近日身体欠佳，又因乘坐轮船，在舟山附近适遇大风浪，船只颠簸，呕吐不止，需在沪静养一段时间方可进京效力。"

监察院长蔡元培深知此事棘手，今见两李托疾拒不赴京，也乐得闲事少管，并不强求两李马上跟他进京。李石曾本是被拉来凑热闹的，便也未多说话。那张静江因近来与蒋介石发生龃龉，对蒋之所为，甚不满意，这次蒋介石要他和蔡元培等来沪劝两李进京，他也只是前来应卯的，坐在轮椅上亦不多话。那吴稚晖大约因为与李济深是亲家，离南京前蒋介石又特地个别召见了他，多有嘱托。吴稚晖因身负重任，现在见两李均托病不愿赴京，他便急了，从沙发上一下子站起来，抖动着腮下的长须，忙说道：

"你们两位为什么不去南京呢？难道怕蒋先生扣留你们不成？我们几位来沪之前，便曾和蒋先生谈到你们入京后的安全问题。蒋先生已明确表示过，以人格担保你们的安全，你们只管进京无妨。"

李宗仁笑道："稚老，我和任潮均是军人，对个人生死问题是不会斤斤计较的。中央如有诚意和平解决武汉问题，则在上海谈判和去南京谈判，究竟有何区别呢？必要时，蒋先生也可以来上海与我们交换意见嘛。"

李济深也点了点头。吴稚晖见两李仍不愿进京，乃又力劝道：

中央监察委员吴稚晖

"蒋先生日理万机，没时间到上海来，况且武汉之事，是德邻兄部下闯的祸，你们不愿进京，便是没有诚意解决问题。蒋先生为了息事宁人，且以人格担保你们的安全，你们还要他怎样做呢？"

李宗仁听了不由冷笑起来，说道："稚老，前不久，我在上海曾听你说过：'蒋先生是个流氓底子出身，今已黄袍加身，一跃而为国府主席，自然目空一切。'像蒋先生这样的人，还有什么人格可言，你又何必逢君之好，长君之恶，骗我和任潮去上当呢？"

吴稚晖一听，气得又从那沙发上蹦了起来，他一手捋着长须，一手拍着胸膛，大声说道：

"德邻你说哪里话来，如蒋先生不顾人格，自食其言，敢于扣留你们，我便当着他的面，撞死在南墙上！"

"嘿嘿嘿……"李宗仁又是一阵冷笑，"稚老，我李某人可以说是九死一生之人，而你活了这一大把年纪，恐怕还没遇上过生命危险呢。慢说你没有撞墙而死的勇气，便是你大义凛然，真的在蒋先生面前自杀了，又有何益于国事呢？"

吴稚晖被李宗仁说得脸上一阵热辣，顿时暴跳如雷，竟拍案咆哮起来：

"好呀，好呀，我们不管了，不管了，什么都不管了，你们手上有的是枪杆子，你们去打吧，去杀吧！"吴稚晖踉踉跄跄地奔出客厅，到门口的小院庭中，捶胸顿足，向苍天大呼：

"孙总理，你叫我怎么办呀？军阀！军阀！他们全都是些昧良心的军阀呀！"

会谈至此，遂不欢而散。当晚，李济深留住融园，与李宗仁促膝长谈。第二天上午，蔡元培、李石曾、吴稚晖、张静江四位元老又登门来访。吴稚晖仍喋喋不休，力劝李宗仁和李济深进京。蔡元培、李石曾、张静江也各劝了一阵，他们从上午十一点直谈到午夜十二点，仍无结果。最后吴稚晖干脆拉上李济深便走，一边拉，一边说：

"任潮，你我是儿女亲家，我们应以党国利益为重，李德邻不肯进京，你就跟我进京好了，天塌下来，我顶着！"

李宗仁见吴稚晖使出这种手段来，也赶忙过来紧紧地拉住李济深不放，恳切地说道：

"稚老，如果任潮去南京，牺牲了个人而能消弭了内战，使十余万袍泽不受屠戮，地方不致糜烂，则此项牺牲才有价值。如果牺牲了个人而结果适得其反，则个人即不应做无谓的牺牲！"

"只要任潮一到南京，我保证一切都有好的结果！"吴稚晖死死拉着李济深不放。

"任潮一到南京，必做阶下囚。稚老你何必为虎作伥？"李宗仁也死死拉住李济深不放。

两边僵持不下，蔡元培、李石曾本是文人，不便动手动脚，只是站在一旁发愣。对于素有"斯文扫地，无耻（齿）之徒"称号的吴稚晖，蔡、李两人可谓"望尘莫及"，因此除了发愣之外，别无良策打破僵局。最后还是张静江摇着那特制轮椅过来，说了句公道话：

"敬恒（吴稚晖字敬恒），你不要扯；德邻，你也不要拉。我们还是都听听任潮的主意吧，他说进京，我们今晚搭夜车便走；他说不进京，我们也不必强求。"

"好吧！"李宗仁因与李济深早就谈好绝不去南京，因此不怕吴稚晖硬拉，便松开了紧紧抓着的李济深的手。

吴稚晖却仍抓着李济深的手不放，他不管李济深答应与否，都要死拉活拽地把李弄到南京去，否则他无法向蒋介石交差。

李济深站在吴稚晖和李宗仁之间，面对坐在轮椅上的面色阴郁的张静江，他觉得自己像一个被贩卖的人质，吴稚晖要强买，李宗仁抓着不放，张静江则像个公证人，只等李济深张口说话，愿跟谁走，张静江便把他判给谁。蔡元培、李石曾则像是站在一旁看热闹的人。一向严肃认真，不苟言笑的李济深，有生以来，第一次处于这般尴尬而狼狈的境地。但是，他毕竟不是可以随便被人愚弄贩卖的奴婢。他是国民党广州政治分会主席、第八路军总指挥、国民革命军总参谋长、国军编遣委员会总务部主任、黄埔军校副校长。他集党政军五种重要职务于一身，在国民党军界、政界、党部是个举足轻重之人。无论吴稚晖也好，李宗仁也好，是拉不住他的。李济深在前年跟汪精卫到上海，吃了那次大亏后，他每次离粤都格外谨慎。

这次他离粤到沪，本来就准备到南京说服蒋介石，不要和武汉方面发生冲突。他自认凭着自己的特殊地位、拥有的实力，完全可以在蒋、桂之间充当一名权威的调人，化干戈为玉帛。他对于进京，早有思想准备，虽然蒋、汪勾结，形势复杂多变，在广州时一些亲信就劝他此行慎重，到上海后适可而止，不要急于到南京去。抵沪后，又听一向稳重的李宗仁劝他千万不可去南京，他便决定在沪看看风向再说。但是，对于充当蒋、桂之间的调人，他认为是义不容辞的。因为无论是蒋介石还是桂方，都不能不考虑他可以发挥的左右双方局势的作用。桂方的李、黄、白和他是同乡挚友，绝不会为难他。蒋介石目下与汪精卫勾结在一起，难免会暗算他而打广东的主意，特别是诡计多端的汪精卫，对广东贼心不死，李济深对他们不得不严加提防。但是，现在早已不是张、黄事变那时的形势了。对于李济深来说，外有冯、阎、李、白、黄的有力支持，内有粤军将领拥护，临近的滇、闽两省当局也倾向广东方面，蒋介石迫于形势，绝不敢对他有什么不利的举动。再者，使他有顾虑的旧部陈铭枢、陈济棠也奉召入京开会。广州由李的亲信将领徐景唐的部队卫戍，可谓万无一失。本来李济深并不急于进京的，但经吴稚晖这一扯，李宗仁这一拉，张静江又出来讲"公道话"，他更感到应义不容辞地到南京去，充当蒋、桂调人，制止干戈再起。

"我就和诸位到南京去走一趟吧！"李济深经过深思熟虑之后，终于发话了。

吴稚晖闻言喜之不胜，连忙说道："还是我们任潮胸怀大局，好了，好了，谢天谢地！"

吴稚晖说罢拉起李济深便走，李宗仁急得大叫：

"任潮，任潮，前有陷阱，你万不可去，万不可去！"

李济深已被吴稚晖拉到门外，钻进了小汽车里，蔡元培、李石曾、张静江也都分别上了车，李宗仁看着那几辆消失在霓虹灯下的小汽车，仿佛被人斩去一臂似的，连连痛呼：

"任潮凶多吉少，两广危矣！"

李济深与四位元老乘上沪宁夜班车，直奔南京。到了南京，天已大亮，他们即去见蒋介石。蔡元培走在前头，吴稚晖拉着李济深，紧随其后。到这时，李济深才有些不祥之感，他觉得自己仿佛是被他们四人捉来的一名案犯似的。蒋介石出来接见，脸上带着惯常的那种令人畏惧的笑容，他先说话了：

"任潮先生来了，很好，这个，是很好的。"

李济深便抓住时机，以调人身份说道："总司令，请你以长治久安的大局为重，千万不要向武汉用兵，以免与第四集团军发生冲突。济深恳切希望一切问题通过谈判解决。"

"很好，很好，这个，就请任潮先生帮助解决好了。"蒋介石依然是那么令人畏惧地笑着说道，"各位老先生都辛苦了，请回去歇息，任潮也先回去休息吧！"

李济深在南京鼓楼五号有一座私宅，当下便回家去住宿。他因见蒋介石口头上愿意和平解决问题，又同意他出面调停，认为局势不至于恶化。回家后，便给李宗仁和白崇禧分别发出两电，告知李、白，和平有望，要他们有所抑制，静待中央解决。李济深到南京一住便是几天，他因急于和平解决蒋、桂冲突，便每天都去找蒋介石，但每次都是扑空，连蒋的影子都没见着。李济深疑虑重重，正不知老蒋搞什么鬼。忽一日，有一名和李济深关系非常密切的黄埔学生来访，李济深即问他，近日见着校长没有？那黄埔学生好生奇怪说道：

"任公，校长已亲到九江督师，指挥刘峙、顾祝同、缪培南、朱绍良、蒋鼎文、方鼎英、曹万顺、夏斗寅、朱培德等部，正向武汉大举进军。"

李济深听了仿佛如梦初醒一般，便大声问道："这是真的？"

"我的一位同学在校长身边充当侍从副官,他前日亲自对我说的,还嘱咐我不可对别人说呢。这次校长亲自挂帅西征,以何敬公为总参谋长,以朱培德为前敌总指挥,共调动三个军,十七个师的兵力。"那位黄埔学生因李济深是他们的副校长,自然不属"别人"之列,因此畅所欲言。

　　李济深听后,方知上了蒋介石的大当,顿时气得眉毛倒竖,那严肃而刻板的脸上,铁青得怕人,他一拳擂在桌子上,大吼一声:

　　"这个流氓!"

　　那位黄埔学生见一向涵养极好的李副校长竟暴怒得口不择言,立时惊得目瞪口呆,不知所措,待了一会儿,便惶然告辞而去。李济深气得立即奔进书房,给李宗仁、白崇禧拟就一份急电,略谓:老蒋毫无诚意,目下正以重兵临境,如蒋军继续迫近鄂东,可予迎头痛击,以战止战可也!李济深拟好电文,即交机要秘书拿去拍发。他哪里知道,他自从一入南京,一切便在特务的严密监视之中,这封急电尚未拍发,便已被特务截获。第二天早晨,一排全副武装的宪兵闯入鼓楼五号李济深的住宅,为首的一名上校军官,出示蒋介石的电令:查李济深蓄意勾结李、白,祸乱国家,反抗中央,着即予以扣留查办。

　　吴稚晖随后也走了进来,他亲自背着一副行李卷,对着李济深痛哭流涕,说:

　　"任潮啊,千不该,万不该,你不该给李、白发那封引火烧身的电报呀!"

　　"哼哼,欲加之罪,何患无辞!"李济深愤怒地将身子转到一边去。

　　吴稚晖忙也跟着转过身子,面对李济深道:"我为你的事,曾和蒋先生吵过架,我非常不同意他这种做法,随意扣留中央大员,怎么向党内和国人交代呢?"

　　李济深气愤地指着前面的墙壁,愤愤而道:"吴先生,这四面都是墙壁啊,蒋先生可以食言而肥,难道你也要像他那样吗?"

　　吴稚晖那脸皮本来就又老又厚,他见李济深奚落他,也毫不报颜,反而破涕为笑,又说道:

　　"任潮,我要是在这里一头撞死了,对你有什么好处呢?我要陪着你,蒋先生不放你,我就不走,我要以此向他抗议,他不恢复你的自由,我就和他拼老命!"他指着背在背上的行李卷,说道,"我陪你坐班房,寂寞时,你也好有个人说话呀！"

　　那一排宪兵在那上校军官的指挥下，随即将李济深和吴稚晖押上汽车，送往南京的汤山看押起来。李济深自此失去了人身自由，他一直被蒋介石软禁了两年多。吴稚晖虽每日不离左右，陪着李济深下棋、读书、写字、作诗，但李济深哪里知道，吴稚晖是在充当蒋介石的耳目和传声筒的呢。